村晖

薛运晓◎著

中国言实出版社

图书在版编目(CIP)数据

村晖 / 薛运晓著 . -- 北京 : 中国言实出版社，
2022.4

ISBN 978-7-5171-4118-1

Ⅰ . ①村… Ⅱ . ①薛… Ⅲ . ①长篇小说—中国—当代
Ⅳ . ① I247.5

中国版本图书馆 CIP 数据核字 (2022) 第 054398 号

村晖

责任编辑：张馨睿
责任校对：郭江妮

出版发行：中国言实出版社
   地 址：北京市朝阳区北苑路180号加利大厦5号楼105室
   邮 编：100101
   编辑部：北京市海淀区花园路6号院B座6层
   邮 编：100088
   电 话：010-64924853（总编室） 010-64924716（发行部）
   网 址：www.zgyscbs.cn 电子邮箱：zgyscbs@263.net

经 销：新华书店
印 刷：成都市兴雅致印务有限责任公司
版 次：2022年7月第1版 2022年7月第1次印刷
规 格：880毫米×1230毫米 1/32 15印张
字 数：402千字

定 价：88.00元
书 号：ISBN 978-7-5171-4118-1

宜昌市 2021 年度文艺精品创作扶持项目

序

◎ 杨启福

　　枝江作家薛运晓先生对生长、养育他的家乡鲜家港深爱入骨，对家乡那条多情的沮漳河昼思夜想，挥之不去。小时候红色故事对他潜移默化地熏陶和这些年他参与地方志的编纂，有关沮漳河畔生命抗争的呐喊，无时无刻不在撕扯着他的灵魂，使他萌生出文学创作的冲动。酝酿多年，经两年耕耘，他的首部长篇小说《村晖》在 2021 年孟秋终于脱稿，即将付梓出版。作为朋友，运晓君约我为《村晖》写序，于是我认真拜读了作品，深受教益，且心情久久不能平静。我除了对运晓君表示敬贺，就是振奋不已。

一、时代呼唤的红色主题

　　《村晖》堪称枝江首部较为完整的土地革命历史题材小说，能给人一种精神，一种鼓舞。正值我党成立 100 周年之际成稿，寓意深远。作品以第二次国内革命战争为背景，以枝江市七星台镇鲜家港村八名先烈为原型，以 40 万字的篇幅叙写一群在黑暗中挣扎的人们寻找光明、追求自由理想的故事。有力地鞭挞了旧中国的黑暗，讴歌了枝江东部地区中共地下党至死不渝的信仰恪守，传扬了在艰苦岁月中党和人民的血肉联系，塑造了以阮瑞林为代表的一批革命志士舍生取义的光辉群像。这是运晓君在对枝江东部地区红色革命基因深度挖掘过程中，以文学方式完成的一次对革命先烈一秉虔诚的祭拜。《村晖》最大的社会价值是它的审美教育作用，关乎红色基因传承。它警示和激励我们勿忘历史，敬畏英雄，不忘初心，牢记使命，誓为实现我党第二个百年奋斗目标作出更大贡献。

作品虽然是一部虚实结合的纯文学文本，但无疑有助于我们对枝江大革命时期的历史全貌有一个形象化的认知。这是运晓君献给我党100周年生日的最好礼物，也是他对沮漳河畔父老乡亲最好的回报。运晓君传承红色基因，担当时代使命，以坚韧不拔的创作精神，成就了他在文学创作道路上取得的巨大的成果，其作品的史料价值更不可小觑，至少对地方党史会起到一定的补充作用。正所谓功在当代，利在千秋。此作应验了"成功永远是留给有准备的人"这句格言。

二、空间视点的扩移

这是作家基于作品结构的需要所进行的探索，主要为情节结构设置大环境，它或许会使作品引发一定的聚焦效应。

鲜家港村，10余平方千米。在这块弹丸之地，10余名地下党成为大革命的播火者，在他们的感召下，以鲜家港为中心，周边凤台、草埠、菱湖、龚家闸等乡村的觉醒者纷纷策应，把农民运动和妇女运动搞得轰轰烈烈，参与人数最多时达到200余人。他们依托沮漳河流域复杂的自然环境，活动在当阳与枝江、江陵与枝江交界及枝江东部全境。还辐射到了荆州古城和沙市。在今天看来，革命活动范围之广，让人感慨。

沮漳河发源于荆山山脉，九曲回肠，新中国成立之前为官署"几不管"地区，因而社会秩序混乱，土匪、恶霸、官兵等反动势力猖獗。他们相互勾结，残害百姓，人民生活在水深火热之中。中共地下党为什么选择在这里发动贫苦农民开展革命斗争？是因为"哪里有压迫哪里就有反抗"。这是事物的特殊性或个性。运晓君深知一部文学作品不仅要准确地表现事物的特殊性，更要充分揭示事物的普遍性或共性。于是，他跳出历史真实的局限性，以史实为基本线索，把鲜家港、草埠、凤台、菱角湖、龚家闸等枝江东部地区和邻县江陵、当阳、沙市甚至远安（瓦仓起义）等地革命活动空间视点进行聚合，并向西部城镇扩移，增加活动半径，这样就形成了枝江地区大革命的有机整体，从而营造出了一幅星星之火可以燎原的壮阔画面。运晓君还试图把江口古镇塑造成苏区一样的地方，这是一个十分大胆的尝试，其勇气令人钦佩。这些与作品结构相关的空间视点扩移，至少能增加作品的可读性。相信这样处理能够与广大读者（尤其是本土读者）的情感边界相吻合，从而赢得社会的广泛认同。

众所周知，艺术来源于生活，高于生活。历史真实与艺术真实的关系，向来是作家、艺术家要认真对待的问题。南宋史学家郑樵曾说过一句"千古文章传真不传伪"的历史告诫。法国启蒙思想家德尼·狄德罗也有一句名言："任何东西都敌不过真实。"到底怎样才能处理好历史真实与艺术真实的关系？运晓君显然是谨慎的。他从生活真实出发，努力把历史事件中那些最有价值的东西表现出来，在此基础上演绎出艺术真实。所以说，如果连村庄都走不出来，作家又怎能向读者描绘出一幅波澜壮阔的图景？从这点看，运晓君是个不拘泥于世俗、敢于吃螃蟹的人。相信《村晖》在历史真实与艺术真实关系上所进行的探索，能够被读者所理解、被更多作家所借鉴，从而推动枝江地区红色文学创作的繁荣。

三、复杂的情节结构

总体上，《村晖》的结构以纵向发展式为主，兼有横向发展式和心理发展式结构。情节结构线索设置了多条，且独出心裁，这与运晓君匠心独具的编故事能力密不可分。

其实，故事的演进原本可以鲜家港地区为主战场，即一条主情节结构线索推进故事的发展，这并非不可能。然而，运晓君却"去简就繁"，刻意设置多条主副情节线，令人目眩。显然是有利于制造矛盾冲突和人物形象及性格的刻画。这样，就使故事始终在鲜家港（第一情节结构线索）与江口（第二情节结构线索）、江陵甚至沙市（第三情节结构线索）之间交替上演，时空被频繁地转换。这样的结构不仅使故事会增添许多曲折起伏，而且为设置悬念和埋设伏笔也留足了空间。

在建立结构时，五里湖、太平湖分别承担着第四、第五情节结构线索的功能。两个湖泊的分工各有侧重，五里湖侧重渲染革命斗争的险恶及扣人心弦的战斗场景。太平湖作为赤卫队的营地，侧重表现赤卫队员对革命斗争充满必胜的信心。这些手法给故事及人物的铺垫、因果关系的交代节省了许多冗沓的笔墨。

五里湖，历史上曾经与陶家湖为一体，只是在60多年前消失了，然而，小说把它设定为一条情节结构线索，仿佛想告诉我们：大自然即使历经沧海桑田，也改变不了劳苦大众的觉醒。

在空间视点法则上，《村晖》主要以散点透视法，即从空间角度的变换去表现空间景物。但正如理论家所指出的，用这种方法设置小说空间，不可能集中于一个中心环境，它只可以分散成几个重点空间单元，《村晖》正是进行了这样一个尝试。这让我联想到了《水浒传》，《水浒传》采取排序链式结构，采用单线发展的线形结构形式，每个故事既有相对的独立性，又被一根贯穿的主线串连在一起，这根主线便是梁山好汉的绿林起义事业。但它每个章（回）似乎没有主人公，大多由个体英雄的传记故事连缀而成。显然，《村晖》的英雄传记故事结构受其影响。此结构的好处，一是可以灵活调整故事的节奏；二是草莽英雄式的革命者形象，更符合那个时代的真实生活。

四、小说的其他艺术手法

除了上述外，作为初涉长篇小说的运晓君，平时常尝试中短篇小说的练笔，正是有了以往的练笔，才使他无论在表达方式、叙事方法上都积累了较为丰富的经验。《村晖》主要运用了描写、记叙、议论、抒情等表达方式；在叙事方法上，顺叙、倒叙和插叙运用自如。这里我重点从以下方面对其小说的艺术手法进行分析探究。

首先是作品具有浓郁的地域特色，这便是江汉平原的地貌及文化特质。江汉平原是长江冲积平原的产物，而七星台处于冲积平原之首。除了地貌为平原之外，它最重要的标志是河流、湖泊、滩涂、土台、堤（洲）垸、河湾等，并由此形成独特的民风民俗。运晓君虽然没有对这些景物及民风民俗进行集中描绘，但随着人物及其事件在这些地方高频次地出现，读者心里自然就有了一幅对沮漳河、江汉平原联想的图景，就如长江不需要过多介绍一样，在人们眼中每个人对长江都会产生不一样的景象。这种地理环境自然而然地呈现，同样起到了衬托人物心情、为故事情节的展开提供背景之作用。当然，光秃秃的平原和滩涂，是不便开展武装斗争的，所以作品给我们再现的沮漳河、太平湖和五里湖等，近乎是原始面貌。我们不仅看到了渔船、芦苇、菱藕、牛羊、家畜、野兽，还有满眼森林……

其次是小说语言的大众化。作品应用了大量的方言，包括土语、谚语、俗语和歇后语。使作品中的人物仿佛从地里钻出来一样，地气之浓让人倍感生猛鲜活。比如：

"常卫诚走出来，向李道生打躬作揖：'李队长，早上我就听到喜鹊叫，果不其然，贵客临门。管家，快上好茶。'"

"几个月不见，这赤卫队员军服一穿，脸变得干净了，相貌变得周正了，身材变得魁梧了。"

"茅房里的石头——又臭又硬""自己的稀饭还没吹冷，又管到别人碗里去了""你是叫花子背不起三斗米——自讨的""几个兵游子在这插一竿子，横场""你猪头烘（煮）熟了，牙巴骨硬"诸如此类，举不胜举。

同时，小说的叙写、人物对话多使用单句、短句。除了有利于通过对话表现人物性格外，还一定程度减轻了读者的阅读疲劳，这是读者很乐意接受的。

最后是人物和故事的生动性。全书出场或出镜人物40余人，有的性格粗犷，一身豪气；有的性格内敛，缜密谨慎……形形色色，应有尽有。大致可分为四类：第一类是以阮瑞林、龚梅芳、阮春晖、阮本槐等为代表的革命者；第二类是以许直卿、龚茂红、常卫诚等为代表的国民党反动派；第三类是以戴继恒为代表的圆滑世故者；第四类是以戴宗凤、阮本独为代表的革命意志动摇者。由他们共同演绎了50余个相对独立的故事，故事跌宕起伏，大多悬念迭出，未有雷同。而且故事从发生、发展到高潮，再到结局基本都有交代。尤其是开放的生活故事，让我们仿佛身临其境，进入到所叙述的生活之中。

尽管此作少不了瑕疵，但无论怎么讲，《村晖》被湖北省宜昌市委宣传部评定为2021年文艺精品，并予扶持，当之无愧，甚值得进一步深入研讨。

是为序。

（杨启福，湖北省作协会员。著有报告文学《藏起来的梦想》《泥泞留痕》、小说集《隔着一条江》和长篇小说《走过冬季》等。）

一

1927年，如火如荼的革命风暴席卷江汉平原，荆沙地区西部，隶属江陵管辖的江口、凤台、百里洲等地的学生，纷纷来到荆州十五中学、荆南中学、晴川书院等校学习，觅求革命道路。是年，蒋介石发动震惊中外的四一二反革命政变，江陵县西北地区的革命形势非常严峻，马山、菱角湖地区的党组织遭到严重破坏，许多共产党员遭到国民党反动派的血腥屠杀。

中秋的夜晚，路灯或明或暗，街道上行人稀少，偶尔有三三两两的路人擦肩而过；清冽的寒风呼呼地吹着，吹得街道两旁梧桐树上的残枝败叶潇潇落下，掉落在三个匆匆行走的年轻人身上。年轻人们穿过一条小巷，毅然走进一个黑乎乎的小胡同。在门牌二十三号的荆沙晴川书院门前，他们止步，"笃笃笃"，轻轻地敲门，门"吱"的一声开了，走出一位身着长衫的中年男子。

"先生，您好！"年轻人恭敬地向先生行礼。

"快，快，进屋。"先生礼貌地把手扶在两个男生的肩上，请进三个年轻人。随后，把头伸出门外，警觉地朝两边瞧了瞧，小心谨慎地关上大门。

先生名叫刘长林，其公开身份是荆沙晴川书院的教师，实为江陵特别党组织临时负责人。年轻人们走进屋子，先生拉下窗帘，拉一下电灯开关。灯亮了，屋子里满是灯光。先生兴奋地说："同学们，告诉你们一个好消息，根据你们的进步表现，特别是在声讨蒋介石反动派的反革命政变的革命斗争热潮中的表现，上级党组织批准了你们的入党申请，你们将成为中国共产党组织中光荣的一员。"说着，先生从衣柜里的底部，取出一块鲜红的绸缎，挂在墙上，然后，将已经剪贴成镰刀和斧子的党徽粘贴在绸缎的左上方。先生静立在党旗面前，举起右手，对年轻人们说："你们面对党旗，宣誓吧。"

阮瑞林、阮德斋、龚梅芳，三个年轻人面对中国共产党党旗，举起右手，庄严宣誓。

宣誓完毕，刘长林和三个新党员紧紧地拥抱在一起。先生请同学们坐下，说："今天是1927年十月二十一号。恭喜你们，你们已成为光荣的中国共产党党员。"他谨慎地告诉同学们："去年十二月十二日，国民革命军第十军进驻公安，攻克沙市，次日，第九军攻占松滋，第十五军占领荆州；正在革命形势迅猛发展的时候，蒋介石发动震惊中外的四一二反革命政变。五月一日，江陵县各界万人集会，声讨蒋介石发动的反革命政变；六月，武汉革命军攻克荆沙；八月，中共湖北省委指派张计储、张善孚和曹壮父组成中共鄂西特委，王平章、肖仁鹄组成鄂中特委。中旬，沔南、江陵、公安、石首、荆门、松滋等县发动了起义。你们在中国革命最关键、最严峻的时期，加入中国共产党，难能可贵，你们信任党组织，党组织也信任你们。"

阮瑞林兴奋地说："我们既然选择了这个信仰，就会义无反顾走下去。"他问道："先生，荆南中学情况怎么样？"

先生介绍说："自从前年十二月，江陵县在中共武汉市特委特派员金在天指导下，建立江陵县党支部，今年，成立了江陵县特别党支部。三年间，建立党支部九十八个，特别支部七个，发展党员一千五百二十四人。目前，荆南中学党小组，正在组织学生，开展罢课、游行等活动，你们积极参加的这些活动，就是在特别党支部领导下进行的。"

先生站起来，双手背在背后，在屋里踱着步，"眼下，蒋介石、汪精卫相继背叛革命，轰轰烈烈的大革命遭到失败，荆南地区工农革命遭到镇压，不少共产党员和革命群众惨遭杀害，党组织和工会、农会遭到破坏，有的被迫解散，有的转入地下，坚持斗争。"

阮德斋问道："我们该为党做些什么？"

龚梅芳望着先生，迫不及待地说："先生，快给我们分配任务吧，党需要我们做什么，我们义不容辞。"

"当前，党组织安排你们成立一个党小组，阮瑞林为党小组组长。回家乡去，发动群众，壮大革命队伍，组织群众开展地下革命斗争。"刘长林说。

"地下斗争？"龚梅芳惊讶地望着先生，问："回去？"

"对，你们回到家乡去，组织农民，进行革命斗争，把党的思想播撒到你们家乡。"

"先生，我们就不能留在你的身边，开展革命工作？"龚梅芳问。

"我很希望你们留在沙市，留在我身边，但家乡更加迫切需要你们。"刘长林婉言道。

阮瑞林仔细打量这位饱经风霜的国文老师，会意地点了点头，说："先生，我们记住了您的话，回到家乡去，在家乡撒下革命的火种。"

"好，有抱负。我相信你们，一定会在家乡，播下革命火种。"刘长林非常兴奋。他告诫年轻人："一定要注意斗争策略。我会保持与你们的联系。"

正说着，"咚咚咚""咚咚咚"，有人敲门。紧接着就是一阵急促的拍门声。

"开门，开门，快开门。"

令人恐怖的拍门声，惊动了兴奋不已的三个年轻人。先生警惕地暗示，轻轻地说："现在是白色恐怖时期。国民党荆南地区特别行动小组到处抓人。这不，他们来了。我这有个后门，你们快从后门走。同学们，任重道远。记住我说的话，快走。"

年轻人们离开，先生快速关上后门，将党旗党徽收拾起来，放回原处，收拾完毕，在房子里站了须臾，轻脚轻手地开门。走进三个士兵，他们四处看了又看，翻了又翻，一个官样的军人走到刘先生面前，粗声粗气地问道："家里没来什么人？"

"没有，就我一个人在家看书。"说毕，刘长林慢步走到自己书桌前，镇静地翻起书本。兵士们把整个屋子翻了一遍，未发现可疑，没趣地挥手而去。

二

鲜家港坐落在荆州西部，北隔沮漳河，为江陵县菱角湖，西临枝江县问安镇，南靠江口集镇，东延至古镇万城。其村落由鲜家港、阮家台、李家台、潘家湾、戴家小垸、费家湾、阮小闸、龚家闸等十多片湾落构成。鲜家港小集，在村子的西头，鲜家港港上架着一座小木桥，离木桥不远，有家小店，人们俗称鲜家港为鲜港子，是一个方圆不到一公里的小集。村子里住着百户人家。

阮瑞林他们仨，连夜收拾好行李，徒步赶回鲜家港。

早上，一间草屋里，一农夫穿着破烂的衣衫，准备出门。

龚茂红，是这一带最大的地主。天刚亮，他身穿咖啡色的大襟棉袄，手里挂着文明棍，带着两个狗腿子，闯进农夫家，盛气凌人地对主人说："李道云，快过年了，你去哪？田租该交了吧。"

李道云哀求道："龚老爷，你看这年成，我哪有谷子交租，正准备去讨米要饭。"

龚茂红穷凶极恶，命令狗腿子，"没谷子是吧？给我搜。"狗腿子闯进屋内，翻箱倒柜，四处搜寻。他们打开米缸，见缸里仅剩下不到一盆大米，便拿来袋子，往里装，扛起来就走。

李道云上去，一把拉住狗腿子手中的米袋子，推开他们，与狗腿子扭打起来。他身体虚弱，不是狗腿子的对手，狗腿子将道云架到屋外，凶恶地吼道："跪下。"

病躺在床上的妻子哭喊着，爬起来。狗腿子一见衣着单薄，胸脯微露的女人，便生邪念，一下子把她推倒在床上，扒开女人身上的衣服，正欲施暴。

顿时，一人闯进来，大声吼道："住手。"

狗腿子见是身穿学生装的年轻人，便道："小兔崽子，你乳臭未干，管起老子的闲事来，滚开。"

年轻人用力抓住狗腿子，推倒在地。另一个年轻人跟着进来，挥舞着有力的拳头，狗腿子见势不妙，爬起来，灰溜溜地往外跑。

龚茂红看见两个血气方刚的小伙子，吓得魂不附体，仓皇逃离。

道云夫妇跪在地上，给他俩连叩三个响头。年轻人拉起道云夫妇，对他们说："别怕这些穷凶极恶的家伙，他们是兔子的尾巴——长不了。你们腰杆子挺起来，和他们斗。"

李道云千恩万谢，送他们出门。

这两个年轻人，便是阮瑞林和阮德斋。

瑞林家，三间低矮茅草屋，墙壁用高粱秸秆夹成，糊上泥土；屋内，一张小方桌摆在中间，靠墙壁摆着几把木质背椅，后壁前放着一个神台，神台上放着陶制茶壶茶杯。屋子里坐着四个人，他们是瑞林、德斋、梅芳和瑞林之弟阮春晖。

父亲阮本要从厨房出来，生气地说："你们不好好读书，还差两个月就毕业了，提前逃学回来，就不怕耽误学业。"

"大伯，瑞林不是说了吧。我们不是逃学，学校乱得很，无法上课，我们向学校请了假。"梅芳向老人解释。

"爹，现在是什么世道，连饭都吃不上，还管读什么书啊。"春晖坐到大门前，信口道。

"这不是毕业不毕业的问题，是耽误学习。"父亲憋着一肚子气。

"爹，哥哥他们不会怠慢学习的。"春晖安慰父亲。

"爹，我回来一边帮你种地，一边学习，这不是两全其美的事吗？你何必这样板着脸？"瑞林笑着对父亲说。

"别嬉皮笑脸，谁知道你葫芦里卖的啥药，以后，我不管你的了，看你这匹脱缰的野马奔到哪去。"父亲气呼呼地走进厨房，帮母亲做饭去了。

屋子里，只剩下四个年轻人。瑞林对春晖说："弟弟，村里发生了一些什么新鲜事，给我们讲讲。"

春晖想了想，说："最近发生的事可多了。"

春晖向他们讲述前几天发生的事：

鲜家港，这个屁股大的地方，却来了几处征集粮食的，叫什么征收队，老百姓叫他们"刮民党""遭殃队""黑狗子"。有江口许直卿的民团，有江陵身穿黑色军服的国民党中央军征收队，还有大大小小的土匪。各路征收队争相哄抢粮食。

这年，收成不好，粮食减产，棉花遭受虫灾、旱灾、涝灾袭击，阴雨绵绵，棉花桃子烂在田里，花的质量不高，卖不到好价，佃户交不起租课。

几个征收队，大鱼吃小鱼，小鱼吃虾，虾吃泥巴。黑狗子逼地主龚茂红，龚茂红逼佃户。李道生家的确确没粮食，黑狗子硬是把他家里不到百斤重的猪给拉走，说是抵租钱。

费光明的家，棉花田里减产最严重。本来，他家就穷得快揭不开锅了。两个征收队在他家翻箱倒柜地找，结果，连一粒粮食也没找到，恼羞成怒，拿他的身子出气，把他打伤，他现在困在家里，连抓药的钱也没有。

"强盗、土匪、畜生。"龚梅芳听后气愤地说。

"还有地主常卫诚，和龚茂红一样，欺压百姓，拉票派款，横行乡里。一些大大小小的土匪，也骑在老百姓头上，作威作福。老百姓受尽了压迫和剥削之苦。"

"穷人不仅民不聊生，还遭受重重压榨，痛不堪言。"阮德斋咬着牙，很是气愤。

春晖越说越气愤，越说越激动："哥，你们回来，带领穷人和地主斗，和土匪斗，为咱老百姓出口恶气。"

瑞林站了起来，走到门口，见没人，又回来坐下，问弟弟道："江陵征收队征集到粮食没有？他们的船停在哪里？什么时候回去？"

春晖道："征集到的粮食不多。农民的粮食本来就少，还有两家征集。他们的船停在潘家台那个湾里，估计还要三四天才能回去。"

"他们有多少人马？有多少武器？"瑞林问。

春晖道："江口征收队四五人，每天早出晚归；江陵征收队，有六七人，个个带有枪。"

"好。"瑞林拍打了一下大腿，说："德斋、梅芳，开始行动。”

三人同时把眼光投向瑞林，惊讶地问："你想怎么样？"

瑞林说："我们可以发动群众，抗拒他们的征集活动；可以把江陵来的船抢了，把粮食分给穷人；还有，给龚茂红一个教训。"

梅芳用一种疑惑的眼光望着瑞林，说："这么快就开始行动，有把握吗？"

春晖差点跳起来，高兴地叫道："哥，有你们，我们看到鲜家港的希望啰！"

瑞林道："我们试试吧，没有第一哪有第二。"

德斋叫道："我看行。"

母亲做好饭，四人吃了晚饭，在春晖房间里磋商明天的行动。

三

"爹，我出去一下。"第二天一大早，瑞林换下学生装，头发中分，上穿大襟棉袄，下穿青色棉裤，脚穿黑色岔口布鞋，从房内出来。

"你的事，爹管不着。"父亲忙乎着。

瑞林约了梅芳，来到戴家小垸，走近保长戴继恒家。

鲜家港时为江陵县第八保，戴继恒是这个保的保长，住在高台上，三间土墙房，两边搭建偏屋，大小五间，算是村子里有钱门户。瑞林叫开保长的门，保长呵呵地笑，忙迎接出来，说："瑞林兄弟，你们不是还在荆南中学读书吗？回来有何贵干？"便请他俩进屋。

梅芳抢着说："学校放假了。今天我们专程登门拜访。"

戴保长张着嘴，笑道："死丫头，看你嘴甜得。说吧，找我什么事？"

"戴老爹，我们也想收一些粮食，你能不能帮个忙？"瑞林接过话茬说。

"这个？"保长将手放在头上，挠了几下痒痒，说："现在收粮可难了，今年收成不佳，况且巴掌大的村，连你们就有三处大的购粮老板了。"

"你就帮帮我们吧，看在一锹土的份上。我还管你叫大爹咧。"梅芳面带笑容道。

"你们有钱吗？按什么价收？"保长问。

"横竖按照他们的价格，稍微高一点儿行吗？"梅芳说。

保长迟疑片刻道："我看这样，你们只管收，他们算是官方，我得去帮助他们。我睁一只眼闭一只眼得了。"说着，脸上露出善意的笑容。

"行，江陵老板大，您就去吧。"瑞林客气地说。

"毕竟是喝过几天墨水的人，还会替老保长考虑，不错啊，小伙子。客大压行，行大压客，毕竟，江陵是县衙。"保长乐呵呵笑了两声。

瑞林快步从保长家里出来，回到家找了几条麻袋，扛在肩上，径直朝龚家台走去。梅芳迅速回家，搬出几把椅子，放上一张桌子，拉起一个遮阳棚，在家门口搭起了购粮的架势。

前两天，下过一场大雨，地面湿漉漉的。阮春晖走着，地上的黑土黏住了他的鞋，他用力甩开泥泞，和阮德斋一起，挨家挨户串门，他俩来到费光荣家里，春晖说："大哥，你不是要卖粮吗？龚家台有收粮的，到那去卖价格高，不论质量如何，通收。"

费光荣满口答应。他挑着一担粮食，将担子歇在梅芳面前，说："芳，你们收购的价格高，我就卖给你们。"

"大叔，你就不怕黑狗子找你的麻烦？"瑞林用探询的口气问。

"怕什么，我呀，吃的在肚子里，穿的在身上。一个穷光蛋，我不是费光明，不怕。"费光荣提高嗓门，大声说。

"真的吗？"

"不是真的，还是假的。"费光荣开怀笑道。

这时，龚茂红在狗腿子的簇拥下，威威赫赫地走过来，指手画脚地对梅芳说:"丫头,你不是还在念书吗?你不好好念书,怎么也干起粮贩子的行当来了?"他说着,斜了瑞林一眼。

"二爹,学校安排,不敢违抗。"梅芳笑道。

"你知道这是谁的地盘吗?"龚茂红壮着胆,故作傲慢地扬起头,用脚踢了一下梅芳的货摊,表现出一副趾高气扬的姿态。

"二爹,我知道这鲜家港、龚家闸,都是您的,不该冒犯。"梅芳赔笑着。

"看在你口口声声叫我'二爹'的面子上,我先礼后兵。收摊吧。"龚茂红把文明棍在地上使劲杵了几下。

"收摊,马上收。"梅芳应和着。

龚茂红阴阳怪气地对费光荣提醒:"你是费光明的哥哥,你弟弟咋了,你知道吗?"

"弟弟被狗咬了,我还没找狗算账呢。"费光荣横眉冷对。

"你狠,小心老子打断你的腿。"龚茂红举起棍子要打,被瑞林拦住。梅芳好言劝道:"乡里乡亲的,一家人不说两家话,早不看见晚看见,何必这样劳驾你大动干戈。"

瑞林怒视龚茂红。

龚茂红放下文明棍,呼出一口长气,"哼"了一声走了。

下午,德斋和春晖来到梅芳家。卖粮的农户不多,瑞林分析说:"农户不愿意卖粮,本来粮食少,又有几家收购的;再说,许直卿和江陵征粮队,势大蛮横,农民不敢得罪他们。"他对春晖说:"收摊吧,恐龚茂红、许直卿找碴儿报复,要不,你们俩去找些年轻人,同他们周旋。"

"这事就包在我头上,你放心好了。"血气方刚的阮春晖拍着胸脯说。

梅芳说:"收的粮食怎么处理?"

"晚上物归原主。"瑞林欣慰地说:"货收多收少,不是重点,起码,搅乱了他们的场子。"

夜晚,瑞林、德斋、梅芳和春晖在瑞林家,对全村人员进行梳理，排查富人和穷人，理顺孤立对象和争取对象。

春晖介绍道："鲜家港，有较富裕的十多户，最富的就是龚茂红。他出门八抬大轿，娶了五房姨太太。他呀，坏事做绝，专横跋扈，欺压百姓，是这一带有名的大恶霸地主。还欠有几条人命。"

"他有杆子吗？"瑞林问。

"没枪，就几个狗腿子，天天拿着木棒，横行霸道。"春晖道。

"是的，他横行霸道，连我们家都不放过。"梅芳说。

"你们不是房族吗？你管他叫二爹。"德斋插话。

"是的，他口里和我爹称兄道弟，暗地里勾心斗角。把我们家的湖田强占了好几亩。"梅芳说。

春晖说："常卫诚也不是个东西。他的家产不比龚茂红少，只是没五个姨太太。他呀，口蜜腹剑，阳奉阴违，见人一脸笑，暗地里坑害百姓。他也逼租逼出了几条人命。"

瑞林听着，锁着眉头，静静地思虑着，问："弟弟，我们村，像你这样的年轻人思想是不是很活跃？"

弟弟："村里年轻人，在家的不少。有几个思想特别活跃。"弟弟扳着手指，一个个罗列："阮家台的阮本槐、阮本宽、阮本独；费家湾的费光荣兄弟；李家台子的李道生兄弟；戴家小院的戴中凤、戴中秀姐妹，还有鲜港子上开篾器店的刘大纯。"春晖讲到一件事：阮本槐、阮本宽不是亲兄弟，却很团结。就在前两天，阮本槐、阮本宽兄弟俩从常卫诚家门口路过，他们边走边谈论国事，说什么，'软弱的政府和国外签订不平等条约，国共两党合作失败，'还说'地主老财苛捐杂税多如牛毛'，常卫诚听见了，对他俩恨之入骨，把家狗放出来，在他们面前狂恶地嘶叫。本槐飞起一脚，把狗踢翻在地。常卫诚从屋里跑出来，说'打狗气主'。本槐说狗仗人势。"常卫诚叫来一帮狗腿子，和他俩打起来，他们无所谓，敢和地主斗，出一口恶气。

"痛快，早应该这样，不然，狗地主会骑在穷人头上拉屎拉尿。"瑞林道。

"哥，你是要组织穷人联合起来，像本槐兄弟一样？"春晖问。

"对。"瑞林斩钉截铁地答道。

四

晚饭后，阮瑞林换上青色大襟棉袄，蓝色粗布棉裤，头戴鸭舌帽，向梅芳家走去。到了梅芳家门前，他将右手放进嘴里，吹了两下口哨。梅芳打开后门出来。

梅芳身穿咖啡色棉袄，蓝色长裤，脖子上围着红色围巾，来到瑞林身边。天色已晚，一弯新月高高地挂在天空。月光下，两颗年轻的心在激烈碰撞，为了明天的阳光，他俩在曲折坎坷的阡陌上夜行。

阮家台坐落在沮漳河南岸的小堤上，是村里一个较大的湾落，十多户人家。阮本槐住在湾落的东头。梅芳轻轻地敲门，本槐打开门迎瑞林、梅芳进屋。本槐招呼他俩坐下说："听说你们也在收购粮食，与许直卿、江陵征集队对着干。有量。"

"您知道了？槐叔。"瑞林问。

"别叫我叔，少年叔子弟兄辈。我虽辈分大，但年纪不相上下，就叫我哥吧。"本槐笑着说，"我看到了，你们是在搅场子。其实，我也早想和他们对着干，可是没你们这个胆。"

"你恨他们？"瑞林问。

"恨他们。他们可恶可恨。我叫了阮本宽、阮本独和戴宗凤几个年轻人来，和你们一起聊聊。"本槐说。一会儿，阮本宽、阮本独和戴宗凤来了，几个年轻人在这间小屋里畅谈起来。

"祥子，听说荆南中学在罢课，闹学潮了？"本宽问。

"是啊，现在，学生罢课，工人罢工，商人罢市。革命浪潮来势汹涌，势不可当。"瑞林兴奋地告诉年轻人。

"中国是一头睡狮。外受帝国主义的侵略，内受卖国求荣者的侮辱。我们义愤填膺。本地的地主、资本家、官僚横征暴敛，欺压百姓，置劳苦大众的死活于不顾。我们虽然恨之入骨，但是束手无策。"本槐说。

瑞林说："今年，国民党反动派把枪口对准共产党，发动了血腥的四一二反革命政变，大肆屠杀共产党人，轰轰烈烈的革命斗争形势遭到严重打击。但是，野火烧不尽，春风吹又生。革命的火焰依然在熊熊燃烧。"

"祥子，你讲的是大形势，就我们这里，也发生了许多新鲜事：百里洲的农民，杀死了五个地主豪绅，还杀死了一个罪恶多端的乡长。"本宽接过话茬说。

本槐说："安福寺徐家花屋成立共产党支部，组织农民开展'掰苞谷''吃大户'运动。"

"他们是有组织、有计划、有安排的吧？"阮本独疑惑地问。

"是啊，他们成立了农会、妇救会，有组织、有计划地开展活动。"本槐补充道。

"就是啊，要有组织、有计划。团结就是力量。众人拾柴火焰高，地主、土豪就很难打倒我们。"瑞林说。

"祥子，今后你来领导，我们跟着你干。"本槐道。

"是啊，祥子，你读的书比我们多，我们跟着你，你说咋干，我们就咋干。"屋子里的人都说。

"兄弟们，团结起来，合伙跟他们斗。"瑞林捏着拳头号召说。

"瑞林，明天还去收购粮食吗？"梅芳思考着问。

"明天就不去收粮了。分开行动，到几个收购点，观察他们收购的动静，静观局势变化。"

深夜，月亮藏起来了，小虫子晚安了。回家的路上，瑞林问："梅芳，你怕吗？"

"我怕什么？和你在一起，什么也不怕。"梅芳冷静地说。

"你父母对我们的行为是不是很反感？"

"父母？父亲开明，不反感，他们恨透了地主老财。再说，他们都很喜欢你，信任你，把你当他们的依托。只是母亲，有点懦弱。"梅芳看了一眼瑞林。

"真的？我太骄傲了。梅芳，今后，我们就捆在一起了。"瑞林情不自禁地把手搭在梅芳的肩上。

梅芳转过身，深情地望着他，说："我跟着你干。"

"有像本槐这样的老百姓作后盾，没什么可怕的。"瑞林望着梅芳说："你可以和戴宗秀联合起来，成立妇救会呀。"

"好，我努力，争取把农会、妇救会早点成立，组织妇女，开展对敌斗争。"梅芳应着。

"行，我们共同努力。"瑞林鼓励说。

"啊！蛇，蛇！"梅芳惊叫道。

瑞林定睛一看，一条扁担长的花蛇在面前溜着，口吐舌芯，发出"呼呼"声响。

"站着别动。"瑞林弯下腰，抓住蛇尾巴，提起来，用手上下抖动几下，蛇被驯服，一动不动。

"你真有几下，从哪学来的？"梅芳问。

"我看到弟弟这样做过。他比我机灵。"瑞林道："弟弟说，我们这有柴狗子、野兔、野猪，这些畜生会伤人。要我们夜里出门，多加小心。"

梅芳道："春晖很能干，是我们的好帮手。"说着，来到梅芳家门口。她告别瑞林："你回去，好好休息，明天干大事。"

黑暗中，一人影站在家门口，梅芳急忙上前，叫道："妈。"

"死丫头，一个大闺女，三更半夜，不归家。"梅芳走近母亲。

瑞林回到家，已过半夜，春晖还在家等着。他坐在弟弟床沿边，问："怎么样？你们走了几户。"

"哥，有几个年轻人说认识你。像罗步卿、陈直甫。"春晖说。

"是的，我们在一所学校读书。"瑞林想起来了："他们比我们回乡早。在哪儿？"

"在沮漳河对岸的贾家垴，和李道生、李道云一样，说话相当激进，懂得好多做人的道理，很想和我们一道，同地主恶霸以及那些反动军阀干一场。"

"好，真是大好时机。"年轻的瑞林热血沸腾，他拉着弟弟的手说："弟弟，我们在干惊天动地的事业。"

"我知道，哥哥在干大事。"春晖说。

"弟弟，哥哥干的事业，是冒险的，随时都有杀头的危险。你年纪小，我怕你经受不住。"瑞林走到弟弟身边，轻轻地抚摸他的头，语重心长地说。

"哥，弟也不小了，开过年就满十六了。我不是没头没脑的小孩子，知道哪些该做，哪些不该做。"春晖抬着头，久久地望着哥哥。

瑞林起身说："春晖，好好睡一觉，明天动手。"

五

江口是枝江两大重镇之一，国民党在此设立江口民团，许直卿为团长。他阴险狡诈，心狠手辣。早上，他穿着长袍，口里叼着旱烟，戴着一副墨镜，神气地站在团部门前。

征粮队的几个团丁，收购了一天，嗓子都喊哑了，粮食却收购不多，便灰心丧气地回到团部，刚进大门，许直卿劈头盖脸地问道："出去一天，怎么就收了这么点货，没用的东西，碰到麻烦了？"

擅长讨好拍马，阿谀奉承的分队长时继良，打了个立正："报告，我们遭遇到阮瑞林一伙的阻挠。鲜家港共产党先发制人，不但动员群众不把粮食卖给我们，还设了一个收购点高价收购，同我们对着干。所以……"

"所以个屁。戴保长没跟着你们收购组，保护你们？"许直卿偏着脑袋，瞪着眼睛追问。

"报告，国民党江陵别动队也安排一个小组，在鲜港子搭台收购，戴继恒在帮他们收购。"时继良靠近他说。

"他妈的，反了，小毛娃作梗，老保长吃里爬外。老子要看看他们有多大能耐。明天，叫上十几号人，我亲自去。"团总粗声粗气地叫嚣。

几路人马汇聚鲜家港，那里有好戏看了。

早上，太阳从云缝里露出脸，打了个照面，又钻进了云缝。接着，细细的雨点落在地上，点滴成面，不一会儿地上湿润了。

许直卿骑着高头大马，带着团丁，耀武扬威地从江口出来，走向鲜港子，戴保长迎了上去，低三下四道："许团总，劳驾您亲自来。"

"听说，你胳膊向外拐，帮江陵征收队收购粮食了，我衙门太小，容不下你是吧？"两团丁把许团总从马上扶下来，团总轻蔑地看了看戴继恒，没好气地说。

"哪里哪里，江陵征收队已来几天，他们还拿着司令的令箭，我是在丢车保帅。许总别生气，今天我陪您行吗？"保长赔笑道。

"你不是要令箭吗？我马上折一根树条给你。"团总说着，从树上折断一根枝条，傲慢地道："这就是令箭，要不？"说着，欲用树条抽打戴保长。

"看您说到哪儿去了，谁胆大包天，敢要您的路条。走走走，我陪您去。"保长难堪地把手一划，做出一个请的姿势。保长一边走，一边打锣，不停地叫喊："各家各户注意，许团总下来收购粮食。乡亲们快把粮食弄出来，许团总收购。"

瑞林兄弟在床上没躺多会儿，天就亮了。瑞林说："你往东，要大爹大妈、叔叔伯伯别害怕，把粮藏好，不要把粮食卖给征收队。"

春晖说："哥，我知道该怎么做，这两天，我从你那里学到了许多，你放心好了。"

瑞林朝西走。他和梅芳在龚家台、施家店、戚夹巷子，走了一圈。所到之处，他们拉家常，说服农民藏好粮食，动手帮助农民搬运、藏匿粮食。

江口民团流动收购，江陵收购队设点收购，几个被当地农民俗称黑狗子的兵士在场子上晃动。菱角湖、吴家堤等地农民，三三两两在鲜家港集市卖粮。德斋、春晖、本槐、本独、罗步卿、陈直甫等十多人，转到港子上，观望着市场买卖。

戴宗秀父亲挑来两袋粮食，放在收购队面前。黑狗子拿着秤，用秤钩勾起一个袋子称着，叫道："谷子，三十斤。"

春晖立马上去，指着秤杆说："你秤杆子快把天戳破了。"

黑狗子叫嚷道："小毛娃子晓得个屁，滚开。"

宗秀父亲嘀咕道："我来时在家称了，一袋子三十五斤还旺，在你们这，咋就只有三十斤？"

"我们做生意，讲公平。你不信，再称。"那家伙狡辩，把秤杆子扭转了几下。

本槐父亲阮全桐常年在江口、凤台、草埠一带做买卖，玩秤是一把老手，本槐跟着多少学了些。父亲告诫他说过："害人之心不可有，防人之心不可无。"今天，儿子印证了父亲的告诫，派上了用场。

本槐走近黑狗子，把秤杆拿到手，又把秤砣放在手心，掂了掂，对大伙说："奸商，奸商，他们在玩秤，大家看好了，秤杆向外扭，货物就会称少，向内扭，货物就会称多。还有，他们在秤砣上也做了手脚。"

德斋走向前，高声道："你们不能昧着良心做生意，坑人害人。"

春晖一大步，冲到那家伙面前，嚷道："赶快把你们玩秤的馊把戏收起来，不然，把你们的场子给砸了。"

"你敢，戳屋上的瓦，还看地下的人。你知道我们是谁吗？"黑狗子气势汹汹。

"你们不是鄂西'清乡'区派来的吗？国民十四军、十五军，我们都见过，就是阎王老子，见了我们，还得绕道走。"春晖急了，朝那家伙吐了一口唾沫，挥手说："兄弟们，把他们的货给分了。"

这时，征收队队长汪同才跑过来，拿着枪对着春晖，叫嚣道："你胆子比天大，吃了豹子胆，想分老子的货，小心毙了你。"

阮本槐一个箭步上去，左手擎着汪同才的领子，右手在他的胸口狠狠地猛击三下，汪同才栽倒在地。

黑狗子正想过来帮衬，阮本宽、阮本独等人，没等他们走近，便拳打脚踢，快速把黑狗子打倒在地。在场的村民一拥而上，打的打，拉的拉，夺的夺，将征收队的粮食一抢而光。

村民把粮搬到港子上阮全章的麻将馆，刘大纯守在粮堆的旁边。

这时，围观的老百姓越来越多，集上站满了人。瑞林走来，他一步跨到粮堆上，高声对大伙说："乡亲们，我们祖祖辈辈脸朝黄土背朝天地劳动，可我们祖祖辈辈受穷，受地主、恶霸、土豪、劣绅、官僚、军阀的欺凌，大家想想这是为什么？我今天告诉你们，是因为我们没有土地，是因为我们软弱可欺。我们收的粮食都被他们以租课的名义霸占了。土地是我们的，我们应该拥有土地，可我们没有一寸土地，土地都被他们霸占了。我们要团结起来，同地主、恶霸斗，同土豪、劣绅斗，同官僚、军阀斗。现在有一个组织，叫共产党，这个党，是为穷人打天下的党，是争取为穷人解放、为穷人不再受穷、受欺侮而斗争的党。乡亲们，挺起腰杆，大家动手，把这些本属于我们的粮食分了。"

瑞林教训黑狗子说："你们别再欺诈老百姓，如果你们再欺诈老百姓，被我看到了，我对你们不客气。"

汪同才连忙磕头道："兄弟饶命，我们再也不敢了。"说完，爬起来，灰溜溜地跑了。

人群中，有个贼眉鼠眼的家伙，叫戴宗凤，他看到这一切，悄悄地溜出去，来到许直卿面前，"报告团座。"

许直卿问道："什么事？"

"粮食被抢了，摊子被砸了，枪也被夺走了。"戴宗凤结结巴巴地说。

"谁干的？"许直卿惊讶地问。

戴宗凤说："有很多年轻人，为主的好像有阮本槐、阮本宽。"

许直卿细细地琢磨，吩咐道："时队长，你去看看有多少人？"

时继良到了港子上，见多人在分粮食。转身回到许直卿身边："报告团总，很多人正在分粮食。"

许团总搔了搔后脑勺，说："这些毛娃子，正在火头上，人多势众，别惹恼了他们，三十六计，走为上策。"

首次行动，旗开得胜，大长了穷苦人民的志气，大灭了反动派的威风，给本槐、本宽那些激进分子极大的鼓舞，他们看到了革命的曙光，阮春晖更是喜在眉头，乐在心头。

晚上，老实巴交的阮本要却惶恐不安。他见到孩子们拿着枪回来，便说："孩子们，你们要出大事的，这是要灭门的呀！"

"爹，你不愁，我们有了这东西，就不怕地主老财，不怕许直卿了。天大的事，哥哥总会摆平的。"春晖自信地说。

"祥子啊，你们这是在造孽呀。"父亲道。

"爹，你老实巴交一辈子，到头来，还是在受穷受压。如今世道在变，孩子们不想像你一样，受穷受压，我们要革命，革我们自己的命、革地主老财的命、革军阀官僚的命。"瑞林说。

去年，闹冬寒，连续四十余天没下雨，农民栽种的油菜、大小麦因为田里无墒，无法从地里长出来，长出来的庄稼也出现病态。今年，又闹起春旱，种子难以播种下去。夏秋两季，干就干个十天半月，涝就涝个七七四十九天，草荒、苗荒、虫灾压得庄稼人喘不过气来。田里颗粒无收，田租田课还是要交，家里的老老少少张着嘴要吃饭，村民们纷纷被迫流离失所，逃荒讨饭。

瑞林和村里年轻人的革命行动，逼使许直卿团队龟缩在江口；龚茂红、常卫诚闻风丧胆，不敢轻举妄动；江陵征粮队躲在船上，按兵不动。看似风平浪静的村庄，酝酿着暴风雪的来临。

六

沮漳河地处湖北省中部，为长江中游的支流，源于保康县西南的沮水，向东南流至当阳河溶镇的两河口，与东支漳水汇合，此段，便称为沮漳河。东南流至鲜家港，经鲜家港、肖家桥、东林等九个村，在鸭子口出境入江陵。沮漳河春冬时节，犹如温顺的绵羊，风平浪静；夏秋时节，仿佛咆哮的野马，奔腾不息。此时沮漳河水跌落，两岸退出了沙地，堤岸长满灌木。

阮本要头上包着青色粗布头巾，肩扛着两头尖的扁担，扁担的一头挂着绳子，和李正富一起，来到河边砍柴。刚走过阮家台，河对岸传来"砰砰砰"三声枪响，河里的野鸭噗的一声，四处飞散，一只野兔蹦出来，翻过大堤，飞奔而去。

两位老人朝河里望去，河水圈着浪花，泛起几片血水。几个大兵持枪赶到河边，向浪花望了望，回头爬上大堤，朝下游走了。

李正富说："有人跳水了，当兵的开了三枪，走了。"

阮本要望着泛着血花的河水，惊奇地说："谁跳水了？活着还是死了？"

"肯定死了，你看那泛起的浪花里漂有鲜血。"李正富说。

"去瞅瞅。"阮本要往河边走去。

浑浊的河水缓慢地打着圈儿，向东流着。偶尔，几条不安分的鱼儿跳出水面，又扎下去；鸟儿在灌木丛里发出叽叽喳喳的叫声。俩老人待在河边，注视着水面。

"有人，有人，快，在那。"阮本要放下扁担，一边叫着一边向下流跑。只见那人穿着长布衫，艰难地从河里爬上岸，一下子瘫在地上，动弹不得。

"快来看，伤口在淌血，还有气。"阮本要把那人的身子翻过来，说："正富，帮我把他抬起来，放到我的肩上，把他背到我家去。"

他俩把那人抬起来，放到阮本要的肩头。老人背着，一步一步向家里走去。

阮本要把伤者从后门背进屋里，放在床上，哇的一声，伤者吐出一地水。老伴停止了纺车，走进屋内问道："这谁呀？"

"快快快，给他加上一床被子。等会儿我慢慢告诉你。"阮本要说。

老伴拿来被子，给伤者盖上。伤者睁开了眼睛，吃力地说："老人家，我怎么在这儿？"

"你被枪兵追到河边，为了逃命，一头扎进河里，枪兵还不放过你，朝你开了三枪。他们以为你死了，走了。"阮本要说。

伤者想爬起来，左手撑在床沿上，说："谢谢你们，我不能连累你们，我得走。"

阮本要安慰道："你不能走，身上还有枪伤。再说天黑了，这人生地不熟，往哪儿走。"说着，把伤者扶起来躺着。妻子呆在旁边发愣。

晚上，瑞林兄弟回来。瑞林惊讶地叫道："刘先生，你怎么在这儿？"

阮本要欣慰地说："原来你们认识。这位先生大难不死，必有后福。瑞林，你遇到贵人了。"

"什么贵人不贵人的，他是我的老师。"瑞林告诉父亲。

瑞林把他扶起来躺着，先生慢慢地说："你们离开学校后，国民党反动派更加猖狂，他们组织'剿共'队，四处搜捕共产党员，大肆屠杀革命群众。为安全起见，许多党组织转入地下。我是受党组织委托，安排到荆西北地区，指导地下工作。我去马山，马山地区农运特派员王永善被刺，我到菱角湖，菱角湖党支部遭到破坏，党支部书记被捕。"

瑞林惊奇地望着先生。

先生道："我带来了江陵特别支部，现为江陵县特别委员会的指示，在凤台、草埠、柳港、鲜家港、龚家闸等地组建党组织。你们鲜家港、龚家闸，成立龚家闸党支部，阮瑞林为支部书记。支部有五人，除了你，还有阮德斋、龚梅芳、陈直甫、罗步卿。龚承谦，他是鲜家港人，也属于你们党支部。不过，他还在荆州。"

"哥哥，你是共产党员？其实，你不告诉我，我也猜想到了。你的一言一行，都是在为劳苦大众着想；你的所思所为，都与共产党的愿望一致。"阮春晖拉着哥哥的手兴奋地说。

"弟弟，你长大了。"瑞林说。

"人家都十六岁了，是应该长大了。"春晖道。

"瑞林，你听好。现在，我们党正处于困难时期，革命的形势非常严峻，你要做好时刻为党牺牲的准备。"刘长林声音显得低沉，他在告诫同志：要不怕困难，不怕牺牲，随时为党、为革命事业、为人民而献身。

"先生，你放心，学生已做好了充分准备，随时为党的事业牺牲自己的一切。"说完，师生紧紧地抱在一起。

"孩子，你们别说了，你看先生伤成这样，快去找郎中给先生看病吧。"父亲说。

母亲熬了一碗姜汤水，端到刘长林面前说："大叔快喝，补补身子。"

"爹，我去江口给先生请郎中。"瑞林说。

"孩子，我去吧，我对郎中熟。"

"你这把年纪，夜里行路不方便，还是我和哥去。"春晖说。

母亲说："你就让孩子们去吧。"

"好，你们路上小心，快去快回。"父亲嘱咐道。

瑞林和春晖提脚就走，先生叫道："回来。"

"什么事？"瑞林问。

"瑞林，你换上行头，把你父亲的大襟袄子和头巾换上。明天，把德斋他们叫来，我要传达江陵特别支部的指示。"

"好。"瑞林道。

"你们千万要小心。'剿共'队没有抓到我，他们活不见人，死不见尸，肯定不会善罢甘休。还有，你们如果遇到什么麻烦，可找武备学堂的吴先孔或杂货店的肖保苍，他俩是我们的同志。"先生嘱咐道。

母亲找来父亲的衣服和头巾，兄弟俩换上，急匆匆赶路。

前两天，下过大雨，路上满是泥泞，乡间小路更是泥烂路滑。夜色朦胧，寒风吹打在他俩脸上。

瑞林快步走着，一脚踩踏在稀稀乱乱的泥巴里，"哎哟"一声。

"哥你看着点。我们这个地方，下雨走夜路，有一句俗话说是：'天晴踏白，下雨踏黑。'"

"为什么？"

"天晴，路面是白色的，有泥巴的地方，是黑色的，是泥，不能踏。下雨，有水的路面是白色的，泥巴是黑色的，所以，下雨，白色的路面不能踏。"春晖笑着说。

"弟弟知道的真多。"瑞林说。

"哥哥，你是书生，懂得的道理比我多。"

两个年轻人，在曲曲折折的乡间小路上，怀着对未来的憧憬，奋力前行。

枪兵朝小河的下流走了一段，为头的李卫贤突然想起来："对了，汪同才好像在这一带征粮，叫鲜港子，鲜港子有船码头，去找找他们。"

枪兵突然杀了个回马枪，向上游找去。

汪队长问："啥事，这么急？"

"共产党江陵县特别支部委员刘长林跑到鲜家港来了，我们追到河边，他跳河了，现在是死是活，还不知道。"李卫贤说。

"这里地势特别复杂，为江陵、当阳、枝江三县交界处，是三不管又都管的地方，鬼得很。一些年轻人非常激进，我们的货被他们抢了，还丢了几杆枪。我是在等几个兄弟回来，不然早溜了。"

"不管情况怎么样，得去看看，回去好有个交代。"李队长道。

船停下来，李卫贤带着一帮黑狗子跳下船，来到刘长林跳水的对岸——阮家台。

黑狗子说："刘长林如果是死了，就会沉入河底，需要两三天才会漂起来；如果没死，就是上岸被人劫走了。"

李卫贤吩咐道："搜。"

天色黑定，阮家台几家关门闭户。李卫贤带着黑狗子从西到东，挨户搜查，扣开本槐家门，阮全桐穿衣开门，问道："谁呀？三更半夜敲什么门？"

黑狗子一脚踹开大门说："搜查。"

李卫贤问："你见到一个穿长衫、戴礼帽的中年男人了吗？"

"我们家没外人。"阮全桐颤抖着身子回答。

队长命令道："搜。"黑狗子把本槐家堂屋、偏屋、内房、厨房都搜了个遍，报告说："没有发现刘长林。"

大兵转到瑞林家，吼道："开门，开门，快开门。"使劲地拍门。

阮本要开门。黑狗子拥进屋里，二话没说，把整个屋子翻了一遍。没发现可疑人，队长说："再搜。"

阮本要强装镇定，但无论他怎样伪装，地地道道的农夫怎经受得住如此恐怖的场面。他的身子在哆嗦。

团丁在瑞林的房间站了会，弯下腰，把头往床底下仔细看。一个黑狗子打开柜门，把衣服翻出来，丢在地上。一士兵在地上摸了摸，惊叫起来："队长，血。"

"老家伙，燃灯。兄弟们仔细搜。"他拧住老头的衣领，吼道："家有多少人？"

"四人。我和老婆，还有两个儿子。"老人支支吾吾地回答。

"儿子呢？"队长问。

"儿子走亲戚了。"

"什么时候去的？"

"下午，去百里洲了。"

"百里洲？"

七

老伴点亮灯。黑狗子把油灯接过来，放在地下，弯腰瞅瞅地上，说："血，地上是血。"

李卫贤咬着牙说："地上的血是怎么回事？"

阮本要不知所措，李卫贤凶狠地说："你说不说，不说要你的老命。"

老人哆哆嗦嗦。忽然走进一人，手里提着一只大花鸡，鸡在使劲挣扎，跳着，摆着，扑打着，颈项淌着血，来人摸着手上的血道："大爹，你刚才给我杀的鸡，还没提到屋里，我妈来了，说要你帮我把鸡毛拔了再提回去。"

"大纯，你这娃子，我要你把鸡毛拔了提回去，你犟，偏要回去让你妈给拔毛。这不，又白跑了一趟。"阮老以责怪的口气对刘大纯说。老人挣开身子，拉开李卫贤的手道："这血是我刚才杀鸡，滴在地上的鸡血。"

"你骗得了谁呀，当我是傻子，这是鸡血吗？"

"大哥，是他杀鸡淌的血，我是亲眼看到的。"大纯说。

李卫贤想弯下腰，嗅嗅地上的血迹。

几个人争论不休，屋外走进三个人。

"爹，你们在干吗？"瑞林说着，一把拉起李卫贤："长官，你这是在做啥？"

"儿子，快来给你爹解围。这一路当兵的，硬说我们家藏有逃犯，还说地上有血。"

"他是你儿子？"李队长问。

瑞林上前介绍道："我是他儿子。他，是我弟弟，那位穿军装的是肖部长。"

"我是肖保苍，县党部工商部长。"肖部长抖了抖军大衣，镇定地说着，从衣兜里拿出一个小本本，说："这是我的证件。我听阮氏兄弟说，鲜家港出现共产党，被他们带到这，连夜赶来捉拿共产党。"

李卫贤接过证件，看后说："冒昧，冒昧，失敬，失敬。"他把手一挥，说："兄弟们，撤。"

李卫贤带着士兵走了，阮大爹这才松了口气。春晖问："刘先生转移到哪儿去了？"

父亲把屋子收拾了一下，请大伙坐下，说："这回多亏了大纯兄弟，是他趁机把刘先生转移到安全地方。对了，你们不是去找郎中吗？郎中在哪儿？"

"爹，我们在很远就看到了，家里灯亮着，几个人影在屋内屋外晃动，猜想家里出事了，我们把郎中安排在本宽家。"瑞林说。

"那又出了错，刘先生就在本槐家里，本槐家离本宽家不远。郎中如果嘴不紧，说漏了嘴，可要出大事了。"阮本要把双手拢在衣袖里，心神不定。

"没事，郎中是个明白人。"肖保苍扶着老人家坐下。

"你们快去，把刘先生接到我们家来，投早不投晚。"老人说。

"是啊，快去，免得连累本槐家。"母亲着急地说。

黑狗子走远，瑞林他们走出来，父亲跟在后面。

大纯带着他们，走在路上，向瑞林讲述了刚刚发生的一幕：

晚上，大纯在店铺门口站着。李卫贤带着黑狗子，来到阮全章麻将馆门口，叫喊："开门开门。"阮全章打开门，士兵进屋问："有烟吗？"

"有。"阮全章递给他们一包烟。李卫贤问道："你们听说有一个受枪伤的中年人到这来了吗？"

"我这茶馆，来往人多，消息灵通得很。好像听说在河里有人被打死了，是在阮家台一带。"阮全章说。

"你确定，是死了吗？"李卫贤追问。

"这，我可不敢确定。"老板道。

"阮家台在哪儿？"李卫贤说。

黑狗子接过话茬，说："阮家台，我熟悉，我家是柳港人，离阮家台不远。我开枪的地方，印象深着啦。"

"好好好，你给我们一人一包烟，算是犒劳老子。"李卫贤贪婪地对阮全章说。

"好呐。"阮全章舍财保命，关上大门。

大纯就站在店门口，想到：眼下，这里年轻人正在闹革命，那人一定有来头，也许是来领导闹革命的。如果他还活着，就一定在阮家台。瑞林是革命者，又为人厚道，肯定会救人的。他关上铺子，抄小路来到瑞林家里。一见，果然不出所料。他对阮本要说："黑狗子找人来啦，你给先生穿好衣服，我背着他，见机行事。"

黑狗子从西边搜查，待查完本槐家离开。刘大纯趁机把先生背到本槐家里。"后来……"大纯说出眼前一幕：

大纯在本槐家安顿好刘长林。刘先生说："你关注一下瑞林家，看看那些枪兵有什么动静。"他突然想到那地上的血，可能引起敌人的怀疑。

本槐说："我杀一只鸡，你把这鸡提过去，糊弄一下他们。等事情过去，把鸡烧给刘先生吃，给补补身子。"

这样，大纯把鸡拿到瑞林家。正在危难时刻，瑞林到家了。

"祥子，你得感谢大纯兄弟呀。"阮老人说着，双手握在一起，向大纯鞠了一躬。

"别，大爹，瑞林的事就是我的事。"大纯说。

说着，他们到了本槐的家。

春晖轻轻地敲门，门开了。

"老同学，你好啊。"肖保苍走进屋子，拉着刘长林的手，亲切地问道。

"好好好，您和吴先孔都好吗？"长林爬起来，瑞林忙去搀扶他。他说："你别动。真没想到，在这见面，而且是在这种情况下相逢。"

"可不是嘛。"保苍对瑞林说："我和先孔、长林，都是武昌农民运动讲习所的同学，在那里，我们同时加入中国共产党，一起走上革命道路。到枝江后，吴先孔任国民党枝江党部组织部长，我呀，以双重身份，进行革命工作。"

"你们真是了不起！"春晖望着这一对革命战友，一种敬佩之感涌上心头。

"还是把刘先生背到我们家去吧。"瑞林说。

本槐阻拦道："瑞林，你就见怪了。你家、我家不是一样吗？就在我们家吧。先生病重，不能再搬动了，你快把郎中接过来。"

大纯也说："快去，快去接郎中，刘先生危险！"

刘长林脸上冒着豆大的汗珠，大家慌了。

八

本槐和瑞林一起到本宽家，接来郎中。郎中打开药箱，给刘长林把脉，看了看长林的伤口，说："先生的伤势太重，身子里面还有子弹，需要取出来。"

"那就麻烦杨先生，你看怎么弄吧，"肖保苍说。

郎中急忙取出药棉、刀子和镊子等治病工具。

春晖上去，脱掉刘先生的血衣。郎中靠近刘先生，从药箱里取出几片药，对刘先生说："现在没麻药，你把这几片药含在嘴里，我给你取子弹。"

春晖抱着刘先生，先生一只胳膊紧握着床档，一只胳膊伸向郎中，身子伏在床上。牙咬得紧紧地。

郎中将他右臂上的伤口用冷开水擦洗，然后把镊子伸进肉内，镊出子弹，鲜血染红了被单，他浑身浸出热汗。几分钟后，郎中说："好了，子弹取出来了。你现在需要休息。我带来了两服中药，你吃了再看，有事，再去找我。"

"大夫，感谢你。爹要我们去找你，说你是大好人，而且医术高明，果然如此。"瑞林谢道。

阮全桐在一旁说："杨先生是江口有名的郎中，不仅医术高明，而且为人厚道。"说着，递给郎中一条毛巾。

郎中擦擦汗，说："太晚了，明天还要给人抓药看病，我走了。"说罢，提着药箱就走。众人送郎中出门，肖保苍想说什么，郎中说："明人不用细说，我知道刘先生是好人，保重。"

郎中走后，本槐说："让先生休息，你们也回去吧，先生我来照护。肖叔，你就在我家休息。"说着，他拉着肖保苍的手进屋。

回家的路上，父亲高兴地问瑞林道："请郎中还顺利？没遇到什么麻烦？"

"麻烦？麻烦可大了。"春晖告诉爹说："要不是遇到肖叔，我们会进民团的号子。"走着，春晖向父亲讲述晚上发生的危险一幕：

瑞林兄弟来到江口东街街头，正准备进街，瑞林一把拦住春晖，把弟弟挡在身后，观察街头的动静。团丁守住进街口，拦住过路人，从头到脚，逐个逐个地全身搜查，觉得没什么可疑，才放人过去。

"春晖，团丁搜查很严，我们过去不了。"瑞林仔细地观察情况。

"我们没带什么家伙，团丁恐怕在搜查带枪的人。"弟弟说。

"可不是吗？他们一定是在搜查刘先生。"瑞林道。

春晖机灵地说："不会，枪杀刘先生的黑狗子肯定还没回到江陵，消息没这么快。哥，我们闯过去。"

"不行，我们重任在身，不能有半点差错。"兄弟俩待着，仔细地观察动静。

忽然间，时继良走来，对团丁说："都给我听好咯，有几个从江陵来的共产党，就在这一带活动，还有他们的帮凶，鲜家港的几个混蛋，抢了老子的枪，你们仔细地搜，不能放他们跑了。"

"哥，他们还不知道刘先生逃走的情况，不是专门搜查刘先生的，是搜查江陵到江口活动的一些共产党。不过，他们知道我们抢枪的事了。怎么办？"春晖说。

"还有没有其他小路可以进去？"

春晖想着：江口有四条商业街，东岳庙街、前正街，又叫吉祥街、后正街和十字街，贯穿着李家巷、费家巷、柏家巷等十五条小巷，网络着周围四十八个集镇。进出的路多着哪。进街最近的小路应该是柏家巷。他说："南边就是长江，从河岸走，来往的人多。还是从北面走，北面进口多，出口也多，好见机行事，就是团丁抓咱们，咱们逃也方便一些。"

兄弟俩绕江口北边，抄小路，来到柏家巷。街道不宽，三人并行，还要肩擦肩。路面撒有一些煤渣，走在上面，发出噗噗声响。他俩贴着板壁墙角，小心翼翼地走着。

"哥，江口开药柜并行医的有家中药铺，叫朱氏同济堂，其伙计朱圣典，骨科杨志学；西医有鄂城人余文波开的'同仁医院'，我们去哪儿？"春晖问。

"爹不是说有家他熟悉的吗？进去问问。如果情况不妙，我们就退出去。"瑞林说。

"站住，你们干什么的？"有团丁围了上来，时继良站在春晖面前，拦住他俩说："天这么晚了，你们在街上干啥？"

"我们……"春晖吞吞吐吐，迟疑半晌，瑞林抢着说："晚上，我把锅烧破了，没锅做饭，到街上去买锅。"

"买锅做饭？都什么时候了，还买锅做饭？我看你们不是好人。"时继良上下仔细打量着瑞林兄弟，感觉似曾相识。

"我们是好人，就住在附近，您不信，去问肖老板。"瑞林用帽子捂住脸，镇定地说。

"肖老板？哪个肖老板？"

"就是前面前正街的肖老板，肖保苍啊。"春晖道。

"带走，我看他们在说谎。"时继良命令团丁，把他们押向民团。

"我们是好人，我爹是棉花贩子，常在江口贩棉花，他认识肖老板。"春晖一边走，一边小声嘀咕。

"快走，嚷什么。"团丁催促。

肖保苍正在关店门。他听到有人大声嚷嚷，把头偏向门外，朝前面望了望，看见团丁押着两人走来，便走出来说："时队长，这么晚了，还在忙公务。"

时继良道："哎呀，肖部长。抓了几个嫌疑人，带到团部去。"

"肖叔叔好。"春晖听时队长在叫肖部长，灵机一动，忙叫道。

"啊呀，你不是祥子吗？怎么这个时候还在这儿呀？"肖保苍问。

"大叔，倒霉。晚上锅烧破了，到街上买锅。可时队长说我们有嫌疑，便把我们弄来了。"

"时队长，他们我熟悉，鲜家港跑棉花生意的九爷的侄子，祥子。"肖老板说。

"肖部长，你们真是熟人？这两小子，找的就是你？"时继良含糊其词。

"是的，熟人。你别不放心，你不是叫我肖部长吗？现在，我以国民党枝江党部工商部长的名义担保，他们是良民。"肖保苍拍拍胸脯说。

"看在肖部长的面子上，放人。"时队长说。

团丁走了，瑞林兄弟跟着肖保苍，走进肖家杂货铺。进屋后他们把情况向肖部长作了汇报，肖保苍说："你们等着，我去找郎中。"

九

春晖说着，父子仨回到家里。父亲把门关上，对孩子们说："刘先生的伤势严重，在这养伤可不是一两天，你们安静在家，别再惹事。"

"爹，您就别操心了。先生的事，你要保密。"瑞林对父亲说。

父亲黑着脸说："你把老子当三岁大的小孩子，不懂事？"

瑞林冲着父亲笑着走进房内，对弟弟说："明天，我们分别去找几个信得过的年轻人，商量一下下一步行动。注意，一定是要可靠的人。"

"哥，我考虑过了，找这些人，你看行不行？"

"哪些人？"

弟弟扳着手指，一一罗列："阮本宽、阮本独、李道生、戴宗秀，戴宗凤，还有贾家埫的罗步卿、陈直甫。怎么样？"

"本独、宗凤他俩可靠吗？"瑞林问。

"还算可靠，他俩对现实很不满，同本槐哥跟得紧。"春晖道。

瑞林道："保苍叔明天天不亮就要走。晚上等人到齐了，如果安全，就把刘先生背到我们家。"

一早，父亲轻轻地开门，瞧两边没人，转身对本槐说："外面没人，叫客人快走。"肖保苍离开阮家台。

上午，春晖站在河堤上，眼前出现一对恋人，男者身材魁梧，迈着健步，女者扎着一对又黑又粗的齐腰辫子，脸色黑里透红，额头上几绺短发搭在眉上，细少的鬓发像一对括号，把瓜子脸括在中间，一件花红色的棉袄包裹着曲美的身段。春晖迎上去，笑着说："本槐叔、宗秀姐，啊，不，是宗秀婶，你们啥时候请我吃喜糖啊？"

"别瞎说，小心挨揍。"宗秀红着脸，在地上捡起一块泥土，追赶春晖，朝他掷过去。

"婶子，你就别不好意思了，这是早晚的事。啊，对了，我哥让你们晚上到我家去一下。"春晖道。

"知道了。"宗秀说。

瑞林家，中间是堂屋，两边是内房，内房被墙壁隔开成两小间，西边前面是春晖的房间，后面是瑞林的房间，东边的前面是父母的房间，后面是储藏室。储藏室内有一张木床，一张方桌，方桌上放着一个盘子，盘子里放有半盘棉油，一根棉花捻子作灯芯，在油盘里燃着，火苗在灯捻子上摇曳。十多颗年轻的心在这间小屋里期待着。

春晖把刘长林从本槐家背进自家储藏室里，放在木床上。

刘长林躺着，对大家说："我叫刘长林，受中国共产党江陵特委委托，前来马山、凤台、菱角湖、鲜家港、龚家闸一带，组织发动群众，开展革命斗争。听瑞林介绍，你们都是进步青年，有参加革命的愿望。"

戴宗凤第一个站起来："请问，中国共产党是一个什么样的党？我们这里有党员吗？"

瑞林拉着戴宗凤的衣角，示意他坐下。刘先生道："中国共产党是为我们劳苦大众说话、办事的党，是领导劳苦大众起来革命，推翻反动统治阶级，建立一个没有压迫、没有剥削的美好国家的政党。"

阮本宽问："我们可以加入吗？"

刘先生说："可以，但是，要符合条件。"他想了想，说："鲜家港已经有了党组织，希望你们努力创造条件，积极参加革命斗争，争取加入中国共产党。"

"先生，你说我们该怎么做？"春晖迫切地问。

"现在主要是团结穷苦人民，共同对付我们的敌人。"刘长林说。

"这里有共产党党员吗？我们的敌人是谁呀？刘先生，你还没回答我提的问题呢？"戴宗凤刨根问底。

"这里的敌人嘛，常卫诚，还有许直卿。"阮本独插嘴说。

"戴宗凤提出的第一个问题，无可奉告。至于我们的敌人，并不是哪一个，而是那些不劳而获，横征暴敛，压迫、剥削劳动人民的反动派，是骑在我们头上作威作福的剥削阶级。"刘先生严肃地说。

"我们怎么和他们斗？我们斗得过他们吗？"本独疑惑地发问。

"咋斗不过他们，前天，我们不是斗赢了吗？"春晖神气地说。

"是赢了，但他们不会善罢甘休，会想方设法报复我们。"本独道。

"所以我们必须团结起来，壮大我们革命的队伍，齐心协力，和他们斗到底，直至革命胜利。"瑞林说。

"同他们斗。我不怕。"春晖胸有成竹，抖起精神。

"下一步，我们成立农民协会、妇女协会，把农民组织起来。人多力量大。"阮德斋说。

年轻人们群情激奋。瑞林激动地说："我们有枪，不怕他们了。"

"枪？你们有武器？"罗步卿问。

"你们怎么有枪？"紧接着，刘先生惊讶地望着瑞林。

瑞林的眼光扫射了一下四周，说："是这些年轻人，从江陵收粮队那里夺的，那些黑狗子从来没有碰到过像本槐那样，敢和他们对峙的人，他们被这些年轻人一闹，吓得屁滚尿流，乖乖地弃枪而逃。"

"这枪可不是闹着玩的，你们这样一闹，他们回去不好向主子交代，一定会寻机报复，卷土重来。你们先不要动枪，把枪藏起来。"刘先生仔细地打量在场的人，交代说："目前斗争形势严峻，社会关系复杂，你们千万要三思而后行。"刘长林看了看夜色，说："时间不早了，都散了吧。"

年轻人余兴未尽。

"大纯、宗秀，我们回去吧。"戴宗凤胆怯地说。

"慢走，路上小心。"几个人不愿离开，瑞林、春晖站起来送客。

戴宗秀对宗凤说："哥，你先回去，我跟梅芳有事讲。"

"我知道，你明指曹操，暗念刘备，是和本槐有事吧，谁不知道你心里的小九九。"宗凤笑道。

"讨厌。妹真的有事儿。"宗秀说。

"大纯，我们走。"宗凤说。

屋子里剩下瑞林、本槐、春晖、德斋和梅芳等人。刘先生说："你们目标先不要太大，这样会招风惹雨，工作需要秘密进行。"

"先生，党组织，是不是可以公开活动？"瑞林说。

"不行，戴宗凤提出的问题，我没有明确告诉他。我看他心里好像有鬼，必须提防。"刘长林喝了一口水，说："现在可以告诉你们，上级批准成立龚家闸党支部，阮瑞林为党支部书记，并兼任菱角湖党支部书记，你们的担子重啊。"

同志们满怀信心，纷纷地表态说："请组织放心，我们保证，不辜负党组织对我们的期望。"

"我看，戴宗凤不可靠，前几天，我看见他和几个黑狗子在一起鬼混，他不是？"本槐欲言又止。

"对了，宗凤不是宗秀姐的哥吗？宗秀姐，你是知道他的底细的。"春晖说。

"他不是好东西。表面看来，他恨黑狗子；暗地里，他和黑狗子有来往。他的为人，我知道，你们防着他点儿。"戴宗秀警告说。

"先生，本槐、本宽、大纯，他们要求加入党组织，你看，需要什么手续？"瑞林说。

"等我回去，向党组织汇报，然后给你答复。他们必须先写好书面申请，接受党组织的考验。"刘长林说。

瑞林说："先生，你不是说下一步，成立农会、妇女协会，把农民组织起来吗？我们怎么开始行动？"

"我看，当务之急，你们要干几件漂亮的事，让农民看到，跟着你们干有希望、有干头、得实惠。"

阮本槐想起了什么，说："今天下午，魏启福对我说，我们分了汪同才的粮食，他们在鲜家港没办法收到货，在凤台、吴家堤收了半船货。明天上午货装船，下午回江陵。"

"消息可靠吗？"阮德斋问。

"可靠，是魏启福亲口对我说的。"本槐说。

"瑞林，你有什么打算？"刘先生问。

"我不想让黑狗子把货运回江陵。"瑞林站着，双手叉在腰间，对大伙说："明天下午开始行动，把货给端了。"

"本槐，魏启福可靠吗？"刘长林细细地琢磨。

"魏启福是吴家堤人，家就住在鲜家港出口的湾里，黑狗子的货船就停在他家台子下面。他家很穷，一家八口人，爷爷奶奶年岁已高，没地，父亲母亲都病了，他是老大，还有三个弟弟妹妹。他家租种了地主吴大麻子的两亩地，前些天，吴大麻子逼他家交租钱，还和他爹打起来了。"本槐说。

"打起来了，魏启福是什么反应？"春晖问。

"他年轻，拿起扁担，要和麻子拼命，被他爷爷拽回去了。"本槐说。

"本槐，你明天去魏启福家，核实情况，盯住黑狗子的货船，下午行动。"

"咚咚、咚咚。"春晖警惕地说："有人敲门。"

"这么晚了，谁在敲门？"

父亲问："谁呀？"

"莫不是戴宗凤告了密，民团来人了？"瑞林冷静地思考。

十

门外有动静，让阮瑞林警觉起来，他立马安排屋子里的人散到各个房间里藏起来，瑞林护着刘长林，给他盖上一件女人的棉袄。

父亲的脸贴近门板，听外面的动静。

"瑞林，开门啊，是我，李大纯。"

"大纯？"瑞林开门："这么晚了，你怎么来了？"

"戴宗凤不是东西，他走到戴继恒家，敲门进去了。我怕他给民团通风报信，就跑来了。"大纯的脚步刚跨进门道。

"本槐，你和宗凤关系贴近，快去稳住他。刘先生，先委屈你一下，我们把你转移到梅芳家里去。"瑞林急中生智，吩咐道。

阮家台距离戴家湾近两里路程，其间，有一条仅有两人宽的小道，道路两边是密密麻麻的芦苇和杂树，野草遍地，芦叶伸到路中间，歪歪倒倒地刷在本槐和宗秀的脸上，挡住他俩的视线。

"看，保长家的灯还亮着，宗凤没走，是在大伯家等什么？"宗秀拉住本槐，站着仔细观望。

"慢点，听听屋里的动静。"本槐牵着宗秀的手，小心翼翼地来到保长家的台子下面，贴着墙壁，从门缝窥视里面的动静。

戴保长坐在堂屋中间，吧嗒吧嗒地抽着旱烟。戴宗凤坐在保长对面，端着一杯水，说："村子里哪个是共产党，我不大清楚，但是，听叫刘先生的人说，这里有共产党的组织。"

"你在没弄清楚之前，可别胡说八道，说出去，那可是要掉脑袋的。"保长把烟杆子在椅腿上敲打了几下，慢条斯理地道："凡事得先弄个清清楚楚、稳稳当当，然后才有发言权。究竟有没有共产党？谁是共产党？你再去打听打听，摸摸明白，再向我报告，待我弄清楚后，报告给许团总。"保长站起来，从桌上端起一杯茶，呷上一口，走到宗凤的面前，说："凤儿，你也不小了，你爹给你取名叫宗凤，一个女孩的名字，是希望你像女孩一样本分。遇事，要多动动脑子，该说则说，不该说则不说。今晚这事，你知、我知，不能有第三个人知道，记住了吗？我是你的亲伯伯，才对你说出刚才这番话的。"

"伯伯，我记住了。"

"好了，时间不早了，回去好好想想。"

保长开门。本槐和宗秀来不及躲开，被保长撞见。保长惊奇道："哦，怎么是你们？"

"啊，大伯，我送宗秀回家，路过您门口，见你家灯还亮着，我们正想敲门进去，看看您老。"本槐笑道。

"好啊，快进来坐。"保长请。

"哎，凤哥在这？"本槐向宗凤打招呼。

"没事，在伯伯家坐坐。"宗凤赔笑道。

"本槐呀，我把秀这闺女就交给你了，你得好好地待她。

帮你爹多跑些生意，别学某些人，到处瞎胡闹。"保长望了望宗凤，指鸡骂狗。

"大伯，您说的是好话，儿子听进去了。"本槐知道保长是在指桑骂槐，会意地点头微笑。

"那就好，你大伯就放心了。"保长说。

"伯父，我回去了。"宗凤看着自己被冷落，起身告辞。

"没事，我们也回去了。"本槐和宗秀起身道别。

走出戴保长家门，本槐和宗秀快步追着宗凤，"宗凤哥，你等着。"

"你不是早回去了吗，怎么还在大伯家？"宗秀走下保长家台阶，问道。

"没事，我就在伯父家坐坐，聊聊家务。"宗凤搪塞道。

"聊聊家务，恐怕不是在聊家务吧。我看你是没安好心啊。是在想邀功寻赏？"本槐口气强硬。

"不，我是在聊家务。"宗凤狡辩说。

"哥，你别瞒着咱们了，我们在门外听到了。"宗秀道。

"我没说什么，我就说，江陵来了个共产党，要在我们这里发展党组织，我不知道谁是共产党。"宗凤说。

"你还说了些什么？"本槐一只手擎着宗凤的衣领，一只手紧握拳头，恶狠狠地说。

"我就说了这些。"

"你再胡说，小心我要你的命。"本槐道。

宗秀拉开他们，对宗凤说："我们是兄妹，别闹出什么乱子来。"

"是是是，我知道。"宗凤跑着离开他俩。

宗凤离开，本槐对宗秀说："听宗凤口气，他还不知道我们这里有没有共产党。戴保长是不想干预此事，至少最近两天没事。"

"明天的活动怎么办？"宗秀问。

"一如既往。"本槐坚定地说。

到家了，宗秀站在家门口，深情地对本槐说："你要小心，我支持你。"本槐握着宗秀的手说："你放心吧，我们永远不分开。"

"哦，对了，你是不是想加入中国共产党？"宗秀突然问。

"我想。"

"我也想。"

"明天，我们就要行动了，让党组织考验我们。"两人握手而别。

早上，本槐来到篾货铺，大纯问本槐："你找到宗凤了吗？他什么反应？"

"宗凤把昨天开会的情况向保长透露了一些，我教训了他一顿，看来暂时没什么。我去魏启福家，你在港子上观察动静，一旦发现意外，马上到启福家找我。"本槐四面看了看，说："你注意一点。"

本槐走过鲜家港木板桥，沿着港的西边走。魏启福见到本槐问："你咋来了，有事？"

"启福，你不是说江陵黑狗子征收队的货要收齐了，下午回江陵吗？我来看看情况。"本槐说。

"你们准备下手了？"魏启福问。

"机会来了，准备干一场。"本槐轻声说。

"好。"魏启福信任阮本槐，非常激动。

"现在观察一下黑狗子船的动静，等会就看好戏吧。"本槐拍打着启福的肩膀，似乎胜券在握。

阮本槐打开后门，望着港出口的河湾：两艘货船泊在河南岸的湾里，黑狗子在船上来回走动，两块木板一头搭在岸上，一头搭在船上，几个搬运工扛着货，踏着木跳，往船上搬运。看样子，黑狗子是在等货装满，赶回江陵去。他对魏启福道："等会船开了，你在家守着，我去找人。如果有情况，你到河东的潘家湾找我。"

瑞林和本槐分开后，瑞林提着刘大纯的那只鸡，来到梅芳家，对刘长林说："这鸡，为你补补身子。你在这好好休息，把伤养好。我们去干它一场。"

"瑞林，这是第一次行动，想周密一些，千万做到万无一失。"刘长林诚恳地告诫道。

"先生，您放心吧，不会出事的。"瑞林宽慰说。

瑞林在龚梅芳家门角落里找到一根粗绳子，用麻袋装好。扛着麻袋，走到李家台，遇到阮春晖，说："春晖，你去河边准备好。"

"本宽，我正要去找你。"没走多远，阮瑞林遇到阮本宽，对他说："你去叫几个得力的弟兄，到河边等我。"

阮本宽谨慎地问："可以动手了？"

瑞林轻轻地点头。

冬季，河水跌落，由浑浊变为清澈，缓缓地向下东流，河堤蜿蜒远去，河面上，鸟儿自由自在地在水上嬉闹。本宽叫来几个年轻人，翻过小堤，在河边停留。河的南岸停泊着几条渔筏，渔筏上几只鹭鸶吃着小鱼，渔夫将渔筏慢悠悠地靠向岸边。

"快，快上筏子。"渔夫向岸上的阮本宽招手说。

"啊，是德斋。"本宽惊讶地叫起来。

瑞林和几个兄弟从岸上过来，推着独轮车，在潘家湾等着。阮本宽把船靠稳在岸边，几个年轻人分别上了三条渔筏，向上游的潘家湾划去。

十一

潘家湾坐落在鲜港子与阮家台之间，其间，经过曾家台、戴家湾、李家台。阮家台下游，便是费家湾、阮小闸、龚家闸。这一带的湾落，分布在沮漳河的南北两岸。阮德斋把渔筏子划到潘家湾的东端，停泊后，上了南岸。

"瑞林，人差不多了。"德斋见到瑞林，急切地说。

"好。你把三辆独轮车带到渔筏上，运到对岸去，在那等着。"瑞林放下麻袋，说。

本槐和春晖从西头抄小路来到潘家湾，见到瑞林。春晖叫道："哥，黑狗子的船就要开了，李卫贤在船上。"

"不管三七二十一，我们干它一回。"瑞林吩咐道。

本槐走后，春晖把麻袋里的绳子倒出来，把短绳接在长绳上后，背着绳子，走到冰冷的河水里，朝河对岸游去。

瑞林在南岸，把绳子的一头拴在树上，在绳子中部系上两块砖；春晖在北岸，将系有砖头的绳子拉到河中间，绳子沉入水底。他把绳子的一端拴在树干上后，下河，游到本槐的渔筏上。

"来了，黑狗子船来了，好戏就要开场了。"本槐笑着。

敌人的货船向渔筏驶来。南岸，纤夫在前面弯腰弓背，吃力地背纤；船头站着两个荷枪实弹的士兵；船舱里，李卫贤和汪同才饮酒取乐。

渔筏上，春晖看见敌船逼近，跳进河里，一个猛子扎下去，顿时，河面上泛起一朵朵浪花。

一会儿，春晖冒出水面，贴着船舷，悄悄地向船头挪动。货船慢慢前行，渐渐地靠近绳子，瑞林见船挨近，使劲拉紧绳子，绳子绷得紧紧的，把船拦住，敌船动弹不得。春晖猛地一把将船头的士兵拉下水，摁在水底下，呛死。另一个士兵开枪，被阮德斋击毙，栽倒在河里。两岸的年轻人和筏子上的蒙面"渔夫"，立刻冲上去，跳上敌船。

瑞林蒙着面，迅速地从麻袋里取出枪支，一个箭步跳上船，叫道："本槐，接家伙。"

船尾的黑狗子惊叫道："队长，有土匪。"他们慌慌张张地向"渔夫"射击。没等俩队长反应过来，两支枪口已经顶在他们的额头上。

"你们要干什么？"汪队长哆哆嗦嗦地问。

"没事，只要你们听话，我们不会伤害你们。"瑞林举着枪，对汪队长说。

李卫贤蠢蠢欲动。"别动，老实点。"本槐把枪抵在他的额头上。他惊慌失措道："你们是什么人？"

"我们只要货，不要命。命令弟兄们老实待着，就放你们一条生路。"瑞林吼道。

汪、李两队长立马向士兵打了个手势，黑狗子们乖乖地蹲下。

岸上的纤夫和搬运工，见势不妙，连忙逃走。

"快，命令舵手把船撑到北岸去。"瑞林命令李卫贤道。

"是，是。"李卫贤向舵手示意。

汪同才贼眉鼠眼，一下子跳进河里，被阮德斋一枪结果了性命。杀鸡吓猴，李卫贤乖乖地坐着不敢动了。

船驶到河北岸，春晖组织农民，把船上的货全部卸下，放在岸边。他们缴了黑狗子的枪，放船走了。临走时，瑞林对李卫贤说："走远点，别再来鲜家港扰乱老百姓。"

李卫贤连声道："是是是。"李卫贤只管逃命，什么要求，他都满口答应。

船走远，瑞林和兄弟们一起把岸边的粮食转运到魏启福家。

上午，梅芳和戴宗秀走家串户，悄声告诉贫苦农民，到魏启福家领取粮食。

前一天晚上，戴继恒听到戴宗凤透露鲜家港有共产党活动的风声后，彻夜不眠，如果把这事向民团告密，恐怕惹来麻烦，这伙年轻人，不是好惹的，他不想惹火烧身。再说，乡里乡亲的，别做得太绝。如果隐瞒实情不报，许团总知道了，受到牵连，不但丢掉乌纱帽，恐怕连命也难保。他想来想去，只好静观时局发展，见风使舵。早上，他来到港子上，坐在刘大纯的篾货铺，以试探的口气问道："大纯，今天出门不？"

"我的大保长，您一大早的，问我这干什么？"大纯搬了把椅子，靠近保长说："我今天哪儿也不去，就一个劲儿陪我的大保长。"

"死娃子，就你嘴甜。"保长笑着说。

"你昨天晚上干吗去了？如实告诉你恒爹。"保长压低声音问。

"要我说真话？"

"恒爹肯定听真话。"保长狰狞一笑。

"老实告诉你，我和宗凤到阮家台去了。"大纯泰然自若地道。

"去瑞林家了吧。"保长阴阳怪气地贴近大纯说："算你还老实，有人给我通风报信了。"

"真的吗？"

"真的，你恒爹是快要落土的人了，还和你一个毛孩子开玩笑？"保长半真半假地说。

"我知道，是宗凤告诉您的吧。"

"你说说看，看和宗凤口吻是不是一致？"保长说。

"昨天夜里，瑞林的老师来了，我们陪先生聊聊。"

"和瑞林的老师聊些什么？"保长追问道。

"什么都聊，大的方面吧，有国际国内形势；小的方面吧，村子里的生产生活。"大纯笑着。"对了，我们还聊到您了。"

"哦？说我坏话了？"

"没有，都夸您了。说您明大义、知时务、善良有德。"大纯望着保长，笑嘻嘻地说。

"没说别的？"

"没有，如果有，那一定是宗凤瞎编的。"大纯用肯定的语气说。

"好了，既然你不说就算了，我不强人所难。"保长转移话题，说："大纯啊，用心做好生意吧。"

"谢谢您老人家，我就是个本分人，听您的话，把生意做好。"大纯随声附和。

正说着，戴宗凤来到铺子，他大惊小怪地嚷道："戴保长，好戏，好戏啊，江陵货船被人劫了。你快去看热闹吧。"

太阳偏西。戴保长告别大纯，跟着宗凤走到路上。

保长问："你看见了什么人劫了货船？"

"听人说是一伙蒙面人，把船划到北岸，货运到魏启福家、贾家垴、鲜家港和吴家堤一代的农民，有好多人在分粮食。这里面一定有些蹊跷。"

"贲家垴、吴家堤、鲜家港，我看，太复杂了。这叫我怎么去查？"保长犹豫，模棱两可地对宗凤说："你帮我去了解一下，看看到底怎么回事？"

"依我看，准是本槐他们干的。"宗凤说。

"你可别早下决断，等查清楚后再说。"保长警戒地对宗凤说。

瑞林、春晖和本槐走了过来，每个人肩上扛着一袋米。本槐说："瑞林，你看，戴保长在这，怎么办？"

"镇定些，走过去。"瑞林走在前面。

他们走到保长面前，瑞林笑着招呼道："戴保长，你在忙？"

"买谷子啦？"戴保长借风扬谷，假装糊涂。

"是谷子，还有大米。"瑞林道。

"不是买的，是分的吧。"保长站着说。

"对对对，有买的也有分的。我们几个准备去凤台街上买米，听说吴家堤分大米，我们便去弄了一点。"瑞林说。

"嗯，你们去吧。"戴保长不想卷进这旋涡里，怕惹出骚来，便挥手示意他们走开。

本槐和几个弟兄走进大纯家。

"昨天听保长的口气，他是打算睁只眼闭只眼。他呀，不想得罪我们。"本槐放下口袋说。

大纯说："保长肯定是在搪塞，如果我们不惹烦保长，他一时不会惹我们。怕就怕戴宗凤。"

"没事，我已教训过宗凤了，他暂时还没这胆。"本槐说。

瑞林和春晖放下粮袋子，对大纯道："你没去分粮食，把这两袋粮食给你。"

"不，我做点生意，粮食够吃，你就把粮送给最需要的人家去吧。"大纯说。

"哥，费光明家缺粮，他被常卫诚打伤了，给他扛去。"春晖说。瑞林把一袋粮食搭在春晖肩上。

"瑞林、本槐，你们干得不错，老百姓都夸你们。他们扛着粮食回家，心里呀，就像扇子扇，美滋滋的。"大纯伸出大拇指说。

"我们就是要让老百姓过上好日子。"瑞林说，"弟弟，等等，我也去。"

"本槐，粮食分完了吗？还有哪些收获啊？"大纯问。

"分完了。除了粮食，还有几支枪。"本槐满足地笑着说。

"那家伙，放在哪？"大纯打听道。

"是德斋处理的，我不知道放在什么地方。"本槐说，"你打听武器干什么？"

"本槐兄弟，有了枪杆子，我们的腰杆子就硬邦邦的了。"大纯乐得前俯后仰。

阮本宽催促本槐道："快走，这里是个是非之地，不能久留。"

十二

戴家小垸东北，阮家台西南，有几片高台，台上居住有两姓人家，西南面即是费家湾，东北是李家台。费光明、费光荣、李道生，分别住在台子上。几家的房屋不大，费光明家两间窝棚。李道生的家一正搭一偏，壁子上用泥土糊着，泥土因为太久，一块一块脱落。晚上，瑞林和弟弟扛着粮食，敲开费光明家，把谷子放在他家地上。

"这地上打湿了，别放在这儿。"费光明挪动谷袋子说。

"这地怎么了？"春晖问。

"春晖兄弟，你不知道，天上一下雨，屋外大漏，屋里小漏，没有干地了。你们真是活菩萨，感谢大恩大德。"光明捧着双手，向瑞林兄弟俩作揖。

"不用，今后，只要我们团结起来，和那些坏家伙斗，穷苦人就有好日子过。"瑞林说。

"我被狗地主打伤了腿，不然也去凑凑热闹。"费光明说。

"等你腿好了，我们一起干。"春晖拉着光明的双手说。

光明要去给瑞林兄弟倒茶。

瑞林拦住他，说："不喝，坐会儿就走。"

费光明说："听说村里来了共产党，帮助穷人闹翻身，有这事吗？"

"有这事。"春晖道。瑞林抢过话茬说："有，鲜家港有，凤台乡有，江陵县有，全国都有。共产党是为广大劳苦大众打天下的，是为全天下的劳动人民谋利益的。"

"你们是不是共产党？"

弟弟摇着头说："我们都不是。"

"你们这么干，就不怕黑狗子，不怕许团总，不怕掉脑袋？"费光明神秘兮兮地问。

"脑袋？脑袋掉下来，不过碗大个疤。"春晖神气地说。

"光靠一两个人的力量是不够的，斗起来的人多了，就不怕了。"瑞林望着光明，鼓励他说："你也不要怕，有我们大家给你撑腰。穷人要活命，就要起来闹革命。"

光明似乎明白了什么，拉着瑞林的手说："等我腿好了，同你们一起革命。"

一时间，在这个穷家小屋里，灯火闪闪，这摇曳的火苗，正是那闪烁着的革命星火，正是革命火种在熠熠生辉。

兄弟俩离开光明的家。

瑞林看到前面有黑影在移动。警觉地问："谁？"

"是我。"对面回答道。

"你是谁？"春晖问。

"我，本槐。"

"槐哥，你怎么还在这？"春晖问。

"李道生家里没人搬粮食，我给他送粮去了。我见光明哥家灯还亮着，猜想是你们兄弟在，我就过来了。"本槐道。

"道生什么反应？"瑞林问。

"他呀，说起和地主老财斗，一下子就蹦起来了。他与地主老财不共戴天。今天没通知他参加船劫，他后悔了，还责怪你们兄弟呢。"本槐道。

"哥，我们去看看刘先生，边走边说。"春晖道。

"快走。本槐，今天大家都很辛苦，你们回家早点休息。"

本槐道："不，一起走走。"

"哥，靠南边的有些老百姓没分到粮食。那边有施家店、戚夹巷子、六房湾等。"春晖道。

"是的，我们的工作，要面对劳苦大众，让广大穷苦人感受到温暖，认识到革命的好处，向往革命斗争。"瑞林轻声说。

"还有哪家等米下锅？我家还有些粮食，我给送去。"本槐道。

"慢慢来，以后有得是机会。"瑞林说。

说着，他们来到梅芳家。

梅芳打开门，瑞林他们进屋。刘长林拍打着床弦，让瑞林坐在他的床上，他仔细打量着这位有血性的年轻人：边分的头发有些长，快遮住两边的耳朵，又长又瘦的脸，鼻梁高高的，眼睛大而圆，显得机灵睿智，那厚厚的嘴唇里，发出的声音，字字铿锵有力。

"瑞林，来来来，你们今天的行动，德斋早告诉我了。祝贺你们在党组织的领导下，首战告捷、旗开得胜。"先生赞扬道。

"先生，我们干得并非天衣无缝，还出现有许多纰漏，有些穷人没分到粮食。"瑞林坐在先生身边，平淡地说。

"可别这样说，你们做得很不错。在生活中学会生活，在斗争中积累经验。"先生招呼本槐、春晖坐下，说："你们和参加行动的所有年轻人都表现出极大的智慧和勇气，我会向上级党组织汇报这里的情况。"

刘长林扫视四周，说："瑞林，你要帮助本槐、春晖，让他们经受住斗争的考验，争取像你一样，早日加入中国共产党。"

"先生，现在有几个进步青年，想和我们一起战斗。"瑞林说。

"好，我记住了，待我回去向党组织汇报，再给你们答复。"先生说。

"先生，你就别回去了，就在这领导我们闹革命。"春晖道。

"先生，你别走，要走，也等把伤养好了再走。"瑞林说。

"天下没有不散的筵席。我明天就走。你们趁热打铁，在穷人的革命热情高涨时期，快速成立农民协会、妇女协会，把老百姓紧紧团结在党组织周围，动员穷人闹革命。让革命火种在鲜家港一带燃烧。"

同志们信心倍增。

刘长林捂住胸口，咳嗽两声。

梅芳关切地问："先生，伤口还疼吗？"

"才两天，伤口哪有不疼的。先生，你再住几天吧。"德斋说。

"伤口疼，这是避免不了的。不过，我的腿还健康。我必须走，老是待在你们这儿不行。对了，你们把武器得藏好，不到不得已不能拿出来。"先生警惕地说。

"先生，你明天必须走的话，我送你，把家伙带上。"瑞林道。

"明天必须走。我到凤台、草埠去，了解一下那里的活动情况。"先生深情地望着同志们。

鲜家港是连接陶家湖、清平湖到沮漳河的唯一一条深水港。一百多年前，鲜家港住着一户姓鲜的人家，这家人为了方便过往的人们，在港上架起一座小木桥，为江口通往当阳、草埠湖的必经之路。

早上，刘长林换上大襟棉袄，头围黑头巾，一副地地道道的农民打扮，和春晖一起，天不亮就出门了。来到鲜家港，天刚亮，他俩望去，团丁在桥头来回走动。

他俩走进大纯的铺子里。大纯站在门口，朝两边瞧了瞧，仔细地观察街上的动静，随即进屋，对他们说："昨天夜里，江口民团在鲜港桥头设卡，说是有共产党在鲜家港活动，这几天的行动，触动了民团的神经。"

"春晖，把我的枪拿出来，放在大纯家隐蔽的地方。"刘先生交代说。

大纯说："春晖，你回去吧，先生交给我，你放心好了。"

"我在店铺看着，有什么不测，好有个照应。"春晖说。

大纯接过枪，走进厨房，提了一个水桶出来，对先生说："枪藏好了，走吧。"

"走？"刘长林感到不可思议。他停顿了片刻，背着行李跟着大纯出去。

早晨，黑狗子对来往路人进行严厉盘查。瞧瞧、摸摸、搜搜，一个细小的物件都不放过。春晖在店铺门口盯着他俩向桥头走去。

大纯走在前面，把刘先生挡在身后，笑着对团丁说："时队长，早啊。"

时继良偏着脑袋，横着眼睛，问："你是？"

"我是港子上开篾货铺的刘大纯。真是贵人多忘事，您不认识我了？前些天，你还在我铺里坐了一会儿，我和戴宗凤是朋友，他不是叫您时爹吗？"

刘大纯与时继良打招呼，刘长林侧身而过，团丁叫道："站住！"刘先生驻足，团丁走到他面前搜身。

时队长听到团丁叫唤，赶到刘长林面前，仔细打量。

"呵呵，时队长，他是我表叔，和我一样，卖篾货的，这不，他去草埠采购一些竹子，回来编打竹器。"

时继良装模作样地看着刘长林，怪声怪气地问："你家住哪里？是做生意的吗？"他拉过刘长林的右手，看了又看，说："手上有茧子，我看好像是扛枪的。"

"不不不，队长，你看我们这做竹器买卖的小老板，哪个手上没茧子？都是编竹器被篾划、被刀把儿磨的。"大纯想过桥，看了看手中的桶，又缩回来。

"带回去，仔细盘问。"时继良摆出一副严查的架势。

戴保长走过来，大纯走近保长，说："保长，你帮忙说说话，让我表叔过去，他还要去草埠赶生意。"

保长看看大纯，瞅瞅队长，凑到刘长林面前，指着他说："时队长，我认识他，他是淡家坡人，和大纯一样，做篾货生意的。"

"你看清楚了吗？是做生意的？"时队长看着保长，警惕道。

"队长，左膀有伤。"突然，团丁拉着他的左臂，大声嚷起来。

昨夜里，沙市至宜昌的客船停靠在江口搬运码头，船上走下来一中年人。身穿长衫，鸭舌帽，左手提着一个皮箱，右手拿着一把雨伞，走到码头小卖部，问："老板，给我一包烟，健牌的。"老板递烟。中年人打开烟盒，从里面抽出一支，递给老板。老板摆手道："不会。"中年人："请问，江口前正街在哪？"

"进街往西走。"老板答。

"你认识肖老板吗？卖杂货的。"中年人问。

"认识，前进街往西。他开的铺子有名，大得很。名曰'兴隆商行'。"他打量着这位中年人，问："你是找他做生意？还是？"

"做生意，做生意。"中年人点着头，笑着，把烟放进衣袋里。

"现在到处设有路卡，你可要小心点。"老板好心道。

中年人离开小卖铺，抄小路，贴着墙根，来到兴隆商行门前，轻轻地敲了两下门。

"谁？"肖老板警惕地问。

来者看了看四周，低声道："我，龚家闸人。"

"龚家闸？刘长林不是在龚家闸吗？难道刘先生出事了？"肖保苍迅速起床，小心地把门掩开一条缝，从门缝往外瞧。

"你什么人？三更半夜，干什么？"肖保苍问。

"老板，事不宜迟，让我进屋再说。"中年人急切地说。

肖保苍让客人进来，关上大门。

"我和阮瑞林都是刘长林的学生。我叫龚承谦，受江陵县特别委员会委托，前来与你联系。"

肖老板把龚承谦请到卧室，说："联系什么？"

"肖老板，你知道吗？江陵特别支部更名为江陵特委。前几天，刘长林失联，特委派我回乡查找先生下落。"

"查找刘先生？我不认识他。"肖保苍犹豫了片刻，搪塞说。

"肖部长，你就别瞒我了。我在鄂西特委查过你的档案：你和长林同志都是武昌农民运动讲习所学员，同时加入中国共产党。现在，你是利用宜都县国民党工商部长的名义作掩护，为党工作。"

肖部长伸出手，握住龚承谦的手，激动地说："同志！是同志！"他把刘长林最近的状况向龚承谦作了介绍。早上，他俩骑马来到大纯的铺子，叫道："刘老板，我前几天请你给我编几个马嚼子，你编了吗？"

春晖抬头一看，是肖老板，喜出望外，忙指着桥头说："大纯在那儿。"

肖保苍和龚承谦赶到桥头。时继良看见肖保苍，迎上去，说："肖部长，您大驾光临，有失远迎。"他邀功道："我们抓了一个可疑分子。"

大纯迎了上去，说："您前些天要我编做几个马嚼子，这不，我和我表叔正准备给您去买竹篾呢。"

肖保苍看着刘长林，说："哦，淡老板，你们做生意怎不讲信用，都过两天了，还没给我送去。"

"肖部长，你们认识？他的胳膊？"时继良卑躬屈膝，怀疑道。

"认识，淡老板是淡家坡的老板，不仅相识，还是老朋友。他的胳膊是划篾时，被篾刀划的。"肖老板说。

时继良对黑狗子吼道："还不放人。快，放人。"

刘先生提着行李过桥。大纯提着水桶，跟着先生走。翻过港堤，大纯叫住刘长林，说："等等，给你这个。"

"什么？"刘长林惊讶地望着大纯。大纯把水桶倒过来，桶底背部露出手枪。"给，这个。"大纯把手枪递给他。他说："真有你的。"他用拳头捶了大纯两下，说："有你们，我放心。"

大纯提着水桶，离开了刘长林。

肖保苍和龚承谦，骑马追上刘长林。承谦握着刘长林的手说："先生，听说您奔赴菱角湖、马山一带，情况不佳，在鲜家港，也遭遇不测？"

"你们到哪儿去？我们边走边说。"刘长林道。

"我陪承谦到鲜家港来找你的。现在到凤台、草埠一带，了解一下当地革命斗争情况，准备发动群众，组织农民协会和妇女协会。"肖保苍说。

"承谦啊，我看鲜家港一带的革命斗争形势一派大好，群众的斗争热情高涨。你就在草埠湖一带，点燃革命火种，进行革命斗争。"刘长林说。

"先生，这里不能久留，你是敌人眼中的钉子，已被挂上号了，你得打一枪换个地方。"承谦道。

"我还是国民党的工商部长，有头衔做掩护，比你们自由，可以到处转转。你们去吧。"肖保苍道。

十三

瑞林吃过晚饭，考虑到：近期成立农民协会，需要做些准备。便来到龚梅芳房间，邀约她一起去江口找一下肖保苍，听听他的建议。

梅芳羞涩地对瑞林说："你出去，人家换衣服。"

一会儿，梅芳从房间出来，穿上红棉袄，围上大红色的围巾。瑞林见后说："把围巾换了吧，换上黑的，红色太显眼。"梅芳听后，转身回房间，换了一个黑色旧头巾，包住头，打扮成一中年妇女模样，手里提着一个小竹篮，随瑞林出门。

俩人沿着老路，来到兴隆杂货铺。肖保苍笑着迎接他们进店说："瑞林、梅芳，农会成立情况准备得怎么样？"

"我们就是为这事来的。想请教先生。"瑞林道。

"这个？我们去找吴先生，他是行家，学校有油印机和纸张，比我这儿方便。"

"我们还得在你这儿买些东西，掩人耳目。"梅芳说。

肖保苍看了看梅芳，笑道："还是你聪明，像是有革命经验的老同志。"

梅芳拉开布帘，把头伸到大堂，见没人，便出来，在柜台买了一把筷子，付了钱，叫瑞林和肖老板出来。他们来到武备学堂。老师们熄灯就寝，肖老板悄悄地溜进去，敲开吴先孔的门。吴先生亮灯，把他们叫进屋。

"老吴，瑞林和梅芳专程登门拜访，马上凤台就要成立乡农民协会，有关事宜，需要你进行指导。"肖老板说。

吴先生穿好衣服，对瑞林道："农民协会，我得跟你们讲讲，这里面的学问可不少。"

"先生，您就给我们上一课。"瑞林诚恳地说。

吴先生从农民协会的意义、对象、组织程序、章程等方面进行详细地讲解。他说："农民协会是以贫雇农为主干的农村政治联盟，是在中国共产党领导下的群众组织。它团结中农、下中农、手工业者、小学教师、小商小贩以及同情穷苦农民的小地主。其目的就是推翻封建地主阶级的统治。是同地主老财、土豪劣绅、军阀官僚势不两立的农村政权。我们要效仿湖南农民协会的做法，在协会成立会上，要减租减息，取缔高利贷，反对苛捐杂税；要形成建立农民武装的决议，让农民的肩膀硬起来。"

"农民协会的权力可大了。"梅芳认真地听着。

"是啊，所以，要认真组织选举，让广大农民积极参加自己的组织。"吴先生接着说："程序要规范，参选人要多，章程要明确。选举完了，还要发放农民协会会员证。"

"章程怎么印出来？"瑞林说。

"章程我给你们写，刻印后，我在选举会议开始之前，给你们送去。瑞林，你说什么时候成立农民协会？"吴先生问。

肖老板掐指算了算，建议说："腊月二十三吧，这天，我和吴先生有时间。"

第二天吃过早饭，阮全桐扛着一张耙，牵着一头牯牛，从阮家台下来，瑞林迎上去，说："二爷，种地去了？槐叔在家吗？"

"种地，不种地吃什么？前些天闹天干，撒的麦种没生出来，这不，又要撒二茬。你槐叔没事干，整天想着和地主老财斗，没个正经。"老人家不耐烦地说。

"二爷，您可别这么说，您老祖祖辈辈种地，吃过一餐饱饭吗？穿过一件像样的衣服吗？还不是头上有块大石头压着。和地主老财斗，斗赢了，腰杆子硬朗了，说话就大气了，有了自己的田，不交租纳课，你生活就会好起来，自己想吃什么、想穿什么、想做什么，都自由了。"瑞林说。

"说的是这么个理儿，可是这得到什么时候？"二爷边走边说。

瑞林回答道："斗则进，不斗则垮。穷人比富人多，我们会赢的。"

"你们去吧，你槐叔在家。"阮全桐牵着水牛走了。

瑞林和春晖走进本槐家，看见阮本槐。瑞林说："槐叔，我们昨天去江口，把成立农民协会的想法向吴先生说了，他们积极支持，当场决定了腊月二十三成立农民协会。"

"好啊！我们就要有自己的组织了。"本槐高兴道。

"不仅有自己的组织，还要有自己的武装。"瑞林道："协会会长由你担任，你说行不？"

"农民会选我吗？"本槐犹豫道。

"没问题，农民相信你。我们还要做工作。"瑞林道。

"做工作？怎么做？"本槐有些失落，妄自菲薄地叹气。

"不要紧，多为农民做一些好事，让农民相信我们。"瑞林鼓励说。

"下一步怎么做？"本槐思索着说。

"下一步，我们分头到一些农民家里，帮助穷苦百姓做些好事，发动群众积极参加选举。至于农民选什么人，让农民自由决定。"瑞林道。

瑞林兄弟俩从本槐家里出来，路上见到了李道生兄弟，他俩身穿破衣烂衫，手里拄着一根拐杖，背着小布袋，愁眉苦脸。道生有气无力地道："瑞林小弟，难为你们为我们哥俩送粮，解了我们家燃眉之急。"

"没事，难为什么，我们又不是只送你们两户，我们想解救这里大多数受苦人。"瑞林说，"你们兄弟做什么去？"

"你看这不。地里颗粒不收，说出来丢人，我们去外面讨饭。"道云害羞地低头说。

"道云兄弟，你们别去，我们来共同想办法，解决当务之急。"瑞林拦住道云兄弟道。

"有什么办法？一家大小要吃饭，再说，要过年了，常卫诚不会放过我们，我们只好出去躲躲。"

春晖道："两位大哥，不用躲，有我们，不怕。你们回去吧，有困难，我们来帮助解决。"

道云兄弟被瑞林兄弟拦了回去。

戴守山是戴家小垸、戴家湾一带的大地主，拥有两百多亩土地，分布在西边的五里湖边。上午，大纯来找本槐说："沙市有家老板，要从戴守山家采购一万斤红苕、两万斤萝卜，运往沙市。需要短工帮忙打包搬运，下午装船回沙市。"

本槐说："你去问问，戴家需要多少人？我去给他找几个短工。"

大纯说："他说我在港子上做生意，消息灵通，请我给他找人。"

"行，我找人给他上船。"本槐说。

本槐找到瑞林说："沙市有老板在戴守山一家采购乡货，我们去看看能不能下手。"

瑞林紧锁着眉头，思索着说："小老板、小资本家，他们做点生意不容易。戴守山？虽然天下乌鸦一般黑，如果没有命案，暂时不动他。再说，他儿子戴居元，不是比较激进吗？"

"哥，我和道生、道云哥一起给沙市老板搬运去，弄几个小钱，渡过难关。"

"可以。你们去，别惹事。"瑞林道。

春晖笑道："哥，我知道，是祸躲不脱，躲脱的不是祸。该惹的祸，我还是要惹的。"

瑞林瞥了弟弟一眼，说："真有你的，去去去。"

十四

五里湖，方圆五里，荒无人烟。地势低洼，庄稼十种九不收，不过，种红苕、萝卜什么的，勉强有所收获。戴守山画地为牢，把这地方占了，几户穷人在这儿开垦几块荒地，每年向戴守山交地租。田边，几个人在田里拔萝卜，用箩筐往萝卜堆上堆；几个人挑着红苕，堆在红苕堆上。一老板模样的中年男子在红苕堆边，时而弯腰验货，时而指点堆货。戴居元站在红苕堆边看场子。

"戴家小老板，做生意了。"本槐四人，来到田边。

"啊！槐哥，你们来了，进屋去喝茶。"戴居元笑着迎接他们。

"不了，我们是来看看你这儿有没有零活做，混点口食。"本槐道。

"好好好，我这差得是工。你们去帮忙扯萝卜，把萝卜挑过来上堆。"戴居元指着老板道："来来来，我给你们介绍一下，这位是沙市蔬菜行的邵老板。"他对老板道："邵老板，他们是我的朋友。"

春晖笑道："邵老板，多多关照。"说着，他们接过居元丢过来的筲箕扁担，干起活来。

"邵老板，发财了。"听声音是龚茂红。李道云转过头，只见龚茂红头戴礼帽，身着皮袄，拱着手笑盈盈地向邵老板打招呼。

"龚老板，小人刚到贵地，理应登门拜访，只不过戴老板有请，小人便先落在戴舍。"邵老板拱手道，"见谅见谅，小人唐突。"

"我眼不瞎，谁不知道戴守山是凤台一带的绅士，官高势大。我看，邵老板也不是趋炎附势之小人吧。"

"哪里哪里，我一定登门拜访。常言道'强龙压不过地头蛇'，请您海涵。"邵老板赔笑道。

"邵老板，货收够了吗?"龚茂红转移话题，偏着脑袋，关注邵老板生意。

"够了，够了。下午装船，天黑起航。"邵老板说。

"居元，我看龚茂红出言不善呐。"本槐将一担萝卜倒下，铁青着脸说。

"别理他，我看他是在狗子闻牛粪——找死（找屎）。这老狐狸，再抢我的生意，我让他吃不了，兜着走。"居元咬牙切齿道。

龚茂红说："邵老板，有时间到寒舍坐坐。"他欲离开，突然发现李道云兄弟，便来到田间。

戴居元硬邦邦丢出几句话："龚茂红，我的货，还多着，邵老板没时间，也没机会找你购货，你死了这条心吧。"

龚茂红没趣地走到李道云身边，狰狞地说："李道云，你这个小兔崽子，欠我租不交，不给我家帮工，跑到这儿打短工，真有你的。"

"龚老财，你把我们家压迫到什么地步了，还跑到这里来欺侮咱，你是想赶尽杀绝呀。"李道生气得脸色发紫，站起来，冲着龚茂吼。

"嘿!涨胆子了。老子就想欺负你，你想怎么着?"龚茂红奸笑着挑逗道。

"你欺人太甚。"李道生不甘示弱，走到龚茂红面前，气愤地说："老这样神气，就不行。"

"我偏行。"龚茂红一把拧住李道云的耳朵，说："我就欺

负你了，你把我怎么样?"软弱可欺的李道云捂住耳朵直叫
"疼"。

春晖拿起一个大萝卜，朝龚茂红掷去，说："道云，
接着。"

萝卜恰好丢在龚茂红身上，咖啡色的皮袄上留下一块泥
巴印。众人偷笑。龚茂红恼羞成怒，"嘿，你个毛小子，想造
反?"龚茂红指着春晖的鼻子，气哼哼地说。

"不是，我们正忙着赶时间啦。你看，春晖不是在让道云
装萝卜吗?"本槐笑着说，掰开龚茂红的手指头。

"萝卜恰好抛在我身上了。这不是故意伤人吗?"龚茂红
气愤地道。

"就故意的怎么着? 你太过分了。人家不是就欠你一点租
钱吗? 你把人给打伤了不说，还害得人家媳妇跳河。你厚颜无
耻，罪大恶极，畜生，土匪。我早就想打抱不平，正好新账老
账一起算。"春晖说着站到龚茂红跟前。

龚茂红阴险地笑道："就你? 你乳水未干，找我算账。
没门。"

有几个打工者劝春晖道："春晖，你惹不起人家，人家可
是许团长的亲家。"

"许团长的亲家怎么着，就是皇上的亲家又怎么样。欺人
太甚就是不行。"春晖毫不畏惧地呵斥。

几个狗腿子围过来，春晖提起一脚，踢飞一个狗腿子，和
两个狗腿子扭打起来。阮本槐、李道生给春晖帮架，拉开狗腿
子。春晖从围困中解救出来，跑到龚茂红面前，朝龚茂红猛击
一拳，把他打了个趔趄。李道生满腔怒火，站起来，一下子把
龚茂红打翻在地，骑在龚茂红身上，用力猛击。狗腿子护住
龚茂红，几个人搏斗起来。高大魁梧的阮本槐一手拉开狗腿
子，将狗腿子抛得老远。狗腿子站立不稳，倒在萝卜堆上，挣
扎着。李道生呼叫兄弟，说："道云，快来呀，报仇的时间到
了。"李道生兄弟揿住龚茂红，雨点般的拳头落在他身上，打
得龚茂红叽里呱啦地乱叫。

戴居元一边劝架，一边说："龚老板，你戳屋上的瓦，看屋下的人，不要在我的地里横行霸道。现在的天变了，老百姓不再是任人宰割的绵羊了。"

龚茂红狼狈地站起来，见势不妙，无赖地嚷嚷道："我不会放过你们，你们等着。"他带着狗腿子，狼狈逃跑。

"你们快点回去吧，龚茂红不会轻绕你们的。"戴居元好心说。

"量他现在没这个胆量。不要紧，干活吧。"阮本槐道。

下午，邵老板货收满，几个年轻人帮邵老板装货上船。不多时，船装满，本槐和邵老板结完账，对老板说："如果需要，我们送你走。"

邵老板有些胆虚，说："请送我一程。"

李道云兄弟把地上淘汰出来的红苔和萝卜装进麻袋，抱上船，带回家去。四个人随船而去，一会儿，船越过龚家台，本槐对邵老板说："船行到这里，安全了。你们走吧。"

四人下船。李道云兄弟扛着麻袋，下船欲走，春晖叫住他们说："这工钱我不要，你们拿回去吧。"阮本槐也把工钱塞给李道云兄弟，道云兄弟接过他们给的钱，激动得说不出话来。

龚承谦、肖部长与刘长林在鲜港桥头会面后，三人来到凤台小学，肖部长走进吴校长办公室，对校长说："江口武备学堂的吴先生，您认识么？"

吴校长给客人沏了杯茶水，上下打量了一下这几位陌生来客，一愣，随后便醒悟过来，道："啊！认识，认识。吴先生是我本家，我叫他叔。先生有事吗？"

"吴先生介绍说，你们学堂差人手，需要先生，这不，我给你带来一位年轻先生，你看怎么样？"肖保苍微笑着说。

龚承谦走近吴校长身边，自我介绍说："我叫龚承谦，鲜家港人，之前在江陵一所中学任教。刘先生和吴先生，都是我的老师。"

刘长林点头道是。

"好啊，强将手下无弱兵。既然是吴先生的弟子，我收下了。"吴校长当场表态。

转眼到了二十三号。早上，阮本要开门，仰望天空，暖阳从东方冉冉升起，几只喜鹊在枝头叽叽喳喳地嬉闹，空旷的原野，轻烟在微风中缭绕、升腾。路人行走，时而传来嘻嘻哈哈的笑声。

"瑞林，今天你们不是在凤台街上开会吗？明天是小年，到街上买些东西回来。"老爹吩咐。

"爹，你叫哥？天蒙蒙亮就出去了。"春晖穿好衣服，对父亲说。

"这小子心里有事，就睡不着。"父亲责怪道。

"爹，哥的事可多了，您别操他的心。"春晖说。

武备学堂，吴先生把刻印好的资料和会员证装进一个布袋，布袋的上面装上几本学生用的写字本。他来到兴隆杂货铺。

"保苍，今天是二十三号。我们怎么到凤台去呀？"吴先生说。

"我叫店小二给我们准备了两匹马，骑马去，东西准备得怎么样？"肖保苍道。

"都在这。"吴先生把提袋举起来，亮给肖保苍看。

一大早，瑞林出去，和梅芳一起来到凤台小学，叫开龚承谦的门。龚承谦正在洗衣服，瑞林说："你知道吗？今天在这里召开凤台乡农民协会成立大会，有几百人参加，一户一人。"

"知道，给你们准备了会标。"龚承谦放下手中的衣服，拿出一条长长的红色会标，说："你搬几条长板凳，一张方桌，放到会场去。"

梅芳说："衣服我来洗。"

瑞林和承谦在操场安排布置会场。梅芳洗完衣服，帮助打理会场。

春晖和德斋隐蔽在鲜港桥的北边，窥视过往行人。

刘大纯守在店铺门前望风。

吴先生和肖老板骑马从桥上经过，时继良望见他俩，笑盈盈地道："肖部长，你们去哪儿？"

肖保苍笑道："我陪吴先生走访几个学生。行不？"

"听说凤台小学在召开什么农民协会成立大会，你们是不是去那儿？"

"农民嘛，只管种田，开什么会，简直是瞎胡闹。我们看看去，别让他们惹出大麻烦来。"肖保苍看着时继良说。

"请便。"时继良让路。

龚承谦的寝室里，吴先生把一叠写有《凤台乡农民协会章程》的传单和会员证放在里屋。瑞林一边点着数，一边对两位部长说："都准备好了。谢谢。"

太阳当顶照着，四面八方的农民纷纷来到会场。瑞林坐在会标下的方桌边。梅芳和戴宗秀在一张条桌边，给农民登记、发放会员证和《凤台乡农民协会章程》。

瑞林对面的方桌上，放着三个陶瓷碗，碗的旁边放着一个木盆，盆子里放着大半盆黄豆。一会儿，瑞林站起来，见会场站满了人，便对老百姓说："大家安静安静。选举大会马上开始。乡亲们，爷爷奶奶们，爹爹妈妈们，兄弟姐妹们！千百年来，我们老老实实地种地，受苦、受穷、受罪，是我们无能吗？不是。我们没有土地，受欺负原因是什么呢？是因为我们没有自己的组织，没有团结起来，没有把腰杆子硬起来。今天要成立自己的组织——凤台乡农民协会、凤台乡妇女协会。还要建立自己的武装，利用我们的组织，要求地主、土豪劣绅、军阀官僚，给我们减租减息，取缔高利贷和苛捐杂税。有一个农民出身的伟人，他叫毛泽东，他说，'一切权力归农会'。今天，我们农民协会成立了，我们的腰杆子硬起来了。"

台下，响起一阵掌声。

瑞林说："下面，开始选举。我面前有三个候选人，从左向右，依次是阮本槐，农会主席候选人；戴居元，农会秘书候选人；戴宗秀，妇女协会主席候选人。大家把盆子里的黄豆有选择地丢在前面的三个碗里，你相信谁，就投谁，不强求。如果你不投也可以，这就叫'弃权'，选不选，选择谁，这是你自己的权力，这是千百年来，农民行使的第一次权力，大家一定要好好把握。记好啰，开始投票。"

老百姓排队依次进行投票，他们的心情，从来没有像今天这样激动过、欣慰过。他们的手从来没有像这样颤抖过，他们在破天荒地行使神圣的权力，感到手中的选票沉甸甸的。

投票结束，天不作美——下雨了。衣帽被雨水淋湿，但人们精神振奋，久久站在会场上，耐心地等待选举结果。

"阮本槐当选凤台乡农民协会主席，戴居元当选秘书，戴宗秀当选妇女协会主席。"唱票、计票、汇票结束，阮瑞林当场宣布选举结果，会场上欢呼声响彻云霄。

阮本槐、戴宗秀、戴居元和选民握手，同主席台上的人员握手，和农民握手拥抱。

此时，龚茂红家，他独自坐在屋里，闷闷不乐。"龚老板，我是来当说客的。"穿着妖冶的媒婆坐在堂屋中间，高声说。

"保长夫人驾到，我们家皆大欢喜。"龚茂红夫人拱手道，"老头子，快来呀，红娘来了，给我们带来了好消息。"

"男大当婚，女大当嫁，你闺女，年龄不小了，定个时间，给嫁出去。我啊，今天就是为这事来的。"媒婆摆出一副矫揉造作的姿态，在堂屋中间高声大嗓地嚷嚷，龚夫人从房内出来，拉着媒婆的手，热情地叫道："天上无云不下雨，地上无媒不成亲。您是媒人，我闺女就是你闺女，你说咋做，我们就咋做。我的家，你当。"

"闺女漂亮、懂事、贤惠，团总夸她了。"媒婆飞起眉眼笑道。

"我闺女有大福，许了个大户人家，这是观音菩萨造的福。"夫人道。

"上次说的时间，闺女还有什么想法？"媒婆道："如果闺女同意，那就定在腊月尾，行吗？"

龚茂红抛开烦恼，搬把椅子坐在媒婆的对面，把身子凑到媒婆身边道："我养闺女十八年，可别让人说闲话，还是让闺女过了年后再嫁过去。"

"看你说的，人家男方啊，早希望在年前添口加丁呢。"媒婆笑道："还是老话说得好，'低头接媳妇，抬头嫁姑娘'，你说了算，年后就年后。"

"也迟不了几天，就正月初八。"龚茂红拍着手说。

"行，龚老板金口玉言。你还有哪些礼数，在初五之前，用纸写好，到时候，我给你递过去。"媒人大声大气地说。

夫人连忙接过话说："媒人，媒人嘛，就是没偏见，左右逢源。你呀，做媒做到家了。"

龚茂红要嫁姑娘了，这消息像风一样很快传开。

十五

按当地婚嫁惯例，结婚前两天男方要给女方家送礼，这叫"完礼"，送去鸡、肉、鱼、绫罗绸缎等大礼；带回被袄、缦帐、绣花鞋，竹篮、针线、梳妆台等陪嫁。

初五早上，一群人马威威赫赫地从江口出发，向着鲜家港迈进，队伍穿进五里湖。

从沙市篙箕洼至江口，时称为下百里。下百里北面，依次有沧浪湖、杨林湖和陶家湖。冬季，湖水下落，人们在湖边走出几条纵横小路。白天，飞鸟在湖面上盘旋，偶尔一些禽兽在丛中串动；夜晚，鸟儿栖息在芦苇丛中。

晌午，迎亲的马队进入五里湖。在崎岖狭窄的小路上，两个车夫推着独轮车，车上装有半头猪肉，媒婆紧跟在后面。车后跟着两个荷枪的团丁，骑马护卫在新女婿前面。突然，一辆独轮车被路上厚厚的芦苇叶绊倒在路上，后一独轮车与其相撞。

团丁下马上前，恶狠狠地对车夫说："晌午了，快点。"

猪肉掉落，车夫使劲向上抬，礼物往下滑动。忽然间，从芦苇丛里跳出几个蒙面人，冲到团丁面前，叫道："老实点，把东西放下，滚开。"

团丁刚刚反应过来，端着枪，阻拦蒙面人。蒙面人大步跨到团丁面前，缴枪。新女婿吓得面如土色，上前道："兄弟，我是许直卿儿子，龚茂红家的女婿，去完礼，请放我一马。"

"什么许直卿，许弯卿，什么龚茂红，母茂白的，我们只要钱、要东西。快快，交钱，东西放在这，滚蛋，不然，你们的命都保不了。"

蒙面人将猪肉和礼物搬进芦苇林里，黑狗子吓得魂不附体。平日里八面玲珑的媒婆吓得连屁都不敢放。

女婿从衣袋里拿出一沓钞票，给了蒙面人，哆嗦着说："我给钱，给钱。"

蒙面人接过钱，缴了枪，搬了东西，钻进了芦苇丛中。

蒙面人走后，媒婆站在那，对女婿说："这可怎么向岳父交差？"

女婿狠狠地臭骂团丁说："废物，一群废物。"

媒婆怒道："什么人，敢抢许团总的东西，讨死。"说罢，她无可奈何地跟着许顺回江口。

许顺回到家里，坐在沙发上，有气无力地对爹说："我们在五里湖遭遇抢劫了，猪肉和礼物被抢，我手里的钱，也被抢了。"

"什么？谁抢了？"许直卿眼睛直盯着儿子，拍着桌子，大声吼叫道。

"我哪知道，是一伙蒙面人，他们从五里湖里窜出来，打伤了我们的枪兵。我说出了你和丈人的名字，他们根本不买账，还说……"

"还说什么？看你，被吓的样子，没出息。"

"还说管他许直卿，许弯卿，龚茂红，母茂白，要钱、要肉、要礼物。"

"混账。搞到老子头上了。"许直卿气呼呼地说，口水喷了一地。吩咐道："来人，赶杀一头猪，再给亲家送去，免得人家笑话。下午，熊队长护着你们。还有，派时队长到五里湖，找找戴宗凤，搞清楚，究竟是什么人干的。"

下午，许直卿委派熊必丰带着十多个黑狗子，沿老路护送许顺，再去龚茂红家完礼。

龚茂红在门前焦急地盼望来亲。许顺一进门，便把路上的遭遇向老头子述说。龚老板听到，肺都要气炸了。他丧心病狂地叫嚣："这帮穷崽子，想和我斗，我要看他们的肋巴骨生得有多紧。"

老婆说："是祥子他们干的？"

"你知道个屁，我刚看见祥子在梅芳家站着。"龚茂红说。

"那可不一定，还有他弟弟、阮本槐，恐怕瑞林是幕后指挥。"老婆说。

龚茂红低头思虑。

蒙面人将肉用芦苇秆裹紧，挑到河边，用渔船将所劫之物运到河对岸，扯下蒙面布，露出真面目。原来是阮春晖和几个年轻人。春晖道："魏启福家不能再去了，上次粮食是从他家分出来的，也许，龚茂红已注意到他家。"他对兄弟们说："把东西搬到芳姐家去。"

"梅芳家？"李道生说："不行，梅芳家离龚茂红太近，搬到她家，响动太大。"本槐说。

"搬到我家，店铺可作掩护，把东西藏在铺子后面。"大纯说。

"不行，你那来往人多嘴杂。阮全章也不可靠。"春晖琢磨，说："就搬到大纯铺里去，杂货店，不会引起人们的注意。"

本槐拿起竹篙，在岸上一点，渔船便向上游滑动。

船泊在鲜家港的出口处，春晖对大纯说："你先回去，看看动静。如果安全，我们过去，如果有情况，我们顺水下流。"

中午，瑞林在梅芳家担心地说："听说许顺完礼的东西被人抢了，是不是春晖带人干的？"

"我们去看看吧！"梅芳道。

"我从龚茂红家门前绕过去，看看动静。你就在家，注意他家的动向。"瑞林说。

龚茂红站在自家门口，像狗子剁了尾巴，走来走去，家人和几个亲戚，眼巴巴地望着来亲。龚茂红转身，看见瑞林在梅芳家门口，横了瑞林一眼。

瑞林考虑到："如果是春晖干的，他把东西藏在哪儿？"他放心不下，得赶忙去大纯店里。

大纯看见瑞林，说："春晖他们劫了许顺的礼，那些东西咋处理？"

瑞林说："不能这样。共产党不是绿林好汉，也不是流氓地痞。这抢劫绑票之事，我们不能干。"

大纯道："事已至此，你看怎么办？"

"在哪儿？"

"河里。"

"不能弄到店里来，把启福叫上，到他家把猪肉分成几块，弄到凤台街上卖了。"瑞林说。

"其他东西咋办？"大纯问。

"还有什么东西？"

"三坛烧酒，花布。"大纯说。

"搬到我家去，龚茂红看见我了，他不会怀疑我，快去。"瑞林道。

春晖急忙赶到河边，将瑞林的想法告诉本槐。本槐叫春晖把酒和布匹转移到渔筏上，他回到渔船上，把船撑到临启福家的河岸，叫道："启福，快上船。"

十六

下午，太阳稍稍偏西，时继良按照吩咐，带上几个团丁，风风火火地赶到鲜家港桥头，询问哨卡团丁："什么情况？"

"报告，没发现什么情况。"团丁向时队长行礼。

"许顺完礼被劫，你们就没发现可疑人？"时继良追问道："你们好好想想，谁有这么大胆？"

"上次，江陵征收队的货船被劫，听说被劫的货物运到贾家垴。可后来发现老百姓在吴家堤分粮。这说不清楚。"团丁道。

时继良吩咐："你们俩去找戴宗凤，你们俩到河边搜查，剩下的几个去鲜家港集上看看，有没有卖肉的。都把眼睛睁大点儿。"

团丁说："他们有这么傻吗？会到鲜港街上卖？"

时继良说："你们到凤台街上看看去。"团丁分头行动。

两团丁沿小河下走。春晖划着渔筏，在河中间行走。"过来，过来。"团丁在河堤上向春晖打招呼。

春晖蹲下来，沿船舷把渔网放入水里。

团丁："你没长耳朵是吧，叫你呢。"

"叫我？"春晖站起来，说："我在放渔网。你们买鱼吗？今天太怪，没捞到两斤鱼。"春晖又蹲下去，打开船板，把酒坛子和花布放进船板下，盖上船板，船板上放着渔网，摇摇晃晃地把船划向南岸。

团丁把枪托放到船舷上，将渔船往岸边拉。

"你多大年纪，会放网捕鱼？"黑狗子说着，欲上船。

春晖故意用劲把船摇晃几下，船在晃动，波浪荡开来。"兵爷，这船载不起两人，怕你掉进河里。你要鱼？我给你捉。"

"我问你。"团丁害怕了，边退边说："你看见有人挑着猪肉从这儿走了没有？"

"没有，我在捕鱼，没看见。你看，我这小渔筏子，怎么承受得起大块猪肉。"春晖笑道。

春晖脚踏一块船板，船板另一头翘起，翘出来一块缝隙，花布露出来。团丁惊叫道："花布。"

"花布？"春晖立马把脚移动到翘的一端，说："花布？我在捞鱼，哪有什么花布。"

团丁向渔筏拥去。春晖将船划开。团丁怒吼道："把船划拢来，要不，我开枪了。"

春晖向河中划去。团丁扣动枪栓，发出最后通牒："你再不靠岸，我开枪了。"

"春晖，快回去，妈还在等着你把花布送回去。裁缝还等着裁剪啦。"突然，从岸上传来女人的叫声。

春晖抬头望去，梅芳站在河边。春晖应道："姐姐，花布？"

"我买的花布，放在你的船舱里了。你只顾捞鱼，把我买的花布给忘了。"

团丁掉头，向下流搜索。

春晖将渔筏撑到岸边，感激地望着梅芳。

就在瑞林离开梅芳不久，熊必丰带领几个团丁护送许顺，来到龚茂红家。梅芳站在门口看着他们，龚茂红燃放鞭炮迎接。她急了，熊必丰亲自带领大批人马，盛气凌人，她担心瑞林，便急切地沿河边去寻找瑞林，刚走到这，她看见黑狗子正在盘问春晖，便急中生智，走下河畔。

戴宗凤刚从金寡妇家出来，见到团丁，道："余大哥，这正月间，你们怎么有空到我们这穷地方来，真是荣幸。"

"出了这么大的事，你不报告，还有闲心在这里优哉游哉。"大富道。

"出啥事了？"戴宗凤有些心不在焉。

大富说："你不知道许顺的东西被抢了？"

戴宗凤傻了眼，望着余大富，惊讶道："啊，许顺？许团总老二，龚茂红女婿？"

"就是啊，你还蒙在鼓里。快去，时队长找你。"余大富道。

戴宗凤愕然。他被带到麻将馆，进屋，关上门。时队长坐在上方，敲着桌子，说："宗凤，你干什么？"

"时队长，你是稀客。"戴宗凤点头哈腰道。

时继良横着眼睛，看着他，骂道："你这混账东西，拿了许团长的禄，不为东家干事。小心团长要你的命。"

"不敢不敢。队长有何吩咐？小弟愿效犬马之劳。"戴宗凤拱手跪下，哀求道。

"你起来，我有事问你。"时队长说。

戴宗凤站起来，低三下四地听着。

"最近你发现什么情况没有？"时继良问。

"最近吧，凤台成立农民协会、妇女协会。"戴宗凤说着，时继良打断他的话说："要你说这些干什么，我都知道。我是要你打听阮瑞林、阮德斋、阮本槐这些激进分子，他们有些什么反常情况？"

"这个？"戴宗凤挠了一下后脑勺，讨好道："本槐当上农民协会主席，宗秀当上妇女协会主席，他俩定亲了。"

"嗯，还有呢？"时继良道。

"还有，宗秀和梅芳每天晚上组织妇女读书、写字，她们开办了农民夜校。"戴宗凤道。

"嗯，这可是个新鲜事。"时继良道，"江陵征收队遭劫，许顺被抢，你就没有嗅到一点风声？"

"没，我只知道是菱角湖的穷鬼干的。"戴宗凤道。

"是真的吗？"

"真的！"

"绝对？"

"绝对！"戴宗凤拍着胸脯说："我对团座的忠诚，日月可鉴。"

凤台街称为"百步"街，街上住有十多户人家，摆肉摊的有两家。下午多数摊子已收摊，仅有一家摊位开业，摊位上放有两块颜色不鲜的肥肉。本槐到街上，摆开一块木板，放在板凳上，肉搁在上面，叫买道："卖肉了，刚上市的新鲜肉。"

德斋和本宽在对面摆开一个摊位。

三三两两的顾客，站在摊位面前，看肉、论价、割肉。一百多斤猪肉，不大工夫，便卖了一大半。突然，走过来一个满脸横肉的胖子，站在摊位面前道："这肉哪来的，咋下午才出摊？"

"大过年的，杀猪佬不好找，家里又等着钱用，下午刚把猪给杀了，刚刚摆摊。您要点什么？猪头、尾巴、还是排骨？"启福笑道。

"老子要你的二头。"胖子紧绷着脸，气势汹汹地叫道。

"大兄弟，有话好说。您啥来头？"本槐道。

"三块土砖算个门户，这凤台街上，大大小小十多户人家，你们来了，总该打个招呼吧。"胖子紧绷着的脸松缓下来。

魏启福掏出一包烟，甩到胖子面前，道："接着。大哥，行个方便。家里穷，不然，怎么会正月初五上街卖肉。"

伸手不打笑脸人。胖子消消气，气氛缓和下来。

突然，一个团丁走过来，站在本槐摊位面前，翻了翻摊位上的猪肉说："这肉哪儿来的？"

启福说："早上请杀猪佬杀的。"

"屁话，哪个不知道猪是杀猪佬杀的。我问的是请谁杀的？"黑狗子问。

"菱角湖杀猪佬没时间，是请本地杀猪佬杀的。"启福答道。

"猪到底是谁杀的？猪肉是从哪儿来的？把肉收起来，跟我们走。"团丁敲打着摊桌，叫道。

"兵爷，这猪是我杀的，这肉是帮我卖的。"胖子傲慢地走到团丁面前说。

"你是什么人？欺骗我们？"团丁道。

"你们可访可查，我是这里老门户，祖祖辈辈在这儿做买卖。"胖子理直气壮，拦阻他们。

街坊都围拢了，为胖子帮腔："柴老大，怎么了？谁哪根筋骨不舒服，与你过不去？我们替你教训教训他。"

胖子说："两位兄弟帮咱卖肉，这几个兵游子在这插一竿子，横场。"

街坊拦住团丁，几个团丁讨了个没趣，慌忙离开。

团丁离开后，本槐对柴老大说："感谢你们。我把这些猪肉卖给你们，你们给多少钱算多少钱。"本槐面向各位街坊，作揖告辞。胖子从腰包掏出一叠钱，给了本槐，说："两个摊位，我全包了，你们走吧。"

本槐回敬："谢谢大哥，后会有期。"

十七

瑞林在大纯家焦急地等待本槐。天黑了，大纯几次佯装提水，在桥头张望本槐。桥头，黑狗子来回走动，一步一步，像是在践踏大纯的心窝窝。几路团丁回到茶馆，向时继良反映道："没发现劫匪。"时继良打道回府。

魏启福来到大纯店铺说："平安无事。"

瑞林这才一块石头落地，和梅芳回到家，刚一进门，本槐迎上去说："猪肉全卖了，多亏街上的柴老大，不然，麻烦大了。"

瑞林道："柴老大，我听说过，他是穷人，也是好人，别看他面相横。"他吩咐："肉钱，你拿着，由农民协会支配钱；酒和花布，放在梅芳家，由梅芳和宗秀处理；枪，德斋保管，一定要注意，别走漏风声。"他告诫说："革命才刚刚开始，我们千万不要被胜利冲昏头脑。要注意斗争策略，以后，这劫财越货之事，不能想做就做。这几天，许直卿和龚茂红会四处寻找打劫者。肯定把我们作为第一怀疑对象，我们要沉着应对。"

"我看戴宗凤，行动诡秘，动机不纯，要防着点。"本槐道。

"对，我们在壮大革命队伍的同时，一定要擦亮眼睛，看准对象。"瑞林严肃地说。

德斋请示说："瑞林，这几天，有几位同志向我递交了入党申请书。"

"好，好事，我把申请书递交给上级组织。"瑞林说。

"哥，我可以加入党组织吗？"春晖用信任的目光看着哥哥。

"春晖，你也不小了，应该有自己的信仰。"瑞林深情地望着弟弟说："接受党组织的考验吧。"

金色的月光透过窗户，洒进这间寒碜的茅草屋，阮春晖彻夜未眠。

时继良回到民团，许直卿把他叫到办公室，询问在鲜家港活动的情况。他报告说："要说问题，有。在沮漳河，有人发现渔筏上的花布，虽然没看很清楚，但这事可疑；在凤台街上，团丁发现有肉摊，被柴老大给搞砸了。无法确定是不是劫匪抢了许顺的猪肉。"

许直卿整了一下衣角，示意时继良坐在他对面，问："戴宗凤怎么说？"

"戴宗凤没发现什么异常。"时继良说："宗秀和龚梅芳每天晚上，组织妇女读书、写字，她们开办了农民夜校。这猪肉，戴宗凤怀疑是菱角湖的穷鬼干的。"

"你分析是何人所为？"许直卿站起来，把身子面向窗外。

"团总，我看问题就出在鲜家港。"时继良毕恭毕敬地坐着。

许直卿转过身，吩咐道："明天，你带几个弟兄，从龚家闸到鲜家港，挨家挨户搜查，不放过一个可疑点。我就不相信他们做得天衣无缝。"

第二天上午，瑞林和梅芳从龚茂红家经过，梅芳招呼道："大伯，忙着？"龚茂红用白眼扫了一下他俩，冷冷地应道："有你们，没事也闹得有事。"

他俩回到梅芳家，正赶上余大富在她家搜查。大富在房间里发现三个酒坛子，叫道："时队长，酒！"

时继良快速进屋，上去拉开酒坛上的红带子，说："老头子，这酒是怎么回事？你得老实说清楚。"

"我这酒坛子，是给女儿准备的，梅芳年纪不小了，说不定，男家哪天要接人，有备无患。"父亲说。

"你姑娘要嫁人了？"时继良狰狞地笑着问。

"可不是嘛，二十了。"父亲说。

余大富面向队长，悄声说："这有问题。"

老人说："什么问题。你们难道不知道，我女儿，是龚茂红的侄女。"

时继良冷言冷语地说："怎么？龚老财的侄女，就不当土匪？给我搜。"

团丁一拥而上。

正说着，梅芳和瑞林进屋，父亲道："这不，新女婿进门了。"

瑞林走近酒坛子，故意"哐当"一声，酒坛子被踢倒，坛子里一滴酒也没有。黑狗子一看，傻了。

"爹，你昨天上午，还为龚茂红欢喜呢。今天就来人怀疑起你来了，真是翻脸不认人。"瑞林大声说。

"昨天上午？昨天上午你在？"时继良问。

"是啊，昨天一天，都在龚伯父家，替伯父高兴还来不及啦。"梅芳笑着道。

时继良看着酒坛子，问："空的？"

梅芳道："昨天刚在江口买的，还没装酒。"

余大富问："怎么没酒？"

梅芳道："我们小户，不到时候，不会囤酒在家里。"

瑞林义正词严地说："怎么，不相信是不是，要不你们把梅芳父女抓起来呀，六亲不认。"

时继良没趣，"走。"

团丁离开，瑞林对梅芳说："幸亏早上把酒倒在大坛子里了，时继良看到酒坛里没酒，方才罢休。"

梅芳偷笑说："我爹刚才怎么说？"

"不是说我新女婿进门了吗？"

"你别占我便宜，老人家是急中生智，看把你美得。"梅芳含羞道。

出于感激和敬佩，瑞林情不自禁地叫了一声："爹。"老人大声应道："哎！"露出了幸福的微笑，他慎重地对瑞林说："我看出来了，你俩情投意合，有着'有福同享，有难同当'的念想。芳，你爹不糊涂。今后，你们就生死同命吧。"

两个年轻人用感激的目光深深地望着这位饱经风霜的老人，礼拜道："爹，感谢您。"

"爹，我们还有事，需要出去。您多保重。"瑞林说着，挽起梅芳的臂膀，走出去。

老人赶到门口，叮嘱他们说："外面风大，注意防寒。"

"不好了，不好了，哥，本槐叔被团丁抓走了。"春晖满头大汗地跑来。

令瑞林最为担心的事还是发生了：

阮本槐家离阮德斋家不远，本槐站在后门口，看见德斋在后园搬动枪支。德斋在屋后的园地，挖了一个地窖，地窖的底层放一些杂草，杂草上面铺上一层红薯，红薯上盖上一层芦苇叶，枪就放在芦苇上，上面盖一层厚厚的红薯，红薯上面盖着泥土。本槐想去帮忙，从台子上下来，看见团丁正往德斋后院走。本槐想：如果团丁过去，有所察觉，武器岂不是彻底暴露了吗？不能让团丁走近园地。他顺手在地上捡起一块石头，使劲地朝团丁砸去，石块落到团丁面前。

团丁惊慌地叫道："谁？"

本槐从台子上跑下来，拼命地往河边跑。团丁追上去，叫道："站住，不站住，可要开枪了。"两团丁围在前面，本槐被石块绊倒。团丁鸣枪示警，道："你不是昨天在凤台街上卖肉的吗？怎么跑到这里来了？快抓人。"时继良听后，猛追阮本槐，没等本槐辩驳，就被团丁夹住。

这些天，时继良为抓捕共产党，吃尽了苦头，却功劳甚微，让他在主子面前抬不起头。他抓到了阮本槐，似乎抓到了一根救命草，让他扬眉吐气，于是耀武扬威地押送本槐，招摇过市。

戴保长迎面走了过来，见到时继良，说："你押的不是本槐吗？他刚刚被选上农会主席，就犯傻了？"

"好不容易抓了一个嫌疑犯，保长，你可放聪明一点。"时继良担心保长为本槐说情，先发制人，想将保长的口封住。

保长对本槐说："兔崽子，你要知时务，老老实实说你最近干了什么，别惹一身狐骚。"本槐听着，明白保长话中有话。"呸，滚。"他理解保长的好意，倔强地挣扎着。

"去去去，听话。"保长转头，对时队长道："他可是我的侄女婿，平时老实巴交的，不知道他犯的什么傻？"

时继良置之不理，押着阮本槐，吼道："快，快走。"

十八

"报告，押回一个劫匪。"时继良回到民团，立马向团总邀功。

许直卿听后，长长地叹了口气，傲慢地走到本槐身边，上下打量一番，命令道："把他押进牢房，叫熊必丰连夜审讯。"

时队长立正行礼，道："是。"

晚上，审讯室里，熊必丰与阮本槐相对而坐，问："你姓甚名谁？哪里人？"

阮本槐正视着熊必丰，不卑不亢地道："阮本槐，家住江陵县凤台乡第八保，鲜家港人。"

"听说你是农民协会主席？"

"不假。"

"你知道为什么被抓吗？"

"不知道。"

"你见到团丁，用石头砸他们，他们追你，你拔腿就跑，是吗？"熊必丰问。

"不是，我见到园地有鸡子在啄菜叶，用石子掷鸡。我是在驱赶畜生。"本槐说。

"你为什么要跑？"

"我害怕掷到团丁，惹恼了他们，撒腿就跑。"

"你昨天在凤台街上卖肉是怎么回事？"

"昨天的事，跟你们说过了，那是给街上的肉老板卖的。"

"猪肉是哪来的？"

"猪是老板杀的，我就负责卖。"

"看来，你是良民，是我冤枉你了？"熊必丰讥讽道。

"我是被冤枉的。"

许团总来到审讯室，熊必丰对团总说："他嘴硬，一口咬定，他是冤枉的。怎么办？"

团总走到本槐身边，拧着他耳朵，说："你不老实，在撒谎。"

阮本槐怒视许直卿，暴烈地道："老东西。要杀要剐由你。"

团总皮笑肉不笑，说："都是乡里乡亲，你只要说是你干的，谁要你干的，我保证不追究你。"

"我干什么了？我糊涂。"本槐摇着头说。

"你当真不知道？"

"不知道。"

阮本槐毅然回答，让一贯刚愎自用的许直卿很是恼怒，他吼叫道："看来，不给你点颜色看看，你是不知道锅是铁打的。来人，给我打。"

走来两团丁，凶神恶煞地把本槐捆绑在门背后，扒光了上衣，裸露出上身。团丁折断两根树枝条，用力地抽打本槐。本槐咬着牙，身子颤抖着。团丁打得汗流浃背，熊必丰再问，本槐依然嘴巴紧闭着。

阮本槐浑身血糊糊的，被团丁抛进监牢。

街道上走来两个人，一人背着一串马嚼子，一人挑着两个竹篮，竹篮里放着满满的泥蒿菜。两人穿街过巷，来到"兴隆商行"杂货铺，店小二把他们引进里屋。肖保苍见到他俩，说："大纯、春晖，你们快告诉我，最近什么情况？"

"肖部长，不好了，本槐被抓了。"大纯放下马嚼子，急切地说。

春晖放下担子，说："时继良怀疑许顺的猪肉被劫，是本槐带人干的。"

肖保苍走出来，望了望街上，回到里屋说："是不是他干的？"

春晖压低声音，说："是我们干的，还劫了两支枪。"

"干得好啊。"肖保苍望着他俩，把脸沉了下来，"本槐不会屈打成招吧。"

"不会，本槐叔我了解，坚强得很。"春晖说。

"这个……"肖保苍想来想去，脱口道："我找机会到民团，了解一下情况再说。"

"怎么进去？"春晖睁大两只眼睛，疑惑地望着肖保苍。

肖保苍看了一下马嚼子和两篮子泥蒿菜，说："有办法了。"他换了件外衣，走近保安团，被卫兵拦在门外，卫兵问："干什么？"

"请禀报一下，就说兴隆杂货店的肖保苍请见许团总。"肖保苍道。

卫兵进去后出来，说："团总有请。"

肖保苍见到许团长，双手抱起，恭维道："许团长，明天新媳妇到家，恭喜恭喜。"

"哎呀呀，肖部长大驾光临，有失远迎。"许团长回礼道。

"别叫肖部长，此一时彼一时啊。"肖保苍说。

"瘦死的骆驼比马大，昔时的肖部长，依然光耀照人。"团长哈哈笑着。

肖保苍与团长对坐，叙旧说："国民党党部在江口中断活动已近一年，如今无影无踪，而你，今非昔比，鸟枪换炮了。"

"哪里哪里。来人，给部长倒茶。"许团长吩咐团丁道。

"团长，喝茶就免了，我是来问你，需要马嚼子吗？我叫人给你带来了几个。"肖保苍说。

团丁上茶，团长吩咐说："要几个。快叫人进来。叫熊队长处理一下。"

"不急，我们聊着。哎呀，你看，国民党的屁股，尖尖的，在江口，老是坐不稳。"团总端起茶杯，在嘴唇边吹了吹，然后慢慢放在桌上，说："去年五月，夏斗寅叛变，党部活动中断。七月，王昌麒无法开展工作，被迫离开江口。你看今年吧，魏先炳回枝江，组织什么'整理党务委员会'，没多时，而告结束。依我看，川军四十三军的谢汝霖部，屁股又在冒烟，坐不住了。"

"是啊，还是你团总，稳坐钓鱼台。"肖保苍大笑道。

"稳个屁，前天我的民团，还丢了两支枪。"许直卿恼怒。

"哦？是谁胆大包天，竟敢在太师头上动土。"肖保苍把身子偏近许团总，惊奇地问道。"搜查到什么没有？"

"抓到一个，关在号子里。"许直卿说。

"哪里人？我倒听说，菱角湖一带，穷光蛋活动猖獗。"肖保苍故意说。

"鲜家港的，阮全桐家孽子。"

大纯和春晖，蹲在墙角边，马嚼子和泥蒿篮子放在身边，熊必丰走近他俩，问："你们是肖部长带来的吧？"

大纯笑道："是。你是熊队长吧？"

春晖道："熊队长大名鼎鼎，谁人不知，谁人不晓？"

话说得熊必丰心里像鹅毛扇子扇——舒服。他说："跟我来。"

熊必丰来到许直卿办公室："报告，马嚼子买了三对，泥蒿菜，全买了，慰劳团丁。"

肖保苍立马站起来，说："明天你办大事，看我这个人，不知死活，在这节骨眼上，还给你添麻烦。"

肖保苍瞅见大纯和春晖竟然还站在大门口，若无其事，他担心夜长梦多，便向许直卿告辞。许直卿叫道："送客。"

十九

肖保苍带着两个小青年，走进一条狭小的巷子里。

春晖把刚才发生的情况告诉肖保苍：

熊必丰叫他们进去。春晖发现：团丁所住的是一排八间的房子，前后四间，内走廊。哨兵就守在靠大门的那一端。春晖看了看四周，把泥蒿和马嚼子放在地上，由大纯看管，他乘团丁买泥蒿之机，从房子的后门溜进去，见到本槐。

本槐被囚在黑洞洞小屋内，血淋淋，躺在地上，衣服被撕破，嘴唇发紫，脸上青一块，紫一块。春晖溜到他身边，轻声叫着："槐叔。"

本槐翻过身，睁开眼，痛苦地说："你来了？安全么？"

"没事，肖叔正在想法救你出去，你要挺住。"

本槐艰难地挪动一只手，捏住春晖的手，说："你放心，他们妄想从我嘴里问到一丁点需要的东西。"

"叔，你是好样的，我佩服你。"

门口有走动的脚步声，春晖溜了出去。

肖老板心里无比沉重。多么坚强的战友啊，多么可爱的同志啊！一定要救他出去。他在进行一个大胆的设想。

按枝江东部地区的习俗，女儿出嫁，设宴席需在男家的前一天，称之为"垫席"，结婚当天的设席，为"正席"。初七晚上，龚茂红家来了许多客人。房族、亲朋好友前来道喜。笑声、叫唤声、道喜声、女儿的哭嫁声连成一片，跑堂声、敲锣鼓声、支客声，主人迎客声声声不断。

阮本独、戴宗凤在龚茂红家帮忙做饭。支客者拖长声音，喊道："请客人入座，开席啰。"

客人纷纷入座。阮本独、戴宗凤到厨房，抬出两甄子白米饭，热气从甄子里飘出来，香喷喷的，满桌的珍馐佳肴，冲得人们垂涎欲滴。突然，闯进一群不速之客，他们衣着不整，破烂不堪，满脸污垢，举止野蛮粗鲁，语言不堪入耳，不问青红皂白，手抓肘扒，又吃又捞，不多时，饭菜被抢劫一空。

保长连忙叫道："坏了，吃大户的来了。"常卫诚借机逃之夭夭。

支客者说："这帮人惹不起。"

客人慌忙下席，惶惶恐恐地离开龚茂红家。

保长对龚茂红说："没办法，都是菱角湖那帮穷鬼、地痞干的，他们脱了裤子打老虎——又不要脸，又不要命。不吃饱喝足不会善罢甘休。"

阮本独冲着客人高喊："饭菜被抢光了。"

客人走了，满屋一片狼藉，盘碗杯筷撒了一地。里屋，龚老婆子和女儿抱在一起号哭，几个内亲内戚在旁边安慰，龚茂红跷着二郎腿，孤零零地坐在堂厅纳闷。

本独和宗凤从龚茂红家出来，来到瑞林家，乐呵呵地对瑞林说："龚茂红垫席闹砸了，你说开心不开心？"

春晖听着，拍起巴掌，开心大笑。瑞林紧锁眉头，冷眼瞟了阮本独，说："是谁指示这样干的？"

阮本独洋洋得意，笑道："是我巧施一计。你说，干得漂亮不？"

"漂亮。"瑞林沉着脸，说："我不会出这样的馊主意。"

本独和宗凤，讨了个没趣，醋醒醒地走了。

春晖说："哥，本独他们在龚家'吃大户'，闹得狗地主不得安宁，你应该给他们点个赞才对，可你闷闷不乐，还给了他们一冷眼。这是为什么？"

瑞林冷静地说："做事要光明磊落。穷，穷得有骨气。你呀，应该有理性的判断力，不要像地痞流氓那样，伤了穷人的志气。"

"这不是与劫船劫物一脉相承吗？给龚茂红一个脸色看看。"春晖不解地说。

"那可不一样，古有'劫富济贫'，况且，劫富的目的是为了济贫。本独他们的动机是什么？是沽名钓誉，是为了大饱口福，穷开心。再说，龚茂红家道喜的客人，并非都是像龚茂红一样的恶人。他们这样，我不说是坏事，但可算得上是丢人现眼的丑事，是令人瞧不起的下九流所为之事。有伤做人的底线。"瑞林滔滔不绝地说。

"哥，你把我说糊涂了。"春晖疑惑。

"这种出丑败相、低级庸俗的狭隘主义'革命'，有损于人格的'革命'，我不会赞同。你以后会明白的。"瑞林说。

"哥，既然那些人愿意革命，何不组织他们参加革命队伍，同我们一起革命？"春晖突然想起了什么，兴奋地说。

"春晖，你让我忽然间开窍了。"瑞林兴奋起来，他打算把那些无依无靠、穷困潦倒、四处流浪、有头有脑的流浪者团结起来，组织一支强大的革命队伍。改造他们，可不是一件容易的事，但必须这样做。

春晖吹灭了油灯，躺在床上。往后的路该怎么走？兄弟俩在静静地思索。

太阳透过柳树叶间的缝隙，照进窗内。本槐身子略有恢复，他双手撑在地上，慢慢地站起来，放在窗户的铁齿上，望着窗外，大声呼叫："放我出去，为什么陷害我，放我出去。"

许顺结婚的日子，许家门前挂着红灯笼，两旁放置花篮，吹鼓手忘情地吹着，八面玲珑的管家四处张罗，亲戚朋友、街坊邻居前来道喜，阿谀奉承的大小官客临门祝贺。媒婆带着庞大的迎亲队伍前往鲜家港娶亲，许直卿站在门口迎进奉出。

"戴保长到！"管家高声喊道。

许团总忙迎过去，笑道："欢迎戴保长，请！"保长拉着许团长的手，爽朗地笑道："许团总今天大喜临门、满面红光、大吉大利，我可要多喝几杯。"

"同喜同贺。理所当然，饮个痛快。"团长谢道。管家把礼品搬进堂内。

"放我出去，放我出去，我是冤枉的。你们无故抓人，遭天打雷劈。"本槐拍打着窗户高声喊叫。

保长朝本槐望去，对许团长道："许团总，我可问清楚了，昨天龚老板家被吃抢一空，许顺完礼之事，恐怕不是冲着你来的，是菱角湖那帮穷鬼干的，他们是在打梅香的屁股，刺幺姑的脸，故意刺激您亲家。"

"肖老板到，迎客。"远处传来管家的支客声。

许团总不知是不理会，还是没空回答，一下子转移话题，亲热地对戴保长道："屋里坐，屋里坐。"他走上前，双手伸向肖保苍，客气地说："肖部长，大驾光临。"

"许团总，常言道'千里送鹅毛，人亲水也甜'，肖保苍前来祝贺了。一点小意思。"肖保苍说着，吩咐春晖及店小二把贺礼抬到厅堂去。

许直卿拱手道："啊呀呀，肖老板，远亲赶不上近邻。客气了，这大礼小人笑纳了。"

西厢房传来阮本槐一阵阵喊冤叫屈的声音。这喊声，让肖保苍心如刀割。他对团总说："听说菱角湖那些毛娃子，干了你一票，昨天又在龚茂红家'吃大户'，我看你亲家和这帮穷鬼仇重如山啊。"

"肖部长，你也知道那些事是菱角湖穷鬼干的？"许团总问。

"我听很多人说，千真万确。"肖保苍肯定地说。

"你们无故抓人，遭天打雷劈。肖老板，我是冤枉的。"本槐狂叫着。

许直卿听到。他问："肖部长，这家伙认识你。"

"也许吧，我这生意人，广交朋友，和气生财，投个吉利。你儿子结婚，千年好事，这家伙老叫，晦气！"肖保苍故意加重语气，对许直卿说。

许直卿恼怒了，吩咐道："把这家伙抬出去，丢到长江去。"

"屋里坐，肖部长。"肖保苍进屋，和春晖嘀咕了几句，春晖和店小二出去了。

夜深了，月亮从窗口射进来，照进本槐的卧室。本槐昏昏迷迷地睡在床上，戴宗秀手紧握住他的手，头躺在他怀里。他的手抽动了几下，眼睛睁开，看了看满屋，眼光投向怀里的戴宗秀。

宗秀见本槐醒了，兴奋地说："本槐，你快看，我给你做了件棉袄，站起来试试？"

阮本槐环视了一下屋子，说："宗秀，我回家了？"

"刚才春晖哥俩来过。他俩说了你受苦了，让你睡。"宗秀把脸贴近本槐的脸，眼睛噙着泪水。

本槐清醒了，对宗秀说："为了和财主斗，这点苦不算什么。秀，今后我们随时都要做好受苦受累的准备，甚至做好献身的准备。"

宗秀点头："我不怕。"

本槐站起来，试了试棉袄，左边瞅瞅，右边瞧瞧，笑着："太合适不过了。"

本槐回到床上，宗秀看着他，小声问道："本槐，知道你是怎么出来的吗？"

二十

本槐是怎么回家的？他在全心地回忆：

宽阔浑浊的江面上，波涛滚滚，汹涌地扑打着江岸。许直卿吩咐后，两团丁从牢房里把阮本槐抬出来，放到板车上，拖往江边，团丁将奄奄一息的阮本槐抛在沙滩上，正准备把本槐踢到长江里。一条大黑狗在岸边狂叫，两团丁被吓得毛骨悚然，阮春晖和店小二尾随其后，装神弄鬼地怪叫。春晖在江岸的树林里，将一块石子掷向团丁，"鬼，鬼。"团丁吓得不寒而栗，把本槐踢到江里，慌忙逃走。春晖下去，将本槐从江里抱起来，背在身上，向鲜家港走去。

"都是肖叔安排的。他真有本事。"戴宗秀说。

一早，阮全桐打开本槐房门，宗秀坐在椅子上，身子靠在本槐的床头，睡得正香。老人见状，尴尬地退出房门，打招呼似的"咳、咳"两声。本槐睁开眼，见宗秀睡着，把被褥盖在她身上，自己翻身下床。

本槐走出房屋说："爹，有事吗？"

父亲横着老脸，气呼呼地道："槐子，你也成大人了，老是那样东奔西跑，惹是生非，不好。还是老老实实跟着我种田，跑跑生意吧。"

本槐走到父亲身边，"爹，我不是不学种田，也不是不老实。我是在想种田人的出路。"

父亲更加生气了，吼起来："你是在种田吗？你这样和龚茂红斗，就有出路了吗？"

"爹，不跟地主老财斗，地主利欲熏心，像喂不饱的狗，欺负穷人，没有止境，费光明、李道云，还有这么多穷人，受欺负、受压迫，什么时候才是尽头啊。穷人和地主老财斗，斗赢了，就是出路。"本槐声音不大，却字字铿锵有力，掷地有声。

父亲气得浑身发抖，他搬把椅子在门口坐下来，打开烟包，裹着一支长长的叶子烟，吧嗒吧嗒地抽着。

祥子和梅芳走来，"幺爷爷，您早。"

"祥子，我不欢迎你。"老人把头掉到一边。

"幺爷爷，槐叔惹您生气了?"梅芳轻声招呼道。

"儿子不是东西，你们也不是好东西。"阮全桐说。

瑞林笑道："我们不是东西，像你们一样，地地道道、本本分分、受苦受压，就是东西了?"

"本槐在家，你们去找他吧。老子迟早会被你们气死。"老人吧嗒吧嗒地吸着烟。

本槐闷闷不乐地坐在堂屋里，脸上挂着几条凸起的伤痕。瑞林心疼地道："你受苦了。"

"这点苦算不了什么，只是我爹，愚昧、麻木。"

没等本槐说下去，瑞林打断他的话茬，劝道："你爹也很不容易，你娘死得早，他一个人把你们兄妹拉扯大，受苦受累不说，还受气。你要理解你父亲的苦衷。"

"我倒没什么，就是见不得他伤心。他伤心，比我自己更伤心。我恨不得一锤子把这黑暗的世界砸个稀巴烂。"本槐激动地说着。偌大的汉子，眼泪悄悄地挂在了腮边。

"槐叔，别难过，注意身体。"瑞林关切地说。

"我没事，只是受了点皮肉之苦。"

五里湖湖面被密密麻麻的芦苇覆盖着，水鸟水鸭在清清的湖面闲游：头扎进水下，尾巴翘得高高的，嘴对嘴，亲昵地摩擦，时而飞起，时而低沉。风一吹，苇穗摇摇摆摆，发出飒飒的声音，惊动鸟儿飞叫起来。湖中间有一块平地，十来个青年人伏在地上，手里拿着步枪，对准靶子射击。

一人在青年人的后面走动，偶尔，蹲在伏卧着的青年人旁边，瞅瞅，拍拍他们的屁股。此人便是阮德斋。他来到春晖身边，拍打着春晖的臀部，说："要沉下去，屁股露得太高，容易被敌人发现，也容易中枪。"他走进大纯的身边，把他的枪头往上抬了一下，说："对准靶子，三线合一。"

龚家闸党支部组织成立农民协会后，紧接着成立凤台乡赤卫中队，这一天，便是中队第一次有组织的进行集中训练。

阮德斋对民兵讲道："步枪射击需要掌握三大要领：第一，要三点一线，即眼睛、准心和目标在一条线上；第二，托枪的手一定要稳，不能抖动；第三，镇定，屏住呼吸。"

瑞林走来。本槐望着瑞林说："你为大家演示一下，为民兵做个示范。"

瑞林从弟弟手里接过步枪，握住枪，瞄准目标，"砰"的一声。本槐跑向靶子，叫道："打中了，十环。"

队员拍手称赞。德斋道："没想到，你就在刘先生那里学打了几枪，枪就发得如此之准。"

瑞林给德斋一把手枪，对大家说："请德斋同志给大伙演示一下。"

德斋道："献丑了。"话音未落，只见他举起手枪，朝树巅上的一只野鸟射击。"砰！"野鸟掉在地上，噗了两下，一动不动。

梅芳和宗秀走来，臂膀挽着臂膀，走到德斋面前，宗秀笑着说："德斋，什么时候把我们两个女的教得像你，百步穿杨？"

"梅芳，别笑我，你们啊，有专门的教导员。"德斋说着，把眼光投向瑞林。梅芳弯下腰，捡起一块泥巴，朝德斋扔去，德斋一只脚跳了一下，避开那块泥巴，说："好啊，你打我？"

瑞林对大家说："好好练，我们这支队伍，一定会成为对敌斗争的尖兵，奋勇杀敌的神枪手。"

民兵们欢呼雀跃。

几天内，赤卫队发展二十多人，鲜家港、凤台、草埠湖、贲家垴一带的青年，踊跃参加。一支年轻的农民赤卫队活跃在十里湖乡。

然而，几股土匪武装和军阀也在这湖乡肆虐：

施昌直匪部活跃在问安。他与问安街上的一帮地痞、拜把兄弟建立问安游击队。施昌直自任为游击队长，50余人，有枪支10余支。主要在问安、石岭、老周场、仙女庙、半月山和凤台一带活动。

赵宜之匪部活跃在百里洲、江陵、沮漳河一带，拥有轻机枪、重机枪、步枪20多支。

对凤台农民赤卫队威胁最大的是郑家良匪部：他辖有50余人，盘踞在凤台、草埠湖、孙家场一带，常常在枝江、当阳、江陵一带进行洗劫，烧杀奸掠，残害百姓。火烧、活埋、刀戳、奸污等，坏事做绝，手段极其恶劣。

江口至草埠湖，有四川游军，被称为"棒老二"。

许直卿的民团，沙市、江陵一带的军阀，常在这里骚扰百姓。

瑞林说："从目前情况看，我们最主要的是保存实力，壮大队伍，支持农民开展减租减息，不让老百姓受伤害。"

"哎呀!"德斋走到陡坎边，差点儿陷入湖里，瑞林伸手，把他拉住，一下子，衣袖被荆棘划破了一道口子，口子掉出一块布片。瑞林用手把吊着的布片往上贴，怎么也贴不上去，几个人偷笑。

"你们别笑，我有办法。"

本槐道："知道你有办法。你看，梅芳在偷看你呢。"

梅芳羞涩地离开。

太阳落山了，青蛙在垄上哇哇地叫，一群小鱼游来，水上冒着水泡，湖里荡起一圈一圈的水花。风吹来，芦穗摇着头，鸟儿仿佛回到栖息的家园，在芦苇丛中欢喜地叫个不停。五里湖呈现一幅精美的现场练兵图。

晚上，瑞林家的油灯下，梅芳拿着划破的衣服，一针一线地缝着。瑞林穿着短棉衣，陪在她身边。

"爹说的话你还记得不？"梅芳穿针引线，对瑞林说。

"我们一起入党，一起干革命。我们是一对革命的伴侣，你说是吗？"瑞林说。

"我在问你，我爹是怎么说的？"梅芳追问。

"你爹不是为了掩护我们，说我和你要结婚了吗。我记得。"

"记得，你为什么还不作打算。"

梅芳把补好的衣服递给瑞林，她说："难道你不想结婚？我们仅仅是革命的同志？"

瑞林接过衣服，穿在身上，说："我是想，但现在结婚还不是时候，等革命队伍壮大了，结婚条件成熟了，我要像有钱人一样，把你用花轿抬到我家去。"

"我可没这么大的奢望，我只想和你结婚，早日成为夫妻，名正言顺地给你缝补衣衫。"梅芳低着头，轻言细语，红着脸说。

一对恋人深情地牵手。

父亲刚要走进屋子，尴尬地退了出去。

二一

"爹，有事吗？"父亲进屋，瑞林难为情地松开梅芳的手，对父亲道。

父亲退着说："今天，阮本独带着几个混混来家里，说是一定要找到你。"

"找我？"

"我看这些流氓地痞，游手好闲，没正经事，找你，是不是要你也像他们，做些见不得人的事。你怎么会和这些狐群狗党同流合污？"父亲很生气。

"爹，你放心吧，儿子知道怎么做。"

父亲大声道："你们兄弟干什么，我管不着也不想管，你要是与那些不三不四的人来往，我得提醒你，做人，要登得上品位。"

梅芳羞红着脸说："我回去。"

自从上次瑞林批评阮本独后，他心里疙瘩解不开，和一些小混混打得火热，为混混之首。就在赤卫队练兵的当天傍晚，他们这些小混混与郑家良匪部相遇。

湖边停着一辆板车，车上放有几箩筐橘子，车主叫卖道："卖橘子，又大又甜的橘子。"

小混混走到板车旁边，顺手拿了两个，往嘴里喂。老板阻拦说："小兄弟，我这橘子是贩来的，别白吃，起码给点本钱。"

小混混上去，每人抓了几个，装进裤兜里，口里骂骂咧咧："要钱？要不要这个。"说着，亮出拳头。

这时，郑家良一帮土匪走过来，驱赶混混说："滚开，这橘子老子全要。"说着，将两箩筐橘子抬起就走。阮本独见状，一拳打过去，一土匪倒地，土匪们一拥而上，和混混们扭打起来。混混人多，土匪不是他们的对手，便举枪示威，混混拔腿就跑。土匪一枪，打伤了一小混混。

瑞林、德斋和本宽一起，来到阮本独家里。门前，小混混嘻嘻哈哈，蹦蹦跳跳，闹着恶作剧。本独道："祥子，我昨天找你了。"

"找我什么事？那天我给了你个不乐，不舒服是吧？"瑞林回应说。

"不舒服归不舒服，但有事还要求你。"本独偏着脑袋嬉笑着。

"什么事？"

"昨天，我们和郑家良的土匪闹翻了。"本独把昨天发生的事向瑞林一一道出。

瑞林沉着脸，停顿半晌，郑重地说："我不会帮你们。"

"为什么？"本独不高兴，问道。

"你们尽干些下三滥、下九流的事，我不支持你们。欺负老百姓算什么本事，只想饱口福，饱眼福，不想干正经事，我怎么会帮你。"

"嘻。"有个小混混，被称呼为"棒老二"。他歪着脑袋走来，扒开瑞林，阴阳怪气地说："看你小白脸的样子，还真狗子吃野屎——文（闻）妥妥的，文弱书生，满腹经纶，教训起我独哥来了。我倒想教训教训你。"说着，他把两个袖子往上撸，做出要打斗的姿态。

本宽上去拦住"棒老二"，说："你这把年纪了，别乱来。"

"别拦他，让他来试试。"瑞林说。

"还算男子汉，今天我俩就来比比。"棒老二"话还在口边，便伸出双手，抓住瑞林的肩膀，使劲推。瑞林还击，快速伸出双手，抓住对方的肩膀。两人进进退退、退退进进几个回合，不分胜负。瑞林双手用劲一拉，立刻把身子闪向左边，小混混伏倒在地上，嘴巴贴地，啃了一嘴泥。

小混混又上了一个，抱住瑞林，瑞林右肘锁住对方的喉咙，一个扫堂腿，把混混撂倒在地。

混混爬起来，冲向瑞林。

一个小混混冲着梅芳叫道："来，过来，小脸蛋蛮漂亮，在哥哥腿上坐坐。"

梅芳走近小混混，怒斥道："你们是哪儿的，在这耍流氓？"

本独对梅芳道："梅芳姐，他们闹着玩，没事。"梅芳目不转睛地盯住瑞林。瑞林一把抱住小混混，像甩麻袋一样，把他丢倒在地上。

几个混混一拥而上，德斋见势不妙，冲上去，一拳，二掌，三扫腿，几下把混混撂倒在地。

混混爬起来，拱手道："兄弟，我真是服了你。苍天在上，今后我听你的。"

本槐从腰包里掏出几块大洋，丢在地上，说："拿去，换几件像样的衣服。"

混混们在地上拾起银圆，高兴而去。

瑞林叫道："本独，过来，谁被打伤了，我们看看去。"瑞林一行三人，看望被土匪打伤的小混混。

这算什么"家"：面积不到二十平方米，四根柳树为撑子，四周用芦苇秆围着，屋顶用稻草扎了一个圈。屋内没什么家具，床用几块木板搭起来，四个床腿用几块土砖垫着，摇摇晃晃，歪歪倒倒。他们走进屋子，一股浓浓的臭味刺激鼻子，本宽几乎要吐，手捂住鼻子。

"你是哪里人？叫什么名字？为什么住在这儿？"瑞林走近在床上躺着，盖着一床破棉絮的小混混。

混混瞥了瑞林一眼，把受伤的小腿拖上去，弯成弓状，问道："你查户口来了？"

"哎，幺癞子，别不识抬举，他可是鲜家港赫赫有名的人物，春晖你认识吗？"阮本独把幺癞子弓着的小腿拍下去。

"春晖？春晖我认识，小平头，小方脸，小个头。说话蛮有理，处事讲良心，是我佩服的晖哥。"幺癞子说。

"他就是春晖的哥哥——阮瑞林。"

"瑞林？"幺癞子耷拉着头，心悦诚服地叫了声："瑞林哥。"

幺癞子其实不癞，头发稀少，相貌不是很周正，常常满脸污垢，混混管他叫幺癞子。他扫视了一周，仔细打量了瑞林，客气地说："你看我这屋子，连一把像样的椅子也没有。"

瑞林笑着说："没事，不客气。"

幺癞子爬起来，坐在床头，一泡鼻涕一泡泪地述说他苦难身世：他是贾家垴人，本名叫胡明喜。三岁没了爹娘，靠舅舅把他拉扯大。舅舅家境也不宽裕，常常受舅妈的气。十五岁时，他不愿受舅妈的气，跑出门，到沮漳河的南岸，在外滩搭起一个窝棚，过上流浪生活，成为这一带的"老癞"，混混们叫他"幺癞子"。

"你父母是怎么死的？"瑞林打听道。

"听舅说，那年，我家种了地主两亩地，当年年成不好，欠下地主二石租，地主不放过我爹，强迫交租，爹没办法，最后选择上吊而死。爹死后，母亲得了伤寒，没钱治病，病死了。"幺癞子道。

"狗地主蛇蝎心肠。"瑞林同情地说道。

"舅妈日子也不好过，她有一儿一女，经常揭不开锅，加上我嘴不甜，不讨她喜欢。"幺癞子抽噎道。

瑞林拍了拍明喜的肩说："你和你舅妈都是穷人，因为穷，养活不了家人。"

胡明喜伤心地点头说："什么时候才会过上好日子啊？"

瑞林安抚他说："世道不公平，'朱门酒肉臭，路有冻死骨'，只有把这不公平的世道推翻了，穷人才能过上好日子。"

胡明喜用袖子擦了一下满是污垢的脸，悲泣地说："是我家的祖坟没埋个好地方。"

"胡明喜，你别这样说。应该和命运抗争，和地主老财抗争，争取过上好日子。"瑞林道。

这些年来，没人叫他胡明喜，瑞林是第一次称呼他的姓名的人。他非常感动，转身从床上下来，站在瑞林面前，深深地鞠了一躬。瑞林赶忙扶起他，说："你别自暴自弃，妄自菲薄，你还年轻，往后的日子还长，不能这样消沉下去。"

"大哥，你说什么呀？我不懂。"胡明喜道。

梅芳解释说："他是要你别看不起自己，相信自己，振作起来。"

"大哥，你说，今后怎么办？我听你的，我要挺起来，做个人样。"胡明喜敬佩地看着瑞林。

"兄弟，参加民兵组织，再有谁欺负你，我们一起和他斗。"阮德斋为他鼓气。

"下午，春晖给你拿些药，送点吃的，待你病好了，跟着我们干。"瑞林给胡明喜盖好被子，鼓励说。胡明喜说："我是遇到救星了。"他要起来，瑞林把他按在床上，说："好好休息。"

路上，阮德斋说："像胡明喜一样的小混混，不仅生活贫穷，而且思想贫乏，脑子一片空白，如果把他们转变过来，需要费很大的劲。不过，转变过来了，对我们有利。"

瑞林说："转变他们是难，但是，必须转变他们，让他们懂得革命的道理，愿意跟着我们一起闹革命。不能放弃他们，更不能嫌弃他们，把他们看作是我们的敌人。革命的目的，就是让老百姓生活好起来，精神充实起来。"瑞林和鲜家港的进步青年，并肩走着，向着可望可及的目标奋力前行。

瑞林对德斋说："明天，我想到沙市去，把鲜家港的工作向上级组织汇报，把刘大纯等几位同志的入党申请递交给上级组织。"

"是啊，好久没和上级党组织联系了。离开党组织，我们就像没娘的孩子。"德斋说着，喉咙一下子哽咽了，泪水情不自禁地流了出来。

二二

春晖到江口抓了一些治枪伤的药，从家里带了一些炒面，来到胡明喜的窝棚里。春晖见他还歪在床上，便叫道："幺癞子，疼好些了吗？"

胡明喜听到叫声，赶忙坐起来，道："春晖，快来坐。"

春晖一只手捂着鼻子，一只手把药和炒面递给他。

"春晖，你哥哥是好人，说话知情在理，为人讲信誉，像你一样，不欺负人，不记恨人，肯帮助人。"

"哥哥是有组织的人，有信仰、有担当、有抱负，是我做人的榜样。"春晖自豪地说。

"你哥真好！你有这样的好哥哥，真好！春晖，你哥哥叫我胡明喜，你也再别叫我幺癞子，我不希望自己成为让人唾弃的'下三滥'。"

"胡明喜，你希望有尊严地生活，知道自尊了，这是一大进步，恭喜你。"春晖高兴地说。

"是的，我们不仅要过好日子，还要有滋有味地活着。"胡明喜煞白的脸上出现了欢喜的容颜。

春晖环视四周，对他说："我给你熬药。火柴在哪？"

胡明喜指着用三块土砖搭成的土灶说："洋火在那。"

春晖拿起火柴，把一把稻草放进灶里，划了一根火柴，点燃，一边熬药，一边说："中国太落后了，管火柴叫洋火，管铁钉叫洋钉，管自行车叫洋驴子。叫什么'洋火'。可悲可气。"

"可不是吗。带'洋'字的东西可多了，洋船、洋布，连吃的土豆，老百姓都叫什么'洋芋'"胡明喜说。

药熬好了，春晖把药倒在碗里，端到明喜面前，他一口喝了下去。

"还好，子弹落在腿上，跑出来了，又碰上我菩萨心肠的哥哥，算你命大。"春晖说。

"晖子，你和你哥的大恩大德，我记住了，有情不在一日之感。等我伤好了，我做牛做马报答你们。"胡明喜道。

"我哥可不是为了你的报答才帮助你的。"春晖道。

"这个，我知道。你哥是在为天下穷人翻身解放着想。"胡明喜感激地说。

春晖煮了一碗炒面递给他，问道："那个叫'棒老二'的真名叫什么？"

"我听人说，'棒老二'是菱角湖那边的丁家咀人，他是个爽快人，说话棒里棒气，直粑粑的，人称'棒老二'。他在家，排行第二。哥和嫂，还有五个弟妹，他真名叫胡守财。家大口阔，靠租种地主几亩地过日子，家里穷，他就在外面混碗口食。我是听说的，但听他的口音，不像是这一带人。他到底是哪儿人，还是个谜。"胡明喜告诉春晖。

说曹操曹操就到，胡守财走了过来。他倚在门框边，说："幺癞子，我今天碰到狠人了？"

"谁呀，比你还狠？"胡明喜上下仔细打量胡守财，他不像是混混，倒像是干大事的。

"可狠了，两个人把我们七八个打得落花流水，磕头求饶。"胡守财高声大嗓地说。

"谁呀？"

胡守财见到春晖，说："就是他哥。幺癞子，瑞林哥是好人，他可以替我们报仇。"他拍着明喜的肩膀。说，"今天不走了，和幺癞子歪上一觉。"

"慢点，小心他的腿。这床睡得了三个人吗？"春晖说。

"一条扁担，我就可以躺在上面睡上一夜。"胡守财说完，三个人哈哈地笑起来。

春晖交代道："胡明喜，记得喝药，锅里还有点炒面，你们俩就勉强宵个夜吧。"

春晖正准备离开，胡守财叫住他，说："你知道吗，保安团和郑家良匪兵杠起来了。"

春晖问："在哪儿？"

胡守财看到春晖对这事很感兴趣，便欣喜地讲道："是在草埠湖河岸，团丁在河西，郑匪在东岸，隔着河，向对方打枪。土匪不经打，几下就被打跑了。还丢了两条命。"

"为啥打起来？"

"听戴宗凤说，是为了争夺姨娘。许直卿有个相好，在问安街上做裁缝，许团总经常在那儿落脚，郑家良是那里的地头蛇，也常到那姨娘家。这一举动，被许团总的眼线发现了，告诉了许团总，许团总和郑家良争风吃醋，派人把姨娘接到江口，在路上，双方打了起来。土匪把姨娘给追了回去，然后，派人马追赶团丁，团丁被堵住，便往草埠湖跑。队长熊必丰在草埠，结果，他们在草埠湖对杠起来。"

春晖分析道："照你这么说：团丁还困在草埠，他们要回江口，必须经过草埠湖河东，随时都有被郑部攻打的危险。"

"你说得倒是。你是想我们趁许郑龙虎相斗之机，渔翁得利，让我们报幺癞子一枪之仇？"胡守财笑着说。

"好，知道了，这想法，我透露给哥。你可嘴巴紧点。"春晖警告胡守财。

鲜家港八面环水。北为菱角湖，西北为太平湖，正西为清明湖，西南为陶家湖，东南是五里湖。赤卫队训练，就在西北的太平湖。这时只见湖东走来两个女人，身穿粉红色棉袄、蓝色裤子，头围着围巾，各人挑着一担竹篮，朝湖中走去。突然，她们身后，出现几个可疑男子，贼头贼脑，尾随其后。她俩有所发现，加快脚步，躲进芦苇丛中。男子紧紧跟着，追上俩女人，女人放下担子，拿起扁担，正欲打向男子，定睛一看。

"棒老二！"女子放下扁担，叫道。

"梅芳姐！"胡守财惊讶地叫道。

小混混正准备哄抢东西，一下子，傻了眼。

胡守财马上清醒过来，吞吞吐吐地说："我正想去找瑞林哥。"

"你找他做什么？"梅芳道。

"瑞林哥不是说了，让我们跟着他干，我们要参加赤卫队。"胡守财说。

"对对对，我们要参加赤卫队。"混混们抢着说。

"你们能不能当上赤卫队员，不是瑞林说了算，他们是有领导、有组织、有纪律的。"梅芳说。

"芳姐，你告诉我们，谁是领导？我去找他。"胡守财说。

"芳姐，你就带我们去吧。"胡明喜瘸着一条腿，跟着央求道，"我们是真心的。"

戴宗秀看到这情况，对梅芳说："让他们跟着我们走吧。"

胡守财接过扁担，挑着竹篮，他叫来小青年，把宗秀的竹篮也挑上，跟着她们走。

混混来到太平湖。赤卫队员正在聚精会神地练习队列。看着威武的民兵队伍，他们喜出望外，涌现出无比羡慕之情。

瑞林走过来，把梅芳叫到一边，嗔怪她道："你怎么把他们带到训练场地来啦？这不暴露目标吗？"

梅芳有口难言。阮德斋走来，说："我看，事已如此，只有接纳他们。不过，必须强调要保密。"

"保密，保密，人多嘴杂，况且，他们自由散漫惯了，没进行严格的组织纪律教育，在短时间内，不适应。不能过早地相信他们。我是想在一定的时候，把他们教育过来。现在怎么办？"瑞林一番话，让梅芳无法接受，她捂着脸跑开，躲在芦苇丛里啜泣。

"瑞林，都怪我，是我同意，让他们进来的。"戴宗秀上前，向瑞林道歉。

阮德斋对本宽说："饭凉了，叫队员们吃饭吧。"戴宗秀揭开竹篮，白白净净的米饭露出来。

话音刚落，混混们嘴馋，蜂拥而上，哄抢竹篮里的碗筷，端着碗就吃。赤卫队员知趣地回到训练场，继续训练。

胡守财看在眼里。他吼道："都给老子放下，老子辛辛苦苦把你们带到赤卫队里来，你们这样胡闹，谁要你们？给老子滚回去。"

瑞林走到胡守财身边，对大伙说："兄弟们饿了，几天没吃一粒粮食了，吃吧。"他转过身，对队员说："同志们，他们是我们的兄弟，以后，我们就是一家人。大家有福同享，有难同当。现在，这些兄弟实在饥饿难当，应该理解他们。"

德斋接过话茬，对正狼吞虎咽、津津有味吃饭的青年人说："话又说回来，我们是有组织、有纪律的队伍，我们需要统一指挥。我们革命，不是为了一个人吃饱，是为了天下的老百姓都有饭吃。现在，你们参加队伍，进行训练。如果参加了革命队伍，就不能违反队伍的纪律。纪律，不是对哪一人定的，必须人人遵守，任何人都不能违犯。"

胡守财对混混说："听到了吗？"那伙人高声答道："听到了。遵守纪律。"

下午，阮德斋集合队伍。阮瑞林郑重地走到队伍前面，注视着队伍。这时，小混混在队伍边上，杂乱地站立着。瑞林道："立正，稍息，立正，向左看齐。"

刚入列的混混，有的人错位，有的人无动于衷，有的人瞻前顾后。

瑞林命令道："报数。"

民兵依次报数，"一、二、三、四……"当报到二十三位数时，卡壳了，小混混无动于衷。

瑞林说："同志们，我们这支队伍，叫'凤台乡农民赤卫中队。'参加队伍的同志，都是苦大仇深的农民，我们的敌人，说白了，就是像龚茂红那样的地主；像许直卿那样的军阀；像郑家良那样的土匪，是一切压迫、剥削老百姓的反动派。我们要保护老百姓的利益，保护我们自己的利益。不能仅仅为自己报仇。"

队伍里，有小混混小声议论："这么多敌人，而且，都是赫赫有名的大人物，我们奈何得了他们吗？"话一出口，被胡守财从后面踢了一脚。

"同志们，有人会说，庞大的敌人，我们打得了吗？打得赢吗？我们是为了大多数人民的利益，人民会拥护我们，会帮助我们。我们的队伍会壮大，我们的力量会强大。反动派，我们可以数得清，而老百姓，有千千万万。"瑞林说。

胡明喜抢着说："我们没枪。"

"没枪，只要我们打几个胜仗，敌人会给我们送来的。"

话音刚落，队伍里，发出雷鸣般的掌声。

瑞林说："我宣布，阮本槐同志，为凤台农民赤卫中队中队长，阮德斋同志为赤卫中队教导员。下面，请阮德斋同志讲话。"

阮德斋红着脸，腼腆地说："上面阮瑞林同志讲得很好，我说说干部的安排。"他说："我们中队，从左到右，共计三十三人，每十一人为一小队，共划分三个小队，第一小队队长，阮本宽；第二小队队长阮本独；第三小队队长，胡守财。解散后，大家到各自的队长那里报名登记。"

队伍解散，胡明喜瘸着腿，走到阮春晖跟前，说："晖子，你没跟你哥说，给你安排个小队长？"

春晖不屑一顾，笑着说："哥有哥的安排，这是组织，不能随心所欲。"正说着，阮本槐在叫春晖。

春晖跑到本槐身边，正想说什么。本槐拍着春晖的肩膀，对他说："春晖，交给你一个重要任务。"

春晖好奇地望着中队长，问："什么任务？"

"走，我们边走边说。"他俩向太平湖深处走去。

二三

夜晚，戴宗秀家的后院，摆着十多张长板凳，板凳前面放一块木板，木板的面前放着两根烧黑了的木棍。一会儿，几位妇女叽叽喳喳地进来，坐在木凳上，望着前面的木板。梅芳走到木板前，拿着木炭，对大家说："前天，我们认识了'大、小、多、少'等十多个汉字，今天，我教大家再认识几个。"说着，便用黑木棍作粉笔在木板上写出"穷人"和"富人"四个字。她用竹棍在木板上点着，口里念道："穷人、穷人。"妇女们跟着念："穷人、穷人。"

她一笔一笔地教妇女们写字，边写边说："什么是穷人？穷人是在洞穴下卖苦力，称为穷。尽管他们劳其筋骨，可吃得猪狗食，干得牛马活。"

妇女们会意地互觑。

她一笔一笔地教妇女们写着"富人"，她说："什么是富人？富人住着宽大的房子，一人却拥有大片的田地，故为富人。富人不劳动，却过着花天酒地的生活，是穷人养活富人，富人欺负穷人。大家说是不是？"

姐妹们异口同声地说道："是。"

姐妹们休息了会儿，戴宗秀走到木板前面，用手指教妇女们练习加减法。一个手指加一个手指，再加两个手指，写到"1+1+2"，问："等于多少？"

妇女们同声回答："等于4。"

戴中秀说出一道算术应用题："你和你的丈夫，前年种了地主3亩地，收了6担谷子，交地主老财5担，还剩下几担？"

妇女们对望着。

戴宗秀在木板上列出算式：6-5= ？

梅芳在下面说："等于1，我们收到的绝大多数谷子被地主老财剥夺去了，这剩下的1担谷子，还要养活一家人。去年天灾，仅仅收了四担谷子，可是，交地主老财的地租不减，我们还剩下谷子吗？"

一妇女站起来说："没剩下谷子了，我家还欠地主老财一担谷子。"

戴宗秀声音低沉，愤怒地说："我们脸朝黄土背朝天，苦苦地劳动一年，没有收成，还背上一百斤的外债，这世道忒不公平。我们必须抗租抗课。"

妇女呼应起来："抗租抗课，抗租抗课。"

戴守山吃过早餐，把潘管家叫到身边，问起去年的收租情况。

管家拿出账本，拨动两下算盘珠子，说："去年应收租课五十八担谷子，实收了四十七担，还有一十一担未收起来。"他沉默，为难地摇了摇头，说："这个，不好收。"

"不能让佃农占了便宜，唱雅调。今年，租课不仅不能减，而且还要加，加多加少，我并不在乎，关键要给那些穷光蛋脸色看看。今天，你挨家挨户上门，把我的话转告给佃户，立个字据。"戴守山吩咐道。

潘管家逐户走访，传达戴守山增加租课的信息。可事与愿违，他走到哪家，不是吃个闭门羹，就是被骂得狗血淋头。气喘吁吁地跑回去，刚到戴守山家门，喊道："不好了，这些佃户，吃了豹子胆，一个个比我凶，都说，一分一文也没有。"

听管家这么一说，戴守山像狗子剁了尾巴，跑前跑后。戴居元走到父亲面前，说："爹，你也不想想，现在成立了农民协会，有协会撑腰，农民有了底气，都在高喊'减租减息'，在这风头上，你就退后一步天地宽。"

"唉。"戴守山气呼呼地，一屁股坐在门槛上。

潘管家逐户通知涨租涨课的消息，传遍了整个村子。本槐第一时间把信息传递给瑞林。瑞林立即招来德斋和梅芳，召开党支部会议，商量对策。三人在一起阮德斋第一个发言说："我们在后面给老百姓打气，软拖硬抗，不要害怕。"

梅芳说："龚茂红万一来硬的怎么办？"

"他们来硬的，我们就来硬的，决不能让他们硬过去。"德斋坚定地道。

"我看，我们来个先礼后兵，不然，就来个擒贼先擒王，杀一儆百。再不然，给他来个鱼死网破。"本槐道。

戴守山的佃户抗租之举，给了鲜家港村地主老财迎头痛击。地主老财在家挖空心思，想方设法，给佃农增加租课。小地主龟缩在家里，见风使舵。常卫诚知道戴守山管家上门征租碰了一鼻子灰，便想出他自以为是的门径。他亲自登门，面带阴险的微笑，说服佃农按去年的交租比例，不增不减。可是，佃农不吃他那一套，常卫诚事与愿违。

佃农抗拒交租，是地主老财最为头疼的一块心病，也成为当地的农户最敏感的话题。龚茂红完礼被劫，垫席被小混混"吃大户"，两拨事，让他的头疼还没来得及医治，又来了抗租一事。这一抗租，更加触动了他脑痛神经。狗子离不开吃屎。他不会让步，轻易让老百姓占便宜。他倚仗许直卿这个的靠山，头枕鲜家港头等大户，思索着怎么对付这些穷鬼。一大早，他一起床，便吩咐狗腿子："去去去，到各家各户，把我的佃农通知来，就说我龚茂红请乡亲们吃宵夜。"

李道生到兄弟家，问："龚茂红'请客'，你去不？"

道云说："这是黄鼠狼给鸡拜年——没安好心。"

"你去不去？我不管，反正我去。"

"你去答应给他交租子？"道云问。

"我，我去戳穿他的阴谋诡计。"

道云随着说："我也去。"

晚上，佃农受龚茂红之请，来到龚家大院。龚茂红阴乎乎地给佃农请坐，吩咐狗腿子倒茶，显出极端的殷勤。佃农坐定，他走到人群中，假惺惺地说："乡亲们啊，我龚茂红这些年，仰仗大家每年租种我的田，按契约给我交租，你们对得起我，我可也没亏待大家。今天，我设宴请大家到寒舍，目的就是一个，犒劳大家。"

佃农们目不转睛地望着他唱戏，佃农知道，狗嘴里吐不出象牙，除非太阳从西边升起。他葫芦里卖的什么药，佃农心里有底。

李道生猛地站起来，指着他的脸说："你别口里喊哥哥，手里摸家伙，口蜜腹剑。说一套，做一套，明一套，暗一套，别小瞧这些穷光蛋，不吃你这一套。你痛快点，说，你想怎么着？"

"道生兄弟，你别急嘛，坐下来，听我把话讲完。"龚茂红压住内心的怒火，心平气和地示意李道生坐下，阴阳怪气地道。

"你的屎浆子我都看得出来，你是想我们端了你的碗，手软；吃了你的饭，口软，答应给你一分不少地交田租。穷人虽然家里穷，但脑子不比你笨，不吃你的饭，也不给你交租。"他说着提步欲走。

龚茂红恼怒了，气急败坏地叫道，"来人，把他绑到树上去。"

狗腿子一拥而上，拉住李道生，把他架到树上绑起来。

李道云上去，被狗腿子一脚踢倒在地上。

佃户纷纷离开，任凭龚茂红再三相劝，无一人留下。他拿起一根枝条，拼命地在李道生身上出气。

李道生被打得头破血流。他牙咬得紧紧地，双眼射出怒光。

龚梅芳闻讯赶来，见到龚茂红在往死里地抽打李道生，上前阻拦道："二爹，您歇歇吧，何必发这么大的火呢。不就是顶了您几句嘴吗，您大人有大量，何必与佃户过不去。"

"梅芳，不知道是谁给了他胆，光天化日，众目睽睽之下，公然煽动佃户和我作对。"

"二爹呀，您辈分和年龄都比我长，人家都说老虎吃人是忽悠来的；舍不得金簪子，擒不到巧鸳鸯。打，不能解决问题，关键是要他们交租子，这才是目的。明天我来给你想办法，行不？"

"你一个小妮子，有什么办法？"龚茂红放下树条。

"二爹，您放了他，我保证给您想一个两全其美的办法。

这样一来，您人情也做了，事也办好了，皆大欢喜啊。"梅芳笑道。

"好好好，老子信你死丫头一回，看你给你大伯出什么歪点子。"龚茂红放下鞭子，垂头丧气地走进屋子。

二四

第二天上午，龚茂红等在家里，望着门外，想着龚梅芳给他带来啥好消息。

一会儿，他家门口来了一路人，领头的便是阮瑞林。瑞林一步跨进门槛，用一种居高临下的口吻说："听说你昨天请客了，事与愿违是不是？"

"梅芳怎么没来？"龚茂红不屑一顾，瞥了瑞林一眼，问道。

话音刚落，梅芳进门，说："我给您搬来救兵了，听他们的话，没错。"

"他们？他们是我的救兵？"龚茂红着眼睛直直地望着梅芳，疑惑地吼道，"我不会听他们放狗屁。"

阮本槐满脸怒气，叉着腰对他说："你放狐狗屁。"

一群人走进屋子，梅芳说："二爹，你不要狗咬吕洞宾——不识好人心。我搬来的救兵，完全是为你好。"

"他们有什么馊主意？"龚茂红没好脸色。

瑞林搬了把椅子，挨近龚茂红坐下来，语气缓缓地说："你坐下来，我们好好谈谈。"

龚茂红觉得，这河水不是那河汤，他向狗腿子使了个眼色，然后坐下来说："你说，我听着。"

瑞林道："佃农已经供养了你多年，你得识好歹。去年收成不佳，老百姓在饥寒交迫中过日子，你得宽容他们。"

"怎么个宽容法？"龚茂红不依不饶，仰着头说。

瑞林教训他说："龚老板，识时务者为俊杰。你是明白人。老百姓已不像以前，温温顺顺、唯唯诺诺。他们腰杆子挺起来了。你压迫佃农多年，农民们觉醒了，再也不做任人宰割的奴隶。你的租课和赋息过重，佃农接受不了，他们会和你斗到底的。"

"我看，他们不过是阴沟里的泥鳅，翻不起好大的浪来。"龚茂红轻蔑一笑。

"我就是阴沟里的泥鳅，今天就翻个大浪来，给你看看。"李道云卷起袖子，冲到龚茂红面前，举起拳头，向他锤去。

阮瑞林举手，阻拦李道云。

李道云气愤地说："我弟弟被打得遍体鳞伤，我要给我弟报仇。"

龚茂红不甘示弱，把身子凑过去，蛮横地说："来，朝我这儿打。"

李道云气愤得蹦起来，被阮瑞林拦住，龚茂红得寸进尺，吼道："给老子打。"狗腿子气焰嚣张，两巴掌打过去。两赤卫队员背着步枪，一个箭步上去，扭住龚茂红的臂膀，反背着。阮本槐拍着桌子，大声叫道："把他们三个绑起来，游街。"

队员走过来，给龚茂红戴上尖角帽，递给他一个铜锣和一把木槌，押着他上路。

龚茂红不服气，乜斜着梅芳，长长地呼出一口气。梅芳说："二爹，我是来搭救你的，不然，你与那些正在火头上的农民这样长时间对抗下去，倒霉的是你。好汉不吃眼前亏。"

阮本槐扒开梅芳，说："别管他，让他敲锣、喊话。"龚茂红硬着不吭声，胡明喜在他的屁股上猛踢一脚。大势所趋，胳膊扭不过大腿，他便乖乖地敲打铜锣，边走边喊："我叫龚茂红，我罪大恶极，罪该万死。"

他走到哪儿，看热闹的人跟到哪儿。

农民建房，希望自家的房子高高的，显得势高、兴旺、发财；再者，这里常常涨大水，台子高，以免被水淹没。为了让台子的基础牢固，村民往往请人打硪，夯实台子的基础。一个大石硪，四边绑四根木杠，八个人抬着，叫"打硪"。八个人中，安排一个德高望重、有文化、嗓门高的人领唱，其他人随声附和。

　　远处，传来打硪的号子声：

> 穷苦人啊，
> 吆，吆吔，哦嗬咧，
> 多造孽，
> 吆，吆吔，哦嗬咧，
> 一天到晚，
> 吔唉吔吆吔，哦嗬啦，
> 没得歇；
> 吔唉，吔吆吔，哦嗬啦

　　接着唱下去，其他人咿咿呀呀地和着：

> 吃的穿的，
> 猪狗不如。
> 家中样样，
> 都是缺。
>
> 地主老财，
> 多富贵。
> 睡了吃，
> 吃了睡。
>
> 管它丰年，
> 是灾年。
> 只管自家，
> 租和税。
>
> 不是穷人，
> 该命苦。

地主老财，
蛇蝎毒。

要想穷人，
不受压。
团结起来，
斗地主。

　　阮本槐对龚老财说："你听到了吗？打破唱的就是咱穷苦人的心声。"

　　龚茂红垂下趾高气扬的脑袋。

　　太阳偏西，路两旁的农民被斗地主游街的情形所吸引，欣喜犹酣。龚茂红眼巴巴地望着江口方向，心里念着：狗腿子到江口通知许直卿来搭救，咋还没踪影？他哆嗦着，双腿发软，实在支持不住了，只好下跪求饶。嘴里不停地说："我听你们的，减租减息。"

　　阮本槐拿出写好了的合约，放在他面前。龚茂红的手抖动着，在合约上签字。

　　傍晚，龚茂红回到家里，见到派往江口的狗腿子，他咬着牙，眼睛布满了血丝，暴跳起来："要你去找救兵，你倒好，一个人灰溜溜地跑回来。老子如果不见机行事，恐怕死在那帮穷鬼手下了。"

　　"老爷，我去了，亲家说他的大部分团丁还待在草埠湖。他派了几个团丁，走到半路上，被几个不明身份的人给逼回去了。"团丁道。

　　龚茂红有气无力地躺到床上。

二五

　　打蛇打七寸，擒贼先擒王。龚茂红答应给佃农减租减息的消息传开，几户地主纷纷降租降息。老百姓欢欣鼓舞，信心倍增，斗争热情高涨，真正感受到村晖的光和热。

夜幕降临，阡陌交通，农民荷锄而归。其时，处于水深火热之中的鲜家港农民，质朴得好似成熟的红高粱，直耙耙，赤裸裸。一时得到地主老财减租减息的"恩惠"，即便是这么一点小小的"恩惠"，他们便心满意足。春耕时节，麦芽从地里钻出来，麦田绿茵茵，青油油的；油菜叶翠色欲滴，油菜花含苞欲放；芦苇生长出尖又胖的新芽。农民在地里锄草、中耕、施肥，脸上露出满足的神色。

看似风平浪静的鲜家港，由于地理环境复杂，物资资源丰富，各路土匪军阀在此冲突不断。郑家良、施昌直、赵宜之三路土匪与许直卿的民团、国民党驻军，争霸权、抢地盘、夺壮丁。赤卫队担负着保护农民利益、打击来犯之敌的艰巨任务。

晚上，大雨淋淋地下着，屋檐下，水柱直往下滴，滴出一条条深水沟，哗哗地向下去。阮本槐穿上蓑衣，戴着大圆草帽，一头钻进雨林，径直向瑞林家走去。

阮瑞林见到本槐，解下他身上的蓑衣，接过大圆帽，说："坐。快说，什么事？"他提上一把椅子，摆到本槐面前。

本槐从衣袋里拿出一张纸，递给瑞林，道："这是我昨天晚上写的，白天没时间交给你，也不安全。"

瑞林接过纸张，从头到尾阅读了一遍，对本槐说："这是你第二份申请书，态度十分诚恳，明天，我就去交给上级党组织。"

本槐伸出冰冷的双手，握住瑞林火热的双手，两双手紧紧地握着。

他们激动、兴奋、幸福，对未来充满无限希望。他们斟满了一次又一次的茶水，加换了一根又一根的灯捻。直到鸡叫三遍，本槐才依依不舍地离开。

天亮了，瑞林揉了揉蒙眬的双眼，对春晖说："这两天，我要去一趟沙市，你们在家，注意龚茂红的动向，不到万不得已，不要动用武器。"

龚承谦是江陵特委安排在草埠、凤台一带的共产党组织的联络员，瑞林决定去找他汇报一下情况。他和梅芳一起，来到凤台小学。

一位先生站在办公室门口，注视着向他俩走近，疑心地问："找谁？"

瑞林望着龚承谦的寝室，撸了撸嘴巴，说："到那儿，找先生。"

先生警惕地追问："哪位？"

梅芳笑着，说："我叫龚梅芳，是龚承谦的妹妹，我们找他。"

"哦，好，你们等着。"

正说着，龚承谦从寝室出来，在门口打招呼。他俩走进承谦卧室，瑞林道："现在情况好像挺复杂，刚才这位先生看我们的眼光有点怪怪的，很敏感，是不是有情况？"

龚先生把门关上，警惕地说："可不是嘛。你莫看这百步街，人员挺复杂，各派势力聚焦这里。教师之间，也充满火药味。郑家良在学校后面设了暗哨，许直卿安排密探到学校，监视教师的活动。他们不知从哪里得来的消息，说这里有地下党活动。"

"承谦，您可要多加小心啊。"瑞林担心地说。

龚承谦观察着寝室外，说："没事，目前我很低调，敌人没我活动的证据。我听说，你们倒很活跃，农民运动开展得轰轰烈烈，我是在担心你们。"

瑞林好奇地问道："我们的情况你都知道了？"

"知道了。你们把小混混拉进赤卫队了？"承谦说。

"是啊，混混也是穷人，他们希望革命。革命，才有饭吃。"瑞林说。

"我看，现在情况特殊，壮大队伍是应该的，纯洁队伍也是应该的。"龚承谦道，"不过，混混人多嘴杂。你们可要小心啊。"

梅芳莫名其妙地望着这位年轻的同志，心里七上八下，"大哥，难道是我错了？"

"这个，我们还在探索之中，但是，你们一定要警惕，不要让我们的队伍中出现叛徒和逃跑分子。现在上面的情况也复杂，你们归属荆（荆州）当（当阳）宜（宜昌）特委，上级派来徐古青同志，说今天到江口。"

瑞林细想，问道："刘长林先生去哪儿了？"

龚承谦说："不知道，也许分配到别的地方工作了；也许遇到不幸；也许……"

瑞林坚定地说："刘先生不会牺牲，更不会叛变革命。"他凝视着龚承谦，深思：严峻的形势，正在考验每一位革命同志。

承谦说："下午，你去江口码头接他。"

"怎么联系？"瑞林问。

"沙市到江口的轮船是早上八点、下午两点和晚上八点各一班。估计上午是不可能到了，就下午两点，你去码头等他。"

"徐同志有什么特征？接头暗号是什么？"瑞林担心，承谦把他叫到内室，给他交代一番。

早在春秋时期，江口便有了水运。光绪二十二年（1896），"洋货"进入江口，江口辟港开埠，英、美、德等外商相继在江口开商铺，设洋行。先后开办了"豫孚恒""亚细亚""美孚""德士古"等多家洋行，这在鄂西首屈一指。江口地滨长江北岸，距离沙市六十公里，宜昌七十公里。水上舟楫便利，商贾络绎。历来是百里洲、新场、问安、仙女、草埠湖、半月、松滋、太保场、菱角湖等地农副产品集散中心，也是川、鄂山区土特产品的销售和中转地，有"小汉口"之称。主要开通的航道有：沪（上海）渝（重庆）班、汉（汉口）渝班、沙（沙市）宜（宜昌）等航班。

中午，五里湖芦苇丛里，钻出三个人来，两男一女。走在前面的男者，头戴鸭舌帽，长脸，粗眉大眼，皮肤白皙，中等身材；另一男，面部上宽下圆，浓眉大眼，皮肤黝黑，瘦高个，挑着一担箩筐，尾随其后；走在最后的是位青年女子，芳龄二十有余，短发，圆脸，额头犹如一块洁白的写字板，柳叶眉下，睁着一双大而明亮眼睛，微薄的嘴唇下露出一排雪白整齐的牙齿，一只不大不小，不歪不斜，不高不低的鼻子点缀在眉与唇之间。三人穿过五里丛林，翻过淡家高坡，绕过董家大湾，朝江口码头走去。

太阳没过当顶。他们找了个不显眼的地方坐下，静静地等着。

"嘟……嘟……"随着沙宜班客船的笛声拉响，航船缓缓地向岸边靠近。挑担青年快步走向埠头，一对男女随后。三人来到埠船上。

船泊在埠船旁边，船员跳上埠船，将绳子系在木桩上，把三块木跳板搭向岸边，一个个检票下船。

四团丁端着步枪，快步跑向跳板，把守在跳板一端。

白皙的小伙子站在埠船上，目不转睛地搜索每一位过往的乘客。

乘客快下空了，没看见他要寻找的人，有些失望。忽然，一位眼戴墨镜，头戴灰色礼帽，身穿青色长衫，手提黑色木箱，一副商人模样的中年男子，快速从船后舱走出来，跳上埠船。把船票递给检票员，眼睛环视了一周，镇定地往木板上走。

白皙男子上去，仔细端详那人。认定，此人就是他们要迎接的徐古青。

两男子上前，把那人挡在埠船上，一男说："我叫阮瑞林，是刘长林先生的学生，奉命来接你下船。"挑着竹篮的是刘大纯，他故意把担子横在埠船上，挡住团丁的视线。

来者小声说："我是徐古青。"

瑞林接过箱子，走在后面。大纯走到团丁面前，把箩筐晃动几下，团丁要检查搜身，他一晃，箩筐掉在江里。他跳下水里，团丁把注意力都投向刘大纯，瑞林把徐古青推在前面，机灵地下船。瑞林和梅芳被堵在埠船上，乘客纷纷要求上船。

徐古青在岸上走来走去，脸上直冒冷汗。水下，刘大纯把扁担戳向瑞林的木箱子，箱子被戳入水中，沉入水下，大纯捞着飘走的箩筐，把箩筐一个个叠起来，在水底打开箱子。然后，把箱子扔到瑞林手上，他上岸，用绳子系住箩筐，让叠起来的箩筐顺水下漂，漂在远处后，上岸。

瑞林和梅芳被团丁拽上岸，搜身。余大富上下打量着梅芳，歪着脑袋，对梅芳道："你不是龚老爷子的侄女吗，在这儿干什么？"

梅芳看着余大富，说："我和我男人准备到涪陵走亲戚，上错了船，我们便下来，准备赶下班船。"

时继良走过来，对团丁说："打开他们的箱子，检查。"

阮本槐抱紧箱子不放。

徐古青紧张地往下跑，停在堤半腰。

时继良夺过箱子，说："这箱子怎么是湿的？"

"你们把我的箱子弄到水里去了，东西全湿了。"

徐古青急了。这万一打开箱子，看见里面的枪怎么办？

瑞林在深思：箱子装的是什么？有没有重要文件？有没有手枪？

梅芳站在瑞林旁边，死死地护着箱子。

"这位兄弟，既然你知道我是龚茂红的侄女，这箱子是二爹带给亲戚的，你们万一要打开，可别拿箱子里的东西。"梅芳对余大富说。

"哈哈哈哈，里面是什么宝贝，打开看看。"时继良想：既然他们如此看重这个箱子，里面肯定有重要的东西，他立刻用力拉开箱子，用手在箱子里面抄着，鼓起牛眼大的双眸。

二六

时继良抄动着箱子，瑞林、梅芳注视着他的举动，站在堤坡上的徐古青，眼睛死死地盯住箱子，脸上冒出豆大的汗珠。

"行李！全是行李！"时继良抄着箱子，他发出歇斯底里地吼叫。

顿时，瑞林他俩冷静下来。梅芳说："说没什么，你们偏要查。"

"队长，我在龚老爷家见过她，她是龚老爷的侄女。"余大富证实道。

时继良弹动了两下手指，说："走。"

走到大堤上，三个人莫名其妙。他们沿长江下流，寻找刘大纯。大纯等着他们。徐古青望着瑞林手里提的箱子。

大纯说："有惊无险。"

徐古青诧异地问道："怎么回事？我的枪？"

大纯把叠着的箩筐一个个拿开，就在第四个箩筐底下，一个黑乎乎的东西露出来。徐古青睁大眼睛，惊叫道："枪！"

"大纯，这是怎么回事？"瑞林问。

大纯道："我把箱子故意戳到江里，在水底下，悄悄地打开箱子，在箱子里摸到一把手枪，便在水下操作，把枪转移到箩筐底下，让箩筐随波逐流。箱子浮上水面上，把箱子扔给瑞林。"

"同志，真有你的。"徐古青紧握大纯的双手。

傍晚，春晖站在大纯店铺前，等待哥哥回来。瑞林带着客人走来，交代春晖："把本槐他们叫来，我们开个会。注意，秘密行动，别走漏风声。"

春晖迅速通知参会人员。

晚上，大纯店铺，春晖站在店门口，里屋亮着微弱的灯光。

开会了，阮瑞林介绍完徐古青。

徐古青说："年初，按照党中央指示，成立中共鄂西特别委员会，周逸群任特委书记；原中共宜都特支委更名为中共宜都县委，罗克强为县委书记；沙市住鄂西党组织建立临时特委。"他说着，从鞋底取出一张纸条，摊开后说道："给你们带来特好消息，我宣布。"同志们立即站起来。他读着纸条："阮本槐等同志被鄂西特委批准为中国共产党党员。新入党的同志是：阮本槐、刘大纯、魏启福、李道生、戴宗秀。他们归属于龚家闸党支部，由于情况复杂，形势所迫，支部转移到菱角湖，隶属于中共江陵县委。自此，龚家闸党支部党员由原六人发展到十一人。"念完上级文件，瑞林组织新党员进行宣誓。

阮德斋愕然："阮春晖同志怎么没有批准加入党组织？"

"这个？"徐古青停顿了半晌，郑重地回答说："党组织虽然处于艰难时期，但是，对加入党组织人员的考察仍然严格，需要多方面考察。请同志们相信党组织，坚定革命信仰，自觉接受党组织的考验。"

瑞林岔开话题，向徐古青问道："以后，我们该做些什么？"

徐古青点燃一根火柴，将纸条烧毁。对同志们说："我们继续开展打击地主老财、地方反动军阀的斗争；扩大农民赤卫队；随时准备打击国民党反动派的'围剿'；组建苏维埃政府。"

"组建苏维埃政府？"阮本槐惊奇地问。

"对，苏维埃政府是我们地方政权组织，这个组织的建立，才使我们真正掌握地方政权，才真正实现人民当家做主。"

本槐好奇地追问道："那不是和江口民团、旧政府公然对立吗？"

"是啊。我们就是要推翻现存的落后腐朽的反动政权，建立人民当家做主的新政权。"徐古青欣慰地说。

"这个，这个……"魏启福想说什么，又咽了下去。

"你是兴奋，还是怀疑？"阮瑞林说："星星之火，可以燎原，我们对我们的事业充满信心，对我们的未来充满信心，对我们的力量充满自信。"魏启福点头。

会后，阮瑞林把双手搭在嘴上，低声叫喊："春晖，春晖。"

没听到阮春晖的回音。

"春晖知道什么了？是不是在闹情绪？他去哪儿了？"阮

德斋说。

开会时，春晖站在门口，观察四周的动向。戴宗凤走了过来，对春晖道："天这么晚了，你怎么站在这儿？"

春晖看见戴宗凤，为了掩护与会同志，春晖赶忙转移宗凤的视线，快速向桥头走去。

"春晖，春晖，你怎么不理我，你上次说的话，我还记得。"戴宗凤追赶他。

春晖漫不经心，直往前走。戴宗凤赶上去，春晖道："我上次说什么了？不记得了。"

宗凤赶到他的身边，春晖佯装恍然大悟："哦！我想起来了，是说郑家良土匪和民团打仗的事。"

戴宗凤打断春晖的话，说："对呀，我们去报名参加民团吧。"春晖刚把宗凤引到桥头，听到哥的叫喊，答应道："哥，我和宗凤在木桥上，你东西买了吗？"

瑞林快速反应过来，他立马安排其他同志迅速离开，让徐古青留在店里。他说："春晖，东西明天来买，今晚没货。你等等我，我们从河堤上回去。"

瑞林和梅芳来到桥头，戴宗凤嬉笑着对梅芳说："什么时候喝你们的喜酒？"

梅芳嫣然一笑，指着瑞林道："你问他吧。"

瑞林说："宗凤，你什么时候请我们喝喜酒，别不让我们知道，悄悄把婚结了。"

"瑞林、梅芳、春晖，你们是我座上宾，什么时候都不会忘了你们。"戴宗凤一想到结婚，就想到和他早有私通关系的金寡妇。他借故说："对了，我还有东西掉在麻将馆里了，我得转回去，多有得罪。"

瑞林担心宗凤回到大纯店铺看见徐古青，便挽着他的胳膊，说："我们走吧。"说着，和阮春晖一起，把戴宗凤拖着，跟着他们走。他们走到距离金寡妇家不远处，戴宗凤犟着要走，瑞林说："春晖，不能强人所难，让宗凤去吧。"

戴宗凤用力地挣开他们，急忙跑下河堤。

月亮升起来，月光洒在河里，波光闪耀，几个人影随波向前移动。在戴家小垸，三人走下堤坡，走进一片杂树林，林子里的野鸟被惊动，"噗"的一声，鸟儿飞起来，梅芳不寒而栗。

宗凤离开后，瑞林对春晖说："春晖，徐古青同志带来好消息，大纯等几位同志被吸收为共产党员。可是，你未被批准。"

春晖默默无语。梅芳说："没被批准的还有本宽、本独，也不只是你一个人，原因是多方面的，也许是考验未成熟；也许是年龄问题。"

瑞林放慢脚步，和弟弟并肩而行，他语重心长地说："春晖，你知道我为什么要加入中国共产党吗？"

春晖抬起头，望着哥哥。瑞林说："因为我信仰中国共产党，这个党，完全是为了人民利益而工作的党。共产党员不能有一点的私利，不能享受一点的特殊权力。要讲特殊，那就是在利益面前，让；在困难面前，上。只讲奉献，不讲索取。如果放弃信仰，追求索取，那就不配为共产党员。党组织就会把这种人拒之门外。"

"哥，你别说了，我知道自己还存在很多缺点，还不成熟，离共产党员的标准还有相当的一段距离，我不埋怨任何人，更不会放弃像你一样的信仰。我会努力实现自己的愿望，早日成为党组织中的一员。"

弟弟一席话，让瑞林感动不已，他说："我相信弟弟，其实，弟弟的表现也是不错的，也许……"

春晖坚定地说："不用也许。不管出现什么情况，我的信仰不会变。我会不断改造自己，让自己成熟起来、坚强起来、智慧起来。"

瑞林很欣慰："弟弟，你成熟了，你的目的一定能够达到。"

春晖兴奋不已，头上冒出汗水，他索性解开上衣扣，回到家里。

瑞林把梅芳送回家。路上，梅芳说："我们回家乡已快半年了吧。"

瑞林道："是的，是快半年了。回首这半年，我们做了不少卓有成效的工作。我们劫了江陵征收队的粮食，把粮食分给了老百姓；我们开展了减租减息工作，让农民分享到胜利的喜悦；我们成立了农民协会、妇女协会、凤台赤卫中队，让我们的力量不断壮大。"

"是啊，农民看到了斗争的曙光、团结的希望、自己的力量，增强了斗争的信心。"梅芳脸上显露出成功的喜悦。她惋惜地说："可春晖他。"

"梅芳，你还在为小叔子痛惜。"

梅芳推了瑞林一把，说："讨厌。"

瑞林被推了个趔趄，说："我们什么时候结婚？让春晖成为你名副其实的小叔子。"

"你现在想结婚了，可我，恋爱还没恋够，我还没尽情享受爱情的快乐，还未感受够谈情说爱的甜蜜。你把爱，深深地埋在心底。我们在做前所未有的大事，利国利民的善事。我还不想结婚。"龚梅芳使气地道。

"我们天天战斗在一起，难道这还不够快乐吗？"瑞林说。

"瑞林，虽然我讨厌甜言蜜语、山盟海誓、卿卿我我。但是，我连一句'我爱你'这样的暖心话，都没听到过。"

"梅芳，我。"

梅芳希望听到的话终于来了。

"我嘴笨，不会花言巧语、山盟海誓。可是我有一颗忠诚、憨厚的心。我们一起革命、一起劳动，我会用我的行动表达我对你由衷的爱。这难道还不够吗？"瑞林很激动。

冷不防，梅芳吻了他的脸。漆黑的荒野，一对恋人情不自禁地相拥而吻。

鸡叫了，瑞林恋恋不舍地要回去，梅芳拉着瑞林的手，说："天要下雨了，你能不能天亮了回去。"梅芳留着瑞林。

"不，我怕你爹不高兴。"瑞林转向路上。

"不会，我爹不是说了吗，你是他女婿。"梅芳笑着说。

瑞林道："我还是回去，好说好听。"

月光下，两人相依的倩影留在画面上。梅芳紧拉着瑞林的手不放，她激动，甚至是冲动，她说："我不，我不让你走。"

二七

1928 年前后，三股土匪势力不断扩张，相互渗透：施昌直把势力范围扩展到了半月山、草埠湖和沮漳河两岸；赵宜之匪部发展更广，不仅活跃在百里洲、江陵，同时还与施昌直争霸沮漳河两岸；郑家良将势力范围扩展到枝江、当阳、江陵部分地区，与许直卿发生近距离磨擦。

阮本槐早有安排，吩咐春晖注意几个匪部的动向，去找戴宗凤打听许直卿营救熊必丰的消息。

鲜港小集上，戴宗凤和春晖来到桥头，见到团丁，戴宗凤抛过去几支烟，对团丁道："兄弟们，过来坐坐。"春晖站在小堤上瞅着。

团丁接过香烟，道："你没屁事，可我们忙着。"

"熊队长他们从草埠回江口了吗？"戴宗凤问道。

"你打听这个干什么？去去去。"团丁不耐烦地驱赶他。

戴宗凤厚着脸皮，对团丁说："这不是许团总的地盘吗？许团总什么时候要他们回去，他们就可以回去，怕什么？"

团丁说："你知道个屁，郑家良不傻，两只狗眼时刻盯着我们，我们不会轻举妄动。许团总更精明。昨天，他来过，亲自查看了桥头哨口，还到沮漳河去了。"

"许团长才智过人、有勇有谋，谁不敬佩他？"戴宗凤拍马屁道。

说者无意，听者有心。阮春晖对宗凤说："桥头是军事要地，我们不能在这儿久坐。"

他俩来到麻将铺，戴宗凤拉着春晖，道："玩几圈。"春晖摇了摇头，说："我不会，你去，我在旁边观战。"

戴宗凤坐在麻将桌上。春晖坐在他的旁边，看了几圈，找机会悄悄地退出去。

天黑，宗秀家。几个人坐在一起开会。春晖将他所知道的情况向与会者做了汇报，然后，搬把椅子，坐在宗秀家门口，眼睛盯住门外。

瑞林听到春晖汇报的情况，分析道："桥头哨卡的放松，有可能是在麻痹对手，让对方放松警惕。许直卿仔细查看沮漳河岸，是想援助熊必丰从水上突围。"

"下一步，我看这样：许直卿如果按兵不动，可以戳他一下。一边，我们暗地里去许部，挑动许直卿，怂恿他们从沮漳河突围；另一边，可以暗示郑家良，挑逗他们到沮漳河拦截。他们打起来后，待他们弹尽粮绝，精疲力竭之时，由我们牵着牛鼻子转。渔翁得利。"阮本槐分析说。

同志们围在桌边，瑞林用右手蘸着杯子里的水，一边画着行动路线和人员部署，一边安排说："草埠下是凤台，再下是吴家堤，其后是潘家湾，潘家湾是打伏击最好不过的地方。我们必须把他们逼向潘家湾，在那儿一网打尽。"

本槐接着说："许部和郑部有可能在凤台打起来，许部会往下逃，我们不能让其在凤台至鲜家港间上岸，必须逼其走进伏击圈——潘家湾。所以，我们得在凤台到鲜家港的沮漳河两岸，安排兵力，逼其钻进伏击圈。我想，在凤台与鲜家港间，由阮本宽带队，埋伏在河两岸，阮本独和胡守财，分别带领二、三小队，埋伏在下游的北、南两岸。"

"好，就这么定了。"瑞林叫进春晖，说，"你还有特殊任务。"

第二天早上，春晖带上行李，约上戴宗凤，来到江口太平巷，走进许直卿的住处。许直卿刚从床上爬起来，正在更衣。戴宗凤走到门口，叫道："许爹，我给你带来一个人。"

许直卿穿上淡白色羊皮大衣，踱步出来，见到春晖，偏着圆溜溜的脑袋，说："这娃子我好像在哪儿见过？"

"是的，他是鲜家港的，那次，他给你们送过菜。"戴宗凤和春晖赔笑着，走到团总身边，搀扶许团总下台阶。

"你带他来干什么？"许直卿不高兴。

"真是贵人多忘事，您上次不是说了，要我给您找个可靠的马夫吗？"戴宗凤说。

"嗯，有这回事儿。他多大了？"

春晖赶忙说："我十七了。"戴宗凤补充道："年轻得很，有得是力气，有得是精力。他机灵，好使。"

"团总，今后，我保证听您的，绝不怠慢。"春晖表态。

"养马、牵马、喂马的事，你干吗？"许团总轻蔑地看了看阮春晖，冷冷地说。

"我干，我干。我愿意为团总效犬马之劳。"春晖点头允应。

"跟我来。"许直卿带着他俩，来到保安团，指手画脚地走向马厩，吩咐管家道："把那个老马夫给换了，他成天咳咳呛呛地，我怕他有朝一日，倒在马棚里。晦气。"

两天后，春晖抱着马草，放进马槽。团丁走过来。春晖无话找话，对团丁道："这么多马，怎么没人骑？"

"养兵千日，用兵一时。现在是养马的时候，有用马的时候。你只顾养马就是了。"团丁乜斜春晖一眼。

许团总低着头，在院子里寻思：什么时候才是用马之时？熊必丰困在草埠湖，是他的一块心病。阮春晖的一番话，倒是提醒了他。他命令团丁，说："叫兄弟们好好训练，明天行动。"

"明天行动？是营救熊必丰？"春晖琢磨着。他必须弄清楚行动具体时间和行动轨迹，把信息传递给阮本槐，阮本槐必须与郑家良连接。

春晖喂完马，四处转了转。他来到管家面前，对管家道："大爹，明天要用马，今天是不是把马料多喂些？"

"谁说明天行动？"管家问。

"许团总说的呀。"春晖说。

管家听后，吩咐春晖说："你把马看好喂好。但不要把马喂得太饱，马跑不远，凤台不到十公里，没事。"

春晖行礼道："是。"

"不远，凤台。"春晖记住了，不断回忆眼前的一幕幕。他立即到马棚，把马绳拴紧后，迅速跑到兴隆杂货店，把信息传递给肖保苍，肖老板很快骑马来到鲜家港，把消息传递给阮本槐。

二八

傍晚，刘大纯和胡守财来到问安街上，走进一家篾货店，店主人道："哎呀，刘老板，哪阵风把你给吹来了？"

"无事不登三宝殿。吴老板，今天来，一来是讨论你这竹子的行情；二来嘛，想推销我的竹器。最近生意不景气，篮子堆了一满屋，想找你帮忙，寻求销路。"

"刘老板，我们合作了这么多年，都是我找你帮忙，现在，你有难处，我应该不惜一切代价。可是，行情不佳。你看我这屋子，到处堆满篮子、粪筐、筲箕。"吴老板哭丧着脸，叫苦。

"既然这样，就不麻烦你了，你能不能找同行帮忙，销售一点？不计多少。另外，找个地方，住上一宿。"

"不早了，销售的事，明天去办吧。住宿，没问题，是不是还要逛逛翠花楼？"吴老板开玩笑地说。

"这个，这个……"

"刘老板，此地无银三百两，别不好意思。这儿明娼暗妓有得是。还有，令俩老总争风吃醋的美女寡妇冯裁缝，离我家不远，也许，你们走上桃花运了。"吴老板眯着眼睛，笑成了一条缝。

刘大纯不好意思，说："我们没这福气，倒是想看看这冯裁缝到底有多美，两老总被诱惑得大打出手。"

"好，我带你们去开开洋荤。"

胡守财兴奋不已，迫不及待地向外走。

"小兄弟，别急嘛。"吴老板说，"待我换件衣服，带你们去。"

吴老板带他俩走到裁缝店，店门虚掩着，屋里亮着暗暗的灯光，吴老板站在门口，为难地对大纯说："我就不进去了，我们是熟人，冯裁缝问我来干什么，我难以启齿。再说，天涯何处无芳草，兔子不吃窝边草。嘿嘿，嘿嘿。"

"好吧，你回去吧。推销的事，既然你不好帮忙，就以后再说吧。"大纯一脸笑，难为情地对吴老板道。

"哦，我明白了，原来兄弟你是醉翁之意不在酒。看来，你也是正人君子，世界上哪儿有坐怀不乱之男人。刘老板，好好乐乐。"吴老板嘻嘻地笑着离开。

走进裁缝店，胡守财一见冯裁缝，看傻了眼。美人，的确是美人。柳眉下镶嵌着一双圆溜溜的眼睛，一眨一眨的，勾人心魂；鲜红的薄嘴唇，雪白的肌肤，圆圆的脸蛋，一笑，露出一对甜甜的酒窝；乌黑透亮的头发像瀑布从头上直挂到肩上；一身旗袍裹着饱满的身段，显现出成熟女人的曲线美。

"客官，稀客，请坐。到我这个小店来做点什么生意？"冯裁缝微笑着打招呼。

胡守财好像从梦中醒悟过来，恍恍惚惚地应道："我们，我们来看看你呀。"

"看我？我有什么好看的。"冯裁缝腼腆一笑。

"我们能到里屋谈谈吗？"大纯正经地道。

"可以呀，大哥哥。"她毕竟是见过大世面的生意人，不加思索，便关上大门，把他们带进内屋。

"我们知道你的特殊身份，我们来是向你传递一个消息。"刘大纯沉着脸，站在房屋的暗处，小声说。

"我一个女人家，有啥好消息？"女人不慌不忙，眉飞色舞，娇滴滴地笑道。

"我们知道，你是许团总的女人，又不能得罪郑家良。明人不说暗话，我们是郑队长安插在民团的内线，了解到，明天许团总要将熊必丰从沮漳河接回江口。下午，我们听到这个消息后，快速跑来告诉郑队长，可郑队长那儿人多口杂，去见队长，害怕当着众人暴露我们的身份，我们思来想去，只好来找你。你快去报告郑队长，不然，郑队长知道了你隐瞒消息不报，他会埋怨你'吃里爬外'。"

大纯说着，从衣袋里取出一块银圆，丢在她的床上，说："打扰。"临走又说，"记住，就是明天，说迟了，怕贻误战机。"

说完，他俩马不停蹄地来到阮本槐家，正好，瑞林和德斋都在。大纯把情况向他们作了详细地汇报。

瑞林说："你有把握吗？冯裁缝会把消息传递给郑家良？"

大纯犹豫了片刻，说："冯裁缝正骑墙，两边不好得罪。她如果不把消息传给郑家良，她会考虑我们所传递的消息的可靠性。熊必丰从草埠回到江口，她又确实知道这个消息，她害怕我们挑惹是非，把事透露给郑家良，郑家良要她的命。但是，她给郑家良通风报信，许团总知道了，她没有好果子吃。她会想：不能两个都得罪，又不可能一个也不得罪。如果这样，一个弱女子，会吃不了兜着走。她是个聪明人，考虑到我们把信息已透露给她了，一定会选择顺水推舟。"

阮本槐说："大纯分析得不无道理，按制定的方案做好部署。"

瑞林接着说："做好最坏的打算，如果冯裁缝不把消息透露给郑家良，郑家良未与熊必丰打起来，如果熊必丰无伤亡，我们将要面临强大的对手。但是，我们必须得打，对手太强大，我们边打边退，然后，放一条口子，让他们走。大家听明白没有？"

同志们齐声回答："明白了。"

阮德斋强调说："这是凤台赤卫队中队首场大战，一定要打得漂亮。"

话说回来，大纯走后，冯裁缝坐在家里，关上门，左思右想：这两个人是不是郑家良安插在保安团的卧底？消息可信吗？该不该把信息透露给郑家良？怎么个透露法？不透露，会出现什么样的结果？许团长知道我背叛，结果会怎么样？她踌躇不定，犹豫不决。最后，她决定，干脆铤而走险。她对着梳妆台，专心致志地把自己打扮一番，脸上抹上厚厚的胭脂，嘴唇涂抹得红红的，换上艳丽的衣装。她想坐山观虎斗，谁赢了，她就跟着谁。她自信，自己是一朵含苞欲放的玫瑰，花落谁手，等着瞧。

"咚咚咚。"有人敲门。谁呢？是许团长，不可能，他不是准备明天打仗吗？是两个卧底不放心，又返回了？她兴奋而又恐惧，立刻镇定下来，把灯扭亮，走出来问道："谁呀？"

"是我，快开门。"

"老东西，原来是你。吓了我一跳。"冯裁缝松了一口气，开门。

郑家良走进屋内，对她说："今天这么早就关门，不做生意了？"

"人家不是在等你吗？"冯裁缝甜甜地说。

郑家良色眯眯地打量着她，惊讶地道："今天好漂亮。"

"你知道树为谁栽？花为谁开？"冯裁缝挑了一下眉眼，撒娇道，"你这个傻子，就想占人家的便宜。"

郑家良猛地抱起她，快步进屋。冯裁缝双手勾住郑家良的脖子，将红嘴唇吻在他脸上，说："某些人啊，拈花惹草，满脑子龌龊东西。"

"你敢嫌弃老子龌龊?!"郑家良生气了，虎着脸。

一番颠倒衣裳之后，郑家良筋疲力尽地卧在床上。冯裁缝想：怎么将消息透露给他？直接说是卧底告诉她的，不行！如果他追问，你是怎么知道的？她怎么回答？说是卧底到家里来告诉她的，更不行！他的眼睛容不得半点沙子，他是喜欢吃醋的男人，况且，说是从许直卿那来的，他会杀了她的。她推了推半睡半醒的他，悄声说："我今天听到一个消息。"

郑家良闭着眼睛，慢慢张开嘴，说："啥消息？"

二九

"告诉你，明天，许直卿要带队伍，从沮漳河把滞留在草埠湖的中队接回去。"冯裁缝轻声道。

"啊！"郑家良一骨碌从床上爬起来，叫道"谁告诉你的？"

"今天有几个到我店做衣服的客人，都是这么说的，他们说'要打仗了，许团总和郑家良的队伍要打起来了'。"

"坏了。"他赶忙穿上衣服，说："回去了。"

其时，荆州、恩施和宜昌三个镇守使署合并为荆宜镇守使署。国民党豫鄂皖"剿匪"司令部划湖北省境内六、七两个监察区专员公署。第七行政公署管辖荆州地区西部，包括江陵、荆门、监理、石首、公安、松滋及枝江。江口便为荆州所辖，桂系第十八军第二师进驻江陵，李卫贤投靠桂系十八军，当上第二师四团二营副营长。枝江东部，各部土匪风起云涌，称霸一方，给许直卿造成极大威胁，他为了稳住自己的霸权地位，与李卫贤勾结在一起。许直卿派人到江陵，联络李卫贤，来对付共产党及郑家良、施昌直匪部。

第二天天还没亮，保安团副团长叫醒团丁，排队点名，许团长身穿制服，威风凛凛地走到队伍前面训话："兄弟们知道，熊队长和二十多个弟兄，被郑家良围困在草埠湖。今天要打他个落花流水，把熊队长和兄弟们接回来。郑匪也不是好惹的，他们有枪有刀，还有几十号人，联合施昌直匪部，共同对付我们，我们不可掉以轻心。不过，我们也有兄弟部队的支持，江陵的李副营长，派来大部队支援我们，我们要打好这一仗。"

许直卿骑上高头大马，阮春晖牵着马。许直卿的训话，让阮春晖急了：江陵派来了多少兵？会不会与赤卫队相遇？他恨不得飞到鲜家港，把消息传递给刘大纯，让赤卫队别轻举妄动。可眼下，队伍出发了，给许直卿当马夫，无法脱身。他想走快点，可马不听使唤。

队伍在快速前行，来到麻将馆前停下来。春晖分析着：他们是在等李卫贤，援兵可能从沮漳河里过来。

大纯站在门口，看着许直卿的大批人马走来，忐忐忑忑。春晖把马绳递给护卫，说："请帮个忙，我去方便一下。"

春晖跑步，做出尿急的姿态，从大纯面前经过，径直跑到店铺后面。刘大纯见状，紧跟其后。

大纯来到春晖面前，春晖钻到后面的林子里，佯装小便，对大纯说："许直卿搬来救兵，是李卫贤。你们可要考虑周到。"

说完，他赶忙回到团总身边。

夏天，河水上涨，淹到河腰，两岸的芦苇被河水淹没了半身。河水快速下流，河面上的浪花成堆成团地聚集，被河浪卷到岸边。渔夫站在渔筏上撒网捕鱼。

赤卫队来到沮漳河堤岸，伏在堤边的林子里，观察行船。芦苇被风吹动，左右摇摆，拂打在队员脸上。

"队长，有船来啦。好大的机帆船。"胡明喜看见两只机帆船在上行，船头站着两士兵。"卧下来，别起身。"阮本槐按下身边的明喜，警惕地环视了四周，示意队员注意隐蔽。他告诫队员："别乱动，听我指挥。"

持枪的民兵对着河里的机帆船瞄准，没枪的民兵紧紧地握住木棍和铲锹等战斗"武器"，等待进攻号令。

阮瑞林匍匐到阮本槐身边，把右手搭在鼻子下，小声说："让黑狗子上去，目标是强弩之末，现在敌人正处于强弩之首，等他们和郑匪打得两败俱伤时，我们再打他个措手不及，来个一石二鸟。"

本槐会意地点头。正说着，大纯弯着腰，从后面来到瑞林身边，悄声说："河里是许直卿从江陵搬来救兵，人不少，春晖说这些兵是冲着郑家良来的。他还说，现在不要打船上的兵，怕惹火烧身。"

本槐微笑着说："不愧为兄弟，心有灵犀呀。"

"大纯，你想法通知阮本宽，要他转移到北岸去，许直卿带队伍从南堤上走。"

"是。"大纯应道。

对岸，团丁大摇大摆地从堤脚边的小路上经过，与阮本独相距不到三十米，阮本独等得有些不耐烦了，心情有些急躁，他欲站起来，被阮德斋按下去，他舞动枪支，恨不得扳动枪栓，射向敌人。

阮德斋发现他的躁动情绪，马上制止道："本独，你是这里的指挥员，千万要冷静，不然，就要吃败仗。"

阮本独强忍着，使气地放下枪，按兵不动。

郑家良从冯裁缝的店里出来，急忙地回到匪部，立刻召集部下，准备连夜赶赴凤台，袭击许直卿。他怕人员不足，败于对手，便派人去找施昌直前来增援。

鸡叫第三遍，郑家良亲自带队，穿过清平湖，绕过凤台街，向沮漳河边开去。土匪中，有的身背长枪，有的挎着大刀，有的拿着木棍，衣着五颜六色，队伍东倒西歪，官不像官，兵不似兵，一群乌合之众。

李卫贤坐在船上，船在鲜家港河岸停泊，他跳下船，趾高气扬地走上岸，许直卿见到李卫贤，两人拥抱。许直卿见到他，像是捞到了一根救命草，拍着他肩膀，笑道："谢谢李营长，感激你的救助之恩。"

李卫贤回敬道："老兄有求，小弟必应。我三十号人不说，可还带有重机枪、轻机枪，为兄效劳，小弟在所不辞。"

"汝之大恩大德，吾将涌泉相报。"许直卿向李卫贤道谢后，便分头行动。许直卿沿南边的河堤外走，李卫贤上船，从河中开往凤台。

熊必丰带领他的中队，从草埠出发，顺着沮漳河，向凤台开去。

天麻麻亮，许直卿骑在马背上，自以为是，洋洋得意。汪副团长不断催促着团丁："快，快，快走。"

这催促声，就像一把尖刀，刺痛阮春晖的心，他在沉思：凤台河段将迎来一场鏖战。

岸边，阮本宽和戴宗秀佯装一对夫妇。阮本宽手秉着戳网的长竿，后退几步，猛地向河里戳去，竹竿戳向河中，用力向岸坡上拖回，渔网拖上岸，两条鱼在网里活蹦乱跳，宗秀弯下腰，将网里的鱼捉进鱼篓子。机帆船行至凤台码头，轰隆轰隆的声音惊动了她俩。本宽赶忙扛起渔网，向堤上走去。

船上，李卫贤站在船甲板上，双眼逼视前方。

南岸的树林里，郑家良隐蔽在大树下，眼睛盯在船上，见船靠近，举起长枪，瞄准李卫贤，扳动枪栓。霎时间，土匪一个个端着枪，向船上射击。李卫贤听到枪声，闪进船舱，指挥还击。

"砰砰砰"一阵枪响，惊动了船上的士兵，士兵举枪还击，"突突突""哒哒哒"，甲板上，机关枪射击，随后，船的前甲板、船舱和后尾板，响起激烈枪声。

桅杆被打断，船帆降落下来，舵手端起长枪，朝岸上开枪射击。船被树林挡着，李卫贤拿着手枪，"砰、砰"几发子弹打过去。郑家良射击，两士兵应声倒在甲板上，黑狗子处于被动挨打状态，士兵强烈反击。

东南方，许直卿听到枪响，命令团丁快速前进。不远处，郑家良后背枪声响起。西北方，熊必丰拼命地向沮漳河突围。郑家良腹背受敌，战斗处于白热化状态。许直卿命令道："给我狠狠地打。"顿时，拿枪的开枪，拿刀的举刀，棍棒队齐声呐喊。面对此状，郑家良退缩，猫着腰，躲躲闪闪。

熊必丰带着队伍从草埠湖猛冲过来。西部、东部和南部三面夹击，郑家良招架不住，焦头烂额，痛骂道："施昌直这个狗日的，怎么还没到？"他命令土匪把枪口转过来，对准团丁，准备突围。

忽然间，施昌直匪部冲过来，一东一西，把熊必丰围在中间。熊必丰向许直卿民团靠拢。李卫贤看见敌方势力增大，命令士兵上岸，因遭遇到郑家良匪部的顽强拦击。

施部和郑部土匪会合，熊必丰部和民团会合。双方打得异常激烈。施部和郑部的部分士兵将枪口射向李卫贤部，部分枪口对准民团射击，欲将他们逼向下游。

双方势均力敌。阮本宽见时机成熟，便举起枪，瞄准甲板上的机枪手射击，机枪手被打倒在河里。魏启福端着长枪射击，几个敌士兵倒下，戴宗秀伏在堤上，右眼瞄着尾船上的士兵，扣动扳机，"砰"的一声，敌人倒下，翻了一个筋斗，栽倒在河里。赤卫队员连开数枪，吓坏了李卫贤，士兵道："李营长，拐了，中了埋伏，北边又上来一拨人。"

李卫贤见势不妙，命令："撤。"

阮春晖见状，对许团长说："团总，不好了，河对岸有人朝李营长开枪了，郑匪还请了菱角湖的土匪增援，想一举歼灭我们。"

许团长马上醒悟过来，他抿着嘴唇，向对面观望，又转向河堤，侧耳听了一会儿，命令道："快撤。向东撤。"

郑家良乘胜追击，阮本宽偶尔放几下冷枪，把许直卿逼向鲜家港。快到鲜家港码头，阮本宽命令民兵停止射击，他开心地笑着说："让他们一条路，把这块肉分享给兄弟小队享受。"

三十

阮本宽带领小队，从河堤背面的堤半腰撤回潘家湾。

郑部和施部，紧跟李卫贤及民团后，穷追不舍。许部被追到鲜港码头，李卫贤停在那里，密集的子弹射向他们，他们只好龟缩在船舱。许直卿自身难保，放弃李卫贤，带领团丁钻进五里湖。阮春晖牵挂着赤卫队，趁乱，跑回潘家湾。

李卫贤继续向沮漳河下游逃窜。

郑家良追着，突然想道：再追，就是江陵十八师的地盘，恐怕菱角湖有他们的驻军，不能再追了。他立即命令停止追击。

枪声停止，河面出现暂时的静寂。渔夫划着渔筏，悠闲地在河中撒网。

李卫贤松了一口气，缓缓地顺水下流。机帆船"突突"地开过来，掀起波浪。渔筏随之浪动，摇摇晃晃。渔民稳稳当当地站在渔筏上，将渔筏与机帆船形成"丁"字形，随浪打向岸边，让航船顺利从渔筏旁经过。

寂寞生文苑，平安旧战场。这寂寞，这平安，引起了李卫贤对往事的回忆：渔筏、鹭鸶、麻绳、渔夫，几个兄弟被打，粮食和枪被劫。不就是在这地方吗？想到这，他不禁打了一个寒战，一下警觉起来。他立即告诫士兵，注意警戒。他猛然命令士兵："开枪，打死那些渔夫。"士兵们向渔筏开枪，渔夫听到枪响，纷纷跳进河水里，敌人向水下扫射。

这些乔装的渔夫，正是阮本宽带领的第一小队的赤卫队员。

队员们在水下将渔筏推在前面，用渔筏作掩护，缓缓往机帆船靠近。阮春晖靠近魏启福渔筏，从河底摸起一些石头，丢在渔筏的仓内。士兵向渔筏发射密集的子弹，渔筏顺着水流，冒着枪林弹雨，颠颠簸簸地靠向敌船。

李卫贤调整部署，冒出一个机枪手，从前甲板爬到尾板，"突突突"地向渔筏射击。

敌人靠近，埋伏在潘家台的阮本槐发出命令："打。"他向船头开枪，一声枪响，一个黑狗子应声倒在船板上。随即，两岸同时发起进攻。民兵掩护，阮德斋带领两个民兵从堤腰冲到河里，在芦苇的掩护下，在水中打击敌人，他扒开芦苇杆，用手枪射击，"砰砰"两颗子弹射出去，船头的枪手被击中，一头栽倒在河里。胡守财瞄准船尾甲板上的机枪手，扣动扳机，"砰"，击中枪手。胡明喜拿着石块，使尽全身力气，猛向敌船的中仓掷去，士兵被石头砸中，脑袋被砸得鲜血直流，歪倒在船舷上，滚到河中。春晖推着渔筏，逐渐靠近机帆船，他从渔筏仓里摸起一块石头，砸向敌人的机关枪，机关枪被砸得晃动了几下，魏启福紧跟着，将石头掷向机关枪，机关枪再次被砸倒，枪手赶忙把机枪摆正，哑了。春晖从水下摸到船上，一拳把机枪手打倒在船舷上，魏启福从水底下钻出来，拉住机枪手的双腿，用力把机枪手拖到水里，拧住他的领子，按在水下，上上下下，来回几次，机枪手没了动静。

没等黑狗子反应过来，春晖跳下河，一个猛子扎到水下，李卫贤用枪打向春晖跳水的地方，水面泛起浪花。

阮本槐高声喊道："冲啊。"他第一个冲向河边，三队民兵从三方冲向敌船，高喊道："缴枪不杀，缴枪不杀。"队员纷纷下河，梅芳和阮瑞林并列冲在前面。黑狗子吓得丧魂落魄，举手投降。李卫贤负隅顽抗，阮德斋枪口对准他的腰部，他只好缴械投降。

船板上，舵手跪下。战战兢兢求饶道："我是舵手，不是兵。家里有老有小，求老爷放过我吧。"其后，士兵们跪下哀求道："大爷饶命，大爷饶命。"

船靠岸了，赤卫队员把李卫贤及士兵押到岸边。民兵在船上打扫战场。跳板上，李卫贤贼头贼脑地看了看岸上，猛地跳下河，被瑞林一把抓住，拉上岸。

战斗持续两个多小时，共缴获机枪一部，手枪两把，长枪二十支，子弹四箱。

阮瑞林对李卫贤道："留着你们没用，你们把武器留下，把船开走，回去交差。"

李卫贤向瑞林敬了个礼，走上船。舵手和士兵上船。

太阳落山，鸡鸭回了笼，沮漳河恢复了往日的平静。

"回民团去。"瑞林对春晖说。春晖看了看哥哥，欲走。阮瑞林急着问："站着，春晖，你回去怎么交差？是不是有危险？"

春晖说："你放心吧，我自有打算。"哥哥担忧地望着春晖很不情愿地远去。大纯跑过来，喘着大气，道："瑞林，告诉你一个消息。"

"什么好消息？"阮瑞林惊讶地看着大纯。

春晖离开哥哥，想回家看看父亲，可来不及，便急急忙忙地往五里湖赶。

许直卿被逼进五里湖，郑家良穷追不舍，施昌直趁火打劫，他们将许部包围在五里湖。许直卿队伍被打散，他带领残兵败将在满湖芦苇丛中瞎窜，他们与土匪打打退退，退退打打。

"春晖呢？春晖。"许直卿困在湖里，不住地叫喊："春晖这狗崽子跑到哪去了？"

枪声、喊叫声，惊醒了芦苇中的野鸭，野鸭子吓得飞起来，发出"噗噗"的声音。许直卿狼狈地坐在地上喘大气。阮春晖走进五里湖，一眼看到了许团总。他跑过来，一把扶起团总，说："团长。"

"狗崽子跑到哪去了？"许直卿恼羞成怒，但他转念一想，现在不是发火的时候，无奈之下，还是逃命要紧。他放缓了声音说："你是这里人，熟悉这一带，快想法带我出去。"

春晖伺候团长上马，说："团总，你坐稳。"他带着团长及部下，跌跌撞撞，从东边的南土堤、肖家山、李家湖，绕东路回江口。

回到团部，许直卿把春晖叫到办公室，问道："你去哪了，这么长时间？你是不是通匪？"

春晖站在办公桌旁边，低着头，说："团总，我对您没二心。当时，我看到有两个土匪向您身边冲过来，我连忙上去，挡住他们，结果，我被打晕到水里，您看，我衣服还有水。"

春晖衣服滴水。直卿看到后，说："后来，你到哪去了？是怎么回来的？"

"我醒了，为了引开他们，故意往与您相反的方向跑，跑到湖中间，我好不容易甩掉他们，我到处找您。团总，我如果对你有二心，恐怕等不到现在。"

"也是。念你后来能够机灵地把我带回来，算是将功补过。我放你一马，以后无论去哪儿，给我打个招呼。"许直卿情绪缓和下来，警告春晖。

"是，团总，我一定聆听您的教诲。"春晖行礼道别。

春晖走后，团总叫来团丁，吩咐道："春晖这小子机灵，鬼点子多，你去叫戴宗凤调查一下，看他这段时间到底跑哪儿去了？"

"是。"

"报告。中队长熊必丰前来报道。"熊必丰立正。

许直卿站起来，把熊队长迎进办公室说："春晖，快给熊队长沏茶。"

春晖换了身干净衣服，连走带跑来到办公室，给他俩各沏了一杯茶，低头退出办公室。

"团长，小弟惭愧。对不起大哥。"熊必丰站着，给许团长赔礼。

许直卿凝视着这位号称"熊必胜"的中队长，眼前，一阵酸楚。熊必丰满脸伤痕，手背布满血丝；上衣破了，几处撕开的裂痕，头发蓬乱，皮鞋沾满泥土。团长摇着脑袋，嘴里喷喷连叫。

"狗日的郑家良，老子要把他千刀万剐。"熊必丰咬着牙，捏着拳头说。

许直卿示意他坐下来，说："胜败乃兵家之常事。这口气，我们一定要出。"

熊必丰问："你是怎么回来的？"

许直卿想到自己的处境，话说到嘴边，又吞下去，得意地笑起来，说："这一帮狐群狗党、地痞流氓，拿老子没整。老子，把他们甩得远远的，大大咧咧地回来了。"

"许团长，高！"熊必丰佩服道。

"好吧，回去修整一下，重整旗鼓。"许直卿打发熊必丰离开。

三一

刘大纯在潘家湾，对瑞林说有好消息，瑞林望着他神秘兮兮的眼神，追问道："什么好消息？"

大纯贴近瑞林，悄声说："有七八个土匪在麻将馆喝酒。我们可以来他个突然袭击。"

瑞林说："队员们刚打完仗，怕还没有缓过神来。"他想了想，果断地说："好，你回去做好准备。"

"要快，不然，他们酒足饭饱，便会逃之夭夭。"大纯着急地说。

瑞林向本槐和德斋说明了情况，都说："队员难得碰到这锻炼的好机会，干！挑几个精兵强将，痛痛快快干它一场。"

德斋带领兄弟们把战利品带到隐蔽地方藏起来。本槐迅速带领八名队员前往麻将馆。

郑家良将团丁追赶到五里湖，便收兵回营。他安排鲜家港附近的东山、东永、陶家湖等地的土匪，由小队长陶延久带队，打扫战场后，回问安。

陶延久打扫完战场，小兄弟对小队长说："问安大大小小的馆子，兄弟们吃腻了，换个口味，就在这找个馆子享受享受，喝点小酒。"

"好啊，我也尝个鲜。"土匪们一拍即合，兴高采烈地拥到麻将馆，把武器放到门角落。

阮全章麻将馆，平时少有好菜，一切都要现买现卖。他找来大纯，道："你看好我的馆子，我去街上转转，看看有些什么菜。爷们要在我这吃宵夜，不敢怠慢。"

刘大纯顺口答应。

阮全章去买菜了。刘大纯看到：麻将馆一片嘈杂，土匪们笑哈哈，玩花牌、打骨牌、摸撮牌，搓麻将；坐着，站着，蹲着，姿势五花八门；和牌声、开钱声、输钱的痛骂声混成一片。

大纯见状，瞄准土匪们的武器，长枪放在墙角里。匪徒们忘乎所以，大纯灵机一动，便产生趁热打铁的念头。

魏启福和李道生来到篾器店，大纯小声对他俩说："再等等，小土匪刚开始喝酒，兴致还未进入高潮，等喝到麻木不堪时，你们再过来。"

魏启福说："这地方我熟，可以大摇大摆地走动。道生在这盯着，用块红布做信号。"

老板炖了一个鸡火锅，一个排骨火锅，美其名曰："双排座"，炒五盘小菜，加上豌豆、花生，美其名曰："七星箭"。小土匪迫不及待，菜未上齐，便狼吞虎咽。一杯、两杯、三杯酒下肚，摇摇晃晃、歪歪倒倒，说话结结巴巴，啰啰唆唆。麻将馆内，乌烟瘴气。

一匪徒端起一杯酒，走到陶延久面前，说："老久，我敬你一席酒，我们一席喝干。"

"老子不，不喝了，再喝，就，就倒了。"陶延久麻木地拒绝，把匪徒推到一边去。

"我们还要回去，郑老板知道了，会削队长的胡子。"一土匪为队长打圆场。

"喝吧，别拍队长的马屁了。队长，将在外，军令有所不受。"土匪站起来帮腔道。

"你让老子喝，喝醉了，你，你负责。"陶延久手捣着小土匪的脑袋，吼道。

"喝，你喝醉了我负责，我负鬼的责。"土匪们哈哈哈大笑。

陶延久发号施令："都喝，一人一杯，不醉不休。"大纯提起酒壶，一杯一杯挨着酌酒。陶延久惊讶地望着大纯，说："你谁呀？多事，酌酒。"

阮全章走过来，拍着队长的肩膀，笑着说："没事，他是我邻居，卖竹器的刘老板。他是看得起这帮兄弟，才过来敬酒。"

"哦，老板。老板好啊，老板发财。酌酒酌酒，都把酒酌满。别拂了老板的面子。"陶延久把酒杯推到大纯面前。

兄弟们跟着，一个个喝干，杯子推向大纯。大纯酌满酒，说："兄弟们，喝个痛快。"他喝完酒退出来。李道生去屋后发了信号，走进来对大伙说："来，兄弟酌满酒，我陪大伙喝。来来来，喝喝喝。"李道生端起酒杯，一口一个满杯。小土匪跟着一干而尽。

阮瑞林担心阮本槐，要去麻将馆。梅芳说："我也去。"

路上，梅芳说："我给你说个事。"

"什么事？"瑞林问。

梅芳看着瑞林，脸上有些凝重，她说："前些天，我舅到我家了。"

"亲舅到你家，这是太正常不过的了，有什么大惊小怪的。"瑞林不以为然。

"你听人家把话说完。舅舅是来。"梅芳急着。

"给你送东西来了？"

"不是，给我说媒来啦。"

"说媒？"瑞林感到有些意外。

"是的。"梅芳注目着瑞林。

"你对你舅怎么说？"

"我说。"

"你说什么？"

"瞧你，看把你急得。"

"快说，你怎么说？"

"瑞林，我们在为一个信仰奋斗。我们两小无猜，一起长大，我们志气相投，你想我会说什么？"

瑞林惭愧地说："是我对不起你，我没让你的家人、亲戚满意。"

"瑞林，你说到哪儿去了。无论出现什么情况，我们都会站在一起。现在，我们忙于工作，没考虑结婚之事，但是，谁也不会把我们分开，谁也无法把我们分开。革命，是我们工作的全部，为了革命，为了家乡老百姓过上好日子，我们可以放弃一切。我支持你，我等着你，我们会为了共同的信仰，抛头颅，洒热血，风雨同舟，永不分离。"

瑞林有些激动，心想："梅芳今天怎么了？"

"瑞林，你知道舅给我介绍的对象是谁吗？"梅芳安抚着瑞林，岔开话题说。

"我哪知道。"

"他是陶家湖人，舅舅家的邻居，我们早认识，据说是郑家良队的小队长，他叫……"梅芳说。

"他叫什么？"

"看把你急得，一个小队长，就是团长、军长，我也没在乎。"梅芳道。

"他是谁？我们认识吗？"瑞林眼巴巴地望着梅芳，不停地追问。

梅芳说："他叫，叫陶延久。你别放在心上，舅舅只是说说而已。"

"陶延久。"瑞林重复地叫着："陶延久。"

麻将馆里，阮本槐和赤卫队员端着枪，站在麻将馆门口，吼叫道："都站起来，举起双手。"

小土匪傻了眼，瞠目对视。"怎么回事？"陶队长惊慌失措。

阮本槐怒视着这帮匪徒，严肃地说："我们是许直卿的队伍，现在奉命收拾你们，赶快缴枪投降。"

匪徒吓得面如土色，乖乖地把手举起来，道："饶命，老爷。"

一匪徒试图反抗，赶忙去拿枪。发现赤卫队员已把放在墙角里的武器收起来。

胡守财和队员上去，把土匪押到堂厅，一个个跪在地上。阮本槐对匪徒道："谁是当官的，把账结了，快去。"

陶延久从人群中出来，说："我叫陶延久，我去结账。"

"看来，你们和我们一样，都是地地道道的农民，苦大仇深。今后，你们老老实实地做人，勤勤恳恳地做事。都回家种地去。"

月光如银，照在大地上。一条银白色的坎坷小路蜿蜒向远方伸展，路边的草蔓爬上路，盘在路上；虫子在草丛里唧唧叫着，芦叶的影子在白色的小道上空晃动。瑞林和梅芳来到鲜港子，远听到有人在喊："陶延久，陶队长，等等我。"

"陶延久。"这叫声，让瑞林摇头，感到苦涩。

阮本槐见到瑞林，忙跑过去，对他说："解决了，全解决了。"

"这些匪徒中，有一个叫陶延久的，是吗？"他向本槐打听。

"有，是个小队长。你们认识？"本槐说。

阮瑞林不置可否地"嗯"了一声。

三二

枝江境内有三条主要河流，南有长江，人们习惯地称之为"大河"；西部的玛瑙河，北边的沮漳河，被称之为"小河"。

1927年春，共产党员柴燔，以农民运动特派员身份，被国民党湖北省党部、湖北省农民协会派到枝江，指导建立农民协会。柴燔从国民党党部秘密发展吴先孔、肖保苍和城关码头工人薛开选加入共产党组织，建立枝江最早的四人党小组。不久，在枝江西部的高殿寺成立西部地区第一个党支部。有党员十一人，杨平章任支部书记。同年三月，湖北省农民运动特派员，共产党员罗克强接受党组织的派遣，到枝江改建中共宜都县委，县委机关驻宜都陆城，后移至玛瑙河畔的安福寺。中共江陵县委派刘长林到草埠湖、凤台、鲜家港，考察农民运动，并发展张青山为共产党员。至此，沮漳河岸的草埠、凤台、鲜家港地区发展党员二十余人。

东西部党组织并非孤军作战，他们与其他地方党组织有着千丝万缕的联系。他们同属于鄂西特委领导，江陵县委、当阳县委和枝江、宜都县委通力合作，信息共享，形成了以江口、安福寺、凤台等地党组织活动网络。"小河"两岸为共产党活动的革命根据地。

沮漳河一战，打出了凤台赤卫队的志气和信心。三天后，刘长林从江陵来到凤台，在凤台小学龚承谦的住处召开草埠、凤台、鲜家港、菱角湖地区党组织会议，为凤台地区第一次全体党员大会。参加会议的党员有菱角湖的罗步卿，陈直甫，鲜家港的阮瑞林、阮德斋、阮本槐、阮本宽、刘大纯、李道生、龚承谦、龚梅芳，凤台的魏启福，草埠湖的张青山等。

会上，瑞林汇报了龚家闸党支部活动情况。刘长林传达了上级指示，他说："按照鄂西特委的指示，阮本槐任凤台党支部书记。龚家闸党支部更名为鲜家港党支部，阮瑞林任支部书记，兼管菱角湖。"他告诫同志们，"我们的工作大有起色，同志们做出了极大的努力和牺牲。因为我们的努力，越来越受到广大劳动人民的认可。我们宜乘胜前进，今后的目标是打到江口，成立江口苏维埃政权。"

　　"江口苏维埃政权？"瑞林感到即新鲜又兴奋，高兴得要蹦起来。梅芳坐在他身边，拉着他的衣角，他冷静地回到原处。

　　"是啊，我们要建立劳动人民当家做主的人民政权。"刘长林越说越激动，"从此，这块土地，就是劳动人民的土地，这天下，便是劳苦大众的天下。希望各支部团结协作，早日成立江口苏维埃政府。"

　　同志们无比兴奋，纷纷议论，为江口苏维埃政权的建立出谋献策。龚承谦狭小的屋子里，不断响起热烈的掌声。同志们眼前浮现出光芒四射的曙光。

　　路上，瑞林和梅芳手牵着手，兴高采烈，兴奋不已。梅芳笑了，笑得多么甜蜜、灿烂，未来的憧憬写在她那幸福的脸上。

　　瞬间，瑞林突然提出："梅芳，我们去找陶延久。"

　　"找他干吗？找人家的麻烦？小心眼。"龚梅芳不解。

　　"梅芳，你想到哪儿去了，我是要……"瑞林说。

　　"你要什么？人家不是被本槐打败了吗？还要穷追不舍？"

　　瑞林把梅芳送到家门口，打转身。梅芳生气了，不想挽留他。她躺在床上，后悔起来：早知道瑞林心眼这么狭窄，就不该把舅说媒的事告诉他，让他心里结出疙瘩，折磨他。她打小经常在舅舅家玩，和陶延久早认识。她和陶延久长大成人，舅舅有心做媒，把她介绍给陶延久。只是她心里有了瑞林，没在意舅舅的话。如果自己不去荆南中学读书，如果不遇见瑞林，也许，自己和陶延久早就结婚，孩子都抱上了。不过，她又想回来：陶延久和她走的不是一条道，尽管她认为陶延久不错。不过，如果她和他结婚，也许会把他改变过来。

"不想了，不想了。"梅芳把被子拉上，捂住脸，"瑞林找陶延久究竟要干什么？他要去报复陶延久不是？"梅芳的脸捂在被子里，却依然胡思乱想。

瑞林回到家，洗了个大澡，躺着床上，翻来覆去。打到江口，成立江口苏维埃政府，这可不是像说的那么简单，得有实力、势力，还需要有领导江口的智慧和能力。首先，必须队伍强大，怎么强大起来？本槐要到凤台，阮德斋要组织赤卫队，明天早上，趁他们还没走，和他们磋商磋商，瑞林的脑海里沸腾起来，呈现一幅幅晃动的画面。

这一夜，瑞林和梅芳异床异梦，彻夜不眠。

瑞林眼睁睁地躺在床上，看着月光把树梢的影子透进屋子，数鸡叫一遍、两遍、三遍……天麻麻亮，一会儿，天又暗了。这是黎明前的黑暗，这是朱洪武偷锅的时辰。干脆爬起来，坐到堂屋里。阮本槐也许睡得正香，也许正在思考筹建江口苏维埃之事，不能去打搅他。他孤独地等待天明。等待，再等待，干脆起身，拿着几根麻线，搓起绳子来。

搓了扁担长的麻绳，放着，他走出屋子，向本槐家走去。本槐早起了床，准备行李，去凤台。瑞林进屋，本槐说："瑞林，我就知道你睡不着。"

这时，阮德斋走来了，他接过本槐的行李，说："我送你。"

本槐推辞说："你看，我又不是去天涯海角，鲜家港、凤台、菱角湖，一港一河之隔。你们回去，忙自己的事去吧。现在，各自的事儿都重要，何必耽误。"

本槐挑着行李。瑞林和德斋目送本槐离开阮家台。

革命风暴席卷"小河"两岸，同时，各地反动派加紧了对革命势力的打击。自从李卫贤在潘家湾被洗劫后，国民党江陵县委成立"清乡团"，大肆屠杀共产党员。许直卿接到国民党县政府的指示，加大对赤卫队的打击力度。他们严密封锁大小江河，对共产党员进行血腥镇压。

陶延久的枪被赤卫队收缴后，回去被革了职，还关了两天禁闭，出来后，回到陶家湖。

瑞林来到梅芳家，梅芳爱答不理。说："你不是去找陶延久吗？有病啊。"

"我找陶延久有事。"瑞林辩护道。

"人家招你惹你了？被缴了枪，被革了职，你落井下石呀。"梅芳生气道。

"啊，他被革职了，我们更需要找他。"瑞林急着说。

"那好，你如果要去找他，我陪你去。"梅芳使劲地把椅子掷在地上，说："看你弄出什么花样来。"

"梅芳，别生气。"

"走啊。"

父亲听说瑞林要去找陶延久，赶忙出来，拦住他说："年轻人，别冲动，冲动是魔鬼。别闹出什么乱子来。"

瑞林亲切地走近老人，温和地说："伯父，我知道，您放心吧。"

他们走出。瑞林亲昵地靠近梅芳，梅芳身子一扭，挣脱开他。

"梅芳，你认为陶延久这人怎么样？"瑞林问。

"他好，他歹，关你屁事？你是想把我推向他，卑鄙，无耻。"梅芳冷冷地道。

"梅芳，你误解我了，我是想帮他走正道，回头是岸。现在正好，在他陷入困境的时，拉他一把。"

梅芳一下开了窍，破怒为笑。她靠近瑞林，说："我就说你不是小人。"

"我不是在试探你吗，看把你激得。"瑞林道。两人肩并肩地走着。梅芳轻言细语地说："他呀，有脾气，有性格。从小自由自在，放荡不羁。要转变他，得下一定的工夫。"

不知不觉，他们来到舅舅家。

舅舅说："难怪舅给你介绍对象，你不满意，原来，你看上了白面书生。这小子不错，皮肤白，身体壮，脑子灵，嘴巴甜。"

"舅，你别夸他，再夸，他的尾巴会翘上天的。"梅芳羞答答地说。

"你们坐，我去叫你舅妈回来，给你们做饭。"舅笑着说。

"舅，别叫了，我们有事找陶延久。他在吗？"梅芳说。

"你没答应这门亲事也好。这孩子，成天在外面混，不知道在搞什么名堂。找他，比登天还难。"

"您去帮忙打听打听。"瑞林请求说。

舅出去，一会儿回来，说："我问了，他爹说他一大早就和一拨小混混出去了，说是有混混被人欺负了，他去打抱不平。"

"往哪个方向去了？"梅芳问。

"往西北方向，不是东山，就是东永。你们要去，就到东山街上去，中午了，也许上馆子了。"

瑞林道谢。

梅芳迟疑，到哪里去找陶延久？即使找到他，会遇到什么麻烦？疑团纠结在心里。她极不情愿地跟着瑞林，走向荒郊野外。

三三

鲜家港西北，有个小集叫东山街，街上住着十来户人家，一排参差不齐的草房。沿街道摆着一些小摊位，有卖蔬菜的，有卖鱼肉的。

瑞林和梅芳从东头走到西头。西头有家小酒馆，瑞林站在门外，梅芳进屋。

酒馆里有三间屋子，中间是堂厅，两边为偏屋，偏屋被隔成两间小屋。陶延久和小青年在西间偏屋里，酒兴正酣。梅芳轻轻地走进去，倚在门板上，向里屋小觑。

屋里，一张方桌，方桌边放着四条长板凳，小青年有的跷着二郎腿，坐在板凳上，有的蹲在板凳上。陶延久坐在上席上，两小青年站在旁边，手里拿着酒壶，殷勤地说："大哥，今天多亏你，给我出了一口恶气。这杯酒，我敬你。"

"是啊，你帮了我弟弟，也就是帮了我。如果不是你，弟弟的摊位还被那老家伙占着。"一小青年提着酒壶说。

小青年附和着说："如果不是大哥你，可把那地头蛇没整。"

"摆弄他们，小菜一碟。今后哪儿用得着哥的，只管给我捎个信，我就到。"陶延久抿上一口酒，傲慢地说。

小青年拿过陶延久的酒杯，再酌满一杯，陶延久把头一仰，一干而尽。兄弟们陪着，头一仰，酒被送进嘴里，他用手背抹嘴。陶延久干杯，不知是酒，还是口水，在嘴角边流淌。他用手擦着嘴角，眼睛朝门外瞅瞅，擦了擦眼睛，仔细往门外看。兄弟们顺着他瞅的方向望去，不怀好意地笑道："妮子，妮子，漂亮。过来，陪大哥喝一杯。"

梅芳走进去。陶延久傻了眼，愣住，清醒过来，吼道："都给老子安静，别放屁。"他站起来，走到梅芳面前，凝视着眼前陌生而又熟悉的姑娘，惊讶地说："梅芳，真的是你？你怎么找到这儿来了？"

瑞林走进屋子，小青年拥上去，把他围着，抓起他的衣领，叫道："狗崽子，你是什么人？敢偷看我们喝酒。"

陶延久让小青年放开瑞林，问："梅芳，他是谁？"

小青年阴阳怪气地冲着瑞林说："是许直卿还是郑家良派你来的？快说。"

"住嘴，都听好了，不许放屁。"陶延久恶狠狠地说。

梅芳心平气和，慢慢走近陶延久，冷静地说："陶哥，他和你们一样，都是兄弟，都是好人。"

小青年拿来一个杯子，放到瑞林面前，指着他的鼻子说："是兄弟，就来喝一杯。"

梅芳看着瑞林，转过头，看着陶延久，说："别为难他，他不会喝酒。"

"不会喝酒，上馆子干什么？滚开。"小青年说。

陶延久把杯里的酒猛地倒到小青年脸上，大声呵斥："别放狐屁。"

瑞林四面环视，找了个座位，坐到桌子旁边，端起酒杯一饮而尽。

兄弟们伸出大拇指，异口同声地说："够朋友。来来来，斟酒。"

瑞林站起来，向兄弟们拱了拱手，说："多有得罪，兄弟我不会喝酒，今天遇到这场合，舍命陪君子。"他把酒杯置到小兄弟面前，说："谢谢兄弟看得起，来，酌酒，再来一杯，兄弟们同干。"

小青年酌酒，梅芳在旁边拦着，踩了瑞林一脚。瑞林会意，顺手扒开梅芳说："来，兄弟们，喝，喝个痛快。"

一杯酒喝下去，陶延久啰唆起来，他喃喃地说："厉害。我，我醉了。"说着，踉踉跄跄地走出偏屋，走到瑞林旁边，恍恍惚惚地歪倒，瑞林抱住他。小青年都围了起来。

"滚，滚，都滚回去。"陶延久骂骂咧咧。

小青年都喝醉了，纷纷地离开小酒馆。

酒馆老板过来，看着小青年离开，便要关门打烊。他瞧见陶延久趴在桌子上，打着呼噜，说："这可怎么办？要关门了。"

梅芳说："客人不是还没走吗？怎么这样？"

"我看这样，你去帮忙借一张独轮车，我给你押一些押金。我们把他推回去，明天把车还给你。"瑞林道。

"谁买单？人都走光了。还借给你独轮车。你把我当傻子。"老板不耐烦地说。

"老板，你相信我。"瑞林婉言道。

"我相信你，钱可不相信你。"老板道。

瑞林从衣兜里掏出一沓钞票，放到桌上，说："这下可相信了吧。"

"行，我去找独轮车。"

梅芳看了看天气，觉得不对劲：怎么回事？不到晚上，老板就要打烊？开餐馆，关这么早的门干什么？

"瑞林，要出事了？"梅芳警惕地道。

瑞林也觉得奇怪。"等老板回来，弄清楚情况再说。"

"别等了，我们走吧。"梅芳急着说。

"走，陶延久怎么办？正事还没有办。不能走。"瑞林道。

正在这时，门口走来三个人。一个戴着草帽，穿着草鞋，手拿一根木棒，满脸杀气，气势汹汹。另一个，皮鞋，礼帽，一身青色套装，一副绅士风度。

他们走进屋内，"草帽"告诉"礼帽"说："就是他，就是他带人把我赶走，让那小子占了我的地盘。"

老板走近陶延久，把他叫醒。陶延久醒来一看懵了。傻着眼问："你们是谁？要干什么？"

"草帽"上去给了他两巴掌，说："没长记性，刚才还在老子面前玩横，现在没肝没胆了，装糊涂。睁开你的狗眼看看我是谁？"

"是屠大哥，你小子有眼不识泰山，敢摸老虎的屁股。贲老板请来屠大哥教训你。知足吧。"酒馆老板劝架。

"哼。这不是江口有名的屠教士？来呀。"陶延久诧异地嘀咕道。

瑞林明白了，小青年得罪了贲老板，贲老板请了江口武艺高强的屠教士，来报上午抢摊之仇。

"看样子，你是不见棺材不掉泪。"贲老板怒视着他。屠教士看见他弱不禁风，不想动手，只是想吓唬吓唬他。

陶延久站起来，脱下上衣，握拳，摆出打斗的姿势。惹怒了屠教士，冷不防，屠教士一拳打在他胸口上，一个趔趄，倒在地上。他挣扎着爬起来，说时迟那时快，屠教士猛跟两拳，他没了还击之力。

瑞林忙跑过去，拉开他们。

贲老板走近瑞林，不屑一顾地说："你是什么人，太平洋的警察？管得宽。"

"别打了，不是一家人，不进一家门。"瑞林说："屠大哥，久仰大名，何必和小人一般见识，来来来，请坐，有话慢慢说。别伤了您的金手。"他搬动一把椅子，放到屠教士面前，弯腰把陶延久拉起来，说，"屠大哥，我听肖保苍老板说过你，你爱打抱不平，行侠仗义，惩恶扬善，佩服。"

"听贲老板说，有人欺负弱者，我气愤不过。"屠教士说，"不看僧面看佛面。看你认识肖保苍面子上，放他一马。小子，听好了，再别欺负弱者。"便起身欲走。

临走时道："你叫什么名字？我们后会有期。"

瑞林报出姓名，说："后会有期。"他送走了屠教士，转身回来，对陶延久道："陶兄，身体怎么样？能走不？"

陶延久向瑞林鞠了一躬，一起走出餐馆。

路上，陶延久摇摇晃晃。他问："梅芳，你们专门来找我，有什么事？"

瑞林接过话茬说："陶兄，我们知道你现在的处境。我们相信你，你有智慧，也有能耐，不甘做沉沦的庸人，希望你振作起来，不愿意看到你现在这个样子。"

"你说，像我这个样子，该怎么活？"他回想：梅芳瞧不起他，鲜家港被劫，小乌纱帽被摘，今天又被屠教士教训一顿。他觉得自己无脸见人，走投无路，走到了绝境，眼泪忍不住流下来。

梅芳见此，便生怜悯之情，动恻隐之心。她开导说："别自暴自弃。你我都还年轻，路还长着。努力吧，长成一棵大树，不愁没鸟来筑巢。"

"你说，我还有机会绝处逢生？"陶延久沮丧地问梅芳。

"陶兄，跟着郑家良干，没好处，他毕竟是土匪，不务正业，欺压百姓，作恶多端。有朝一日，老百姓会找他算总账。"

"许直卿咋样？我想去他那儿当兵。"陶延久想着，拭着泪。

三四

阮瑞林对陶延久说:"许直卿?不行,他和郑家良是一路货色,尽干坏事。跟着他干,会遭报应。"

"我就待在家里,老老实实种地?"他问。

"种地也行。土地生万金。"梅芳安慰说。

"可我没地,养不活自己。"

"没地?现在有一支革命的队伍,他们为穷人谋利益,敢和地主老财斗,为穷人争权力、争土地,让穷人过上好日子。你能不能跟着他们干?"梅芳说。

"在哪儿?"他向往着。

"老实说吧,你的枪,就是他们给劫了。"瑞林真诚地说。

"他们会接收我这样的人吗?"

"可以,我去帮你说说。"瑞林宽慰说。

"梅芳,我去,到这个队伍中去,混出个人样来,让你瞧得起。"陶延久抱有希望地望着梅芳。

梅芳羞涩地说:"谁瞧不起你,我本来就看好你。只是……"

"只是什么?"陶延久问。

梅芳深情地看着瑞林。

"啊,我知道了。瑞林太优秀,我不如他。"陶延久说。

"陶兄,你别说了。明天,我们携手同行。"瑞林道。

天亮了,太阳挂上树梢。农夫在水田里驱赶耕牛,埋头犁地,身后,翻起一浪浪新泥。绿茵茵的豆角田,豆子成熟,鹧鸪和苦鸟在田中不停地叫道:"豌豆别啯,豌豆别啯。"

陶延久门前,瑞林真诚地说:"你回去后,和小兄弟一起,投入到农民赤卫队里,和地主老财、军阀土匪斗。一定会有出路。"

"久哥,回来了。听说,菜贩子去找你麻烦了?"小青年等着他回来。

"没事,有大哥啦。"陶延久笑道。

小青年惊讶地望着瑞林。

瑞林对陶延久说："这些小青年都听你的。你要联合他们。"

"他们？他们屁用。"陶延久说。

"可别这样说，众人拾柴火焰高。这些小青年，一个个生龙活虎，扭成一股绳，大有排山倒海之势。"瑞林为小青年打气。

听到这句话，陶延久信心十足，立马笑道："这样的穷小子，你要多少我找多少。"

金寡妇家，灯光灰暗，戴宗凤靠在她的床弦上。女人说："你这个鬼东西，这些天跑哪儿去了？"她说着，给他倒了一缸子水，眉开眼笑，撒娇道："人家天天望你来。"

"是吗？我没闲着。许部和郑部杠了一仗，李卫贤被人脱光衣服，赤裸裸地回老家，陶延久的枪被人缴了。"戴宗凤炫耀道。

寡妇媚着圆溜溜的眼睛，嗲声嗲气地道："我还不知道你，你的屁浆子我都闻得出来。这些活动，你哪一项参加了？你还不是跑得远远的，然后……"

"然后怎么？"

"然后报告许直卿，弄几个金子来，老娘享受享受。"寡妇笑道。

"你为了几个金子，我为了你的身子，各取所需嘛。哈哈哈哈。"戴宗凤把寡妇摁到床上。

女人说："那些消息你都透给许团总了？"

"我没你那么傻，我是不见兔子不放鹰。最近，许团总还没缓过神来，我去，只会自讨没趣。"

"你呀，比兔子还精。"寡妇的手指捣在他的鼻子上。

"笃笃笃。"

"谁？难道你还有男人？"戴宗凤滚动着鼠眼。

寡妇惊慌失措："谁呀？"

"是我。"

"你谁呀？"

"刘大纯。"戴宗凤听出来了。

金寡妇示意他躲进门角，她去开门。大纯进屋观察一下四周，泰然自若地说："凤老弟，出来吧，我知道你在这儿。"

戴宗凤尴尬地出来："刘老板，你来得真不是时候。"

大纯温和地说："出去吧，我找你有事？"

他惊讶地望着大纯："什么事？"

"把衣服穿好。出去就知道了。"

宗凤跟着出门，胡明喜站在门外，他吓得哆哆嗦嗦。

大纯问道："戴宗凤，最近在干些什么？"

宗凤面如土色，说："我，我，什么也没做。"

"真的吗？"

"真的，骗你是孙子。"

"最近，鲜家港发生了这么多事，你都不知道？也没向外面透露点什么？"大纯咄咄逼人。

"我什么也不知道，向外透露什么呀。"他说。

大纯警告说："你干的那些龌龊事，如果我告诉了你伯父戴继恒，你会吃不了兜着走。"

戴宗凤早知道，戴保长和金寡妇是相好。他说："大纯，我们可是好兄弟，你就把嘴巴闭紧点。大恩大德。"

大纯借风扬谷，敲着他："以后到江口，不要乱说，别把村子里的事透露给许团总。"

戴宗凤说："这个，我知道。"

"你到家了，回去，记住我说的。"刘大纯再三警告戴宗凤。

"大纯、宗凤，都别走，我正找你们。"戴保长拦住他俩，把刘大纯拉到路边的芦苇丛，神秘地说："去年九月，你知道吗？远安、当阳发生了震惊全国的瓦仓起义，起义被镇压下去，农民自卫团也被镇压，部分共产党员，有的甚至是起义的领导人，经过当阳的观音庙、九子山，沿沮漳河逃到我们这一带。"

"哦，有这事？"大纯好奇地问。

"有。据说，有叫胡安海的，你们知道吗？"保长说。

胡安海？大纯在心里念叨，胡安海，是不是胡守财？胡守财不是叫"棒老二"吗？菱角湖贾家垴人，为人爽快，说话棒里棒气，直直粑粑；在家排行第二，哥哥和嫂子，五个弟弟妹妹，家大口阔，靠租种地主几亩地过日子，因为家里穷，就在外面混碗口食。胡明喜介绍时，是这样说的。刚才看见他走，怪怪的，不太像。

大纯说："我做生意，眼睛盯在生意上，没见过。"

戴保长提醒说："现在，我给你说了，你可要睁大眼睛，瞅着点。"

大纯离开后，戴宗凤跟着保长回戴家小垸。路上，宗凤和保长拉开距离。戴宗凤回家了。戴保长朝金寡妇家走去。

戴宗凤跌着脚，气愤地嚷道："老不死的。"

三五

大纯回到店里关门。胡守财从桥头下来，大纯迎上去说："什么时候了，怎么你还在这儿？"

"听说要打江口了，兄弟们摩拳擦掌，跃跃欲试，欢喜得不得了。"胡守财走到门前说。

大纯开门，让他进屋。大纯点亮油灯，说："刚刚戴保长找到我说，有瓦仓起义逃离的共产党，跑到这来了。有叫黄冠柏和胡安海的。国民党下了通缉令，正在缉拿他们。"

胡守财一愣，立马镇定下来，说："瓦仓起义我知道一些，听说当阳曹静佛、尚信安，联合当阳、远安、南漳、荆门等地的武装分子，对瓦仓起义军发动进攻。起义部队被迫转移到杨家山坚守，后陷入重围。部队分散突围，傅丹湘、汪文化、黄冠柏率一部突围到远安南乡。曹静佛、尚信安占领瓦仓后，杀人放火，屠杀共产党员、自卫团员和农协会员两百多人。再后来，傅丹湘、汪文化、黄冠柏等在远安南乡集合突围出来的农民自卫团战士一百多人，组成工农革命军鄂西挺进大队，采用游击战术与敌斗争，队伍发展到四百多人。一月，上级制订了当阳、宜昌等'七县总暴动'计划，当阳准备发动年关暴动。因叛徒泄露而被敌镇压。二月，起义领导李超然被捕，在长坂坡英勇就义。"他像背书一样，道出如此经历。

"你怎么知道得这么清楚？"大纯察言观色。

"我也是听说的。"胡守财轻描淡写地回答。

"胡安海，你听说了吗？"大纯追问。

胡守财的脸背着大纯，说："胡安海？不晓得。"他扯开话题，说："最近，你看见春晖了吗？明天去江口，看看春晖吧。"

"现在江口封锁太紧，去了怕惹麻烦。如果你想去，我陪你去"大纯说。

"我想去。你一定有办法的。"胡守财倒了一杯水说。

江口，为枝江历史名镇。相传，远古时期，江口住着十几户人家。其中有户姓江的和一户姓宋的人家，江姓人家有个叫江青松的儿子，宋家有个女儿，叫宋秀口，他俩情投意合，相亲相爱。不久，他俩结婚。新婚那天，新郎到河边挑水，新娘陪着，来到河边，河水猛涨，河堤被冲开了一道口子。他俩大喊："河堤溃口了，河堤溃口了。"不一会儿，人们纷纷赶来，往溃口处抛石块。但无济于事，口子越冲越大，眼看大堤就要彻底崩溃了。顿时，夫妻俩手拉手，毅然跳到溃口处，刹那间，水流停了，河堤奇迹般的保住了，他俩却站在溃口中央，永远不动了。人们为了纪念他们，将他俩的名字各取一个字，给这地方取名江口。

明代骚人董燧路过江口，留有诗句：

> 侵晓离江口，冲涛渡岸西。
> 烟堤兼水阔，云树接天齐。
> 秋净逢窗寂，更深驿漏迟。
> 船头满鸥鹭，相近不相疑。

大纯和胡守财来到江口大堤。大纯肩挑竹篮，左肩换到右肩。胡守财手提一篮泥蒿菜，眼睛注视江面。

江心的商船来往穿梭，江边停泊竹筏小舟，渔夫在江面撒网捕鱼。江水打着漩涡，静静地向东流。客轮发出"嘟嘟嘟"的笛声，缓缓地靠近江岸。客轮的旁边，泊着一条小渔船。两渔夫穿着蓑衣，戴着斗笠，手提着鱼篓，从渔船上下来，被团丁围住。胡守财走近渔夫，被熟悉的眼光盯了一眼。周济，是周济。团丁中那个长官模样的人，就是当阳民团的副团长尚信安，他是个杀人不眨眼的刽子手，手里沾满了瓦仓起义革命同志的鲜血。胡守财想上去，被刘大纯拦住。

"你想干什么？"大纯拉住胡守财。

"渔夫是我们的同志。"胡守财说。

"你是渔夫同伙？"大纯惊讶地问。

"这个。"胡守财支支吾吾。

"快走，在这里不行。团丁早已计划好的。你看，到处都是他们的人，我们不能动手，得找个隐蔽的地方下手。"说着，俩人快速来到九梁桥，把东西放在一边，胡守财从竹篮里取出枪，躲在暗处，蒙上脸，注视着团丁走来。

渔夫被五花大绑，从大堤走进九梁桥。胡守财瞄准尚信安，扳动枪栓，尚信安当场被处决。

团丁听到枪响，四处张望，看见蒙面人，开枪还击。刘大纯在对面小巷里，向团丁开枪。团丁一边开枪，一边拉着渔夫向街上跑。顷刻间，增援的敌人赶来，大纯躲在小巷里，追赶团丁。前面，春晖正在巷子里。团丁跑进一条巷子。突然，张家巷里，有人抛出一块石头，砸向团丁，同时上去两拳，打倒两个团丁。大纯和胡守财赶来，劫走渔夫。走到巷子里，解开渔夫身上的绳子，渔夫兄弟换装转移。

阮春晖转到张家小巷里的远处，使劲地砸门，响声惊动团丁，向他扑来。大纯在春晖掩护下，向张家巷西端跑去。

"春晖，春晖去哪儿了？"刘大纯问。

"春晖？没事，他鬼点子多着，放心好了。"胡守财拍拍大纯肩膀，说："走吧。"

"快快快，封住码头，封住码头。"时继良带来几个全副武装的团丁，从街上跑来。大纯快速离开小巷。

渔夫腿上流血。大纯看见，说："你受伤了，快，我背你。"说着，把伤员背在背上。

"不能去码头，那里太危险。"刘大纯说。

"我们到河边去，见机行事。"

"好。快走。"四个人向河边跑去。

江上游有一片杨树林。他们来到这里。大纯小心地放下伤者。胡守财看着渔夫，问道："周济，你怎么到这来了？"

周济握着胡守财的手，望了望刘大纯，欲言又止。胡守财说："别顾虑。这位是同志，是兄弟。放心吧。"

大纯好奇地问："你们是什么人？怎么在这儿？"

三六

杨树林，渔夫打开话匣子："我叫周济。瓦仓起义失败后，有同志惨遭杀害，有的背叛革命。我和弟弟周桐被迫逃至百里洲奎星寺，在那儿，我改名周景颐。我作为瓦仓起义的组织者之一，和弟弟在百里洲继续进行革命工作。不久，枝江县委派徐保元同志联系我们，在奎星寺成立党支部，我为支部书记，成员有弟弟和另一位同志。"

"你好，周景颐同志。"大纯上去，握手说，"百里洲也有党支部？"

周济非常兴奋，说："是的，听徐保元说，枝江各地都有党组织。我们的力量可大了。胡安海，你怎么在这儿？"

"哦，大纯，我现在告诉你，我也是瓦仓起义的领导人之一，被迫逃到贡家垴，改名胡守财。以前，我是故意装扮成混混，棒里棒气。幸好，遇到了你们，我又回到了革命队伍。"

"你是胡安海？"大纯问。

"是的。"他问："周济，你到江口干什么来了？"

"我听徐保元说，江口的肖保苍、吴先孔，是江口地下党早期领导人，找到他们，即可找到许多的同志。我和弟弟是奔着他俩来的。"周济说，"上游有条船，下船时说好了。如果我们长时间不上船，船老板会把船划到曹家河对岸的赵家河坝。"

"走，送你们上船。"刘大纯说着，背着周桐，在树林里穿行。

"有人。"

堤边有人牵着马。大纯把周桐放下来，说："我去看看，你们隐蔽起来。"他向前走了几步，匍匐在草地上，仔细地观察：一个牧马人。他定睛一看，惊讶地喊道："春晖！"他回过头来，轻轻地喊道："春晖。"

同志们放心地叫道："同志。"

春晖跑过来，抱住大纯说："我就知道你们解救了渔夫会到这里。好汉心思略同。"

"春晖，你在九梁桥，怎么会遇见我们？"胡安海问。

"你问我，我还要问你呢。你们怎么到江口来了？为什么解救两个陌生渔夫？屠教士也在。这么巧？"

刘大纯说："我和守财本是来找你的，可是……"

"我说过，这里白天找我不安全。"春晖冷冷地说。

"我知道。可胡守财说有事找你，要早点来。你看，这不是巧吗，偏偏遇到这事。来得早不如来得巧。不然，这俩兄弟被团丁抓起来，后果不堪设想。"大纯说。

"那俩兄弟是谁？"春晖问。

"他们是瓦仓起义的同志，瓦仓起义失败后，他们像胡守财一样，逃到枝江。"刘大纯说。

"像胡守财一样？胡守财也参加了瓦仓起义？"春晖蒙在鼓里，好奇地问。

胡安海点头默认。

"春晖，你哥和屠教士在东山见了一面，他俩打过几次交道。两人一见如故，相见恨晚。有难找他。"大纯道。

春晖想道："屠教士前几天和团丁闹了矛盾，他几个徒弟被团丁打了，他恨团丁。"

"是的，军阀土匪和地主老财一样，是我们共同的敌人。"刘大纯说。

"时间不早了，回去吧。"春晖说。

"春晖，你还没回答我的问题呢？"

春晖说："把周济送过河。待会儿我们慢慢说。对了，我哥还在等你们。"

"你哥来了？"

"是的，哥在肖保苍家里。你把俩兄弟送上船，我去望风。送走他们，到兴隆店铺会合。"春晖说。

大纯和胡安海来到肖保苍店铺，和瑞林见面，刘大纯把下午发生的事和胡守财的身世告诉了瑞林。瑞林激动地说："胡安海同志，欢迎你。"他问："春晖怎么还没来？"

"春晖牧马，还在路上。"胡安海说。

瑞林告诉说："下午，春晖对我说，他冒很大的险。"

大纯惊奇地问："冒险？"

瑞林回忆道："江口仅有一条主街，分上下街，九梁桥是下街的一条主巷，主巷里有四条小巷，其中，有一条叫张家巷。下午，春晖去街上买马料，走到九梁桥，听到从巷子里传来密集的枪声。他机灵地戴上面具，躲进张家巷。他发现团丁开枪追赶大纯和两名渔夫，便捡起一块石块，砸向团丁，救出你们。他便离开，把一篮子泥蒿菜提到许部。"

许直卿问："春晖，你到哪儿去了？"

春晖故意把竹篮高高地提起来，说："我去下街买马料了。这不，买了这么一点点。"

"春晖，你听到街上打枪了吗？"许团总眼睛盯住春晖，粗声说。

"没有啊。"春晖镇静地回答。

"没有？你这泥蒿哪来的？"

"找农民买的。"

"农民？男的还是女的？"许团总逼近春晖。

"女人。"

"报告，在街上，我们遇到了'共匪'，劫走了渔夫，尚信安副团长被打死，汪副团长被打伤，抬到医院了。"团丁站在团长面前，浑身血糊糊的。

"在街上看见春晖了吗？"许直卿问道。

团丁上上下下仔细打量春晖："他是您的马夫，我看见一个人，蒙着脸，向我们开枪，砸石头，像他。"

"胡说，一个马夫，有枪？你看清楚了吗？"团总抓住团丁的领口，抖动两下说。

"没看清楚。"团丁哆哆嗦嗦地说。

正说着，一村妇走来，站在门外，叫着："马夫，你买了我的泥蒿，把篮子还给我。"

春晖顺着喊声，朝外面一看，是戴宗秀。他看了看团总，说："我找她买的泥蒿，给她还竹篮去。"

许团总追问团丁："看清楚，是不是他？"

团丁摆着头说："不是。"

无奈之下，许直卿大声吼道："滚。"

春晖把泥蒿倒在马前，把竹篮递给戴宗秀。随后，他来到马前，见马用鼻子闻了闻泥蒿，对许团总说："马叼嘴，不吃草，我把马牵出去，放一放再回来。"

春晖把马拉出去，牧马去了。

瑞林刚讲完，春晖走来说："宗秀呢？是她解救了我。"

宗秀从里屋出来，笑着说："平安无事啰。"

龚家闸，熊必丰和几个弟兄，抬着十几支步枪，走近龚茂红家。龚茂红向熊必丰拱手道谢。

熊必丰笑道："这都是许团总送的，您点一下数，我回去交差。"

"过了你的手，没错。"龚茂红大大咧咧地说。

送走了熊必丰，龚茂红喜笑颜开，对狗腿子说："亲家送来十几支枪，两箱子弹，一把手枪。有了这些，老子恐怕要上天了。"

老婆在旁边嬉笑。

"哈哈，老子有枪了，看这帮小兔崽子，拿我横啃啃不动，直啃卡鼻孔。"他笑得前俯后仰。邻居说："龚老板鸟枪换炮了，我们从你面前走，还要绕着点。"显然，邻居的话语带有敌意。

龚茂红嘀咕道："你算老几？本来就要让着点，敢跟老子较劲。"

邻居走进屋子："啊呸"。

三七

"这一带，别小看那帮穷鬼，他们硬不硬，臭不臭的。难对付。"龚茂红老婆说道。

是的，荆楚之地的老百姓，既有傲气，又有傲骨。早在两千多年前，就有了接舆歌凤的故事。

公元前489年，孔子适楚，却遇到几次碰壁，其中一次就是在鲜家港东邻的陆通港。是年，孔子率领子贡等人，坐着马车，来到肖家山，拜访著名隐士——接舆，时称楚狂的陆通。陆通见到孔子，一路高歌，从孔子车前走过。歌曰：

> 凤兮凤兮！
> 何德之衰？
> 往者不可谏，
> 来者犹可追。
> 已而，已而！
> 今之从政者殆而！

孔子下车，欲与陆通交流，陆通头也不回地离开。孔子在楚国无法实现其理想抱负，两年后楚惠王当朝，他便垂头丧气地离开了楚国。

其时，楚昭王政令无常，陆通乃佯狂不仕，时称楚狂。接舆歌凤后，楚王闻其贤，遣使持金百镒，车马二驷往聘之，通不应。

清朝王秉位路过陆通港时，作《过陆通港》一诗：

> 识凤人何在，环村港尚留。
> 遗纵谈父老，亮节抗巢由。
> 萧瑟烟波晚，荒凉荻苇秋。
> 迷阳歌一曲，古调竟谁酬。

龚夫人头戴银簪，手戴银镯，身着旗袍，一副阔太太装束。她傲气十足地从家里走出来。龚茂红问："哪儿去？"

"我邀了戚振凤，到港子上打麻将，你去不？"夫人道。

"去吧，去吧，我可没闲心陪你打麻将。"龚茂红说。

龚夫人来到麻将馆，两夫人在那儿等着。

"来呀。戴夫人、常夫人。"龚夫人有恃无恐，对夫人大呼小叫。

"哎呀，龚夫人今天好艳呀，是不是找个'小白脸'陪你呀？"常卫诚夫人笑道。

龚夫人眉开眼笑，她斜着媚眼，对阮全章说："三差一，你来配一个。"

"你们都是阔太太，我怎么陪得起呀，要不，我给你们叫一个来。"全章想了想，说，"还是我老婆上。"

四女人搓起麻将来。

码牌、搓牌、出牌、开钱。女人们玩得开心。龚夫人更是兴致勃勃，笑容满面。一会儿，龚夫人打出的三张牌，换来换去，三家都和牌。她耍赖："算了算了，不打了，你们不是欺负人吗。"她把牌推倒。

"龚夫人，你这就没意思了，你大清早邀我们来港子上打牌，不到半个时辰，你就拆了场子，又是东风，又是三条，又是八筒，换了又换，你这不是在欺负人嘛。"保长夫人不服，说。

"可不是吗，龚夫人，你太不像话。出了牌，就别捡回去。快开钱吧，开了再打。"常夫人劝说道。

阮全章路见不平，说句公道话："龚夫人，是你错了。"

龚夫人恶狠狠地对全章说："关你屁事，滚到一边去。"

全章老婆生气了。兔子逼急了也咬人。她站起来说："老婆娘，你怎么这样不识抬举，人家看你家大业大，总是让着你，今天你太过分了。"

"算了算了，开麻将馆要左右逢源，网开一面。别小肚鸡肠。"常夫人道。

"要说开钱，也轮不到你，东风先放的，最后放的三条。你滚开。"戚振凤道。

"我滚开，你知道这是谁的地盘吗？你们开了茶钱，给我滚。"全章夫人拍着桌子吼道。

"你不得了了，敢在太岁头上动土。"说着，龚夫人一巴掌扇过去。

常夫人护着龚夫人，上去揪住阮夫人的头发，三个女人相互揪住头发，扭打起来。

戚振凤叫道："别打了，别打了，走。"

龚夫人被全章的老婆压在身子底下，她用力从下面翻起来，自我安慰地叫道："哎嘿，你们这些穷鬼，倒是翻起来了，咱们骑驴看账本——走着瞧。"她站起来，拍拍身上的灰尘，气呼呼地走了。

刘大纯从店铺出来，打听刚才发生的事，常夫人说："你们不知道吧，龚老板的亲家给他送亲好多枪，阮全章，这笔账你记着，到时候她会跟你算。"

"好好好，我看她怎么算。"阮全章不服气。

老婆一边收拾被毁坏的麻将桌，一边骂骂咧咧地叨唠着："这些有钱有势的婆娘，老子惹不起还躲得起。最多麻将馆不开了，看你们到哪儿去玩。"

大纯听到阮夫人的唠叨，走过来，阮全章坐在一边纳闷。

大纯说："别理她们，不惹事，也别怕事。你越怕事，就有事。这些婆姨，欺软怕硬，她们翻不起大浪。"

三八

两天后，龚夫人带着两个带枪的狗腿子，耀武扬威地来到麻将馆。她坐在屋子中间，刁蛮地对阮全章说："给老娘叫几个人来，老娘牌瘾上来了。"

阮全章心里明白，醉翁之意不在酒，是来算账的。

"阮全章，是聋了还是哑巴了？老娘在和你说话。"夫人喘着粗气，霸气地说。

"龚老婆子，你欺人太甚。"阮全章在屋外说。

"阮全章啊，你那天的雄气跑到哪儿去了？不是要找我算账吗？来算啊。"夫人阴阳怪气，故意找碴儿。

阮夫人看不下去了，她走到夫人面前吼道："你知道这谁是主人？你钱多田多，可咱们穷人多。你滚出去，不滚，老娘把你撵出去。"

"撵呀。"龚夫人无赖，气势汹汹地站到阮夫人面前，发横。

阮夫人不甘示弱，靠近她，两人你挤我，我挤你，碰碰撞撞，拉拉扯扯。

大纯连忙从店铺跑过来，拦在两女人中间，用胳膊肘拐顶在龚夫人胸前，让夫人处于被动。夫人明白，说："刘大纯，你哪里是在劝架，分明是在扯左线，暗地里在帮助阮婆娘。"她高声大嗓叫道："李龙、李虎，给老娘帮忙，砸，把麻将馆砸个稀巴烂。"

"夫人，夫人，别。"刘大纯拉扯着两夫人。李龙、李虎跑来，打倒阮夫人，举起麻将桌椅，就往地上砸。突然，闯进三个蒙面男子，撑着狗腿子的胳膊，吼道："住手。"

李龙见状，不服气，再砸。蒙面人猛一拳打过去，狗腿子被打倒。李虎端着枪，欲向阮全章开枪。两汉子冲进屋子，夺过李虎的枪，拳头劈头盖脸地落在狗腿子身上。

看热闹、说公道话的人越来越多，狗腿子慌忙带着龚夫人离开麻将馆。蒙面男子扯开面巾，露出脸来。原来是魏启福、胡安海和胡明喜。

"大纯，怎么回事？"阮全章惊讶而又感激地望着大纯。

"我们都是穷人，都是受压迫者，一人有难大家帮。瑞林说过，成立农民赤卫队，就是让穷人帮穷人。只要穷人团结起来，就不怕地主老财欺负咱们。麻将馆来往人多，你告诉老百姓，今后谁要是欺负咱老百姓，我们就给他来个下马威。"

"瑞林是共产党吗？"全章希望的眼神凝视大纯。大纯说："他是不是共产党，我不知道，但我知道，他是好人，是为劳苦大众撑腰的大救星。"

"大救星，大恩人。"全章跪在地上，向魏启福拜了一拜。

"别拜了，都是一家人。哪里有人欺负老百姓，哪里就有我们。别让地主老财为所欲为。"魏启福说。

打这以后，阮全章把这消息传递给来往客人。久而久之，消息传开，家喻户晓。其后，赤卫队成立巡逻队，为老百姓打气撑腰。龚茂红不敢轻举妄动，他的嚣张气焰被打下去。鲜家港革命斗争烈火熊熊燃烧，越烧越旺。

地主老财对赤卫队怕得要死，恨得要命，也成立一支敢死队，勾结民团、土匪、流氓地痞，镇压革命。革命者和反动势力势不两立，矛盾十分尖锐，到了"白热化"程度。

龚夫人回到家，哭哭啼啼地坐在地上，向老头子哭诉道："茂红，你不是财大气粗吗？你不是有个有权有势的亲家吗？你婆娘被一帮穷鬼打成这样，你管不管？"

"李龙、李虎，夫人怎么了？"龚茂红叫来狗腿子，问个究竟。狗腿子把事情原本地向老板道出。龚茂红气得发抖，立刻吩咐备轿。他被抬上轿子，前呼后拥地上路了。

"爹，大热天，你怎赶来了？家里不是忙着吗？"轿子落在江口太平巷，女儿和女婿出来迎接。

"许顺，你老子在不？"龚茂红从轿子上走下来，对女婿说,"快去叫你爹回来。"许顺把岳父从轿子上搀扶下来,说:"我去叫爹回来。婆娘,快把爹扶到客厅去。"

女儿把他搀扶到客厅,问:"爹,谁惹你生气了?"

龚茂红长长地叹气道:"还不是那帮穷鬼,惹你娘生气。这不,你娘要我给她报仇,趴在地上不起来。"他向女儿讲述了事情的原委。女儿听后,劝道:"爹,都这把年纪了,何必和穷人过不去。树大招风,穷人嘛,无皮无毛,你奈何不了他们。"

龚茂红不服气,把茶杯往桌子上使气一掷,茶水溅在桌子上。

女儿在爹背上抚摸着说:"爹,消消气。"

许顺回来,对岳父说:"爹要我们到薛家勤行等他。"

"薛家勤行?"岳父问。

许顺说:"我带您去。那里是个小酒馆,爹说现在大酒馆不安全,你就委屈一下。"

"许团长呼天唤地,还怕人?"龚茂红突然感到身上的压力,"行行行,还是你爹考虑周到。"

三角点西南,有家早点铺,外面摆着两张桌子,里面是堂屋,摆有四张小桌子,后屋,便是一间小包房,勉强挤挤,才坐八九人。许顺把岳父引到包房坐下。许直卿悄悄地走来,老板把他迎到后屋。许顺回去了。两亲家叫来四个菜,一壶酒,许直卿客气地给亲家斟满一杯酒,自己斟上一杯,面对面坐下,喝起来。一小孩在包房门前晃动,老板驱赶孩子:"祥子,走开,别吵了客人。"小孩子知趣地走开。

"现在共产党活动猖獗,亲家,你要小心。"许直卿喝着酒说。

"亲家,鲜家港可不得了了,一些小青年,像吃了豹子胆,竟敢和我公开作对。"龚茂红危言耸听。

许直卿端起酒杯,和亲家碰出了一响声:"喝。你说清楚点,都是些什么人,在你面前耍威风,斗狠气?"

"要说,我倒说不出名堂来。你说有谁撑腰,又没谁站出来；说是自发的，可又不是单独行动。"龚茂红摸着脑袋，说，"反正这里面有蹊跷。是赤患还是匪患，说不清楚。"

"要不，亲家，你回去给我弄清楚，究竟是谁在幕后撑腰打气，至于阮全章夫人，别和她们一般见识。"许直卿一边说，一边夹着菜，送到亲家碗里。

"咽不下这口气。吹泡打人——气人。"龚茂红说。

"亲家，这仇，不是不报，只是时候未到。"亲家宽慰道。

两亲家喝醉了酒，跌跌撞撞从里屋出来，准备扬长而去。薛老板拉住许团长，说："团总，我这小本生意，还没有给钱呢。"

龚茂红上去，一脚踹开薛开元，说："去你的。"薛老板倒在地上，儿子抱住许直卿的腿，痛苦地哭喊着："老爷，给钱，给钱啊。"被许直卿一脚蹬倒在地上。两父子倒在地上，抱头痛哭，街上的行人路过，显露出怜悯的目光。孩子幼小的心灵里埋下仇恨的种子。

"春晖，春晖。"许直卿叫着。阮春晖把马牵过来，扶许团总上马。

阮春晖牵着马，久久地回望着薛家早点铺。他在思索：穷人和富人，受压迫者与压迫者。这不平等的世道，啥时候能被推翻？

三九

早上，许直卿来到办公室，吩咐汪副官叫来熊必丰和时继良。他俩被叫来，一个个像木桩立在团长面前。团长说："最近，各地共产党活动得很厉害，有的闹暴动，有的劫枪支，有的吃'大户'，公然和我们对着干，松滋、宜都、当阳、枝江及江陵五县为了对各地农民实行镇压，成立五县治安联防指挥部，保安团下设立'清乡'队。'清乡'队队长由熊必丰担任，时继良提升为'清乡'队中队长。"

他俩听罢，向许直卿行礼道谢，说："谢团总栽培。属下愿为您肝脑涂地，誓死效忠团总。"

许直卿打着官腔，抹一把胡须，慢条斯理道："清除共产党是当前的首要任务。现在你们周密部署，到各地摸准情况，谁是共产党的头目，谁是得力干将，谁在为共产党死心塌地卖命。先把网撒开，然后将共产党一网打尽，不留后患。"

"是。"两人行礼后离开。团长招呼道："时队长留下。"

熊必丰担心：团长不信任自己，背着我，与中队长私聊。时继良见团长要他留下，是福是祸，还是个谜，他浑身冒着冷汗，忐忑不安地站在团长面前。

"中队长，我平时对你不错吧。"团长在卖关子。

"您待我情如父子，恩重如山。小人我有什么懈怠之处，请您海涵。"时继良站得毕恭毕敬，他揣摩着。

"最近，戴宗凤好像没给我们带来什么好消息，他是不是被别人灌了什么迷魂汤了，连江口都不来了。"团长装腔作势地问。

时继良一听，现出一副阿谀奉承的奴才相，说："团长，我也不知道。是不是去他那儿打听打听，把他带到您这来？"

"算你聪明，我就喜欢用聪明人。我手下的百十号人马，我就信得过你，留下你，正是为这事，想和你商量商量。"

"谢谢团总信任，我愿为团长效犬马之劳。"时继良暗自窃喜。

许直卿叫近他，悄声说："给你安排三件事：第一，到鲜港子去，把木桥守好，如果有可疑的'共党'分子和土匪，立即抓捕，必要时，就地枪毙。"

时继良洗耳恭听。"第二，你在鲜港子留心两处，麻将馆和箥器店，看看两老板在搞什么花样。注意他们的动向，看有哪些人和他俩来往密切，给他俩打气撑腰。发现异常，立即报告，不能怠慢。延误时机，军法处置。"

"是，我牢记于心。"

"第三，找到戴宗凤，看他在干什么。如果他没什么价值，就一脚踢开他。如果他敢做对我们不利之事，把他给毙了。时队长，我给你的权力可大了，你带一个小队，把权力用好用足。"

"是。我一定不辜负团长重托。"时继良致谢。

"还有，叫春晖明天早上给你备马。"许直卿是想让他的团防队耀武扬威地开往鲜家港，以其显赫的威风来震慑鲜家港的嚣张气势。

第二天一早，阮春晖走到薛家勤行门口，望着炸锅，说："给我来五根油条，三个煎饼俩麻花。"小昌祥将早点递给春晖。春晖招呼小祥子，说："过来，我有话对你说。"

昌祥走近春晖，春晖小声问道："昨天，许团长在里面说些什么，你听到没有？"小昌祥滚动着机灵的眼睛，说："我好像听到什么，鲜港子、共产党、全章，还有大纯。"

春晖说："我知道了。我给你打听的事，别向外面说，小弟弟，嘴巴要闭紧，知道不？"

"知道，小哥哥。"

春晖走在路上，思考着：时继良到鲜家港，一定有大动作，这消息必须告诉瑞林。

"老爷，早点买回来了。"春晖把早点放到团长面前，回到马棚。眼睛急溜溜地往时继良队伍中窥视。

时继良别着支手枪，骑马指挥十多个团丁，凶神恶煞地开往鲜家港。到了鲜家港，时继良安排团丁昼夜守护木桥，营地安排在麻将馆。

大纯看到这一切，心里暗思忖："时继良，把营地安插在心脏，别有用心。"

阮全章打听道："时队长，你们这是要干什么？"

"干什么？'搜剿'共产党呗。"时继良跷着二郎腿，趾高气扬。

鲜港桥是江口连接菱角湖、当阳、草埠湖的必经之路。两团丁守在桥头，严格搜查过往路人。魏启福走来，团丁把他周身搜查一遍。他来到大纯店铺，大纯正在做买卖，顾客在店铺看篾器，问价、还价。魏启福拿着一个竹篮，问道："这篮子多少钱一个？"大纯回答说："大篮子八毛，小篮子五毛。"

魏启福把竹篮放下，在店铺观察。团丁走来，佯装买东西，东瞧西望。大纯招呼道："兵爷，要竹篮子吗？"

团丁说："看看。"

魏启福走到店铺角落，大纯来到他身边，暗示情况复杂："启福，你快走，团丁盯住了我的店。"说着，大纯递给魏启福一张小纸条。启福拿着走出去，说："老板，下次来买。"

大纯招呼道："没事，下次再来。"

魏启福走到阮家台，找到阮瑞林。

"瑞林，弟弟让人带给大纯一张纸条，你看看。"魏启福道。

"弟弟？快给我。"瑞林高兴地接过纸条，走到屋内，仔细看。

纸条上写着：

时继良是许直卿特意安排到鲜家港"剿共"的。主要目标是大纯店铺和麻将馆。戴宗凤，危险。

"戴宗凤，危险？"瑞林琢磨道："是说戴宗凤为危险人物？还是戴宗凤有危险，需要我们解救？"

四十

瑞林看着纸条，对魏启福说："戴宗凤危险，这话，你怎么看？"

"我想，春晖是在提醒我们，戴宗凤是危险人物。"魏启福回应。

瑞林点头："不错，是这意思。"他说："你快到几个党员家里，提醒他们，近期不要外出活动。"

"哪些人？写出来，我去通知他们。"魏启福说。

"我说你听，不能写。"瑞林道出要通知的名单，特别强调："凤台学校的龚承谦，贲家垴的陈直甫、罗步卿必须通知。提醒同志们，注意隐蔽。不要公开自己的身份，防备身边的叛徒。"

"要不要把戴宗凤的情况告诉同志们？"

"暂不，等情况弄清楚后再说。"阮瑞林告诫道。

梅芳从家里出来，瑞林迎上去说："梅芳，情况不妙。时继良带来一个小队，就住在麻将馆。我们打江口，成立苏维埃政权之事，目前遇到困难。"

"瑞林，困难是有的，哪有一帆风顺的。没困难，还要我们共产党员干什么。成立苏维埃政权，势在必行，我们不能退缩，这是上级党组织交给我们的任务，我们必须想方设法完成这个光荣而又艰巨的任务。"

"梅芳，我是不是错了？"

"你没错，在战略上要藐视敌人，在战术上要重视敌人。"梅芳镇定地说。

鲜家港地理环境极为复杂，西有陶家湖，北有沮漳河，河北为菱角湖，西北隔鲜家港，有清平湖和太平湖，五里湖被包围其间，堪称一河、一港、五湖。面对复杂严峻的自然和社会环境，瑞林心潮澎湃，波澜起伏。春晖不在身边，阮本槐去了凤台，阮德斋在菱角湖，他感到孤独。他决定去港子上，和刘大纯见见面，然后去凤台，找找龚承谦。他在自家的台子边，砍了几根蓝竹，对爹说："爹，有人问，你就说，我去找大纯编竹篮去了。"

"我知道。"父亲将他的话复制一遍。

瑞林拖着几根竹子，来到篾器店。

大纯和阮全章在时继良的眼皮底下聊天。阮全章看见瑞林，对大纯道："大纯，来生意了。"

大纯看见瑞林，显出漫不经心的样子，走过去。时继良示意团丁跟着走进篾器店。

"老板，看我这蓝竹，把它划开后，能不能打一个竹篮，一个筲箕？"瑞林问。

大纯看着他手中的竹子，仔细掂量说："可以，给我编吧。哦，对了，龚老师礼拜六回家，要我把筲箕送到他家去，说是星期一，他带到学校去，学校等着用。"

瑞林应道："好，就这么定了。你忙吧。"

团丁注目，他俩分开。

瑞林走后，大纯拿起篾刀，把一根根竹子划开，编打竹篮。他想：今天龚承谦回龚家闸。一定有要事商量。白天，一定要把竹篮和筲箕打好，晚上，避开时继良的眼线，给他送去。

团丁在店铺前晃动，大纯心知肚明。魏启福、阮本宽、阮本独等相继来过大纯店铺，刘大纯机智应对，他们平安离开，没有露出破绽。晚上，刘大纯提起竹篮，拿了把筲箕，绕道从鲜港桥、曾家台，沿沮漳河来到龚承谦家。

天色已晚，农户关门闭户。梅芳来到龚承谦家，对龚承谦和刘大纯说："瑞林去了我家，你们去我家吧。这不安全，团丁知道大纯到这儿，恐怕会来搜查。"

须臾，几个人来到梅芳家。龚承谦进屋，对大伙儿说："时继良在鲜家港捞到油水没有？"

大纯最有发言权，他每时每刻不在观察时继良的动静，他说："没有，至少目前还没有。"

瑞林说："承谦，鉴于目前情况，事不宜迟，我想见机行事，和时继良周旋，必要时出其不意，搞他个措手不及。"

"瑞林，我也是这么想的。我们在保全自己的前提下，利用河、湖、港、滩等有利地势，和时继良进行游击战。他们在明处，我们在暗处。他们人地生疏，我们本乡本土，占有主动权。"梅芳分析说。

"具体怎么行动？瑞林，你拿出方案，你说怎么行动，我们听你的。现在是特殊时期，信息传来传去，不方便也不安全。"大纯信任瑞林。

"同意。"龚承谦表态。

"好。今晚，我回去找一下本槐，看他回到阮家台没有。

如果他在，我们商量一下对策。明天通知小队长，安排队员在湖边、河畔进行秘密训练。要绕过鲜港子、大纯店铺。大纯，你按兵不动。龚先生，你负责上下联系，必要时，你那儿作为我们的后方。"瑞林说。

阮瑞林回家。正好，阮本槐和阮德斋都在。阮德斋说："瑞林，敌人把目标都锁定在鲜家港，这是挑战，更是机遇，我们要好好把握，充分利用。"

本槐说："你说吧，怎么做？"德斋也说："瑞林，你怎么做，我都支持你。"

他们在一起，讨论、安排、部署，时间快到三更。

阮本槐说："关键是我们的队员，要训练有素，战之能胜。"阮德斋赞同，说："所以这两天，必须加强训练。"

大纯回到家，已是三更。团丁见大纯回来，鬼鬼祟祟地闪到麻将馆屋后，想看他带回什么人。大纯开门，点亮油灯，什么事也没发生。

团丁果然去了龚承谦家，扑了个空，扫兴地回到鲜家港，见一无所获，便气急败坏地敲打大纯的门。大纯不慌不忙地走出房门，问："谁呀，什么事？"

"有事。没事疯了，三更半夜敲你的门。"时继良露出狰狞的面孔。

大纯很不情愿地把门打开，说："鸡都叫了，你们还在忙乎什么？"

时继良阴着脸，笑道："这话，该我问你。你在外面窜东窜西的，在搞什么阴谋诡计？"

"时队长，我这不是在家里吗？"大纯嘿嘿地笑着。

"在家？你当我是瞎子。我看到了，你刚刚从外面回来。"时继良逼问："你干什么去了？"

四一

大纯穿上衣服，无精打采地说："没干什么。我给客户送货去了。"

"你真的去送货了吗？我看你是在借机通共。"时继良恶狠狠地吩咐团丁："给我搜。"

正说着，一个人影从大纯店铺门前一闪而过，向桥边跑了。

"报告队长，有人往桥边跑了。"团丁道。

时继良立马站起来，挥挥手，吼道："追，快追。"

团丁端着枪，朝桥边奔跑，"站住，站住，不站住开枪了。"

黑影越跑越快，时继良鸣枪示警。桥头团丁围上来，几路人围住了黑影，把黑影按倒在地上。时继良抓住黑影人的头发，将其面部朝上，借着月光，一看，"是你，你个兔崽子。老子正要找你。"团丁踢着黑影，踢得他滚动不止。

黑影是谁？半夜三更找到我这里来，一定有事。大纯见状，在门口盯着，警觉起来。

"别打了，别打了。我是戴宗凤，时队长饶命。"戴宗凤捂着脸，苦苦地求着。

大纯听到了，戴宗凤。

团丁抓住戴宗凤，把他带到麻将馆。队长说："把他关起来，我要审讯。监视四周，不要放过每一个可疑点。"

戴宗凤被捆绑着，关在阮全章又矮又黑的偏屋里。时继良走进去，问："我在这儿驻扎几天了，怎么没见你人影？"

"时队长，我是在给您摸情况。"戴宗凤哭丧着脸说。

"你说你在摸情况，你摸到些什么情况？"时继良两只眼睛紧紧地盯住宗凤，眼光逼向他那带着恐惧的眼睛。走到他面前，抓住他的衣领，拧了一把，吼道："你摸的情况在哪儿？"

"报告队长，小弟无能，没摸到什么情况。"他两只手在时队长眼前快速晃悠，哀求道："饶了我吧。"

"你没摸到情况，为什么在我面前躲躲闪闪？"时队长咬着牙，怒不可遏。

"队长，我打小胆小怕事，我没摸到情况，无颜见您，只好躲着你。"戴宗凤哆哆嗦嗦地说。

"放屁！来人，把他吊起来，狠狠地打。"时继良命令。

"队长，我没说一丁点儿假话，你饶了我吧。"戴宗凤抽打着自己的脸，使劲地求饶。

团丁上来，把他扯上屋梁，用棒打。他不时地发出痛苦的呻吟。一下、两下、三下……刽子手脱下外衣，打出热汗。"换人再打，一定要让他说真话。"时继良吩咐说。

团丁狠狠地打，戴宗凤的脸上出现血痕，衣服上出现红印，鲜血从嘴角流出来。他耷拉着脑袋。

时继良走上去，示意团丁放下他。他身子落在地上，两团丁搀扶着，歪歪地站立。时继良捏着他的嘴巴，凶狠地瞪着眼睛，丧心病狂地说："你说不说真话，不说，再打。"

"队长，我说我说。"戴宗凤终于招架不住，从他嘴里，慢吞吞地吐出："我全说。"三个字来。

是夜，麻将馆里有一桌客人在玩牌。阮全章把客人安顿好后，便在外面悄悄地听着里面的动静。

"快说，快说。"时继良催促。

戴宗凤抿抿嘴，用舌头舔了一下嘴唇，说："我打听到，李卫贤的粮食和枪，是阮本槐带人抢的。"

"还有？"时继良追问。

"还有，陶延久的枪，是阮本槐带人抢的。"戴宗凤慢慢透露。

"还有呢？"时继良再三追问。

"还有，龚茂红的粮食也是阮本槐带人抢的。"戴宗凤像挤牙膏似的道。

"龚老板的礼品被劫，谁干的？"时继良大声问。

"这，我不清楚。我和阮本槐算郎舅关系，对他，我清楚。"戴宗凤老实说，"别的，我不知道。"

"你要老实说出来，有半点假，我要你的脑袋。"时继良威胁说。

"有半点假，我不得好死。"

时继良追问："你为什么不早告诉我？"

"他们威胁我。"戴宗凤说。

"谁？谁威胁你了？"时继良逼问。

"近在咫尺。"戴宗凤说。

"刘大纯？他是共产党吗？"时继良捞到一根救命稻草，急迫地追问。

"这个，我不清楚。我只知道鲜家港成立农民赤卫队，阮本槐为赤卫队队长。"戴宗凤说。

"你为什么现在才说。"时继良摇头，自言自语，"我怎么向团总交代。"

听到这些，阮全章赶忙跑出去，把情况告诉刘大纯。大纯快速地把家里里外收拾一遍，不露出一点破绽。

时继良吩咐道："快，快把刘大纯抓起来。"团丁跑出去，拍着店铺的门，说："刘大纯，开门。"

刘大纯镇定地从店铺走出来。时继良坐在麻将馆里屋，对刘大纯说："听说你威胁戴宗凤，不准他向我们透露你们活动的消息？"

"那要看是什么消息。"刘大纯慢条斯理地回答，"我是曾经对戴宗凤说过，李卫贤粮食和枪支被人抢了，陶延久武器被劫了。这事传出去，对自己，对他人，不利。我劝戴宗凤，少管闲事。这难道不对吗？就是他对许团总讲了，许团总也不一定管这屁事。又不是许家之事。还有，陶延久是郑家良的人，劫他们的枪，对于许团长来讲，是件好事，该不该向许团长透露，还需要我说吗？难道戴宗凤是猪脑子？"

刘大纯停顿半晌，说："这些天，鲜家港出了这么多的事，哪些事该向许总透露，哪些事不该透露，连我自己也不清楚。戴兄是个明白人，这还要问我吗？我是个生意人，只管做生意，有奶便是娘，从来不关心郑老板、施老板、许老板。"

时继良哄着道："有人说，你参加了共产党。"

"时队长，你有耳朵吧，我重复一遍，我是个生意人，只管做生意，有奶便是娘，什么党、什么派，我不感兴趣。"

"嘿嘿。"时继良阴险一笑。吩咐说:"把戴宗凤、刘大纯带回江口。"

天刚亮,时继良带领两团丁,押送被五花大绑的刘大纯和戴宗凤。五里湖一片芦林,林间有条羊肠小道,陶延久和小土匪埋伏在那里,瞄准时继良。"砰"的一声,一团丁应声倒下。时继良马上反应过来,趴在芦苇丛中。刘大纯借机倒下,连翻几个跟头,爬到陶延久面前。

四二

"大纯,是你。"

"陶老弟,你咋在这儿?"

"我来救你。"陶延久说。

"你咋知道我在这儿?"大纯感到奇怪。

"时继良封锁鲜家港,我想,他们没安好心,肯定对你不利。晚上,我派人摸到港子上,我担心瑞林和胡守财被抓。回来听说,你和戴老弟被抓走了,我便赶到五里湖,埋伏在这里。这是一条鲜家港到江口的必经之路。"陶延久说。

"陶弟,谢谢你的好意,我不能跟你走。店铺是咱们的联络点,我跑了,店铺就不复存在,许直卿就会设法端掉这个点。"大纯说。

"你说怎么办?"

"给我一支枪,放空枪让我去救时继良。如果你们想打,去除掉港子上的团丁。"说着,大纯在地上打了几个翻滚,身上沾满泥水,拿起枪,朝陶延久放枪,然后,爬向时继良。

"里面的人听着,我是陶延久,是郑部的小队长。现在奉命来捉拿你们,缴械投降,我保证不杀你们。"

"他妈的陶延久,上次有人留下你一条狗命,现在又来祸害我们。"大纯大声吼着,举起枪打过去。

时继良说:"这兔崽子不是被郑家良开除了吗,还在老子面前招摇撞骗。"他向陶延久射击。

"跑，快跑，我来掩护。"大纯向时继良喊话，朝陶延久射击，时继良狼狈地爬行。

陶延久撤出五里湖。

夏冬之交，沮漳河水开始跌落。微风吹拂河面，泛起一层层浪花。河中，渔夫在渔筏上"咿咿呀呀、呃呃呵呵"地吆喝。有鸬鹚懒洋洋地蹲在渔筏舷上，有鸬鹚悠然自在地浮在河面上，被渔夫用竹篙点着，一下子扎进水里。渔夫为了让鸬鹚尽职尽责，不断对其进行奖励，鸬鹚衔一条大鱼起来，就奖给它一条小鱼，将小鱼喂进鸬鹚嘴里。渔夫们喊的喊、叫的叫，用竹竿在船舷上敲打着。鸬鹚嘴里衔着一条大鱼，讨好地望着主人，渔夫立马拿起渔网，把鸬鹚带鱼一起网上渔筏。渔夫正是阮本槐组织的精英队，白天捕鱼，夜晚训练水上作战。

上午，瑞林与梅芳从本宽的渔筏里，揪出几条武昌鱼，放在竹篮里，从河堤上去，走过桥头，下堤绕到港子上。

鲜港集子，是贾家垴、吴家堤、龚家闸等方圆十公里的交易场所。这里有麻将馆、茶馆、粮食、棉花、蔬菜等大小商行。瑞林提着鱼篓，蹲着，梅芳小声对过客说："买鱼吗？刚出水的新鲜鱼。"

"老板，买两条鱼，中午给煎了吃。"团丁吩咐阮全章。

全章向瑞林打招呼说："祥子，过来，兵爷想吃鱼。"

阮瑞林提着鱼篓，走进麻将馆，大声说："卖鱼啦，老爷子，要多少？"

"多少钱一条？"阮全章问。

"三条，你给一元吧。"瑞林道。

"你还能不能便宜一点，兵爷想吃。"全章看了一眼团丁，说。

"老爷子，您是爷爷，不该要你的钱，谁要老祖宗阮小二、阮小七给阮家安排这样一个苦差事。你知道捞鱼多难。几条渔筏捞了半天，就捕了三条鱼。您就只当给孙子一点钱。"

全章表现出无奈之态，说："好了好了，拿钱吧。"说着，他提起鱼，走进厨房。瑞林跟着走进去。

全章神秘地对瑞林道："不好了，大纯被时继良抓走了。戴宗凤不是好东西，他供出了我侄儿阮本槐和刘大纯。"

"戴宗凤在哪儿？"阮瑞林镇定地问。

"也被抓走了。"

坏了，戴宗凤这条疯狗会到处咬人，春晖也有危险。瑞林故意把钱拿着，露在外面，高声嚷嚷。"就这么一点钱，还讨价还价，还是爷爷呢。"他说着，出来，叫走梅芳。

团丁押着戴宗凤，摇摇晃晃地窜出五里湖，走到淡家坡，时继良说："歇会儿，等等刘大纯。"刘大纯赶来，四人深一脚浅一脚地回到团部。时继良喘着大气，站在团总面前："报告。"

许直卿狠狠地瞪了他一眼，问道："回来干吗？"

时继良哭丧着脸道："团长，我把戴宗凤抓来了。"

戴宗凤被捆着，站在团总面前，团长问道："戴宗凤，你拿了我的钱，没给老子消灾。你知道吗？"他咬着牙，一把揪住戴宗凤的头发，问："你在哪儿？干了些什么？"

"团总，我有罪。我在干什么，已向时队长交代了。"戴宗凤声音压得很低，垂头丧气地说。

许直卿转眼看着时队长，口气有些缓和，问："是吗？"

时队长连连点头，说："说是说了，不过，还是含含糊糊的。鲜家港到底有没有共产党？谁是共产党？领导是哪个？还是个问号。"

"他到底交代了些什么？"许团长追问。

时继良将戴宗凤交代的一一转告了许直卿。

许团长越听越气，"共产党的信息，他一点也不知道？"

"他没说。"时继良怯生生地说。

"去去去。"许团长赶开他们，说，"把刘大纯带上来。"

刘大纯大摇大摆地走到许直卿面前，摸着挂彩的胳膊。许直卿见此，问时队长："怎么不把他绑起来，让他如此大大咧咧，逍遥法外？"

"是这么回事，我先是把他绑来见您，可在五里湖，突然半路上杀出个程咬金来。陶延久杀出来，打死了我弟兄。大纯扯开绳子，爬过去，缴了他们一支枪，还开枪打死了他们几个弟兄。是刘大纯解救了我们。"时继良夸奖说。

"照你这么说，刘大纯反倒救了你们？"许直卿偏着光秃秃的脑袋，气呼呼地问道。

"也算吧。"

"你是说，刘大纯不是共产党？"

"这个，这个……"时继良是丈二和尚，摸不着头脑，他不置可否地说："也许吧。"

许直卿肺都快气炸了。他骂道："混蛋，一群混蛋。我要的是共产党，你知道吗，共产党。滚！"

时继良左右为难，他硬着头皮，问道："他们俩怎么办？"

"滚。"许直卿背着双手，走出办公室。

刘大纯乘机走出去。戴宗凤灰溜溜地离开。

时继良转动着黑溜溜的小眼，追了出去，叫道："戴宗凤，等等我。"

阮春晖蹲在马厩，看着大纯被许直卿叫进办公室，心里暗暗着急。见到大纯出来，迫不及待地和刘大纯打招呼，说："大纯，等会儿。"他转过身，看见时继良走出来，便提高嗓门说："大纯，给我爹捎个信，入冬了，给我带几件棉衣来。"

刘大纯顺着声音看过去，说："好的。"他想过去，和春晖聊聊，又担心连累春晖。他含糊地说了一句："没事了。冬天，没事。"他是要告诉春晖，他挺过来了，没事。

刘大纯他们仨走进五里湖。鸟儿在树枝上跳来跳去，发出叽叽喳喳的叫声。叶子相互摩擦，不时地发出"呼呼"声响。突然，从芦苇丛中，蹿出两条野狗，凶恶地冲着他们"嗷嗷"叫。时继良胆怯地躲在大纯身后，戴宗凤也跑得远远的，窥视着"嗷嗷"叫的狼狗。大纯拾起来一块石头，投掷过去。两条狼狗摇摇尾巴，扬长而去。

四三

阮瑞林走到麻将馆门口，"大纯，我爹要我在你这打一个鱼篓。"

"鱼篓？你过来看看样品再说。"大纯说着，打开店门。瑞林和梅芳走过去。

他俩进店，大纯压低声音道："戴宗凤这个死鬼，真不是东西，把我和阮本槐都报了出来，本槐凶多吉少。"

"你咋出来了？"梅芳问。

"没什么，瞒天过海，总算蒙过去了。"他机灵地说，"出去吧，时继良还盯着咱们。"

瑞林拿着一个鱼篓，扯开嗓门，"样子就像这样打，大点也可。"

"好的。"

团丁走到时继良身边，悄悄地说："今早上，几个土匪模样的家伙，到鲜家港桥头，向我们打冷枪。"

"兄弟们怎么样？"

团丁说："那些伙计，简直就是乌合之众，枪法不怎么样，禁不住打，被我们三下两下打跑了。"

时继良气愤地说："陶延久这个狗杂种，打了我不说，竟然跑到桥头袭击咱们的弟兄。"他问："兄弟们怎么样？"

"还好，出去了几个。"

"哪去了？"

"早上，熊队长派人来了，说要去抓阮本槐。听说河里有些打鱼的挑担渔筏子，这两天，在沮漳河里'咿咿呀呀'放鹭鸶，余大富带领兄弟们去那看看。"团丁告诉时继良。

阮全章说："队长，鱼煎好，吃了鱼再去。"

团丁对时继良说："是的，我们煎了三条鱼，中午吃鱼。"

"好，下午我们再去看看。"队长道。

瑞林听见了时继良和团丁的对话，赶忙与梅芳向沮漳河走去。

上午，余大富带领三个团丁，跑步来到沮漳河边。渔夫们正在捕鱼。余大富站在河岸，招手道："哎，渔夫，过来。"

阮本宽把竹竿放在筏子上，边收网边问："兵爷，买鱼吗？没鱼。"

"快快快，过来，有事找你。"团丁说。

阮本宽把渔筏撑过去。几条小鱼在船板上跳动。

团丁骂道："他妈的，说谎，这不是鱼吗？"

本宽赔笑："他们的船上没鱼，我有，小鱼。"船靠在岸边。

一团丁上船，阮本独故意搞了个大动作，船摇晃得厉害，团丁站立不稳，摇晃几下，掉进河里。团丁爬上岸，哆哆嗦嗦地站着。

余大富恼羞成怒，把本独拉上岸，一巴掌打去，被他挡回去。团丁问："你们是哪里人，到这里来捞鱼？"

阮本独说："我们是渔夫，有鲜家港的，吴家堤的，还有贾家垴的，附近几个村落都有。"

"有没有叫阮本槐的？"余大富问。

阮本独连忙回答："有啊。"

阮本宽忙打岔，说："有，原来有，前些日子搬走了。"

"是的，他搬走了。"阮本独应和着。

"快说，搬到哪儿了？"

"好像……"阮本宽犹豫说，"好像是草埠湖，菱角湖，还是陶家湖，反正是什么湖。"

"你再想想，什么湖？不说真话，要你的命。"团丁把枪举起来。

"不清楚。我们是打鱼的，早晚在河里，不知道他搬到哪。"阮本宽说。

"没问你。"余大富转向本独，问："你说。不说，枪毙你。"

"兵爷，本槐是我本家兄弟，他们不知道，我知道。他搬到草埠湖去了。"本独道。

"你撒谎。"余大富凶相毕露，吼道，"我的一个兄弟被你晃到河里去了，老子还没跟你算账，老实说。"

阮本独被吓得打哆嗦，船一摇晃，鱼跳动，枪露出来了。

团丁猛然惊叫起来："枪！"

阮本独措手不及，慌乱中，他弯下腰，想用鱼盖住枪。团丁以为他要拿枪，便端起枪对着他。

霎时间，剑拔弩张，阮本宽笑着解释："兄弟，别误会。早晨，桥头的几个兄弟不是被谁开枪打了吗？是郑家良的土匪，他们打了你们，又来打我们，在我们渔筏上横行霸道，我的这些兄弟，可不是好惹的，撂倒了他们几个，还缴了他们的枪。"

"你说得轻巧，你们几个渔夫，打得过土匪？"余大富命令道："兄弟们，把他们的枪缴了。"

胡安海和队员警惕地望着团丁。阮本宽说："就一支，不信，你们到我的筏子上搜。"

团丁走上他的渔筏，搜了个遍，跳下筏子，对余大富说："没有。"

本独想：本宽的枪藏在哪儿了？

余大富原本打算叫渔筏靠拢来再搜。转眼，他细想，这么多渔筏，人多势众，如果个个有枪，我们对付得了吗。他对本独说："你，快起来，跟我们走一趟。"

阮本宽想了想，说："本独，我俩去给他们说清楚。"

瑞林离开阮全章麻将馆，走到河边，远处，他看见魏启福。魏启福隔老远低声喊道："瑞林，瑞林。"

瑞林走近他。

"不好了，本宽和本独被抓了。"魏启福指着前面的人群说。

阮瑞林看见，机灵地闪到河边的树林里。

余大富见已走远，来到堤半腰，便命令团丁把阮本宽、阮本独绑起来。正在这时，阮瑞林隐蔽在树林里，瞄准团丁，"砰砰"两发子弹打过去，团丁闪到一边。魏启福冲上去，拉住阮本宽，说："快跑。"瑞林和梅芳向团丁开枪。团丁反击，一团丁被梅芳开枪命中，另一个团丁被瑞林击毙，四团丁被打死两个。余大富翻过小堤逃跑。一团丁瘸着腿，慌忙地跑回麻将馆。

阮瑞林和赤卫队员沿着河边，快速向吴家堤撤离。

"不好了，不好了，我们遇到赤卫队了，两弟兄被打死。"余大富跑到港子上，向时继良报告。

"咋回事？"时继良问。

"报告队长，河边有共产党。"余大富上气不接下气，说，"阮本独被共产党他们劫走了。"

"反了。"时继良恼怒地说，"快，马上通知桥头兄弟，撤。"

瑞林带领赤卫队员，回头沿河东，与渔筏队会合。胡守财带来一拨人，把船泊在河北岸，正商量着营救阮本宽和阮本独。胡明喜惊叫道："看，本宽兄弟回来了。"

两路赤卫队员会合，瑞林说："同志们，现在我们与保安团矛盾公开化了。保安团盯上了本独和本宽，看来，鲜家港不能久留，必须隐蔽起来。大家分散行动，我带领本宽、本独兄弟到凤台，去找阮本槐，你们找地方隐蔽。明天晚上，太平湖见。"

原来，本宽把枪藏在船翻面的底部。他取出长枪，将渔筏挑到河边的树林藏起来。

瑞林他们三人，来到凤台小学，龚承谦在上课，有先生传信道："龚先生，有人找你。"承谦出来说："瑞林，到卧室坐坐，我就来。"

学校教导主任，叫蒯西门，是许直卿安插在这里的暗探，他走来，打量几位年轻人。

四四

看来，学校也不是片净土。龚承谦也有难言之隐。阮瑞林考虑道：得快速离开，以免龚承谦受到牵连。龚承谦赶忙出来，问："怎么了？"

"快告诉我，本槐在哪儿？"瑞林急着说。

"本槐？本槐带领赤卫队在太平湖训练。"承谦说。

"你去吧。"瑞林说着，匆匆离开。

太平湖，鲜家港西北的大湖，方圆三十多平方公里。瑞林沿湖畔走。湖面芦苇茂密，湖里有几条稀稀疏疏的渔船，野鸭在湖面漫游，偶尔有渔夫唱着渔歌。歌声飘来，才让瑞林感到一丝的轻松。

赤卫队员把枪对准阮瑞林，叫着："槐哥，有人来了。"阮本槐看去说："是咱们的同志。"他迎上去，和瑞林握手说："欢迎你们。"

"戴宗凤这狗东西，他出卖了你。你现在不能回去。"瑞林把最近所发生的事向本槐说了。

本槐问："你们现在安全不？"

"本独、本宽不安全，他们先在你这儿躲躲。有情况，到大纯那里打听消息。"瑞林说。

吃过午饭，本槐和本宽把瑞林送出太平湖。走到离鲜港桥头不远处，他们躲在树林里，望着桥头，瑞林惊奇地问："怎么啦？桥头哨卡没了？"

本槐也觉得奇怪，到底怎么回事？

"你们回去吧，我去问问大纯就知道了。"

他俩依依不舍地离开瑞林。

瑞林走进大纯篾器店。几个顾客正在挑选竹器。瑞林拿起一个竹篮，不经意瞧着。他左右望望，在店里走动。大纯把顾客打发走后，瑞林道："桥头的哨卡怎么撤了？"

"我也不知道是怎么回事？听阮全章说，团丁都走了，还抬着一个伤兵。是不是你把他们打跑了？"

"嗯，不错。时继良会放弃桥头吗？这可是一条要道啊！"瑞林思考着。

"他们怕了呗。"大纯微笑道。

"看来，大有山雨欲来风满楼之势。"瑞林道。

"怎么讲？"大纯问。

"许直卿不会善罢甘休，他们会卷土重来，对鲜家港来个地毯式搜捕。我们得有个充分准备。大纯，保持警惕。把自己隐藏得更深一些。"

"谢谢，我会的。"

"最近几天，我们的同志会来你这打探消息，你随机应变，注意保护好同志，也要保护好自己。"

"知道了。"

瑞林提着竹篮，从店铺出来。

大纯追到门口，对瑞林道："别忘了，给春晖送棉衣。"

瑞林回到阮家台，换了一套学生装，手拿一本书，坐在家门口，脑子里浮现一幕幕之前发生的事情。他在担忧：弟弟怎么样？胡安海怎么样？教导主任会不会找龚承谦的麻烦？许直卿怎样对赤卫队进行反扑？江口苏维埃政权怎么成立？这一切的一切，是对一个年轻共产党员的严峻考验，是在体现一个地下党支部书记的责任担当。

"报告，我们在鲜家港遭遇到'共匪'袭击。'共匪'有二十多号人，装扮成渔夫，打死了我们的兄弟，劫走了被我们抓住的要犯。"时继良垂头丧气地站在许直卿面前。

许直卿两手撑着腰，对时继良训斥道："时队长，看你做的好事，刚刚被陶延久打了，又遭遇共产党袭击。你这个蠢货，老子的家当快被你败光了。"

"报告，还没有，我给您带回了几个。"时继良开口狡辩说。

"你还有脸说。"许直卿哭也不是，笑也不是。两手搓着，丧着老脸，"我怎么养了这一群蠢货。"

"报告，不是我们无能，是'共匪'太狡猾。"时继良说。

"你说，谁是这里共产党的头儿？"许团总问。

"阮本槐、阮德斋，还有……"时继良说。

"还有什么？快，把熊队长叫来，我要踏平鲜家港。"许团总霹雳般地怒吼。

马厩里春晖提起一筐马饲料，倒在马槽里，又从旁边的马棚里抱来一捆干马草，依次放在马嘴前，眼睛总是注视许直卿的一举一动。

许直卿怒气冲天，对熊必丰吩咐说："快组织队伍，多带些武器，开赴鲜家港，挖地三尺，也要挖出共产党。"

熊必丰带领三个小队，开往鲜家港。走到淡家坡，面前出现三条岔路。他叫停队伍，走到坡上，观察一下地形后，吩咐道："一小队，从陶家湖的东边向东包超；二小队，沿五里湖东岸，向西边龚家闸开去；三小队，从五里湖中插进去，直捣鲜家港。把眼睛睁大点，共产党狡猾得很，别捉鸡不成，倒蚀一把米。"

四五

团丁兵分三路，逼近鲜家港。芦苇丛里，团丁不放过每一个可疑点，步步小心谨慎；一片芦苇在晃动，发出"吱吱"声响，团丁瞄准晃动的地方，"砰"地开枪，惊动野兽，两只野兔跑出来。在沮漳河，团丁不放过每一条渔船，走上渔筏，搜渔夫身，翻渔船底；沟里、港里、河里、湖里，全都"梳子梳，篦子篦"。

熊必丰来到龚茂红家，拱手打招呼。

龚老财迎接说："欢迎熊队长驾到，有失远迎。"

"亲家，我受团总委托，前来贵地搜捕共产党，多有打扰，请见谅。"

"哪里哪里。'清乡'，是我们共同的责任，有需要帮忙的，尽管说。"龚茂红堆着笑脸，拉着熊必丰，说："堂上坐。"

熊必丰问："依你看，阮本槐会藏到哪儿？"

"先到他家里去，他住在阮家台。"龚老财指着沮漳河岸的几个高台，说："就在那儿。"

熊必丰顺着望去。"大白天里，他会藏在家里？先去看看。

兄弟们，一个个打起精神，抓住阮本槐，团长有赏。"

时继良带着人马，赶到鲜港子，店铺和农户，逐一排查。

时队长跷着二郎腿，指手画脚，坐地督战。

团丁走进大纯店铺，柜台内、篮子堆、箐箕摊、杂货点，一处也不放过，他们把货物丢得乱七八糟。大纯忍着、陪着、笑着，心里不是滋味，不时地注目团丁的举动。

戴保长走进店铺，他扫视一下屋子，对大纯说："生意不错吧？"

"托您的福，生意过得去。"大纯说着迎接上去，赔笑。

保长眯着眼睛，提醒大纯："最近共产党在鲜家港活动频繁，你这生意之地，来往客人多，不可掉以轻心。"

"我做点本分生意，就只关心票子、银子，你就放心好了。"大纯漫不经心地应答。

保长笑盈盈地离开。

蒯西门离开学校，来到鲜家港，与时继良嘀咕了几句，便回到学校。时继良立马站起来，命令团丁说："跟我走，快。"说着，他带领几个团丁立马扑向学校。

教室里，龚承谦正在上课，他在黑板上端端正正地写着："离离原上草，一岁一枯荣，野火烧不尽，春风吹又生。"学生诵读这首诗。突然，蒯西门闯进教室，说："龚先生，有人找你。"龚承谦把眼光瞥向教室外，瞧见时继良带领几个全副武装的团丁站在门口，虎视眈眈地盯着他。

龚承谦知道，凶多吉少，便转身告诫学生："同学们，好好读书，冬天即将过去，地上的野草会在春天，茂密起来，这就是：野火烧不尽，春风吹又生。再见了，同学们。"说完，他掸掸身上的灰尘，收起课桌上的讲义，微笑地告别他心爱的学生，从容地走出教室。

教室外，黑云压境，落叶被狂风卷起，漫天飞舞。树枝上，几只乌鸦发出泣血般地悲鸣。

熊必丰带领队伍，迅速来到阮家台，对其形成包围圈。他与两团丁来到阮德斋家，德斋家门锁着，他们用枪托砸开，冲进去，屋里屋外，翻箱倒柜，搜查了一遍。没什么发现，转至瑞林家。阮本要从里屋出来，熊必丰开口道："你叫什么名，儿子在哪儿？"

阮本要实话实说："我叫阮本要，儿子叫阮瑞林，小儿子叫阮春晖。"熊必丰听到"阮瑞林"，这名好熟悉。他打断老人的话，说："我再问你，你儿子叫阮瑞林，乳名叫祥子，是吗？"

"是啊。我幺儿子春晖，乳名晖子，在你们那喂马。"老人说。

"哦，瑞林是春晖的哥哥。他在哪儿？"

"一大早他就出去了，说是到他媳妇家去了。"老人站在门槛上，看看门外，又瞅瞅屋里，很不自在。

"你儿媳妇是哪里人？"熊必丰步步近逼，连连发问，"她叫什么名字？"

"她是龚家闸人，名叫龚梅芳。"阮本要说着，不住地眨着眼睛，脸发红，神色特别紧张。

"阮本槐是你什么人？"

阮本要哆嗦起来，"他是我堂弟，河边，隔几户人家。哪不，门还开着。"

"走。"熊必丰向阮本槐家走去。

熊必丰走进本槐家，不动声色地在房前屋后转了一圈，然后走进里屋。团丁随着进去。阮全桐莫名其妙地看着，问道："你们找什么？"

"你是阮本槐的父亲吗？"熊必丰问。

"是啊，你们要干什么？"阮全桐是做生意的，涉世面广，表现极为镇定。

熊必丰从房内走到堂屋，说："本槐要我们找一样东西，说是在他内房的柜子底下。"

"什么东西？"阮全桐疑惑。

"枪。"团丁火了，凶恶地道："老家伙，快把枪交出来，不然，烧了你的房子。"

经受生意场上风风雨雨的阮全桐，顿时警觉起来，他知道儿子是在干什么，保安团想要什么，即使是大祸临头，也要镇定自若。他回答说："我儿子不会用枪，他前几天去太湖做生意去了，现在还没回来。"

"做生意，是人贩子，恐怕在贩人头吧？"熊必丰阴阳怪气，对团丁说："搜，仔细地搜。"

团丁把整个屋子，里里外外，前前后后搜了三遍。什么有价值的东西都没有找到。熊必丰气急了，说："老东西，快告诉我，你儿子到底在哪儿？东西藏在哪儿？"

阮全桐不动声色，瞥了一眼熊必丰，泰然自若地回答："我说了，儿子去太湖做生意去了，家里没有枪啊炮的。连鞭炮都没有。"

"你这个老东西。我杀了你。"说着，他用力抓住老人的肩膀，使劲地推搡，吼道："把老东西带走。"

"我儿子犯了什么罪，你们还要株连九族，连他七十多岁的老子都不放过。"阮全桐气愤地说道。

"老头子，实话告诉你吧，他私藏枪支，秘密通共，犯的是死罪。你老实点，不然，老子结果了你这条老命。"穷凶极恶的熊必丰，撕破脸，在老人面前发横。他命令道："绑起来，带走。"

团丁把老人推倒，拿绳子捆着，老人被推出门。

"且慢。"戴继恒拦在门口，笑道："熊队长，我有话对您说。"

"戴保长，你知道不，我是在执行公务。"熊必丰看见戴保长，说："让开。"

"哎，嘿嘿。熊队长，你不听我说，你会后悔的。"戴保长笑着，这一笑，让熊必丰心头一怔。什么话如此重要，还让我后悔？

四六

　　龚承谦走出教室，时继良阴险地笑着，说："龚先生，对不起，我们例行公务。得先委屈你一下。"他吩咐余大富："捆起来。"

　　龚承谦蔑视地一笑。他早知道，会有那么一天，只是没想这天到来得这么快，这么突然。团丁带着龚承谦，从鲜港子经过，刘大纯站在门口瞅见，目送龚先生，一直到不见踪影。

　　回到江口，时继良对团总说："今天抓到一条大鱼。"许直卿叫团丁把龚承谦带到审讯室，他要亲自审问龚承谦。回到卧室，脱掉制服，换上便装，走进审讯室说："快，快把龚先生身上的绳子解了。谁让你们捆着先生。"他皮笑肉不笑地对龚先生道："先生，我是许家坡人，与你们可算是一锹土上的人。你们不是说'先的话不怕多嘛'。别伤了和气，坐、坐、坐。"他回头对团丁道："给龚先生沏茶，当贵客侍候。"

　　团丁解开绳子，倒来茶水，退着离开。

　　龚承谦赔笑，"既来之，则安之。许团总客气了。我是个穷教书的，喜欢直来直去。"

　　"哪里哪里，请。"

　　承谦镇定地在许直卿对面坐下来。许直卿咳嗽两声，缓冲了一会儿，从抽屉里取出几张纸，在桌子上摊开，看着纸条，开口说："龚先生，这资料上反映，你在荆南中学读书时，就加入了共产党，后来，你成为江陵县特别支部委员，被派往此地，以教书为名，进行地下工作，是草埠、凤台、鲜家港及其周边地区共产党的组织者之一。就在昨天，有几个赤卫队员到你的学校，和你接头。有人看到，在你的掩护下，他们逃离我们的视线，你说是吧？"

　　龚承谦想，蒯西门果真阴险毒辣。他坦然地回答："许团长，我不过是个教书匠，哪有这么多头衔。你看我像共产党吗？有这么大的本事吗？"他站起来，昂首挺胸，在许直卿周边转了一圈。

"是啊。开始，我是不相信，可这白纸黑字，我不得不承认，你有通天的本事。你就是共产党。"许直卿怒视着他。

"无中生有。"龚承谦反驳说。

"有人亲眼看见你放走了三个人，他们是什么人?"许团长逼问龚承谦。

龚承谦笑道："我再说一遍，我是个教书匠，不知道你们在抓谁。昨天是有三人在学校门口和我说了几句话，他们脸上又没贴好人、坏人的标签，我怎么知道。他们是你要抓的赤卫队，还是共产党? 我一点也不清楚，怎么说是我放走了他们?"

"你是教书先生，能说会道，我说不过你。不过，先把丑话说在前面，你不说实话，休怪我不仁不义了。"

"许团长，你是保安团的团长，江口是你的地盘，我已到了如此地步，胳膊扭不过大腿。仁不仁义，还不是你说了算。鄙人只有听天由命，顺其自然啰。"龚承谦轻蔑地笑道。

"先生也是肉和骨头组成的吧。来人，把龚承谦关进黑屋，用刑。"

阮春晖挑着一担马料，走进保安团部，撞见龚承谦。把马料挑进马厩后，退回暗处，窥视团丁把龚承谦关在哪里。

低矮的草屋前，太阳斜射，屋影离屋檐足有两扁担长。瑞林和梅芳从屋檐下走出，他说："目前，时机混乱，熊必丰带着团丁，会把鲜家港闹个鸡犬不宁。阮本槐不在，敌人要查本宽和本独，必须去阮家台。我们去胡明喜那儿，同他们商量一下对策。"

堰塘边，几棵杨树歪歪地长在水与岸坡的交界处，向水面倾倒。树有小箩筐那么粗，根须一半长在水里，一半长在岸上。农家早早地把十几头水牛并排拴在杨树下歇荫。瑞林从树荫下走，看着这些牛，说："你看，农民为什么把黄牛和水牯牛穿插隔开，系在树上?"

梅芳笑着道："这不是怕斗牛吗，你把我当成城里人? 这点常识我还是知道的。"

瑞林"嘿嘿"两声，说："你还是城里人，我们这管斗牛叫抵脑，牛抵脑你见过吗？"

"我知道。"梅芳一边走，一边数着这些牛。瑞林说："俗话说：黄牛看脚，水牛看角。这牛的一对角阔，就像京剧武生头上的两根羽翎。角尖，角底部宽而细长，显得高大健壮，威风凛凛，是抵脑的强势。那细长的尖角，专戳对手的眼睛和喉咙，好似一把锐利的尖刀，是抵脑的高手。"

"看不出来，你对牛抵脑这么感兴趣。对了，我们？"

阮瑞林会意，他说："你在这儿等着，我去叫人。"他走到胡明喜家，胡明喜门锁着。瑞林来到沮漳河边，两只手在嘴上捧成喇叭状，小声喊道："胡守财，胡守财。"

胡安海从门缝里露出脑袋，谁在叫他。见是阮瑞林，走向河边，瑞林说："快带几个兄弟过来，出事了。"

熊必丰脑子里回荡着："如果带走阮全桐，你会后悔的。"他不解地问："我的戴保长，你倒是说为啥？别卖关子。"

"你把阮全桐给放了，我就说，你若硬要把他带走，我说了还有啥意思。"戴继恒拦住他说。

"他是阮本槐的老子，抓到他，就可以通过他找到阮本槐。你要我放了他，除非太阳从西边出。"熊必丰态度强硬。

"熊队长，这个阮全桐啊，平时做点小生意，他和龚茂红是好朋友，或多或少有些生意上的往来，如果你把他咋样了，那就断了龚老财的财路，恐怕龚老板不会答应你，龚老财去亲家那里告你的黑状，我看你呀，吃不了，兜着走。"

"哦，你说的就是这个。屁话，你说，是许团长狠，还是龚老财狠？虽然他俩是亲家，可大是大非面前，团长不含糊。阮全桐，我决不会放。"

"熊队长，到时候，你吃了哑巴亏，休怪我戴继恒没提醒你。"戴保长阴着老脸说。

熊必丰犹豫半晌说："这样，我把阮全桐押到龚老财家去，试探一下龚茂红的态度，放与不放，龚老财说了算。"

胡守财和队员来到瑞林身边，他们站在歪倒着的杨树下，每人拉着一头大牯牛，在牯牛的面前放着一捆青草。眼看熊必丰押送阮全桐走来，刚走到树下，阮瑞林将号称抵脑王子的"鞋底板角"牯牛绳子解开，只见，这"鞋底板角"眼睛斜着胡守财面前的尖角牯牛，滚动乒乓球大小的眼珠，它发狂了，猛地一下，一头抵过去。胡守财赶忙闪开，尖角牯牛用力挣脱拴绳，毫不示弱，猛抵过去，两对角抵在一起，牛角发出"嗤嗤"的响声，牛后腿在地上胡乱地蹬打。这斗牛的架势，让人们心惊肉跳，纷纷散开。

霎时间，十几头牯牛同时发狂，纷纷挣断绳子，抵在一起。有的被抵倒，有的在四周跃跃欲试，有的逃避，到处乱窜。黄牛在树下狂叫，似乎在为自己的同僚助威。

梅芳高声叫喊："斗牛了，斗牛了。"她拍着手，恐惧感被这触目惊心的场面一扫而尽。

胡明喜站在梅芳旁边，跺着脚，大喊："不得了了，不得了了，牛抵脑了，快来人，快来人啊。"

四七

熊必丰见状，想绕道走，突然，一头牛向他狂奔而来，后一头牛穷追不舍，另一头赶去，几头牛争强好胜，在他身边突然停住，就地抵起来。用脑，抵脸皮，用角，戳眼睛，脚在地上狂踢，顿时灰尘扑扑。硝烟弥漫，争强好胜的牯牛狂斗，驱散了团丁，团丁顾不得阮全桐，纷纷逃命。胡守财和民兵向团丁开枪射击，两团丁被打死，队员扶起阮全桐，朝河边跑去。熊必丰被这场面吓得魂不附体，早已不知了去向。

阮全桐被解救了，阮瑞林和几个有经验的老农用火、用水，平息了这场牛斗。

五里湖西边，余大富带着团丁，从五里湖中部直捣鲜家港。

鲜家港是一个渔村，水域面积宽阔，沮漳河、戴家小垸、阮家大垸、陶家湖、清明湖、太平湖、五里湖均为水域，沟港不计其数。农民渔具多，撒网、拦网、丝网、撮网都可以派上用场。阮本独的父亲阮全科赤着脚，拿着撮网，在五里湖边抓鱼，几条鱼在网里眨眯糊眼，束手就擒；几条鱼垂死挣扎；几条鱼钻进网格里，企图逃离……老人将鱼捉进鱼篓。团丁来到阮全科身边，一下拉住老头，老头莫名其妙地抬头。团丁背着长枪，向队长报告说："队长，有个老头在抓鱼。"

团丁歪着脑袋，道："老头，抓鱼啦，向你打听个事。"

"什么？"老头两唇张开，眼睛鼓得圆圆的。

余大富背着手，装模作样地站在老头面前，示意团丁放开老头，打听道："你是鲜家港人？"

"是啊。"

"阮家台在哪儿？"

"我就住在阮家台。"老头抬头说。他弯下腰，揪住一条鲫鱼，鲫鱼不老实，尾巴乱摆动，污水摆到余大富身上。余大富退后两步："阮本槐、阮本独你认识吗？"余大富两手背着，两腿叉开，看着他抓鱼。

老头抓完鱼，站起来，看着这阵势，一下子瞠目结舌，脸色变红，说："官爷，本槐是我远房侄子，本独是我的儿子。他们到底怎么啦？"

"他们在家吗？你带我们去找他们。"大富轻言细语，伴着笑。

"他们都不在家。"老头哆嗦道。

"老家伙，你撒谎。"余大富凶相毕露，恼怒地说。

"官爷，我说的都是真话。"老头身子在发抖，扛起撮网，背起鱼篓，说："你们不信，我带你去看看。"

"走。"团丁走向阮家台。阮全科打开门锁，团丁进屋，鸡没上笼，见人，便到处乱窜。团丁里外搜查一遍，没人。大富恼羞成怒，道："快说，你儿子到哪儿去了？"

老头回答："不晓得。"

大富说："把老头子带走。"

回到保安团，许直卿兴致勃勃地站在大门口，迎接熊必丰。熊必丰耷拉着脑袋，情绪低落，羞怯地对团总道："报告团总，阮本槐神出鬼没，像泥鳅一样，跑得无影无踪。对不起，本槐、本独，都没抓到，抓了一个老头，又被一场斗牛搞得混乱不堪，老头趁机跑了，现在只是抓到了阮本独的老子。"

许直卿笑盈盈的脸一下子沉了下来，摇头说："看来，情况复杂，鲜家港的共产党，不是那么好对付。不过。好歹时继良抓了一个共产党人，一个老头子，就算不错了。"

熊必丰行礼，退出去。

阮全科被押进院子，瞧见了阮春晖，大声喊道："晖子。"

春晖望见阮全科，点头笑着，转身喂马。心想：看来，他们没抓到哥哥、本槐和本独。此刻，他非常想念哥哥，想念鲜家港的兄弟姐妹，他感觉自己是何等的孤独，一个人呆呆地站在马棚里，良久良久。

早上，梅芳将右手搭在眉上，遮掩刺眼的光，观察天气，说："瑞林，你还记得不？春晖不是要你给他送棉衣吗？"

"我怎会忘。眼前多事之秋，我脱不了身。救了本槐爹，本独爹我们得去救啊。"瑞林走着走着，走进昨天斗牛的杨树荫下。

龚梅芳和瑞林商量："我和宗秀姐去江口吧，我们刚劫了全桐老人，许直卿耿耿于怀，你们男人去，会招惹他们，风险比女人去大得多，还是女人去探探风。"

瑞林思索着："你们先去。棉衣，我后面送去，我和胡守财在李家巷等你们的消息。"

梅芳来到戴家小垸，看见戴宗秀：戴宗秀上身穿一件红黑相间的格子花棉袄，黑色的布纽扣紧扣，下穿一条蓝色粗裤。脸蛋黝黑，头上，红头绳扎着两个发髻，像两只羊角不时抖动，显得精神、活泼，充满青春活力。

梅芳笑着说："漂亮姐姐，赶场去。"

戴宗凤迎上来，对宗秀说："槐哥咋没见？是不是和他爹做生意去了？"

"我还没嫁给阮本槐，不是他家人。他呀，你不知道，我知道吗？"宗秀说，"宗凤，江口赶场去不？"

梅芳悄悄地拉来一下宗秀的衣角，提醒她，不与宗凤一起去，可说出去的话，泼出去的水，收是收不回来了。

"我去，我去，我要去看看春晖。"戴宗凤道。

梅芳道："宗秀姐，我们边走边在路边扯些泥蒿到街上去卖，兴许还可以卖几个钱。"

"好。"宗秀对宗凤说："你等得及就等，等不及就先走。"

宗凤死皮赖脸地说："我等，等着和姐妹们一起走。"

初冬，秋风扫着残败的树叶，残枝败叶顽固地裹着树干。湖地，植被依然茂密，竹笋开始发芽，泥蒿从泥土里钻出来，娇嫩而又茁壮。

梅芳和宗秀走一走，掐一掐，不多时，还未穿过五里湖，便掐满了一篮子泥蒿。宗秀叫道："哥，男子汉，快来提篮子。"

戴宗凤说："提篮子算我的，卖的钱也算我的。"

"行，提着吧。"梅芳笑道。

戴宗凤左手提篮，走一程，右手提篮，走一程，把篮子扛上肩，又一程。梅芳笑道："真是双手提篮，左右为难（篮）。"三人怀着各自的理解，笑颜以对。

走进江口，梅芳说："宗秀姐，现在我们是好姐妹，不久，我们就成了亲戚，您可成了我的婶娘。"此话，便引起宗秀对本槐的思念，她说："这个死汉子，几个礼拜了，连看也不过来看我一眼。"

"是啊，一日不见如隔三秋，半月不见，秋后算账。要是他回来，你不理他。"梅芳开玩笑说。

"不理就不理。说不理，那是假话，侍候都侍候不过来。女人，不都是这样。"宗秀沉着脸。

"婶娘，话又说回来，他又何尝不牵挂咱们，身不由己啊。眼前，时局那么紧张。我恨不得替他一把，为他分担一些忧虑。你看，瑞林做梦都在念叨本槐、德斋、本宽，还有他弟弟。"梅芳道。

"哈哈，你听见瑞林做梦了。妹妹，羞死人了。"宗秀笑道。

梅芳推了宗秀一把，脸红得像猪血，嗔怪说："姐姐真坏。看你想到哪儿去了，人家不是说说吗。"

戴宗秀"嘻"的一声，示意警惕前面的宗凤，悄声道："有他，注意。"梅芳放慢脚步，说："到了江口，我们见机行事，泥蒿等见到春晖再卖。"

四八

橇子，像板车一样，是荆楚大地古老而又重要的运输工具，流行于乡村，为古老运输立下"汗马功劳"。司马迁《史记》中记载：夏禹"三过家门而不入"，为治水患，他"陆行乘车，水行乘船，泥行乘橇，山行乘樏"。"泥行乘橇"，"橇"为行于冰雪或泥路上的滑行工具。北方为橇，荆楚为"橇"。橇用狗牵引，橇子用牛拉，橇子装载比橇重。

瑞林和队员们，头戴草帽，秉着牛鞭，赶着橇子，橇子上载有棉秆、高粱秸秆等柴火，悠闲地行走在江口街道上。

五里湖、梅芳、宗秀采摘满一篮子泥蒿，来到保安团，戴宗凤将篮子卸下来，放在门口，时继良走过去，看见戴宗凤，对门卫道："放他进来。"

宗凤随声道："时队长，我们这泥蒿，是送来犒劳你们的。"

"不要钱？"时队长蔑视地一笑。

"不要钱，我只想进，看看晖哥。"戴宗凤献媚道，"我的两位姐妹，没问题。"

梅芳说："小事儿。"

宗秀拉了拉梅芳的衣角，说："不是说了吗？见了春晖再卖泥蒿。"

"宗凤把话说在前头，给他面子。"梅芳道。

时继良提起篮子，给了梅芳，说："进来，把篮子提到厨房去。"

梅芳和宗秀往屋内挤，时队长拦住宗秀，说："只许一个人进去。"

梅芳提篮，左顾右盼地朝厨房走，宗凤被时继良带到西厢房。

保安团是一个四合院，大门西侧八间房，为西厢房。西厢房后，是厨房。东厢房也是八间，其后是许直卿办公室，前面是队长办公室。梅芳经过西厢房，门关得严严实实，门口有哨兵把守。

梅芳走进厨房，对伙夫说："泥蒿，时队长安排我送来的，你看，多新鲜。"说着，她把菜倒在地上。伙夫说："今天没多少人吃饭，买这么多菜做什么。"

"你们不是有几十人吃饭吗？这还少着呢。"梅芳搭讪。

"以往的人是有那么多，可今天少，都出去了。算了，别啰唆，快走。"伙夫驱赶梅芳。春晖走进来，对伙夫说："师傅，这泥蒿可是我家乡的贵菜呀。"

师傅冷淡地"嗯"一声。

"师傅，两个囚犯的饭做好了吗？"春晖问道。

"都被打得半死不活了，吃得进去吗？"伙夫忙着，随便应答。

"哦？从他们嘴里，什么东西都没有问出来？嘴巴真硬。"春晖顺着师傅。

伙夫不耐烦："我一个伙夫，你一个马夫，别多嘴，去去去。"春晖把嘴巴撇向西厢房，暗示：龚承谦和阮全科被关在那里。梅芳会意地点点头。

梅芳离开。戴宗凤来到马厩，与春晖拥抱。

"晖子，我们俩都在为团长做事。你，我可对得起，从来没说你个'不'字。你可得关照关照我吔。"

春晖眼睛眨了几下，拍打着宗凤的肩膀，说："凤哥，我俩谁跟谁呀。"

"你哥嫂都来了，你见了吗？"宗凤说。

"在哪儿？"春晖佯装惊奇。

"走，跟我出去。"

保安团门前，停了四张堕子。春晖看见哥哥，强忍着激动，冷静下来，不能让戴宗凤抓住把柄。寒暄几句，他说："哥哥，棉衣带来了吗？今天啊，不是特别冷，兵爷出去例行公务去了，我呀，刚准备出去，许团长说有事，把我霸在屋里。爹还好吗？"

瑞林说："爹好着，爹希望你在这好好干。你走吧，我们卖了柴火，就回去了。"

春晖领着戴宗凤，走进保安团。梅芳走到瑞林身边，把进保安团内所了解的情况向瑞林作了汇报，瑞林听着，思索着春晖的暗示，他决定，按原计划行动。

梅芳和宗秀站在门哨面前，门哨色眯眯地凝视着两位漂亮的年轻女人，套近乎说："你们，你们泥蒿都卖完了？如果还有，我帮你们卖，保证能卖个好价钱。"

戴宗秀扭动腰肢，眉开眼笑，挑逗说："兵哥哥，我们的泥蒿啊，不愁卖，早卖完了。你是不是想吃？到我家去吃呀，我给你做泥蒿炒腊肉，又脆又香。"

门哨被这扭动的曲线勾得骨头都酥了，走近她俩，应道："妹妹，你说得我垂涎三尺。好嘞，一定登门拜访。"

"兵哥哥，一定来哟。"戴宗秀忍俊不禁。

就在她俩与门卫聊天时，队员悄悄溜进保安团，躲在马厩里。

四张堕子横在大街中间，堕子上面横放着长长的柴火，把街道占了一大半。行人路过，胡明喜对路人嚷道："隔开点，牯牛角尖，剜到你，不得了。快走，快走。"队员驱赶开堕子两旁的行人，他们预防着，担心牯牛伤害无辜老百姓。

前一张堕子，赶堕人是阮瑞林，胡安海站在最后一张堕子旁，手拿着杨树条，在"鞋底板"牯牛屁股上猛抽了一下，牯牛被吓得直跳，嘴里"喷喷"作响，冲向前面水牯牛，水牯牛猛转头，不甘示弱，对准来者，撞上去。两头牯牛的脑对脑，角对角，抵得不可开交。

前面两头牯牛见势，骚动起来，前来助战。四头牯牛脑着地，前腿趴在地上，尾巴竖立向上，头和前腿挖地，拼命地抵在一起。顿时几头牛角对角的撞击声，脚蹬地的摩擦声，过路人惊慌的呼叫声，队员的吆喝声混杂在一起，惊天动地。

梅芳高声道："不得了了，牛抵脑了，让开。"宗秀站在那里直跌脚，嚷嚷着："牛抵脑了。"制造恐怖气氛。

门哨慌忙闪开，警惕地端着枪，左瞄瞄，右瞧瞧，向前，退后，无从下手。

瑞林急忙跑到门口，在团丁面前，口里不住地发出"啐啐"声，他驱赶抵脑的牯牛，叫道："快，把牛赶开，千万别让牛抵进保安团内。"

许直卿慌了手脚，气呼呼地走到门口。瑞林关切地叫道："许老总，牛抵脑，危险，躲一躲。"

许直卿退后几步，对团丁说："快，快，把牛赶走。"

团丁们手忙脚乱，束手无策。

牛怕的是火。两赤卫队员在保安团对面，一人拿着点着的火把，在牛面前晃来晃去，一人端着一盆水，泼在地上。四头牛仿佛受了训似的，乖乖地被逼进团部，在里面对抵、狂奔。跑一跑，抵一抵，抵一抵，跑一跑，肆无忌惮，横冲直撞。顿时，保安团内慌乱不堪。

街道上，人们纷纷闪开。团丁惊慌地躲进厢房，队员一边装出一副解斗的模样，一边混进保安团内。队员在春晖的带领下，猫着腰，从西厢房另一端的侧门内的走廊进黑牢，杀死门哨，背起龚承谦，从厨房离开。两赤卫队员，一人引开门哨，一人钻进去，把阮全科背起离开。半个时辰后，瑞林和几个赶堕人，见解救成功，便跑进去，拉着"鞋底板"牯牛的绳子，其他牯牛面对强大"敌人"只能被缚，纷纷跑出保安团，被堕手控制。一场触目惊心的斗牛宣告结束。

团丁走进黑牢，傻眼了，边跑边喊："不好了，不好了，快来人啊。龚承谦他们没了。"

四九

许直卿慌了手脚，"什么？都跑了？还不快追。"慌乱中，他朝天开了一枪，吼叫道："追。"

团丁在街上四处搜查。许直卿叫住时继良，说："你去看那些赶堕人，把他们抓起来。"

"是。"时继良走到门口，看见赶堕人正把牛套上缆绳，把柴火码好，收拾乱糟糟的场子。时继良走到瑞林面前，拦住他道："你们几个，跟我走一趟。"

瑞林不理，继续拴牛的缆绳，没好气地说："怎么了？老百姓卖点柴火，犯了什么弥天大罪？"

时继良黑着脸，说："团长有请。"

瑞林道："你看，我们不是忙着吗？"

"少废话，跟我走。"时继良吼道。

瑞林对队员说："兄弟们，你们去把柴火卖了吧，我去去就来。"

"哎？看来你是领头的。告诉你的兄弟，不行，都得去。"时继良说。

"不行啊，兄弟，我们都走了，这些牯子没人看护，又抵起脑来，我可没辙。到时候，团总怪罪起来，我可担当不起呀。"瑞林吓唬说。

"你就叫他们在这儿等着，你先进去把事情说清楚。"时队长说。

瑞林招来梅芳，吩咐道："看好场子，把牛拉好，这牛犟，别让它去骚扰别的牛。"他跟着时继良走进许直卿办公室。许直卿坐在办公桌前，眼睛逼视着瑞林，道："你从哪来？是不是有预谋地到保安团来闹事，劫走共产党要人？"

瑞林不卑不亢，回答："我们是鲜家港人，有多少人，我不知道。也许有人看热闹，也许有人浑水摸鱼。我们相约来到江口卖柴火，换点油盐钱，养家糊口。哪知道，这些牯牛偏在这里抵脑。团长，真不是故意的。这牯牛择地，水土不服，偏偏在你的地盘抵脑。"

"我问你，偌大的一条街，为什么偏偏在保安团门前停着闹事？把保安团闹得乌烟瘴气不说，还劫走了共产党要人。今天，你得给我说清楚，不然，老子毙了你。"许直卿压制着怒火。

瑞林镇定自若，反驳说："江口广大，可牛在什么地方抵脑，不是谁能掌控得了的。再说，春晖是我的兄弟，我停在这里，是给弟弟送棉衣。还有，我媳妇不是给你们送菜来了吗？我们在这儿等她。"

"这不是巧合，我看是早有预谋。"许直卿暴跳如雷，拍着桌子，咬牙切齿地道。

瑞林据理而争，强压住怒火，小声说："团长，别发火，消消气。你看，我们这些地地道道的农民，玩命地拉开凶猛的牯牛，生怕牛抵脑，撞到过路人，撞到你们，豁着命维护秩序，用火把、泼水驱赶牯牛。你能说老百姓是故意的？至于，那些人是什么人？也许是你们内部人趁火打劫，我们这些泥腿子咋知道？"

"当时，你在干什么？"许团总问。

"我？你不是看见了吗？当时，我还叫你了。"阮瑞林泰然地说。

"报告，阮春晖受伤了。"时继良道。

"怎么回事？"许直卿惊讶地问。

春晖头部包着绷带，脸和手上有血糊糊的伤痕。他步履蹒跚，一步一瘸地走到办公室门口。许直卿望着春晖，问道："春晖，受伤了？"

"哥哥，你怎么在这儿？"春晖看见瑞林。

阮瑞林看看弟弟，又转眼看看许直卿，说："弟弟，许老板把我当外人了，这牯牛要在保安团内抵脑，我有啥办法。你我死心塌地为主子卖命，真是狗咬吕洞宾，不知好人心。你看，团长是在怪罪我们这些赶堕的农民。"

"春晖，你进来说，怎么回事？"

春晖依然站在门口，说："哥哥，堕子是你们赶来。你看，你们不会选时辰，不会择地方，恰恰在保安团门口停着。你怎么不劝劝牤牛，要它们选个安静的、开阔的、有母牛观战的地方，来一个决斗，好在母牛面前炫耀炫耀，让那些母牛青睐它们。这保安团成了放牛场，牛屎、牛尿、臭气、骚气熏天。真不像话。"

时继良和团丁偷笑。

瑞林道："春晖，你别乱说，话又说回来，无巧不成书，这要是你我，也会怀疑赶堕人。可以理解，可以理解。"

这一正一反之言，让许直卿摸不着头脑。他欲言又止，来回踱步。良久，他猛转身，道："春晖，你哥哥在，进来说，你到底怎么了？"

"弟弟，快进来，团长叫你。"瑞林道。

余大富气喘吁吁地跑到办公室，"报告，满街都搜查遍了，不见龚承谦和阮老头踪影。"

"跑了，跑了。报告个屁。"许直卿丧心病狂，挥手："滚。"

春晖到底怎么啦？春晖在马厩里待着，听到许直卿在盘问瑞林，便想出一计。他走到后院，咬着牙，把脸和手臂在树皮上猛地插了几下，脸上、臂膀上出现大大小小、横七竖八的血痕，他快步走进卧室，简单地包扎了一下，便走近办公室。

许直卿命令他进办公室，他在吊许直卿的胃口，让许直卿琢磨不透。许直卿生气了。

春晖慢吞吞地走到办公桌前："报告，我没抓到逃跑的共产党要犯，让他们在眼皮底下逃之夭夭了。"

许直卿追问："你看见共产党劫走了逃犯？快说。"

春晖道："我看见了，有五六个男女，两男人高马大，黑风煞脸，满脸绊嘴胡，还有几个男女，拿着枪，从厨房里扛起两个要犯，跑了。我赶出去，大声叫喊：'快来人啦，有人跑了.'牛在抵脑,团丁顾不过来,我只好追上去,追到后门外,被赤卫队抓到,把我捆在树干上,使劲地勒我擂我.您看,我这脸、这手、这臂膀,都是他们在树上擂的.我说我是马夫,他们扔下我,跑了.我真后悔,那时候,我该跟着兵爷,学点擒拿的本事,不然,我不会放过他们.可惜,我是个马夫."

时继良听了,安抚说:"春晖,你虽然是个养马的,但你是忠臣."

春晖低下头,显露出歉意.

许直卿看出他的诚意,说:"春晖,你表现得不错,不过,我问你最后一遍,你哥哥不是共产党?"

"不是.我可以肯定,哥现在不是.我哥是好人.你可以问问时队长."春晖坚定地回答.

时继良证实说:"他哥哥表现不错,牛抵脑时,我亲眼看见他站在门口,冒着风险,驱赶拼死抵脑的牯牛,以防牯牛进保安团大门."

许直卿表态:"既然你们都说,瑞林不是共产党的同伙,我就相信你们一次.如果发现他有问题,我拿你是问."

岔路口,队员背着龚承谦和阮全科.李道生说:"龚先生伤势重,把他背到肖保苍家去.我送阮老头到太平湖."

"放我下来,我可以走."龚先生说.

队员在前面探路,肖保苍店门前,有顾客在做生意,队员走进店铺,肖保苍看见队员,问:"先生,你买什么?"

"您是肖老板吗?鲜港子的刘老板托我给您捎个信,问现在火口粗、八尺长的竹子有没有?"队员问.

"他要这样的竹子,好销吗?"肖老板问.

队员压低声音说:"现在兵荒马乱,伤者多,做担架销路好."

"担架?"肖保苍心知肚明,有人挂彩了.他马上吩咐店小二说:"你在前面照护顾客,我们到后院看看竹子."

他把队员带到后院,急忙问:"出事了?"

队员向他讲明情况，肖保苍说："现在保安团还没来搜查，先把龚先生背到我这里，从后门进来。"

肖老板回到店铺，观察所有顾客，没发现可疑，他返回到门口，观察街上动静。街上行人稀少，过路人来去匆匆。他想关门打烊，可犹豫片刻，不能关门，关门会引火烧身。他走到后院，打开后门，出去，到杨大夫药铺买来消炎药，匆匆忙忙赶回店铺。

胡安海背着龚承谦走到店铺后门。"快进来，放到床上去。"肖保苍边说话，边搭手，把龚先生搀扶进内屋，放在床上。

胡安海给龚承谦脱掉上衣，龚承谦遍体鳞伤。肖保苍拿来消炎药，给龚先生敷上，说："这个许直卿，对共产党恨之入骨，下手够狠的。"

看着伤痕累累的龚承谦几个人直摇头："刽子手真毒。"

店小二走了进来，肖老板不高兴，对他说："你不看店，进来干什么？"店小二瞪目，说："老板，有枪兵过来了。"

胡安海说："赶快离开。"

肖保苍对店小二说："你快出去，打发枪兵。"他转过头，对胡安海道："把龚承谦送到问安的龚家坪，那里有我们的同志，他叫袁友成。我给伤员买了些药带上。快收拾东西走吧。"

"肖老板，我要回江陵去，你们多保重。"龚先生向肖保苍道别。

团丁蛮横地闯进店里，贼眉鼠眼地瞅着店铺，问："老板在吗？"

店小二支支吾吾地回答："老板，他，他在。"

"谁呀，小二？"肖老板问道。

"老板，是兵爷，说要找您。"小二说。

肖保苍将屋内的药袋子、药棉丢进废篓里，镇定地回答说："来了，来了，马上来。"

"他妈的，早不拉屎，晚不拉屎，偏偏在这个时候拉屎。"团丁不耐烦地臭骂。

五十

肖保苍急忙从后屋走出，和团丁撞了个满怀。

"你搞什么鬼？"团丁扒开肖老板，搜查后屋，说："窝藏共产党要犯，你知道后果吗？"

肖保苍连声道："我一直在家，没发现什么。我生意都顾不过来，哪有闲心管那些屁事。"

"胡说，这是屁事吗？这是党国大事。你如果发现什么，赶紧报告。"团丁道。

"我知道。"肖保苍置若罔闻。

团丁欲离开，突然瞧着废篓，发现带有血污的布条，他弯腰捡起来，拿到肖老板面前，吼道："这是啥？"团丁瞅着地面，瞧见床底下带血的布条，说："这布条哪来的，你说得清楚吗？肖老板，跟我们走，去向许团总解释吧。"

瑞林脱困，同春晖来到马厩里，对春晖说，"你想法子到肖老板家去一下，看看龚先生什么情况，我和队员们赶回鲜家港。"

春晖把哥送到门口，大声说："哥，你回家好好照护老爹，快过年了，杀个大猪，我回家过大年。"他转身来到许团长办公室，说："团总，近几天，有两匹马拉稀，是不是去买点药，治治马的腹泻。"

许直卿点头。

春晖出来，径直往兴隆杂货店走去。路上，他遇到薛昌祥，问道："祥子，你在干吗？"

昌祥委屈地说："爹打我，把鼻子打出血了。"

春晖抚摸着祥子，说："你干坏事了，爹为啥打你？"

"爹说我不会干活，把盘子给打碎了，还说我，小孩子，多嘴多舌。"昌祥哭丧着脸说。

"你今年多大了？"春晖关切地问。

"我才八岁。爹老是要我帮忙。"祥子说。

"这就是你爹的不对了。你才八岁，怎么能像大人一样干活。看看看，你别哭啊，快用衣布把鼻子塞上。以后嘴巴紧点。"

春晖的安慰，让小昌祥哭得分外伤心。他啜泣，他感到天大的委屈。春晖背起祥子，快步来到肖保苍后院。他俩贴着板壁，听着里面在说什么。屋里传出团丁的声音："篓子里为什么有带血的布，你说得清楚吗？"

"笃笃笃。"春晖敲门。

肖保苍立马开门。没等他开口，春晖道："肖叔，刚才这小子在你屋里流了这么多血，你给塞上了，没走远又流了。你看，这鼻子糊满了血。"

"这孩子乖，他爹还打他，他哭哭啼啼地跑到我这来撒娇，怪可怜的。"肖保苍顺着说。他对团丁道："看到了吧，这血就是这么形成的。"

昌祥欲说话，他耳边响起春晖的告诫，眼前浮现团丁在他家横行霸道的嘴脸。春晖踩了一下他的脚，祥子捂着带血的鼻子，默默无声。

肖老板从房间里拿出一块旧布，用力撕开一小块，塞进他的鼻孔里。说："祥子，走，我们送你回去。"

团丁吼道："不能走。"

肖老板不解，说："兵爷，俗话说，大人说白话，小孩说实话，我说话，你可以不信，这孩子说的话，你该相信吧。"

春晖拍拍昌祥的头，安慰小孩说："祥子，乖！听话，你说哥哥的话是真的吗？告诉叔叔们。"说话间，春晖捏了一下昌祥的手。

春晖、肖保苍、团丁眼巴巴地望着祥子，瞠目以待祥子生死攸关的回答。

昌祥默默无语，低声抽噎。

"快说呀，我的小祖宗。你来过这里没有？这血布到底怎么回事？"团丁催促道。

昌祥撇了一下嘴巴。

春晖轻轻地捏了一下祥子的手："你说呀。"

祥子哭啼，摇了摇头，然后又点了点头。春晖、肖老板和团丁各有各的理解。团丁说："小孩摇头，表示这血布不是他留下的，他没来过这地方。"

　　春晖反驳道："祥子是说，我害怕不敢说，兵爷别逼我。"

　　"依我看，昌祥摇头，意思是春晖说的不是假话，点头，表示春晖说的是真话。"

　　团丁气不打一处来，拧着昌祥的耳朵，咬牙切齿地问："你倒是说呀，你来过这里没有？这血布是咋回事？"

　　小昌祥终于开口道："春晖哥说的是……"

　　几个人迫不及待地问："是真，还是假的？"

　　祥子使气地说："真的。"

　　团丁恼羞成怒，举手欲打，春晖一把搂住祥子，把他贴在身边。团丁无可奈何，灰溜溜地回到保安团，向许团总汇报在肖家店铺发生的一幕。许直卿听后，自言自语："这个阮春晖，怎么又是他？"

　　太平湖北面，有一片密密麻麻的杨林，称之为郑家杨林，郑家良就出生在这里。许直卿对驻扎在太平湖的赤卫队恨之入骨，但出于对郑家良势力的威慑，不敢轻易冒犯。

　　五里湖、陶家湖、清明湖、太平湖称为"四湖"，赤卫队员在这里安营扎寨。他们搭建草屋，备有锅碗瓢盆。四湖水域辽阔，相互连接，满是芦苇和杨林，能攻能守，逐渐成为赤卫队革命根据地。

　　李道生背着阮全科，到了太平湖。队员们正在聚精会神地练兵。本独看见父亲步履蹒跚地走来，跑上去，抱住父亲，眼睛含着泪水。

　　本宽见状，跑来对本独说："兄弟，男人有泪不轻弹，你这样没出息。还不快把父亲弄到窝棚里去，弄点东西给老人吃。"

　　本独"呜呜"大哭起来，说："你站着说话不腰疼，他不是你爹，你不心疼我心疼。人家的爹，还没抓进保安团，就被劫回来了，我爹，被许直卿关了一夜，打成这样。真是人与人不同，树与木不同，人比人，气死人。"

"咦，看来，你还闹情绪了。这只是时间差问题，瑞林不是想法把你爹给救回来了吗？瞧你这熊样，要是我，才不救你爹。"

"滚。"本独气呼呼地吼道。胡明喜和赤卫队员把老头搀扶到窝棚，端来稀饭，放到他面前，喂他喝水，安慰老人。

一会儿，队员们纷纷离开，屋子里只剩下胡明喜和阮本独。本独问："胡明喜，你入党了吗？"

胡明喜道："我还没有写那个申请书。"

"你想加入共产党吗？"本独问。

胡明喜说："我想啊。共产党是带领穷人打天下的党。我是穷人，怎么自己不喜欢加入自己的党啊！"

"共产党太严格了，我都写了几次申请，可是，还没加入，我都灰心丧气了。"本独摇着头，低声道。

"我马上写申请，不过，我还不够格。我相信共产党，相信瑞林、本槐哥。到时候，我一定会加入的。"胡明喜充满希望地笑着说。

"明喜，我觉得，本槐处事不公平。我和本宽同是小队长，他的小队人员和武器配备都比我强。再说，我爹和本槐爹，都被许直卿抓了，为什么他爹当天被救回来，我爹第二天才救回来，我爹多关了一夜，还被打得遍体鳞伤。"

胡明喜说："前面的事，我不晓得，也许是部队的规矩吧，排在前列的要比排在后面的人员装备配备强。后面的情况我晓得，本槐爹被抓在前，赤卫队及时营救成功，你爹被抓在后，赤卫队来不及营救，所以拖到第二天。队员费了好大工夫，你可冤枉好人了。"

"我不与你争了。"本独恼了，胡明喜讨了个没趣。

肖保苍家有惊无险，他和春晖把昌祥送回麻花店，薛开元迎接他们说："我这小子跑到你那儿去了，我请人大街小巷都找遍了。肖老板，春晖兄弟，快来坐。祥子，快搬椅子。"

"爹，我把盘子打碎了，我错了。"祥子说。

"哦，没事。"薛老板听到孩子在忏悔，心里一阵酸楚。

春晖告辞。薛老板停下揉面，拉着他的手，面粉粘在他手上，老板给擦擦手，越擦越白。薛老板向他使了个眼色。他对肖老板道："您回店去忙吧，我等会回去。"

春晖进屋，见一位头戴鸭舌帽的壮年笑迎着他，他问："您是？"

五一

"我叫薛开选，是薛老板的弟弟，码头工人。"壮年自我介绍说。

"您找我有事吗？你忙，我还得去买马药。"春晖惊讶，转身想走。

薛开选留住春晖，和他嘀咕了几句，他告辞道："薛叔，再见。老板，再见。"春晖转眼来到药铺；"老板，请问马拉稀买什么药？"

"畜生拉稀，像人一样，肚子坏了，拿点腹泻药试试看。"店老板考虑一下说。

"好吧。"春晖买了药，走进杂货店，说："肖老板，我有话对你说。"

"什么事？你赶紧回去，在外面待太久了，怕引起许团长的怀疑。"肖保苍推着春晖。

"肖老板，这事很重要，我必须向组织汇报。"春晖认真地说。

"再重要，没有你的安全重要。你必须立刻回去，快走。"

春晖回到马棚。许直卿看见他，说："春晖，过来。"

春晖端着一大碗清水，往马嘴里灌药。他把一碗水灌到马嘴里后，整理了一下身上的衣服，拍拍身上的尘土，走到许团总办公室。

许直卿坐在办公桌前，眼睛盯住春晖，停顿半晌，开口道："阮春晖，你板眼儿大得很呢，哪里有情况，你就出现在哪里。"

"报告团总，我是个马夫，我再大的本事，胳膊扭不过大腿呀，孙猴子怎么打得过如来佛的手板心？我是个直巴人，喜欢巷子里赶猪——直来直去。您在我这下人面前，不用绕弯子。我做错什么了，您直说。"春晖低着头。

"怎么这几个地方都有你？保安团，我正审讯你哥，你包着头脸，跑来，解救了你哥；兴隆杂货店，团丁发现血布，正准备把肖老板抓起来，又是你，解开团丁的疑惑。真有你的。"

"团总，前天晚上，我做了一个梦，梦见我背上滴水，我就想，算我背失（湿）。这不，恰恰这些倒霉事都被我阮春晖遇上了。这难道怪我吗？人啊，总会有走麦城的时候。我不是买马药去了吗？恰恰遇到薛昌祥哭哭啼啼的，我这个人心软，动了恻隐之心，把他送回麻花铺，他说他爹打他，硬是要我把他送到兴隆杂货铺，凑巧遇到那等事。"春晖显示出一副无可奈何的姿态。

"也是，就你火背，这些龌龊事，恰都被你遇见了。"许直卿一语双关，看着春晖，丧着老脸。

"团长，你是贵人，放与不放我哥，抓与不抓肖保苍，这是你团总的抉择，这等事怎么就被我遇上了？"春晖懊丧着说。

"念你马喂得不错，念你五里湖救命之恩，这些就不与你计较了。"团长说。

"今后我如果遇到有共产党的劫犯，我还是要冒死追赶。"春晖迎合许直卿。

团总黑着脸，严肃地说："春晖，我警告你，没有我的批准，你不要随便出保安团。"

阮春晖道："是。"

阮春晖前脚走，时继良后脚便走来，许直卿对他说："阮春晖形迹可疑，神通广大，他那些事是偶然又有必然。你派人跟踪他，看他再玩出什么花样来。"

"春晖常在你身边，是要防着点。"时继良表现出阿谀奉承的丑态。

许直卿听了，浑身起鸡皮疙瘩，他说："去去去，干好你的事。"

"是。"时继良碰了满鼻子灰，灰溜溜地低头离开。

转眼，进入腊月间。上午，刘大纯背着一串马嚼，来到保安团门前。时继良从院内出来，赶上前，叫道："时队长，老朋友，你好啊，要不要马嚼，这马嘴子轻松、牢固、漂亮，都是新篾编的，你看这篾，青幽幽的。"

时继良不屑一顾，说："你去问春晖去，这事，不归我管。"

大纯瞅着他说："就找你，我们是老熟人，长官不让我过去。"

时继良气呼呼地对门丁说："放他进来。"

大纯走进马棚，春晖正在给马喂草，大纯进来，后面尾随一团丁。春晖大声道："刘老板，你是稀客。"

大纯说："我卖马嘴子来啦。时队长要我找你，要不要几个？"

春晖瞥着尾随他的团丁，说："这个，我可做不了主，得去请示熊队长。"春晖想了想说："熊队长早上出去了。今天恐怕买不了。"

"春晖小弟，帮个忙吧。我穿湖，又爬坡，好不容易背来一串马嘴子，你们推来推去，你就买几个吧。"

春晖道："真把老乡你没办法。马嘴子坏了不少，大半年了，没更换，要几个，我去找一下许总。"春晖在马棚里找了几个破烂的马嘴子，提着去找许直卿。

团丁与他形影不离。春晖来到许团长办公室："报告。"

许团长淡淡地问："什么事？"

"团总，几个马嘴子破烂不堪，要不要换？"春晖说。

许直卿生气道："换不换马嘴子，还要问我？这油盐酱醋，也是我的事？扯淡。"

"团总，时队长说他不管，熊队长不在。我到底找谁呀？"春晖觉得委屈，哭丧着脸。

"去，去找司务长，要他换。"许团长手指着厨房。

"是，团长。"春晖向厨房走去，尾随他的团丁穷跟不放。他找到司务长，拿来几个钱，回到马棚。春晖想，马怕痒痒，如果在马屁股前背上拍一下，马会发怒，后蹄会乱打乱弹。他试了一下，果真如此。他对团丁说："你让开点，小心马踢着你。"

团丁隔得远远的。大纯把一串系着马嚼子的绳子解开，一个个地点数。趁团丁不注意，春晖说："我在薛家麻花铺见到1927年入党的薛开选，他说要加入赤卫队。"春晖大声说："换十个马嘴子，找你差价，一个差价三毛，找你三元。"

"好好好，谢谢老弟。"大纯接过钞票，满口致谢。离开保安团，来到兴隆杂货铺。这时，正逢春节前半月，店铺生意萧条。大纯走进内屋，问："前几天，春晖是要告诉你一个重要情况。"

肖老板说："什么情况？"

大纯道："春晖说，有一个叫薛开选的搬运工人，他了解到鲜家港革命斗争红红火火，慕名找到阮春晖，强烈要求参加赤卫队。"

"薛开选？我认识，只是不知道他是党员。一年多了，我们终于相互认识。"

"是啊，我们党在艰苦斗争中不断经受考验，不断壮大自己。星星之火，成燎原之势。"大纯很兴奋，接着说："春晖说了，里应外合，江口苏维埃政权的成立，指日可待。"

"不错，指日可待。我们等着这一天。"肖保苍兴奋不已。

五二

农谚道："热在三伏，冷在三九。"过两天，就要进"三九"了。上午梅芳和戴宗秀在沮漳河边砍柴火。她们扒开荆棘，从杂草中寻觅杂树杂蒿。宗秀凝望着河岸。河对岸传来悠扬的情歌声：

> 郎从雨中打伞来，
> 姐在房中绣花带。
> 左手接过郎的伞，
> 右手接过郎的衣。
> 郎是雨中遮雨伞，
> 妹是雪里暖身衣。

梅芳听到歌声，情不自禁地对唱起来：

> 你是何风吹来过？
> 桑树扁担软悠悠，
> 挑担歌本寻对头。
> 昨日寻得日落土，
> 今日寻得日偏西，
> 寻个对头在这里。

对岸的男子接着唱：

> 花儿开来两道栓，
> 洗脸盆子月儿弯。
> 上边拴的杨中保，
> 下边拴的穆桂英。

梅芳叫道："宗秀姐，你都着迷了。"

宗秀侧耳听着，说："梅芳，我听出来了，是胡明喜。他的歌声那么粗犷，扣人心弦。"

梅芳说："秀姐，快对一个。"

正月里来是新年，
郎到姐家来拜年。
双脚跌在泥巴里，
口送恭贺又一年。

胡明喜回应道：

姐儿赶忙回礼数，
一把将郎来扯起，
只要每年郎都来，
何须来讲这多礼。

梅芳接着唱：

姐把板凳拖两拖，
叫声情哥你请坐，
等我快快去厨房，
筛杯热茶敬郎喝。

宗秀看了看天气，说："别唱了，要下雪了。"
梅芳像是没听见，唱道：

我要唱，我要唱，
唱得虫鸟花儿醉，
唱得咱郎夜不归；
唱得雨雪下不停，
唱得乱云满天飞。

"梅芳，你快看。"宗秀仰望天空。天空出现一块块乱云，
黑云、白云、青云、疙瘩云，漫天飞舞。宗秀想起来爷爷说
过，漫天乱飞云，雨雪下不停。她提醒梅芳："别唱了，要下

雪了。赶紧把柴火捆起来，挑回去。"

梅芳将一把把的柴火抱成一堆堆，宗秀在后面打草绳，将一堆堆捆成一捆捆，再用粗绳子捆成四摞。她俩拿起扁担，每人将扁担两头插在摞中，用力挑上肩膀，抖了抖，英姿飒爽往家里走。

"宗秀姐，你傻呀，走错路了。"梅芳看见宗秀跟在她后面，说。

宗秀把嘴巴朝阮家台撅了一下。梅芳如梦初醒，道："你是怕你公爹缺柴火啊。"

宗秀嗔怪说："死妮子，你还是晚辈，和婶婶开玩笑，羞死人了。"

"要说羞，你才是，还没过门，就往公公家打柴火，就怕公公没柴烧。"梅芳的嘴不饶人。宗秀放下担子，跑到梅芳前面，把梅芳的担子拉下来，说，"放下，快放下。"

梅芳道："你不是说要下雪了吗？走吧。"

宗秀说："怕什么，雪不会打湿衣。坐下聊聊。"

"梅芳，你和瑞林最近去本槐那里了吗？"宗秀问。

梅芳笑道："怎么样，想他了吧。要不，明天去看看。"

宗秀羞红了脸，扭动身子说："人家就是说说而已。"

"婶子，别不好意思。"梅芳说着，把手伸到宗秀的胳肢窝里，挠得宗秀怪痒痒。宗秀推开她，说："别开玩笑了，快走。"

龚梅芳站起来，说："快走，公公等着柴火嘞。"

"死丫头，小心婶子打你。"宗秀站起来说。

下雪了，漫天飞舞的雪花，飘飘悠悠，纷纷扬扬。芦苇上、草地上、房屋上堆满了雪，霎时间，变成了雪白的世界。雪越下越大，一团团、一簇簇、一片片，像洁白的鹅毛。雪花挂在树枝上，落在树叶上，飘在草屋上，亮晶晶、沉甸甸，发出耀眼的光。

宗秀站在屋檐下，看着这入冬以来的第一场雪，欣慰和担忧同时填满她的心。她欣慰，眼前的一切变得那么新奇、无瑕；她担忧，在荒郊野外，这么寒冷的天气，本槐和赤卫队员怎么过？这样恶劣的天气，继续下去，他们会饥寒交迫。宗秀心想：梅芳这个死丫头，说话不算话，昨天不是说好了吗？怎么现在还没有来。这雪下的，她会来吗？

她走进屋子，把衣物收拾好，再等一会儿，她不来，自己去。

五三

吃过午饭，戴宗秀在家焦急地等着。远远看见梅芳踏雪快步走来。她想："怎么，瑞林没来？哦，是的，瑞林的行动非常隐蔽，也许，他早去了。"她背着一个大包裹，出来和梅芳并肩走着。

太平湖上，一队队赤卫队员，在雪地里，时而爬行，时而瞄准，时而射击，时而前行。队员们，有的持枪练习射击，有的手持长矛、大刀和木棒，用心习武。雪团落在队员身上，前面是泥泞，队员毫无顾忌，勇往直前。队员们的脸前，袅袅热气在缓缓升腾，升腾。

阮本独站起来，搓搓手，跺跺脚，伸伸腿，拍拍身上的雪，雪团一簇簇从身上掉落下来。

本槐吼道："本独，队员们都不冷，就你冷。"

本独嘻嘻地笑着，说："这冰天雪地，咋不冷？"

本槐训斥道："同志们的眼前冒着热气，可你搓手跺脚，这说明，你没认真。同志们休息，你得加班加点。"

本独一屁股坐在雪地上，嘴里嘀嘀咕咕。

本槐怒气冲天，大声叫道："胡守财。"

胡守财一骨碌爬起来，"到！"

"我命令你，担任凤台红军赤卫队第二队队长。"他接着叫道："李道生。"

李道生："到！"

本槐命令："你从今天起，担任凤台红军赤卫队第三队队长。"

道生腼腆地支吾："我，我，我行吗？"

本槐吼道："我说你行，你就行。瞧你个熊样，没出息。到底干不干，不干，拉倒。"

李道生顿时是黄牛吃草——吞吞吐吐。

"李道生，我再问你一遍，干，还是不干？"

李道生："干！"

本槐道："我们这个队伍，是革命的队伍，是有组织、有纪律的队伍。不允许有人目无组织，耍脾气，闹情绪。大家听好了，训练。"

本独赌气地站起来，走进草棚，叫道："爹，赶快收拾东西，回家。"他爹望着他，不解地问："怎么了？刚才训练还是好好的，怎么像六月的天气，说变脸就变脸。"

"阮本槐待人不公，此地不留爷，自有留爷处。"本独满脸怒气。

阮本宽走来，对老人说："幺爹，你别走。本独是在耍小孩脾气。"

老人看着本宽，问："到底怎么啦？"

"怎么啦？本槐偏心眼，把我当眼中钉，肉中刺。左看不顺眼，右看不顺眼，想撵我走。本宽也胳膊肘往外拐，向着本槐，替外人说话。"

"兄弟，我和本槐都是直肠子。对就对，错就错。本来就是你的不对。"本宽直言。

老人坐下来说："本宽，赤卫队没及时救我，害得我被关了一夜，被打得人不人，鬼不鬼的，我儿子心疼啊。"

"老人家，是你多虑了。赤卫队员为了救你，冒天大风险，你不能错怪他们。"

"滚滚滚，你们都是一条绳上的蚂蚱，狗嘴里吐不出象牙。爹，咱们惹不起，躲得起。"

本独一根筋，固执地要离开。

本宽拦不住，他说："你走可以，把枪留下。"

本独不听，把枪背在肩上。

本宽说："武器是赤卫队的，不是私人财产。再说，你背着枪出去，会暴露目标，对你，对赤卫队都不利。"

本独死死地抱住枪不放，本宽道："来人，把他的枪缴了。"阮本独见势，使气地把枪甩在地上，"哼"的一声，气冲冲地离开。

本宽扭头，走到本槐面前，小声道："阮本独真走了。他是带气走的，如果他向许直卿告密，就糟了。"

"天要下雨，娘要嫁人，他要走，拦是拦不住的。不过我们要做好准备，以防后患。"本槐掐了片芦苇叶，衔在嘴里，左右挪动，吐出来，说："队员们做好转移准备。"

在鲜港桥，阮本独遇见梅芳和宗秀，三人擦肩而过。梅芳叫道："本独叔，你去哪儿？"阮本独转头，瞅了一眼梅芳，掉头径直而去。梅芳对宗秀说："出事了，本独回鲜家港去了，不知是咋啦，他看见我们，就像陌生人一样。"

"我早看出来了，阮本独刚愎自用，个人主义思想极为严重。上次，没批准他入党，他就对本槐怀有敌意。"宗秀说。

"坏了，他会投靠保安团。快走。"梅芳催促着，她俩快步走到太平湖。戴宗秀一见阮本槐，张口质问："本槐，你和阮本独是咋回事？看你这直直巴巴样子，肯定是你把他气跑了。"

"是他老气未消，又上新气。成天小心眼，不是瑞林对他不起，就是本宽瞧不起他。今天，队员们训练得挥汗如雨，他却冷冷飕飕。一个小队长，不带头好好训练，给队员带来极坏的影响。"本槐气极了，"我撤了他的职。"

"你就不能学着瑞林，做做他的思想工作。"戴宗秀说。

"我是个直肠子，喜欢石板上钉钉子——硬碰硬。"本槐生气，把头调到一边去。

梅芳上去，拉了本槐一把，说："宗秀怕你爹冻着，打柴火送到你家，今儿一早，惦记着你，邀我从霜天雪地穿过来，还不是为了你，你没肝没肺没良心。"

阮本槐惭愧地把头低下。

走进草棚，宗秀坐在本槐床沿上，整理本槐的衣物，说："快想办法，本独万一告密怎么办？"

梅芳说："不是万一，是绝对。你们必须迅速转移。"

本槐仔细琢磨："转移到哪儿去呢？"他说："这样吧，秀，你先回去，叫大纯通知魏启福，晚上到胡明喜屋里开会，不见不散。"

几个人刚分开，本宽走来，说："不好了，要出大事了。"

本槐想：这么快，本独就告了密。他立刻警觉起来。

五四

阮本宽急忙地走到本槐面前，手指郑家杨林说："从那边小路上，走来一队挎着长枪的陌生人。"

"本宽别急。你看清楚了吗？有多少人？是些什么人？不了解清楚情况，不能贸然行动。"本槐惊讶地睁大眼睛望着本宽。

"不知道是什么人，估计十来个。"本宽道。

"走，到路边去看看。"他俩扒开芦苇，隐蔽在树林里，观察走来的人群。

郑家杨林与太平湖之间，夹着一条羊肠小道，路边是密密麻麻的树林和芦苇。几个土匪，由郑家良堂弟郑家驹带队，抬着两个木箱，歪歪趔趔，漫不经心地走来。

本槐分析道：郑家杨林，是郑家良的老家，要过年了，郑家良派人给老爷子辞年来了。他命令队员们注意警戒，别惊动他们，以免打草惊蛇。

土匪摇摇晃晃，优哉游哉地走到队员埋伏地。突然，他们停下来，把箱子放在地上，一土匪要屙尿，走进芦林，仰头看天。尿液恰恰屙在胡安海手臂上。胡安海丧着脸，捂着鼻子，抿着嘴巴强忍着。土匪小便后转身，突然被一根树藤绊倒，定睛一看，看见胡安海，他惊讶："啊！"说时迟那时快，胡安海一把抱住他，捂住他的嘴巴。土匪奋力挣脱，两队员紧紧地抱住他的腿，拖进密林。

阮本槐急中生智，冲到道路中间，一边鸣枪一边往前跑。土匪追赶阮本槐，喊道："抓住他们。"本槐和本宽闪进树林里，土匪小心翼翼，阮本宽冲上去，一扫腿，撂倒一个，另一个土匪准备开枪，被阮本槐击毙。后面的两土匪慌了手脚，举枪投降。

本槐说："都是一个道上的。行有行规，道有道矩。我们不杀人，只越货。你们如果愿意跟我们干，就留下来，不愿意，快走。"

一土匪说："老爷，我们的家眷还捏在郑家良手心里。郑家良心狠手辣，我们得回去。"

"东西都被劫了，你们回去怎么向老板交代？"阮本槐道。

"如今，兵荒马乱，土匪道道都有，我们回去就说被道上抢了呗，反正这货，郑家良也是抢来的，你们拿去吧，算郑家良孝敬爷您了。"土匪说。

"你们走。"阮本槐道。

土匪向阮本槐鞠了一躬，拍着屁股走人。

那边，郑家驹命令土匪抬起木箱子，快步钻进郑家杨林。李道生带着几个队员追上去，一拥而上，打倒两个土匪，说："缴枪不杀"。两土匪乖乖地放下箱子，把枪丢在地上，跪地求饶。李道生说："放你们出去，没问题，回去向郑老板说遇到土匪，东西被抢劫了。"

"是是是。只要您放过我们，要我们说啥，我们就说啥。"郑家驹和几个土匪捣蒜似的跪拜求饶。

李道生说："滚。"

被队员拖进树林里的土匪惑于梦中，说："我遇见鬼了。"

胡安海大怒，说："你嚷什么，都是道上的，出来混口饭吃。算你走运，遇上我们。滚。"

土匪爬起来就跑。

回到训练场，阮本槐立刻召集三个队长，到茅棚开会。他分析说："阮本独不是省油的灯，他一定会去投奔许直卿。也许不到今天晚上，他就会带着团丁，搜捕我们。"

本宽说："人上一百，形形色色。郑家良的那些土匪，为了脱身，好话说尽，坏事做绝，一旦放了他们，他们肯定会把今天的事告诉郑家良，郑家良一定会寻机报复。此地不宜久留。"

李道生表态说："我同意本宽的观点，马上转移。可是转到什么地方去呢？"胡安海也说："我同意转移，听队长安排。"

本槐思前想后，说："晚上开会，再做决定。事情到了这个地步，必须做好转移准备，同志们先把东西收拾好。等到二更过，如果我还不回来，阮本宽就带着队员，沿沮漳河北边向东撤离。如果我回来，则另当别论。"

梅芳和戴宗秀走到鲜港子，落到大纯店铺。她们顾不了店铺的生意如何，把大纯拉到一旁，急促地问："看见阮本独没有？"

"看见了，他背着行李，和他爹回去了，好像戴宗凤也在。"大纯说。

"这下有戏了，这两东西，简直是茅房里的石头——又臭又硬。他俩臭味相投，狼狈为奸，肯定会干出对我们不利的事儿来。"梅芳道。

大纯急着问："现在咋办？"

宗秀说："大纯，去通知魏启福，鸡上笼时，到胡明喜屋里开会。你也参加。"

河堤上，瑞林和李道云并列走着，瑞林问："道云哥，现在家里情况怎么样，嫂子心情好点了吗？"

道云说："自从你们教训了龚茂红，他再也没敢来欺负咱了。不像以前，狗地主老是踩在穷人肩头上拉屎。有你们为穷人撑腰，我们活出了人样。"

瑞林欣慰地说："我们要的就是这样，做天下的主人。"

"村子里来了共产党，我们穷人有了盼头。"李道云脸上出现幸福的笑容。

"瑞林，瑞林。"梅芳和戴宗秀急忙走来。她想说什么，看了看李道云，欲言又止。瑞林说："什么事，你尽管说，道云不是外人。"

"不好了，本独和本槐斗了几句嘴，气跑了。他很有可能叛变。晚上本槐要和你在胡明喜家商量转移之事。"梅芳说。

"哦，有这事。"瑞林思考着说："转移?"他转身对李道云说："兄弟，请你帮个忙。"

"帮忙? 帮什么忙?"李道云感到诧异。

瑞林道："你给梅芳做伴，迅速赶到菱角湖，叫阮德斋以最快的速度赶回来。晚上我们在胡明喜家里等他开会。"

李道云连声道："好，梅芳，我们现在就走。"

瑞林对宗秀说："你去通知胡明喜，准备一下，晚上在他家开会。"

说罢，他们赶紧分头行动。

五五

沮漳河堤半坡，有间新盖的草屋，草屋被皑皑白雪覆盖，像草原上的洁白帐篷。戴宗秀掀开草门，朝里屋瞅瞅。她走进屋子，未见胡明喜。胡明喜正在河边布着丝网。

戴宗秀叫着："喜子，快起来，有事找你。"

胡明喜收起丝网，跑上堤，问："什么事，这么急?"

"晚上瑞林要到你这开会。"宗秀道。

"开会? 我这破屋，开什么会?"喜子不解地问。

"几个人在一起商量大事。"

"哦，晓得了。"喜子快速地拉开草门，生火、烧水，迎接这个庄重的会议。

正是鸡上笼的时辰，刘大纯关上门店，同魏启福沿河边来到胡明喜草棚。本槐按时到达，瑞林在阮家台上，远望河对岸，盼望着阮德斋的到来。冬季，枯水季节，河水下落，渔船泊在岸边，河水静静的，蓝蓝的，宛如一条洁白的布带，蜿蜒铺向远方。

阮德斋早到了。瑞林扫视一周，看了看到会的同志们。同志们向瑞林点头致意。瑞林说："同志们，现在，我们面临困难，戴宗凤和阮本独背叛革命，敌人会想方设法歼灭我们。太平湖根据地有可能暴露。但是，我们必须有我们的武装，在这个前提下，我们该怎么办，请大家各抒己见，出谋划策。"

本槐第一个站起来，说："我发表一下观点，一是我们可以继续留在太平湖，凭实力和敌人拼杀；二是我们转移到菱角湖，那里离江口、问安远一点，敌人不容易发现我们，也很难和我们正面对峙；三是我们撤到五里湖，安扎在鲜家港。这三处，可以选择一处。"

阮本宽说，"要讲保守、稳妥，还是撤到菱角湖。"

阮德斋坐在床沿上，说："敌强我弱，我们面对的是两股强大的势力，一是许直卿，二是郑匪。虽然，我们的势力不弱，各地赤卫队，可以支援我们，但是远水解不了近渴。所以，我不同意继续留在太平湖。"

阮瑞林斩钉截铁："离开太平湖，以避锋芒。除了菱角湖、五里湖，同志们还可以想出其他办法。"

阮德斋说："菱角湖随时欢迎你们。"

"五里湖，岂不是成了唯一的选择了吗？"胡安海插嘴说。

李道生站起来，说："瑞林，你做决定吧，听你的。"

瑞林走到草棚中间，说："同志们，赤卫队有三大任务，第一，保护家乡人民群众的生命财产安全，人民的利益高于一切。如果我们继续留在太平湖，不但人民群众的利益保护不了，恐怕连我们自己也保护不了。第二，打击敌人。现在，主要敌人是许直卿、郑家良和当地恶霸地主龚茂红。我们如果撤至菱角湖，这第一项和第二项任务无法保证。第三，我们还有更加光荣而艰巨的任务，同志们知道是什么吗？那就是打到江口去，成立苏维埃人民政权。怎么样才能够完成这三大任务？三全其美的办法是什么？"

同志们伸长颈项，以期待的目光望着瑞林。

瑞林接着说："我看只有这样。"

阮本槐催促着说："瑞林，快说呀。"

瑞林站着，把左手扬到头上，用手指向后梳理了两下头发，说："我们可以在统一指挥、集中领导的前提下，化整为零，把赤卫队分散编队，进行游击战。"

大纯打断瑞林的话，偏着头说："这，是不是想解散赤卫队？"

瑞林摇头说："化整为零并不等于解散赤卫队，我们以鲜家港为中心，指挥部就设在五里湖。中队编制打乱，让敌人不知赤卫队有多少队员。我说一下编制，请大家记住：一小队，草埠湖；八小队，贾家垴；十三小队，吴家堤；凤台小队为七小队；鲜家港为二小队；草埠和凤台的小队队长由本槐同志具体安排。我提议，鲜家港小队队长：胡守财；贾家垴小队队长：阮本宽；吴家堤小队长由魏启福担任。同志们有没有意见？没有意见，请举手通过。"

瑞林扫了一下四周，全员通过。他说："同志们，我们一定要团结。赤卫队要听从阮本槐同志的统一指挥。常言道步调一致才能得胜利。我们的队伍中，绝不能出现第二个阮本独。"

同志们异口同声："记住了，统一指挥，步调一致。"

"德斋同志，你就做我们的坚强后盾。"瑞林看着阮德斋。

阮德斋道："没问题。"

"同志们，我们已经进入严酷斗争时期，希望和挑战同在。"

同志们纷纷离开，瑞林道："鲜家港小队队员留下来，继续开会。"

瑞林对同志们说："我们就在五里湖中安营扎寨，现在同志们去湖里，开辟根据地，迎接新的挑战。"

更夫敲响二更锣。赤卫队员连夜赶到五里湖，搭建草棚、筑建炉灶、安排床位，一个新的根据地开始筹建。

阮本宽及赤卫队员，在太平湖芦苇丛中整装待命。雨雪过后，月亮爬上树梢，出来打了个照面，又羞羞答答地躲进树梢。郑家杨林传来更夫的打更声。眼看二更天到了，本槐还是没消息，本宽命令队员："出发。"

一声令下，一队人马挑着行李，推着独轮车，车上装有武器和厨具，悄悄地走出太平湖，来到凤台码头。不久，阮本槐在鲜家港码头与队员相遇。阮本槐召开临时紧急会议，传达当晚会议精神，安排赤卫队员回到原籍，开展游击战。

面对复杂而又严酷的革命斗争形势，有赤卫队员闹起了情绪，说："赤卫队员集中活动，闹得红红火火，轰轰烈烈，一下，就这样解散了，又回到从前，老百姓又要受欺负。"

阮本槐说："不理解归不理解，想不通归想不通，这是组织的命令，我们要执行。"

赤卫队员在党支部统一指挥下，分散开展游击战，这在当地农村，是一个新的尝试。赤卫队农忙时下地干活，农闲时集中训练，时隐时现，藏而不露，与敌人巧妙周旋，做到"分散不分心，分散不分家"。赤卫队员尝到了游击战的甜头，因为这次会议是在"三九"来临之前召开的，赤卫队员幽默地管这次会议叫作"九头会"。

五六

苍蝇不叮无缝的蛋。阮本独父子回到阮家台。戴宗凤见缝插针，坐在本独家说："许直卿不是派人抓你爷儿俩，你咋敢回来？"

本独说："我不跟阮本槐玩了，回家修地球。"

宗凤诡秘地道："你敢在家逍遥种地，就不怕许团总来抓你？"

"我又没干什么，他抓就抓吧。"阮本独心不在焉道。

宗凤眼睛眨了眨，说："本槐在哪里？把这个秘密告诉许团长，我保你有好处。"

阮本独想了想，本槐和自己毕竟是兄弟，赤卫队毕竟冒险救了父亲。他不想把本槐抖搂出去。他说："本槐在哪里，我不知道。我也不想同室操戈。"

　　戴宗凤笑道："其实，我和本槐亲戚不假，他和宗秀订婚了，是我姑爷。我也不想把事做绝。可是。"

　　"可是什么？"本独惊讶地问。

　　"可是，利益高于一切。如果有利可图，什么情啊，义啊，脸面啊，见鬼去吧。"戴宗凤厚着脸皮，暴露出他的丑恶灵魂。

　　老爹从里屋走出来，听到这话，拿出扁担钩子，朝戴宗凤打去，口里骂着："你这个狼心狗肺、无情无义的东西，老子打断你的腿。"

　　戴宗凤拔腿就跑。

　　阮本独爷儿俩回家了，戴宗凤像是得了宝似的，快步跑到江口，他要把消息告诉许直卿，邀功请赏。"报告，时队长，我看见阮本独了，他和他爹都回家了。"

　　时继良紧追着问："你看见了？"

　　"我亲眼看见的，我还劝他到你这儿来自首。"

　　"真的？"

　　"真的。"戴宗凤肯定地说着，伸手，做了一个讨赏动作。

　　"去你的，八字没见到一撇，九字没见着一勾，你就要赏钱。真不要脸。"时继良阴着脸说。

　　戴宗凤像一只泄了气的皮球，瘪瘪地滚进马厩，向春晖吐露满腹怨气："我把本独回家的消息告诉时队长，他不但不给赏钱，还把我臭骂一顿。真不是个东西。"

　　阮春晖一语双关："活该。时队长刚才被许团长剋胡子了。"

　　"怪我，讨好卖乖不是时候，拍马屁拍到马腿上了。"

　　"就是嘛。"春晖忙着收拾马槽，说："去去去，我烦着呢。"

　　戴宗凤悻悻地往回走。时继良叫住他说："我把你透露的消息转告给了团总，团总说了，有你的好处，你得回去，稳住阮本独，要不然，你呀，一丁点的好处费也别想得到。"

"是。"戴宗凤道。

阮春晖表面平平静静，可心里火辣辣的。这事怎么办？他得借故出去，把消息传出去。他想起了薛开选。走进团总办公室："报告团总，没马料了，我去买点。"

许团长看了他一眼，又看了看紧随春晖的"尾巴"，说："快放学了，还出去？"

"尾巴"说："是的，晚上马料没了。"

许团总点头。

"快放学了"这话，倒是提醒了春晖。

春晖从保安团走出来，来到大街上。薛昌祥放学了，对了，去找他。前正街是祥子放学回家的必经之路。春晖走着，想着，望着。祥子背着小书包，脚踢着土块，走过来。

"祥子。"春晖叫着他。

他抬起头，朝春晖看了看，惊愕地道："晖子哥，去哪儿？"

春晖跑过去，拉着他的手，说："我来接你回家呀。"他俩向牛场口子走去。祥子觉得奇怪，怎么到这地方？

春晖看看马饲料，说："我买几捆马草，你帮我抬回去。"

"尾巴"就站在他俩身后。

春晖买来六捆马草，对生意人说："多少钱，给开个条。"

生意人摸上摸下，浑身摸了个遍，没找到空白纸，说："没纸张，我也不会写字。"

祥子机灵地说："我书包里有，春晖哥会写。"他从书包里抽出纸来，生意人说："马草一百斤，价格二毛钱一斤，一共二十元。"

春晖听着，写道："戴宗凤告密阮本独回家之事，急去鲜家港找刘大纯。"他对生意人说："您再重复一遍，这张纸废了。"春晖将写好的纸放进祥子的书包里。重新写了一张。"尾巴"注意力在马料的价格、数量和钱数上。

"祥子，不用你帮忙。回去一定要把作业交给你小爹看，叫他帮你改作业。"说着，他轻轻地拍打了几下昌祥的头，挑着一担马草回保安团。

昌祥跑跑跳跳地回到麻花店，进门便叫着："爹，小爹啦？"

薛老板看着他，问："找小爹做啥？"

祥子说："帮我改作业。"

父亲觉得好奇："咦？今天吴先生，太阳从西边出了，给孩子布置起家庭作业来了？"

"不是吴老师，是晖哥布置的。"祥子说。

"去，找小爹。"

昌祥走进里屋，从书包里取出一个小纸条，递给薛开选。

薛开选仔细地看了一遍，立刻换上行头，撕毁纸条，快步走出店铺，匆匆忙忙赶到鲜家港，走进一家小店，买包香烟，问："请问，刘大纯是在这住吗？"

店主回答："刘大纯？开篾器店的刘大纯？"

"是呀。他住哪儿？"薛开选问。

店老板走出店，指着前面，说："就在那儿，麻将铺的隔壁。"

薛开选来到麻将铺，看着篾器店，问阮全章说："你看见刘老板了吗？店门关着，店里没人？"

阮全章仔细打量薛开选，问："你是他什么人？有事找他？"

薛开选笑着说："是同行，找他做点小生意。"

全章说："下午他出去了，天黑还没有回来，你就在店里坐会儿。"

薛开选坐在麻将铺，焦急地等着。

是夜，头更过去了，薛开选心急如焚地走来走去。薛开选想：不能等太久，打转身，回到他买香烟的店里，那店老板比起人员复杂的茶馆要安全得多。

店老板已关门打烊。"香烟抽没了，买盒烟。"薛开选道。

老板听声音熟悉，起来把门虚开，瞧见薛开选。薛开选拿钱买了烟，说："我等刘大纯半天，大纯还没回。这里我还有一个熟人，他叫阮本独，请告诉我，他住在哪里？"

"阮本独？"店主犹豫片刻，店主老婆从里屋传来声音："阮本独是阮家台的，离这大概五里路，就住在河边上。"

薛开选一不做二不休，干脆直接通知阮本独。他哪里知道阮本独与赤卫队员间的过节；他哪里知道，许直卿就在当晚抓捕阮本独。他不愿意因为他的失误，给党组织造成损失，让阮春晖因为他的无能而失望。

冰天雪地，夜色弥漫，薛开选跌跌撞撞地向阮家台摸索前进。

阮家台，狗在狂叫，几只灯笼在屋前房后晃动。

"谁？"五里湖中，几个人挡住了薛开选的去路。他被吓出一身冷汗，回答："我。"

来人道："你是谁？把手举起来。"

他举起双手，问："你们是谁？"

"别问这么多，跟我们走。"

他被蒙上眼睛，带进湖中。

"你是谁？是谁派你来的？"大纯问。

"我是薛开选，江口人，我找刘大纯。"

这名熟悉，前几天听春晖说过。大纯问："你找刘大纯干什么？"

他似乎听出来什么，忙说："是阮春晖安排我来找刘大纯，有重要情况告诉刘大纯。"

大纯示意队员拉开蒙面，亲切地叫道："同志！"

他把纸条递给刘大纯。

大纯看了看纸条，道："谢谢你。来不及了，阮本独在傍晚就被带走了，阮家台的灯火，是敌人预防我们去营救，安排的特哨。敌人是在诱我们上钩。"

刘大纯把薛开选带到赤卫队营地。

瑞林亲切、激动地与同志交谈。两位早年入党的同志，热情洋溢。他们兴奋、激动、热情、友好。他们对党无比忠诚，对未来充满必胜信心。他们深知，眼前的道路坎坎坷坷，布满荆棘。他们将披荆斩棘，劈波斩浪，为党的事业奋斗到底。

东方出现鱼肚白，曙光映照在五里湖上。芦絮随着微风飘飘悠悠，湖水波光粼粼，小鸟在树木丛中欢唱，渔歌互答，锦鳞游泳。雪天预晴，今天是个艳阳天。

胡安海走来："瑞林，你又是一夜没睡。这样下去，身子会垮的。"

"没什么。"瑞林拉着胡队长的手，介绍说："这位是江口来的同志，是枝江第一位码头工人中的共产党员。我们工农团结在一起，无坚不摧。"接着，瑞林介绍道，"薛开选同志，胡守财，原名胡安海，是瓦仓起义领导人之一，是我们党支部的中坚力量。"

薛开选和胡安海握手，说："鲜家港人才济济，战无不胜，无坚不摧啊。"

胡安海道："瑞林，我有一个大胆的设想，不知你怎么看？"

"什么设想？快说。"瑞林道。

胡安海看了看周围。

瑞林说："不要紧，都是我们的同志，你快说吧。"

胡安海吞吐了一下，问："瑞林，你说，阮本独靠得住吗？"

阮瑞林有些不解："你问他干什么？"

"你说，阮本独靠不靠得住？"胡安海追问。

瑞林摇了摇头，说："我看他靠不住。最迟扛不过今天晚上。"

"瑞林。我也是这么想的。依我看，他的人品，不到明天，就会屈打成招。我想……"胡安海抹了一下嘴唇。瑞林看着安海，等待他把想法道出来。

五七

郑家驹被劫次日，逃回郑家匪部，走到哥面前，叩响三个响头，求饶道："哥，对不起。"

郑家良惊诧地问："老弟起来，啥事？有话站起来说。"

郑家驹跪着说："我该死，我该死。"使劲地扇了自己几嘴巴，把脸打得啪啪响。

郑家良又急又怒，大声说："啥事？你倒是快说呀。"

"我，我，年货被劫了。"郑家驹跪在地上，吞吞吐吐地说。

"啊！你这个没用的东西，什么地方？什么人这么大胆？"郑家良一听，怒火三丈。

郑家驹哭哭啼啼地说："在，在清平湖、太平湖与郑家杨林的三岔路口，一群土匪，他们自称是赵益之的队伍，说是一条道上的。他们诡计多端，手脚敏捷，几下撂倒几个弟兄。"

"他妈的，老子在别人碗里舀汤喝，他们在我碗里撇油水。有仇不报非好汉，他们多少人？"郑家良怒火冲天，咬紧牙关，叫嚣："老子要他的脑袋。"

"他们人好像不多，十来个，有枪。"郑家驹惊慌地说。

"什么枪？"

"汉阳制造的长枪。"

"兄弟，哪里摔倒哪里爬起来。给你一个立功赎罪的机会，给老子一锅端。你去，叫兄弟们准备准备。"

郑家驹站起来，一泡鼻涕一泡泪，奴才般地退下。

傍晚，熊必丰带人抓走了阮本独。阮本独被推进保安团，一个趔趄，扑倒在地，来了个嘴啃泥。

"报告，阮本独抓到。"熊必丰向许直卿报喜。

许直卿命令道："把他带进来，我亲自审问。"

阮本独爬起来，脸上被石块擦伤，出现几块疤痕。他和春晖对视了一下，被带进团总办公室。

许直卿坐在办公桌前，冷眼瞥见阮本独。

"你是叫阮本独？是鲜家港的？"许直卿以居高临下、不屑的口吻审问阮本独。

阮本独盯住许直卿，不吭声。

"我看你不叫阮本独，是叫阮本毒。是你杀死了我的几个弟兄？"许直卿拉着怪腔调。

阮本独不说话。

"我看你是想：要得工夫真，铆起不作声。"许直卿捶着办公桌，瞪目怒视阮本独。

阮本独不言。

"来人。"

余大富走来，问："团总，您有什么吩咐？"

团长道："给我把春晖叫来。"

"是，团总。"余大富退出去，快步走到马厩，说："春晖，团长叫你。"

春晖磨蹭了一会儿，心想："他们是让我去做说客，想考验我。"他决定少说为佳。他镇定地来到办公室："报告。"

许直卿看见春晖，向他招手说："春晖，你的同乡在此，何不来见见？"

春晖走进去，看看许团总，又瞅瞅阮本独，点头默认。

"春晖，他是叫阮本独，还是叫阮本毒？"许直卿望着春晖说。

春晖看得出来，许直卿是在装模作样，故弄玄虚。

春晖将计就计道："团总，您真是太会开玩笑了，大名鼎鼎的阮本独，独立的独，不是毒品的毒。谁人不知，谁人不晓。"

"他是你的老乡，你们早认识？"许直卿明知故问。

春晖点头说"是"。他本来还想说什么。理智在告诫自己："镇静，千万要镇静。过了年，就是十八岁了，别像是不懂事的孩子。"他从嘴唇里挤出两个字："同乡。"

"既然是同乡，何不和他唠唠家常？"许直卿缓和一下气氛，轻言细语，装出一副和蔼的面孔。

春晖怯生生地看着阮本独，说："他是我叔，平时，我把他当作长辈，我们交流很少，您想想，长辈会听晚辈的劝告吗？"

阮本独顺其自然，装出长辈的样子，吼道："滚。"

春晖滚动着圆溜溜的眼睛，看着许直卿，希望他也像阮本独一样，撵他滚，借机离开这个让他尴尬的地方。

"春晖，你是没有话说，还是有话不想说，还是有话不敢说？"许直卿拉长语气，试探着春晖。

"我说过了，他是我的长辈。我们爷儿俩之间没话说，说了也白说。老爷子冲我发火了，叫我滚蛋。这个老人家，脾气大得很呢。不见不知道，一见吓一跳，我早就想走开了。"

许直卿摆手，示意春晖出去，对本独说："有话好说。我问你，你在赤卫队里干什么？你们的头目是谁？你打死了我的几个弟兄？我再一次问你，你是说，还是写？"

阮本独不语。

许直卿无奈，给他两巴掌，恶狠狠地说："你聋了还是哑了？老子说了半天，你没长嘴巴。"

许直卿和阮本独对视，两双眼睛里充满仇视的火焰。

五八

许直卿穷凶极恶，一只手兜住阮本独的下颚，一只手拧着他的胳膊，疯狂地叫道："你到底说不说？"

阮本独愤怒的目光逼向许直卿。许直卿怒不可遏地嘶叫："来人，把他吊起来，狠狠地打。"

团丁一拥而上，架着阮本独，走出办公室。刽子手秉着马鞭，脱掉他的棉衣，露出青色的粗布衫，把他吊在大树上。刽子手用力地将马鞭抽打着。鲜血从他的鼻子、嘴巴流出来，青色粗布衫顿时变成了红色。衣袖被撕破，身上露出了几条血痕。

许直卿示意团丁放下他，团长背着手，走到他的面前，咬牙切齿地说："吃哑巴亏了吧。你呀，就是不识时务。常言道好汉不吃眼前亏。快说你是不是共产党？"

阮春晖躲在马棚，窥视阮本独言行举动。

阮本独咬紧牙，横眉冷对。

许直卿指着地上的耙齿说："阮本独，你见过'滚钉板'吗？你看见这锋利的耙齿了吗？你要不要尝尝这耙齿戳进你骨子的滋味？"

阮本独看去：地上有张木耙，木耙上前七后八，钉着十五个铁齿，头尖尖，生了铁锈。他要被放在耙齿上，上面压几块石头。石头在耙齿上来回"滚钉板"。许直卿阴着满面沟壑的老脸，吼道："给我压上几块大石头，我就要看看，是他的嘴硬，还是我的铁齿硬。"

阮本独面对酷刑，眼前出现恐怖的幻觉：铁齿又尖又长又生锈，穿透他的后背，直戳他的心脏；刽子手张牙舞爪，就像一群恶魔，剥开他的皮；老鹰张开簸箕大的翅膀，凶恶、怪声怪气地向他扑来；赤卫队员的眼睛射出咄咄逼人的寒光，用枪指着他的鼻子；许直卿睁开鼠眼，狰狞地望着他，哈哈狂笑。他浑身颤抖，一个冷战，让他醒悟过来，又回到现实。

刽子手解开绳子，把他从树上放下来，抬到耙上，铁齿顶着他的后背。刽子手在他胸前盖上一个木板。许直卿命令道："压，压石头。给我狠狠地压。"

许直卿狰狞地叫道："你说不说？"

阮本独害怕了，他哆嗦道："别压，我说，我说，我全说。"

许直卿得意地看着他，说："我说过'好汉不吃眼前亏'。你看你，这么帅气的小伙子，被钉成这样。他们不心疼，我心疼。"他吩咐团丁说："把他押进办公室。"

他被押进办公室，喝下一杯水，看着许直卿，说："你问什么，我说什么，凡是我知道的。"

许直卿坐在太师椅上，呷了一口茶，问："你们鲜家港有共产党吗？"

阮本独回答："有。"

"有多少？"

"我不清楚，反正有。"

"谁是头？"

"到底谁是头，我不是很清楚，大概，阮本槐、阮德斋是。阮本槐是赤卫队队长。阮本宽、李道生，都是共产党。"

许直卿追问："你们在什么地方活动？有多少枪支？"

"太平湖，太平湖是他们的根据地。枪支，有十几条，还有两把手枪，在阮本槐和阮德斋手里。"本独说。

"你们干了些什么？"许直卿的眼光逼近阮本独。

他说："赤卫队抢了您亲家的粮食，抢了您儿子送的彩礼；打死你们几个兵爷。"

"阮瑞林是不是共产党？阮春晖是不是？还有你，是不是？"

"阮瑞林是不是，我不知道，他好像不是什么官儿，可是，阮本槐似乎听他的。这里面是什么名堂，我不清楚。阮春晖不是，我也不是。"他说。

"你不是赤卫队的小队长吗？怎么不是共产党？"许直卿偏着脑袋问。

"他们说，我和阮春晖不够格。"

"加入共产党那么严格，还有条件？"

"是，是很严格，一般人不准加入。"阮本独赌咒说："我说的都是真的，如果有半句谎言，你把我脑袋砍下来，当球踢。"

许直卿吩咐道："把他关到黑屋里去。"

许直卿招来熊必丰，说："阮本独招了。阮本槐和他领导的赤卫队就藏在太平湖。"

熊必丰仔细地听着，许直卿说："他们赤卫队有三个小队，合为凤台赤卫中队。有三十多人，加上零散的民兵，也不过百号人。"

熊必丰插嘴说："团长。我们不到一百人啊。'围剿'共产党，我们在明处，他们在暗处。得三比一，就是三百人对付一百人。"

许直卿说："明天，我们筹集两百多号人，开进太平湖，杀他个片甲不留。"

晚上，不知是高兴还是担忧，许直卿喝了几杯酒，跌跌撞撞来到但野菊房间。但野菊头上插着两朵野菊花，穿着红色旗袍，旗袍上绣有蓝色花枝，走着碎步，娇滴滴地来到许直卿的身边，说："团长，怎么今日想起我这个五姨娘来了？"

许直卿走过去，抱住五姨娘狂吻。五姨娘用手捂着他的嘴，娇声娇气地说："嗯嗯，满嘴酒气，臭死人了。在哪儿灌了些尿浆，每次你喝醉了酒，才想到老娘。"

许直卿生气了，推开但野菊，说："你就是个野菊，野心不死。"

但野菊，淡家坡人。"但"通"淡"，早在春秋时期，但氏家族从咸宁转至于时属罗国的淡家坡，以但家祠堂门联为证："依人但本源难恝想当年德祖宗功彪彪炳炳轩皇缔造家声旧，易水炎笙磐同音看此日支分派别继继承承罗国迁居世泽长""人但是我千年祖，改为水炎万代昌"。

淡家坡与陶家湖仅有一港之隔，东是淡家坡，西为陶家湖。此地早有"拿八字"的婚姻习俗。但野菊的父母为她"拿八字"，其对象便是陶延久。其后，她长成大姑娘，成为远近闻名的"出水芙蓉"。

但野菊性格倔强，说话刻薄，因为美丽妖冶出名，被许直卿强抢来到许家做五姨太。不过，她现在已经屈服于许直卿的强大实力，变得看似唯唯诺诺，但又不乏"野"性。久而之，她厌倦了这个畜生不如的死老头子，与其说嫁给这个糟老头子，还不如嫁给指腹为夫的穷小伙——陶延久。

但野菊外柔内刚，说："我野吗？老娘我不是在花房里等你吗？"

许直卿强拉着但野菊，但野菊强笑着说："快去洗洗，满身酒气。"

"你野，野有野味，老子喜欢。老子今儿高兴。"许直卿摇摇晃晃地爬到但野菊的床上。

"咚"，突然，窗外一声响，许直卿警觉地爬起来，问："谁？"

但野菊嗲声嗲气地说："谁呀，大惊小怪地。"

"他妈的，敢打老子五姨太的主意。"他又想了想，抓住野菊的头发，火气冲天地嚷道："你这个不要脸的，给老子戴绿帽子。"

"团总，别发火，什么人，给他十个胆，也不敢碰许团总的女人，是你大惊小怪。"但野菊挑了一下眉，眉飞色舞地说。

"嘿嘿，嘿嘿，老子是说呢，谁有天大的胆。"许直卿趾高气扬，一把将但野菊搂在怀里。

许直卿风风火火，但野菊思虑着：他不会来呀，昨天晚上来过了，他说他今天有事。窗户有响动，到底是咋回事？

窗前有人影晃动，但野菊看得清清楚楚，是"他"。许直卿翻身下床，穿上衣裤，警惕地拔出手枪，躲进衣柜里。突然，门被踢开，走进两个蒙面人。但野菊眼疾手快，把许直卿的衣鞋放到床底。她麻利地爬起来，强装镇定地问："勇士，你们想干什么？"

一把明晃晃的匕首顶在但野菊胸口上，说："把值钱的东西交出来。"来人警觉地观察四周。

"兄弟，没值钱的东西。"但野菊坦然地回答。

"你把我们当苕啊你，堂堂的许团总的五姨太，家里没啥值钱的东西？笑话。"

许直卿在柜子里贴身站着，这声音不是很熟，好像是外地人。

但野菊故意放大声音说："人家许直卿另有新欢，早已把我抛到九霄云外了，我呀，是名不副实的五姨太。"

蒙面人道："瞎说，他今天就在你这。"

"没有啊，你们搜。"

"搜就搜。"蒙面人说。

"不许动。"阮春晖和余大富冲进来。蒙面人听到响声,立马从窗口跳出去。许直卿冷飕飕地从衣柜了钻出来,说:"春晖,你怎么来了?"

但野菊把衣服给许直卿穿上。他感激地说:"余大富、阮春晖,谢谢你们。"

五九

前天晚上,胡安海说出自己的想法,瑞林表示同意,他考虑说:"明天是关键的一天。我担心春晖的安全。如果阮本独像丧家之犬,到处乱咬,春晖恐怕有危险。"

"瑞林,如果不放心,今晚,我和陶延久去保安团看看。"胡安海说。

瑞林说:"我去。"

胡安海阻拦道:"你去,目标太大,如果你们兄弟都被抓了,我们怎么办?赤卫队怎么办?龚梅芳怎么办?"

"陶延久去,为什么?"

胡安海把右手食指放到鼻子上,"嘻"的一声,说:"告诉你一个秘密。"他把嘴巴贴近瑞林的耳朵,叽叽咕咕了一阵子。瑞林微笑地点头说:"哦,原来如此。"

当夜,胡安海和陶延久来到保安团部,大门关着,整个院子没有灯光。门哨懒洋洋地靠在门柱上打盹。他俩从墙头翻过去,悄悄地贴着墙角,走进马棚,春晖关上棚门,问:"你们咋来了?"

胡安海急忙地问:"什么情况?"

"阮本独果然叛变。许直卿在他五姨太那儿去了。他喝得酩酊大醉。"春晖道。

"我听陶延久说过,每次许直卿喝得大醉,都去找五姨太,在但野菊那度过春宵。"

"走,我们来个双簧,给你解解危。如果情况不妙,干脆干掉他。"胡安海说。

"我也去。"春晖道。

胡安海提示说："你等着，等我下手之前，赶去，在关键时候，救他一条小命。他会感激不尽。这样，你就安全了。"

"海哥，你想得真周到，到底是参加瓦仓起义的老同志。"春晖佩服道。

"走。"

五姨太窗前晃动的蒙面人，便是胡安海和陶延久。

阮春晖和余大富，一左一右，搀扶着许直卿，回到他的正房。"团长，您受惊了。要不我去买点什么，给您压压惊？"

许直卿一屁股坐在太师椅上，夸奖说："春晖，你这个小杂种，好样的，你舍命救我，今后有你的。不过，我要问清楚，怎么这样巧，你们咋会在这儿，恰巧在这个时候？"

"团长，世上真有这么巧，干净事，龌龊事，都被我碰上了。我和余大富刚刚路过这，碰上了。您命大，大难不死，必有后福。余大哥，你说是不是？"春晖刻意道。

余大富点头说"是。"

春晖顺水推舟，说："是啊。团长，你别夸我们了，其实，我和大富只是想老总有危险，解救老总，在所不辞。根本没有想什么今后。"说完，傻笑三声。

"嘿嘿，淳朴，忠诚。"许直卿欣慰地笑道："压惊，就免了，时间不早了，你们回去吧。"他对余大富说："大富，好样的，回去，老子给你个副队长干干。"

余大富向团总深深地鞠了一躬，答谢道："多谢团总看得起。小兵一定为许团长肝脑涂地。"

胡安海和陶延久，从窗口跳了出去，在屋外找了一个暗处，窥视许直卿回到正房，陶延久道："我去找但野菊，给她压压惊。"

胡安海一把推走陶延久。

陶延久悄悄地敲着窗户，小声叫道："野菊，野菊，野菊。"

"你这个死不要脸的，我就知道你会回来的。进来吧，门为你开着。"但野菊躺在床上，嗔怪说。

陶延久走到但野菊床边，横卧在她身上，挑逗说："你就不怕？"

"嘿嘿，我怕什么，内有许直卿，外有陶延久，吃的在肚里，穿的在身上。就瞧我这身段，这脸蛋，哪个男人见着，不是魂都飞了。"

"你呀你，真是一朵野菊花。"灯灭了。

1927年春，北伐军独立师第十四师师长夏斗寅部的一个连进驻江口。不到半年，因夏斗寅叛变革命，部队开往武汉。近两年，四川军阀刘湘、范哈尔、杨森、郭汝栋等部，在枝江，时隐时现，打一枪换个地方。只是被江口人称"棒老二"的游勇部，常驻枝江。

一大早，熊必丰站在团部门口，想着：去哪儿招兵和赤卫队抗衡？

去县府搬兵，太远不说，逆水难行。再说县府的门难进，脸难看，区县署实际为虚设。

熊必丰边走边想：去江陵搬援兵？去年十月，桂系第二军，由军长鲁涤平带领，参与讨伐宜昌的唐生智，从宜昌追往荆沙；时年六月，第十八军第二师，由师长严敬率第一旅驻扎沙市，其第四团驻扎在离鲜家港近二十公里的太湖。

熊必丰想到了游勇，虽然"棒老二"口碑不佳，游手好闲。可打仗总比团丁强，起码凑凑热闹，助助威总可以吧。

"快起来，快起来，你这个懒猫，贪吃贪睡不干活。你呀，胆子够大的，光天化日之下，敢躺在许团总的五姨太床上睡懒觉。"但野菊端来一盆洗脸水，放在陶延久床前，笑眯眯地说。

陶延久回应："说我胆子大，我是小巫见大巫。你才胆子大，敢在光天化日下，给许团总的情敌倒洗脸水。"

"我呀，不像你，有追求，参加赤卫队，跟着共产党干，成天提心吊胆的。万一被许直卿抓到，我可不会为你说情。"

但野菊唠叨。

"共产党怎么啦？共产党为穷人撑腰。你看瑞林，为人诚信，仗义。我愿意跟他干。"陶延久说。

"你说的那个瑞林，是不是共产党？"

"我实话跟你说，他就是共产党的大官。"陶延久轻松说："我警告你，你别告诉任何人。"

"这个，我知道。我不会说出去的，放心吧。"野菊发誓说。

陶延久洗罢脸，说："我去找屠教士。"

"屠教士，你咋认识？"但野菊惊愕地问。

"去去去，不该你问的你别问。你知道的越少越好。"

"好好好，你走吧。"

六十

弥陀寺，始建于唐朝，坐落于江口越湖垸宝积山上。相传，从前四川峨眉山上，有一位老僧路过此地，他看见朦胧的雾霭，笼罩着一泓清澈的湖水，湖水中有一土丘，土丘上栖息着满丘白鹭，白鹭千姿百态，有的翘尾戏水，有的凌空起舞。土丘的西面是碧波荡漾的八百亩东湖，北面面对滚滚长江。湖中红菱绿萍，莲花飘香。于是，他将这块宝地作为禅拜静修之地，于此盖起三间茅屋，名曰："弥陀寺"。唐代改建弥陀寺，同治四年（1865），重修。重修后，有前殿和后院，房屋多达一千三百多间，神像一千多尊，寺内有两口龙眼水井，钟鼓楼、金盆养月等盛景。仅建筑占地二千一百四十平方米，有一百多僧侣。寺内设斋堂、客堂、方丈堂、僧侣卧室等。神像有关老爷、挺肚大罗汉、书驮菩萨、四大天王、十八罗汉、千手观音、泰维宫、无常菩萨及五百个小罗汉。

"棒老二"之营部就在弥陀寺。

弥陀寺前殿，熊必丰在挺肚大罗汉前叩了三下头，将香签插入香坛，丢了两个铜板。小和尚礼拜："阿弥陀佛。"寺内，几个散兵在院子里，与其说在练兵，不如说是在玩赶羊的游戏。士兵看见熊必丰，枪口对准他，说："你无故闯进军事重地，该当何罪？"

熊必丰笑道："我是许团长派来的特使，有要事与游勇司令商榷，请禀报游司令，小队长求见。"

"你想找司令，司令是你说见就见的吗？"士兵藐视着他。

熊必丰从腰包里掏出一块银圆，塞进士兵荷包里，说："兵爷，请通融通融。"

大兵笑纳，去报告游司令。

游司令刚起床，端着一个茶水缸，弯腰漱口，白色泡沫飘落在脸盆里。他把头偏向大兵，口里糊着泡沫，问："么子事咯？"

"报告，许团长特使求见。"

"叫他在客厅等着。"

游勇走进客厅，与熊必丰拱手拜见。

两人坐定，熊队长道："我受许团长委托，前来拜见司令。游司令从成都来到我们这小地方，委屈了。"

游司令回敬："为党国效劳，四海为家。再说，江口远近闻名，小弟来到贵地，倍感荣耀。"

熊必丰："你是'清乡团团座'，想与你商榷'剿共'事宜。"

"不错，本人受刘湘司令委托，留在贵地，以'剿共'为己任，我愿甘当马前足。你说，要我做啥子嘛？"

熊必丰把嘴巴贴近他的耳根，说："今天下午，我们准备攻打共产党赤卫队的老巢——太平湖。想请你出山，助一臂之力。"

"没事，养兵千日用兵一时嘛。你要多少人马？"游勇笑道。

"一个营，怎么样？"熊必丰见缝插针。

"一个营？"游司令笑道："哈哈，不怕兄弟笑话。我这个司令，名不副实，虽然号称司令，只不过百十号人马。'清乡团'只是个编号，没这么多人。这样说吧，我给你凑上五十号人咋样？"

熊必丰伸出大拇指，说："游司令到底是江湖人士，脱了裤子打屁——爽快，那就一言为定。"

游司令："驷马难追。"

熊必丰离开弥陀寺，来到薛家麻花店，想点一些卤菜，喝点早酒。屠教士在此，他上前招呼道："屠大哥，过早啊。"

屠教士生性刚正不阿，讨厌阿谀奉承，不与官府打交道，以打抱不平，行侠仗义被人称道。听到招呼声，屠教士置若罔闻。陶延久拉了一下屠教士的衣角，提示道："屠哥，兵爷叫你了。"

屠教士不冷不热地"嗯"了一声。

熊必丰了解屠教士的为人，服软不服硬，在江口算是"水上漂"的人物。他厚着脸皮，用手扒了一下屠教士，叫道："大哥。"

得饶人处且饶人，屠教士站起来，道："哦，熊老弟。来来来，吃早点。"他对陶延久说："叫老板加个卤菜，拿壶烧酒来。"

陶延久叫来老板，上菜，斟酒。

熊必丰推辞说："我不会喝酒，下午有事要办。"

"还早着。瞧得起，就一起坐坐。"屠教士诚心诚意，熊必丰盛情难却。陶延久给他斟了一杯酒。他倒给团丁一半，说："对不起，我实在不胜酒力，喝一半。"

屠教士开玩笑道："坐月子碰到情哥哥。"

"此话怎讲？"

屠教士道："亏身体不亏感情。"

熊必丰说："大哥幽默。来来来，我喝，恭敬不如从命。"他把倒在团丁杯子里的酒倒回。

酒过三巡，熊必丰把屠教士拉到一旁，悄声说："大哥，我不瞒你，下午，我的确有事。"

屠教士："什么事？"

熊必丰:"去太平湖'剿共'。"

"'剿共'?'剿'什么'共'?"屠教士不解。

"小声点儿,大哥。这是军事秘密。"

"军事秘密?到我这儿就不算什么秘密了。"屠教士半真半假地说,"我能跟着你去吗?"

"这个?"熊必丰不置可否。

"你表个态。行,还是不行?"

"我回去和老板商量再回复你,你等着。"

熊必丰离开麻花铺。

陶延久急着对屠教士道:"我回去了。"

"回去,回哪儿?"屠教士睁大眼睛看着他,问。

陶延久说:"当然是陶家湖。"

陶延久欲走,屠教士叫住他说:"我们去太平湖,有好戏看,难道你不想去看许直卿导演的一场好戏?"

"什么好戏,我看你是没安好心。赤卫队哪里得罪你了?你去帮保安团打他们?"陶延久责怪屠教士,生气地嘀咕。

屠教士嘲笑陶延久:"小时候,你爹要你好好读书,你逃学去摸鸦雀窝。书读少了吧。"

陶延久不解:"啥意思?你是打算明扶曹操,暗助刘备不成?"

"算你还有一点脑子。这就叫身在曹营心在汉,投桃报李,明修栈道,暗度陈仓。"屠教士说。

"大哥,你太文气了,你就直说去帮助瑞林哥不就得了吗,还拐簸箕大个弯子。"

熊必丰来到团长办公室。许直卿抱着希望,问道:"你上午跑得怎么样?"

熊必丰洋洋得意地回答说:"江陵,我没去,那里天高皇帝远;宜都,我没去,县衙门门槛太高,我不敢高攀。"

"你到底去哪儿了?别卖关子了,快说。"许直卿急切地催促。

"团总,你别急,心急吃不了热豆腐。"熊必丰在吊团总的胃口，端起许直卿面前的茶杯，咕咕噜噜喝了一口，缓缓地说："我去找游勇司令了。"

许直卿丈二和尚摸不着头脑："游勇？我们不是有裂痕吗？他们驻扎江口，快一年了吧，应该是行客拜坐客。他至今未来。我这个地头蛇，还去拜他这个强龙不成。他不仁，我不义。我们僵持至现在。今天，你登门拜访，这不是有伤我许团总的面子？"

熊必丰说："许团总，我今天去了，不是厕尿洗筲箕。"

"怎讲？"许直卿愣着。

"一举两得嘛。"

"快讲讲，咋个一举两得？"

熊必丰慢吞吞："我去了，即不伤你的面子，我一个小小的中队长，去见大名鼎鼎的司令官，主动和游勇改善关系，这不打破了你们一年多的僵局吗？他答应出兵五十，帮助咱们，这不完成增兵的意愿吗？一举两得是不是？"

"行啊，我的熊队长。"许直卿拍打着他的肩膀，高兴地称赞，欢喜地说："你去，打一个漂亮的歼灭战，我等着你喝庆功酒。"

熊必丰洋洋自得地走出办公室，回头说："对了，团总，还有件喜事？"

许团总忙问："啥喜事？"

熊必丰说："屠教士答应我，同我们一起去攻打太平湖赤卫队。"

许直卿听后，板着脸说："那一群乌合之众，他们干得了啥好事。"

"团总，你不是常说，'韩信用兵，多多益善'嘛。屠教士一帮人，不说顶一个连，顶一个班总绰绰有余。"

"行。你可要防着点屠教士。"许直卿警觉地告诫说。

六一

胡安海按照瑞林的部署，在天亮之前，带着几个精兵强将，赶到太平湖。队员们将撤离时的草棚修复，新开挖一些土灶，在土灶前后的地上画一些牌号。"21 号""14 号""3 号""75号""205 号""296 号"……用脚在地上把牌号擦擦，不让人看出是刚刚画上的。队员在前面挖一些陷阱，大的有箩筐大，小的有筲箕大。陷阱插些一尺多长的削尖的钉子、木棍，上面用杂草掩盖。把每个土灶上放一把柴火，一切准备就绪后，钻进湖里，等待许直卿和郑家良部队上钩。

太阳偏西，雪渐渐融化，枯黄的野草掀开雪被，裸露出来，晒着阳光。

郑家驹吃过午饭，来到郑家良家门口，报告说："安排就绪，一百号人马，集合在操场，等待团座发号施令。"

郑家良穿上貂皮大衣，戴着绒帽，挎着短枪，威威赫赫地走到队伍前面，说："兄弟们，男子汉大丈夫，有仇不报非君子。现在，报仇的时机到了。我们去太平湖，抓到一个活口，奖三块大洋，打死一个，赏一块大洋。若有半路退缩不前的，老子也赏，赏大棒五十，花生米（子弹）一颗。听清楚没有？"

土匪们有气无力说："听清楚了。"

郑家良带领这帮乌合之众，背着长枪，扛着长矛，拿着棍棒，越过龚家坪，穿过陈板桥，来到清平湖，队伍站在湖边，远望太平湖。郑家驹指着太平湖，对郑家良说："队长，前面就到了。"

郑家良挥挥手："走，都给老子小心点。"

许直卿卧室，古老的座钟响起来，发出嘶哑的十二响。许直卿穿戴好制服，走到团部门口。

熊必丰在门口踱来踱去：游司令不是说好了，怎么现在还没来？屠教士兄弟也迟迟未到。

游勇吃了午饭，安排一个连，由连长郝贤梅带领，懒洋洋地走到保安团门前。熊必丰迎接上去，安排队伍站在最后。靠着大门前面的位置给屠教士留着。

屠教士从上街走到下街，邀来十来个兄弟，从柏家巷出来，走过费家巷，来到保安团。熊必丰笑盈盈地走到屠教士面前，说："快来站队，给你们准备了武器，快前面站。"

屠教士走到队列前，他是个明白人。站在前面打头阵，是把兄弟当炮灰使。他心里嘀咕，可嘴里说："好啊，兄弟们，我们是先锋队，好好表现，争取立功受奖。"

许团长挎着"盒子炮"，威风凛凛地走来。屠教士队伍里，有人眼看着许团总挎着"盒子炮"，情不自禁地歌唱：

人家的丈夫穿的大皮鞋，我的丈夫穿草鞋呐，跑的个劲带带啊；

人家的丈夫穿的皮大衣，我的丈夫穿蓑衣呐，穿的个笑嘻嘻啊；

人家的丈夫挎的"盒子炮"，我的丈夫挎镰刀呐，乐的不得了啊。

许团长听到后，生气地吼道："严肃点，这是保安团，不是放牧场，再不守规矩，滚出去。"

陶延久嬉皮笑脸地说："我们，我们总比'棒老二'强。起码，老百姓没叫我们'棒老二'吧。"

郝贤梅听后，脑子一下子热起来，他怒火万丈。"你算嘛子东西，敢和老子较劲。"

熊必丰赶忙走到郝队长面前，说："都是兄弟。误会，误会。"他面对所有官兵，说："站好了，许团总训话。"

许直卿咳嗽了两下，摸了摸腰间的歪把子，说："兄弟们，我们今天要干一件大事，那就是要清除鲜家港的共产党及共产党领导的赤卫队。我们的队伍，有来自游司令手下的'棒老二'。"

队伍里哗然，团丁笑了，屠教士的部下，更是笑得前俯后仰。

熊必丰忍不住也笑了。他立马变脸，吼道："安静，安静。"

许直卿发觉说错话了，忙改口说："不不不，'清乡团'的兄弟，有我们保安团的兄弟，还有屠教士的兄弟。大家要好好配合，打一场漂亮仗，把赤卫队消灭在太平湖。这次'剿共'，由熊必丰中队长全权负责指挥，武器装备由我保安团分发。"

陶延久高声叫道："我们没枪。"

"分发武器，准备出发。"许直卿命令道。

时继良突然走出队列："报告。"

"什么事？讲。"许直卿黑风煞脸，看着时继良。

"阮春晖请求出战。"时继良道。

许直卿稍稍停顿了会儿，说："不行，不但他不能去，你也不能去？都好好在家里待着。"

时继良扫兴入列。

六二

三峡之东，江汉平原的西端，没有高山峻岭。兴隆山、肖家山、杨山、关庙山，是较为闻名的山丘。高点的山，便是离太平湖十多公里的当阳半月山。如果在晴朗的天气，站在鲜家港堤上看去，山体清晰可见。

凤台赤卫队隐蔽在半月山下。

太阳与半月山顶相切。一会儿，太阳冉冉下落，被山体遮住，鸟儿回巢，叽叽喳喳与伴侣亲聊。胡安海看看时辰，走到早上开挖的土灶边，点燃柴火，顿时，天空弥漫着浓浓烟雾。

熊必丰带领队伍，走到鲜港桥东，看见烟雾缭绕，心里窃喜。戴宗凤站在他身边，面色蜡黄。木质的鲜港桥，桥体摇摇晃晃，团丁走在上面，发出"咚咚"声响。

大纯站在港堤上，看着团丁走过，故意放开嗓门，说：

"兄弟们，慢点儿，小心桥塌了。"

屠教士和陶延久，用眼神和大纯打招呼。大纯看见他们俩，起了疑心："他俩怎么在这儿？"戴宗凤鼠眼斜了一下刘大纯。大纯仔细地观察团丁，没发现阮春晖。

昨天晚上，瑞林和胡安海商量后，派李道生和胡明喜去百里洲奎星寺，联系周景颐。夜深人静，江中渔火星星点点，江水流动，发出微弱的流水声。李道生他俩走近渔船，说："老大爷，请把我们渡过长江去。"

老渔夫看着他俩，为难地说："这深更半夜，我这把老骨头，眼睛不好使。"

李道生求着说："老人家，我们确实有事，急需去百里洲。"

"我晓得，你们肯定有要事，要不然会在漆黑的夜晚，来找我这老头要船过河？"老头说。

李道生同商量渔夫说："我知道您老人家不是钱的问题，给你一块大洋，船，我们自己划。"

老人犹豫片刻，说："千年修得同船渡，我老头向来及人之所及。上船吧，不要钱。"

老人麻利地划着渔船，与李道生聊着："你们到哪里？"

胡明喜说："奎星寺，您晓得不？"

"知道，就在松滋河北，百里洲南，凤梁街西，冯口东。"老人一边摇船，一边吧嗒吧嗒地抽烟，同他们聊着。

船靠岸了，李道生给了渔夫两块大洋。老人诧异："给两个大洋搞啥子？先不是说好了吗？不要钱。"

"老人家，这夜深人静，风大浪急，你老担惊受怕。应该，应该。"李道生说。

老人说："兄弟，我看得出，你们是好人。什么时候打转身，我就在这等你们。"

他们感激说："好的。"

李道生俩来到奎星寺，寺门关着，寺内燃着微弱的烛光。李道生问明喜说："安海的话还记得不？"

"记得。"

"我敲门，你对话。"

"好。"

"笃笃笃。"敲门。寺里传来声音："谁呀，晚上不求祷告，这不是旅店。施主走吧。"

"大师，有贡米卖吗？要不，长蛔子的，也可。"胡明喜说出暗语，头贴着寺门，仔细地听着寺内的回应。

"既然是贡米，岂有长蛔子的道理。没有。"和尚回话。

李道生侧耳倾听，不对，他不是周景颐，"快走，有情况。"

他们转身欲走。

"施主，且慢。"屋里走出两和尚，挽留他们。

"蛔子早飞了，只剩下贡米。"和尚说。

李道生想道："胡安海说了，这是周济在瓦仓起义时使用的暗语。"门开了，李道生上前，握住周济兄弟的手说："同志。是胡兄要我们来的。"

周济："快进寺里。"

"不了，事不宜迟，我们得连夜赶回去。明天，我们准备进攻江口保安团，请你协助我们。"李道生急着说。

"具体什么时候？"周济问。

"早上一擦亮。"

"好。"周济道。

李道生沿老路返回，渔夫在江畔等着。

早上，大纯从桥头迅速赶回店铺，开门。瑞林和几个队员在屋内等着大纯归来。瑞林问道："什么情况？"

大纯说："许直卿和时继良没来。熊必丰带队，戴宗凤带路，有百十号人。"大纯愕然，"奇了怪了。屠教士和陶延久也在。"

"你看清楚了？"瑞林急切地问。

"清清楚楚，他们还和我打了招呼。"大纯说。

瑞林说："这里面一定有诈。走，按第一套方案行动。"他们从店铺出来，径直走向五里湖。

屠教士带领一伙小青年，走在保安团前面。他对小青年说："许直卿是要我们给他当炮灰。兄弟们，机灵点。不见兔子不放鹰。听好了，没我的命令，不准开枪。"

太平湖西南，阮本宽带领赤卫队员守在芦苇里。郑家良带着土匪，从西南方过来，摸到太平湖边。

戴宗秀手持弓箭，瞄准土匪，用力拉开弓箭，箭射出去，一下子穿透一土匪颈部，土匪身子晃动几下，倒下去。

一土匪看见戴宗秀，惊讶地叫道："有匪，女的。"郑家良命令："打。"土匪向队员开枪。

阮本宽指挥还击。他瞄准走在前面的郑家驹，郑家驹后退，命令小土匪："冲。"前面的土匪替郑家驹挡了一颗子弹，栽倒在地。阮本宽连开数枪。

太平湖东南，胡安海带来赤卫队员，埋伏在那里。陶延久和小青年们从东南方靠近赤卫队员。陶延久看见胡安海，对小青年们说："看着我，开枪啊。"他说着，把枪口朝上，开了一枪。小青年胡乱开枪。战斗打响，屠教士带着小青年们钻进芦苇丛中，走到胡安海身边，说："快走，我们掩护你们。"

胡安海告诉小青年们："小心，前面有陷阱。"

东南方向的战斗打响，保安团与赤卫队员交上火，本宽命令后撤。他们边退边打。打死几个土匪，土匪倒下的姿态五花八门。

郑家良看见赤卫队员撤退，几个兄弟倒下，丧心病狂地叫道："追，别让他们跑了。"土匪们铺天盖地，在芦苇丛里乱窜，只听到"啊"的声响，掉进陷阱，被利器戳着，他们拼命地挣扎，最终逃不脱死亡的命运。

郝贤梅带领"棒老二"，跟随在保安团后面，一步一步，谨慎前行，冷静放枪，不计效果。

胡安海离开陶延久，向凤台码头撤离。退退进进，循环几次，向团丁连开数枪，团丁应声栽倒。有黑狗子踏进陷阱，断送性命。

熊必丰看见赤卫队员后撤，便命令道："冲啊！"有团丁玩命地冲锋，踏进陷阱，一命呜呼。

陶延久对熊队长说："队长，小心有诈。"

熊必丰向着陶延久所指方向看去，郑家良匪部赶来。陶延久对准土匪射击，一土匪身子扭动了几下，栽倒在地上。几个小青年对准土匪开枪。密密麻麻的子弹，让郑家良的土匪无法躲藏，举枪还击。熊必丰看清楚了，说："是土匪，打。"于是，保安团和土匪发生了激烈的战斗。战斗持续到深夜，郑家良见势不妙，带领土匪撤退。

战斗结束后，熊必丰扒开土灶，清点土灶旁的那些编码，想："赤卫队到底多少人？我们为什么一次又一次地上当？"

赤卫队以"兵不厌诈""借刀杀人""将计就计"之计，取得了这次战斗的胜利。郑家良土匪伤亡十七人，许直卿伤亡十三人。郝贤梅部死伤六人。赤卫队员管这次战斗为"太平湖诱敌战"。

六三

熊必丰冷静下来，突然想到："坏了，我们是在狗咬狗，共产党是在玩'调虎离山''声东击西'之计"。命令道："快，快，回江口。"

天擦黑，瑞林带领赤卫队员，肩扛着花包，花包里裹着长枪，向江口走去。路上，李道生疑惑地问瑞林道："我们大老远，到百里洲去，找两个和尚，有何用处？难道我们就差那两个人吗？"

瑞林说："奎星寺俩弟兄，拥有革命斗争经验。听胡安海说，周济是个神枪手，可以百步穿杨，百发百中。"

李道生恍然大悟。

周济兄弟在江口对河的曹家河上了渡船，将口袋放在船板上，找了个角落坐下来。

"江口到了，客官准备好，马上下船了。"船老板叫道。渡船停稳后，过客纷纷抢着下船。周济兄弟俩观察岸上的动静，迅速跑下船，沿着河岸的沙地向西走。走到保安团部相对处，立刻翻过大堤，来到柏家巷。瑞林在那等着他俩。

瑞林道："家伙带了吗？"

"带来了。"周济迅速从口袋里拿出两把盒子炮，说："这歪把子跟随我几年了，好使。"然后又放进口袋。

瑞林对队员说："大家分头行动。薛开选和我走大门，在大门口与门哨周旋，李道生和胡明喜去找春晖，周济弟兄见机行事。剩下的队员直接从厨房摸进去，干掉时继良，活捉许直卿，占领保安团。"

瑞林转身，对梅芳说："你回到中桥等着阮本槐。在路上阻击熊必丰，把他们逼走。"

走到大门口，薛开选和瑞林拉开距离。薛开选走近门哨，向门哨说："请问，今天早上有一个兵爷，在麻花店买了六根油条，没给钱，说是下午给，现在天快黑了，还未见兵爷去付钱。"

团丁走到薛开选面前，气呼呼地说："你是哪个麻花店的？跑到保安团来骗钱，走开。"

薛开选说："我是薛家麻花店的，早上确实有团丁在店里买了油条。小本生意，赔不起。"

团丁蛮横地驱赶薛开选，薛开选找他们说理，团丁和薛开选推推搡搡，纠缠在一起。李道生和胡明喜从左侧进去，溜进马棚。

瑞林拉着团丁，望着薛开选，劝说道："算了，算了，几毛钱，别伤了和气。这钱，我替兵爷付。"

"不行，不能白吃。给钱！"薛开选暴跳起来。团丁给了薛开选一拳，薛开选不甘示弱，猛地用力还击。

四团丁揪住他的头发，扯着他的胳膊，对他拳打脚踢。瑞林两边劝架。薛开选在玩苦肉计。

后院响起急促的枪声。团丁慌了手脚，时继良边跑边喊："快来人啊，共产党打进保安团来了，快来人啊。"

周济兄弟朝门哨开枪，当场打死两团丁，两团丁撒腿往东厢房跑。周济兄弟接连开枪，两团丁倒下。兄弟俩冲进许直卿办公室，许直卿从窗户逃走。

兄弟俩随之跳出窗口，追赶许直卿。

时继良带几个团丁，朝赤卫队开枪还击，他见势力太弱，便向后院逃跑。

瑞林兄弟俩骑马从大街小巷穿过，马狂飞，街上扬起灰尘。他们赶到游勇团部，见到寺庙里的和尚，春晖说："师傅，我是许团总的马夫，急匆匆地赶来，有要事求见游司令。"

和尚看见他们风尘仆仆的样子，便把他俩带进寺庙。两人见到游司令，问："许团总来了吗？"

游司令端着茶杯，不慌不忙，说："许团长不是去'剿共'了吗，他咋会到我这里来？"

"他没来？那他会到哪儿去？"瑞林自言自语，思前想后，他认为游勇不会赶去帮助许直卿，他们之间有痕。再说，他还不知道赤卫队究竟有多少人。应该把事情告诉游勇，但必须夸大其词。

这时，时继良带着团丁在门口大呼小叫，瑞林觉得，应该先发制人，抢先告诉游勇。他说："不好了，共产党打进了保安团，他们来势汹汹，好几百人，占领了保安团。好厉害的共产党，像是黄埔军校出来的，个个都是神枪手。"

游勇惊讶地望着瑞林兄弟，问："真有那么厉害？"

春晖在一旁补充说："那些赤卫队，一枪毙命，百发百中。有的像受过特殊训练一般，把脖子一扭，兄弟们的舌头都从嘴里吐出来了。好恐怖啊。"

游勇惊愕木然。

春晖做出怪相，说："如果不是兄弟跑得快，我们早就没命了。"

正说着，时继良跑进屋，一下子跪在游司令面前，央求说："司令，快救救我们吧。"

游勇犹豫会儿，说："再等等许团长，现在不知团长是死是活。再说，我的那帮兄弟还在你们那儿。如果盲目去，抓鸡不成，倒蚀一把米。我可没那么傻。"

"是啊，我们也在担心许团长。"瑞林兄弟道。

时继良一下子坐在地上发愣。

周济兄弟从窗口追赶许直卿。按常规，许直卿跳出窗口，会飞速地往远处拼命逃窜。然而，他是只狡猾的狐狸，见离窗口不远处，有一片灌木丛，钻进其中。周济兄弟跳下窗口，四处张望，向费家巷追去。费家巷出口的三角点，是江口最热闹的街道，日夜有人活动。他们在三角点找了找，没发现许直卿。

"他妈的，这老东西，就是狐狸的老子——狡猾之父。"周济骂道。他转身对弟弟说："走，快找。你东我西，包抄。"

许直卿从灌木丛中爬出来，脸上被荆棘划破，布满血痕，鞋子刮掉一只，裤子被荆棘挂了几个窟窿，布块垂在腿子旁，一扇一扇的。他看了，哭笑不得。心想：幸亏没按常规出牌，不然死定了。柏家巷距离弥陀寺最近，道路平坦宽阔，他将计就计，逆向思维，出其不意，偏从柏家巷逃离。

魏启福追过来，发现许直卿，端起枪，扣动扳机，许直卿吓得魂不附体，冷汗直冒。魏启福大声呵斥："站在，站住。"一枪打过去。

周济听到枪响，飞快向枪响方向奔来。

周济和魏启福把许直卿围在中间。许直卿慌不择路，跳进污水沟，向东湖港逃窜。周济瞄准他，一枪打过去。

许直卿跳进港里，以芦苇作掩护。周济和魏启福赶到，沿着东湖港顺水而下，四处寻觅，没有发现许直卿。

待他们走远，许直卿游过东湖港。

"团总，团总。"时继良从游司令那里出来，寻找许直卿。发现他，时继良跑过来，搀扶着他，投向"棒老二"。

许直卿这个"英雄"一下子变成了"狗熊"，像只落汤鸡，狼狈不堪地走进弥陀寺。弥陀寺夜半三更仍然有人烧香拜佛。时继良走到寺门口，对许直卿道："夜深了，游司令恐怕已睡了，您先在门口等着，我先去禀报一下。"

许直卿垂首耷耳，无脸见香客，怕人看见，丢了团长的颜面。

"施主，阿弥陀佛。"小和尚拱手礼拜。

"阿弥陀佛。"时继良拱手回礼。

哨兵见到时继良，说："司令安睡了，别打搅他，他最烦在熟睡时叫醒他。"

时继良哀求道："我们团总来了，求见。"

"你们有了难，才想起江口还有我们，早干吗去了？如果我是司令，让你们吃闭门羹，坐冷板凳。"哨兵冷嘲热讽，颇不耐烦。

六四

弥陀寺外，许直卿站久了，对团丁说："先把我搀扶到里面去，站在门口不成体统。如果赤卫队追来，无处藏身。"

"是。"团丁道。

夜深人静，话音格外明朗响亮。寺内传来游司令的话音。"谁呀？深更半夜还在这幽静圣洁的寺庙里大呼小叫。"

时继良连声道："司令，是我，打搅您啦。"

"这兵荒马乱的，郝连长还没回来，保安团被共匪占领了，许团长逃难在此，马夫兄弟还坐在客厅等着，叫我怎么安歇。"

"是是是，对不起。"时继良赔笑着说。

游司令吩咐哨兵说："出去，叫许团长进来。把门看紧点。再加一个哨兵。"

"是。"

寺庙外，许直卿听得清清楚楚，想：阮春晖、阮瑞林怎么在这儿，难道他们追到这儿来了？共产党真是神机妙算，无处不在。

"许团长，司令有请。"哨兵道。

中桥下是一条深港，北连五里湖和陶家湖，南通长江。港上修建了一座大木桥，故为中桥。梅芳走到桥东，隐蔽在桥北的树林里。

阮本槐带领队员走近中桥，龚梅芳从树林出来，拦住阮本槐。她高兴地告诉本槐："赤卫队占领了保安团。熊必丰还在路上，我在这儿等你，安排你在中桥拦截熊必丰。"

"好。"本槐立即安排道，"阮本宽带领一小队，退到江鲜路以东，胡安海带领赤卫队员埋伏在桥南，吴队长带领凤台赤卫队员隐蔽到桥北，阮德斋带领大部队隐蔽到桥西。听我开响第一枪。"

队员们各就各位。

瑞林兄弟坐在客厅，眼看游勇要到办公室，他俩立马伏在办公桌上，佯装睡着，发出"呼呼"的鼾声。

许直卿和游勇客厅相见。许直卿抱歉道："游司令，宰相肚里能撑船。我许谋有罪，罪该万死。不周之处，望司令见谅。"

游勇赔笑道："哪有什么海涵之处。坐，坐，坐。我们商量一下对策。"

许直卿看了一下四周，说："要不，换个地方。"

游勇明白过来，说："都走，出去。"

时继良扒醒瑞林兄弟。

游勇说："人有过五关斩六将之风光，也有走麦城之背运。许司令，不必过分沮丧。"

许直卿垂头丧气，哭丧着脸，道："多谢司令解危之恩。下一步我该何去何从？"

两人沉默，各人打着自己的算盘。

许直卿在算计：游勇老奸巨猾，贪得无厌，且贪生怕死，鸡蛋里算出骨头来。要么自己拿出巨额'孔方兄'，买他出兵，要么拒绝。

其实，游勇并未考虑钱财问题，他在记恨许直卿没把他放在眼里；他最担心的是赔了夫人又折兵，担心的是共产党。他说："共产党，共产党领导的赤卫队人多势众，民心所向，装备精良，很难对付啊。"

许直卿辩解道："要说共产党人多势众，人心所向，我所见略同；要说共产党装备精良，不敢苟同。几条破枪，几根长矛，泥巴腿子。哪比得上游司令。"

游司令心想：你不是共产党手下败将吗？你奈他们不何，我岂敢拿鸡蛋碰石头。他推辞说："暂时不能盲目行动，等贤梅回来再说。"

游勇跷着二郎腿，坐在太师椅上抽烟喝茶，许直卿坐在对面冥思苦想。许直卿突然想起来："春晖来这儿干什么？"

司令道："两兄弟是被赤卫队追到我这来的，他俩不错，对你忠心耿耿。"

"此话怎讲？"许直卿疑心重重，问："他们是追我到这儿来的吧？"

游勇说："他们是在担心你、寻找你、搭救你。跑来向我求救，去帮助你。有这样生死与共的兄弟，值啊。"

许直卿听罢，心里有所宽慰。走出去，对春晖说："你们回去吧。"

春晖说："不回去，留在您身边，好照应团总，再说我们回去，也没好果子吃，共产党不会放过我们。"

许直卿说："共产党口口声声说为穷人，你一个穷马夫，他们不会拿你怎么样。回去，看好、养好我的马，有什么情况，及时向我报告。"

春晖笑道："您是想我回去给您卧底。"

许直卿满意地笑了："小马夫，干大事，算你聪明。"

春晖戴着养马面具，身负双重使命。

熊必丰带着残兵败将，匆匆忙忙地往回赶。路上，他调整队伍，"棒老二"走在前面，紧随着的是保安团，后面便是一些游兵。他交代说："距离拉开点，小心有埋伏。"稀稀拉拉的队伍，小心谨慎地走过鲜港桥。熊必丰走在队伍中间，告诫士兵，说："五里湖是共产党的老巢，眼睛放大点，多留点神。"

穿过五里湖，熊必丰命令道："跑步前进。"

屠教士说："我们快点，跑到前门去。"他命令小青年加快脚步。

熊必丰见到后，说："你们干什么？"

屠教士说："兄弟们肚子饿了，得快点回去找东西，填饱肚皮。"

熊必丰吼道："屠教士，你他妈是大妈养的，你们饿，我们就不饿。"

屠教士听罢，从头到脚都是火，说："狗日的，你敢骂老子。来人，给我把他绑起来。"

陶延久跑过来，枪口对准熊必丰，兄弟们把枪口对准团丁。团丁端着枪，枪口对准屠教士。顿时，剑拔弩张，针锋相对。

"老子给你们卖命，你却不把爷当兄弟看，老子要你的命。"屠教士眼光逼向熊必丰，冒出愤怒的火焰。

郝贤梅退到熊必丰面前，说："熊队长，这就是你的不是了。我们都是在替你卖命，你没一句安慰兄弟的话，反倒不把兄弟当人看，不识好歹。难怪人家生气。"

这一下，火上浇油，屠教士怒发冲冠，上去就是两巴掌。

熊队长被辱，团丁想开枪，跃跃欲试。两边兄弟更加上火，步步逼近。

郝连长连忙拦住屠教士，高声说："算了，算了，别为一两句话伤了和气，现在赶路要紧，肚子实在饿了，我肚子早向我报警了。"他转身对熊必丰道："聪明人不吃眼前亏，你就向屠兄赔个不是，握手言和。"

熊必丰觉得"人在屋檐下，不得不低头。"他下意识地低头道歉："对不起。"屠教士这个人，人对他好一分，他要还人三分，伸手不打笑脸人。见状，一下子动了恻隐之心。便叫兄弟们放下枪。

阮本宽埋伏在中桥东边的小堤下，瞅见熊必丰带着队伍跑过来，从眼前经过，跑向中桥。

弥陀寺，春晖和瑞林上马，准备赶回保安团。许直卿突然叫住春晖说："拿着，枪。"许直卿将一把手枪抛向阮春晖，春晖骑在马上，接过枪，道了谢，在马背抽了一下马鞭，"驾"的一声，离开弥陀寺。

李道生正带领队员收拾战场。胡明喜坐在许直卿办公室的太师椅上，跷着二郎腿，神气地说："我来过把太师瘾。"

魏启福笑道："到时候，你也弄个团长干干，一样威风凛凛，不会比许直卿逊色。"

"哈哈，嘿嘿。"在场的同志都笑了。

"瑞林回来了。"有队员在喊。胡明喜一下子从太师椅上溜下来，走出办公室。

瑞林同魏启福和李道生，在春晖的带领下，视察团部。保安团是一个四合院。他们走到西厢房，春晖指着房屋，一一介绍。

转了一圈，回到门口，瑞林吩咐李道生说："时间不早了。明天安排人员，把整个屋子里外收拾一下，重要的东西保存好。重点保护武器弹药房和大门，其他地方设流动哨，由魏启福负责。春晖，你看好你的马，你的身份保密，只有我们四个人知道。同志们轮流就地休息，随时待命。"

瑞林没有丝毫成功的骄傲感，一块块沉重的石头压在他的肩上。他走进办公室，点上蜡烛。他想搬开太师椅，可是太师椅是这屋子唯一的一把椅子，他只好坐下来。从乡下来到街上，从赤卫队到苏维埃，思绪接连不断地缠绕着他。他打开办公室的柜子，找到笔和纸，一边思考，一边写着，他在计划成立苏维埃红色政权。他太疲倦了，不知不觉，睡着了，右手拿着的笔轻轻掉在桌面上。

春晖暗暗为哥哥放哨，喂完马，走到门口，观望四周，回到办公室，见瑞林睡了，悄悄走开。

办公室的座钟使劲地敲了三响。"砰砰砰"，是枪响，还是梦幻，瑞林一下子惊醒了。他突然想到："阮本槐还没有过来?"他看了看时间，叫来魏启福，启福问："阮书记，什么事?"

瑞林说："我好像听到枪响了，就在附近。"

六五

魏启福随声道："在中桥，已经打很久了。这是一场鏖战，敌我双方势均力敌。要不要派人去增援?"

"战斗打得激烈，你和春晖骑马送些武器、弹药去。"瑞林犹豫说："春晖不能去，他不能暴露。胡明喜没睡，你和他去。他会骑马吗?"瑞林问。

"行，没问题。"启福回答。

"去，搬几箱子弹，快去。"

"是，阮书记。"

这是在公开场合下，第一次被人叫阮书记。这个在鲜家港一带活动两年的地下党支部书记，是不是可以公开身份了? 出于安全考虑，怕惊动同志们，瑞林一个人在四周巡视着，他的心，紧绷着。

阮本槐紧锁眉头，睁大眼睛，全神贯注地注视熊必丰从中桥跑来。

不对，熊必丰觉得今夜出奇得安静，作为东西唯一通道的江口中桥，竟然没有一个过路人。他不禁后退两步。命令道："兄弟们，注意警戒。"

团丁一个个端着枪，猫着腰，一步步小心谨慎地往前推进。

桥上传来轻微的响动，阮本槐瞄准前面的团丁，打响第一枪。团丁身子摇晃了两下，倒在桥下，队员们立马开枪，密集的子弹射向敌人。

熊必丰见势，喊道："有埋伏，快撤。"敌人慌忙退却，谨慎还击。费光明、费光荣兄弟开枪，敌人应声倒下;戴宗秀用箭射击，一支利剑射向团丁的胸膛，团丁后仰，栽倒在桥下。

胡安海带领队员埋伏在桥南的树林里，露水浸湿了衣衫，潮湿的地面冰冷着队员的胸膛。熊必丰想从桥南撤向长江，从江边逃回保安团，他哪里知道，保安团已在赤卫队的控制下。梅芳紧握手枪，瞄准黑狗子，扣动扳机，一发子弹打过去，击中团丁头部，一股鲜血涌出，身子僵硬地扑倒在地上。队员一个个瞄准敌人，一发发子弹，射向敌人。

李道云想跳出埋伏地，冲上去和敌人进行肉搏，被梅芳拽了回来，说："等会儿，把敌人逼向北去。"

熊必丰向南逃窜的计划落空，后撤。屠教士在队伍最东面，为队伍的尾巴。他命令小青年："快撤，撤到道路两边去，别给保安团挡子弹。"他意识到，四面都有赤卫队员的埋伏。陶延久高声喊道："兄弟们，后面有赤卫队。"他们闪向树林里。阮本宽埋伏在东面的柴湖地里，立即发出命令："打。"他瞄准郝贤梅，射击。击中郝贤梅右臂，郝贤梅捂住流血的右臂，说："我们被包围了，打。"阮本宽命令，向敌人发出猛烈的攻击。顿时，江口中桥，硝烟弥漫，火光冲天，呐喊声、哭叫声、冲锋声铺天盖地。

团丁吓得魂飞魄散，慌忙向北逃窜。吴队长带领队员对来犯之敌狠狠地打击。一枪撂倒一个，弹无虚发。

魏启福和胡明喜骑马赶来，加入队伍。

阮本槐趁势，猛地站起来，站在桥头制高点，高喊："冲啊，缴枪不杀。"战士们随之站起来响应，一边冲锋，一边高喊："缴枪不杀，缴枪不杀。"

赤卫队员如潮水般涌向敌人，敌人吓得屁滚尿流。熊必丰和郝贤梅跳入中港，带几个团丁逃走。随后，不少敌人跪在地上，举枪投降。

熊必丰和几个残兵败将，像一群打慌了的兔子，跟着郝贤梅逃到弥陀寺。

"报告团总，本人是无用之辈，被赤卫队打得落花流水，无颜见团长。"熊必丰走到许直卿面前，羞怯万分，脑袋恨不得钻进裤裆里。

许直卿又气又恨又怜悯，气的是被赤卫队打得狼狈不堪，恨共产党如此战无不胜，怜悯自己及其部下狼狈不堪。

游勇走过来，对许直卿说："就目前情况来看，盲目反击，夺回保安团，恐怕是癞蛤蟆想吃天鹅肉，还是从长计议。你们就在这里休整休整。"

许直卿叹了叹气，说："事到如今，只有如此。"

游勇道："我看，共产党不会就此打住，他们啊，心比天高，你那小小的保安团，岂能满足他们的胃口。要不了多久，我这'清乡团'，也会成为他们的盘中佳肴。"

两团长六神无主，坐着抽闷烟。

清晨，东边的天空，出现鱼肚白。阮春晖照常收拾马棚，喂马、寻马料。瑞林请来吴先孔和肖保苍，组织召开会议。阮瑞林、阮本槐、胡安海、李道生、阮本宽、周济、薛开选、戴宗秀和龚梅芳等十一人在办公室开会。

阮瑞林对薛开选说："保安团这地方原来叫什么名？现在改天换地，应该改名换姓。"

喜子抢着说："不是成立苏维埃吗？就叫江口苏维埃人民政府好了。"

阮本槐想了想，说："不行，江口苏维埃政权还未成立，上级还没下达指示。"

薛开选介绍道："清末，江口有个郑半头，它既不是商户的牌号，也不是人的姓名，它是人们对郑氏家族的戏称。从上街的文星门到卜街的九梁桥，有郑鼎太文记、东记、绥记、楚记和幺号。郑鼎太绥记经营米行，其余四家经营棺材。北伐战争时期，郑家将东面的元后宫——柏家巷南端的布行商会会址，让给国民党区党部。尔后，国民党党部转移到宜都，这里成为保安团团部。"

阮瑞林说："也就是说，这叫元后宫？"

薛开选说："对，就叫元后宫。"

瑞林说："元后宫，今后就是赤卫队中队部，江口苏维埃所在地。"

同志们会意地笑了。

随后，同志们就苏维埃政权的成立、人事安排、工作计划事项进行讨论。

经过半日的讨论，形成决议，瑞林道："决议按照组织原则，需要请同志们表决通过，有不同意见请举手。"瑞林看了看全场。全票通过。

瑞林告诉同志们说："这个决议，需要上级党组织的批准。请大家先按照决定去准备，下面的工作还十分艰巨，大家做好充分的准备，迎接新的挑战。"

阮本宽提出一个问题，说："对叛徒怎么处理？"

胡安海似乎想起了什么，他说："到现在我们还不知道阮本独、戴宗凤的下落。"

阮本槐态度坚决地说："他们能做初一，我们就能做初二，以牙还牙，以报还报。"

阮瑞林命令道："阮本宽，你们专门成立锄奸小组，对革命队伍中出现的叛徒，一律严惩不贷，绝不姑息养奸。"

阮本宽站起来，道："是，坚决完成任务。"

会后，同志们各就各位，紧锣密鼓，贯彻落实江口元后宫重要会议精神，迎接新年的到来，开创一个崭新的世界。

六六

采莲船是枝江地区传统文化娱乐活动。大年初一，一支年轻的采莲船队，从鲜家港出发，在附近村庄进行点缀式的表演后，来到弥陀寺门前。两女主角打扮得花枝招展，脸上搽脂抹粉，头戴两朵鲜花，手拿一条花带，背着两条精美的采莲船。男丑角在前，后面是一群敲锣打鼓的农民。

一阵锣鼓响，围观者多起来。男主角带着女主角转了几圈，停下来，挂着棍子，女子摇动身子，采莲船随着身子的摇动而摇动。

船队和唱：

采莲船啦，

哟哟，

来拜年啦，

哗撮，

欢欢喜喜，

呀呵伊哟喂，

过新年啦，

哗撮。

锣鼓声响："哐叮哐叮哐，哐叮哐叮哐，哐叮哐叮哐叮哐叮。哐哐哐。"

紧接着走出两个男丑角，踩着高跷，手里打着莲花闹，说起快板来：

说讲子，就讲子，我来讲个胖妮子。

讲好笑，多好笑，东边山上一泡尿，就像长江洪水到；

这个妮子还不胖，还有一个胖妮子，九根柳树打张床，奶子搁在踏板上；

这个妮子还不胖，还有一个胖妮子，西边山上一泡屎，胀死九十九个胖狗子。

逗得观众哈哈大笑。观众越来越多，纷纷向采莲船投钱币。突然，船遇到"沙滩"，被"搁"在"沙滩上"。歌声停了，锣鼓停了，场子安静了。按照惯例该主人给钱了。

阮本槐、阮本宽和李道云混杂在人群中，他们不时地观察周围动静，注意弥陀寺门前的动向。

弥陀寺的门哨虽然在看热闹，但是，他们随时盯着来往的人群。寺里方丈拿出几包香烟，放在"搁浅"的采莲船上。这时，寺里走进一冠冕堂皇的香客，采莲船队在等待着这位大主人的出现。演出复活了，小丑们开始精彩的表演。游勇终于出现了，他和许直卿、郝贤梅喝酒喝得红光满面，从寺内出来。

周济在不远处的一棵大树旁瞄准许直卿。

阮本独跟着出来，眼光和穿着花枝招展的龚梅芳相对而视。他赶忙后退几步，惊慌地叫道："赤卫队。"

游勇和许直卿慌忙后退，周济向他们开枪。门哨慌了手脚，立即还击。胡安海立即从采莲船里拿出长枪，锣鼓队捡起武器，人群中的赤卫队员迅速开枪射击。门哨倒下，队员涌入门口，冲向寺内。

游勇退到庙里，黑狗子拼命抵住大门。

阮本槐命令道："保护寺庙，保护和尚。"赤卫队推开大门，涌入寺庙，对准敌人，猛烈射击。寺庙内发生枪战。喝得酩酊大醉的"棒老二"，毫无还手之力，慌慌张张，缴械投降。游勇和许直卿几个死党，躲进庙里，依靠庙里错综复杂的地势，殊死抵抗。

游勇和郝贤梅躲进西厢房的斋堂里，斋堂供有五百罗汉。敌人凭借高大的铜罗汉，进行抵抗。本槐、梅芳和费光明兄弟，追赶到斋房。游勇在罗汉后面，拿着手枪，对准阮本槐，阮本槐先发制人，举枪打过去，游勇缩回。郝贤梅和几个"棒老二"在罗汉背后，躲躲藏藏，身影时隐时现，梅芳寻机射击，结果了一个黑狗子的小命。他们进行还击，伸出脑袋，被费光明击毙。不料，从背后钻出一个黑狗子，朝费光明后背一枪。费光明口吐鲜血，倒在地上。梅芳抱着费光明，使劲地叫唤他的名字。费光明永远地闭上了眼睛。

费光荣怒火中烧，端起枪对准敌人连发几枪，子弹撞击铜罗汉，闪出火花，发出"哐哐"响声。保安团副团长被打死，游勇和郝贤梅从后院逃走。

"躲开。"胡安海推开李道云。李道云定睛一看，时继良把头缩回去。许直卿、熊必丰带着几个亡命之徒，逃到东厢房，这里是弥陀寺的禅房。所供菩萨又大又高。堂内幽深漆黑，一个人走进，毛骨悚然。胡安海和队员在禅堂和许直卿对峙了半晌，打死了多名士兵。许直卿、熊必丰和时继良逃跑。

阮本独特别狡猾。在门口，他发现事情不对头，向人群中逃窜。

阮本宽挤开人群，举枪追赶阮本独。阮本独恨不得多长两条腿，拼命向东湖港逃跑。

本宽边跑边喊："本独，我们是兄弟，快回来。本槐不会对你怎么样。"

本独转过头跑着，叫着："我们是兄弟，你就饶了我吧，别追了。"

弥陀寺被赤卫队占领，阮本槐带着赤卫队员，打扫战场，收拾残局，押着俘虏，从弥陀寺回到元后宫。途中所经过的街道，居民们看见赤卫队威武雄壮的样子，伸出大拇指称赞："共产党了不起，农民赤卫队了不起。"

胡安海和赤卫队员将弥陀寺里黑狗子们的粮食、弹药、武器、装备运回元后宫。弥陀寺里的方丈与和尚，欢送赤卫队出门。胡安海说："还弥陀寺一片净土。"

"阿弥陀佛。"方丈与小和尚礼拜。

正在这时，一个小和尚向方丈使了个眼色。胡安海警觉起来，他又回到前殿，警惕地拿着枪，四处寻找。

"长官饶命，长官饶命。"就在观音菩萨佛像后面。余大富扑在地上，他见到胡安海，双手举起来，求道："求长官饶命。"他被押出前殿，命令队员，说："道云、光荣，你们几个再搜一遍。"

胡安海搬运物品，迅速赶回元后宫。

阮本槐把俘虏押到元后宫，阮瑞林站在门口，迎接赤卫队员胜利归来。

俘虏被押到后院，他们在后院吵吵嚷嚷，有的要喝水，有的要拉尿，还有的口里骂骂咧咧，吼着："你们这些泥腿子，竟然坐镇保安团，滚出去。"

陶延久一巴掌打过去。黑狗子骂道："你什么东西，还打人。"他走到俘虏面前，说："你们以往横行霸道，欺压百姓，作恶多端。现在该老老实实，夹着尾巴做人。"

黑狗子不服气地"呸"了一声，把唾沫吐在陶延久脸上。

陶延久冲到黑狗子面前，把手高高举起，被阮春晖挡住。春晖制止道："不准打人，别看他们平日盛气凌人，他们也是苦大仇深，不准虐待他们。"

陶延久看着阮春晖，惊奇地问："你是谁呀，一个养马的，竟然护着黑狗子？滚开。"

春晖退后两步，说："我可以滚开，你不能虐待俘虏。"

正嚷着，阮瑞林、阮本槐和肖保苍走过来。瑞林问肖保苍说："肖部长，你是老革命，在国民党党部工作过，你看这些俘虏，该这么处理？"

肖保苍小声和瑞林说了两句，瑞林转身对俘虏说："你们愿意留下的，登记留下；不愿意留下的，回家，我们发给路费。但我要奉劝你们一句，别再跟着许直卿、'棒老二'干了，跟他们干，没好下场。"

"是是是。我们听您的。"俘虏乖乖地回答。

瑞林看着阮本槐，问："本宽呢？本宽怎么没回来？"

六七

阮本槐想了想，说："是呀，是有很长时间没看见本宽了，他去哪儿了？"

瑞林急忙说："快叫人去找，一定要找到他。"

余大富走来："报告长官，我知道阮本宽去哪儿了。"

"去哪儿了？快说。"瑞林迫不及待。

"我看见他追着阮本独，朝东湖港去了。"余大富低头说。

阮本槐叫来胡安海，直奔东湖港。

东湖港位于江口西部，南北走向，北连东湖，南出长江，全长六华里。眼前正处于枯水季节，港里露出一些泥堆，雪块覆盖在泥堆上，港边长满水草、杂树和芦苇。冰雪开始融化，中间有半米宽的溪水，流向长江。阮本槐和胡安海沿着港边的小路寻找阮本宽。走了大半路程，未见本宽。北望，已是东湖港的尽头。胡安海失望地问阮本槐："怎么办？快到东湖了。"

"走，找到东湖边上去。活要见人，死要见尸。"本槐坚决地说。

突然，胡安海见到一只布鞋。他站着，往四周看，港边的草丛里，又发现一只鞋。他惊讶地叫起来："队长，快来看，鞋。"本槐飞快地跑过来，他们发现，阮本宽倒在港边的草丛里，头向港中，腿子搁在港的陡边上。胡安海跑下去，抱住阮本宽，阮本槐痛哭流涕，抱着本宽的头，叫着："本宽，本宽，你醒醒。"他们抱着阮本宽，使劲地摇晃，呼唤着："本宽，本宽，我的好兄弟，你醒醒，你怎么就这样走了？"

他们冷静下来，阮本宽是被杀害的，脑上、脸上、背上，有刺伤的痕迹，再仔细看，人是在岸上被杀害后，拖下港里的。

阮本槐背起阮本宽，眼泪止不住往下流。

是谁残忍地杀害了阮本宽？

阮本槐背着阮本宽，从东港背到元后宫，一直叫唤着兄弟的名字。瑞林看见了自己的战友，捶胸顿足，一拳捶打在墙壁上，手背被捶伤，流出鲜血。戴宗秀，龚梅芳泣不成声，痛苦万分。

阮本槐背着本宽尸体，绕元后宫转了一圈，然后，放到春晖的马棚前面，春晖咬牙切齿，为本宽之死痛苦、悲伤。他强忍着，暗暗流泪。

肖保苍拍打着瑞林的肩膀，说："人固有一死，或轻于鸿毛，或重于泰山。阮本宽的死，重于泰山。瑞林，节哀吧。革命，肯定要死人的。费光明、阮本宽，他们为革命捐躯。你们占领了保安团，'棒老二'和许直卿被赶走，管理好江口这个集镇。建立苏维埃红色政权，任重而道远。"瑞林擦干眼泪，说："同志们，费光明、阮本宽的鲜血不会白流，我们要化悲痛为力量。一定要找到杀害本宽的凶手，把凶手千刀万剐，以报战友在天之灵。"

阮本宽和费光明，被安葬在沮漳河畔的高坡上。

傍晚，江口码头，沙市通往宜昌的客船停泊靠岸，船舱里，走出两个手提木箱的中年人。那个瘦长的便是刘长林。瑞林、本槐和肖保苍走到码头，迎接上去。

刘长林走上岸，握着同志们的手说："今天，这里是红色政权的天下，我们到此，再不用躲躲藏藏，拘拘束束的了。感谢你们啊，瑞林、本槐、保苍同志。"

旁边的同志说："鲜家港这地方的党组织，工作做得很到位，用这里的话说，很居宜啊！向你们学习呀。"

刘长林说："对了，忘了向你们介绍，这位是徐国炎同志，中共枝宜县委书记。"

他们相拥着，走进元后宫。刘长林站在门口，问："瑞林，你的办公室在哪儿？"

"办公室？"瑞林说，"许直卿的办公室，我不想坐，我想把我的办公室安排在保管室。"

刘长林说："是的，我们是人民的公仆，和国民党反动派势不两立，不共戴天。你总要安排一个地方，让我们坐坐吧。"

阮本槐指着西厢房，带领他们走进内走廊，打开一扇门。

同志们进屋，大家坐定，刘长林开口道："鲜家港是一个特殊地方，是三县交会之处，西为枝江，东为江陵，西北为当阳。我今天带来了松（松滋）枝（枝江）宜县（宜都）委书记徐国炎同志，我想让你们党支部与宜都县委、枝江地区的党组织取得联系，好相互照应。有福同享，有难同当，相互合作，相互支持。"

同志们拍手道："好。"

刘长林说："下面，我讲三点。"

瑞林想做记录，刘长林制止道："为安全起见，用心记，不用做笔记。"他说，"一是要巩固阵地，以防敌人反攻暗算，特别是要做好安全保卫工作，保护好党的利益、人民的利益、社会的安定；二是进行内部管理，包括财产、物资、武器、生活管理；三是立即成立苏维埃人民政府，管理好社会事务，为枝江的革命斗争树起一面旗子。"

肖保苍问道："我们成立苏维埃政权，人事是如何安排的？"

刘长林犹豫了会儿，说："这个……"

同志们诧异地看着刘长林。

吃过晚饭，刘长林把阮本槐叫到阮瑞林的卧室，他脱下左脚的鞋，从鞋底抽出鞋垫，在鞋尖部取出一份文件，交给阮瑞林，说："你们的请示报告我带来了，县委对你们的人事安排比较满意，不过，稍稍做了一些变动。"

瑞林接过文件，说："怎么变动的？"

刘长林说："上级党组织考虑过，是你们鲜家港赤卫队占领的江口保安团，再说，鲜家港、凤台、贾家垴一带，共产党员多，所以，组织让阮本槐同志来负责这里的革命活动。"

瑞林道："我们尊重上级党组织做出的决定。"

"你再过目一下，其他几个人事安排怎么样？"

瑞林仔细地往下看："宣传部部长，阮本宽。"看着，瑞林泪流满面。

"瑞林，怎么啦？"刘长林惊奇地问。

"本宽永远地离开了我们。"瑞林低声说。

"啊！本宽走了？怎么走的？"刘长林紧接着问。

"是被人害的，我们判定，是叛徒阮本独。"瑞林流着泪，说。

"这个畜生。"刘长林气愤地说。

沉默，一阵沉默过后，阮瑞林提议："吴先孔先生和肖保苍同志，曾经是枝江国民党党部负责人，宣传部部长和组织部部长，分别由他们俩担任。"

刘长林点头同意。

阮瑞林往下看。

青年部长，胡安海；农民部长，龚梅芳；妇女部长，戴宗秀；商业部长，郑绶伯。

瑞林说："郑绶伯是江口有名的商户，在许直卿手里，就是商会副会长，继续用他，是因为据我们了解，他比较开明正直，管理商业很有一套，是郑半头里的头号人物。"

本槐想了想，说："我有三点疑问，请领导考虑。一是阮瑞林怎么没有安排职务？二是刘大纯可不可以安排商业部长？另外，屠教士是一位知名的民主人事，可不可以安排一下？"

刘长林思忖着，说："关于瑞林在苏维埃政府里担任什么职务问题，党组织进行多方考虑。瑞林是鲜家港党支部书记。瑞林虽然没有担任苏维埃里的职务，但他的担子比谁都重；再说，瑞林和刘大纯同志的身份还没有向社会公开，这是组织上出于安全考虑。你提到的最后一个问题，你们内部进行调节。我回去后向组织反映，然后给你们答复。目前，你和瑞林的分工是，瑞林管全盘，管组织；阮德斋继续担任菱角湖党支部书记。本槐同志负责红军中队的军事工作。"

本槐意识到：这里有点像井冈山，但又不完全一样。因为这里的斗争形势不同于井冈山。他表示："无论出现什么情况，我将不折不扣地执行党的决议，不惜牺牲自己的生命，完成党组织交给我的一切任务。"

三个人的手紧紧握在一起。

六八

"胡明喜，你过来。"阮瑞林站在东厢房南门，叫道。胡明喜像个顽皮的男童，笑嘻嘻地跑过来，问："大哥，找我嘛子事啊？"

"来，过来，交给你一个任务。"瑞林说。他把明喜带进原许直卿的办公室，开门，把钥匙给他，指着太师椅，说："听说你特别喜欢坐这把椅子，想过过当团长的太师瘾，是吗？"

胡明喜看着瑞林严肃的脸，觉得阮瑞林会劈头盖脸地批评他狂妄无知，傻笑道："大哥，这把太师椅，当你坐，你大人不记小人过。那天，我坐在太师椅子上，说了两句笑话，你别放在心上。"

"男子汉大丈夫，敢说敢当。你在开玩笑，我可当真了。"瑞林黑着脸说。

"大哥，你坐，我再也不坐了，行吗？要不，我给你把太师椅擦洗干净，将功补过？"胡明喜暗暗思忖：瑞林平时待人温和，不拘小节，今天咋搞的，与我过不去？

"你先把这屋里屋外擦洗干净再说。"瑞林吩咐后，离开。胡明喜老老实实地打扫这一间屋子。

瑞林来到后院，赤卫队员在加紧练兵。他们练习对抗刺杀、打斗、射击、擒拿，一个个聚精会神。本槐和胡安海站在队伍前面，一边观察，一边到队伍中间去，手把手地矫正队员的动作。队伍里，有八个女兵。瑞林走到本槐面前，说："胡明喜在收拾前面的房子，收拾好了，你们搬进去住。"

"你住哪儿？"本槐问。

"我？住公棚。"

本槐说："你住哪儿，我住哪儿。"

"不行，你是赤卫队长。为了你和赤卫队的安全，武器弹药的安全，你必须单独设置房间。"他接着说："我还有一个想法。"

"什么想法？"本槐惊讶地望着瑞林。

"明天，我们去找郑绥伯，一是商量一下商会的事，二来弄两百套军服，发给队员们。"瑞林说。

本槐赞许。

胡安海走来，瑞林满脸笑，他说："胡安海，你看这些婀娜多姿、英姿飒爽的女兵，就一点也不动心？"

胡安海红脸，"嘿嘿"傻笑。

"我交给你一个重要任务，你得好好地对待梅芳，让她给你介绍一个对象。"瑞林说。

胡安海笑着，拱手说："那就拜托了。"

瑞林转了一圈，回到东房。

胡明喜走到瑞林面前，说："你看这房子收拾得居宜不？"

"不错。"瑞林道。

"大哥，还生我的气吗？"

"生气，罚你，搬到这里住，天天坐太师椅。"瑞林道。

"你别笑话我好不好？"胡明喜惊诧地偏着脑袋，望着瑞林。

"我说的是真的，什么时候和你开过玩笑。"瑞林说着，忍不住笑起来。

胡明喜明白过来，他走近瑞林，给了他一拳，说："原来大哥葫芦里卖的是良药。哈哈，哈哈。"

"你不是白住，有任务，上传下达，安全保卫，管理环境。"瑞林交代道。

"原来你是安排我担任内务科长兼保卫科长啊。是，遵命！"明喜向瑞林行了个军礼。

瑞林离开，来到马厩，春晖正接待一个不速之客。这个人，好面熟。谁？

瑞林打量着来者：渔夫般的打扮，头戴斗笠，青布棉袄，袖子上戴着袖套，脚穿胶鞋，衣服上下打着皱褶，沾有泥土，手提鱼篓，神色慌张地走进马棚。春晖站在马棚前，四周张望后，机灵地把他带进马厩，躲进马厩一角落，两人叽叽咕咕。

瑞林向前走了两步，又退了回去。他看清楚了，是时继良。时继良一定是来找春晖探听消息。他如果走近，被时继良发现，会打草惊蛇。他决定放手，让春晖表现，放长线钓大鱼，他正准备退到东房里去。突然，来了几个全副武装的赤卫队员，瑞林大声咳嗽两声。春晖看见瑞林使了个眼色，立马将时继良藏在马棚的角落里，用马草严严实实地遮盖住，然后走出来，一如既往地清洗马槽。

队员们离开后，春晖扒开马草，时继良走出来，和春晖聊着。半个时辰后，春晖带着时继良，顺着西边的墙根溜走。

许直卿和游勇几个人，化装成商人，住进东山寺。

时继良离开春晖，来到东山寺。许直卿迫不及待地询问："什么消息？"

时继良脱下伪装的衣着，说："春晖隐藏得很深，他哥哥也表现不错。几个荷枪实弹的赤卫队走过来，正在危险时刻，是他哥哥为我们作掩护，通风报信，把我藏起来，我才躲过一劫。"

许直卿"嗯"了一声，狡黠地一笑，说："兄弟，结论不要下得过早，得看他们以后的表现。快说说，到底打探出什么情况？"

时继良说："春晖向我透露了三件大事：一是阮本宽被人杀死了；二是共产党要在江口成立苏维埃政权；三是共产党要物色一个工商会长。"

许直卿听罢，失望地把头仰向后面，不屑一顾地说："这算什么狗屁秘密。阮本宽之死，早有人告诉我了，说是阮本独杀的；共产党成立苏维埃政府，这是意料之中的事；共产党在江口站稳脚跟，必须要找一个德高望重的工商会长。这些，都是鸡毛蒜皮之事，是秘密之中的大道消息。"

时继良闷闷不乐：冒着生命危险得来的消息，你却把它当狗屁。许直卿看出了他的不愉快，又转变态度，说："不过，你得再去一下，打听打听，他们什么时候成立新政府？领导是些什么人？新物色的工商会长是谁？继良兄弟，在我山穷水尽之时，别落井下石，帮助我，才能柳暗花明。"

时继良心里嘀咕：你自知之明，现在是丧家犬，落水狗，落汤鸡，败兵之将。我和春晖救过你的命，你说过，要提拔我，到如今，成为泡影。他苦笑道："你在危难之时，我不帮你，谁帮你呀。"

"好好好，难中好救人，难中好识别一个人。"许直卿谢天谢地。

六九

阮春晖送走时继良，一个人静静地站在马厩里，思虑：我告诉给时继良的消息，对赤卫队有无危害？许直卿会不会从消息中得到什么有价值的东西？他忧心忡忡，现在处于双重身份，会让同志们误会。他坚信，误会是暂时的，等到误会解除的那一天，一切水落石出之时，同志们会为他的付出而钦佩。

瑞林走了过去，春晖仿佛是一个撒娇小孩子，恨不得一下子扑向哥哥的怀抱里。他暗自苦笑，很快就要成为党的同志，要成熟，要冷静，要独立地担当。他没做出令人匪夷所思的事情，而是一如既往地，行为如常地迎接哥哥。

"那个渔夫打扮的人是不是时继良？"瑞林问。

"是的。他来向我探听现在赤卫队的消息，我告诉了他几个无关紧要，不是秘密的秘密。"春晖道。

"春晖，你成熟了，我相信你。"瑞林用信任的目光望着弟弟，望着自己的同志。

春晖把告诉时继良的消息告诉了瑞林。瑞林问："你向他打听到什么？"

"我问了，他们现在住在什么地方？看见阮本独没有？以后打算怎么办？他狡猾得很，他说他们现在在到处流浪，没有固定的住所，阮本独没有和他们在一起。至于以后，过一天，算一天。"

"狡猾。还是没把你当他们自己人。"瑞林告诫春晖，"好吧，继续和他们兜圈子。"

瑞林来到杂货店，肖保苍正在做生意。看着这红红火火的生意，瑞林不好打搅，他退出店外，在门口等着。

江口地滨长江北岸，水路距离宜昌七十公里，沙市四十公里，北靠当阳、远安，南临松滋、石首，东临荆州古城，西接宜昌。水路畅通无阻，一年四季可停泊浅水汽渡，舟楫便利，商贾云集。

瑞林看着街上人来人往，应接不暇的生意，觉得很欣慰，也觉得重任在肩。肖保苍忙完了生意，出来对瑞林说："走，去找郑绥伯。"

一路上，肖保苍对瑞林说："江口地理环境优越，且人员复杂，帮派林立。"他介绍道："江口有八大帮派，江西帮、山西帮、四川帮、河南帮、申（上海）帮、汉（汉口）帮、沙市帮、宜昌帮。江口是周边四十八个集场的集散中心，西至宜昌紫荆岭、观音桥、太和场；北至当阳、慈化、草埠、袁码头；南至松滋老城、涴市；东至万城、拾回桥、双豚祠。"

他说："江口行业繁多，竞争激烈。这个商会会长不好当啊。"谈话间，他俩来到郑绶伯米行。

郑绶伯米行在江口吉祥街的文记巷口，1925 年，他率先从汉口购买卧式八马力重柴油机、碾米机、电机全套设备，开办起动力打米场，并成为江口首家自行发电的商家，取名"瑞和"米行。

郑绶伯见到肖保苍，从台阶上走下来，拱手道："哎呀，肖老板，今天怎么有空光临寒舍？"

肖保苍还礼道："郑老板，号称郑半头之首，在江口赫赫有名。今天，我们特意登门拜访，有事和郑老板商榷。"

"欢迎光临，欢迎光临。"郑老板把客人请进客厅，吩咐倒茶装烟。他们坐下来，郑老板问："肖老板，这位是？"郑老板看着瑞林。

瑞林赶忙站起来，自我介绍道："小姓阮，抱耳元，名瑞林。在元后宫谋职。"

郑绶伯想了想，说："元后宫不是以前的保安团部，现在被共产党的赤卫队给占了吗？贵人在哪儿贵干？"

"当差，当差。"瑞林笑道。

肖保苍怕郑老板继续下问，出现尴尬局面，忙打岔说："郑老板，郑会长，无事不登三宝殿。我们受赤卫队江口办事处委托，想请你出面。"

"这个，你说，需要我做什么？"郑老板说。

瑞林接过话茬说："是这么回事。共产党要在江口成立苏维埃政权，成立新政府，你是江口鼎鼎有名的人物，在商业方面，你鹤立鸡群，令人敬佩。他们想请你出面，担任江口工商会会长。"

"不行不行，肖老板，不是我不给你们面子，不行。"郑老板连忙摆手说。

肖老板说:"你是信不过共产党,还是有什么顾虑?"

郑老板推辞说:"不是不信任共产党。鄙人无才,这江口的工商会会长,不是什么人就可以随便当的,我呀,担当不起。再说,我这摊子,像是一块鸡肋,食之无味,弃之可惜。还有更重要的是,你们闻闻,这满屋子的中药味。我呀,身体不适。"

肖老板劝道:"你有困难,我们共同想办法解决。"

郑老板一口拒绝,说:"我这个人,爽快得很,能答应,不用你们说二话。实在不行,你们也不用再费口舌了。"

瑞林想,既然郑老板有难言之隐,那就不为难他了。

郑老板说:"对不起,我可以介绍一个人。再说,我可以协助会长。管理江口商务。"

瑞林问:"推荐谁?"

"我推荐的人,保你们满意。"郑老板肯定地说。

从"瑞和"米行出来,肖保苍对瑞林说:"你们打乡下来,走向集镇,要在集镇站稳脚跟,管理好集镇,得多了解集镇。走,我带你到几家洋行瞅瞅。"他边走边介绍:

光绪二十二年,"洋货"进入江口,十年后,江口劈港开埠,日、英、美、德等外商相继在江口开商铺、设洋行。先后开办了"豫孚恒""亚细亚""美孚""德士古"等五家洋行。行业多如牛毛。棉花行,是百里洲、新场、万城、马山、八宝及河溶等地的主要交易场所,有"江花"之美誉,花行有四十多家,主要有"恒盛德""恒盛和"两家,棉花销往三十多个地区。棉花行业的兴旺,也带来了棉花小商小贩、织布业、印染业的大发展。另有土布庄、布头行、牛马交易行、陶器、瓷器、竹器、篾器等店铺。

他们在大街上转了一圈,来到东岳庙。

江口的寺庙多。西有弥陀寺,东有龙潭寺。其间有三佛寺、清真寺。有法国人经营的天主堂,有英国人和瑞典人经营的两家基督教福音堂。说着,来到东岳庙门前。

偌大的江口,肝胆俱全,百业兴旺,阮瑞林静静地思索,倍觉任重道远。东岳庙是江口东边的一座大的寺庙，清末修建，名曰："四宫殿"。这庙宇，飞檐雕栋，建有中心广场，延续到河边两侧，茶摊酒肆，鳞次栉比。江口商会就设在东岳庙的后殿。

肖保苍和瑞林穿过前殿的"民众文化教育馆"，肖保苍介绍说："廖哲夫会长是清末时期的秀才，担任会长已有多年，他呀，是江口有名的士绅，德高望重。而且，他家里还开着一个药店，取名'慎益堂'。"

"哎呀呀，肖部长，阮兄弟，贵人光临，欢迎，欢迎啊。"未见其人，先闻其声。

肖老板高声道："廖会长，廖老板，真是响亮。"

"欢迎欢迎。请坐请坐。"廖会长热情地说。

屠教士也在。几人坐定，肖保苍开口道："廖老板，廖会长，你是老会长，又是老士绅，知书达理，德高望重，财大气粗，智慧过人。"

廖会长没等肖保苍把话说完，便道："肖部长，你别抬举我了，抬得越高，跌得越疼。你们要说的事，郑副会长已经给我说了。我看这江口，商贾如云，政局摇晃，我是担心有负重托，恐怕丢下骂名。到时候，我这脊梁骨，再厚，也会被捣穿啊。"

肖老板说："廖会长，我以前也是国民党员，后来受共产党的教育，我觉得，共产党深明大义，以诚待人，深受人民群众的拥护。只要你秉公执法，以心换心，真诚合作，尽职尽责，没你奈何不了的事情。"

"阮兄是共产党？"廖会长问。

瑞林说："当差，当差。"

屠教士附和着，说："阮兄可信，我们关系不错。"

廖会长说："既然桀骜不羁、狂妄豪爽的屠教士都了解你们，我有什么可说的，答应了。为共产党办事，必定肝脑涂地。"

"好。"屋子响起掌声。

瑞林道："廖部长，眼前有两件事，需要立马解决。"

廖哲夫问："什么事？"

瑞林说："我们向江口商会购买布料，缝一批军服。价格和布料由肖部长和商会商定。"

"这个，没问题，和商会做生意，我们欢迎。质量、数量和价格，我们尽量保证。那第二件事是什么？"廖哲夫问。

瑞林说："最近听说江口的'票子'满天飞，各家自制钞票，闹得市场无法正常运转，我们请廖部长商量一下对策，保证市场正常运行，以保护消费者和经营者的合法权益。"

"这个？"廖哲夫有些为难。

肖保苍说："我们来共同打击不法分子的违法活动，得先从商会做起。"

屠教士说："廖会长，你是不是有什么难言之苦，说出来，我们共同应对。"

廖会长说："屠兄，要说打打闹闹，非你莫属，可这经济市场秩序，老兄，恕我直言，你还嫩了点。"

瑞林道："打榨熬糖，各有各行嘛。好，那就仰仗廖会长了。"

七十

"春晖，春晖。"有人在马棚外叫道。马棚里没有回应。

"春晖，春晖，有人喊你啦。"胡明喜叫着春晖，也没人回应。他走进马厩，看见春晖正抱着一小捆马草，放在一个马槽里。马津津有味地吃草。他说："小马夫，几个人叫你，你耳朵闭气呀。"

春晖冷冷地说："闭气又咋样？"

"咿咿，马夫，脾气大着呢。"胡明喜半开玩笑半当真地说。

"小马夫怎么啦？当年孙悟空不也是马倌吗，你知道怎么称呼？他叫'弼马温'。我呀，大大小小还是个官儿，你猜什么官？"

"马倌。"明喜笑道。

"对，马倌。我们这有九佬十八匠，你知道吗？"

他们俩掰着手指罗列：阉猪佬、杀猪佬、钻磨佬、打榨佬、烧火佬、补锅佬、骟牛佬、打鱼佬、吹鼓佬为九佬。匠有十八行，木匠、瓦窑匠、铁匠、雕匠、裁剪匠、弹花匠、金匠、染匠、油漆匠、锡匠、剃头匠、抢刀磨剪匠、画匠、篾匠、茅匠、伞匠、皮匠、织布匠。

胡明喜笑着说："我给你加一匠，叫什么来着？"

他俩同声道："喂马匠，哈哈哈哈哈。"

春晖突然想起："谁叫我了？"

"我叫你了。"阮本槐带着俩队员走来。

"我一个养马的，叫我干什么？"春晖不冷不热。

"我想用你的马，出一下门。"本槐说。

"你到哪儿，与我屁相干。可这马，我是替许团总养的。你要借，得找他去。"春晖一本正经地说。

赤卫队员看着春晖。

"我打个借条给你，还不行吗？"本槐道。

春晖抬头看见余大富，放开嗓子说："借条，借条也不行。许团总有吩咐，这马，不许动。"

余大富调解说："队长真的有事。你就高抬贵手吧。"

"余大哥，你在许团总手下干过多年，你是知道团总脾气的。既然你开了金口，我答应。但你还是动动金手，写个借条。"

"好好好，我写。"余大富说。

春晖牵来两匹马，胡安海和本槐上马，戴宗秀骑本槐马后。

春晖笑道："宗秀姊，你们结婚了？"

宗秀羞涩地给春晖一把糖果。

本槐"驾"的一声，上了街。戴宗秀依偎在阮本槐宽阔的后背上，尽情地享受新婚的甜蜜。她说："慢点，别让这美好的时光跑得太快。"

本槐关切地问她："冷吗？"

"不冷，你摸摸我的心，滚烫滚烫的。"宗秀深情地说。

本槐说："其实，我多想和你在一起。但时下，不是卿卿我我的时候。鲜家港不太平，江口不太平，乃至全中国都不太平。无论在天涯海角，我的心和你在一起。"

"本槐，你别说了，再说，我的心都要蹦出来了。"宗秀哽咽着流下眼泪。她紧紧地抱住本槐。

突然，她想起来了什么，说："阮春晖怎么对你那样？"

"你知道吗？春晖是双面人物，他在演戏，做给余大富看的。他要让人看见，他的心，向着保安团。这样，才让许直卿对他不起疑心。"

宗秀明白了。她说："春晖真是喂鸭子的睡早床——不简单（不捡蛋）啊。"

他俩露出甜蜜的笑容。

大纯的店铺门开着，本槐和胡安海走来，叫道："刘老板，生意兴隆啊。"

大纯迎接客人。

本槐拉着大纯的手，低声说："我们打了胜仗，有你这个联络站的功劳。不过，现在还不是歌功颂德、论功行赏的时候。我们来，是有要事商量。"他们拴好马，走进店铺。

一会儿，大纯带着本槐走出店铺，笑着说："希望你们马到成功。"

凤台学校的操场上，体育老师带领学生跑步。本槐在操场外下马，把马拴在杨树下，同胡安海快步走到办公室门口，吴校长见有人来了，忙迎出去，问："请问兄弟，你们找谁？请到办公室坐。"

胡安海道："打搅一下，请问，教导主任在吗？"

校长说："在，上课呢。"

胡安海问："在哪儿上课，什么时候下课？"

校长说："你们有什么事？能不能跟我说？对不起，教学秩序不能打乱。"

阮本槐走过去，说："我们能不能就在教导主任上课的教室外瞅瞅？如果不是要找的人，我们立马就走。"

"去吧，动作轻点，别惊动学生。"校长说着，把嘴向教室撅了下，说："就在那儿。"

阮本槐穿着一件长风衣，衣领立起来，捂住脖子，戴上墨光眼镜，两手放在衣袋里，右手紧握住手枪，轻脚轻手，走到教室门口，朝教室瞅瞅。先生正在黑板上板书，转身，看了看阮本槐。阮本槐闪到一边，定睛一看，摇头，转身走回原地。

"他不是你们要找的人吗？"校长走近本槐。

本槐轻言细语地问："学校有几个教导主任？"

"教导主任能有几个吗？就一个。我想起来了，你们是找以前的教导主任，蒯西门，是吧。他前几天不辞而别了。"

本槐连忙追问道："他去哪儿了？"

"那个蒯西门啊，不是东西，是个祸害。他在教师们中间，勾心斗角，挑拨离间，挑事惹非，先生们如果说些激进的话语，他马上向保安团告密。这不，龚承谦和几个先生都被许直卿抓去，盘问了几天。老师们说他是魔鬼。"

"哦，这家伙罪大恶极。"本槐说。

校长突然想起了什么，说："对了，前两天，有个男人，来到学校，和他寒暄了几句，他便收拾东西，连招呼也没打，跟着走了。"

胡安海好奇地问："是不是有一个尖头，长下巴，眼睛小，鼻子塌，中等身材，走路像一条腿长，一条腿短的男人给带走的？"

"是的，我听他叫什么'独'的，叫他'独'哥。"校长模仿着说。

"独？阮本独？"本槐问。

"对，阮本独。"校长连声说，"他跟在阮本独的屁股后面，灰溜溜地往东走了。"

戴宗秀气愤地说："他俩是一丘之貉。"

本槐果断地说:"走,找他去。"他对宗秀说:"你回家看看。"

宗秀说:"一个多月没回家了,新女婿,该看看老丈人了。"

胡安海劝道:"是呀,宗秀一个人回去不安全,如果遇见戴宗凤,他们狗急跳墙,宗秀奈何不了他们,后果不堪设想。最好,我们都去。"

戴宗秀一家四口人,除了父母,还有一个未成年的妹妹。宗秀走进家里,抱着妈妈:"妈,女儿回来了。"妈妈抱住女儿,嗔怪她说:"你个野丫头,是树里炸出来的不是,一出门,就是个把月,到现在才回来。"

父亲责怪母亲道:"你们母女俩就只想到亲热,没看见还来了贵客。"

母亲连忙招呼道:"啊,姑爷,请坐。"

本槐只是笑。宗秀道:"你就会傻笑,像一个呆子,不会叫声爹妈呀。"

阮本槐依然冲着岳父岳母傻笑。

胡安海在一旁提示说:"快叫丈母娘、丈人佬。"

本槐羞怯地叫道:"爹、妈。"

父亲说:"这羞口羞舌的,我喜欢。那些花蜜甜嘴,花言巧语,口蜜腹剑的男人,不踏实。"

母亲说:"我女婿不苔,人家还指挥千军万马呢。"她转身对宗秀说,"快去厨房,打几个荷包蛋。鸡蛋,家里多得是,你走时,带上些。"

母女进厨房,本槐和岳父在堂屋里聊着。爹问:"你们打到江口去了,死了不少人吧。"

"爹,这是打仗,得真刀真枪地干,难免会死人的。牺牲了几个队员。"本槐道。

"本宽这小子不错,蛮老实、蛮勤快的。可惜,好人命不长啊!"老人说。

说着,本槐垂下脑袋,悲泣。

岳父说："本独这小子，黑心腐肝的。他回到鲜家港，逢人就讲，说'本宽就是老子杀的'。他恐吓老百姓，让人们怕他，不去招惹他。"

"本独在哪儿？"胡安海和阮本槐同声。

岳父裹着一支叶子烟，吧嗒吧嗒地吸着，说，"前两天，他带着一位先生，在这里转了几圈，走了，不知到哪儿去了。"

本槐追问道："戴宗凤在吗？"

父亲说："宗凤这小子，和本独，臭味相投。不不，是臭味相近。我侄子，前两天他还请我帮忙呢。"

"爹，快说，宗凤请您帮啥忙？"

正说着，母亲把荷包蛋端到他们的面前。

父亲说："吃了荷包蛋，我还要问你一件事。"

几个人茫然："什么事？"

七一

廖哲夫上任后的第三天，便通知商会及行会的相关人员，集中到东岳庙，召开圆桌会议。

江口，除了帮会，还有行会，又叫同业公会。当天，米行业的"雷祖会"，杂货业的"财神会"，饮食业的"梅翁会"，酿酒业的"杜康会"，屠宰业的"张飞会"，铁器业的"老君会"，木器业的"鲁班会"，还有"王爷会""哪吒会""罗祖会""佛祖会""华佗会""嫘祖会""淮南子会""肖估达会""牛神马面会"等，这些，分别是船业、渔业、理发业、搬运业、医药业、丝线业、豆作业、制秤业和牛马交易业等，各会会长参加会议。

参加商讨的还有商会的副会长郑绥伯及商会的执行委员、检查委员、总务员及文书。肖保苍也参加会议。

各位围着一张圆桌。廖哲夫讲话："各位会长，大家都是江口商业界的泰斗、财神爷，把持着江口经济主脉。今天大家聚在一起，共商江口工商大业，共谋江口发展前景。众所周知，现在的江口，改天换地了。但是，不管谁来执政，商业有商业的经济规律，政治与经济脱不了干系。在目前的局势下，怎么才能稳住江口经济，发展江口经济。请发表看法。"

郑绥伯首先站起来，说："共产党是为人民大众的，人民大众是我们的上帝，只有人民安居乐业，我们才生意兴隆。所以，我觉得，应该拥护共产党，帮助他们渡过难关，安定老百姓，稳定市场。共产党需要我们做什么，我们就应该做什么；共产党不希望我们做什么，我们坚决拒绝。一句话，我们不应该做不利于共产党的事。"

郑绥伯说完，向各位会长点头，相互打招呼。多数会长点头赞同。

"鲁班会"的牛会长站起来，说："我来说两句。共产党占领江口才几天，他们虽然没给我们带来什么看得见的好处，但也没给我们造成什么危害。如果他们需要帮助什么，我竭尽全力。但我看，万事不能做绝，还要留条后路。"

会长们一阵议论，私下咬耳："这牛会长老奸巨猾，说话模棱两可，留有余地。"

有人说："许直卿没走远，就在附近，还会卷土重来。"

"屠宰业"的祝会长大声说："我们商会，是杀猪宰羊的行会。杀猪，需要养猪的多，吃肉的多，常言道'无肉无鱼不成席'。共产党领导，如果老百姓不穷了，有钱吃肉了，我们的生意就好了，向屠宰户收取'月捐'也就容易了。跟着共产党干，让江口兴旺起来。"

"说得好。"人们拍手叫好。

"嫘祖会"鲁会长说话了："我们不管什么党，沟这边是一蹲，沟那边是一蹲。有钱便是爷。"

张老板是"酿酒会"的会长，他指责鲁会长说："沟的那边有脏水，有污泥；沟的这边，有鲜花，有树荫，你选择蹲沟哪边？"

"是啊。你选择哪边？"有人质问鲁会长。

廖会长站出来，说："我首先申明一下，我不是共产党，也不是共产党派来的说客。我说几句公道话。共产党在鲜家港，深受老百姓的拥护，老百姓自觉地参加赤卫队，打败地主老财，又组织赤卫队从凤台打到江口，不管走到哪儿，他们都生怕损害老百姓的利益。在江口，他们待人和和气气，有商有量，不强人所难，深明大义。我佩服他们的为人处世。今天大家开这个会，是有商有量的，可以自己选择。"

肖保苍站起来说："我，大家可能认识，我是兴隆杂货店的肖保苍，我开的是一个袖珍店，与财大气粗的各位相比，我是小巫见大巫。我来参加这个会，是廖会长邀请我来的。"

廖会长点头说："是。"

肖保苍说："你们都知道，绳子啊，它往往断的是细处。许直卿为什么会垮台，游勇的部队为什么一推就倒，因为他们恰恰是绳子的细处，早已是腐烂不堪了。共产党进驻江口，将要成立江口苏维埃政府。我认为共产党会一如既往地保护商户利益，保护消费者的利益，保护江口市场的公平交易，保护市场的稳定和繁荣。"

肖保苍的发言，引起了在座商业人士的广泛认同。

廖会长示意："安静，安静。"会场静下来，他说："现在亟须解决一个重要问题，就是稳定市场，制止'钞票'漫天飞。"

"牛神马面会"会长说："自由市场，票子漫天飞，咋制止啊？"一席话，引起了各会长对近几年江口银票市场的关注。

清代铸的制钱，是江口主要货币之一。此外，唐代武德四年所铸造的"开元通宝"，有少量在江口流通。1920年后，逐步被铜元所替代。

自明代嘉靖八年后，江口市场均以银两计价。流通的主要有"二四宝银"；沙市铸的"荆沙锭"，即"九九银"，还有"川银锭"，像馒头大小的银锭以及一两以下的碎银，如"福银""滴珠""粒珠"，在市场上通行。

廖会长对大家说："现在流通的是银圆和铜币。"他介绍道："光绪二十七年，湖北奏准铸造的'中元'、贰角、壹角、伍分四种，与制钱相辅而用。民国初年，十文、二十文的'开国纪念'铜元面市，十年后，铜元取代制钱。而后，五十文、一百文、两百文铜文流向江口市场，币值逐渐下降。同时，银圆上市，先后有'龙洋''袁大头'、孙中山头像货币、'川洋''汉元'，还有从国外流入的'鹰洋'等面市。"

张会长听得不耐烦了，他说："我家里还有一大堆事儿等着，言归正传，快说，那些票子咋办？"

满脑子书生气的廖会长，谈起"票子"，一套一套的。他有板有眼地说起快板来：

说"票子"，讲"票子"，我来说说"官票子"。
光绪二十三年后，湖北官钱局，制作银"票子"：
一、五、十两的银两票、银圆票，还有串的制钱票。依我看，他们都是瞎胡闹，搞得我们摸头不是脑。
在座的，都是商场之元老，有意见，请发表，商量我们该咋搞？

一串莲花落，把会长们逗得前俯后仰，哈哈大笑。

七二

市场上的票子多如牛毛，不仅江口和枝江县城，董市、百里洲等地的商户相继印发私票；县内有，县外也是，当阳、沙市、宜都的私票相互流通。沙市的七"典"三"恒"十大商票，在枝江各地畅通无阻。至于其他的私票，无法兑现，呼告无门。国民党政府早已发现此状况，但是，束手无策。

会长们纷纷议论"票子漫天飞"的主要原因：一是，时局动荡，政局不稳。他们说：清王朝垮台后，各地画地为牢，各自为政，中央政府有名无实，军阀混战，国无宁日，货币缺乏一个统一的管理机制；二是，铜币携带不便，转移困难，零币少，整币多。人们往往贪图便利，不愿意找零钱；三是受大中城市的影响，一部分商户利欲熏心，借机浑水摸鱼，大发国难之财。

"眼前，江口的'票子'如此混乱。"有会长说，"原因是，地方绅士和商户相互勾结，串通一气。比如，'公成'和'宝康'是江口有名气的两块招牌，强制发行银票。"

会长窃窃私语，唱出一段歌啰句：

> 公成，
> 宝康，
> 百姓遭殃；
> 若要兑现，
> 给你一枪。

廖会长听到这歌啰句，一愣。这里的"地方绅士和商户相互勾结"，实际上针对的就是自己。

票子发放多，可收回的少。就是这些收回来的票子，也是子虚乌有，收多少，发票人便赚多少。一些殷实的商户发放了不少的银票，像"皮均和""李顺成"等。

"财神会"的陆会长站起来，拍着胸脯说："我可以担保，我们杂货行业，没一个老板发放银票，哪怕是'义发春'，全江口家喻户晓的大老板，他们一文钱的'票子'都没发放。他们说，'票子'由'西'和'示'组合而成，其谐音为'虚事'，纯属空中楼阁，虚无缥缈，坑人害己。"

廖会长站起来，拍着胸口，说："各位会长，别论了，我知道，我有罪。从现在开始，我带头，取消所有票子，按照共产党的规矩办。不再使用票子买卖。共产党发行统一的银票，我一定带头使用。"

会场上响起掌声。

肖保苍说："明天我们张贴出公告，一律禁止使用地方商户银票，统一使用共产党制作的票子，为官方银票。大家注意看，向民众解释和宣传。"

散会了，会长们议论纷纷地走出会场。

廖会长叫住"嫘祖会"会长，对鲁会长说："你留下，和你商量件事。"

鲁会长问："什么事？"

廖会长说："赤卫队要做两百套军服，就在最近几天成事，你有没有把握？"

"给钱嘛，今天成事都行。"鲁会长蛮有把握地道。他考虑了一下，说："不过，我有两个条件。"

肖保苍问："什么条件？"

廖会长拉长脸庞，轻蔑地说："这不是什么政治，这是活鲜的生意，你给人家做衣服，人家给活钞票，别懒婆娘的裹脚布——又臭又长，说三道四。生意嘛，价格、质量、数量，钱钱交易，还讲什么狗屁条件。"

鲁会长看着肖保苍，说："无论从哪方面讲，我没理由得罪共产党，两百套衣服，我做定了，而且价格，我可以和缝纫、布匹、印染等商户商量，保本卖给共产党。我的条件是，希望共产党为我保密。再是，钱可以少给，但不能拖欠，现钱现货，要银子，不要'票子'。"

肖保苍接过话来："看来，鲁老板还想吃在碗里，护在锅里，看着盘子里。你是不相信共产党啰。我这么给你说吧，共产党办事，敢作敢当，在苏维埃政府没有成立之前，我们可以为你保密，成立以后，恐怕你巴结共产党做生意还来不及咧。至于以什么币值结账，我坦率地告诉你，共产党用共产党的方式结账，但是，有一条可以肯定，不会让商家吃亏。这生意，你做，还是不做？"

"既然，肖老板说到这个地步，鲁某是哑巴吃汤圆——心里有数。行，廖会长在此，成交。"鲁会长说。

瑞林站在元后宫，望见肖保苍，高兴地迎接上去，满带笑容，说："好消息，好消息。"

"什么好消息，看把你乐得？"

瑞林把肖保苍拉进接待室，从柜子底下抽出一张字条，递给他，"你看。"他接过纸条，仔细地浏览一遍，拍手说："瑞林，这真是特大喜讯。"

瑞林说："好快啊，几天时间，鄂西特委就批准了成立苏维埃政权的方案。人事安排和上报的一致。特委指示我们，必须在正月十五前成立江口苏维埃政府。刘长林和徐国炎同志前来指导工作。"

"好，去准备吧，紧锣密鼓。"肖保苍说。

"哦，对了，上级批准了阮春晖同志加入中国共产党。"瑞林道。

"好啊，春晖是个好同志啊。上级组织实在英明，破格批准春晖同志加入党组织。"肖保苍兴奋不已。

"也算吧，春晖明年三月年满十八，不到一个月了。"瑞林说。

"瑞林，正月十五是礼拜天，好日子。那天我们成立苏维埃政府，阮春晖加入共产党组织，又是元宵节，真是三喜临门啊。"

"肖部长，等本槐回来，研究一下具体部署。"瑞林道。

"是啊，本槐怎么还没回来，是不是出事了？"肖保苍担心地问。

"本槐不会出事的，也许，事情办的不是那么顺利。我们去找一下吴先生，把银票印出来，把会场的布置安排一下。"

"好，瑞林，你考虑得真周到。"

武备学堂在江口东端，是江口一所全日制学校，七至二十岁的儿童和青年，在这所学校读书习武。吴先生一边教书，一边从事党的地下工作。

瑞林和肖保苍来到武备学堂。一会儿，吴先生进屋，拍打了几下身上的灰尘，关上门，问："成立苏维埃政府的方案批下来了？"

"批下来了。我们就是为这事来的。我这里有几张银票的草图，是龚梅芳设计出来的，你先琢磨琢磨。如果没问题，就请你刻板印刷。票值，来个五十亿元吧。"

肖保苍想了想，说："可以先印刷一些，至于发行多少，见机行事。危害老百姓的事，我们不做，也不能做，不能让老百姓咒骂我们。我们也要注意分寸，不做亏本买卖。"

吴先生拿着一元、一角、二角、五角、一分、二分、五分的银票设计图案，仔细看着。

首先拿出的是一元的图案：票面呈直板式，上方从右到左，写有苏维埃字样；下来竖写"凭票支大洋壹元整"；左边从上到下写有"民国十八年二月二十四日"，右侧是编号。票幅长173mm，宽83mm，底色为黄色、蓝色和黑色套印。反面文字内容一致，底色略有变化，为蓝色、黑色、咖啡色套印。

吴先孔从第一张仔仔细细浏览到最后一张，说："这些图案，看来，梅芳下了不少功夫，很专业，种类齐全，图案设计精致。"

瑞林说："她在荆南中学是学美工的，对图案设计见解独到。你们觉得没问题，就准备石印。要不要帮忙？"

"帮忙？不能，需要保密，废弃的纸张需要烧毁。由我和吴先生两人完成全部工序，且在夜深人静时工作。其他事情，吴先生多才多艺，由他去做。"肖保苍说。

七三

吴先孔卧室外有人走动，传来说话的声音："请问吴先生在吗？"

吴先生从门缝看见，是郑绶伯，他带着几个行会会长走来。

郑绶伯轻轻地敲门，问："有人吗？"

肖保苍赶忙把东西藏起来，吴先生去开门。

郑老板见着瑞林和肖保苍，笑道："真是巧，你们也在。幸会幸会。"

吴先生请进客人，说："这么多行会的朋友，稀客。来来来，坐坐坐。"他奇怪地问道："有事吗？"

郑绥伯笑道："肯定有事，无事怎么敢来这藏龙卧虎之处。"

瑞林见人多，便与他们打了招呼后离开。

"吴先生，你是江口的大文豪，不仅写得一手好字，而且文章写得顶呱呱。上午，我们开了一个会。廖会长要我来请你帮忙，把我们会议的内容写成文字，作为我们今后共同遵守的规则。"

"这个，我。"吴先孔为难地说，"我没亲自参加会议，会议内容我不清楚。"

肖保苍说："这样吧，上午的会议我参加了。我们几个把上午会议内容口述出来。劳驾你提笔，形成公告，印出来公之于众。"

"好啊，肖部长。那就有劳吴先生。"郑副会长满意地说。

"恭敬不如从命。我就试试吧。"吴先生答应。

元后宫，瑞林前脚刚踏进门，就听到马棚那边有一群队员，围着阮春晖叫喊："打死你，你这个内奸。""打，往死里打。"队员把拳头举得高高的。胡明喜制止道："不准打人。"他一边喊着，一边推开人群。有队员看见阮瑞林，叫道："瑞林回来了。"

赤卫队员投诉阮春晖。

瑞林走过去，打听到：

下午三点，赤卫队员正在聚精会神地练兵。有一位中年男子，骑着马，穿着皮毛大衣，围着蓝色围巾，戴着绿色眼镜，大大咧咧地走到门口，门卫不让进，盘问道："你找谁，干什么？"

男子指着马棚里的春晖说："我是春晖的远房亲戚，从沙市来找春晖买马。"

哨兵问："你是春晖什么亲戚？我怎么没听说过？"

男子拐弯抹角地说："是的，也难怪我妈责怪我们后辈，亲戚是常走也疏，不走也疏。再不走动，恐怕走到亲戚面前，也不认得亲戚。我是春晖二爷爷的女儿的三儿子，母亲从鲜家港嫁到沙市，有二十多年，两家没有来往，就是妈妈来了，春晖也记不得了。你们，那就更不认识了。"

春晖走来。哨兵问他："春晖，找你的。你沙市有亲戚吗？"

春晖手在脑袋上挠了两下痒痒，说："我想起来了，是有这么个亲戚。"他对男子说："你是姨表哥？"

男子笑道："是啊，姨表弟。姨妈在我母亲那经常提到你，说你人长得帅气，脑子灵。说你在许团总麾下谋事，可现在？"

"现在许团总顾不得我了，换主了。"说着，男子走进马棚，把马拴在柱子上，四周扫视了一遍，便神秘地钻进马棚。春晖道："是你，你好大胆。"

男子说："许团长夸你了。说你隐藏得深，弄的信息有用，还要继续努力。"

春晖不在意地说："你是瞎编的，真的有用吗？"

"有用。许团长说，你会弄到有价值的情报。"男子说。

"嘘。我说你是瞎编的吧。难道说，我上次搞的情报没什么价值？许团长不满意？没生过小孩，不知道腹痛。我在赤卫队的心脏，容易吗？要不然，算了，我跟你回到他身边去。团长隔这里远不远？"

"不远。"男子觉得说漏了嘴，连忙改口道："远，远着了。"他说："你弄到的情报有价值，我是说你努力，弄到更有价值的情报。"他问："你知道共产党成立苏维埃政府是什么时间？"

春晖摇摇头，又点点头，做出模棱两可的姿态。

男子很恼火，恶狠狠地说："你怎么了？不舒服，不想说，还是不愿意和我们合作？"

春晖沉默了一会儿，说："具体成立时间，他们不会告诉我这个马夫。我只知道不久了。"

"你不是瑞林的亲兄弟吗？他就一点情报也不向你透露。"男子说。

春晖顺着说："瑞林是我的亲哥哥，但是，共产党组织非常严密。有时候，他们待人亲如兄弟，和蔼可亲，有时候，他们又六亲不认。让人琢磨不透。你就说瑞林吧，他把我当亲兄弟，但是，他对亲兄弟，无害人之心，但是，防人之心还是要有的。再说，我哥不是什么大官，也是当差的。"

"共产党现在主要在做什么？"男子打听。

"筹备会议、整顿市场，还有，抓阮本独、抓许直卿，宜将胜勇追穷寇。"春晖幽默地说。

突然，余大富和一个赤卫队员走来，他好像认出了男子，向男子使了个眼色。

春晖见势不妙，推开男子，说："马，不换也不卖。"

男子醒悟过来，立即抬起一条腿，跨上马背，在马后抽了一鞭。飞快地冲出去。赤卫队员朝男子开枪，哨兵拦住男子，开枪，男子飞跑，帽子掉在地上，露出庐山真面目。余大富佯装醒悟，大喊："快追，时继良。"

时继良跑了，阮春晖背起了黑锅。赤卫队员抓起春晖的衣领，高喊："阮春晖是内奸。"不喊不要紧，一喊吓死人，这声喊叫，招来一群赤卫队员，队员举手，拳头雨点般的落在春晖身上。

瑞林走进院子。队员们转向瑞林。

春晖过来，说："哥，我错了。你知道，我们沙市的确有个姨妈，姨妈也确实有个儿子，我上当了。哥，惩罚我吧。"

瑞林迟疑了半晌，命令道："关他禁闭。"

胡明喜上来劝说道："你把春晖关进禁闭室，那马谁来照护？"

瑞林犯难了。

余大富走近瑞林，讨好地说："可不是吗，如果把阮春晖关起来了，这十多匹马，谁养？再说，春晖是不知者，不知者不为过。谁没闹过误会，谁没有过过错？你就饶了他吧。"

瑞林琢磨了一下，命令道："罚，罚他二十大板。"

队员们恨透了阮本独，欲将怒火泼洒在春晖身上，而正当瑞林下达命令，要队员打春晖二十大棍时，队员们却面面相觑，狠不下心，下不了手。

瑞林叫着胡明喜："打呀，打，狠狠地打。"

胡明喜装腔作势，他把棍子举得高，却落得轻。瑞林接过棍子，狠狠地打了几下，然后，把棍子给了另外一个队员，说："打。"

七四

阮春晖伏在地上，咬着牙，每打一下，身子抖动一下。春晖整整挨了二十下的皮肉之苦。

戴宗秀将一张小方桌搬到本槐面前，请胡安海坐到桌子边上。四碗热腾腾的荷包蛋放在桌上。本槐说："爹，来吃呀。您边吃边说。"老人说："吃不言，睡不语。吃了再说。"

吃罢荷包蛋，老人家抹了一下嘴巴，不紧不慢地说："本槐，我有两件事，也算是求你。"

丈母娘看女婿，是越看越欢喜。她走到老头子身边，笑嘻嘻地说："新女婿刚回来看你，你就别为难他了。什么事这么急？"

"女人家，头发长，见识短，裹了脚的婆娘，哪来的这么多屁话。男人说事，别在旁边多嘴多舌，去去去，到厨房收拾家什去。"老头乜斜了老伴一眼。

宗秀走到父亲面前，一本正经地批评父亲："现在时代在变，爹，你这男子汉气要收敛些，别把我们女人不当人。现在是男女平等。"

"是是是，道理你爹知道。我是有正事，你们都滚开，别搅和。"老人说道，"你们抓本独，我举双手赞成，他杀死了阮本宽，是个披着羊皮的狼。我要说的是戴宗凤，并不是说他是我亲侄子，就袒护他，我是说，你们可以教育教育他，饶他不死。"

本槐说:"这个,得看宗凤的实际情况,一是看他到底做了多少坏事,有没有命案;再是看他有没有立功赎罪的表现。抓与不抓,取决于他自己。"本槐问道:"你知道他们在哪儿?"

"你表个态。到底杀不杀他,如果不杀他,就我带你们去找他。"老人看着本槐的脸色说。

"我不是说过了,现在我可以不杀他,看看他以后的表现。"本槐表态说。

宗秀在旁边大声补充说:"爹,你没有老糊涂吧。本槐已说得太清楚不过了,你就快点带他去吧。"

老人听清楚后,说:"第二件事,我还没有说。你们着什么急啊。"

宗秀不耐烦,说:"怎么这么多事呀?你就赶紧说吧。"她站在本槐旁边,一只手放到本槐肩上。

老人说:"你和我女儿已结婚了,我得提醒你,要好好地待她,你爹和娘已经隔天远隔地近了,说不定哪天眼睛闭上睁不开,你要好好照顾妹妹。"

"爹,你今天怎么了?你不会走,长命百岁。我俩知道该怎么做。"宗秀埋怨爹说。

本槐垂下头,低声说:"爹,是我无能,怠慢宗秀。爹,妈,我向您老保证,一定好好地对待宗秀。"

老人家感激地说:"有你这句话,我们死也瞑目。"他不断重复道:"死也瞑目,死也瞑目。"

戴宗秀心里一阵酸楚。

胡安海站起来,说:"老人家,你呀,寿比南山,福如东海,还等着抱孙子嘞。"

老人家缓缓地站起来,说:"我带你们去,找阮本独这个龟孙子。"

老伴赶出来,说:"慢,老头子,给你戴上围巾。"

起风了,枯黄的树叶吹落在河面上,清澈的河水卷起微澜，野鸭在微澜上悠闲地游动，渔夫撒开密网，收网。有渔夫连一个虾子也没有捕着；有的收回渔网，小鱼在网里碰着，跳着，挣扎着，死里逃生。大鱼妄想逃出来活命，干脆来个鱼死网破。

日头西落，正是下午杠霜的时候，天气骤然变冷，刺骨的霜风像钉子一样，从河面上吹来，刷在行人的脸上。老头用围巾紧紧地捂着脸，在河岸边走着，眼前是一片刺角林子，几棵杨柳树歪歪斜斜地立在林子中间，野玫瑰的刺特别长，同各种各样的刺藤混杂在一起，包围着杨柳，拦在路上，让他们绕道慢行。

老头在前面，扒开刺藤，给后人扒出一条小路。

"你们看，前面那个草屋。"老人道。

本槐看见那屋子，说："那不是胡明喜住的草屋吗？难道阮本独躲进了这屋子。这家伙真是想得出来。"

"是啊。"胡安海见后，感觉恶心，说："这屋子，我熟悉，我和胡明喜以前就住在这里。是瑞林帮我们整修了。阮本独倒会想办法，舍得自己好好的房子不住，躲在这僻静的茅屋里，让我们意想不到。我们给他个突然袭击，搞他个措手不及。"

老人突然停住脚步，对本槐说："你们等着，我先进屋子望望风。"

本槐三人躲进刺角林，窥视着茅屋。戴老头走到茅屋前，推开草门，往里面一瞅，突然，后退几步，骂道："戴宗凤，你个不要脸的东西，青天白日的，藏在这茅屋里和婊子鬼混。"

戴宗凤吓了一跳，赶忙掀开被子，拿起衣裤；金寡妇捂住胸脯，推开宗凤，赶他下床。她穿上衣服，遮住脸，羞怯地跑了出去。

老头轻轻地叫着："本槐，快来。"正在河边撮鱼的阮本独，时刻警觉着。听到了这叫声，如惊弓之鸟，他慌忙地说："蒯大哥，不好了，赤卫队来了。"蒯西门立马端起枪，朝戴老头开了一枪，老人家冷不防，中枪倒下。阮本独丢下撮网，蹦西门跳上渔船，用竹篙点开渔船，将渔筏子撑到了河中间。

听到枪响，阮本槐立刻反应过来，追着本独，举枪朝渔船开枪，胡安海举枪射击。阮本独和蹦西门，卧倒在渔筏上，阮本独划船，蹦西门举枪还击。他们将渔船划到河对岸，弃船逃跑。

戴宗秀跑过来。父亲躺在草坪上，七窍出血。她倏然跪在老人面前，大声哭喊着："爹，爹，爹啊，你没事吧，你别吓我呀，爹，你说话呀。"她失声痛哭，使劲地摇晃着父亲的身子。戴宗凤跑来跪下，哭叫着："伯父，你醒醒啊。我是宗凤，是我不争气，害了你呀。"

戴宗秀捶胸顿足，哭喊着，呼唤着，可父亲永远地走了。本槐回来，眼泪簌簌掉下来，他说："老人家，孩儿不孝，没照护好你老。"他用力捶打着自己的胸脯，悔恨自己的过失。胡安海站在老人身边，不住地抹眼泪。

河边，河浪扑打着河堤，发出哗哗的浪击声；河堤边的野草被晚风刮得"呼呼"作响；林子里的野鸟被这撕心裂肺的哭声感染，发出悲凉的低鸣。

"宗秀，本槐，别哭了，人死不能复生。准备后事吧。"胡安海低声劝道。

本槐右手捶撞着左手掌，吼道："阮本独，老子不会放过你。"他伤心地把手放到宗秀的肩上，抽噎地说："我们怎么向母亲交代呀？"

宗秀泣不成声，一次一次地扑向父亲，哭喊着："爹！爹，爹呀！"她的手触摸着父亲满是鲜血、瘦骨嶙峋的脸，手上满是血液。

胡安海拉开宗秀，背起老人；阮本槐搀扶着宗秀，三个人无比悲痛地往回走。

戴宗凤垂着头，跟在后面。谁知道，他是在忏悔，还是在为此后罪有应得的惩罚担忧？眼睛滴着泪珠。

江口元后宫，队员们准备吃晚饭，一个个端着碗，排队等着炊事员为他们打饭菜。

胡明喜走到案板前，眼光扫了扫案板上的菜，数着："今天的伙食不错，有萝卜、苕，还有莲藕。"一甄子米饭就搁在旁边的板凳上，冒着热气。队员们眼馋地等候。

阮瑞林走过来，问明喜："春晖晚上吃饭了吗？"

明喜摇着头说："没有。"

瑞林离开厨房，走到马棚。春晖一人躺在铺板上，见了哥哥，笑着说："你来了，坐。"瑞林心疼地问："你怎么不去打饭？老饿着，怎么行！"

"哥，我不饿。"春晖说。

瑞林从衣袋里掏出一块银圆，准备叫门哨给春晖买点东西吃。可又一想：不行，不能让队员知道，他疼爱这个被看作是内奸的弟弟，哨兵不能走，安全问题，不能有一丝一毫闪失。他转身出去，到附近的餐馆买来一碗肉丝面，放到春晖的床前。

春晖睁着眼睛，默默无语地望着哥哥，瑞林悄然无声，凝视着被自己命令赤卫队员棒打成遍体鳞伤的弟弟，错综复杂的心态，让兄弟俩"此时无声胜有声"。他们是兄弟，是战友，是同志，是"对手"。

春晖爬起来，半躺着吃面条。他想起来了，说："时继良说漏了嘴，透露许直卿离元后宫不远。我猜测，许直卿就在附近。"

"时继良还向你打听些什么？"瑞林问。

春晖哽咽了一下。瑞林轻轻地拍打他的后背，说："慢点吃，慢慢说。"

春晖打了一个饱嗝，咳嗽一声，说："他向我打听，赤卫队现在主要在干什么？苏维埃什么时候成立。"

"哦。"瑞林琢磨着，说："你明天不是要买马料吗？和余大富到周围转转，也许会摸到一些什么情况。"他告诫弟弟："要注意安全。"

七五

阮德斋带领农民组建赤卫队，开展农民运动，闹得地主老财坐立不安。地主老财到江陵县城，请来"清乡队"，以"清剿"这里党支部。江陵县国民党党部派驻一个营，来到贲家垴，驻扎这里，对共产党进行疯狂"围剿"。阮德斋带领赤卫队员，迫不得已隐蔽到在沮漳河两岸的树林里，开展对敌斗争。

陈直甫和罗步卿，同阮瑞林一起加入中国共产党。李卫贤的"清乡队"，驻扎到贲家垴后，四处搜捕他们。

阮本独和蒯西门，逃到贲家垴，见到"清乡队"正沿着沮漳河堤，挨户搜捕，便靠近一个兵士，说："你们是在搜捕共产党吗？"

"你是什么人？"士兵枪口对准阮本独，问，"你知道陈直甫和罗步卿下落？"

蒯西门低三下四地说："长官，我们是被共产党赶到这里来的，我们想投靠你们，投靠李营长。"

士兵瞧见阮本独，追问道："你认识李营长？"

阮本独点头，连声说："认识，认识，前年，李营长在鲜家港收粮食，我就认识。"

正说着，李卫贤走来。士兵立马立正，"报告营长，这两人要见您。"李卫贤上下把阮本独打量一番，骂道："你个狗崽子，你死到临头了。来人，把他俩绑起来。"

阮本独和蒯西门跪地三拜，连声道："长官，别杀我，我们是来投靠你们的，营长，饶命，饶命啊。"

李卫贤指着本独的鼻子，吼道："老子的粮食，就是你们这帮浑小子抢了的。"

阮本独连忙摆手说："李营长，不是我，不是我呀。我就是来告诉你，抢你粮食的阮本槐，他是共产党的赤卫队队长。"

李卫贤一把擎着本独的衣领，恶狠狠地叫道："阮本槐，他在哪儿？"

"营长，放开我，我带你去抓共产党。"阮本独吓得浑身像筛糠，哀求道。

阮本独带着李卫贤的二十多个"清乡队"队员，跑步来到沮漳河北岸，他们坐上渔船，神不知鬼不觉地摸进戴家小垸。

天色黑定，戴宗秀父亲的遗体被安放在她家西边的偏屋里。母亲不愿意过早地送老伴上山，含着眼泪，交代宗秀："让你爹在这个家多待两天吧，他为这个家苦苦辛劳大半辈子。"母亲坐在棺木旁，陪伴着亡灵。乡亲们为宗秀父亲的死，感到极度悲痛，几十个男女老少，泣不成声地守护在亡人边。

本槐处于极度哀痛之中。

戴宗凤坐在偏屋守灵，随后来到堂屋里，找了一个不显眼的地方坐下，准备寻找机会像泥鳅一样溜走。胡安海的视线始终没有离开他。他到哪儿，安海跟到哪儿。偏屋里，又是一阵哭唤声和安慰声。戴宗凤贼眉鼠眼地瞄了一下四周，站起来，悄悄地走出后门，胡安海紧跟着出去，戴宗凤闪进芦苇林，胡安海叫着："别跑，回来，不回来，我开枪了。"

戴宗凤钻进芦苇林。林子里，黑压压的一片，芦苇相互摩擦，发出"呼呼"的响声。这响声，令戴宗凤毛骨悚然。屋子里，泣声和哀鸣，让他胆战心惊，他抬头远望，河堤上，人影晃动，他怕鬼，不寒而栗。他转身，说："别开枪，我在小便，马上就回来。"

河堤上人群晃动，胡安海觉得情况不妙。他抓住戴宗凤，将他拽回堂屋："老实点，再跑，打断你的腿。"

戴宗凤乖乖地坐在屋里。胡安海走到偏屋，在本槐身边，小声说："不好，河堤上有好多人。"

本槐走到后门外，看着河堤上的人群，他断定，是阮本独带人来了。他立即转身回屋，找来戴宗秀，说："阮本独带人来了，你叫几个会使枪的民兵，择机抵抗，千万不许敌人冲进屋子，其他人隐蔽起来。看来，得先委屈你爹，我和胡安海到林子里引开敌人。"

"好。"宗秀含着泪花，说："你们撤回江口。"

"不行，我不能丢下你们，不能丢下老百姓。爹的丧事还未办完，我不能走。"

"快走。"她推开本槐，说："这儿，不用你管。"

戴宗秀对前来吊丧的乡亲说："敌人来了，老弱病残者躲起来。会打枪的拿枪，不会打枪的拿棍棒、渔叉，和敌人拼了。"

她转身对宗凤说："你看着办。你是有良心的人，就老实点；是没良心的讨债鬼，就跑吧，你掂量一下逃跑的后果。"

几句掷地有声的话语，让戴宗凤心里不安，双手交叉抱着，乖乖地龟缩在角落里。

李卫贤渡过沮漳河，偷偷地摸进戴家小垸。阮本独讨好李卫贤说："李营长，鲜家港有'三阮'，阮本槐、阮德斋、阮瑞林，这'三阮'厉害啊。本槐的老丈人被蒯西门打死，他们会来吊丧的。"

"阮本槐的丈人刚死，阮德斋和阮瑞林来不及为老人吊丧，恐怕又要为阮本槐吊丧啰。"蒯西门得意地拍着马屁。

"他妈的，就希望'三阮'一起来，老子好将他们一网打尽。"李卫贤洋洋得意地说。

阮本独伸出大拇指，说："'三阮'厉害，李营长更厉害，真是道高一尺，魔高一丈。嘿嘿，嘿嘿。"

蒯西门道："屁话，是魔高一尺，道高一丈。"几个人"哈哈哈哈"仰天大笑。

李卫贤突然"嘘"的一声，伸出食指，示意他们冷静。

李卫贤在搜捕共产党，陈直甫和罗步卿在暗地里跟踪李卫贤。就在李卫贤带队伍过河时，他俩在离敌人不远的地方监视着，隐蔽在堤边的柴薪后，眼看敌人渡河。他俩跑到河边的树林里，见到阮德斋，说："李卫贤过河去了，鲜家港有危险。"

阮德斋立马命令道："同志们，快，过河。"

七六

马厩里，瑞林和弟弟思前想后，阮本槐一天没回来，一定是遇到什么麻烦。春晖说："阮本独不是等闲之辈，他与菱角湖的土匪和军阀有勾结，槐叔遇到危险。你带几个人去看看。"

瑞林想到：赤卫队刚刚占领江口，江口还未稳定。他立即找到李道生，说："你在这里警戒，看好武器弹药，我去鲜家港。"

"你放心去吧。"李道生道。

瑞林带着十多名队员，奔赴鲜家港。

黑夜里，鲜家港几家灯火或明或暗。刘大纯准备关门打烊。阮全章走过去，对大纯说："告诉你一个不幸的信息，戴宗秀的父亲被人一枪打死了。"

"啊！"大纯愕然。"怎么回事？"

"具体情况，我不清楚。我也是刚刚听到麻将客说的。"

大纯说："我去吊丧。"

全章说："我也去。"

夜，一团漆黑，伸手不见五指。大纯和阮全章提着灯笼，沿着芦苇丛里的羊肠小道，向戴家小垸走去。走到戴家湾附近，他们听到："里面的人听着，我是阮本独，都是一锹土上的乡亲，闹得鸡犬不宁，都不好看。你们被包围了，阮本槐，出来投降吧。"

西边，刘大纯听到喊声，立刻吹灭灯笼，拉着阮全章，摸进芦苇丛里。前面晃来一黑影，端着枪，四下张望，刘大纯一只手拧住黑影的脖子，一只手拿着匕首，刺向黑影。黑影"啊"了一声，倒下。士兵听到响动，举枪射击，大纯捡起黑影人的长枪，闪到一边，还击。

大纯对全章说："你找个隐蔽的地方躲起来。"

东边，本槐和胡安海朝着阮本独开枪。东西两边，响起了枪声。

敌人在芦苇丛中，缓缓地向宗秀家逼近。

阮德斋过了河，听到枪响，命令："快，戴家湾有危险。"他们快步跑到戴家湾，从北边开枪射击敌人。几个当兵的倒在堤脚下的芦苇丛里。

戴宗秀带着民兵从后门出来，南边响起了枪声。

有士兵道："不好了，四面都有枪声，营长，我们被包围了。"

李卫贤仔细地辨认四面枪声，说："我们中计了，四面有埋伏。西边的枪声少，向西突围。"

敌人向西逃窜，阮本槐迅速追击，他对胡安海说："瞄准了打。"

天黑洞洞的，看不见人，人影被芦苇遮挡着，只见芦苇秆上的苇穗摇摇晃晃，阮瑞林瞄准摇晃的地方开枪，一个、两个士兵倒下。

千亩芦苇丛里，敌人迷失了方向。李卫贤训斥阮本独，说："你不是鲜家港人吗？带着老子钻进了'迷魂阵'。快说，你安的什么心？"

阮本独懊悔地说："天黑前。我只看见阮本槐和胡守财。不知道一下来了那么多人。"他抽打着自己的脸，赔礼说："我不该，我多嘴，我该死。"

李卫贤恼怒地说："阮本独，现在不是赔礼的时候，快说往哪儿走？"

阮本独慌而无计，用手指着："往这边，不不不，往那边；不不不，往这边。"

李卫贤考虑了半晌，说："西是鲜家港，那儿不能去，往东。"他们边打边退。

一士兵扒开芦苇，露出身子，费光明拿着一把狐叉，刺向敌人，敌人"哎呀"一声，倒下去。几个士兵被吓得倒退几步。戴宗秀举枪，士兵应声倒下。

大群敌人朝本槐这边拥来。本槐和胡安海分开，打击敌人。枪声密集，突然，他们背后响起枪声，龚茂红带着几个狗腿子从本槐后面开枪，本槐闪到一边，他看见龚茂红说：
"龚老财，你与人民为敌，不得好死。"说着，向龚茂红开枪
还击。

阮本独听见了，忙报告说："李营长，增援的人来了，龚
茂红。"

山穷水尽的李卫贤，看见有人增援，疯狂叫嚣："打呀，
活捉阮本槐。"

戴宗秀冷静地命令民兵："快撤，撤到屋后面去。"

敌人看见南面的民兵后撤，更加肆无忌惮地叫嚣："打
啊，打啊，狠狠地打。"顿时，黑云压境，形势万分危急。大
纯退到宗秀身边，说："你回去，带领乡亲们西撤，我来挡住
敌人。"

本槐和胡安海退到戴宗秀的后门，和大纯、宗秀会合，殊
死抵抗。

"宗秀，你回屋里去警戒。"本槐命令说。

阮德斋在敌人后面开枪射击，几个士兵倒下。他们武器先
进，兵力强大，士兵受过专业训练，赤卫队虽然顽强抵抗，但
是，仍处于艰难境地。

戴宗凤听到敌人在喊："打呀，活捉阮本槐。"看了看四
周，蠢蠢欲动。戴宗秀从后门进来，警告宗凤："别动，如果
敌人打进来，我先毙了你。"

戴宗凤乖乖地回到座位上。

屋外敌人逼近，枪声密集，喊声不断。

"同志们，冲啊。"突然，离戴家湾不远处，传来呐喊声。

正在这千钧一发之之时，阮瑞林带领赤卫队员冲了上来。队
员一边冲锋，一边高喊："冲啊，活捉阮本独。"

戴宗秀听到喊声，高兴地说："是赤卫队员的喊声。"她
连忙吩咐说："快，快点亮油灯，给队员们照明，把队员引
过来。"

民兵赶紧去点亮油灯，戴宗凤逞能地站起来，讨好说：
"我去。"他问宗秀："洋火在哪儿?"宗秀告诉他："什么洋火

不洋火，不就是火柴吗，在厨房。"他走进厨房，拿来火柴，走到饭桌前，将油盘子里加上棉油，把盘子上的棉线裹湿，划燃一根火柴，点燃棉线。

队员们看见油灯，朝油灯的方向跑过来。一个个端着枪，从前门穿向后门外，向敌人猛烈开火。敌人纷纷后退。李卫贤命令队伍，道："快撤，向河边撤退。"

南北夹击，李卫贤夹着尾巴逃跑，队员们追到河边，和敌人对射了一阵，敌人逃过了沮漳河。

路上，阮本槐想起来龚茂红，他对瑞林说："龚茂红这个狗东西，他敢帮助敌人打我们。我去追赶龚茂红，别让他跑了。"

龚茂红见势不妙，往回逃跑，阮本槐带着赤卫队员穷追不舍，几个狗腿子被打死，其他狗腿子面对赤卫队员的强大攻势，举手投降。

李龙和李虎是龚茂红的贴身帮凶，他们妄想做垂死挣扎，顽固抵抗，被赤卫队员连开两枪，结果了其狗命。

龚茂红藏在稻草堆背后，与本槐绕圈子，阮本槐发现，说："出来，出来。"他给了本槐一枪，本槐闪到一边，他撒腿就跑，本槐吼道："龚茂红，站住。不站住我开枪了。"龚茂红转身，看了看阮本槐，拼命往前跑。阮本槐猛地追上去，在他背后，飞起一脚，把他绊倒在地，一把提起他后背棉袄，他用力挣脱，给了本槐一拳，本槐机灵地躲过，快速出击回击几拳，将龚茂红打翻在地。本槐说："老东西。跑，你跑啊，再跑。"

龚茂红像一个吊死鬼，眼睛睁大，嘴巴张开，全身哆嗦，目瞪口呆。两赤卫队员上去，将他五花大绑，带进宗秀屋子里。

屋子里，胡安海在向阮瑞林和阮德斋诉说着宗秀父亲被打死的经过，本槐走来，看见阮德斋，对他说："德斋，谢谢你们。"

阮本槐、阮瑞林和阮德斋"三阮"拥抱在一起。

七七

天亮了，朝霞漫天，曙光洒在五里湖上，鲜家港恢复了平静。赤卫队员收拾战场，找到二十三具敌人的尸体，缴获二十三支步枪，子弹一百二十三发，还获得了一些战利品。但没有发现阮本独。

同志们发现了赤卫队员和乡亲的七具尸体。

赤卫队员将七具尸体掩埋在河边。将戴宗秀的父亲安葬在戴家小垸的河堤边。宗秀和妹妹跪在父亲的坟前哭泣，龚梅芳眼睛噙着泪花，为她俩擦脸，说："姐姐，别哭了，节哀吧，如果说，哭能够把你爹哭回来，我们都可以跪在这里，哭他个三天三夜。这是不可能的呀，姐姐，老是哭，会哭坏了身子。这个仇，我们迟早要报的。"

阮本槐跪在宗秀旁边，给老人家烧纸、点香，悲痛地说："爹，儿子记住您的话，好好对待母亲、宗秀和妹妹，你安息吧。我会常来给你烧香、上灯、插青、叩头的。"

瑞林对胡安海说："你带两个赤卫队员，把已故七个赤卫队员的家属安顿好后，再回江口。"

胡安海道："是。"他指着被绑在后院树上的龚茂红说："这个罪恶多端的狗地主，是不是就地正法？"

龚茂红被绑在树上，疯狂地叫嚣："来呀，朝这打。老子不怕死。你们这些泥巴腿子，阴沟里的泥鳅，翻不起好大的浪来。老子亲家不会放过你们。"

胡安海走到他面前，用枪顶着他的额头，说："你猪头烘熟了，牙巴骨硬。信不信，老子一枪崩了你。"

阮本槐道："守财，不理他。近几天在龚家闸召开大会，公开处决这个罪大恶极的恶霸。我要看，他的牙巴骨硬，硬得过人间正道吗？"

胡安海看着龚茂红说："我看你都死到临头了，该收敛了。"他把枪放下来，龚茂红被吓得一惊。

龚茂红叫嚣："老子有亲家，有女婿，有钱。"

本槐走到他面前，命令："把他的嘴堵上，押到江口去。"

江口大街，熙熙攘攘，车水马龙；市场上的叫卖声、吆喝声、讨价还价声接连不断；李道生带着赤卫队组成的巡逻队在大街小巷巡逻，街市秩序井然。

郑半头东边的矮墙上，张贴着两张告示，吸引过往路人驻足观望。

一张告示写着：

为了整顿江口市场经济秩序，维护商户和消费者利益，规范江口市场交易行为，经江口苏维埃政府筹备委员会决定，从即日起，一律使用江口苏维埃政府银票进行交易。其他银票一律停止使用。

江口苏维埃政府筹备委员会

民国十八年二月十七日

过往的人们看完一张告示，又转到另一张告示前：

布　告

江口苏维埃政府筹备委员会社会部决定于民国十八年二月十八日在鲜家港公开处决大恶霸地主龚茂红。

江口苏维埃政府筹备委员会社会部

民国十八年二月十七日

人们看见第一张告示，广泛关注。有褒有贬，褒贬不一；有支持，有反对，有高兴，也有忧愁。人们议论最多的还是"票子"。议论说："这次，我们看廖哲夫的'公成''宝康'银票怎么处理？这样一来呀，廖老板亏大了。""共产党真有办法，听说廖哲夫是第一个站出来拥护共产党的决定，带头停止使用自己发行的票子，莫看这老家伙啊，还真会见风使舵。"

路人愤怒地说："票子害人不浅，就连寺庙的和尚也以'宝积''厚生'公司的名誉发放'票子'。有和尚吹嘘他们的'票子'烧成灰后，可以治病。我看这'票子'也该休矣。"

处决龚茂红的布告张贴出来后，反响极大。人们瞠目结舌："共产党厉害，连许直卿的亲家都敢杀。"有人说："这个罪大恶极的地主老财，罪该万死，不杀不足以平民愤。"都说，"明天，我们到鲜家港看杀人去。"

元后宫门前，挂出一块门牌，上面写有"江口苏维埃政府筹备委员会"的字样，牌子前面，站着好多人。有戴礼帽的绅士，有穿布衣的农民，有穿绫罗绸缎的商人。有的是来了解情况的，有的是来探听消息的，有的是来看热闹的，还有的是来兑换"票子"的。荷枪实弹的赤卫队员在门口维护秩序，肖保苍和廖哲夫在接待并回答咨询者的提问。

胡明喜的办公桌上，放着一个大木箱，木箱里放着苏维埃银票。商户排着队，在办公室门前站着，等待兑换银票。江口殷实的老板"皮均和"兄弟三人，经营机房、染坊、匹头及百货，营销农副产品，他们和绅士剑农、龚英伯兄弟主动来到元后宫，兑换银票，帮助发行苏维埃银票。队员一边兑换银票，一边做好登记；梅芳清点银票，谨慎地盖着印章，参加发行；屠教士和陶延久来回走动，守护秩序。于是，混乱一时的江口市场交易，开始使用苏维埃银票，市场交易趋向公平。

突然，大门口传来一阵嚷嚷声："我家里上万的'票子'怎么办？我找这里的长官评理去。到底有没有说理的地方。谁是当官的？出来。我家的损失，谁赔？"

人群中，嚷嚷者手里捏着一大沓"票子"，挤着叫着。

瑞林走过去，本槐拉开他说："我去。"

陶延久抢先一步。他挤到人群中，抓住嚷嚷者，吼道："嚷什么，嚷什么。有话到屋里说。"这一吼，不仅引来众多围观者，更引来了更多嚷嚷者。

"这不是坑人吗？早不来，晚不来，偏偏在我刚买了几万元票子，你们来。"一商户嚷起来，一伙人跟着嚷起来。

　　瑞林站在旁边冷静地观望着。他招来廖会长，问："那个带头嚷嚷的是什么背景？"

　　廖会长介绍说："他叫李顺成，他有六弟兄，经营花行、广货、土布和染坊，发行'李顺成'银票。前两年，因与士绅谭子桃发生诉讼，谭子桃比他的家族大，挑起这场挤兑风波，他败了，从此，他元气大伤，一蹶不振，心里不平衡，满肚子怨气，想找地方发泄。"

　　瑞林点了点头，说："哦，是这么回事。"

　　门前，嚷声不断。

七八

　　早上，春晖和余大富扛着扁担和钩绳，从元后宫出门，走到武备学堂附近，在农户家里询问："有马草卖吗？"农户说："没有。"到了另一家，农户问价后，说："这个价钱不卖。"

　　醉翁之意不在酒，春晖岂是在买马草。

　　武备学堂对面有一个岛屿，当地人管它叫"江洲""廖沙坝"。春晖对余大富说："我们去岛上看看。"

　　"保安团有团丁就住在岛上。"余大富说，"走，去看看。"

　　小岛与江口之间，有一条小河，夏天，涨水间过河，要乘船上岛，冬节，人走沙滩，不用乘船。前几天下雪了，冰雪刚刚融化，沙滩上有些积水，淹没脚背。他们从沙滩走过去，鞋被打湿了。

　　走上小岛，大富说："前面有户人家生火了，我们进去把鞋子烤一下。"

　　走进农家，主人热情让座。他们坐在椅子上，把鞋脱下来，放在火笼旁边烤着。

　　余大富瞧瞧坐在对面的屋子主人，似曾相识，问："你是不是常去江口？"

　　"是啊，江口是廖沙坝的门户，江洲的物产必销江口。我不仅常到江口，连保安团的门，也常常为我敞开。"主人自豪地道。

春晖赶忙追问道："你常去保安团？许团长你认识不？"

"认识，赫赫有名的许直卿，谁个不晓，哪个不知。认识，认识。"主人非常得意，仰头，大声道。

春晖试探地说："别夸海口，恐怕许团总站在面前，你都不认识。"

主人有些生气，说："小兄弟，那就是你见外了。我和你无冤无仇，非亲非故，何必骗你。许直卿烧成灰，我也认识。"

春晖说："许团总前几天来过，你看见他了吗？"

"来过，我看见他带着几个团丁，在沙坝上转了一圈，走了。"主人说。

"走了？没走吧，他就住在江洲。"春晖道。

"没有，确实没住下来，我亲眼看见他们走了。"朴实的农民坚决地说。突然，主人有所发现，问："你们打听这个干什么？"

"没什么？随便问问。"春晖感到这主人朴实，但不憨厚。

"你们别骗我。问得这么仔细，肯定有事瞒着我。"主人说。

余大富接过话把儿，说："说没事，也有事。我叫余大富，原是保安团的团丁。我想找他，回到他的队伍，重当他的部下。"

"哦。看来。你是个忠诚不贰的好兄弟。"主人夸他说，"这没有，你们去别处看看。"

春晖摸摸鞋子，穿起来，说："谢谢，你忙。"

"烤干了？"主人站起来送客。

他俩告别主人，在岛上转了一圈，买了两担马草，挑回江口。

下午，他俩往西买马草，刚一出门，余大富突然往后退了几步，说："我掉东西了，得回去拿。"春晖意识到什么，说：

"你去，我等着。"大富退着，看着嚷嚷的人群，他似乎发现了什么，急急忙忙地钻进人群。春晖站在门口，仔细地观察余大富的举动。

余大富挤到一中年男子身边。那男子身着长衫，头戴白色礼帽，商人打扮。他与那男人嘀咕几句，向外钻。春晖急中生智，靠近阮本槐，悄声说："你注意余大富身边的男子。"

阮本槐点头说："知道了。"

人越来越多，闹事者吵吵嚷嚷。陶延久一把揪住李顺成的衣领，把他带出人群。李顺成大喊大叫："抓人了，共产党抓捕良民了。"人群中，几个人随声附和，喊道："不许抓老百姓，老百姓没有犯法。""随意抓人，是暴君，是土匪。"

阮本槐和周济，走到那个"商人"身边，周济用手枪抵住他的后背，说："熊必丰，跟我们走一趟。"

熊必丰见自己暴露，用力挣脱周济的手，转身外逃。此时，人群慌乱，几个人从人群中挤出来，趁乱逃跑。

李顺成被陶延久抓住，站在瑞林面前。瑞林对他说："李顺成，我看你是老糊涂了。前两年，你惹了大户人家的官司，吃了乱发'票子'的大亏，依然不吸取教训，为人做替罪羊。"

正说着，周济走过来，说："熊必丰跑了。市民上敌人的当了。"

李顺成哭哭啼啼，跪在瑞林面前，说："官人，我有罪，我不知好歹。我是被熊必丰骗了。是他，给了我们银票，唆使我们闹事，不让共产党安宁，也不让江口安宁。"说着，他抽了自己几巴掌，"官爷，饶了我吧，我再也不给许直卿卖命了。"

阮瑞林站到一个石墩上，对众人说："各位，大家知道，是谁在乱发'票子'吗？是官商勾结，乱发'票子'，他们依仗自己有钱，有权，欺行霸市，强买强卖，剥削和压榨老百姓；是投机倒把的商户发'票子'，他们借机大捞一把，妄发横财；是外地反动商户乱发'票子'，想搞垮我们江口，让江口老百姓受穷，掳走江口物产。你们知道，最大的受害者是谁？是老百姓。即使是殷实的商户，也逃不脱破产的命运。"

这苦口婆心的一席话，让在场的人心悦诚服。

"春晖，现在去哪儿？"余大富跟着春晖，扛着钩绳扁担，走出元后宫，转了会儿，他问："不是买马草吗？牛马交易行，要啥马料就有啥马料，何必转那么大的弯去买？"他跟着春晖穿街过巷，直发怨气。

"一般的马草，马不肯吃，我喂的马呀，嘴刁。许团总临走时反复嘱咐我，要把马养得膘肥体壮。我承诺他了。"春晖说。

他俩转到三角点。这江口上街繁华地带，车水马龙，人来人往，居民习惯在这里买菜，久而久之，这里自然形成菜市场。春晖在这里停下，看看四周，有两家卖肉的摊位，摊位前立着两根柱子，柱子中间绑着一根横杠，横杠上吊着几个铁钩，铁钩上钩着几块猪肉，肉板前站着几位顾客，在挑选猪肉。一顾客说："我要半斤瘦肉，不要肥肉。不要砍多，也不要砍少。有些奸商啊，只顾推销，人家买半斤，奸商砍八两，多了，顾客吃不完，浪费。让顾客退也不是，买也不是。"

肉老板赔笑着，说："没事，你需要多少，我就砍多少，保你不多一两，不少半钱。"

春晖走近肉摊看热闹。

肉老板说到做到，他从挂钩上用砍刀划下一块肉，一称，恰半斤，说："你看，准不准?！"他用铆子拴上猪肉，递给顾客。顾客问："多少钱？"老板回答："一块五角，要苏维埃银票。"

顾客掏出苏维埃银票，付给老板后离开。

又来一顾客。"李大哥，买菜了。今天要点什么？"肉摊旁边的蔬菜摊主与叫顾客打招呼。

春晖看见一个秃头和尚，人称"李大哥"。他回应："小菜今天有，我买点荤菜。"

菜摊上的老板们在议论："共产党来了，和尚尼姑也翻身了，可以吃荤了，你们看啦，李大哥买猪肉去了。"

有老板说："人家天天吃肉，已多天了。"

说者无心，听者有意。"莫不是许直卿住到寺庙里去了。这猪肉，是不是给他买的？"春晖琢磨着。细看这位李先生买多少猪肉。

李大哥朝四周瞄着，小声对肉摊老板说，"给我来五斤。"

"五斤。好呢。"老板划下猪肉，放在秤钩上，用两根铆子系好后，让李大哥提着，老板说："要苏维埃币。"

李大哥在身上摸了摸说："没苏维埃币，咋办？"

"那就给两块银圆吧。"肉老板说。李大哥给了银圆，悄然离开。

春晖在后面悄悄地跟着。余大富跟在春晖后面，问："你去哪儿？不买马料了？"春晖瞄着前面，猫着腰，向他招手说："快跟上。"

李大哥穿过三角点，转入李家巷，不住地向后面张望。他闪到一处墙边上，春晖索性闪到墙角去；每路过一条街的街口，李大哥总是先闪到一边，然后观察后面的动静，确定没有尾巴后，方才前行。随之，春晖机灵地做出反应。

走到东山寺前，李大哥停步，看了看身后，瞅了瞅两旁，便走进寺里。他把肉提进厨房，自言自语地说："真快，外面都使用共产党的银票。"他脱下外衣，露出庐山真面目，原来，他是住在寺庙里的假和尚。

"许团总在这儿。"余大富终于明白，难怪春晖死跟着那个"李大哥"，原来是在跟踪寻找许团总。他试探着对春晖说："要不要回去报告本槐队长？"

春晖将食指举到嘴边上，"嘘"的一声，示意不要声张，他把钩绳扁担放到门口，走进寺内。余大富紧跟着进去。

和尚拦住他们，说："阿弥陀佛。今天不接待香客，请施主留步。"

大富笑道："哪有寺庙不接待香客的道理。"

和尚拱手道："阿弥陀佛。"

春晖犹豫片刻说："请行个方便吧，我们有要事禀报许团总。"

七九

三角点西边的一个角落，有一群衣衫褴褛，头发蓬乱的叫花子，吵吵嚷嚷，朝正街涌来，到了菜市场，随意在菜老板的摊位上拿东西吃。菜老板拿起棍子，驱赶他们，他们被打得四处乱窜。

屠教士走来。

丐帮主迎上去，讨好道："大爷，你早。"

屠教士问："我交代的事，你还记得不？"

帮主点头说："记得，记得。"

"你给我说说，啥情况。"屠教士说。

"东山寺的和尚这几天买了很多肉，不知是谁住在那儿？"帮主道。

屠教士急了，他快速走到肉摊前面，对老板道："给我帮帮忙，送十斤猪肉到东山寺。钱，我来付。拜托。"

帮主和肉老板觉得诧异。

正好，春晖和余大富赶到东山寺。叫着："许团总？谁是许团总？"和尚应着说："我们这没什么许团总。"

春晖正想说什么，突然看到，肉老板提着一麻袋猪肉进来，说："许团总在吗？有人给团总送猪肉来了。"

和尚不好意思，说："谁送来的？"

肉老板说："屠教士，他把钱给付了。"

和尚对春晖道："施主，你等着。"

熊必丰安排团丁把肉提进去，他出来，对春晖道："阮春晖，你还有脸来见许团长？"

春晖回答说："熊队长，我怎么没脸见许团总，我呀，光明磊落，忠心耿耿。没什么对不起许团长的。"

"你别牙犟嘴硬，进去，看你厚着脸皮去见许团总。"熊必丰说。

春晖走进许直卿办公室，许直卿想给春晖一个下马威。他拍着桌子，吼道："来人，把阮春晖绑起来。"

春晖义正词严，说："许大官人，你知道我的一番苦心吗？我冒着生命危险，穿过大街小巷，才找到这里，指望得到你的赞赏，没想到，换来的是你劈头盖脸的责难。我好后悔！"

许直卿毫无表情，说："你哥是共产党，你是共产党的弟弟，你想方设法来找我，是黄鼠狼给鸡拜年——没安好心。"

春晖被团丁押着，他反问道："谁说我哥是共产党？谁说，共产党的弟弟就一定是共产党？"春晖说着，脱下衣服，袒胸露背，道："你的良心被狗吃了，你看，我身上被共产党抽打得血迹斑斑。共产党会狠狠地抽打是自己的亲兄弟吗？共产党会向他的对手传递那么多有价值的信息吗？"

时继良上去，求着许团总说："春晖是为我挨打的，他不是共产党，他哥哥也不是共产党，他俩是好兄弟啊！"

余大富上去，对许直卿说："春晖为了你的马，得罪了阮本槐；为了你的马吃好，养肥，到处找你的马喜欢吃的草料。我看，春晖不是共产党。"

许直卿听罢，顿时，骑虎难下，"嘿"的一声，灰溜溜地走开。

熊必丰追上许直卿，问："怎么办，是放了他，还是？"

许直卿吩咐："给他们准备夜宵，肉酒肉饭，让他饱吃饱喝，放回去。不过。"他轻声对熊队长说了些什么，熊队长走回来。

> 月亮走，
> 我也走，
> 走到家家的后门口；

走走走，拍拍手，
走走走，不回头，
月亮和太阳交朋友。

阮春晖和余大富，酒足饭饱，从东山寺出来。月亮升起来，他们有些醉意，看月亮，数星星，一路摇晃一路歌，回到元后宫。

"晖子，熊，熊队长的话，你，你记住了。"余大富走到马棚，结结巴巴地告诫春晖。

"记住了，记住了。我说我记住了，就记住了。放，放心吧。保密。"春晖说。

"我走，走了。"余大富挥挥手。

瑞林站在东房内走廊里，窥视着门口，等着春晖。余大富刚走，瑞林轻脚轻手，走到马棚，坐在床沿上。春晖拿着脸盆，到厨房打来一盆水，坐在棚子里洗澡。

"春晖。"

春晖突然一惊，他看见瑞林，问："哥，你什么时候进来的？我咋不知道。"

"春晖，你可要警惕哟，麻痹大意往往出事。"瑞林告诫春晖说，"小心驶得万年船。"

春晖腼腆地低下头说："哥，我找到许直卿了，还在他那吃了夜宵，刚回来。"

瑞林看着弟弟，问："他们还剩下多少人？躲在哪儿？"

"还有将近二十号人，就住在东山寺。"春晖坐在马棚门口，望着棚外，拧干毛巾，把盆子端到床铺边上，望着棚子外，马和马槽遮挡住视线，他说："现在安全了。"

瑞林问："许直卿没把你怎么样吧？"

春晖说："哥，你别说，开始我刚走进东山寺，和尚不准进。许直卿不信任我，要把我捆起来，要打我。我把衣服脱下来，露出伤痕，时继良、余大富为我说好话，许直卿才放心，后来，给我们备了酒菜，招待我们。"

瑞林说："他对你说了些什么？"

"能有什么说，他要我继续做他的卧底，把你们的一些秘密，透露给他们。"春晖说。他把脚放进盆子里泡着，说："熊必丰还对我悄悄说，他们相信的是我，要我监视余大富。"

瑞林笑了笑，说："这是他们惯用的伎俩。背地里还不是对余大富说，信任的是他，要他监视你。"

"对了。我呀，发现了一个秘密。"春晖神秘地说。

"什么秘密？"

"真是无巧不成书。我正在寺门口，进出两难，突然，肉摊老板来了。他对和尚说，是屠教士要他来的。屠教士买了几斤猪肉，专门给许团总送来的。他们的对话我全听到了。你说，这屠教士，是咋回事？"

"看来，屠教士知道许直卿住在东山寺，而且，他们关系不错。要不然，屠教士怎么会自己掏钱，给许直卿送猪肉？"瑞林分析说。

"哥哥，你和屠教士关系不错，这里面一定有蹊跷。你何不与屠教士推心置腹地谈一谈。"春晖说。

"是的，是要好好谈一谈。"瑞林陷入深深地思虑之中。

八十

瑞林来到赤卫队员营房门口，梅芳在那等着他。她心疼地说："都什么时候了，外面冷，怎么不把大衣披上？"

瑞林笑了笑，说："不冷，我就在马棚坐了会儿。"

"春晖回来了？"她问。

"没事，早回来了。"瑞林道。

她说："今天下午，好多人在议论，说赤卫队里有内奸，而且不只一个。"

瑞林安慰她说："别听别人瞎说。赤卫队里纯洁得很。去，去睡吧，明天还要工作。"

梅芳走后，瑞林披上大衣，在林荫道上来回走动。他又一次走进马棚。春晖脱下外衣，准备睡觉。瑞林站在他床铺前，对他说："许直卿知道明天要处决龚茂红吗？他有什么反应？"

春晖回忆说："没有，什么反应也没有。要么他不知道这事，要么他不露声色，藏而不露。"

瑞林吩咐："明天一早，你去向他透露这个消息，看他有什么反应。你一定要想办法迅速通知我们。"

夜入三更，寺庙里古老的座钟有气无力地响了两下。许直卿睡在床上，双手交叉地垫在后脑勺下，睁大眼睛。这几天，许直卿没有安稳地睡上一个好觉。保安团被共产党占了，亲家被抓了，团丁损失几十。他痛恨共产党，他痛悔自己无能。阮春晖、屠教士给了他一点点安慰。他想，这里不能久留，春晖不一定可靠，屠教士是出于同情，自己现在是弱者。还有，卖肉的找到了东山寺，有可能透露风声。共产党一定不会放过自己。他愈想愈气，愈想愈恨，愈想愈乱。索性从床上爬起来，穿上衣服，叫醒熊必丰。

熊必丰揉揉睡眼，问："团长，什么事？"

许直卿说："我呀，最近老是做噩梦，咱们走吧。"

"走，到哪儿去？不救亲家了？"熊必丰问。

"走，找李卫贤去。亲家，那就得罪了。共产党今天处决龚茂红，明天就轮到我许直卿了。我是泥菩萨过河——自身难保。"

熊必丰爬起来，站在门口，两手扣着布扣。许直卿吩咐说："走，你去叫人，连夜走出江口。以免夜长梦多。"

天刚麻麻亮，商户拉开板房的门板、窗板，准备出摊；菜农挑着蔬菜，从家里出来，赶早场。街上，三三两两的行人在走动。春晖从马棚里出门，穿过街市，来到东山寺。

"师傅，您早！"春晖走进寺内，拱手礼拜。和尚道："阿弥陀佛。"

春晖走进寺的后院一看，人去楼空。他便向师傅打听，师傅惊讶，说："保安团走了？什么时候走的？我也蒙在鼓里。"

和尚们你望着我，我望着你，惊讶地吐出舌头。

春晖里外转了一遍，许直卿确实是走了。他们哪去了呢？

"昨天夜里听说，许团长亲家要被共产党处决，他们要去营救，可现在连一个人影都不见了。他们一定迫于共产党的威势，逃命了。"和尚议论着。

阮春晖带着一串串问号，离开东山寺。

"春晖，什么情况？"瑞林等在门口，见到春晖，迫不及待地问。

春晖看了看周围，走近瑞林身边，说："许直卿跑了。"春晖停顿了一会儿，说："有一个可能。"

"什么可能？"瑞林好奇地望着春晖。

"鲜家港，具体地说就是龚家闸。"春晖理智地思考着说。

瑞林琢磨着，说："不管发生什么情况，龚茂红，必须今天处决，布告贴出去了，如果更改时间，岂不是落下笑柄。"他说："你冷静地待在马棚里，什么地方也不要去，仔细地关注街上的动静。"

"你去鲜家港吗？"春晖问。

"鲜家港，我必须去。不过，我得在鲜港子上，不会出头露面，关注情况的变化。"瑞林说完，走进后院。

一会儿，瑞林和梅芳从后院出来，来到马棚。后面跟着余大富和陶延久。瑞林叫道："春晖，春晖。"

春晖装着没听见，一如既往地喂马。

"春晖，春晖。"余大富叫着春晖，声音一声比一声大，"春晖。你哥叫你了。你聋了。"

春晖似乎反应过来，忙说："哥，什么事？"

瑞林走近春晖，说："我跟你打个商量。我和你姐准备回一趟她娘家，想借你的马，到鲜家港。"

春晖不高兴，不吭声。

陶延久对他说："春晖，你怎么了，六亲不认了。你哥面子不给，你嫂子的面子也不给吗？"

"这马，不是我的，是许团总的。我给了嫂子面子，许直卿就不会给我面子。到时候，他回来，有人向他告我的状，我的面子谁给？"

陶延久说："春晖，你是个猪脑壳。现在是共产党的天下。别再提许直卿，许直卿已成了井下之石。你说，借还是不借？"

正说着，屠教士走来。春晖找屠教士评理，屠教士笑道："人在矮檐下，不得不低头。春晖，你小子像我，不攀权贵，不落井下石，我佩服你。不过，你脑子得灵活些，就是许直卿晓得了，也情有可原，你是不得已而为之。"

"好好好，听你的。给你三匹马，有借有还。屠大哥面子，我可认了。"春晖解开三匹马绳，递给瑞林。

瑞林几个，骑着大马，奔向鲜家港。

龚茂红被戴着尖角帽，面前挂着写有"恶霸地主龚茂红"的纸牌，双手被缚，在队员的看押下，走出元后宫。街上，看热闹的人越来越多，一群孩童嘻嘻地在后面走着。

陶延久骑在马上，看着瑞林和梅芳一对恋人亲昵的样子，羡慕极了。走到淡家坡，他想起了但野菊，便对瑞林说："我回江口太平巷看看，许直卿是不是躲在他五姨太家里。"

阮瑞林明白，陶延久是"醉翁之意"，也好，让他去见见但野菊，顺便了解一下许直卿的情况，一石二鸟。瑞林说："快去快回。"

八一

陶延久快马加鞭，向太平巷飞奔而去，在但野菊住房后面，跳下马，翻墙过去。但野菊房内，被子掉在地上，柜门打开，柜子被翻过，衣物乱七八糟地撒落在地上。没见着但野菊的人影，他心如火燎，急急忙忙走到院内。管家和几个姨太太坐在院子内发愣。

"怎么啦？"他抓住四姨太的衣领，问："野菊呢？"

四姨太颤抖着说："那个老畜生，丢下我们，带着五姨太，跑了。"

"什么时候走的？"

"不知道，天亮前，我派人去收拾五姨太的院子，五姨太的门开着，屋里就像是土匪进来了，一片狼藉。"管家道。

陶延久击了一掌，"嗨"的一声，气呼呼地离开。

他跑回瑞林身边，说："跑了，都跑了。"

"谁跑了？"瑞林惊诧地望着他。

他懊丧着脸，说："许直卿带着但野菊跑了。我知道野菊是被这个畜生逼的。"说着，陶延久哭泣。

瑞林寻思："许直卿肯定跑了。"他们来到大纯店铺，刘大纯向他们打着招呼，说："屋里坐，买筲箕、簸箕还是篮子？"

瑞林回应说："随便看看，你忙。"他回头对陶延久说："你们在这儿等着，我和梅芳回龚家闸看看。"

梅芳家，岳母看见瑞林，眼睛眯成一条缝，高兴得嘴合不拢。"瑞林，稀客。"她站在梅芳面前，两手不知往哪儿放。

父亲说："看你高兴的，连搬椅子，拿杯子倒茶都忘了。"

母亲手一扬，说："真是。"

"伯伯，你最近看见龚茂红家里什么情况？"瑞林问。

父亲说："共产党不是把龚茂红抓起来了吗？他家还会有啥情况。昨天，好像他女婿和女儿回来过，饭也顾不上吃，回去了。"他迟疑了会儿，说："不过，他家前后，总有一些生面孔在晃悠。人嘛，总有几个相好，也许是朋友。"

瑞林对老人说："梅芳就在这儿，我去港子上看看。"

"别走，荷包蛋煮好了，你吃了再走，不迟那么点时间。"娘从厨房出来，拦住瑞林。

梅芳也说："吃了再走吧。"

瑞林固执地向河边走去。

沮漳河两岸，草木萋萋，杨柳青青，沙鸥翔集，锦鳞游泳，渔舟自横，波澜不惊。瑞林感到，沮漳河今天出奇的静，出奇的美。他无心观赏这水乡春色，他沿着河边，从东端的屯聚口，到西边的鲜港桥，观察对龚茂红的处决，是否存在潜在的危险。

元后宫门前，一个卖菜的妇女，头上包着青色头巾，脸上像是涂上黑炭，黑布衫上缀着白色花纹，脚穿圆形岔口布鞋，手提一圆形竹篮，竹篮里装有几个红萝卜，站在门口和哨兵搭讪。春晖一眼就看出来，是时继良，他怎么没走，还是许直卿也都没走？他们到底在哪？春晖毅然决定，放他进来，摸摸他的底细。于是，春晖走到时继良面前，说："你是鲜家港的吗？"

"是啊是啊，我们是家乡人。"时继良笑着，低着头，摸着胸前的布扣，道："我是曾家台的，名叫曾昭风。你不记得我了吧。"

"认识，曾昭风。"春晖看着他提的竹篮，问："卖菜？卖菜到菜市场卖呀。"

"我呀，提了几个萝卜，想卖给你们食堂，便宜点，我急着赶回去。这不，长官不让进。"时继良捂住脸，垂头，嗲声嗲气地说话。

春晖对门哨说："红萝卜，我听厨房老师傅说了，要一点。让他跟我去吧，家乡人，可靠。"

说罢，时继良跟着春晖，向后院厨房走去。路上，春晖神秘地说："你胆子真大。都什么时候了，还敢到这来。"

时继良坦然地说："什么时候，这不，靠你吗？"

"靠我？我又不是齐天大圣，哪有那么大的神通。幸好门哨没认出你。"他问："许团长不是离开江口了吗？你没走？"

"我走了，坐船走的，下水船。可走到大埠街，团长不知是疯了，还是良心发现，他命令我去贲家垴，会合李卫贤的'清乡队'，营救龚茂红。"

"李卫贤不是被赤卫队赶跑了吗？你们回来几个？"春晖问。

"是的，他跑了，可留下几十个'清乡队'队员，从大埠街上堤，经过柳港，去贲家垴。我一个人赶到你这。"时继良说。说着，他俩走到厨房门口，春晖阻止时继良，说："你就在门口等着，进去怕露出破绽。"阮春晖接过竹篮，提着，走进厨房。一会儿，出来。

"萝卜卖了？"

"卖了。钱，放在篮子里。"春晖把竹篮递给时继良，问："你咋打算？"

"我来找你，要你把我送到鲜家港去。"时继良笑着说。

"哦，我明白了。你是想利用我，和'清乡队'里应外合，共同营救许团长的亲家。"春晖微笑。

时继良得意地说："你脑子开窍了。嘿嘿。"

春晖琢磨着：去，还是不去。去，时继良逼着我帮助他们攻击赤卫队，我该怎么办？不去，会引起时继良的疑心，也摸不清敌人的底细。去！见机行事。

春晖拉住时继良，说："你先出去。我牵马就来。"

时继良在前面走，春晖随后，他想，我要时继良画虎不成反类犬，将计就计。他故意拖延时间，慢慢地走进马棚，解开马绳。停顿会儿，走进内房，拿出一张纸，急忙写道："贲家坳有敌。"捏在手里，牵着马，走到门口。时继良虽然走出门外，眼睛始终盯着春晖。春晖轻声对门哨说："给李队长。"说着，将纸条塞进门哨上衣口袋里，上马。

"嗨，弼马温威风了，也在我们面前发号施令，指手画脚，要我把什么东西给李队长？"哨兵说。

"马夫是不是有事？"另一哨兵说。

"有事，他有屁事。"哨兵在身上摸摸，摸到一张纸条，看了看说："是有情况，在这。"

春晖遇到时继良，"咦，咦"两声，马停下来，时继良上马。

哨兵将纸条给了李道生，李道生看了纸条，问："春晖从哪走了？"

门哨回答："走大路。"

李道生抄小路，骑着马，直奔鲜家港。

八二

瑞林走后，母亲收拾桌上的碗筷，亲昵地对梅芳说："梅芳，家里没外人，做妈的不得不操心女儿的婚事。说句不该说的话，你和瑞林是不是已经生米煮成熟饭了？如果是，赶紧把婚事办了，日长月久，免不得别人风言风语。当妈的这张老脸，往哪儿搁？"

梅芳嗔怪说："妈，看你说到哪儿去了。你女儿你又不是不知道，我是那样随随便便的人吗？再说，人家瑞林也是个正派人。只是那天下大雨，我留瑞林在房间住了一夜，你就瞎思乱想。"

"住了一夜！不就是那么一回事了吗？孤男寡女，哪个猫儿不吃腥。你还遮遮掩掩地干什么？"母亲说。

"妈。你是我亲娘，可别瞎说。同房并不等于同居。他是君子，不是小人。"梅芳说着，脸上泛出红晕。

"好了好了，他是君子，不是小人，为人正派，品格高尚，不然，我女儿怎么会爱上他。我是看戏的流泪，为古人担忧。你们结婚吧！妈好了结这桩心事。"母亲微笑。

"妈，实话告诉你，我们啊，到了结婚的时候，就结婚。现在还不是时候。"梅芳宽慰说，"瑞林说了，非我不娶；我也说了，非他不嫁。这你该放心了吧？"

"好好好，行行行。妈等着。"母亲说，"不是说今天要处决龚茂红吗？看热闹去。"母亲收拾好碗筷，母女俩走出门。

阮春晖骑马从江口出来，他带着时继良，绕道来到龚家闸的一条小道上。小道路窄，只容得下两人并行通过。梅芳母女正走在这条道上。春晖面对面走来，他们相距不远，与春晖狭路相遇。"咦"，马停足。他问时继良："有人，怎么办？"

时继良拔出手枪，欲向梅芳开枪。春晖立马阻拦，说："不要开枪，农家妇女，无伤无碍。枪响会引来赤卫队，赶路要紧。"

时继良收取枪，把身子紧靠在春晖背上，春晖不慌不忙地从梅芳面前走过，边走，边说："大哥，怎么样？沮漳河出大鱼，你要到沮漳河边买鱼，我骑马送你来了。我阮春晖够意思吧。"

时继良"嗯，嗯"了两声，不知道春晖在打什么"马虎眼"。

"我阮春晖够意思吧。"他俩与梅芳母女擦身而过，梅芳听到了春晖的暗语，加快步走，把这消息告诉瑞林。她对母亲说："您回去吧，我有事，得赶快去找瑞林。"

"那个骑马的，好像是春晖？"母亲问。

"是的，您快走吧。"梅芳催促道。

母亲望着女儿走远，极不情愿地回去了。

瑞林从龚家闸出发，沿着河堤，走了一圈，来到鲜港桥头，站在远处，看着会场。

会场设在桥头东边的草坪上，那里站满了看热闹的农民。会场拉有一条横幅，横幅上写着"公处大会"四个黑字。横幅下面，是刚用木板搭建的一个四方台，台两边站着荷枪实弹的赤卫队员，台中央，龚茂红头戴长尖帽，面前挂着一块木牌，木牌上写着"大恶霸地主龚茂红"几个黑字。"龚茂红"三个字上，打上一个黑叉。

台下，数百农民站着，参加公处大会。

几个农民上台，控诉龚茂红的罪恶。

李道云首先上台，走到龚茂红面前，使劲按下龚茂红的脑袋，愤愤地说："龚茂红，你还有今天。你变本加厉，逼迫我们交租。你伤害我不说，还欺负我婆娘。我婆娘被逼得跳河。你的心，比蛇蝎还毒。"

说着，老婆跑上台，哭喊着，举着拳头，被赤卫队员挡了回去。她哭述着："龚茂红，我被你们逼得快疯了。你不是人，你是黑心狼，你是害人精，你是吸人血的魔鬼。"

会场发出呼号："打倒恶霸地主龚茂红。""向地主老财讨还血债。""龚茂红罪大恶极，罪该万死。"老百姓纷纷举起拳头，跟着呼应。

费光明及命案的家属上台控诉。会场上不时传出呼号声。

本槐站在台前，宣布："龚茂红在鲜家港欺压百姓，横行乡里，害死多条无辜百姓。龚茂红罪大恶极，不杀不足以平民愤。今天，凤台红军赤卫中队代表人民，决定公开处决大恶霸地主龚茂红，立即执行。把龚茂红拉下去。"这话一出口，会场上群情激奋。龚茂红一下子腿软了，坠下去。两个赤卫队员把他拉起来，拖下台去，押到沮漳河边，执行枪决。

"等等。"阮瑞林和梅芳走来，他叫住阮本槐。

公处大会之前，瑞林和本槐商量过，公处会后，赤卫队将龚茂红游乡，从西边鲜家港游到东头屯聚口，在屯聚口枪毙龚茂红。

就在本槐宣布把龚茂红拉下去之前几分钟，龚梅芳赶到会场，她走到瑞林身边，把她遇到春晖的情况告诉瑞林。瑞林分析"河里有大鱼"，就是河里有情况。什么情况？就是敌人要劫法场。瑞林叫住本槐，说："沮漳河边有情况，保安团要来救龚茂红。"

本槐问："你说怎么办？"

瑞林琢磨：许直卿离开江口，坐船到沙市投奔李卫贤，来劫法场的人不是很多。他问本槐："赤卫队员来了多少人？"

本槐细算了一下说："来了十二人，加上当地民兵，四十多人。"

瑞林说："让赤卫队员做好战斗准备，按原计划行动。"

正在这时，李道生带着队伍赶来，他把春晖写的纸条交给阮瑞林。

瑞林接过纸条，过目后，说："我们的分析与纸条上的消息吻合。立即做好战斗准备。"

本槐立刻召开紧急会议。他命令道："魏启福。"

魏启福："到。"

"我命令你立即组织人员，维护群众秩序，保证对龚茂红的处决顺利进行。"

"是。"魏启福道。

本槐命令胡安海和李道生带着队伍，跟着他，沿着沮漳河，向贲家塝前进。

李道云和费光明请求参加战斗。

李道生负责押送龚茂红游街。龚茂红在两个赤卫队员的看押下，走在游行队伍前面。紧跟着是赤卫队员和民兵，后面是看热闹的农民和孩子们。他们从大地主常卫诚的门前经过，常卫诚如惊弓之鸟，闻风丧胆，躲进后院，窥视游行队伍。

游行队伍走到费家湾，看到河边冒起三柱黑烟。瑞林意识到这一定是在给人发出联络信号。战斗就要打响了，谁发出的联络信号？信号又是发给谁的呢？但是，不管是谁发的，不管是发给谁的。这信号总是在提醒：战斗即将开始。

八三

春晖跟随时继良来到费家湾，把马拴在杨树上，问："过河吗？"

时继良说："不，就在这儿等。"

"我们怎么与对岸的人取得联系？"春晖试探着问。

时继良说："我自有方式，你不用操心。"

春晖等着，把落叶聚拢成三小堆，说："我们点火吧。"

时继良好奇地问："点火？干什么？学古代烽火台传递消息？"

春晖想点野火，可以给队员发信号。他笑着说："大哥聪明，我无意把落叶聚拢，没想那么多，大哥提醒我了。"

时继良道："正顺我意。我们的人，看见三柱火，就会坐船过来救龚茂红。"

"嘿嘿，嘿嘿。"阮春晖嬉笑着。

李卫贤三次遭遇到赤卫队迎头痛击，像惊弓之鸟，顾虑重重。他恨透了共产党，把赤卫队看作是眼中钉，肉中刺。他决定回到江陵，招兵买马，"围剿"共产党。他走后，留下一个小队，队长叫贲道梓。"梓"与"纸"谐音，人们叫他"纸老虎"。许直卿派往贲家垴的几个团丁，与"纸老虎"接上头，准备营救龚茂红。

河边突然冒出三柱黑烟，给"清乡队"对上信号，也给阮瑞林一个暗示，可谓"一火双雕"。

"纸老虎"看见三柱黑烟，命令道："兄弟们，立功受奖的时候到了。冲啊！李团长说了，谁救出龚茂红，有赏。"

团丁纷纷涌上渔船，渔船飞快地划向河中间。"突突突""突突突""哒哒哒""哒哒哒"。胡安海一声令下："打"。赤卫队员向河中射去一阵密集的子弹，有团丁倒在河里，有团丁倒在船板上，在船上打一下滚，翻倒在河里。

敌人拼着老命，向前冲锋。时继良对春晖说："你下到河边，接应兄弟们，我在树林里掩护兄弟们上岸。"

春晖看见追来的赤卫队，一边高声叫喊："快过来，快过来。"一边往林子里跑。

戴宗秀从背上拔出弓箭，瞄准站在船头的保安团小头目，射过去。小头目"啊"的一声，嘴里吐着泡沫，鼻子出血，倒在船上。

李道生端着抢，跑到河堤半腰的树林里射击敌人，几个赤卫队员跟着冲下去。

李道云和几个民兵，在地上拾起石块掷向敌人，砸中敌人的狗头，血直外冒，倒在河里。

面对猛烈攻击，"纸老虎"露出真面目，慌忙叫喊："撤，快撤。"李道云举起石头，砸向"纸老虎"，"纸老虎"被砸中，一跟头栽到河里。许直卿赶来增援的队伍，看着这败局已定，便顺江而下。赤卫队员冲向河边，敌人溃不成军，狼狈逃窜。

时继良见势不妙，与春晖骑马回转。

在屯聚口，赤卫队员对龚茂红执行枪决，这个作恶多端的大恶霸，尸首仰面朝天，漂在河面上，喂鱼去了。

瑞林吩咐："快回江口，以防许直卿调虎离山。"

赤卫队员火速赶往江口。

春晖带着时继良逃到淡家坡，春晖"咦"一声，马歇住脚。问道："你打算去哪儿？"他俩跳下马，时继良说："共产党厉害，一下子来了几路人马，他们是怎么知道的？"

"共产党神机妙算。处决龚茂红，造这么大的声势，他们肯定慎之又慎，防了再防。一有风吹草动，便各路出击。"春晖看着时继良。

时继良垂头丧气："看来，这里不能久留。春晖，我劝你，赶快离开这是非之地。"

春晖问："到哪儿去？"

"跟我走。"时继良说。

"跟你去哪儿？"春晖试探着问。

"到沙市，追随许团总。"时继良蛮有把握地说，"许团总财大气粗。到了沙市，我保你在那儿吃香的喝辣的。"

阮春晖面对时继良所出的难题，思索着怎么回答，不能让他怀疑自己对许直卿的忠诚。春晖拉着马绳子，抖住马嘴，马乖乖地站着，一动不动。说："你看这马，多听话。我离不开这些马。再说，我在这养马，就是在完成许团总交给我的任务。我不能离开马厩。"

"把马带走。"时继良果断地说。

"你在说笑话？这是一条狗，一只鸡？说不要就不要了。十多匹马，偌大的财产，带得走吗？扔了，你舍得，我可舍不得，许团总更是舍不得。"春晖虎着脸，诤言以对。

"你真的不去？"

"不是不去，也不是不想去。是不能去。"春晖说。

"我跟你打个商量。"时继良说。

春晖警觉地望着他，他又想出什么馊主意？

时继良拿过马牵绳，说："你给我这匹马，我骑马去找许团长。"

不行，这马不是许直卿的，是赤卫队的，是共产党的。决不能让时继良带走一匹马。他嬉笑着说："对不起，你说什么我都答应你，但这马你不能借走，借走了，我不好向许团长交代，也不好向赤卫队交代。"

时继良说："你不好向许团长交代我理解，你说不好向赤卫队交代，我怎么也想不通。"

"这有什么想不通的。我把马借给你，不借给赤卫队的队长，岂不是把手指头喂到赤卫队嘴里，让他们咬吗？我这许直卿的卧底身份不就暴露无遗了吗？"春晖解释说。

"嘿嘿，嘿嘿。"时继良憨笑。

八四

第二天，瑞林和各路赤卫队员会聚江口。这时，鲜家港党支部按照上级要求，集中精力，筹备正月十五在江口成立苏维埃政府。离正月十五还有四天。

上午，阮瑞林、肖保苍、阮本槐、吴先孔和李道生在胡明喜办公室召开会议，部署下一步工作。会后分头行动。吴先孔负责文化、教育部门联系工作；肖保苍负责工商界相关事宜；阮本槐负责江口安全保卫工作；李道生负责内务。

瑞林走到麻花铺，接近上午十点，屠教士在铺子里喝早酒。薛老板笑迎瑞林，屠教士见到瑞林，说："兄弟，吃了吗？坐过来，喝一席。"

瑞林笑道："屠大哥是个爽快人。看来，如果我稍稍说点客套话，这酒，恐怕就喝不成了。"

屠教士道："知我者，瑞林兄也。哈哈，过来坐。"

薛老板端来酒杯，屠教士把酒壶放到瑞林面前，说："自己酌，想喝多少就酌多少。现在，你是大忙人，不强求你喝酒，怕耽误你的宝贵时间不说，还落得个阿谀奉承、讨好拍马之丑名。"

瑞林端起酒杯，对屠教士说："来，喝。"屠教士把酒杯举起来，和瑞林轻轻地碰了一下，一口尽。瑞林见状，也来个仰面一口干，说："大哥，你别乱说。我们是朋友。"

他们连干三杯。屠教士有些醉意，说："诚可信，诚可交。来呀，再来一杯。"

瑞林对在场的人说："我不会干趁火打劫、落井下石的事情。今天别喝了，改日。"

瑞林用五块钱的苏维埃纸币结账，与胡明喜、薛开选一起，将屠教士送到三角点西南的李家巷里。李家巷地面扣着青色石板，两边木板房，屋上盖着灰色小瓦。屠教士老婆迎接出来，说："当家的，你出门时说好了，今天不喝酒，可眨眼工夫，跌跌撞撞地回家，哪回你清白回家好不好？"

"我没醉，瑞林兄醉了。他说的是我，我才不趁火打劫，我才不落井下石。许直卿得意时，我不巴结他；他败了，我不欺负他。"

夫人责怪说："你真不会做人。人家瑞林把你当兄弟，你是被蛇咬的农夫，好歹不分。"她转身对瑞林说："瑞林兄弟，你大人有大量，别跟他一般见识。"

瑞林笑道："我们是好兄弟。"

轮船码头，船靠岸，船头走来两个牲口贩子，一高一矮。高男子黑瘦黑瘦，矮男子矮胖矮胖。他俩各人挑着一条扁担，扁担的一头挂着四个猪篓，神色慌张地下船，径直向李家巷走去。走到屠教士家门口，左顾右盼，轻轻敲了两下门，闪到墙角，等待屋里的回应。

门打开，屋里露出夫人的脸，左瞅瞅，右瞅瞅，觉得没人，又把门关上。突然，牲口贩子走到门口，招呼道："夫人好。"

夫人打量一下两人，似曾相识。他俩闪进屋里说："不认识了？你看。"他俩取下草帽，露出真面目。夫人惊讶："啊！熊队长，你咋这般打扮？"

熊必丰说："现在江口是共产党的天下，不得已，不乔装成这样，怎能来见你？"

夫人把熊必丰和时继良带进内屋。他俩问："老爷在吗？"

夫人道："昨天，他同阮瑞林酒喝大了，这不，昨夜里吐天哇哇地。"

"我们可以见见他吗？"时继良问。

夫人把他俩带到屠教士的卧室，屠教士躺在床上，看见熊必丰，欲爬起来，熊必丰说："老爷，许团长专门吩咐，我们到江口，一定要看望您这个行侠仗义的好兄弟。"

"谢谢许团长。"屠教士坐在床上，说，"我有点不舒服，你们坐。快说，许团长怎么样了？"

时继良说："许团长还好，他到江陵，会见了李卫贤。李营长给了他的一个承诺，帮他卷土重来，收复江口。"

"嗯。"屠教士轻描淡写地应了声。屠教士的反应，是他们意料之中的事。他们想到许团长的吩咐，决定试试。于是，熊必丰从猪篓里拿出用纸包好的东西递给屠教士，说："这是团长的一点心意，不成敬意。"

屠教士接过纸包，打开一看，是两根金条。心想：无功不受禄，许团长一定有事相求。他说："这是干什么，我可承受不起这千金大礼。兄弟嘛，有话直说。"

"你冒着生命危险给他送肉，大恩大德，收下吧，你再推辞，就是瞧不起人了。是不是因为许团长为败军之将，强弩之末，寄人篱下，你见异思迁。"

一席话，让屠教士面红耳赤。他说："说吧，要我做什么？"

时继良从猪篓里拿出一包东西，放到屠教士面前，说："你看看这东西。"

屠教士打开一看，炸弹！吓得浑身发抖，炸弹差点掉在地上。"你们这是干什么？"

熊必丰笑道："你见过好多的大风大浪，这小小的炸弹，就把你吓得丧魂落魄。屠爷，别装了。"

屠教士虎着脸，生气地说："炸弹，这可不是闹着玩的。你们这是演的哪出戏呀？"

熊必丰说："听说共产党要在近几天召开苏维埃政府成立大会。许团长心如刀割，十分揪心。所以，特意安排我们来请你帮忙。"

屠教士感到为难，说："你们是想要我把炸弹安放到会场，炸死共产党的要人，破坏共产党的盛会。亏你们想得出来，这伤天害理之事，我是不会干的。再说，会场上，有我的朋友，危害朋友的事，我不会干。"

时继良劝道："听说，你是大会保安，我们只是想让你帮我们。"

"熊队长，你们别费口舌了。我是不会干的。我奉劝你们，最好，别干。"屠教士真诚地对他俩说。

熊必丰转移话题，说："你能不能帮我们找一下阮春晖。"

"找他干什么，找他帮你们干？"屠教士好奇地问。

"不是，不是，不是。"熊必丰岔开话题，说，"找他，像你一样，报恩。"

"他是你们的人？"屠教士诧异。

"不知道，反正许团长吩咐的，我们得去找他。"时继良说。

"这个……"屠教士犹豫片刻说，"这个，我想办法叫他出来。"

八五

元后宫里，赤卫队员正在紧锣密鼓地筹备苏维埃政府成立大会：胡明喜收拾东厢房，擦洗桌子，收拾文件柜，打扫办公室；李道生带领队员，在房前屋后铲草皮，除杂草，植树造林；梅芳和宗秀，在办公室清点回收银票；训练场上，队员在操练。

马厩里，春晖正在清洗马槽。屠教士走近他悄悄说："东山寺里施主请你去一下。"

春晖感到奇怪，他望着屠教士问："施主叫我，什么事？"

屠教士偏着头，笑道："我哪儿知道。去了就晓得了。"春晖放下手中的活，跟着屠教士出门，不远处，春晖看见了熊必丰。

时继良和熊必丰，将春晖夹在中间，来到河边。

春晖想：看来许直卿不会放过自己，又在打什么主意。他镇定地问道："许团长是不是回来了？"

熊必丰说："许团长要我们找你，有要事安排。"

春晖看着他俩，说："现在情况紧急，共产党安排得天衣无缝。我敢做什么？"

时继良贼笑道："共产党啥时候召开苏维埃成立大会？你在里面做什么？"

"不晓得什么时候开会，开什么会。我一个马夫，还能做啥？喂马呗。"阮春晖泰然自若。

"春晖，给你一个任务。"熊必丰说。

"什么任务？"

"团长命令你，把定时炸弹安放在主席台，等会议开始，炸它个落花流水。"熊必丰命令道。

"这个，我不行，我不会使，我怕，如果不成功，贻误了战机，我担当不起。"春晖掩口推辞。

时继良说："要不这样。你只管把炸弹带进会场，炸弹的安装和定时爆炸，不要你负责。"

"勿讨价还价，这是命令，你要想活命，就只有乖乖地服从命令。"熊必丰板着脸说。

阮春晖无可奈何，只好勉强答应，车到山前必有路，再想办法。

屠教士离开熊必丰，他想到阮瑞林，便走回元后宫。瑞林正站在一棵大树下，看着赤卫队员习武。屠教士走近他，拍打了一下他的肩膀，招呼道："瑞林，你过来一下。"

瑞林转过身，随屠教士来到马棚前。屠教士说："瑞林，我们是兄弟，我不想瞒着你，想问你几个问题，你必须实实在在地回答我。"

瑞林愕然，看着屠教士问："屠兄今天怎么了？"

"我问你，你是不是共产党？"屠教士眼直直地看着瑞林，掷地有声逼迫瑞林回答。

瑞林说："兄弟不是外人，我们开诚布公，直言不讳，推心置腹。我是共产党，且是共产党的干部。"

屠教士追问："你们是不是要召开什么重要会议？"

"是的，正月十五，也就是二月二十四号，我们将召开江口苏维埃政府成立大会。"瑞林坦率地告诉他。

"兄弟。我想告诉你，会议能不能不开？或者，你能不能不参加这个会议？"屠教士旁敲侧击。

瑞林心想：屠大哥一定有难言之痛，不能告诉我们，但是又怕伤害兄弟情分。瑞林解释道："会议，是上级商定好了的，不能随便更改。我作为会议组织者之一，不能逃避，必须参加会议。有什么情况，你能告诉我吗？我好及时应对。"

"兄弟，我的好兄弟。我把话说到这个地步了。我说过，我不能出卖朋友，不能为一个，损一个，只能点到为止。"屠教士沉着脸，神情沮丧，显露出无能为力之态。

瑞林看在眼里。他拍打着屠兄的肩膀，摇了摇头，说："兄弟，谢谢你的好意。会议，我们必须照常开，我也必须参加会议。无论发生什么情况，我们绝不后退半步。至于你反映的情况，我们来加强戒备，以防万一。不过，无论发生什么情况，我们的兄弟之情，是永恒的，坚如磐石。"阮瑞林义不反顾地说。

"兄弟，你好自为之。我一定竭尽全力帮助你。"屠教士道。

阮瑞林和屠教士握手道别。

屠教士走开，又退了回来，欲言又止，最终还是走了，临走时候丢下一句话硬邦邦的话语："春晖没回马棚。"

春晖哪儿去了？春晖哪儿去了？春晖哪儿去了？这话反反复复在瑞林脑海里回荡。

夜色已晚，商铺已打烊，街上少有行人。瑞林牵挂着弟弟，他慢步走出院子，来到门口，观望着大街。远处，明亮的路灯下，有三个人影在挪动。瑞林抬起头，一眼认出了春晖。春晖对熊必丰说："你们不能向前走了，我哥在门口站着，别让哥发现。"

两个黑影退回去了，春晖走来，叫声"哥。"他俩并列走进院内。春晖稍稍停了片刻，转身，走出院门，回头看了看，转回说："哥，你有时间吗？到马棚坐坐。"

他俩来到马棚，春晖抱着一捆马草，像往常一样喂马，说："哥，情况特别糟糕。刚才和我一起走来的人你知道是谁吗？"

瑞林小声问："你是不是受人挟持了？他俩是特务？"

"哥，你猜对了。是的，是熊必丰和时继良。他们转达许直卿的命令，威胁我，要我必须在召开苏维埃政府成立大会时，把定时炸弹带进会场。你说我该怎么办？"

瑞林陷入深深地思索之中。半晌，瑞林安慰说："你就只当我不知道这回事，听凭他们摆布。你放心，我会安排人跟踪你，保护你，决不会让他们阴谋得逞。你一定要保护好自己。"

阮春晖非常激动，感激和愤怒之情一起涌上心头。

八六

俗语道："三十的火，十五的灯。"转眼到了元宵节那天，街市上张灯结彩，燃放鞭炮，喜庆佳节。商户自觉组织起来，开展节日喜庆活动，表演民间艺术，舞龙灯、划采莲船、踩高跷。家家户户挂灯笼，包团子，吃元宵。孩儿们手提灯笼，兴高采烈地在大街上玩耍。

各种纸灯，争奇斗艳。灯笼像一条条长龙，在大街上舞动，锣鼓声不断。

这一天，正是赤卫队成立江口苏维埃政府的日子。早上，街上三步一岗，五步一哨。郑绶伯站在门口应酬来往客人。一会儿，江陵县特委刘长林，枝江县委徐国炎来到会场，与会人员走进会场。大门前，张挂着"热烈庆祝江口苏维埃政府成立"巨幅标语，大门两侧，竖起门牌，左边写着：凤台红军赤卫队，右边写着：江口苏维埃政府。会场安排在后院训练场。主席台两边，树立两站牌，站牌一边写着"苏维埃万岁"，一边写着"一切权力归农会"。两边站着四名持枪的赤卫队员。队员身着灰色军服，胳膊上系着红布条。

主席台上，从右到左依次坐着：胡安海、龚梅芳、戴宗秀、廖哲夫、吴先孔、肖保苍。中间坐着刘长林和徐国炎。会场站满了参加会议的百姓。

阮春晖在马棚喂马，熊必丰和时继良装扮成农民模样，混进会场，他俩来到马棚，春晖抬头看见他俩，问："东西带来了吗？"

时继良揭开菜篮子，把藏在白菜底下的东西露出来，说："怎么把定时炸弹放在主席台前，就看你的了。"春晖把炸弹遮盖起来。

正说着，胡明喜走进马棚，熊必丰和时继良把帽檐子向脸下拉，遮住脸，把手枪捏在手里，放进上衣荷包。胡明喜对春晖道："阮本槐安排你我，厨房帮厨。中午有几桌客人要吃饭。"

春晖打发道："知道了，你先去吧，我把马槽洗一下就来。"

胡明喜退出马棚说："快点。"

春晖向熊队长使了个眼色，说："你不是有菜卖吗？走，到厨房。"

熊必丰命令说："首先必须考虑在会场爆炸，那里人多，破坏性大。如果会场爆炸失败，可以考虑厨房，等在厨房就餐时爆炸也过瘾。"他说："走，到厨房。"

开会时间到了，阮本槐走上主席台前，主持会议，他宣布会议开始。赤卫队员穿上新制服，整齐地站在会场中央。上千名工人、农民、商人及社会各界人士参加会议。

会议逐项进行。

瑞林没坐在主席台上，也没离开会场。屠教士始终跟着瑞林，寸步不离。瑞林站在东厢房，眼睛盯住马棚。他看见马棚有人找春晖，便走进胡明喜办公室，叫来周济，说："你去跟踪阮春晖，盯住那两个农民装扮的可疑人。别打草惊蛇，见机行事。"

胡明喜离开后，春晖接过时继良蔬菜篮，走向厨房，时继良紧随其后，熊必丰挪向一边。周济跟踪时继良，跟丢了熊必丰。

春晖走到厨房，对厨师说："这是几斤白菜，可以炒了中午吃，你给点钱，让这位哥哥走。"

师傅看了一眼时继良，问："多少钱？"

时继良用草帽遮住半边脸，说："三毛。"

师傅给了钱，接过菜篮子，欲把白菜倒在案板上。春晖忙说，"别，让我来洗一下。"

阮春晖叫住时继良，说："喂，卖菜的，篮子不要了？"

阮春晖把菜倒在水池里，将几片废菜叶盖在炸弹上面，说："拿去。"时继良提着菜篮，准备跨出门槛，走向会场。周济走来，拦住时继良，说："篮子里的白菜没倒干净，给我。"

时继良见事情败露，丢下篮子，撒腿就跑。炸弹掉在地上，周济立马追赶上去，时继良一边跑，一边朝主席台开枪。赤卫队员追了过来，扑向时继良。周济举枪，绕过人群，一直追着时继良。

阮春晖从地上捡起炸弹，拼命地朝后门外跑去。赤卫队员追着春晖。春晖将炸弹投向后门的堰塘，"轰隆"一声，炸弹爆炸，水下溅起圈圈水花。

熊必丰躲在人群中，看见时继良暴露，立刻接应时继良，朝赤卫队员开枪，赤卫队员还击。他穿过人群，向阮本槐射击。阮瑞林一把推开阮本槐旁边，屠教士挡住阮瑞林。密集的子弹射向时继良和熊必丰。门哨的枪对准他俩，余大福靠近他俩，说："跟我来。"

他们三个，穿过西厢房，与赤卫队员交火，他们翻过西院的矮墙，从后正街逃跑。

阮本槐站在主席台上，在瑞林和屠教士的保护下，继续开会。会后宣告："下面，我宣布江口苏维埃政府成立了。我们必须遵循苏维埃政府的一切决议和法令，维护农民代表大会和农民赤卫队的布告宣言，没收所有地主富农的财产，分给贫农、雇农、中农和苦力。"

八七

在赤卫队员的眼里，阮春晖就是叛徒，就是内奸，就是许直卿安插在赤卫队里的卧底。就在当日，有人提出来，要把阮春晖抓起来关禁闭，有的甚至于提出，要枪毙阮春晖。正月十五晚上，夜深人静之时，阮瑞林、阮本槐、龚梅芳等几个共产党员，坐在小会议室，阮春晖面对党旗，庄严宣誓，正式加入了中国共产党。

苏维埃政府在江口成立，这对于江口一带的地下党组织，是革命成功的开始，也是挑战的继续。如何贯彻土地法和苏维埃政府的决议？如何维护农民代表和农民赤卫队的利益，没收所有地主富农的财产，分给贫农、雇农、中农和苦力，保证赤卫队的粮食给养？如何让江口保持和谐稳定，百姓祥和平安？这些，对于年轻的鲜家港党支部来说，对于处于低潮时期的共产党人来说，是一场严峻的挑战。

阮瑞林眉头紧锁，阮本槐夜不能寐，他俩思考着怎么应对可能出现的一切。

次日，在江口苏维埃政府，召开了第一次鲜家港党支部全体党员参加的党支部扩大会议。这时，鲜家港及周边地区，有共产党员十七人，其中，龚家闸党支部有九人：阮瑞林，阮本槐，阮春晖，龚梅芳，戴宗秀、李道生、魏启福、刘大纯、龚承谦。贾家垴有党员三人：阮德斋、罗步卿、陈直甫。参加会议的还有江陵县委特派代表：刘长林、徐古青、王永善；江口古镇党组织：吴先孔、肖保苍、薛开选；当阳临时县委特派代表李子卿、张子善；百里洲周济兄弟；枝江县委负责人徐国炎，问安党代表袁友成等，除了阮春晖，全部参加会议。

会上，徐国炎介绍全国建立红色根据地的情况，他说："两年来，中国共产党在广大农村，建设自己的根据地，主要有毛泽东、朱德等开辟的井冈山革命根据地；由贺龙、周逸群创建的湘鄂西革命根据地；由澎湃创建的海陆丰革命根据地；由潘忠汝、吴光浩开辟的鄂豫皖、由冯白驹创建的琼崖革命根据地；有方志敏、邵式平、黄道等创建的闽浙赣革命根据地；有彭德怀、滕代远、黄公略创建的湘鄂赣革命根据地等。这些红色根据地是中国革命的希望，正点亮星星之火，在中国大地上熊熊燃烧。不久，江口苏维埃红色政权，将与由贺龙、周逸群创建的湘鄂西革命根据地连成一片，烧遍全国。"

会场响起热烈掌声。

刘长林代表上级党委，发表重要指示，他讲话内容分为三点：

一是关于组织问题。他说："眼前，我们必须壮大革命队伍，发展党员，要把思想活跃，斗争观念强，有战斗经验，能力强的进步青年吸收到革命队伍里来。各地要向鲜家港党支部学习，仅仅百人的小村庄，就有党员九人，向周边输送两名优秀的党员干部。要广泛地吸收工人、农民、小工商户、知识分子和青年学生参加党组织。"

二是关于巩固政权问题。江口苏维埃政府，是农民政权。以许直卿、常卫诚为代表的官僚、土匪、地主、豪绅，他们绝不会善罢甘休、坐以待毙，一定会想方设法，卷土重来。我们既要保护老百姓的安全，又要保护自身安全，维护老百姓利益，保护好我们来之不易的安定局面。

三是土地革命问题。革命是为了什么？就是要消灭贫富差距，让穷人不再受穷。在农村，要让"耕者有其田"，让农民有田种，有饭吃，有衣穿。要把土地分给农民。

刘长林讲话后，与会者对开展土地革命的方针、方法和措施进行讨论，将部分赤卫队干部和队员安排到各地，开展工作。

胡明喜背枪巡逻，转到马棚，他四处看了看，没见春晖，叫道："春晖，春晖。"没人答应。他大声叫喊："春晖，春晖不见了。"

几个赤卫队员跑出来，惊讶地问："春晖去哪儿了？"

一会儿，春晖从厨房出来，他走到会议室门口，叫道："开饭了，开饭了。"

胡明喜问道："春晖，你去哪儿了？屋里在开会，你在这嚷嚷什么。去喂你的马。不然，我叫人了，投诉你在偷听重要会议。"

"嘿嘿，嘿嘿。我不该多嘴多舌。"春晖苦笑着。有队员走到他面前，在他面前吐了口唾沫，说："春晖，我警告你，以后离开马棚，必须向门哨打报告，方可出门。"春晖知趣地回到马棚。

龚茂红被镇压，常卫诚是鲜家港一带二号恶霸，自从龚茂红被枪毙后，常卫诚是个聪明人，他想到自己也有命案在身，逃脱不了像龚茂红一样的命运。因此，他对共产党恨之入骨，怕得要命，犹如丧家之犬。共产党闹土改的消息，传到他的耳朵里，他连夜请来戴保长和戴宗凤，准备一桌丰盛的宴席，招待他俩。

宴席上，他给戴保长敬了一杯酒，自己也酌满一杯，又给戴宗凤斟满，三人喝起来。酒过三巡，他们便借酒发挥。

"戴保长，你是鲜家港的老门老户，德高望重，就是天干老子见了你，也得让你三分。"常卫诚道。

"我大，我可大不过。你从地上走，道路就发抖，我和你相比，你是大炮，我不过是一支打不响的鸟枪。"戴继恒说着，把酒杯端到常卫诚面前，"来来来，先干为敬。"戴保长一口干掉一杯。

常卫诚听他这么一说，更是惶惶不安。他说："戴保长，如今是越穷越安稳。你是面子上的人，算我求你，你就在共产党面前美言几句，替我搪塞一下，保住我的几百亩土地。"

"常老板，多喝了你几杯酒。告诉你，这阵风，不是那阵雨，我可抵挡不住。这地，该分则分，该留则留，是分是留，不是我说了算。"保长说着，筷子夹起一块肥肉，塞进嘴里，说："俗话说得好，吃了人家的口软，拿了人家的手软。今天喝了你的酒，不算白喝，我给你提个小小的建议。你这田，恐怕保不住了，可你家里的金银首饰，赶快转移，留在家里，是灾是祸。"

常卫诚冷笑道："戴保长，我家有啥金银首饰。不过，不瞒你说，多少有点。"

戴宗凤是马屁精，讨好道："还呆着做啥，傻呀？快给保长倒酒。"

"是是是。"常卫诚倒酒。

戴保长擦了一下油腻腻的嘴巴，说："你不是还有亲戚吗？姑舅姨，三门亲，放到挨炕的亲戚家，等风声过后，再赎回来。"

"对对对。听君一席话，胜读十年书。戴保长，你就是财神爷，大救星。"常卫诚拱手礼拜，说："保长，我还有个不成熟的想法。"

"啥想法？"

八八

常卫诚叫夫人上酒。他转过头对保长说："我有十多家佃户，请宗凤老弟帮忙，要这些穷光蛋就佃我的田，不分给别人，到时候，想收回，就收回。"

"这个，由不着我，也由不着你，更由不着那些穷得叮当响的佃户。"戴保长笑着说。

戴宗凤拍着胸脯说："我愿意为老爷效劳。"

"来来来，喝，喝酒。"常卫诚开怀笑道。

酒足饭饱，戴居恒和戴宗凤满面春风，跌跌撞撞走出常家。常卫诚叫住宗凤，说："小兄弟，等等。"

保长走远，常卫诚轻声说："戴保长阴险狡诈，两面三刀。他经常说：'共产党得罪不起，凡事不能做得太绝。'他不可靠，你凤弟可靠。"他拿出一个小包裹，送给戴宗凤。

戴宗凤迫不及待地打开包裹，露出一个银手镯。笑道："这么贵重的东西，我笑纳了。"

"我和你谁跟谁呀。拿去，送给金妹妹，她呀，一定让你乐翻天。"

"呵呵。还是常爷想得周到。我呀，恭敬不如从命。"戴宗凤喜滋滋地拿着礼物。

常言道："寡妇门前是非多。"也难怪，这里有句古言：丑陋的女子是无价之宝，美丽的女子是惹祸的根苗。金寡妇是这儿出了名的美人，她妖冶的打扮，让许多男人垂涎欲滴。戴继恒、戴宗凤是她的常客，常卫诚也常光顾，他为了自己的几百亩地，忍心割爱。

戴宗凤怀揣手镯，嫌自己腿短，恨不得脚下安上翅膀，飞到金寡妇身边。远看，金寡妇的屋里灯亮着。

戴宗凤敲门，摸了摸怀揣的手镯，把手镯递给金寡妇，说："给你。"他发现屋子里有男人，像是戴保长，退出门外，灰溜溜地离开。

第二天，瑞林和梅芳来到篾器店，店里一片繁忙。"花篮多少钱一个？"顾客指着一个吊着的花色竹篮问。

大纯取下花篮说："七角钱，收苏维埃银票。"

顾客接过花篮，仔细地瞅了瞅说："我要了。"顾客从上衣口袋里掏出一叠苏维埃银票，从中数出七张，放到柜台前。大纯抬头，看见阮瑞林，招呼道："瑞林、梅芳，快进屋。"

瑞林说："我们回来十个人，由李道生带队。准备把鲜家港作为试点。这地方，地势险要，环境复杂。贾家垴住的'剿共'队还没走，反动势力大；涉及三十来个地片，土地面积广，人口多，有滩田，有湖田，少有良田。"

大纯赞美说："你对这里的情况了如指掌，好好地把脉。"

"我知道，应该广泛发动群众，让群众觉悟起来。"瑞林琢磨着。

"没问题。"大纯说。

"我看，鲜港子比较集中，重大会议，重要活动，可以安排你这儿，但是，你别公开身份。把话说得越隐晦、含蓄越好。"瑞林交代说。

"好。"大纯道。

瑞林说："在外面要大造声势，广泛宣传。做到家喻户晓，让老百姓腰杆挺起来，理直气壮地与地主老财斗。"

大纯点头。

瑞林对梅芳说："走，我们转转去。"

瑞林刚走，李道生带着工作队员来到鲜港子。

戴宗秀和两个女赤卫队员来到戴家湾，走访佃户梅二姑，她们蹲在田边，询问："二姑，你是租的哪家的田？每亩每年交多少租子？"

梅二姑看着三位年轻姑娘，笑道："姑娘们，你们打听这干吗？"

宗秀道："我们是来调查情况的，了解地主老财对咱们穷苦老百姓欺压、剥削到什么程度，然后，好为你们做主。"

"听说共产党要把地主老财的田分给穷人种，真有这么回事吗？"二姑问。

队员说："是的，我们就是来查看地主有多少田，有多少佃户？田，怎么个分？"

骆吴金是梅二姑的丈夫，他挑着一担火土，从田埂上走来，歇下担子，将火土倒在田里。二姑向丈夫说了赤卫队员的来意，丈夫感到欣慰，忙告诉她们说："我们种了常卫诚的三亩多地，每年交两百升小麦，二十升黄豆，两斗高粱。"

戴宗秀问道："这，算得过来账吗？"

骆吴金叹了口气，说："怎么算得过来账。慢慢累嘛。当年交不清，拖到来年，来年交不清，又拖到下一年，一年一年滚雪球。简直是下雨拖稻草——越拖越重。"

"常卫诚有多少佃户？"宗秀问。

骆吴金掐指一算，说："常老板大约有三百亩地，一户按五亩计算，大概有几十户。"

"谢谢你。"戴宗秀告别二姑夫妇，转到另一个湾落去了。

八九

"寡妇门前是非多"，金寡妇太张扬。第二天，金寡妇戴上宗凤给她的手镯，招摇过市，一路风骚。她来到麻将馆前，坐着，撸开衣袖，露出银手镯，逗来几个女人在她周围评头论足。有女人夸她的手镯精致，漂亮；有女人对她说三道四；有女人羡慕；有女人在她面前吐唾沫。叽叽喳喳乱嚷嚷："女人漂亮就是本钱，有本事你们拿出来一个木手镯，让老娘瞧瞧。"

"泼妇，哪个男人给的？是吻来的吧？哈哈，呵呵，你的脸比牛皮脸还厚。"女人们嬉笑着。

"马上就要分田了，看还有哪个万贯家财的野男人养活你。"女人使气地说。

"分田分地。我也是穷人，我也有田了。"金寡妇像一个疯子，叫着嚷着。

李道生和几个队员走来。金寡妇看见队员，慌忙退向麻将馆里屋。

李道生走进麻将馆，搬来一把椅子，叫着："金姐，坐。"

金寡妇看见李道生叫她，羞羞答答地站在他面前，说："李队长，你找我？"

"是啊，叫你。"李道生严肃地说。

"你不嫌我脏？"金寡妇搬来一把椅子，挨着李道生坐下。李道生把椅子挪开。金寡妇说："我说吧，你们共产党嫌弃我。"

"共产党既不希望老百姓贫穷，也不希望社会上男盗女娼。我们提倡勤劳致富，凭双手吃饭。你也是穷人，我们可以给你分田分地，希望你干干净净做人，自食其力。"

金寡妇被李道生教训一番后，沉默半晌，抬杠道："我有地。"

道生愕然："你有地?！在哪儿？谁给你的?"

她扬着头，说："戴保长说了，常老板会分给佃户一些土地。他呀，还会把家里的金银首饰分给像我这样的内亲内戚。我是常老板的人，理所当然有一份。"她自信，简直是无廉无耻。

道生追问道："戴保长！戴保长咋知道的?"

她说："昨天晚上，常老板请他和宗凤喝酒了。"听罢，道生琢磨："常卫诚这个狡猾的狐狸，早想好了对策。"他立马站起来，去找常卫诚。

戴宗秀她们刚刚离开梅二姑田头，戴宗凤便赶到梅二姑身边，问："二姑，宗秀在你这说了些啥?"

骆吴金爱理不理地说："你知道不，共产党要没收常老板的地，分给农民。马上，这土地，不再姓常了，换成姓骆了。"

戴宗凤把嘴巴贴近他的耳朵，悄声说："常老爷说了，你们租的田，就是你们的。他不要了，租钱也不要了。别让共产党收了去。"

骆吴金高声说："你们是把我当智盲收拾。常卫诚怎么会发善心，我做鬼也不会相信，可不上你的当，我啊，听共产党的。"

戴宗凤恼羞成怒，威胁二姑夫妇道："你们真是给脸不要脸。知道吗？光棍怕痞子，痞子怕绵缠，绵缠怕得闲。我就是得闲，缠死你们。"

梅二姑有些犹豫，赶忙对丈夫说："人家宗凤是为我们好。"她又转身对宗凤笑道："凤老弟，你说怎么做，俺就怎么做，你说了算。"

戴宗凤告诉梅二姑，说："到时候，有人问你，你就直说，这田，是常老爷给咱们的。"戴宗凤离开时，警告她丈夫说："伙计，别犯傻。"

丈夫"哼"了一声，挑起火土向田里走。

戴宗凤逐户逐门当常卫诚的说客，马到成功，准备找常卫诚领赏。路上，遇到李道生。

"嘿嘿，嘿嘿，李队长，你们回来了。"戴宗凤毕恭毕敬，讨好道，"你们好忙啊，怎么有空到鲜家港来呀？"

李道生开门见山，质问道："你当常卫诚的说客、狗腿子，说服了几户他的佃农？"

"哪里哪里，我随便走走，当什么说客。"他低头弯腰，像野兔子一样，从李道生侧面溜走。

下午，李道生找到瑞林，商量如何先从常卫诚开刀，打开鲜家港土地革命局面。他俩一致同意，打蛇打七寸，擒贼先擒王。去给常卫诚一个下马威，杀一儆百，杀鸡吓猴。

那天晚上，常卫诚喝完酒，待客人一走，便叫来夫人、姨太太和管家。他对管家说："家里最值钱的东西都藏起来，比较值钱的东西都分给姨太太。"他对姨太太说："你们快把自己房间里值钱的东西都带到娘家去。我通知你们回来，就回来，没接到我的通知，别回来。"他吩咐夫人说："你也回娘家去一趟，叫大舅子来，把家里那几头肥猪拖走。"

夫人和姨太太都不高兴，吵吵嚷嚷，说："怎么回事，你是不是不要我们了。我们就不走。这是我的家。"

常卫诚板着面孔，瞪大眼睛，吼道："女人家，不知天高地厚。要你走，你就得走，不走，我走。"

三姨太哭哭啼啼，靠近常卫诚，说："老爷，我没娘家，可怎么办？"

常卫诚对她说："没娘家，娘家总有亲戚吧，找个亲戚家住几天。"

"老爷，你陪我去。"三姨太哭丧着脸，央求道。

几个姨太太都嚷起来，说："老爷，你陪我去。"

"都给老子滚。"常卫诚拍着桌子吼道。

几个姨太太垂头丧气。

当晚，管家按照吩咐，把家里搬不动、值钱的东西都藏入地窖，把搬得动的值钱的东西藏在墙壁里，把比较值钱的东西分给三个姨太太。姨太太打好包裹，第二天回娘家去了。

李道生和身着制服的三个赤卫队员，身背长枪，威风凛凛地来到常卫诚的家门口。管家出门迎接说："长官，你们是稀客。"

赤卫队员回应道："我们不叫长官，叫同志。"

"好好好，叫同志。同志，请坐。"管家像一条哈巴狗。

李道生问："常卫诚在家吗？"

九十

"在，在。我去叫老爷。"管家跑进屋子。常卫诚走出来，向李道生打躬作揖："李队长，早上我就听到喜鹊叫，果不其然，贵客临门。管家，快上好茶。"

李道生不屑一顾，冷冷地说："你知道我们来干什么吗？"

"好事，好事。"常卫诚笑道。

队员说："我们还没说，你就知道是好事？"

李道生说："我们来办的事，对老百姓来说，一定是好事，但，对于长期欺压和剥削劳苦大众的地主老财来说，就不一定是好事。"

"好事，好事，共产党所做的不管是什么事，都是好事。"常卫诚眯着小眼睛，笑道。

管家端上热气腾腾的茶水，说："请坐，铁观音，请品茶。"

李道生推开茶杯，说："常老板，跟我们走一趟。"

常卫诚知道，总有那么一天，没想到，来得这么快。他，二话没说，乖乖地跟着队员上路。路上，赤卫队员在他面前挂上"恶霸地主常卫诚"的牌子。队员押着他，从村东头走到西头。

鲜港子上，打出几条标语："打倒土豪劣绅""土地是咱们的，应该地归原主""枪打出头鸟"。集市上，站满看热闹的人。大纯站在门口，与顾客议论："赤卫队员闹革命，革的是地主老财的命，得到好处的是咱们老百姓。""这下好了，咱们穷人有田有地了。"

常卫诚耳边传来"这不是常老爷吗？现在威风扫地了。""常卫诚老奸巨猾，你别看他现在老老实实，不信，你放了他，他把你卖了，你还帮他数钱呢"的议论声，垂头丧气。

李道生叫停队员，把常卫诚架到街中间。有人将土块掷向他，他低着头，嘴里不断地嘀咕着，他是在咒骂共产党，是在咒骂翻身了的穷苦老百姓。暗暗念叨：满满涓涓一灯油，一夜熬到五更头；笔墨千年会说话，子孙万代能报仇。

一老太婆哭叫着扑过来，她挥动着臂膀，愤怒地说："常卫诚，你还我儿子。我要扒了你的皮。"

常卫诚眼前出现旧时一幕：狂风，暴雨。他和狗腿子站在佃户刘子财家门口，狼狗狂叫。他逼着刘子财交租钱。刘子财跪下求情，说："常老爷，您每年滚的租钱太多了，四五年的租子，我一下子怎么还得起呀。"

常卫诚恶狠狠地说："不行，今年许明年，明年许后年，后年何其多？今年一定交，不交，把你老婆抵给我。"狗腿子一脚将刘子财踢倒在地，刘子财老婆和母亲上去，拉开狗腿子，狗腿子拳打脚踢，婆媳被打翻在地。一家人痛哭着，悲号着。常卫诚离开时，丢下一句话："明天，最迟不过明天，明天你如果还是不交，你老婆我留着用，你们都得见阎王。"

老太婆拼着老命，扑向常卫诚，哭喊着："是你逼得我儿子投河自尽。你不是要我们全家的命吗？我来了，我这条老命抵给你。"常卫诚被哭喊声惊醒，目瞪口呆地望着人群。阮瑞林上去，挡住老太太，说："共产党给你们报仇雪恨。"队员上前，拦住愤怒的群众。

常卫诚低着脑袋，贼眉鼠眼，四处瞟着。他看见瑞林，便大声呼唤："瑞林兄弟。我们可是一锹土上的人啊。你是最了解我的。我可向来没做为非作歹的事啊。"

瑞林走到他面前，眼睛盯住他，说："你没做什么，做了什么，群众的眼睛是雪亮的。你最好老实交代，你做了多少害人的事？你的田地到底有多少？有多少不义之财？"

老百姓嚷起来："常卫诚，罪恶累累，罪恶滔天，罪大恶极，罪该万死。枪毙你一百回也不解冤仇。"

呐喊声震耳欲聋，吓得常卫诚全身如筛糠一般，向李道生叩了三个响头，哀求说："李大队长，到我家去，要田，给田；要钱，给钱；要东西，给东西。"

李道云提起常卫诚的衣领，他像只刺猬，缩成一团。李道云咬牙切齿，说："我要你的命。"

瑞林对老百姓说："乡亲们，现在开展土地革命，我们要把地主老财的地，分给无地的农民。请大家不要怕，检举揭发反动地主的罪恶，鲜家港的恶霸地主，到底有多少土地，有没有隐瞒不报的。过两天，我们弄清楚后，分给大家。"

老百姓听了这番话，像是吃了颗定心丸，欢欣鼓舞，拍手叫好。赤卫队员把常卫诚带回常家大院。

常家大院是一个四合院，坐南朝北，坐落在曾家台与戴家湾之间。其院东西厢房各六间，南北各八间；四周用薄叶砖砌成墙，墙面粉白色；屋内的房屋之间，用木板墙隔开，木板上了黑釉，黑亮黑亮，古板典雅；中间是天井，天井地面，用雕刻花纹的青石板扣成；屋顶盖着青色小瓦，院四角屋檐，雕刻有神态各异的飞龙。一个大户人家的派头。

道生带着队员，从南大门进屋，穿过天井，来到北屋中间的客厅。将客厅视为临时审判庭，李道生坐在庭审席上，两旁坐着女书记员和陪审员，常卫成坐在对面，旁边站着两名持枪的队员。

管家看见这阵势，不敢面对，躲在西厢房内窥视。常卫诚叫道："管家，管家。出来招呼客人。"管家被叫出来，向屋内客人打了个招呼，想退回去。

李道生问："你是管家？"

管家点头："小人便是。"

"你在旁边站着，记住，别插嘴，问你啥，你就说啥。"李道生吩咐道。

"是，是，是。"管家恭恭敬敬站在常卫诚旁边，不时地扫视赤卫队员和常卫诚。

一场革命者与被革命者的较量即将开始。

李道生坐在审判席上，严肃地问："姓名，年龄。"

常卫成莫名其妙地望着几位审判官。

陪审员对他说："问你呢。"

常卫诚愕然，指着自己，说："问我？"

陪审员道："对，问你。"

"嘿嘿，嘿嘿。都是早不看见晚看见的熟人，我姓啥，叫啥，你难道不知道吗？何必这么麻烦。要问什么就问什么呗。"

陪审员大声说道："严肃点，这是规矩，你要如实报告自己的名和姓。"

"好好好，问什么，我就回答什么。我叫常卫诚，常识的'常'，保卫的'卫'，诚实的'诚'。五十七岁。"

"家里多少人？"李道生问。

"家里有夫人，有姨太太，儿子和女儿。还有管家和帮工。"

李道生说："慢点说，有几个姨太太？几个孩子？几个帮工？"

常卫诚列举着："三个姨太太，孩子有两男两女，四个，长工五个，短工三十个，一共连夫人和我，三十五个。"

李道生说："这么一大家子人，肯定土地不少。有多少土地？"

"土地？"

九一

土地！问起土地，触动了常卫诚的敏感神经，他似乎早有准备，说："土地，坦白地说，以前，我是有三百多亩，现在，连半分地都没了。"

李道生问："土地没了？想必是长翅膀飞了不成？管家，你说？"

管家听罢，浑身不自在，像是身上爬了跳蚤，挪来挪去。他应道："是。"忽然又觉得不对，改口说："不是。"

陪审员拍了一下桌子，说："到底是还是不是？"

管家瞅瞅常老爷，常卫诚瞪眼。管家道："飞了，飞了。是飞了。"女队员抿嘴偷笑。

管家觉得失言，说："我不知道。我什么也不知道。求长官别为难我这个小管家。"

李道生觉得这里面一定有蹊跷，说："纸是包不住火的，屁放在裤裆里，也会臭出来。常卫诚，老实交代，三百多亩地哪儿去了？"

"土地早被佃农分了。"常卫诚打着马虎眼。

"那好。哪些人分了你的地，你列出个清单来。我把你的事迹作为典型报上去，通报到各地。你可出名了，到时候，谁都知道，你是带头把土地分给佃户的'好典型'。不过，黑墨落在白纸上，到时候，恐怕就由不得你了，你反悔也来不及。"

常卫诚为难，吞吞吐吐，不置可否。

女队员抢着说："很多人知道你是把苏维埃政府当猴耍。梅二姑、金寡妇知道。是不是要她们来给你做伪证？"

正说着，戴保长走来对常卫诚说："常老弟，共产党清楚得很。你想把赤卫队当傻子，你自己就完了。佃户不笨，他们会掂量掂量自己，谁是谁非，老百姓精明得很。"

管家看着常卫诚的脸色。

常卫诚一屁股坐在地上，装疯卖傻。

李道生拍着桌子，大声叫道："常卫诚，你是不是疯了。如果疯了，我马上通知你家佃户，把土地移交给苏维埃，然后，直接分给农民，你一寸土地也休想得到。别装疯卖傻，赶快老实说出土地去向，我们可以酌情处理。何去何从，你自己掂量。"

常卫诚像一条被猎人打伤的野狗，趴在地上，咿咿呀呀乱叫。

早上，常卫诚的三姨太手提着包裹，从常家出来，心神不定，神色慌张，见人就躲。戴宗秀从田里出来，走到五里湖边的小路上。女队员发现这女人躲躲闪闪，便叫道："谁，出来。"

戴宗秀定睛一看，喊道："出来，快出来，我认识你，你是常卫诚的三姨太。"

三姨太羞羞答答地从芦苇林里出来，站在路边，看着全副武装的女队员，全身瑟瑟发抖。

队员走近三姨太问："躲躲闪闪，干什么？做了见不得人的事吧？"

三姨太低声说："我没做见不得人的事，我要回娘家。"

"回娘家。哪个媳妇不回娘家，回娘家理所当然，天经地义，光明正大，你为什么躲躲闪闪？"女队员字正腔圆。

"我，我。"

"我什么啊我。为什么？说。"女队员说着，指着她的包裹："你提的什么金银财宝？是不是偷回娘家去？"

三姨太被逼得说出了真相。

戴宗秀把她带回常卫诚家。刚走到门口，看见常卫诚趴在地上装疯卖傻，三姨太扑向常卫诚，哭喊着："老爷，老爷，你咋啦？"

看见三姨太，常卫诚心慌意乱，问道："你回来干啥？"

戴宗秀双手叉着腰，说："常卫诚，你搞什么鬼名堂？你把珍贵的东西都藏起来，把家里的金银首饰都安排姨太太带回娘家，把土地弄虚作假，分给佃户，妄想蒙骗共产党。"

常卫诚听罢像一摊烂泥，趴在地上一动不动。

在赤卫队强大威力的震慑下，常卫诚交出了所有土地，收回夫人和姨太太窝藏起来的贵重物品和金银首饰。

一个月后，龚茂红和常卫诚家的土地和财产按照贫农、雇农成分等级分给了农民。江口苏维埃政府的土地革命政策，给农民带来了实实在在的利益，得到了群众的衷心拥护。

两个月后，东边的李家岗、董家湾传来消息，李霸天、董霸天的土地被没收，财产按政策分给了农民；西边的永收院、赵家河的鲜世仁、赵世仁，南边的百里洲曹家河、杨桥一带的曹文彩、杨文彩，北边的草埠湖、贾家垴的李仁之、贾仁之的土地被没收，其财产按政策分给了当地农民。土地革命的烽火，在江口周边熊熊燃烧。

晚上，阮瑞林和吴先孔坐在胡明喜办公室，看着江口周边发来的消息，瑞林眉头紧蹙，对吴先生说："这么多振奋人心的好消息，仅我们几个人知道可不行啊。"

吴先生说："能不能办份简报，把消息告诉给人们？"

瑞林兴奋地站起来说："对呀，办报。你是教书先生，有这才华，就办一份，就叫什么《星火报》，你看，行吗？"

吴先生说："火，是从鲜家港这个村庄燃烧起来的，我看，就叫《村晖报》吧。"

《村晖报》。瑞林激动不已，拉着吴先生的手说："我们有自己的宣传载体了。你马上着手去办，主编和编辑，都是你。"

"看把你高兴的。说起粑粑不要面做。纸张、油墨、登载的文章，哪里来？"吴先生忧虑。

"这些，不是问题，我们找人撰稿。不过，你这个老先生，可不要打退堂鼓哟。"瑞林笑道。

三天后，江口大街上，有报童在叫着："看报，看报，江口出版的《村晖报》，快来看啊。"

有人叫住报童，从腰包里取出银票，换来一份报纸。

报童从上街跑到下街，没多大工夫，手上的一摞《村晖报》一份无留，换来的是报童欢喜的笑声。

九梁桥南边有个小巷，小巷里的暗处有个报童在那里清点卖报的钱。一中年男子走到他面前，问："你的报纸卖完了？"

报童调皮地冲着这位男子做了个鬼脸，说："早卖完了。你想要，我去找喜哥给你拿两份来。"

"喜哥？是胡明喜吧？"男子说。

"是啊。你认识我的喜哥？"报童好奇地问。

"认识。我们是老熟人。还有晖哥，我也认识。"男子逗着孩子。

"晖哥？就是那个喂马的晖哥？"报童问。

"是的，我们都是好朋友。"男子说着，从腰包里掏出一块银圆，说："给你这个。"

报童生气地说："我们素不相识，你干吗给我这个。你不是好人。"报童说罢，撒腿就跑。

男子一把抓住他，他鼓着劲挣扎，口里喊着："抓坏人，抓坏人。"

九二

中年男子双手掐住报童的脖子。这时，赤卫队员巡逻到此，男子甩开报童，撒腿就跑。

巡逻队员赶到报童身边，报童鼻子出血，口吐白沫，昏迷不醒。队员抱起孩子，向医院跑去，一队员端起枪，朝男子追过去。男子越过巷子里的高墙逃跑。经抢救，孩子脱离了危险，他醒来后，告诉队员："那个坏蛋，说他认识明喜哥和马夫。他不明不白地说要给我钱，我不要，就下我的毒手。"

队员将这情况向阮本槐做了汇报。本槐和瑞林分析认为是许直卿派人来了，肯定是来找春晖联系的。我们可放他进来，探他虚实，看他耍什么花招。

大街上，一群身穿白色套装，腰间围着红腰带的腰鼓队正载歌载舞。龚梅芳正带领高跷队，高唱《十二月革命歌》，男男女女，踩着高跷，扭动腰肢，唱着：

正月里来是新春　快乐逍遥是豪绅
农民衣食尚无着　不知穷苦闹几深

二月里来是春分　军阀混战不留情
拉夫索款民逃散　痛苦无比是农民

三月里来是清明　贪官污吏施号令
苛捐杂税一起来　百姓忍气又吞声

四月里来忙栽秧　村头来了国民党
招摇撞骗刮民财　贫苦农民遭祸殃

五月里来是端阳　官僚军阀呈疯狂
相互勾结欺百姓　百姓痛苦更无常

围观的群众拍手叫好，响起一阵阵掌声。报童穿梭于人群中，叫着："快来看啊，最新出来的《村晖报》，东霸天、西霸天被处决；南世仁、北世仁悬梁自尽。"

阮本槐听见报童的叫卖，笑着对戴宗秀说："孩子们天真可爱，编的广告蛮吸引人。"

宗秀说："孩子们编的广告吸引人，我们的报纸更吸引人。李霸天、董霸天，鲜世仁、赵世仁，他们不是被赤卫队处决了吗？"

阮本槐笑着，眼睛盯着昨天被中年男子掐脖子的小报童。小报童一边在人群里穿行叫卖，一边搜索着那个"大坏蛋"中年男子。他看见可疑的对象，拉拉可疑人的衣角，可疑人瞅了他一下，觉得不对，转身便跑。像这样几次，都不是。报童闷闷不乐。

人群中，高跷队嘹亮的歌声在天空中回荡：

　　六月日头似火烧　　田里禾苗尽烧焦
　　农民心中如烫煮　　土豪劣绅把扇摇

　　七月里来入秋凉　　村里来了共产党
　　农民抗捐又抗租　　翻身解放把歌唱

　　八月里来是秋收　　组织农会赤卫队
　　土豪劣绅妄镇压　　农民暴动找出路

人群中，一商人靠近中年男子，男子向后退了半步，支支吾吾，他把帽檐拉下，转身便走，商人看了他一眼，觉得这人奇怪。报童跑着，与男子相撞。小报童认出了他，便想起来早上喜哥交代的话，说："叔叔，你还要报纸吗？"

"要要要，来一份。"男子掏出一块银圆，拿了报纸，转身走出人群，钻进一个小胡同。报童跟着，赤卫队员紧随其后。

"叔叔，你不去找喜哥、晖哥玩了？我带你去找他们，一定会找到他们。"报童拉着男子的衣服说。

男子想甩掉他，直往前走。

歌声四处回荡：

九月里来是重阳　　金秋十月大革命
土地革命遍四方　　组织工农革命军

土豪劣绅无法过　　城市工人都响应
贪官军阀大惊慌　　红旗高挂百姓振

冬月来了苏维埃　　腊月里来正消闲
工人农民乐开怀　　建设红色新政权

要让耕者有其田　　穷人富人享平等
地主老财贴地拜　　欢欢喜喜过新年

　　这浑厚嘹亮的歌声，是悦人耳目的春风，是振奋人心的喜报，是催人奋进的号角，是让敌人闻风丧胆的战鼓。

　　中年男子跑到拐弯处，小报童穷追不舍。男子看着报童，凶相毕露："你不要命了。老盯着我不放。"

　　报童紧拽着男子的后衣说："你不是想找喜哥吗？我带你去找他。"

　　"小杂种，你敢骗我。是共产党派你来的吧，老子要你的命。"男子说着，揪住报童的耳朵，拧得报童唧唧哇哇乱叫："别揪我，疼，疼。"

　　"住手，别跟孩子过不去。"有人从巷子里走来，叫道。男子定睛一看，是春晖。他赶忙松开手说："春晖，你躲到哪儿去了，使得我好找？"

　　"熊队长，你在哪儿找我？我不是一天到晚守在马棚，给许团长喂马吗？"春晖是在责怪他，也是在讨好他，故意拉长声音，土声土气地说。

　　"滚，还不快滚。"春晖赶开报童，同男子向巷子深处走去。他神秘地对熊必丰说："本槐盯我盯得太紧，快说，找我什么事？"

"许团长派我来找你，有事。"

"快说。"

熊必丰向后面看了看，没人跟踪，便道："许团长要打回来。"

春晖装模作样，好奇地问："许团长在哪儿？"

"他在江陵。李卫贤现在是'剿共'团团长。他们要打到江口。"熊必丰说。

"我知道，许团长不是等闲之辈。他一定会想办法打回来的。他要我怎么做？"春晖听着。

"你知道共产党有多少人马？多少武器？他们的防御工事怎么样？"熊必丰问。

"这个，我不是很清楚，我就知道元后宫住满了人，出出进进，来来往往，不可计数。江口周边，问安、草埠、凤台等地的武装有多少，我更不清楚。"

"就是要你摸清情况，然后告诉我。"

"好的。我一定把这事办好，让团长满意。"春晖道。

"最近，看见陶延久了吗？"熊必丰问。

春晖回答："他在赤卫队里，我经常看到他。"

"你看见他和但野菊在一起吗？"熊必丰紧接着问。

"这个？我没看见。但野菊不是跟着许团长跑了吗？"

熊必丰说："她是随许团长跑了。可她随船坐到大埠街，跳江跑了。现在，不知道是死是活。许团长吩咐：活要见人，死要见尸。"

春晖犹豫说："我找陶延久打听打听去。"

"你别直截了当，讲究策略。"

春晖笑道："你还把我当小孩。"

"好了。我得回去，下次再来。"熊必丰说。

熊必丰改换了装束，从江口来到戴宗凤家里。戴宗凤见着他，把他带到沮漳河边的林子里，坐在一块草坪上，两人聊起来。

"龚茂红被镇压了，常卫诚也被抓。我看，下一步该轮到你了。"熊必丰恐吓戴宗凤。

戴宗凤抿嘴笑道："我可不是地主老财，我没田没地，无皮无毛。共产党拿我没办法。"

"没有不透风的墙，你为许团长、龚老板、常老板做了那么多事，共产党饶不了你。我看你还是跟着我去，阮本独在我们那里，吃香的喝辣的。你去了也一样。"

"我不去，我还有金嫂。"戴宗凤说。

"哦，原来如此。"熊必丰了然一笑。

要下雨了。树林里，风吹草低，树叶被风刮得呼呼响，残枝败叶在地上滚动，野鸟低飞。远处，一道闪电射向大地，响起一声惊雷，随后大雨淋淋地下。一只野兔惊慌地从林子里窜出来，见着有人，转身，碰到一棵树上，倒地。戴宗凤跑去，抓住野兔，说："守株待兔"。

熊必丰说："人不留客天留客。今天我可真有口福，这兔子，成了我们口中美食。"

"嘿嘿，嘿嘿。"戴宗凤傻笑。突然，从林子里钻出一个穿蓑衣，戴斗笠的男子来。

熊必丰惊慌失措，拿着手枪，警惕地问："谁？"

九三

要下雨了，瑞林和梅芳一路小跑，跑到梅二姑的屋檐下。屋檐下，放着月板、掀板和竹笤帚。门前的稻场上晒着小麦。瑞林道："二姑不在，马上就要下雨了，快，别让麦子被雨淋着。"梅芳转身拿起月板推手，把绳子给了他，他把绳子背在肩上，在前面像纤夫一样往前拉；梅芳在后面掌着月板推手，推着一浪浪麦子，麦子被拉向屋檐下。一趟一趟，瑞林衣服全湿透了。麦子全部被拉到屋檐下。梅芳赶紧拿起笤帚，麻利地打扫地上残留的麦粒。刚打扫完，便下起来瓢泼大雨。

密集的雨点把地面冲出一条条小溪一样的水沟。瑞林拿起围席，将麦子围起来，将麦堆盖上遮盖。二姑夫妇冒雨赶回来，眼前，麦子被拉到屋檐下，遮盖得严严实实。他俩万分感谢，赶忙开门让瑞林俩进屋。

屋里，瑞林拧着衣服，把衣服晾在竹竿上，水滴答滴答地。梅二姑走到桌边，提起茶壶倒茶，说："妹子，谢谢你们。衣服都湿透了，快进里屋，把我的衣服换上。"梅芳推辞，说："不用，等会儿就干了。"

二姑倒满了茶杯，递给瑞林，把梅芳推到里屋，换上她干净的白色衬衣。

二姑家门前有口堰塘，堰塘的周边长着稀稀疏疏的芦苇，遮挡着小路。屋里人隐隐约约看见三个人在路上跑着。一人，穿着蓑衣，戴着斗笠，还有两人，将上衣脱下，用手举着，顶在头上。

梅芳忽然脑子一转，对瑞林说："这三人有些可疑。好像是戴宗凤。下这么大的雨，他们在干什么？"

二姑惊叫道："常卫诚，不错，是他。"

梅芳大声道："常卫诚不是被抓起来了吗？怎么跑到这来了？"

瑞林对骆吴金说："我去跟着他们，别让他们发现我们，梅芳，你去叫李道生。"

二姑对丈夫说："骆吴金，你去，跟着瑞林干，别窝窝囊囊的，要像个男子汉。"

骆吴金立马穿蓑衣戴斗笠，追出去。

原来，就在黑云压境，暴雨来临之前，鲜港子上，两队员看押着常卫诚。常卫诚偷偷地瞟着队员，诡谲地说："你们知道不，我还有五根金条，就埋在外滩树林里一棵大树底下。"

队员说："你别要赖。"

"真的，骗你们是猪。"常卫诚狡谲地说。

"走，带我们去，把金条找来。"队员说，"你不要动歪心思，小心要你的命。"队员预防，小心有诈。毕竟是五根金条，可不是一个小数目。

"岂敢，岂敢。"常卫诚道。队员受金条的诱惑，想将五根金条找回来，交给苏维埃政府。便叫常卫诚在前面带路。常卫诚弓着背，走在前面，赤卫队员紧随其后。

突然，一阵狂风暴起，树林里的树枝摇晃，呼呼作响，电闪、雷鸣、暴雨交织而来。常卫诚突然将手指指向树林，说："有人，在那儿。"队员们出乎意料，转身，常卫诚趁队员转身之机，撒腿就跑，等队员反应过来，他已跑向森林。

队员们追到树林里，四处寻找，没见人，回到港子上。

恰巧就在这时，常卫诚遇见了森林里的熊必丰和戴宗凤。

刘大纯店铺，李道生正在和大纯说事，两个赤卫队员上气不接下气，急吁吁地跑来说："李队长，不好了。常卫诚跑了。"

李道生训斥道："你们怎么看住他的，让他跑了？"

两队员说："我们上了这个老狐狸的当。"

"别说什么理由，快说往哪儿跑了？"李道生急着，"快，快，快追。"

他们刚离开港子，向河边追去。在去戴家小垸的小路上，遇见龚梅芳。

雨淋淋地下着。雨中，龚梅芳走近李道生，大声说："常卫诚是不是跑了？我们好像在二姑门前的小路上，看见他了。"

李道生高声说："是，他们骗过两个赤卫队员，跑了。我们正在追赶他们。"

一道闪光掣过，一声响雷，暴雨哗啦啦地下个不停。梅芳说："快，快跟我来。不然，他们跑过河，那就麻烦了。"

1920年冬季，鲜家港村民集资，在阮家台南边的沮漳河边，建了一个排水闸，取名叫阮小闸，其间，有个一米见方的涵洞。熊必丰他们仨，一路狂跑，来到阮小闸涵洞口。熊必丰对戴宗凤说:"你进闸洞里看看,看看洞里有水没有,如果没有,我们就在这里躲一宿。"熊必丰和常卫诚躲在离闸洞较远处,窥视着,戴宗凤踏着泥泞,一步一探,从堤边往洞口探行。一下子,他脚一滑动,摔了个四脚朝天,手和衣服上满是泥巴,他哭丧着脸,"哎哟"一声,难受得露出哭相。他待在泥地,又爬起来,往洞口探行。

阮瑞林和骆吴金机灵地跟在后面,来到阮小闸,悄悄地躲在树林里。看见戴宗凤走向闸口。

戴宗凤往前走了两步,滑了个四脚朝天,他顺势坐在地上,任意滑行,一直滑到洞口。

初夏,河水涨到与闸口底部齐平,闸底部地面没进水,但有些湿润。闸口不宽,三人可以勉强并列进去。戴宗凤想:常卫诚和熊必丰都是共产党要抓的人,要是被共产党抓住,自己也脱不了干系。不能带他俩到家去,干脆,就让他俩在闸洞将就一宿。

天老爷在故意与他们过不去。雨珠落在河面上,跳起水花;风刮在水面上,掀起波澜。

戴宗凤走出洞口,两只手搭在鼻子下,对着熊必丰,轻轻地叫唤:"快过来,洞里没水。"熊必丰拉着常卫诚,踉踉跄跄地走进闸洞。熊必丰在洞里来回踱步,琢磨着:洞里太冷,恐怕一夜难熬过去。要么到戴宗凤家里过一夜,要么蹚过河去,找个安全的地方安稳地过一夜。风不停,雨不止,泥烂路滑,更糟糕的是恐惧,共产党在抓常卫诚,自己也需要绝对安全。

瑞林看见熊必丰钻进闸洞,赶忙越过大堤,跑向河边的森林监视。骆吴金一不小心,脚滑了一下,摔倒在堤边,脚蹬在一块护堤石上,石头滑动,撞在前面的石头上,两石头相互撞击,向河里滚去,"扑通"一响,惊动了常卫诚。常卫诚把脑袋伸向洞外,看见了骆吴金。

"狗崽子,怎么是他?"常卫诚惊讶。

"谁?"熊必丰警觉地问。

"骆吴金，梅二姑的丈夫。"常卫诚说，"过去看看？"

"不可贸然行事，观察观察再说。"熊必丰吩咐。

常卫诚盯着密林，他看见骆吴金钻进树林，未见异常，放心地说："没事，这小崽子平时胆小如鼠，连小鸡都不敢杀。我量他没胆量来追踪我们。"

"不行，无事防备有事。去看看，宰了他。"熊必丰说。

"你不能去，会暴露目标。现在，没人发现咱们。我是本地人，我去。"戴宗凤阻拦熊必丰。

戴宗凤从闸洞里爬出来，佯装若无其事，内心却躺在惶恐滩上，惶恐不安。他慢慢地逼近瑞林。

骆吴金紧张，手里提着一根木棒，对瑞林说："宗凤来了，打吧？"

瑞林注视着戴宗凤，说："别急，让他过来。"

戴宗凤走近，瑞林一把将戴宗凤抓进林子。戴宗凤惑于梦中，慌慌张张，全身抖动，见是瑞林，求饶说："瑞林大哥，是我，戴宗凤。"

瑞林掐着他的脖子，说："知道你是戴宗凤。你在这搞什么鬼？"

戴宗凤仰面朝天，看着阮瑞林的眼睛，撒谎说："大哥，我没搞鬼，我在河里找东西。"

瑞林追问："找什么东西？"

"听说，常卫诚有几根金条藏在树林里，我想发财。谁不想发财，是不？"戴宗凤嬉皮笑脸，逗着瑞林开心。

瑞林想放了他，让他引蛇出洞。骆吴金开口道："我看你没安好心。快说，洞里还有什么人？"

"洞里？这里没人啊。"戴宗凤从瑞林胸前挣脱出来，说。

阮瑞林打断骆吴金的话，说："既然你什么也不知道，你回家吧，天色不早了。"

戴宗凤从林子里走出来，犹犹豫豫。回闸洞，会暴露熊必丰，回家里，熊必丰会放过我吗？他不是省油的灯，干脆回到树林，和瑞林在一起，见机行事。他向大堤上走了两步后，又回过头来，高声大嗓地嚷嚷："骆大哥，树林里有金条，你和瑞林哥找到金条，不要瞒着我呀。"他走进林子。

雨下得更大，风雨交加。河堤上走来三男一女，往阮小闸搜寻。

闸洞里，熊必丰和常卫诚，急切地盼着戴宗凤带回消息。他们听到戴宗凤的喊叫，明白了，情况不妙。

戴宗凤的叫喊，瑞林明白他是在通风报信。瑞林命令骆吴金看住戴宗凤，自己向闸口冲了过去。

熊必丰朝瑞林开枪，瑞林机智地躲闪，伏在堤面上还击。两人对峙，李道生听到枪声，迅速赶到阮小闸。

戴宗凤听到枪响，蠢蠢欲动，被骆吴金按倒在地上。他同骆吴金扭打起来，几个回合，戴宗凤占了上风，掐住骆吴金的脖子，掐得他喘不过气来，口里吐出唾沫。赤卫队员听到林子里有动静，跑了过来，戴宗凤束手就擒。

龚梅芳见着瑞林与熊必丰紧张交锋，快速从堤上跑来，连翻几个筋斗，直接翻到瑞林身边，突然，一颗子弹呼啸而来，梅芳掩护，趴在瑞林身上，子弹打到梅芳的右臂上。梅芳挂彩，鲜血染红了右臂衣袖。

李道生跑到瑞林对面，射击熊必丰，熊必丰见势不妙，拉起常卫诚，常卫诚不肯下水，向岸上退缩。熊必丰一不做二不休，举起手枪，对准常卫诚的脑袋，"砰"的一声，结果了常卫诚的狗命，跳进了沮漳河。

九四

苏维埃政府的大门敞开着，老百姓无所顾忌，随意进出。赤卫队女兵英姿飒爽，男兵威武雄壮，他们身着灰色军服，胳膊上系着一根红色绸带，一个个面带笑容。

瑞林和龚梅芳站在马棚，梅芳的右臂上绑着白色绷带。春晖喂马，瞧见梅芳的伤，便问："芳姐，胳膊怎么了？"

"没事，熊必丰见我们安逸了，嫉妒我们，想搅我们平静的场子。"梅芳笑道。

"对了，熊必丰找我了，他向我打听赤卫队的兵力情况，还问我见到但野菊没有。"春晖说。

瑞林回复道："打听我们的兵力部署情况，这是意料之中的事，但野菊失踪了，这是个谜。"

"是的，这个，我正在寻找踪迹。"春晖道。

正说着，陶延久走来。

"陶哥。"春晖叫一声。

陶延久闷闷不乐，心神不定。他恨许直卿，在他的心目中，阮春晖是许直卿安插在赤卫队里的敌探，他讨厌春晖，头也不回，径直朝院子里走。

瑞林见状，提供嗓门，叫道："延久。"

陶延久站着，冷冰冰问："瑞林，有事吗？"

梅芳见状，想缓和一下这尴尬的局面，笑着走近陶延久，说："大哥是在关心你，见你最近状态不好，想和你说说话。"

"说吧，有话就说。"陶延久横眉冷对。

瑞林走近陶延久，手搭在他的肩上，说："进屋，我们聊聊。"说着，将延久拉到接待室。正好，胡安海也在。

瑞林指着办公椅说："陶兄，你坐。有什么气，就冲我来。"

陶延久气呼呼地，说："我是个扛着梨木杠子不会转弯的粗人。我说，赤卫队里，明摆着，有许直卿的奸细，你们见了，睁只眼，闭只眼。你们是在装蒜。"

胡安海走近陶延久，说："久老弟。你能不能坐下来说。谁欠你的三百斤大米没还？看你的嘴巴翘的，可以挂上一个大茶壶了。"

瑞林笑了，梅芳笑了，陶延久也笑了。

瑞林解释说："你说，我们内部有奸细，我也听说了。不是在查吗。以后，我们会给你一个交代的，我们不会诬陷一个好人，也绝对不会放过一个坏人。"

"我长有眼睛，我看你们怎么收拾这个奸细。"陶延久鼓着眼，使气道。

"陶老弟，你说明白点，这个奸细究竟是谁？"胡明喜追问。

"远在天边，近在眼前。都不是糊涂人，心里清楚。"陶延久皱着眉头说。

梅芳说："小弟，你最近情绪不佳，不完全是为了这个奸细吧？"

"你说，我还为什么？"陶延久反问过来。

胡明喜开玩笑地说："菊姐，菊姐吧。"

陶延久恼羞成怒，捏着拳头，说："你再乱说，小心我揍你。"

戴宗凤被关了几天禁闭，放了回来，他去找金寡妇。金寡妇的门被锁着。他想常卫诚死了，他的对手就只是戴继恒，金寡妇肯定到戴保长家去了。戴继恒的老婆，是个媒婆，话比屁多。但是，与金寡妇比起来，金寡妇在天上，戚振凤在地下。

金寡妇在保长家里，一边数着保长家具：雕花床、梨木柜、八仙桌、梳妆台、方木椅，一边说："瞧你的家具，柏木朱漆，漂亮彩绘，雕刻玲珑剔透，让我羡慕死了。戴保长才算是发财大户，是这一带所公认的'善人'。"几句恭维话，让戴夫人美滋滋的，满是笑脸。

正说着，戴宗凤闯了进来，他一进门，瞧见金寡妇，劈头盖脸，说："我就知道你在这儿，你还有没有正经事干？"

金寡妇看见戴宗凤，又气、又恨、又惊喜，两拳头豆点般地落在他的肩膀上："你这个死不要脸的，还舍得回来，共产党怎么没一枪把你给崩了？"

两个人打情骂俏，准备离开，戴保长回来。他看见戴宗凤，阴着面孔，说："你回来了。"

"嘿嘿，嘿嘿。回来了。"宗凤说。

"共产党宽宏大量，不拘小节。瞧你干的那些坏事，枪毙你三回都不为过。我劝你呀，改邪归正，别再跟着许直卿混了。跟着那些人干，没好果子吃。"戴继恒以保长、长辈自居，冷言冷语，训斥戴宗凤，也是在金寡妇面前显示自己居高临下的得意。他跷着二郎腿，高声大嗓说："如今，天变了，共产党的天下，人人有田了，谁也不能欺负谁。饿不死人。宗凤啊，你老老实实种地吧。"

"保长，你说的都是大实话，每句话都中听，句句都是好话。但是，我不像你，枯水沟里放牛——两边咕。我好吃懒做惯了，脑子笨。你说我该怎么活啊。"宗凤哭丧着脸。

保长道："也是。"

戴夫人嘀咕，忙乎着。茶泡了，衣服递给了他，可她嘴里不服，说："一天到晚不归家，回来还要人伺候。"

保长阴呼呼地说："老子要你伺候？有的人想伺候我还想不到呢。"他转眼看了看金寡妇。金寡妇会意一笑。保长转身对宗凤道："你以后跟着我干。"

戴宗凤蔑视了他一眼，说："跟着你干？跟着你两面三刀？跟着你阴阳怪气？"

"你个狗日的，你个不知道好歹的家伙。"戴继恒一骨碌爬起来，提起脚下的鞋子，朝戴宗凤掷去。

戴宗凤和金寡妇跑出门。

九五

端午节前夕，农民抢收菜籽、抢割麦子，即为"双抢"。快割、快种、快打、快抢墒，为"四快"。农民一边忙乎端午节，一边进行"麦收四快"，充满忙碌和喜悦。

农谚道："大麦割青，小麦捞铃。"尚青的大麦一垄垄，李道云夫妇在分得的麦田里，割着麦子，老婆弯腰下去，一把一把地快速割麦，道云在后面一把把抱成一堆，捆成一个个单个儿。

端午节，荆楚人称之为"过端阳"，将其分为三个阶段：以农历五月初五为限，五月初五为头端午，十五为大端阳，二十五为末端阳，头端阳为高潮。端午节当日，门上挂艾蒿、菖蒲草；包粽子，吃包子，尝盐蛋，喝黄酒；在儿童脸上、耳朵上涂抹黄酒，以避邪毒；在家中燃起黄烟炮，黄烟炮并非烟花爆竹，是一种药物，用来熏五毒。江口成立汉剧班子，在东岳庙搭台演出《白蛇传》，工商会组织一场龙舟竞渡大赛。

刚刚下过一阵雨，地上满是泥泞。五里湖中，走来了一车队，有牛车、独轮车、板车和礐子。男者在前面赶牛拉车，女人坐在车上，享受夫妻恩爱的甜蜜。

李道云赶着牛车，扯开嗓门高唱：

> 太阳当顶又当中
> 情姐送饭到田垄
> 太阳大的晒破脸
> 礐子大的挺破鞋
> 不为情哥不得来

唱得满路人仰头大笑，笑得李道云红着脸，低下头，腼腆地抽了一牛鞭，口里"咕，咕"地赶牛。有男人说："女同胞们，唱得好不好，唱得好，你们来几句啊。"女人齐声说："好。"

梅二姑不甘示弱，说："好什么好，你们看，歌声，把兔子都吓跑了。听我的。"

> 看姐不过十五六
> 郎是稗子姐是谷
> 有朝一日来扯草

只扯稗子不扯秧
把郎搁在干坡上

二姑歌声刚落，赢得一阵喝彩，掌声响起。人们齐声高歌：

割完麦，
打完场，
谁家姑娘不想娘。
见了娘，
泪汪汪，
婆家收麦俺太忙，
东方发白就起床，
先做菜饭后烧汤，
一肩担送地头上。

五月天，
暑难当，
大汗淋淋湿衣裳。
麦个车运到麦场，
撒晒翻场带簸扬，
没有一事不帮忙。
一日三餐我独当，
还要摸黑洗衣裳。

高亢悠扬的歌声，在五里湖上空回荡。

瑞林和女队员走来，遇到了车队。瑞林向车队人员打招呼："赶场了。这么多粮食！"

骆吴金回应说："今年粮食比去年起码多收三成，一亩地收成一百来斤大麦。你看，我们去干吗？"

梅二姑娇嗔地说："看你说的，瑞林是慧眼，难道看不出我们卖粮？"她转身对瑞林道："我们先去交公粮，多余的再卖。"

"哦，原来你们是交公粮了。"

五月间，
生产忙，
割了麦子又打场，
晒干麦子交公粮。

女队员情不自禁唱起数来宝。

梅二姑傻了，惊讶地跳下氅子，抱起女队员叫道："梅小丫，你怎么在这儿？"

梅芳看着她俩道："她是我们赤卫队的文艺战士。你们认识？"

二姑高兴地说："何止认识，我们在娘家还是亲房，甚是亲姐妹。"她对梅小丫说："找婆家了吧？"

梅小丫羞涩地说："还没呢。"

梅芳接过话来，说："看啊，我们只在忙工作，没想到，你还是单身。"

"单身好啊。"小丫嫣然一笑。

骆吴金邀请说："来来来，上我的氅子，到江口卖了粮，请姨妹子和瑞林俩上馆子。"

二姑媚眼望着丈夫，笑着说："这才像个当家的。"

仲夏，太阳高照，没有风，芦苇静静地一动不动，天气闷热。郑家驹带着一帮土匪，隐藏在五里湖芦苇丛里，窥视车队的行动。

车队在湖中缓缓行驶。瑞林预感到，今天静得出奇，恐怕有危险。他灵机一动，朝天放了一枪，这一枪，惊动了藏在芦苇丛里的土匪。郑家驹按住身旁欲举枪射击的土匪，观察动静。他看见穿着赤卫队制服、荷枪实弹的青壮年男女，正注视着林子，有些胆怯。赤卫队对他来说，是克星，郑家杨林事件，他历历在目，令他谈虎色变。

阮瑞林索性站在麻袋上，面对大伙说："队员们，芦苇林里有土匪，大家一定要睁大眼睛，注意警戒。"他转身对着林子，提高嗓门，道："林子里的兄弟们，我们是江口苏维埃政府派出的征粮队，如果你们要硬来，赤卫队员将与你们拼个你死我活，恐怕到时候吃哑巴亏的，是你们，赔了夫人又折兵。"

说话间，民兵从粮袋里抽出长枪，梅小丫端着枪，威风凛凛，神气十足，警惕地伏在麻袋上，瞄准芦苇林间的土匪。

"郑家驹，车上只有麦子，没你所要的金银财宝。大家都是农民，你们兄弟姐妹也是农民，农民收点粮食，粒粒皆辛苦。你们下得了狠心，抢农民的粮食吗？再说，抢了农民的粮食，你也跑不了，共产党不会轻饶你们。"

瑞林的话语，队员的举动，震慑了土匪的心，他们立马缩回长枪，放弃抢劫的念想。土匪们被吓得六神无主，郑家驹犹豫不决，不敢轻举妄动。一小土匪，初生牛犊不怕虎，他用肘子轻轻拐了两下郑家驹，迫不及待地说："快抢吧，不听他瞎说。再不抢，车队就要走出五里湖了。"

没等郑家驹开口，小土匪猛然站起来，冲着瑞林开枪，阮瑞林先发制人，一枪，子弹打中了他的右手，直淌血，枪落在地上，他"哎呀"一声，吓得后退两步，倒在地上，"咿咿呀呀"叫"疼"。

郑家驹命令道："撤。"

土匪撤退，一场惊心动魄的浩劫被制止。车队警惕地前行，顺利地来到江口，停在苏维埃门前，足足十辆，占据江口半条街，居民纷纷探头张望，似乎没看见过憧子和牛车，感到特别好奇，过往路人驻足观望。

车队中，数牛车最为庞大，足有五米长，三米宽，车前是一根钵子粗的木头，竖着，直接着地，是车子牵引轴和"方向盘"，牛绳拴在牵引轴上，作为牵引缆绳，拉动牛车；竖木和车厢之间，有一根长长的弯木，视为大弯梁，连接车身和"方向盘"；车身高达两米，车厢由两个木磙支撑，两个木磙由一根木轴连接。全车均由木料做成，连一颗铁钉也没有，对接处全用木屑连接固定。"牵引机"便是水牛。

人们看着这牛车，惊讶地说："庞然大物。"小孩站在牛车旁边，拍着小手，笑着说："过瘾，过瘾，好过瘾。"

九六

车队停在元后宫前。队员在车队周边来回巡逻，维护秩序。长长的车队，让路人震惊，令粮商动容。

其时，江口的粮行有八十多家，仅牛场口子附近，就有二十多家。多数粮行是当客买卖，获取佣金，类似经纪人，坐商将粮食收在粮行，卖完后，再给小商贩付款，借本充商；少数粮行购进待销。具有自营购销能力的不多。"施泰顺""李云顺""李东顺"，被当地人称为"三顺"，数江口大户。

大麦是当地除了大米、苞谷以外的主要粮食作物，大麦做成麦米饭。小麦没有磨面机器，全靠石磙碾磨、弃皮，因此，种植大麦的多，种小麦的少。"谦泰吉""邓富昌""元盛和"及"太春永"等几家酿酒大户，视大麦视为抢手货。

几个人从懂子上跳下来，拍拍衣服上的灰尘。梅芳拉着二姑的手，说："大姐，进去坐坐，喝杯茶，凉快凉快。"

二姑推辞说："不了，粮食还没卖居宜，我那个当家的不会让我走。"说着，二姑瞥了一眼骆吴金。

李道云抢着说话："谁不知道骆哥是'妻管严'，你还怕他不成？除非太阳从西边出来。"

二姑掐着腰，两腿叉开，笑道："你多嘴多舌，就不怕烂舌根子死啊。"说着，她拍了下双手，又拍拍梅芳的肩膀说：

"妹子，我想托付给你一个要紧的事儿。"

"什么要紧事？快说。"梅芳说。

"你看妹妹小丫，都成大姑娘了，给她说个婆家吧。"二姑说。

梅芳表态说："行，这事包在我身上。"

二姑说："标准嘛，个子不能太矮，皮肤不要太黑，家庭环境不要太差，妹子，你看着办，像瑞林那样的男人，更好。"

梅芳推了二姑一把。

小丫低着头，红着脸，准备进屋。二姑对丈夫说："吴金啊，你不是说，请梅小丫上馆子吗？男子汉，大丈夫，说话算话。"

"好好好，行行行。我请客，瑞林兄弟作陪。"骆吴金说。

梅芳补充道："还有我啦。"

李道云插嘴说："算我一个。"

二姑泼辣劲上来了，说："车队所有人，我都请，全江口街上的人，都接了。"

"哈哈哈哈哈"，全车队人都笑了。

几个商贩走近车队。"兄弟，这麦子怎么卖？"一商人鬼鬼祟祟地拉了两下骆吴金的衣角，悄声问。

街上太嘈杂，骆吴金没听清楚他说什么，他侧着脑袋，靠近商人，问："老板，你要做什么？"

商人提高嗓门，问："这麦子卖不卖？"

"卖，怎么不卖。放在家，吃得了吗？"骆吴金爽快地说。

"我是元盛和槽坊的管家，借一步说话。"老板阴阳怪气地说。

"放屁还选地方吗？有屁，就在这儿放。"骆吴金拽紧牛绳，粗声粗气地回答。

管家尴尬，忍气吞声，压住心头之火，问："车上是大麦，还是小麦？卖不卖？大麦怎么卖？小麦怎么卖？"

"大麦。卖。你们槽坊大麦怎么买？小麦怎么买？"骆吴金模仿管家的腔调，半真半假地回应。

"你这人真是，给脸不要脸，你是人，还是鬼。"管家有些不耐烦："说白了，我想买大麦。你出个价。"

骆吴金赔笑着，真诚地说："老板，我是个大老粗，在跟你开玩笑。说真的，这大麦，先要交公粮，然后随行就市。你们在这儿等，等得来就等，等不了就走。"

"能不能先把车拉到槽坊里，我们槽坊是江口首屈一指的，挺讲信用。"管家稍稍缓和了一下口气，与骆吴金商量。

二姑听到他俩在商量什么，气不打一处来，赶忙走过去，拦阻骆吴金，说："你别骚表态，来时不是说好了，先交公粮，就是多余的粮食，也优先政府，如果政府不要，我们再拖到别处去卖吗？你想变卦？"她说着，手一晃，无意间，晃到管家的小脸上。

管家借题发挥，动怒了："你个土泥巴女人，竟敢在江口撒野，动粗伤人。"声音越来越大，引来几个看热闹的路人。

同时，几个商人在打这几车大麦的主意，有者谈价钱，有者拉生意，有者论质量，有者甚至不惜重金向车把式行贿，想买这几车大麦。商家中，有粮行老板，有槽坊管家，有一些大小粮贩。"三顺"的老板也赶来挖货。

廖哲夫从院子里走来，走到骆吴金面前，拍打着他的肩膀，笑道："兄弟，鲜家港的，是吧？本槐队长说了，要你们把车子赶到院子里去，苏维埃招待你们。"他又转身对管家说："人家到江口来，是客人，生意人讲究和气生财，谈生意嘛，讲的是公平，姜太公钓鱼——愿者上钩。愿意卖则买，愿意卖则卖；买卖不成仁义在；男不和女斗。管家，来的都是客人，请进院里坐坐，喝口茶，消消气。"

管家脾气犟，拉着女人不放。

二姑当众吼道："你放不放手，再不放，我嚷你非礼了。"管家拽着二姑，二姑尖声叫嚷。

围观者越来越多，把几辆车层层围住。

一男一女，互不相让。二姑叫着她男人说："骆吴金，你这个没能耐的狗熊，你女人光天化日被人欺负，你连屁都不放一个，你还是不是男人？"

丈夫无动于衷。

围观者中，有人喝彩，有人尖叫，有人助威，有人劝架，向灯向火的都有。他俩声音越吵越大。双方盛气凌人，围观者看戏不怕台高。

郑绥伯从人群中挤到管家面前，手搭在他肩膀上，道："元管家，怎么和女人大动干戈，闹得不可开交？"

管家向郑老板招呼道："郑副会长。你看冤不冤枉。我找她男人谈生意，她一杠子插进来，说什么大麦不能卖给我，还动手打了我一下。这女人够暴烈的，简直就是一条疯狗。"

二姑激得暴跳起来，说："我教训我男人，关你屁事。你说我打你，我和你无冤无仇，互不相识，我凭什么打你？我承认，我扬手，手挨到你胳膊上，这也叫打人。女人摸男人的手，是男人的福分。我后悔还来不及呢。"

在场的人哈哈大笑。

"你，你，你无中生有。"管家道。

"是你，还是我无中生有？我无意中撞到你，你却说我是打你了。我打你干吗？"二姑不服。

九七

梅二姑请评理，廖会长从中了解到了一二，说："元管家。依我看，你是强要人家卖给你大麦，人家不卖，买卖不成，你就借题发挥，借机报复，恼羞成怒。是吧？"

廖会长一番话，一针见血，揭穿了管家的内心世界。说到底，他是在争粮食。

阮本槐来到车队前说："乡亲们，兄弟姐妹、爷爷奶奶们。这十车粮食，是鲜家港的乡亲们来苏维埃政府交公粮的。大家不要心急，丰收了，粮食保证供应。等我们把这十车粮食处理好后，按照市场价格，分配给商家、粮行、槽坊和居民。"

人群中，有人质疑说："你是谁呀？苏维埃已经弹尽粮绝了，还有能耐顾我们商家？你说话算得了数吗？"

阮本槐冷静地回应说："我是赤卫队队长阮本槐，我说话算话。今年粮食丰收了，江口周边的人民纷纷前来交公粮。粮食足够得很，大家放心吧。"

肖保苍和廖哲夫出来说话，证实本槐的这番言论。

人们半信半疑，缓慢离开，队员谨慎维护秩序，扒开一条车道，十辆农民车队，依次开进元后宫。

粮食处理完妥，太阳已西下。农民兄弟数着大叠大叠的银票，红光满面地到食堂进餐。

食堂里，两张大方桌靠在一起，高桌子，低板凳。桌上摆着几盘菜，车队人员及赤卫队员坐在桌子旁边，阮瑞林、阮本槐和胡安海，与乡亲们举杯痛饮。

李道云站起来说："村里来了共产党，就像太阳照鲜港，农民翻身不忘本，喜气洋洋交公粮。"

几句顺口溜，让满屋子充满掌声。

胡安海敬酒敬到梅小丫面前，梅芳碰了一下梅小丫，她嘴巴撅着，示意小丫站起来。梅小丫蒙在鼓里，不置可否地嬉笑。

酒足饭饱，乡亲们套车出宫。

门前，梅芳叫来胡安海，来到梅二姑面前，对梅二姑发问："二姑，你认识他吗？"

"他不是常常在河边窝棚里，和喜子歪在一张床上的叫花子胡守财吗？真是人靠衣装马靠鞍啦。几个月不见，这赤卫队员军服一穿，脸变得干净了，相貌变得周正了，身材变得魁梧了，成了名副其实的帅哥。真叫人刮目相看啊。"二姑盯住胡守财，简直看傻了眼。

"人家不叫胡守财，参加了瓦仓起义，还是个领导。他叫胡安海，现在是赤卫队第一队队长。"瑞林介绍道。

"真的?"梅二姑惊讶。

"那还有假?"梅芳说。

胡安海站在一旁傻笑。

"他行不?"梅芳上前，摇了摇二姑的胳膊。

"什么行不行的?"二姑假装糊涂。

"他配小丫行不行?"梅芳追问。

"我看不错。"二姑道，"你就快点给小丫介绍吧。别让煮熟的鸭子飞了。"

"没问题。你就放心地等着喝小丫的喜酒吧。"梅芳道。

夜静静地，阮春晖独自坐在马棚里发愣。瑞林走到春晖面前，春晖一愣。瑞林道："弟弟，你在想什么?"

春晖醒过神来，说："我在想，许直卿到底把但野菊怎么样了? 她是死还是活?"

"这是个谜。"瑞林思考着，转身出门。

武备学堂，吴先孔上完课，从教室里出来，左手夹着讲义，右手拿着一叠学生作文稿，走进办公室，放下讲义和作文稿，转身沏了一杯茶，回到办公桌前，打开作文稿，一篇篇地浏览，手里拿着毛笔，蘸上墨汁，在作文稿上圈点、画线、删改、眉批和尾批。

忽然，一篇作文吸引了他的眼球。他仔细地阅读：

我的野大姐

今年正月，我家添加了一位新人，我管她叫野大姐。

那是元宵节前的一个早上，我和我爹在长江边上打浪渣，突然，一艘客轮开过，掀起波浪，一浪一浪扑向岸边。浪波里，浪渣随波逐流，有木柴，有树枝，也有菜叶。从这些浪渣里，冒出一个人来。这人双手抱住一块木板，漂到离岸边不远处，我和爹爹看见了。把我吓了一大跳，我爹却不怕，放下打浪渣的钉耙，一下子跳进江里把那人捞上岸来。原来是个女人。

女人被我爹救上岸，爹将手放在她鼻孔前一摸，说："有气。"

爹吩咐我赶快把东西拿回去。爹背着那女人就往家里跑。

回到家里，爹把女人放在床上，不知道爹用了什么秘方，使用了什么秘招，不一会儿，女人醒过来了。女人脸色惨白，眼睛没有光泽，嘴唇污黑，像死人一样。女人憔悴地望着我们一家人。

几天后，女人恢复了健康。女人很少说话，偶尔说两句，但是，大多数时间是微笑，她笑得很甜，很灿烂。母亲问她："你是哪里人？家里还有什么人？"她什么也不告诉我们，我看那女人很倔强，性格野剌。我管她叫野大姐。

大姐很懒惰，不会干家务活，成天在我家里闷闷不乐。可她帮我洗衣服，给我添饭，对我还是不错的，我不喜欢她，也不讨厌她。

我爹说："等我把书念完后，和她拜堂成亲。"

先生批阅到作文尾，看见作文的落款：邹锋。

课间，先生把邹锋叫到卧室。邹锋怯生生地站在先生面前，耷拉着脑袋，双手不停地捻动着衣角。

先生开口说："邹锋，你是哪里人？今年多大岁数了？"

邹锋低声回应说："我是大埠街邹家台人。今年十三岁。"

吴先生："你们爷儿俩在江边救了一个女人，是真的吗？"

邹锋说："是真的。"他央求说："先生，我不该写那些无聊的东西，我爹怕我们乡下找不到媳妇，要我娶她。我不想和她拜堂成亲。先生，我记住你说的话了，好男儿，志在四方。我们从小就要立大志，干大事。"

"邹锋，你误会了。我没责怪你的意思。我是说，你父子救人的事迹很感动人，你写的作文很感动人。"

"谢谢先生。"

天色已晚，先生的卧室里还亮着灯。他摊开作文稿，想把这小作文登在《村晖报》上。他还有许多事情要做，报纸要编辑、刻写、印刷，作业要改，讲义要编。他坐下来，理顺该做事情的先后思路。

"当当当"有人敲门。

"谁?"吴先生警觉地站起来。

九八

"我，瑞林。"瑞林和陶延久站在吴先生门口。

先生开门说："瑞林。这么晚了，你和延久小弟来，有何贵干?"

"客人来了，理应请坐、倒茶、装烟，再谈正事。吴先生，我看你是忙昏头了。"瑞林开着玩笑。

三个人"哈哈"笑起来。

吴先孔坐下来，问："你们带来什么好新闻，上《村晖报》?"

瑞林道："这几天新闻可多了，江口各地欢庆端午节，永收院村民大忙夏收，鲜家港村民踊跃交公粮。哦，对了，阮本槐向街道商户和居民表过态，他说，把留足政府所需要的粮食以后，多余的用来满足商户和市场供应。我们找你，是想请你写一个东西。"

"写什么?"吴先生问。

"写份卖粮公告。"瑞林道。

"好的，你说，我写。"吴先生从抽屉里拿出笔和纸张，坐到桌子边上，他看见邹锋写的小作文，递给瑞林，"你看看，这篇作文挺有意思。"

瑞林拿起作文，一看标题，便想起来但野菊。他迫不及待地看下去，一口气看完后，将作文稿递给陶延久。

陶延久说："大哥，上面写的什么啊，你知道，我斗大的字，不认得一个。快说给我听听。"

瑞林说："吴先生有个学生叫邹锋，他爹从长江边上救出了一个女人，学生把救起来的女人叫'野大姐'。我想，这女人，是不是我们要找的但野菊？"

"野大姐？但野菊？"陶延久急切地问："吴先生，你的学生在哪儿？快找他来问问。"

"别问了，明天我们到他家看看。"瑞林冷静地说。

第二天，江口苏维埃政府门前的院墙上，贴出一张告示：

告　示

兹有江口苏维埃政府院内，有大量大麦出售，价格优惠，请各商家和居民前来购买。

江口苏维埃政府商贸部
民国十八年七月二十三日

告示一贴出去，十多位路人在公告前观望、议论。一会儿工夫，几位商人过来打听情况，有几个商户索性拖来板车，前来采购大麦，许多居民拿着口袋，排队等待购买。

报童穿街过巷，手里攥着一叠《村晖报》，口里不断叫卖道："快来看啦，快来看，农民兄弟喜售公粮，政府大院出售余粮，各地农户忙收夏粮。"

大清早，瑞林叫来胡安海和陶延久，瑞林交代说："你们去一下大埠街，寻找但野菊的下落，不仅自己要注意安全，还要把但野菊安全地接回来。但野菊对许直卿非常重要，对陶延久，对赤卫队同样至关重要。"

胡安海应道："保证完成任务。"

他俩火速来到江口码头，乘坐沙宜班船，赶往大埠街。

大埠街又名"大复街""大布街"，位于江口东部，南面长江，是江口至沙市间的一个重要集市。街道一里多长，不宽，容得下两张板车通过，这里有粮食、花纱、酒厂、杂货等多种行业，有上下班船在其码头停泊。

他俩下船，走上码头，在小茶馆门口停留。

大堤半腰，有个茶馆，茶馆里说书人在唱：

大埠街在花园，观花散闷人心闲；欲问客人何处去，在这茶馆来听戏。

小茶馆座无虚席，有的人候船，有的人听戏，更多的人喝茶听戏。

茶馆老板看见他俩，热情地笑道："客官，请坐，来杯茶？"

胡安海说："两杯凉茶。"他问："老板，请问邹家台怎么走？"

茶馆老板慢慢吞吞，从茶壶里倒出两杯凉茶，说："客官，不进去坐坐，品品茶，听听戏？"

陶延久心急火燎，说话就像直杠子。他催促着说："老板，快告诉我们，邹家台怎么走？"

胡安海怕陶延久心急，得罪老板，惹火烧身，便在陶延久身后，捅了他几下，笑着对老板说："老板，我们确有急事，回头，我们到你茶馆来听戏喝茶不迟。"

老板看了看胡安海，又瞅瞅陶延久，漫不经心地走出柜台说："从前面翻过大堤，端直下堤，再往东拐，两里多路，再往北走，有几个台子便是。"

"谢谢老板。"胡安海赔笑道谢。

两人一咕噜吞下凉茶，便匆匆离开茶馆。

这时，百里洲并非仅限于百里洲区域范围，长江没有明显的大堤维护，大江两岸到处是河湖水泊，一望无边。说是九十九洲，其实，不止九十九洲。从江口至沙市宝塔河，一片平湖，俗称下百里。江口以东的大垸水系为一洲两垸水系。称为"一洲两大垸，小垸几十余"。

嘉靖前枝江被衡分为两段，遂名为上百里、下百里。下百里洲出现后，由于沮漳河出口的瓦剅河穿洲而过，自然形成了两垸独立水系。上垸称六合垸，下垸名下百里。六合垸为义兴垸、永兴垸、长泰垸、上和垸、东嘴垸、复兴垸，均在瓦剅河附近低洼地区，瓦剅河又叫"干河子"。

六合垸辖八小垸：瓦窑湖垸、太平垸、保宁垸、冢子湖垸、永丰垸、米洲垸、世兴垸、朱家桥垸。下百里分十一总，其中八总隶属枝江：晒谷总、桑家总、蒋家总、兴山总、砖滩总、木堤总、杨林总、构林总。河水冲就一批小型湖泊、深潭、港汊。江口为枝宜六区。下百里垸以民谣为证："下百里，打破锣，连年淹水跑不脱。下百里，湖堰多，家家睡在大水窝。"

长江北岸东部，从江口到沙市的筲箕洼，有三大湖，即五里湖、杨林湖和杨林湖至筲箕洼间的沧浪湖。芦苇和树木覆盖着湖面。土匪赵益之，常常活动在杨林湖、沧浪湖一带。

邹家台住有三户人家，房子坐北朝南，四周被密密麻麻的杨柳树遮掩。邹锋的家就在邹家台的西头，三间草壁屋，壁面用泥土涂抹得平滑，屋顶盖有青色小瓦；房屋离台下的小路有十多步台阶。高台四周种着玉米，秸秆足有一人多深，青油油的，玉米棒子半成熟，挂在玉米秆上，饱满青绿，沉甸甸的。

台东面有棵桃树，挂满了厚厚的果实。桃子未熟，多数青色，只有顶上的阳面，被太阳晒着的一些果子，开始发红。

被邹锋称为野大姐的女人站在台子上，向桃树顶上投掷砖块，一次、两次、三次，桃子无动于衷。红桃让她垂涎欲滴，她索性脱下布鞋爬上去，两手抱着树的主干，脚往上蹬，一步一步。爬到一人多高，一脚踩在树丫上，一脚踏在树枝上，左手撑住树干，右手往上攀摘，将手拉着树枝，往下，往下，再往下，树枝向她身边弯来，三个一串的大红桃被她拉到身边，她伸出左手去摘。

突然从玉米地里，钻出两男人。"嘿嘿"，男人朝着树上的女人吓唬两声，女人忘形，"扑通"一声，摔下，倒在地上呻吟。

来者一胖一瘦，胖的叫王切德，瘦的叫马虎来，是大埠街一带的两个混混，几个月前，和赵益之的土匪搅和在一起，成为赵益之杆子里的得力干将。邹锋父子捡回一女人，风声传到他俩耳边，他俩无事找事，没事找碴儿，三天两头往邹家台跑，在邹家玉米地里窥视野大姐几天了。野大姐匀称的身段、白皙的脸蛋、轻盈的步伐、花枝招展的打扮，令他俩神魂颠倒。城里来的大小姐，把他俩的魂勾走，让他俩食之无味，寝之不安。兔子不吃窝边草，邹家是这一带很有名望的家族，这几天来，白天，他俩不好意思下手，晚上，没机会下手。这天，机会终于等到了，他俩在玉米地里，注目着野大姐的举动，见野大姐上树摘桃，便窜出来，"嘿嘿"两声恐吓野大姐。

野大姐惑于梦中，"哎哟"一声，想站起来，动了两下，可是被两双恶手摁着，无法动弹。

"谁？你们想干什么？"她惊骇地望着他俩。

"嘿嘿，嘿嘿。"两男人狰狞一笑，露出满口黑牙。

"快来人啦，救命啊，救命啊。"野大姐见凶多吉少，拼命挣扎，手脚不停地晃动。

王切德动手解开野大姐的上衣，在她胸前狂摸，马虎来干脆扛起野大姐，朝玉米地狂跑。

野大姐双脚乱蹬，双手乱打，口里不住呼喊："有土匪，快来人啦，救命啊。"

九九

邹家台外围有三层屏障，杨树林，玉米地，棉花地，邹锋的父母正在棉花地里摘顶芯。听到叫喊，母亲急着说："坏了，丫头出事了。我就说了，美女是惹祸的根苗。"

父亲放下包袱，赶紧往回跑。追赶到玉米地里，见两畜生正在向野丫头施暴，他吼道："住手，狗东西。"

两畜生见是老人，撕破脸皮，一不做、二不休，一拳将老人打翻在地，随即掐住老人的脖子。

野大姐拔腿欲跑，可腿脚不听使唤。老人被掐得半死不活，母亲看见老伴被打，站在台子上大声呼救："快来人啊，救人，有土匪。"

胡安海和陶延久，从茶馆出来，来到离邹家台不远处。母亲的呼喊声，传到他俩的耳边，胡安海急着说："快走，邹家台有危险。"他俩迅速向邹家台跑去。跑到玉米地里，胡安海一把推开王切德，猛地两拳，将他打翻在地，王切德反抗，扣手还击，一拳打在胡安海的胳膊上，他俩扭打起来。

陶延久抓起正在向野大姐施暴的马虎来，马虎来转过身来，看见有人，惊愕而又恐惧，陶延久快速几拳，铁拳落在他身上，打得他没有还手之力。

野大姐定睛一看，她简直不敢相信自己的眼睛，委屈地哭喊道："陶延久，你个死鬼。"

陶延久看见，躺在地上，被人施暴的正是他日夜思念的野菊。他激怒了，拳头狠狠地砸向马虎来。

但野菊张开双臂，欲给亲人一个拥抱，可是，动弹不得。陶延久一把抱起但野菊。但野菊紧紧地抱住陶延久的脖子，满脸泪水。

"久哥，我想你。"但野菊嘶哑的声音在呼唤。

"野菊，我的野菊，我想你。"陶延久抽噎地叫唤。

但野菊遇见了亲人，有好多好多的话儿要说，有好多好多的委屈要诉。"久哥,小心。"马虎来一骨碌从地上爬起来,向着陶延久猛扑过去,陶延久机灵地转身,一脚,踢翻了马虎来。

陶延久放下但野菊,再一次抱起马虎来,将他甩倒在地上,左一巴掌,右一巴掌,反反复复,打个不停。马虎来招架不住,跪下求饶:"好汉,饶命。好汉,饶命。"

胡安海和王切德滚来滚去,你不让我,我不让你。胡安海倒在地上,王切德在他上面,掐住他的脖子,他用双手拼命地撑着,用膝盖猛撞击王切德的"命根子",切德"哎呀"一声,他趁势翻过身来。

父亲醒过来,看见这状况,捡起一块石头,欲砸向王切德,王切德连忙摆动双手,求饶道:"别打了。好汉,饶命。"

胡安海对陶延久说:"把那伙计叫过来。"

马虎来被叫到胡安海面前,乖乖地和王切德跪在一起。

胡安海问道:"你们是干什么的?怎么跑到这胡作非为?"

没等他们说话,父亲抢前说:"我认识他俩,一个叫缺德,一个叫胡来,专干伤天害理的事。"

"老人家,你别说,让他们自己说。"

王切德如实地介绍自己后,说:"我不该色迷心窍。我该死。以后不干了。求好汉饶命。"

"你呢?"胡安海指着马虎来问。

马虎来低头说:"我叫马虎来,是大埠街马家沟人。这位大姐实在漂亮,情不自禁,忍耐不住。我错了,好汉饶了我吧,我再也不干为非作歹的事了。"

"你们说的是人话,还是鬼话?"陶延久怒视着他俩。

"人话,人话,绝对是人话。"两人连声承诺。

胡安海道:"不一定吧,我看你们不是老实人,我们前脚走,你们后脚就会到邹家来复仇。是不是?"

"是,啊,是。啊,不是,不是。我们不会再来了。"马虎来道。

胡安海问："我们听听被害人意见。野菊姑娘，你说，到底把他们怎么样？"

但野菊艰难地从地上坐起来，咬牙切齿，怒目以视。她说："依我的脾气，要把他们千刀万剐才解恨。我知道你们行侠仗义，宽宏大度。你们看着办吧。"

"都是乡里乡亲的，亏他俩做得出来。太过分了。差点要我的命，饶他们不死吧。"老爹宽恕说。

胡安海警告他们说："以后，你们要干好事，别干坏事。你们的一举一动，我们都看着，给你们记着，好事，给你们打红钩，坏事，给你们圈黑圈。到时候，和你们算总账。"

陶延久呵斥道："还不快滚，在这儿，玷污我们的眼睛。"

两土匪爬起来，拍着屁股，一溜烟跑了。

"两位好汉，寒舍坐坐。"老人对胡安海俩说。

陶延久搀扶起但野菊，慢慢地走向邹家。

胡安海赞美老人家说："你们全家都是好人。你们救了一条命，是但野菊的救命恩人。"

"你们是这姑娘什么人？"老人问。

"我是她……"陶延久含含糊糊，吞吞吐吐。但野菊插嘴，大声说："他是我男人。怎么，你还不敢承认？"

陶延久点头说："是是是。我是她男人。"

"那好，你们把她领回去。"老人脸色有些难看，心里似乎有些难言之痛。有心让她做他的儿媳，眼前，只好让他们领走但野菊。

胡安海有些为难，说："你们救了姑娘的命，她在这麻烦了你们这些天，现在，我们将她领走，这是不是有点强人所难，不近人情？"

"没事，把她带走吧。"老人苦涩地摇了摇头，眼泪快要掉下来。

但野菊跪在老人面前，哭着说："邹伯伯，你们的大恩大德，我永远铭记在心，我会和延久常来你们家，看你们的。"

母亲摆手，从房内拿出姑娘的行李，说："走吧，好好过日子。"

野菊说："我来时，什么东西也没带，这些东西，都是大伯从街上买来的，留下吧，做个纪念。"

告别邹家老人，胡安海他们三人，来到大埠街码头，和茶馆老板打了个照面，便上了沙市至宜昌的机帆船。

船在江中缓行，船舱内的旅客不多，很安静。柴油机发出嘀嘀嗒嗒的响声。但野菊沉浸在来时的回忆之中。

一〇〇

那天夜晚，但野菊睡得正香，突然，一阵急促的拍门声把她从睡梦中惊醒。"谁呀？干什么？"但野菊揉着睡眼，不耐烦地问。

"起来，起来，快起来。"门口有人大声叫唤，"许团总有请。"

"他不是长有腿吗？咋不来，要老娘去？"但野菊慢慢爬起来开门。两个团丁闯进屋子，衣柜里、箱子里、床头、床尾、床底，到处乱翻，好像在寻找什么贵重的东西。

来人对她说："快把衣服穿上，跟我们走。"

"跟你们走？去哪儿？"但野菊不解地问。

"许团总说有东西放在你这儿。"一团丁说。

"什么东西？"她问。

"一个什么壶？"

"壶，我这就有茶壶、炊壶、夜壶。"野菊轻描淡写地说。

"别装蒜了，一个中等大的铜壶，叫曾什么恤壶。"团丁说。

一团丁补充说："曾姬无恤壶。"

"什么'真姬无恤壶''假姬有恤壶'，没有。"但野菊冰冷地回答："没有，说没有就没有。你们走吧。"

"我们走？今儿，你不交出'曾姬无恤壶'，谁也别想越过这道门槛。"团丁凶狠地说。

"别想越过这门槛？老娘还不想走呢。"但野菊说着，又返回到床上。

两团丁屋里屋外，翻了个底朝天，没发现"曾姬无恤壶"。

"起来，收拾行李，跟我们走。"两团丁一把架起但野菊，推推搡搡，走出门外。

船在江中行驶，江风吹拂，江面微波荡漾，几条渔船无规则地停泊在江中，随波摇动，浪渣齐着船舷，一浪一浪。汽笛鸣响，但野菊从梦中惊醒，似曾见过这一幕。她闭着眼睛，仿佛又回到那天晚上。

街灯下，但野菊被两个团丁押着，穿过街道，走过小巷，来到晚风习习的长江边上。

"你们不是说，许团总要我去吗？怎么到江边来了？"但野菊诧异，眼前一片迷茫。她挣扎着呼叫："放我回去。"

"少废话，走。"团丁吼道。

他们是不是许直卿的人？穿着团丁的衣服，可不像是保安团的人？要带我到哪里去？劫色，可没动我一根毫毛；劫财，可没拿我家里的任何东西。难道是为了那个什么壶？但野菊细细地琢磨。

远处泊着一条渔船，比机帆船小，比普通渔船大。船上有枪兵把守。她被带到船上。

船开了，下水船，向沙市方向开去。

船上有个大个子，绊嘴胡，满脸横肉，凶神恶煞，即便是小声说话，其声音也像是在打雷，震耳欲聋。他问："她就是但野菊？是许直卿的五姨太？果不其然，国色天香，实在漂亮。"

"是的，你看她那副藐视人的姿态，有点野性，够女人味。我看，就是一朵野菊花。"押送她来的土匪说。

"东西找到没有？"绊嘴胡问。

"我们在她家里翻遍了，没见什么壶。"土匪说。

"押回去，把她交给司令。"绊嘴胡吩咐。

但野菊疑惑了，是许直卿还是土匪？

船下行，至五更，正是人们沉睡之时。舱里的土匪，有两人专门看押，眼睛盯在她脸上，被其美貌所倾倒，想入非非。柴油机"突突突"的轰动声，成为土匪催眠的小夜曲，软绵绵的江风，带土匪会周公去了。他们脑袋歪歪倒倒，打着呼噜，涎水垂至下巴。绊嘴胡子也顾不上这些，抱着长枪，做起黄粱美梦来。

一艘大货船开来，小船被逼向北，靠边行驶。但野菊借着货船的远光，瞧见水面浮着一层浪渣，分不清水面与陆地，她将船灯拉灭，开窗纵身跳出去，"扑通"一声，落在江里。

土匪惊醒，叫道："姑娘跳江了。"土匪们醒来，慌乱朝江里开了几枪。船依然下行，大货船行驶，掀起叠叠浪波，人被卷进浪渣里，分不清人与浪渣。一会儿她冲出水面，抓住一根大木棒，随浪渣漂向岸边。

"江口到了，下船吧。"胡安海喊到。

"下船！"但野菊陡然惊慌，"我不是跳水了吗？怎么还在船上？"等她回过神来，陶延久已把她抱出船舱。

码头跳板上，但野菊双脚乱蹬，两手不停地在陶延久胸前捶打，口里叫道："陶延久，你真坏，毁了我的梦。"

陶延久把她放在堤岸边，搀扶着她，她一瘸一瘸地向堤上走去。

台阶上，陶延久关切地问："你在做什么梦，能不能说给我听听？"

"送我回屋里，我会把所发生的一切都告诉你。"但野菊调皮地望着陶延久。陶延久看着胡安海说："我送她去。"

胡安海琢磨着说："老屋不安全，许直卿在到处找她，家里到底藏着什么秘密？等把事情弄清楚后再做决定。"

"不行，我要回去。你们不让我回去，什么也不告诉你们。"她坐在台阶上撒野。

胡安海执着地说："为了你的安全，我们绝不会让你回老屋。"他命令陶延久："把她抬回去。"

但野菊趴在草坪上，号啕大哭，手脚不停地哭闹着。引来众多围观者。

但野菊哭累了，无声无息地坐在那里，骑虎难下。屠教士和两个小青年走来。

"五姨太，你怎么在这？"屠教士问道。他早知道，但野菊失联了，许直卿已派人，向他打听过她的消息。只是在这里出现，让他感到出乎意外。

但野菊看见屠教士，仿佛夜半三更，望见了救星，她向屠教士撒娇说："屠哥，五姨太落难了。许直卿这个黑心烂肝的，不知跑到哪去了，没良心的陶延久也背叛了我。你是老爷的好朋友，只有你，才能搭救你好朋友的女人啊。"

"你到底怎么啦？"屠教士看着她那狼狈的样子，不解地追问。

"我脚走不动了，他们不让我回家，只好困在这里。"她说。

"他们？"屠教士问。

但野菊撇着嘴巴，撇向站在远处的胡安海。

屠教士走近胡安海笑道："你们找回来但野菊。真有本事。"

胡安海迎上去，同他握手。屠教士指着但野菊："究竟是咋回事？"

胡安海说："说来话长，我们从大埠街把她找回来，刚走到这里。"胡安海把前前后后的经过告诉了屠教士。他说："但野菊现在处于十分危险境地，我们要保护她的安全，不能让她单独处之。"

"哦！原来如此。"屠教士点点头，转身对五姨太说："既然胡队长说得在理，我就不插手了。"

但野菊破涕为笑，道："我又不是苕，我知道他们是好人，是为我好。"她想到：赤卫队队员们都睡通铺，陶延久不是单人单铺。再说，陶延久还没结婚，许直卿不会放过陶延久。但野菊心里，十五个吊桶打水——七上八下。

"你能不能到陶延久老家去住？"胡安海试探着问。

"乡下更不安全，我才不搬到乡下住嘞。"她使气地说。

胡安海有些不耐烦，说："这不行，那不行，你说，什么地方能才安顿好你这活菩萨。"

屠教士皱着眉头，琢磨说："我倒想出来一个两全其美的办法，你们看怎样？"

胡安海问："啥办法？快说。"

"我家里有一间空着的房子，野菊和陶延久搬到我家住，一来，他们俩好有个照应，二来，我可以看住她。你们放心，许直卿也托付过我，不看僧面看佛面，僧面、佛面，我都得看。"屠教士说。

胡安海想了想，说："这主意不错。不过，你不会让许直卿把她带走吧？"

屠教士拍胸表态："你说到哪儿去了，我是那干偷鸡摸狗事的人吗？我保证完璧归赵。"

胡安海回到元后宫，来到瑞林身边，说："但野菊找回来了，到屠教士家住了。"

"怎么不安排到大院住？"瑞林问。

"我们好说歹说，她不肯来。她要回原处，赖着不走。最后商定，才想出这个办法。她还要和陶延久一起住。"胡安海说。

"不错，成全了他俩，也保护了她的安全，还有。"瑞林满意地说。

"还有什么？"胡安海说。

"减少了赤卫队的麻烦。"瑞林笑道。

"此话怎讲？"胡安海问。

"你想，许直卿五姨太住到政府大院，别人咋看，会制造绯闻，说什么五姨太被赤卫队抢走，不知道会惹出什么大麻烦。再说，五姨太也不是个省油的灯，不是好侍候的。"瑞林说。

胡安海点头默许。

"不过，但野菊是个重要而又关键的人物，她身上隐藏着许多秘密，要告诉陶延久。想办法挖出那些秘密，为我所用。"瑞林告诫道。

—○—

路灯下，走来一人影。瑞林和胡安海站在进门处说着话，人影靠近他俩。来人便是梅小丫，她扛着一个麻袋从外面进来，瑞林问："小丫，你扛着什么？"

小丫说："厨师没米了，我去买来百斤大米。"

"怎么没安排男同志去买？"瑞林说。

"当时厨房里没男人，我听到就去了。没事，这活我干得了。"小丫说。

胡安海告别瑞林，上前，接过小丫肩头的麻袋，扛在肩上。

小丫和安海肩并肩地走着，小丫问："你是当阳人，参加过瓦仓起义？"

安海放慢脚步，回答："是呀，你怎么知道的？"

"梅芳姐告诉我的。"小丫说。

胡安海站着，问："梅芳姐还说了些什么？"

"芳姐夸你打仗勇敢，脑子灵活，处事精明。"小丫红着脸说。

胡安海慢慢走着，脸上流着大汗。他问："芳姐还说了什么？"

小丫说："她还说，还说。"突然，小丫意识到什么，马上醒悟过来，推了胡安海一把，说："你真坏。"

"你不说，我也知道。"胡安海高兴，小丫羞涩，两年轻人心心相印，笑得甜甜蜜蜜。

瑞林和梅芳站在背后偷笑。

第二天上午，陶延久来到接待室。胡安海问："陶延久，昨天什么情况？"

"昨天夜来，我和她躺在床上，谈了一夜。讲从前，谈现在，说未来。我们敞开胸怀，毫不隐瞒，有啥说啥。说到痛苦处，两人泪流满面；说到高兴时，喜笑颜开；说到忧愁时，忧心忡忡；说到安心处，得意忘形。"

"你也野狗子嗅人屎——文（闻）坨坨的了。你能不能说具体点。"胡安海说。

"好吧，我就向你如实道来。"陶延久端起一杯茶，慢慢地说起来。

正好，瑞林走进办公室，坐在胡安海对面，细细地听着。

陶延久说："正月十五前，两团丁把她押到长江边，说是去找许直卿，时间和许直卿逃走的时间相吻合，谁绑走了她，她推断，是土匪，是赵益之的一帮土匪。"

胡安海仔细地听着，不住地点头回应。他问："这伙人为什么绑走她，一定有不可告人的秘密，是什么秘密呢？"

"土匪说了，说是有一个壶，很有来头，叫曾，曾什么壶。"陶延久搔了两下头发，细想。

瑞林说："曾姬无恤壶？"

"啊，对了，'曾姬无恤壶'。瑞林哥，你怎么知道的？"

瑞林回忆到，1927年，他在荆南中学读书时，历史老师讲过这样一件事：

春秋时期，楚地除了楚国，还有一些小诸侯国。其中有个曾国，虽然势力远不如楚国，但很富庶。王妃去世，曾王为她陪葬一壶，故为曾妃壶。1926年前后，在湖北随县曾侯乙墓里，发掘了"曾姬无恤壶"。其壶，同型的有两件，属一对。壶高一百二十四厘米，口径三十二厘米，底径三十六厘米，各有铭文三十九字，据专家考证为楚宣王所铸。

楚怀王死后，藏身于百里洲，其幼子子兰被封为了令尹，即宰相。为表忠孝，子兰为怀王陪葬类似铜壶。通观铜壶铭文，整个章法和谐悦目，仿佛一幅精美的书法作品，纵行横列，文字仿佛夜空中的辰星。"曾姬无恤壶"上铭文的风格，既有楚系文字的夸张色彩，又有秦文字的夸张肃穆。其铭文带有书写色彩，不像楚简那样，具有明显的"隶化"倾向，却有极大的杂糅特点，笔画清秀，行笔圆转，结字以长方为主；章法大小错落，富有动感，为国之珍宝。

据讲，1923年，百里洲巫回台附近农民在进行农田耕作时，偶然发现青铜器：有鼎、壶、镐和镜、车马饰具等。近年，其壶失传。

梅芳补充道："既然是专家考证，为楚宣王所铸，那么，楚国就有'曾姬无恤壶'存在的可能，楚怀王墓地就有可能陪葬此壶，只不过是类似而已，也许大小不一。"

"她告诉你了吗？是什么样的？藏在哪儿？"胡安海问陶延久。

陶延久失望地拍了一下手，说："我没多问。哎，我这个猪脑子。"

瑞林静静地思考，说："看来情况特别复杂，得加强对但野菊的保护。延久，你得多动动脑子。"

"我记住了。"陶延久回答。

"不好了。"门哨大声叫喊，"有人晕倒了。"

瑞林和队员们飞快地跑出来，瑞林道："谁晕倒了？"

哨兵指着街上，"那儿。"

瑞林看去："啊。郑绶伯。"郑副会长倒在街道上，身旁停着一辆手推车。

"快，郑会长。"瑞林喊着，跑到郑会长身边，瑞林抱起郑会长，喊着："郑会长，怎么了？郑会长。"

郑绶伯不应。瑞林说："把他抬到春晖床上去，安海，快去找郎中。"

春晖倒来一杯水，灌进病人嘴里。

瑞林急得满头大汗。

一会儿，杨大夫走来，为郑绶伯号脉，摇了摇头，说："他的老毛病犯了。不可救，恐怕拖不到十天半月。"

胡安海说："这可怎么办？他刚刚从我们仓库购了两袋大米。"

杨大夫从药箱里取出一包药，递给瑞林，说："用开水冲一下，喂给他喝，再看情况。"

瑞林按照吩咐，用勺子往郑会长嘴里喂药。这药管用，郑副会长慢慢地睁开了眼睛，开口了："杨大夫、瑞林兄弟，老毛病又犯了，我不是说过了，我这身子，拖不了多久。"

瑞林安慰说："没事。郑会长。"

郑绶伯坐起来说："待在这里不行，我得回去。"

春晖道："不要紧，你躺着，等你康复了再回去。"

郑副会长试探着站起来，脚没有站稳，身子晃动了一下，头发晕，又坐了回去。

大夫说："你现在还不能走。"

"我回去，回去都安逸。万一有个三长两短，不好看。"郑绶伯痛苦地说。

春晖说："不要紧，没有万一。"

"我走。我一定要回去。"郑绶伯态度坚定，又一次站起来。

瑞林搀扶着郑绶伯，吩咐道："我背会长回去；安海，你去把独轮车推到会长家去；梅芳，你送杨大夫回去。喜子，跟我来。"

一〇二

郑缓伯在苏维埃门口病倒之事，掀起一场大波。敌对势力借题发挥，大做文章，造谣中伤。尤其是东山寺里的"李大哥"，他更是肆无忌惮，叫嚣："跟着共产党，会生病患灾。"

曾经处于中立，说"沟这边是一蹲，沟那边也是一蹲"的"嫘祖会"鲁会长，见风使舵，随波逐流。他在薛家麻花馆里对一些吃客说："共产党这边的沟，蹲不得，蹲了，会倒霉的。"

薛开元揉着面团，说："共产党领导哪不好？天下太平，人们安居乐业，老少不欺，贫富为均。"

鲁会长笑道："好是好，郑会长在共产党门前晕倒，是晦气，是鬼气，谁个不知晓。"

有吃客指责道："你们胡说。郑老板晕倒在元后宫，纯属巧合，可不能把账算在共产党头上。谁敢保证自己不生病，生病也只是在某一个地方生病？每个人，时时处处都有生病的可能。"

鲁会长想说什么，薛老板不耐烦说："去去去，你走吧，这儿不喜欢说是论非。"鲁会长讨了个没趣，走开，来到石材店，廖会长正在这欣赏石器、一个大石盘，一个大石碾，几个石磨、石对，边上摆放着木磨单子和木对子。廖会长见了鲁会长，问："最近生意如何？"

"生意倒是不错，就是心情不佳。"鲁会长说。

"我看你，人是好人，就是管不住嘴。"廖会长批评他说，"共产党哪对不起你，几百套的军服生意让你做，你质量没到位，时间不及时，人家没有克扣你什么，照价付款。你没良心。"

鲁会长哑口无言，扫兴走开。

春晖扛着钩绳扁担，去寻马草。他来到东山寺，在门前张望，被两只黑手强拉进庙里。进了里屋，黑手拉开蒙面，露出真相。

"郝队长，是你？"春晖惊讶地问。

"是我。"郝贤梅很得意。

"这位是？"

"蒯西门，自己人。"郝贤梅介绍说。

春晖放下钩绳扁担，看着他俩，问道："赤卫队把守这么严，你们来干吗？"

傍晚，春晖挑着一担马草回到马厩。瑞林张望着，见弟弟回来，连忙上去，帮他卸下担子。春晖闷闷不乐，心神不定。瑞林问："怎么回来这么晚？遇到什么事了吗？"

春晖看了一下周围，周围有许多人，他没吭声，卸下担子，径直回到屋子。瑞林退了出去。春晖回到马厩，倒了一杯凉茶，坐在床铺上，他在回忆，郝贤梅真不是东西，告诉他这么多，他还贪心。春晖觉得做人太难。

瑞林站在门口，琢磨不透春晖到底遇到什么麻烦事？

突然，陶延久站在瑞林面前。瑞林打听："你那里情况怎么样？"

"这几天蛮消停，就是刚才，两个陌生人，在屠家大院门口逗留了很长时间，不知道咋回事。"

瑞林觉得奇怪。他琢磨：春晖的反常举动，是不是与陶延久所反映的情况有关？他回头看着春晖，春晖静静地坐着，旁若无人。

余大富慌忙跑进马厩，和春晖打招呼。他瞧见瑞林，说："你们有事。我走。"说着，退出去。瑞林跟着退出马棚。

厨房里，瑞林扒了几口饭，赶忙返回马棚。

"春晖，怎么不去吃饭？"瑞林问。

春晖摇头，低声说："吃不下。"

"究竟发生了什么，你说呀。"瑞林关切地问。

春晖走出门，观察一下四周，关门上，把灯捻子捻到最低点，小声说："今天，我去了东山寺，见到郝贤梅和蒯西门。"

"他们来干什么？"瑞林惊奇，连声打听。

"他们向我打听赤卫队的部署情况，询问但野菊住哪儿？还打听郑绥伯的病情。"春晖如实地汇报情况，他说："哥哥，我就是担心向他们透露的东西，会不会暴露我们的秘密？"

瑞林追问道："你怎么说？"

"他们问起兵力情况，我说，赤卫队兵力强大得很。有正规军几千人，各个村有民兵，几乎是全民皆兵。"春晖道。

"他们什么反应？"瑞林站起来，在屋子里走动。

"他们冷静得很，没什么反应。他们还问我。但野菊咋回事？我如实地告诉他们真相。"

"不错。"瑞林问。

"世上没有不透风的墙。但野菊的事，他们迟早会知道的。我说，她回来了，现在住在什么地方，我一个马夫，没心思打听。"

瑞林琢磨着说："看来，赤卫队的事，你知道得越少越好。"

"哥，我回答没错就好。一晚上老想这些问题，现在向你合盘倒出，我的包袱卸了。"春晖阴沉沉的脸上出现了笑容。

"好了，这事到此为止。你去吃饭吧。"瑞林开门出去。

瑞林沉着脸，走出马棚。

社会上一些污言秽语，让瑞林焦躁不安；弟弟给他出了几道难题，他夜不能寐。他决定，去一趟荆州，寻求上级党组织指点迷津。

天刚亮，瑞林走进操场，队员在院内操练，瑞林向李道生打了个招呼，梅芳出列。他对梅芳说："你去准备一下，我们到江陵去一趟。"

梅芳说："我也是这样想的，面对复杂的斗争环境，我们必须求得上级党组织意见，服从上级党组织安排。还有，郑会长病得厉害，我们不能见死不救，任凭敌对分子看我们的笑话。"

"别说了，快去。"瑞林迫不及待。

一会儿，元后宫门前出现一男一女，男者商人打扮，头戴礼帽，眼戴墨镜，身着长衫，脚穿皮鞋；女者身着淡黄色旗袍，披肩的短发，肩上背着黑底色、绣有花纹的袖珍包。哨兵细细地打量眼前这对男女，半晌，才辨认出来：原来是瑞林和梅芳。

郑绶伯店铺，郝贤梅和蒯西门走来，店里的伙计问："客官，买点什么？"

郝贤梅望着柜台上的热水瓶，无话找话："这热水瓶是哪产的？保温不？"

伙计笑道："客官，你说到哪儿去了，热水瓶不保温，还叫热水瓶吗？这可是荆州的品牌。"

蒯西门借题发挥，说："我们是想采购热水瓶，找老板商量一下价格。老板在吗？"

伙计回答："老板在，不过，老板不能接待你们。"

郝贤梅问："他怎么啦？大生意不做了？"

"不是不做，生意嘛谁不做？老板病了。"伙计回应说。

"他什么病，病得厉害不？"蒯西门打听道。

"老板老毛病犯了，心闷，头晕，呕吐，全身乏力。前两天晕倒了，是赤卫队救了他的命。"伙计不厌其烦地说着，内屋传来话音："谁呀？你没事吧，给我倒杯水。"

"郑伯伯，有两位客官想买批量的热水瓶。"伙计应道。

郝贤梅对伙计道："我们能不能见见郑老板？"

伙计道："现在老板病得厉害，不想见人。"

"谁呀，让他进来。"郑绶伯发话了。

郝贤梅和蒯西门，推开门帘，闯进郑老板卧室。伙计见来人可疑，跟着进屋。

郑夫人买菜回来，手提着菜篮子，推开门帘，见两个陌生人，警惕地问道："你们干什么？"

郝贤梅说："我们和郑会长谈点生意。"

"什么生意？跟我谈。"夫人说。

郑绥伯示意伙计和夫人回避，伙计退出去招呼生意，夫人不肯离开。突然，老板病发作，一阵咳嗽，夫人赶忙走近老板身边，为老板捶背。

一阵咳嗽后，老板问道："你们做什么生意？"

"我们做杂货生意，在当阳王店开了个铺子，想找您买几十个热水瓶回去卖。"郝贤梅笑着说。

郑绥伯心里琢磨着：当阳王店，做杂货生意，到江口进热水瓶回去卖？这有点不合情理，王店离当阳、江陵都不比江口远，何必舍近求远，这里面有蹊跷。

郑老板冷冷地说："江口的热水瓶是价廉还是物美？你们就那么看重江口热水瓶？"

郝贤梅套着近乎："江口热水瓶便宜又好看。"

蒯西门也道："江口造的热水瓶，物美价廉。"

话越说越离谱，越说越不像话，江口哪有热水瓶厂，马脚露出来了。郑绥伯冷冷地说："客官，对不起，我店没有多的热水瓶卖。夫人，送客。"

眼看事情败露，郝贤梅心想：一不做、二不休。他示意蒯西门，干脆干掉郑绥伯。

郑绥伯又是一阵咳嗽，夫人急了，叫着："来人，老爷严重了。"

夫人叫唤。蒯西门从衣兜里拿出匕首，欲刺向郑绥伯。

"啊，胡大哥，肖老板，你们是稀客。"伙计在店门口迎客道。

蒯西门将匕首缩了回去。他四周看了看，没有什么动静，再一次刺向郑绥伯。

一〇三

胡安海急忙地向伙计打听："郑会长的病情咋样？"

伙计道："里面有客人。"

胡安海觉得不对劲，赶忙推开门帘冲进里屋，大声呵斥："不许动。"

蒯西门见势，夺窗而逃，郝贤梅朝胡安海开枪，翻窗逃跑。胡安海跑到郑老板床前，会长握住胡安海的手说："谢谢你，要不是你及时赶到，我这条老命，恐怕就丢在这俩坏蛋手上了。"

胡安海安慰道："没事就好，没事就好。"

中午，荆州南门，人流涌动，摩肩接踵。瑞林和梅芳夹杂在人流中。

梅芳道："瑞林，江陵县委是不是还在荆州南门？"

瑞林疑惑："不知道。先得去荆南中学，找一找刘长林先生。"

转眼，荆南中学到了，门前的校牌变成了"湖北省第八中学"，校门有团丁把守，瑞林硬着头皮，走近校门，向校内走去，团丁拦住瑞林，问："你找谁？"

梅芳马上迎上去，说："团总，我们夫妻俩是刘长林先生的远房亲戚，新亲过门来了。"

团丁没好气地说："我问的是他，你插什么嘴？"

瑞林低头轻声道："我们是枣林岗的，就在万城附近，我姓杜，叫杜树章。她是我刚过门的媳妇，到刘长林先生家串门，长林嫂是我们的幺姨。"

团丁挥手，说："去。"

瑞林和梅芳挽起手臂，亲昵地走进去。

"不对，刘长林是共产党。"团丁似乎想起了什么，快速向瑞林他俩追去。

他俩看见团丁追上来，连忙穿进一条弄堂，团丁一边追赶，一边鸣枪示警，眼看就要追上。突然，一个穿着黑布褂、蓝色裤子的农民，挑着一担南瓜，挡在团丁面前，一头的箩筐撒落在地上，扁担翘向空中，差点戳在团丁额头上。另一只箩筐倒在地上，南瓜滚了一地。团丁踩着南瓜，摔倒在地上。团丁爬起来，给了农民一巴掌，口里骂道："混账东西，滚开。"农民连忙蹲在地上，收捡南瓜。

瑞林和梅芳狂跑。团丁左顾右盼，穷追不舍。瑞林跑在林荫道上，与迎面走来的一位先生碰了个满怀，把先生的讲义碰掉在地上。瑞林弯下腰，捡起来。先生望了一下瑞林，惊讶地叫道："瑞林，是你？"

瑞林猛然抬头，一下子认出来："承谦。"

龚承谦拉着瑞林，说："快，跟我来。"他把瑞林带进学生食堂，瑞林换上白大褂，戴上口罩，拿起两把菜刀，在砧板上麻利地剁起猪肉来；梅芳跟着龚承谦，来到旁边的化学实验室，换上白大褂，拿起试剂。

两团丁追到厨房，进行搜查，仔细地盘问每一位师傅。当盘查到瑞林身边时，瑞林只管剁猪肉，脸上冒出热汗。开饭时间到了，师生纷纷涌到食堂窗口，炊事员忙着给师生打饭菜，挤挤擦擦，推推搡搡。团丁想到门房没人，离开食堂。

瑞林脱下白大褂，来到实验室，向承谦道谢。

龚承谦说："瑞林，学校变了，去年，荆南中学更名为省立第九中学，现在更名为省立第八中学。"

瑞林道："我在校门口看见校牌变了，我只知道这地方，想闯进来。不到这儿来，到哪里去找党组织？"

承谦说："现在是白色恐怖，国民党到处在抓共产党。党组织转入地下多时。刘长林作为敌人追查对象，被迫转移了。"

瑞林问："你怎么没走？"

"我呀，暂时没问题。"承谦说。

瑞林问："刘先生转到哪儿了？怎么找到他？"

承谦说："他离开了江陵县城，不知道是天门、石首还是公安。找他不容易。"

瑞林问："我们现在怎么办？"

承谦说："沙市有个'好公道餐馆'，餐馆里有一个跑堂的男人，姓揭，人们叫他揭驼子。等会儿，我带你找他去。"

正说着，有人敲门。

瑞林从门缝里看见，是两个农民。他仔细打量，他们是？

1929年春节过后，中共鄂西特委根据斗争形势发展情况，决定成立松（滋）枝（江）宜（都）三县联合县委，枝江县的地下党组织在玛瑙河两岸开展以"掰苞谷"为主的经济斗争；随后，由经济斗争转变为军事斗争。并成立三县联合军事指挥部。夏天，玛瑙河一带三万多农民分成若干个分队，带着梭镖、长矛等武器，到地主田里掰苞谷、割稻子，遭到国民党保安团和二十一军混成旅的血腥镇压，运动被迫停止。不久，徐国炎和一个赤卫队员赶到江陵，寻找党组织汇报工作。

瑞林看见，是刚刚在门口遇到的两个挑南瓜的农民，说："进来，快进来。"

承谦把门打开，阮瑞林这才认出来，是徐国炎。

"徐书记，你怎么来了。"瑞林惊讶又高兴地叫道。

徐国炎把手在身上擦了两下，说："我可要更正你一下，我是副书记，我是代表李盛文书记找组织来了。"

龚承谦急着说："这地方不安全，我们去好公道餐馆谈。"他们换了装，龚先生在门口招来两辆黄包车，在隐蔽处，与黄包车师傅商量，他和黄包车师傅步行到好公道餐馆门口等瑞林，瑞林换上黄包车师傅的衣装，拉着黄包车，徐国炎的同伴坐在车上，徐国炎也换上车夫装，拉着龚梅芳。

走到校门口，团丁一个个盯着过往行人，瑞林用草帽盖着脸，从门口一晃而过，团丁把他们看了几眼，没发现他们。

好公道餐馆是江陵有名的餐馆，门前热闹非凡，进出客人不断。阔太太，大老爷，常常出没在这里。徐国炎把黄包车停下，四周看了看，没有发现可疑，便叫瑞林，把车停下，同伴走下黄包车，抽着烟，坐在车把子上。一会儿，龚承谦和车夫赶来，瑞林上前和他们打招呼，给了车夫钱，他们镇定地走进餐馆。

伙计招呼道："先生，稀客。楼上请，你们想吃点什么？荤素都有。"他大声道："来客人了，请倒茶上烟。"

龚先生向伙计打了个照面，道："我们进去看看再说。"

伙计道："好的。楼上请。"

一〇四

几个人走到楼上，进了里屋，把窗帘关上。瑞林着急地问："怎么没看见揭驼子？"

不一会儿，打招呼的伙计进来，说："外面好乱。"

瑞林仔细打量刚进来的伙计，"难道就是他，不是说是驼子吗？怎么不是驼背？"瑞林愕然。

龚先生对瑞林说："党组织考虑非常周到，使用'障眼法'，故意给他安排一个外号，揭驼子，混淆视线。其实，他不姓揭，姓吉，叫吉渊，他不是驼子，也不是什么跑堂的，而是餐馆老板。"

吉渊说："我先向你们报告好消息。"他告诉同志们：

1930年2月开始，荆州地区的党组织同全国一样，由农民运动，经济斗争转变为军事斗争，天门和潜江在襄北成立红色游击队；三月上旬，中共鄂西特委在江陵沙岗召开第一次扩大会议。其后，江陵、石首、监利与游击队联合，组成鄂西游击大队，由周逸群、段德昌为总指挥；四月，贺龙率领红四军主力到达松滋刘家场，开展对敌斗争；还有，不久，鄂西大队将编成游击总队，成立京（京山）钟（钟祥）荆（荆州）游击总队。

瑞林和同志们备受鼓舞，相互会意地点头微笑。瑞林问："还有不幸的消息？"

吉渊道："是的。四月以前，蒋介石与桂系军阀干戈不断，四月以后，他们休战，建立攻守同盟，共同对付共产党。方本仁以湖北省政府之名，增加正规部队，成立所谓的'铲共团'，扩大反动武装。"

"还有。"他说："驻扎鄂西的国民党军，准备在秋季，向洪湖及江陵、石首、公安、沔阳、宜都、监利、华容等地的革命根据地发动大'清剿'。"

瑞林问："包括枝江吗？"

徐国炎说："肯定包括。原则上讲，枝江绝大部分地区属于宜都，东部靠近沮漳河一带归属于江陵。"

吉渊说："鄂西特委充分考虑到目前形势，为应对敌人的'围剿'，采取了一些反制措施。"

瑞林问："什么反制措施？"

吉渊说："去年五月以来，沙市的鄂西特委遭到破坏，大部分领导人遭到迫害。周逸群刚从湘鄂边返回石首，他得知沙市的危险处境后，立马赶到，组建沙市临时特委，且将特委机关转移到天门农村，开展游击战争，打击土豪劣绅，消灭反动团防，粉碎国民党的反'清乡'阴谋。"他转脸对徐国炎和阮瑞林说："听说，你们现在的工作做得主动，正干得红红火火，而且，鲜家港地区的革命斗争，已经由乡下转到了集镇。我作为共产党的交通员，不应该泼你们的冷水，但是，我必须提醒你们，应该有所准备。"

瑞林伸长脖子，追问："什么准备？"

吉渊抽出一支烟，烟头在饭桌上敲了两下，点上火，真诚地说："1927 年至 1929 年，国民党十五军、十八军，分别进驻沙市、江陵、沔阳一带，大肆'围剿'共产党。李卫贤、许直卿组成'铲共团'。眼前，敌强我弱，我们必须做好分散游击的准备，可以集中到洪湖，参加洪湖赤卫队。"

阮瑞林听了吉渊的这一番话，陷入了极度沉思之中：虽然目前从江口形势来讲，是敌弱我强，周边的反动势力被清除，保安团被赶跑，江口的局势被共产党所掌控，人民群众的革命情绪高涨。这时候退却，怎么向人民交代？如果继续下去，国民党反动派围攻，我们能够抵挡得了吗？会不会给革命造成巨大损失？他思前想后，十分纠结。吉渊和龚承谦，代表党组织，发出的指令，具有权威性。必须稳住当前的局面，让春晖深入了解许直卿的状况，以寻对策。

吉渊正说着，徐古青走了进来，沮丧地说："刘长林牺牲了，被敌人绞死在沙市宝塔河。"这消息，引起了同志们的悲痛、愤怒和不安。

"我们和敌人拼了。"徐国炎愤怒地说。

徐古青示意同志们坐下来，稳定情绪，说："越是在这个时候，越是要情绪稳定。我们有党中央在，有支持我们的老百姓在，有众多的共产党人在。同志们要有信心，要有勇气，要有战胜敌人的英明决策，要拿出对敌斗争的正确行动。"

屋子里一片沉寂。

徐古青衷心告诫大家："要保存实力，要防备革命队伍里的叛徒，要做好多种思想准备。不要盲目行动，给党组织造成损失。"

楼下有动静，吉渊急急忙忙走下楼梯。

一〇五

阮瑞林拉着黄包车离开省第八中校门，门哨盯住瑞林，觉得不对，原来他不是带着一个女人走亲戚吗？怎么一下子变成了黄包车夫，拉起黄包车来了？不知不觉中，瑞林拉车过去了；可是后面来了一辆黄包车，徐国炎拉着一个女人，女人阔太太打扮，搽脂抹粉，格外耀眼。团丁一下子醒悟过来。觉察到："掉包了。他们用了'障眼法'。"门哨立马走进岗亭，拿起电话，向团部汇报情况。团部命令门哨："他们是共产党，快追。"

突然，几个国民党士兵闯进了好公道餐馆。

"兵爷，你们来了。屋里坐。"吉渊走出来，大声同这些人打招呼。

士兵上前，对老板道："有几个共产党躲藏到你的餐馆来了，让开，我们要搜查。"

吉老板望着楼上，故意提高嗓门笑道："兵爷，你看我这餐馆，进进出出，来来往往客人多，哪有什么共产党，你们搜查，不是怠慢客人了吗？以后我这生意怎么做？"

一楼到二楼，左右两楼梯，楼道不宽，只容下两个人擦肩而过。

龚承谦听到吉老板的暗示，说："别动，大家冷静。"

"去去去，少废话，别妨碍我们例行公务。"小队长走来，吩咐士兵道："搜，给我里里外外，楼上楼下，仔细地搜。"团丁推开吉老板，分散到餐馆里进行搜查。四团丁从两边楼梯上楼。同时，吉渊示意店小二提着茶壶，快速上楼，在楼梯间，吉渊眼疾手快，跑到店小二前面，故意撞到店小二，茶壶被撞掉在地上，打碎了，瓦壶片撒落一地，茶水流在地上。一团丁脚踩在壶片上，滑倒在地上，爬起来，给了店小二一巴掌，说："咋搞，老子毙了你。"

店小二怯懦地望着士兵，哆哆嗦嗦地说："对不起，不是故意的。"

吉渊拦在楼梯口说："兵爷，楼上，好不容易来了几位贵客，你们不能搜。"

徐古青站着对同志们说："我和龚先生一人一个楼梯，去和士兵周旋，你们分开走，随机应变。"

四个士兵上楼，一个个餐厅搜查。楼下，两士兵堵住大门。两士兵从东边楼梯爬上楼，与龚承谦相撞。门哨认出龚承谦，道："龚先生，你在这上馆子了？"

龚先生笑着说："怎么，你们不在校门口站岗，怎么跑到这儿来了？"他说着，从包里拿出一包香烟，取出一支，递给门哨，拿出火柴，划了几下，给团丁点上火。这一系列动作，龚先生故意慢吞吞，拖延时间。瑞林和梅芳趁机从团丁身旁溜到一楼。

徐古青走到西楼梯口，看见士兵在与店小二纠缠，他堵在梯口，大声叫道："老板，怎么这么吵啊？结账。"

吉渊听到叫声，爬上楼梯口，说："对不起，官爷要搜查，硬说我这儿来了共产党。徐老板，你信吗？"

徐古青应道："共产党？如今到处都有，让他们搜吧。"

团丁向上爬。徐古青和吉渊站在楼梯口，吉渊道："贵客，不坐了？怠慢。"徐古青招来徐国炎及其同伴，向吉渊介绍说："我有两堂兄，在万城经营小店，我让他俩都在你这吃住，你得好好照顾哦。"

说着，徐古青让出一个通道，让当兵的从他前面上楼，徐国炎和同伴从他前面溜过去。

团丁在楼上，几个房间搜了个遍，扑了个空。小队长发现一个餐厅空着，餐桌上，未放餐具，没酒菜，觉得不对劲。他命令道："有'共党'，快追。"有团丁赶下楼，守在门口。

徐国炎及同伴随后，走出大厅，士兵们听到命令，迅速拦住徐国炎，徐国炎见势，一把推倒团丁，夺门而逃，龚承谦掩护同志们离开，小队长连开两枪，击中了龚承谦的胸部，倒在门前的台阶上，滚到街道上，鲜血直流。徐古青拔出手枪，向队长射击，小队长侧身躲避，徐古青躲在大门背后，以门为掩体，同敌人进行枪战。

阮瑞林见到龚承谦倒在大街上，推开梅芳："快走，码头上等我。"

龚承谦对瑞林说："快跑，别管我。"

瑞林朝着门口的士兵开枪，一个被打死，几个士兵从楼上冲下来，徐国炎转身，与敌对击。瑞林回来，一边朝敌人开枪，一边抱起龚承谦。他叫道："承谦，你没事吧。"

龚承谦眼睛直直地，望着瑞林，艰难地吐出几个字："别管我，要继续……"说罢，心脏停止了跳动。

吉渊不想暴露自己的身份，这里是鄂西共产党设在荆南唯一的地下交通站，深知自己工作的重要。他吩咐伙计："快，快关门，保护好我的食客。"他想将团丁关在屋里。

伙计手忙脚乱。徐古青对瑞林说："敌人越来越多，不能恋战，快走。"他快速推开门，冲向大街，转身枪击敌人。徐国炎、同伴、阮瑞林三人一边撤退，一边打击敌人。三人分三路撤退：徐古青向东，他躲进小胡同，射击敌人，一士兵被击中，栽倒在街上；徐国炎和同伴，朝西，向枝江方向撤离，敌人穷追不舍，向他们连开数枪，徐国炎还击，在小巷里，一士兵追过来，徐国炎顶住敌人胸口一枪，团丁当场倒下；阮瑞林向长江边撤离，在小巷里，躲躲、跑跑、打打。商户门前，摆着几筐豆子，瑞林绕过豆子，朝敌人开枪。俩敌人追过来，一脚绊倒豆子，豆子撒落一地，滚滚溜溜，两士兵滑倒，四脚朝天。瑞林打死两个，乘机溜走。

江边，至宜昌的航班拉响汽笛。梅芳在码头焦急万分地等待着瑞林。船就要开了，瑞林该不会出事吧？士兵在码头巡逻。航船缓缓地离开趸船，梅芳眼巴巴地望着路口。瑞林跑来，拉着梅芳，飞也似的从趸船跳上航船。士兵慌了手脚，朝瑞林猛开几枪，航船在汽笛声中离开码头。

船上，瑞林突然对梅芳说："坏了，大事给忘了？下船。"

"什么事？"嫣然一笑，梅芳明知故问。

瑞林急着说："忘了给郑副会长买药。"

"你忘了，我可没忘。"梅芳说着，从手提的花布包里取出一纸包的中药，放到瑞林面前。

瑞林感激，说："梅芳，你心真细。"

下雨了，江面上飘着薄薄青纱，天暗下来，渔船亮起昏暗的灯光，航标灯亮着，像萤火虫，一闪一闪，发出微弱的信号。航船逆水行舟，破雾前行。梅芳甜蜜地偎依在瑞林的身边。

瑞林轻声道："我们回去，队员们问我们，我们怎么说？"

梅芳摇了一下头，默默地回应说："我心里也没底。"她深情地望着瑞林，说："瑞林，你就是长江中的航标灯，尽管很微弱，但是，指引着航向。不久，迷雾就会散去，光明就在前面。你必须挺住，好多好多的目光看着你，即使是我们的敌人，也在注视着你。"

瑞林的脸色十分凝重，眼睛里放射出咄咄逼人的寒光。眼前出现龚承谦临终前的嘱托："不能退缩，要继续……"

班船在江口码头停泊，瑞林提着木箱，从船上下来，胡安海在码头迎接他俩。瑞林对安海说："家里的情况怎么样？"

胡安海回应道："大事没什么，可小事不断。"

"革命无小事，再微小的细节，我们都不能掉以轻心。什么事？说说看。"瑞林道。

安海说："小事嘛，捻不上筷子。"

"你别卖关子了，拣大事说。"瑞林着急。

胡安海道："农民踊跃交公粮；有商户公开在政府门口抢购粮食；陶延久在大街上差点儿跟人打起来；还有。"

"还有什么？"梅芳惊讶地问。

"大街小巷传遍了，郑绥伯要死了，跟着共产党干，没好果子吃。"

瑞林火了，说："胡言乱语，胡说八道。"

梅芳道："瑞林，我们不是给郑老板带药回来了吗？去他那儿。"

胡安海说："时间不早了，恐怕郑老板睡了。你们从沙市回来，大老远的，该回去洗洗。明天再去不迟。"

"不行，郑会长的病要紧，我们得去看看。"瑞林坚决地说。

胡安海接过瑞林手里的木箱，说："既然你们想去，我也去。"

梅芳突然想到："瑞林，这木箱子哪儿来的？我们去时，没带箱子啊？"

一〇六

提起木箱，瑞林心里一阵酸楚：

龚承谦吩咐道："瑞林，你和徐国炎委屈一下，当一回黄包车夫，你拉国炎的同伴，国炎拉梅芳，一前一后，保持距离。"

徐国炎先走，瑞林紧跟着。龚承谦叫住瑞林，说："我这有个红色小木箱，为掩人耳目，转移视线，你带上，这才像个老板样。"他说着，将木箱放到黄包车上。瑞林想着，眼泪滴在手上。"梅芳，我们远不及龚先生，他们的革命斗争经验丰富。可惜啊！"

梅芳说："瑞林，在斗争中学习斗争，在实践中增长才干。"

瑞林默默点头。

路灯下有人影在晃动，见有人来，闪进一条胡同。胡安海说："几天了，郑老板屋前房后，总有一些鬼鬼祟祟的人在晃动。看样子，他们是在监视郑老板，随时对他下黑手。"

瑞林对胡安海道："你回去叫周济带人来，干掉他们。"

"是。"胡安海快速离开。瑞林俩来到郑绶伯家门口。瑞林敲门，家里面传来几声咳嗽，夫人问："谁呀？"夫人警觉地听着动静。

"是我。"瑞林轻声道。

郑绶伯侧耳静听："瑞林，是你吗？"

"郑会长，我，瑞林，快开门啊。"瑞林回答。郑绶伯连忙吩咐夫人："快去开门，快。"夫人赶忙把门打开。瑞林走近郑绶伯的床前，握住他的手问道："你好些了吗？"

郑绶伯摇头说："怎么会好得起来？身体的原因，那些恶意中伤的污言秽语，压得我喘不过气来。"

瑞林拍拍郑老板的背，安慰道："没事，没事的。"

郑绶伯对夫人说："快去，柜子里有好茶叶，泡两杯茶来。"他对瑞林说："瑞林，那些乌鸦嘴，毒得很啦，说福不灵说祸灵。是我连累了共产党，那些恶意中伤的，针对的不是我，是你们共产党啊。我的病，早在共产党到来之前就已患上了，可他们硬说是跟着共产党才患的病。这，这，这不是无中生有吗。"郑会长恼怒地说。

瑞林安慰道："郑会长，你要相信共产党。真的假不了，假的真不了。有朝一日，会真相大白，乌云遮不住太阳。"他转向梅芳，说："对了，梅芳在荆州给你买了两包药，梅芳，快拿出来，给郑会长熬了喝。"

梅芳取出药包，放到桌上说："这是从荆州吉康药店买来的，吉康老板亲自开的药方，按照药方抓的药，处方我也给你带来了，你喝了看，有效，再去按处方抓药。"

郑老板看着处方，紧紧地握住瑞林的手，万分感激，说："太感激你们了。跟着共产党，我就是死，也心甘情愿。"

梅芳说："郑会长，不会的，你会好起来的。"

"砰砰"，街上传了两声枪响。夫人惊讶地说："有枪声？"

瑞林快速转身，闪出门外。

胡安海叫来周济，赶到牛场口子，离郑家不远处，两个可疑人偷鸡摸狗般地晃来晃去。胡安海佯装没事，慢悠悠地走着，靠近可疑人，周济与他保持距离。可疑人看见来人，躲进胡同，以墙角作掩护，提着手枪，窥视胡安海。胡安海若无其事地走过胡同。他俩向胡同围过来。可疑人拔出手枪，朝安海开枪，安海闪到一边，周济猛开一枪，可疑人还击，钻进胡同深处。周济提枪追赶。

瑞林听到枪响，从郑家闪出来，见到两可疑人从面前跑过去，举枪，一人被击倒，另一个慌忙逃窜，瑞林和周济追赶。胡安海走到倒下的可疑人身边，抓住他，说："起来，跟我走。"

瑞林追到离东山寺不远的东湖港边，突然冒出多个团丁，朝他俩开枪，密集的子弹向他射来。瑞林还击，对峙一会儿，瑞林见寡不敌众，便和周济退回郑老板家。

瑞林遇到胡安海。安海说:"抓到一个。"

瑞林说:"郑老板家不安全,你在这里看守,我们把他押回去。"

"是。"胡安海道。

瑞林回到元后宫,已是鸡叫三遍。

"哥,你们回来了。"春晖在门口站着,见瑞林回来,问:"怎么这时回来?半夜三更了,还押了个俘虏?"

瑞林看了看俘虏,又看了看春晖,冷漠地回答:"有事。你怎么还没睡,还想干什么?"

春晖红着脸,转身回到马棚。

瑞林将可疑人关到西厢房,叫来胡明喜,给他打上绷带,放进禁闭室,自己轻手轻脚地回到住处。

晚秋的黎明,浓浓的迷雾罩着大地,露珠从树上滴滴答答地滴在草坪上,落叶片片潇潇而下。天将晓,队员在操场上练兵,训练刺杀、格斗、擒拿,士气旺盛,精神抖擞,苦练杀敌本领。

瑞林站在操场上,向队员们打招呼。本槐和阮德斋走来。瑞林迎上去说:"德斋,你怎么来了?"

阮德斋走近瑞林,说:"听说你去了江陵县特委。好久没和上级党组织联系了,我来聆听你的好消息。"

瑞林苦笑着:"好消息?有好消息,有好消息。"说着,瑞林走到李道生面前,说:"你和魏启福带队训练,我们去办公室。"

胡明喜把办公室打扫得干干净净,办公桌擦得油亮油亮。阮本槐坐在板凳上,说:"瑞林,我看你的情绪,是不是情况不妙?"

瑞林低沉地回答道:"刘长林牺牲了,龚承谦也为了掩护我们,倒在敌人枪口下。"

阮德斋痛心地说:"这不是真的。"

"现实的斗争就是那么严酷,国民党反动派对共产党进行血腥镇压，有许多革命同志，惨死在敌人的屠刀下。徐古青告诫我们，要做好多种准备。"瑞林郑重地说。

德斋急切地问："鲜家港党支部、凤台赤卫队、江口苏维埃怎么办？"

瑞林道："徐古青让我们做好多种准备，或解散赤卫队，退出江口；或向玛瑙河赤卫队靠拢；或投靠洪湖赤卫队。不过，徐老师没有明说，只是暗示。"

本槐站起来说："不行，我们历尽艰辛成立赤卫队，血雨腥风占领江口，建立红色政权。眼前，赤卫队员士气高涨，充满革命热情。如果那样，岂不是泼队员们的冷水。我不同意。"

德斋分析说："目前，大环境下革命斗争形势的确处于低潮，但是，局部地区革命形势非常乐观：井冈山的农民革命，轰轰烈烈；沔阳戴家场暴动，打响荆楚大地武装反抗国民党反动派第一枪；荆州五县均发动秋收起义、秋收暴动，分别将暴动武装组建工农革命军和游击队，玛瑙河沿岸的赤卫队武装暴动，大伤了保安团元气。"他坚定地说："我们不能退缩。宁可战死，绝不后退半步。"

瑞林为难地问："你们说，我们该怎么办？总得想出一条路来呀。"

梅芳疑惑，站到瑞林旁边，说："我们怎么办？"

几个人说着，春晖从门外跑进来，坚定说："坚守阵地，寸步不让。"

"春晖？你怎么了？"几个人惊讶地望着春晖。春晖站在瑞林旁边，仔细打量着瑞林。瑞林愕然："怎么了？"

春晖说："你不是在徐国炎前先走一步吗？怎么落在后面了？"

瑞林急忙地问："徐书记来过了？"

春晖道："来过。就在你们回家之前，徐书记来过了。"

"徐书记怎么回的？"瑞林问。

春晖说："你们在江陵发生的事，徐书记告诉我了。我担心你，但我相信，你不会出事的，昨天深更半夜，我站在门口盼望你回来。徐书记说，你们在好公道饭馆与敌人发生了枪战。你们走后，他的同伴被打死。他从江陵一路跑到江口。"春晖道。

"徐书记是条铁汉。"瑞林佩服说。

"徐书记是铁汉，哥也是铁汉。共产党人都应该是铁汉。我留不住徐书记，他要赶到玛瑙河去，和敌人斗争。"春晖兴奋地说。

瑞林又兴奋又激动，他深情地对大家说："我们挺起腰杆，不管遇到什么困难，将同敌人血战到底。"

"放我出去。放我出去。"西厢房传来喊声。

阮本槐问："怎么回事？"

一〇七

胡明喜站在窗前，呵斥："喊什么。规矩点。"

瑞林对本槐说："昨天夜里，在郑老板家门口抓到一个俘虏。"

俘虏两手抓住窗户，胡乱地叫喊。

春晖转身想去和俘虏打个招呼，瑞林拦住春晖，说："现在你不要露面，有用得着你的时候。"春晖回到马棚。瑞林走出办公室，安排胡明喜，叫来李道生和陶延久，一起审讯俘虏。

胡明喜打开禁闭室，陶延久走过去，命令俘虏出来。俘虏望着外面，喊道："你们为什么抓我？"

道生把俘虏带到审讯室，坐在座椅上，陶延久站在俘虏旁边，胡明喜关上门。李道生开始审讯，他严肃地对俘虏说："你知道这是什么地方吗？"

"谁不知道，这是元后宫，是保安团常住的地方。"俘虏满不在乎地说。

李道生："看来，你是这里的常客，什么也瞒不过你的眼睛。你叫什么名字？"

"我姓陶，叫陶延隶。"俘虏扬着头说。

"咳，咱们是家门，而且还是兄弟，我叫陶延久。"陶延久冲着他道。

俘虏看了陶延久一眼，掉头望着窗外。

"把脸转过来。"陶延久吼道。

俘虏横了延久一眼，趾高气扬地说："我就叫陶延隶，行不更名，坐不改姓。"

陶延久哭丧着脸，说："你别狗子坐花轿——不识抬举，你是不是看我在和你称兄道弟，你就臭起来，硬起来。你别敬酒不吃吃罚酒。"

俘虏缓和地道："我是这脾气，余大富知道我的底细。"

李道生叫道："陶延隶，你在郑绶伯家门口干什么？"

陶延隶轻描淡写地说："没事，转转。"

"你真的没事，打转转？"李道生追问。

"不错，打转儿。"陶延隶说。

"你打转儿，为什么还带着枪？为什么还朝赤卫队开枪？"李道生拍着桌子，大声道。

陶延隶依然狡辩。

"看来，你是不见斧子不回头。"李道生转身回避，走时，丢下一句话："延久，你好生伺候他。"

陶延久走近陶延隶，说："看在兄弟份上，宾客相待。如果再不老实，我对你不客气了，就是按照对待内部的惩罚规矩，你也受不了。"

陶延隶有些害怕了，他问："内部惩罚怎么搞？"

"怎么搞？"陶延久见他胆小，便吓唬他说："轻者五十大板，重者割鼻子挖眼睛。再重者，用烙铁烙胸脯。你想尝尝吗？"

"我，我想想。"

陶延久追问："你想做什么？"

街上，龚梅芳提着一个小包，同戴宗秀一起，走着，与过往的人流擦肩而过。梅小丫赶来，对梅芳说："你们是不是去看郑老板？"

梅芳看见小丫，说："是呀，你咋知道？"

梅小丫满脸羞涩，说："知道嘛。人家听说胡安海在守着郑会长。"

梅芳拍着小丫的肩膀，笑道："你呀，是担心胡队长吧。走，我们一起去看看。"

郑绥伯院子里，暖洋洋的太阳光射进院内。上午，郑绥伯悠闲地躺在天井的椅子上，面前放着一杯茶。夫人陪坐在旁边，为他捶背。胡安海持枪在院门前走动。

梅芳三人走进院子，她叫道："郑老板，你好点了吧？"

郑绥伯听到梅芳的声音，双手扶着椅背，站起来，道："梅芳姑娘，谢谢你的好药。你看，今天就从床上立起来了，劲抖抖的，你的良药狠狠地扇了那些扇阴风、点鬼火的黑心人一个响亮的耳光。"

"真的？"梅芳高兴，把他扶着，让他坐下，说："郑会长福大命大，人好心好，会好起来的。敌人的阴谋不会得逞。"

郑夫人称赞梅芳说："梅芳姑娘，你的嘴巴好甜啊。瑞林真有福气，找到你这么好的姑娘，真是几辈子修的福分。"

郑老板坐下来，呷了一口茶，说："这药真的不错，我只喝了两次，你看这精神就好多了。看来，再活个一年半载，没问题。"

"郑会长，再活十年二十年都没问题。"戴宗秀笑道。

"姑娘们都会说话。"夫人夸道。

梅小丫走到胡安海面前，满脸羞涩。安海问道："你来了，是来看我吗？"

小丫赌气地说："你想得美，我是来看郑会长的。"

胡安海不自在，两手不知放在什么地方好，他说："好好好，看郑会长，那更好。"

戴宗秀说："胡队长，你守了一夜，该休息了，你和小丫回去，我给郑会长站岗。"她说着，走过去，将胡安海的枪接过来。

胡安海说："我就在这找个地方打个盹，两个小时后叫我。"

宗秀说："也行。"

郑会长感激地说："昨天发生了枪战，多亏胡队长，驱走了刺客。"

"没事。"胡安海说，"是瑞林赶跑了魔鬼。"

小丫的眼睛始终盯着胡安海，她想靠近他，又怕旁人笑话。胡安海被夫人带进房间，梅小丫跟着进去。

梅芳告辞说："郑会长，您好好休息，我和瑞林有时间来看你。"

"不用了。告诉瑞林，好好工作，我支持你们。"郑会长送走梅芳。小丫赶忙从房间跑出来，说："芳姐，等等我。"

她俩从郑会长家里出来，走到大街上，正遇到阮春晖。春晖招呼道："芳姐，你们上街来买什么？"

梅芳笑道："不买什么，随便转转。"

梅小丫看见春晖和嫂子搭讪，偷笑道："哈哈，小叔子遇到嫂，点头又哈腰；嫂子遇到小叔子，面红又耳赤。"

梅芳用手提包向小丫打去，说："去你的，鬼丫头。"

"嫂子，我想去郑半头买件上衣布料，你去给我参考参考。"春晖说。

嫂子："我陪你去。"

小丫嬉笑着，说："嫂子，你去吧。小叔子约嫂子陪着逛街。"三人齐乐。

春晖和俩姐姐来到郑半头，郑家老三开了一家嫘祖布行。几种色彩鲜艳的布缎挂着。生意不错，几个顾客在挑选布缎。

梅芳上下浏览，指着布料说："你买那缎吧，咖啡色的底面，黑色条纹，看上去蛮精神的。"

"姐，我这马夫，穿这么高档，怕人笑话。"春晖道。

小丫说："你这么好的人品，这么好的身材，配这么好的衣装，好上加好啊。"

春晖腼腆地笑了。

这时，突然闯进两陌生的蒙面男人，将春晖夹在中间，说："阮春晖，跟我们走。"

春晖惊讶地望着陌生人，俩姐姐愕然。

春晖用力挣扎，被陌生人紧紧地夹住，把他夹到门外。

梅芳上去拦住陌生人，春晖示意，大声叫道："姐，没事，你们回去吧，帮我把马喂好，别让马饿着、渴着。"

梅芳俩快步回到元后宫，立刻找到瑞林，瑞林见到她俩，问道："你们慌慌张张地跑回来，干吗？"

梅芳说："春晖被绑架了。两陌生男子，蒙着面，把春晖劫走了。"

"啊！什么人？"瑞林道："向哪个方向走了？带武器没有？"

梅芳思索着说："看身段，那声音，好像是熟人，他们夹着春晖，向上街走了。春晖安慰我们，说他没事。"

小丫后悔说："真是忙人无计。当时，我们不该回来，应该跟踪他们，看他们把春晖带到什么地方去。"

梅芳解释说："怎么可能呢。考虑春晖的安全，不能跟踪他们。"

"也是。"小丫点头。

瑞林告诫她俩说："春晖被绑架的事，先不要声张，暂时保密，等我们找到本槐，与他商量对策之后，再说。"

正说着，胡明喜来到瑞林身边，说："瑞林哥，本槐队长找你，你有事出去了。一个时辰前，鲜家港的农民跑来对本槐队长说，有一股土匪在凤台、吴家堤、鲜家港一带扰民。那些土匪，哄抢农民的猪子、鸡子、鸭子和粮食，还欺负农家妇女。槐队长和魏队长带着赤卫队员，赶到那里，教训土匪去了。"

瑞林问："去了多少人？"

"四五十人吧，到底多少人，我不太清楚。"喜子说。

瑞林和喜子回到办公室，瑞林细细地琢磨着：是土匪还是保安团？他们是不是与春晖被绑架有关？

李道生走进办公室。

"道生，快坐。快说说你审俘虏的情况。"瑞林说。

李道生说："那家伙开始还牙犟嘴硬，后来，陶延久给他几吓唬，他招了。"

"他说了些什么？"

"他说，他们有一小队，住在金湖一带，带队的叫蒯西门，是从江陵过来的。"李道生说。

瑞林心急，刨根问底："他们来的目的是什么？"

"这个，不是很明确。"道生搔了一下痒痒，说，"我分析，他们来的目的有三个，一是想拉拢郑绥伯，因为郑绥伯有钱，郑半头一条街都是他的，他对共产党很忠诚。他还说，许直卿担心。"

瑞林追问："他担心什么？"

"许直卿担心郑老板给赤卫队进行经济上的资助。许团长吩咐过，如果郑老板不配合，就干脆干掉郑老板。"李道生说。

"许直卿够狠毒的。第二个呢？"瑞林愤怒。

道生说："李卫贤在江陵，当上了'铲共团团长'，游勇和许直卿分别当上团参谋和副团长。"

瑞林说："许直卿亡我之心不死，他做梦都想打回江口。江口不仅是他作威作福的根据地，还有他朝思暮想的姨太太。我想，蒯西门来江口的第三个目的，就是五姨太，五姨太藏着他的什么宝贝。你看是不是？"

李道生道："有那么一点，但不全是。"

"你说，第三个目的到底是什么？"瑞林问。

李道生回忆说："当时，陶延隶说'我们来试探一下阮春晖，看看春晖是不是被共产党软化了，如果春晖有二心，就干掉他；如果春晖死心塌地地跟着许团长，就安排他新的任务'。"

瑞林说："春晖被人绑走了，很有可能是他们干的。春晖遇到麻烦了。"

李道生急着说："赶紧去解救春晖呀。"

瑞林说："现在不能急，如果我们急着去救春晖，蒯西门会认为春晖是共产党的人，他们会对春晖下手。我相信，春晖会熬过来的。"

"我们不能眼睁睁地看着春晖受折磨。"李道生说。

一〇八

江口与马家店间，有两大湖，至东向西分别为东湖和刘家湖。两湖之间有个小岛，岛上建有一庙，名曰"呼风庙"。此庙建于三国时期。一年夏天，关羽率兵来到这小岛上宿营，那天，天气炎热。兵卒在岛上挖土灶生火做饭，热得喘不过气来，跳进湖里。哪知道土灶里的火烧着了地上枯黄的竹叶，一会儿，野火熊熊燃烧，眼看就要烧着官兵的兵器和行李。士卒纷纷从湖里爬上来救火，火越烧越旺，遍地燃烧。在这千钧一发之时，关羽噘着嘴巴，脸朝着西边的天空，"呜——喂，呜——喂。"大声呼唤，突然间，狂风大着，电闪雷鸣，紧接着，下起了瓢泼大雨。解凉了，火被大雨淋灭，兵器和行李保住了。从此，当地人把这地方视为神地，土地爷在这岛上建起一座庙，老百姓管它叫"呼风庙"。

蒯西门带着一队人马，就住在呼风庙。

春晖被团丁折腾到呼风庙。蒯西门走近春晖，说："阮春晖，你隐藏得够深啊。"

春晖转移话题，答非所问地说："你不是凤台学校的教导主任吗？一下子变成了军爷了。真是贵人多变啊。"

小兵拍马屁，献殷勤地说："蒯主任本来就不是教书的料，他是许团总的秘书，如今许团总当上'铲共团'副团长，蒯大哥成了'铲共'先遣队队长，一呼百应。"

春晖轻蔑地说："哦，原来如此。蒯主任，不，蒯队长，你是许团总的密探。岂不是如我一般，两面三刀吗？"

"听话听声，锣鼓听音，照你这么说，你也是许团总暗藏在元后宫的卧底啦。"蒯西门阳奉阴违。

"嘿嘿，你说呢。"春晖不卑不亢。

蒯西门恼羞成怒，一把抓住他的衣领，恶狠狠地说："我看你身在曹营，心在汉。来人，把他捆起来，狠狠地打。"

元后宫，本槐带着一队人马，从鲜家港回来了。瑞林迎上去，问道："什么情况？"

本槐说："抓了几个俘虏，据俘虏交代，许直卿为了搅混我们的阵营，纠集了一个小队，就住在靠近鲜家港的柳港。他们买通了当地的一些流氓、地痞，专干些偷鸡摸狗的勾当，让老百姓不得安宁，来混淆赤卫队的视线。"

"看来，许直卿有什么大动作。春晖被他们绑架了。"瑞林叹了一口气。

本槐惊讶地说："真的？你还那么消停，想法营救啊。"

"我在想，他们是在考验阮春晖，如果春晖扛过来，以后，他们还有用得着春晖的时候。我也希望春晖扛过来，对我们大有用处。春晖会扛过来的。"瑞林分析说。

本槐想了想，说："不能任其下去，还需要做几种准备。我来想办法，你我都不能出面，如果出面，会把事情弄糟的。"

瑞林思前想后："有两个人选，一个是屠教士，一个是余大富。"

"行，快去做工作。"本槐表态。

呼风庙门前的大树下，阮春晖被五花大绑。他头发蓬乱，眼睛充满血丝，嘴角流着血，衬衣被鲜血染红。蒯西门站在他面前，满脸杀气："你到底是不是共产党？"

春晖坚强反驳："我不是共产党，也不是国民党，我是一个马夫。你问许直卿去，我为你们做了多少的事。"

刽子手上去，打了春晖两巴掌，说："许直卿是你叫的。你说，你是不是共产党？"

"我都不是，我就是一个弼马温。"春晖咬着牙，眼睛射出怒光。

"打。给我狠狠地打。"蒯西门穷凶极恶。

春晖被打得晕过去了。蒯西门吩咐："把他关到小屋里去。派人看紧他。"

夜幕降临，前面出现两个模糊的人影。黑狗子慌忙地跑进寺内，对蒯西门说："报告队长，前面来了两个人。"

蒯西门警惕地问："什么人？"

黑狗子报告道："是屠教士。"

屠教士怎么来了，难道他是来为阮春晖说情的？蒯西门思虑着。屠教士走近，说："是哪位菩萨？我烧香来了。"

蒯西门拱手道："啊，屠大人，哪阵风把您给吹来了？"

"这不是呼风庙吗？我被关老爷呼来了。"屠教士风趣地说。

"请请请，屋里坐。你怎么知道我在这儿？"蒯西门问。

"我屠教士天涯海角，无处不去。东山寺的方丈早告诉我了，我想见见老朋友。"屠教士笑着说。

蒯西门故意拐弯抹角，说："老朋友？你神通广大，料事如神，又为人仗义，爱打抱不平。朋友多得是。您说，您要会哪位老朋友？"

屠教士直言："天下朋友千儿八百，朋友多了，下雨好借伞。但是，知心知己没几个。许团总是我的朋友，你，不是。"

蒯西门暗暗地骂：这个不识抬举的东西。他虽然有些恼怒，但忍着，问道："有事吗？"

屠教士坦然地说："有事。"

蒯西门说："有事，你说吧。"

陶延久站在禁闭室门口，看守陶延隶。陶延隶向他套近乎："我俩同宗，一笔难写二陶。"

"我们虽然一笔难写，但是，你我走的不是一条路。你走的是穷途末路，我走的是阳光大道。"陶延久说。

"你说，我都交代了，还不放我出去？共产党不是既往不咎，宽待俘虏吗？"陶延隶说。

陶延久道："共产党没把你当俘虏。"

"放我出去，放我出去，放我出去。"延隶像是一条癞皮狗。

"放不放你出去，不是我说了算。你别嚷，把我吵烦了，关你十天半月。"延久教训道。

陶延隶低下头。

陶延久说："看在你我一笔难写的情分上，给你讲讲我们陶家的故事。"

陶延隶好奇地望着他，问："什么故事？"

陶延久细细道来："陶家湖原本无名，有个叫陈有明的逃难者，他原是荆州府的一个大官人，因为与朝廷有痕，被奸臣迫害，朝廷派人抓他，要满门抄斩，他便携家人逃到这里。改名叫逃友生。"

"逃友生？逃家湖？偌大的一个湖，因逃友生而得名。有意思，你说说看，这是啥时候的事？"陶延隶不解地问。

一〇九

陶家湖是自然形成的湖泊，历史上隶属六和坼。它原是花庙河古道，发源于当阳玉泉山，流经花庙、石子岭、问安等地，于鲜家港出口沮漳河。由于地理变迁，下游沮漳河出口被泥沙淤塞，形成湖泊。明末时期，农民起义，荆州府动荡不安。他便携家人逃到陶家湖。带着老百姓围湖造田，变湖泊为农田，并向老百姓传授湖泊鱼虾、蟹蚌等养殖技术。朝廷改朝换代后，逃友生被召回朝廷。老百姓为纪念他，把这湖叫"逃家湖"。日长月久，人们认为"逃"字，不吉利，不中听，便改"逃"为"陶"。

"陶家湖，逃家湖，逃友生，陶——逃——"陶延隶反复地念叨着，盘算着逃离的计划。

胡明喜和余大富回来。余大富朝后院走，瑞林叫住他："大富，这几天看见春晖没有？"

余大富转过头，看看瑞林，瞅瞅马棚，说："是呀，这两天是没见春晖，他哪儿去了？"

瑞林高声说："这家伙，纪律散漫，目中无人。给许直卿邀功领赏去了吧。他如果回来，关他几天禁闭。"

余大富笑着："大哥，你们是一根藤上的瓜，你就不能饶他一马？"

瑞林气愤地说："还饶他一马，我恨他不死。"瑞林说着走开，又转过身来，说："你去禁闭室看看。陶延久和陶延隶是兄弟，让兄弟看守兄弟不合适，去换下陶延久，看紧陶延隶。"

余大富走到禁闭室，陶延隶看见余大富，好像抓到救命草，乐呵呵地说："余大哥，你在这儿混得不错嘛。"

余大富傲慢地说："我余大富是谁呀。为人和善，待人宽厚，谁不夸我余大富是好人？"他对陶延久说："换岗了，你去吧。"

陶延久离开禁闭室，陶延隶说："余大哥，我们是老朋友，高抬贵手，放我一马。"

"放你？就那么轻而易举地放你？我咋办？"余大富道。

"余大哥，我全交代了，共产党迟早会放我的，你是积人之德的好人，你放了我，许团总会给给你好处的，我也不会亏待你。"陶延隶央求说。

"你说我放了你，你咋谢我？"余大富试探着说。

陶延隶急忙说："给钱、给物、请你下馆子，都行。"

余大富沉默。

一切，都在阮瑞林和阮本槐的设局之中。

其实，陶延久并未离开，他转到禁闭室的后面，偷听陶延隶和余大富的谈话，把情况向瑞林做了汇报。

呼风庙，屠教士观察庙的四周，对蒯西门说："听说，你们把许团总的马夫，阮瑞林的弟弟，阮春晖抓来了，真的吗？"

"大哥，是谁告诉你消息？"蒯西门疑惑地望着他。

"别甭管是谁告诉我的，你只要告诉我，是真还是假？"屠教士的眼光逼着蒯西门，直截了当。

蒯西门阴着脸，说："春晖是在这里。你是许总的朋友，也是阮瑞林的朋友。是他请你来当说客的吧？"

屠教士听了怒发冲冠，愤怒地说："我屠教士是什么人，难道你不知道，我是随便任人摆布的吗？我能听他阮瑞林摆布？我看你是狗眼看人低。"

"别发火，屠大哥。我是说，春晖是瑞林的弟弟，又在给赤卫队喂马，我抓了春晖，共产党不会坐视不管。"蒯西门解释说。

屠教士说："他们管不管，是他们的事；我管，是我的事。我本是爱管闲事的人。春晖是在给许直卿喂马，你们不能乱抓无辜，我请你马上放人。"

蒯西门没好气地回应："屠教士，你的面子我不是不给，放不放人，由不得你我，要看阮春晖到底是不是共产党。若是，我会把他押到江陵；若不是，我立马放人。"

屠教士反驳说："你们有什么证据证明他是共产党？他承

认不？"

蒯西门奸笑说："我会让他开口的。"

屠教士问道："看来，你是不给我面子啦？"

蒯西门说："对不起，我请你喝酒可以，但放人不能。"

屠教士冷冷地道："我屠教士有头有脸，说一不二，如果我强行要你放人，你看咋办？"

蒯西门针锋相对，寸步不让："来人，把阮春晖看紧点。我看你屠教士耍什么把戏。"

"那好，我就在呼风庙里坐着、吃着、等着，看你西门、东门，别到时候摸不到门。"屠教士咄咄逼人。

屠教士和蒯西门相对而坐，互不相让。小青年看这僵局，对屠教士说："屠大哥，干脆来硬的。我回去，叫兄弟们过来，把春晖抢回去。"

屠教士想了想，说："恐怕不行，这样做，对不起许团总。我不能为了一个小马夫，伤了和许团总之间的和气。"他对蒯西门说："阮春晖如果是共产党，共产党恐怕早来抢人了。春晖都失踪两天了，共产党无动于衷。"

囚牢里，刽子手鞭笞阮春晖，春晖默默承受。屠教士忍无可忍，对蒯西门说："你们不能这样折磨人，太没人性。"

"谁叫他不承认是共产党。谁叫他牙犟嘴硬。"蒯西门大声说。

"人家不是共产党，咋会承认自己是共产党？"屠教士辩解道。

春晖声音嘶哑地嚷道："蒯西门，你个畜生，你放了我，你再打，我死给你看。"

屠教士听不下去了，站起来，右手抓住蒯西门的衣领，恶狠狠地说："蒯西门，到底放不放人？"

"不放，不放，就是不放。"蒯西门顽固地摇头。屠教士一拳，将蒯西门打倒，蒯西门还手，两人打起来。

屠教士将蒯西门推到门框边，狠地揍了他几下，他拼命地推开屠教士，屠教士用拳头在他胸部、脸部、头部猛击，他招架不住，两黑狗子跑过来，向屠教士猛扑，屠教士左脚蹬倒一个，右脚踢倒一个，右膝盖在蒯西门腹下面猛撞，撞得他"哎哟哎哟"乱叫。黑狗子挣扎着爬起来，屠教士风驰电掣般地转身，拳头落在黑狗子身上。三个黑狗子围着屠教士，屠教士一个扫堂腿，撂倒两个，另一黑狗子后退，屠教士追过去，猛击两下，黑狗子栽倒在地上。

蒯西门眼看不敌对手，爬起来，跪在地上说："大哥，别打了，我们去看看阮春晖，看他当着你的面说些什么。说得好马上放人；说得不好送他上西天。"

屠教士说："早知这样，何必当初。"他放开蒯西门。蒯西门提着裤子，狼狈地走向茅房。

茅房旁边，蒯西门吩咐黑狗子："去，把春晖打个半死，让他开不了口。"

屠教士和蒯西门来到春晖面前，春晖被绑在树上，遍体鳞伤，耷拉着头，有气无力。屠教士说："春晖不是共产党，如果他是共产党，早被你们屈打成招。"

蒯西门说："我看，他就是共产党，只有共产党才为了信仰，宁死不屈。如果不是共产党，早就招了。"

屠教士犯糊涂了。

团丁报告说："春晖晕过去了。"

"咋办？屠大哥。"蒯西门问。

"咋办？我等他开口。"屠教士搬来一把椅子，坐在春晖面前。

———○———

蒯西门见这尴尬局面，难收场。说："屠教士，你回去吧，等春晖醒过来，我对他说，你来过，把你的情义转告他。还是那句话。他不是共产党，我立马放人；他是共产党，就是阎王老子来说情，我也不会放他。"

屠教士固执地说:"老子不回去。老子要亲耳听春晖说话。如果春晖有个三长两短,老子要你的命。"

半夜,几个团丁把枪抱在面前打盹,阮春晖嘴巴动了两下,口里叫着:"喝,喝,喝水"。团丁给春晖端来一葫芦瓢水,喂到他嘴里,他"咕噜咕噜"地喝下去。蒯西门追问阮春晖,他死活不承认自己是共产党。突然,有团丁气喘吁吁地跑来,说:"报告队长。"

蒯西门道:"什么事,像打慌了的兔子?"

团丁吞吞吐吐地说:"余、余大富来了。"

"余大富?他不是早投靠共产党了吗?他怎么会跑到这来?"蒯西门细想着,他来是祸是福?蒯西门吩咐说:"快去,叫他过来。"

余大富跟跟跄跄地跑到蒯西门面前,好一副狼狈相:手上、脸上,布满血痕,光着一只脚,对襟棉袄被划破几条口子。蒯西门问:"余大富,你怎么到这里来了?是赤卫队派你来的吧?"

余大富丧着脸,说:"你看我这狼狈样,是像赤卫队派我来的样子吗?"

蒯西门板着黑脸问:"你来,有事吗?"

余大富回忆说:"我是拼着小命,从共产党那里逃出来的。几个赤卫队追我,朝我打枪,好不容易,我才跑到呼风庙。你们待我冷冷冰冰,冷嘲热讽。早知如此,十八台轿子抬我,我也不会来。"

"你别拐弯抹角,快说,你怎么逃出来的?"蒯西门怒了。

大富说:"你知道不?陶延隶关在元后宫。昨天晚上,我看守他,我想到,都是许团总的人,我必须救他。快到下半夜,赤卫队放松了警惕,几个队员睡得直打呼噜,我便假装去厕所,悄悄放了陶延隶,陶延隶蹑手蹑脚地从禁闭室走出来,准备翻墙逃跑,突然被门哨发现。门哨高喊:'陶延隶跑啦。'"

"你怎么办？"蒯西门问。

"我呀？我假装在厕所里蹲着，看情况。陶延隶还在往外跑。"余大富说。

蒯西门问："陶延隶后来怎么啦？"

余大富说："我口干，给我倒杯水吧。"黑狗子给他倒了杯水，问："快说，后来怎么样？"

余大富喝完水，说："后来，哨兵赶来，陶延隶见门口出不去。阮瑞林在马棚喂马。他转身向后面的院子跑，被周济发现，将他逮住。我见情况不妙。共产党肯定会怀疑是我故意放走陶延隶，于是，我便从厕所的矮墙上翻过来，跑了。"

蒯西门不信，他说："你撒谎，就这么简单？"

余大富说："蒯大哥，我跟随许团总多年，一向忠心耿耿，你可以问问弟兄。"说着，他将裤子拉到膝盖上，露出翻墙擦伤的痕迹。

屠教士走来，呵斥蒯西门："你这个人，就是多疑，怀疑一切。阮春晖，你不信；余大富，你不信；我屠教士，你也不信。恐怕许团总，你也半信半疑。"

余大富说："春晖是我们的人，我亲眼看见，他帮助过熊队长逃跑，为时队长解过危，被赤卫队打了二十大棍，他还帮助过你。"

"余大富，自己的稀饭还没吹冷，又管到别人碗里去了。首先证明你自己，是不是共产党派来的？"蒯西门说。

余大富说："我不是，我是逃出来的。你不信，去问问陶延隶。我还要说，阮春晖也不是共产党，我可用脑袋担保。"

屠教士走到蒯西门身边，指责他说："蒯西门，你到底是不是人，说不说人话，现在余大富证明春晖不是共产党，你到底放不放人？"

蒯西门将信将疑。他走到春晖面前。春晖看着余大富说："大富，我要上告许团总，控告蒯西门，他黑白不分，陷害忠良。"

余大富看着血糊糊的春晖，顿生恻隐之心，说："蒯队长，你冤枉春晖了，他真是忠良。他救过熊队长，救过时队长，救过你。"

蒯西门犹豫了半晌，说："阮春晖，我再问你一次，你说你哥哥是共产党，你在共产党内做事，常在河边走，哪有不湿鞋。你是不是共产党？"他走近春晖，一把拽住春晖衣领，恼羞成怒。

春晖坚决地说："不是，不是，就不是。"

屠教士劝说道："蒯队长，事实面前，就别顾面子了。错了，就改。我给你台阶下。就说是我硬抢了春晖，许团总会给我面子。因为阮春晖本来是你们的人。"

话说到如此地步，蒯西门勉强说："大哥，我答应放了春晖，不过，我有两个条件。阮春晖，你答不答应？"

屠教士说："什么条件？你不是还没说嘛。你说出来，我能答应，便答应；无法答应，便不答应。"

大伙抿嘴笑。

元后宫，林荫道上，朝阳从树叶的缝隙中射到地面，无名鸟在枝头鸣叫。没有风，显得分外安静。本槐手里捏着一根树枝走来。瑞林对本槐说："屠教士去了一夜，是否一帆风顺？"

本槐说："应该没事。那个备胎余大富，可能起到一些作用。春晖脑子灵活，早上了，春晖应该放回来了。"

瑞林急着说："走，到马棚看看去。"

他俩来到马棚，春晖正在喂马。瑞林仔细打量着弟弟。春晖脸上、手上满是血痕，喂马的动作不像以前那么利索，显得异常憔悴。瑞林心里一阵酸楚：春晖是条汉子，让弟弟经风雨，他会在磨难中成长起来，会成为成熟的革命战士。他轻轻地叫了一声："春晖。"

本槐关切地说："春晖，你受苦了。"

春晖看见哥哥和本槐，轻声道："没事。"

瑞林问："你是怎么出来的？"

春晖朝四周看了看，说："我拼死拼活，不承认自己是共产党；屠教士要挟蒯西门，竟然同蒯西门打了一架；余大富死口咬定，说我不是共产党。蒯西门没办法，只好放我出来。不过，放我的时候，蒯西门给我讲了两个条件。"

瑞林追问道："什么条件？"

"蒯西门说必须救出陶延隶，还有，把余大富带回到赤卫队，必须保证他俩的安全。"春晖说。

"你答应蒯西门的条件，他才把你放出来吗？"本槐问。

"我没答应。不过，屠教士替我答应了。"

"余大富在哪儿？"本槐问。

"胡队长把他关在禁闭室里。"春晖道。

瑞林思考着，说："可以答应他的条件。一来，让你解救陶延隶，可以让你更加取得他们的信任；二来，给我们一个台阶下，陶延隶已招了，留着他，对我们来说，已没什么利用价值了，我们早准备放他，但没有找到合适的理由；你还在蒯西门手里，我们就没放他走。这倒好了，派上了用场。"

本槐接着说："余大富回来，也是好事，表面上，是监督你，从另一个角度讲，也是保护你。"

春晖点头说："只有余大富继续留在赤卫队，才可以有机会证明我对许直卿的忠诚。"三个人会心地笑了。

中午，春晖来到厨房，给余大富端了一大碗饭，走到禁闭室门口，陶延久不让进，春晖道："给余大富送饭。"

陶延久笑道："你，一个马夫，送什么饭。多事，去去去。"

春晖死缠着，说："我顺便给他打来一碗饭，给他吧。他不是坏人。"

陶延久生气："他玩忽职守，故意放走囚犯，要不是队员机灵，陶延隶早跑了。他是不是坏人，你说了不算。"

春晖厚着脸皮，大声说："你放了余大富。我替他顶罪。"

"你称量没有，有几斤几两，没拉泡稀屎照照，什么东西？一个弼马温，你怎能当替罪羊？你在睁着眼睛说瞎话。"

陶延久轻蔑地说。

本槐走来，说："阮春晖，我正在到处找你，你不喂马，跑到这里多嘴多舌？关你的禁闭。快把饭给延久送进去，你把马喂饱。"本槐说。

陶延久撅了一下嘴巴，示意春晖把饭碗从窗口递给陶延隶。在窗口，春晖和陶延隶耳语了几句，便离开。

下午，本槐提审余大富。他一语双关地对余大富说："你要对春晖负责。春晖是个马夫，我们虽然对阮春晖有些怀疑，但是，你不能落井下石，陷害阮春晖。"

————

夜里，余大富被释放，陶延隶被春晖悄悄放走。次日，春晖背上黑锅，连续两个星期，白天喂马，夜里坐禁闭。两星期后，余大富把春晖接出来，感激说："春晖，陶延隶真的被你放走了。你够朋友。为朋友，两肋插刀，肝脑涂地。"

春晖笑着说："没事，蒯队长不是交代过了吗？我必须保护你。只要你相信我，我们一起干。"

"好，我们一起干。"余大富应和。

客船上，徐古青与一位穿旗袍的女人，坐在船舱里。轮船缓缓地向岸边靠近。徐古青和女人下船，径直来到元后宫。

办公室里，徐古青传达上级会议精神，说："十一月下旬，中共鄂西第二次代表大会在石首召开，大会选举出新的鄂西特委，周逸群任特委书记。一月后，鄂西游击总队在峰口改编为红军独立第一师，段德昌为师长。"

瑞林仔细听着，高兴地说："好啊。我们的队伍壮大了。以后，有自己的军队撑腰，腰杆更加硬朗了。"

徐古青说："桂系第十八师的第一旅所辖四、五、六团，直接进驻沙市。他们对共产党虎视眈眈，扬言要消灭共产党；国民党湖北省部成立川湘鄂边境'剿匪清乡督办署'，专门对付共产党。"

"无所谓。从前年开始，国民党反动派对共产党的大肆残害，我们已经习以为常。我们做好了充分的思想准备。来吧，让暴风雨来得更猛烈些吧！"本槐拍着胸脯说。

"对了，忘记向你们介绍了。这位女同志，她叫倪淑珍，湖南人。她是鄂西党组织安排到我们江陵、当阳、枝江、宜都、远安五县的地下交通员。"徐古青说。

同志们打量着这位漂亮、稳重、成熟的地下女交通员，敬佩地叫道："倪同志，欢迎你。"梅芳走近倪淑珍，亲切地叫道："倪大姐。"

徐古青说："党组织为安全起见，倪同志公开身份是我的夫人。最近，我们将在这一带以做生意为名，开展活动。"

倪淑珍说："沮漳河和玛瑙河一带的革命斗争形势如火如荼，轰轰烈烈，取得了阶段性胜利，上级党组织非常赞赏这里的工作。我是来学习的。我们将你们的革命斗争经验写了一份调查报告，交给上级领导，推广到各地党组织，号召向你们学习。"

倪淑珍的讲话，赢得一阵掌声。同志们欢欣鼓舞，兴奋不已。

门外，一阵嘈杂声。"你这个叛徒""你这个孽种""打呀，打死他。"阮瑞林侧着脑袋，倾听到。坏了，弟弟又惹出什么事来。瑞林考虑道：出去不合适。他冷静地坐着，阮本槐赶忙出去。

本槐走到门口，看见几个赤卫队员押着一男子，走进院子。队员围住那男子，拳头举得高高的，叫着、喊着、嚷着。

阮本槐扒开人群，走到人群中间，惊讶："啊，是他？"他念叨着，欲退出去，赤卫队员看见了他，李道生跑来报告："队长，我们抓到了戴宗凤。"

戴宗凤看见本槐，嬉皮笑脸，叫道："姑爷，姑爷，快救救我。"

阮本槐对李队长说:"先把他关到禁闭室。"本槐转脸对宗凤说:"戴宗凤,你老实点,把你做的那些龌龊事都交代出来,改邪归正,共产党会宽待你。如果你跟着许直卿继续作恶,共产党饶不了你。"本槐走出办公室。戴宗凤嚷个不停:"姑爷,姑爷,我没有干坏事。我是冤枉的。"

办公室里,倪淑珍讲道:"鉴于当时的情况,鄂西特委将江陵西北一带划到当阳临时县委管辖。由于草埠草湖党支部刚刚建立,斗争经验不足,遭到破坏,草埠湖一带的共产党员,被国民党反动派追捕。我们必须设法营救他们。前年,中共江陵县委组织了十二支红军赤卫队,现在仅仅剩下六支,而且处于危机之中,其中包括你们赤卫队。"

徐古青补充说:"同志们,不要悲观。中共宜都县委在安福寺、罗家河一带成立赤卫队,他们手持步枪、土铳、大刀、长矛,与国民党二十一军混成旅马德胜的第三营以及当地的保安团进行殊死地斗争,斗争形势向有利于我们的方向逆转。"

瑞林说:"草埠湖和安福寺的情况,我们知道不少。形势是严峻的,斗争是残酷的,但前景乐观。"

同志们对徐古青和倪淑珍同志的讲话进行了热烈的讨论。有担忧,但更多的是信心和勇气。本槐走进屋里,坐着,听着。

瑞林问道:"本槐,外面什么情况?"

"没事。戴宗凤被抓回来了。"本槐道。

戴宗凤回来了,这是一个信号,瑞林想到。他对梅芳说:"快安排徐先生他俩休息。我们去看看戴宗凤。"

胡明喜跑到马棚,道:"春晖,戴宗凤回来了,你知道不?"

"啊。他怎么回来了?"春晖惊讶道。

明喜说:"我也不知道怎么回事,刚听说,我们去看看。"

春晖说:"我一个马夫,禁闭室,我去不了。"

"走吧,我带你去。"明喜说。

胡明喜带着春晖，来到禁闭室门口。陶延久说："明喜兄弟，有何公干？"

　　明喜回应说："听说戴宗凤被抓，关在禁闭室。春晖和宗凤打小是裸肚朋友，穿开裆裤就在一起，我带他来看看戴宗凤。"

　　陶延久说："胡明喜，我给你面子，让你们和戴宗凤见见面。不过，就在窗口。"说着，陶延久扒开窗门。春晖透过窗口，瞧见戴宗凤。春晖轻轻地叫道："凤哥，你还好吧？"

　　戴宗凤抬头看见春晖，走到窗前，说："我是从许团总那溜回来的。我想你们了。"

　　胡明喜说："戴宗凤，你早不回来，迟不回来，为什么偏在这个时候回来？"

　　戴宗凤抿嘴笑道："喜子兄弟，啥时候该回来，啥时候不该回来？我在许团总那里待着，啥时候都想回来，只是没机会，好不容易逃回来，你还指责我不该这时候回来？我好委屈呀。"

　　春晖试探着问："你在许团总那不是不好，为啥想回来。你真的想我吗？"

　　戴宗凤说："春晖，我们是从小在一起的朋友，对朋友不说二话，我呀，在许直卿那儿，窝囊。"

　　春晖追问："窝囊？"

　　"窝囊。许直卿投靠了李卫贤，他们把士兵分了四等，沙市的兵为一等，游勇的'棒老二'为二等，江口保安团为三等，我们这些散兵为等外。他们欺负咱们这些散兵。"

　　春晖追问："他们怎么欺负你们？"

　　"怎么欺负？人格上的侮辱不算，就说吃的、穿的和住的吧。"戴宗凤道。

　　"吃的什么？"

　　"残茶陈饭。"戴宗凤说。

　　"穿的什么？"

戴宗凤说："破衣烂衫。"

"住的？"

"人家睡高铺，我们睡地铺。"戴宗凤说。

胡明喜气愤地说："我要是遇到这样不平等的待遇，早让他们的锅生蛋。"

戴宗凤羞惭道："你敢吗？我们是敢怒不敢言。"

春晖问："你是怎么跑到江口来的？"

"我呀，一言难尽。"戴宗凤摇摇头说。

陶延久看了看时间，说："算了算了，不说了，待的时间太久了，赶快走。"

——二

阮春晖挑着一担水，从江边回来，梅芳问道："你怎么到江边挑水？"

春晖叫了声姐姐，说："有马病了，需要喝口干净水。"

梅芳说："我替你担一段路。"

"别，这样会引起别人的猜疑。"走了一段路，春晖把担子卸下来，顺在路边，说："姐姐，哥还没找戴宗凤打听什么吧？宗凤知道很多。他回来，是个谜。我想找机会和他好好谈谈。"

"行，我去给瑞林说。你们兄弟虽然常见面，但是，为了掩人耳目，没机会交谈，真是令人心痛。"梅芳痛心地说。

"没事，姐。你能理解我们兄弟之情，我就心满意足了。好姐姐。"春晖感激地说，"你走吧。时间久了，怕惹是生非。"

她离开时，看着春晖痛心的样子，心里不是滋味。什么时候春晖才能被人们理解，成为名正言顺的革命战士？不，无论现在将来，春晖永远是一个真正的革命战士。

回到元后宫，春晖卸下担子，将水倒进马槽，把病马牵到马槽边，饮水。梅芳将春晖的话原原本本地向瑞林说了。瑞林叫来陶延久，问道："戴宗凤表现怎么样？"

"没什么。戴宗凤要见你、见春晖。"陶延久说。

"春晖不是见过戴宗凤了吗？怎么还想见他？"瑞林道。

"怕见面时间太长，我叫春晖走了。"陶延久说。

瑞林吩咐说："春晖形迹可疑，恐怕与戴宗凤一路货色，你要警惕他俩，必要时，把春晖也关进去。"

陶延久说："我看也是，他们狼狈为奸，干脆把他俩都关进去。"

瑞林道："你看着办。"

傍晚，梅芳走到马棚，小声对春晖说："晚上，把马喂饱，你也吃饱饭，在门口等着，恐怕要委屈你一个夜晚。"

春晖点头。他吃了晚饭，坐在马棚门口，观察天气。胡明喜走来，说："春晖，没事？"

"没事。你有事吗？"

"我没事。何不看看宗凤去？"胡明喜说。

"好，去看看，聊聊天。"

西厢房门口，胡明喜钻进内走廊，春晖跟着，听见有人在东厢房门前大声叫唤着："春晖，春晖，你在哪儿？"春晖明白过来，是瑞林叫他。他转身，听见瑞林说话："春晖，你去哪儿？你不好好看马，跑到西厢房干什么？那是你去的地方吗？"

春晖突然想到：哥哥从来没在公开场合对自己大呼小叫，也从来没对自己指手画脚，说好说歹。他意识到他是在演戏。他没理瑞林，一个劲儿地向西厢房里走。瑞林叫道："春晖，春晖，你出来。"

春晖和胡明喜来到禁闭室门口，戴宗凤在里面嚷嚷："你们没良心，不知好歹，我回来是改邪归正，重新做人，你们关我，侮辱我。放我出去。"

春晖走到窗前，扒开窗户，说："戴宗凤，你嚷什么？"

陶延久恼怒了，指责道："春晖，谁要你随便扒开窗户，谁要你随便与犯人说话，谁给你这么大的胆？"

春晖似乎没听见，继续和宗凤说话。陶延久发火，胡明喜拉着春晖，打算退出西厢房。春晖不肯，陶延久恼羞成怒，用枪托将春晖推进禁闭室。春晖掉转头，嚷道："陶延久，你不是人，我犯了什么法，为什么关我？放我出去。"

陶延久粗声粗气地说："你是叫花子背不起三斗米——自讨的。谁要你跑到禁闭室来？这里是随便就来、随便就能走的地方吗？"

戴宗凤笑着，说："嘿嘿，嘿嘿，春晖小弟，你就来陪我一夜吧。"

春晖敲敲门，拍拍窗，大声嚷着："我要出去，我要出去，我还要喂马啊。"

天亮了，阮本槐来到禁闭室门口。阮春晖关了一夜，他和宗凤躺着一张床上。本槐对陶延久说："怎么回事？春晖怎么也关在这儿？"

陶延久报告说："春晖几次来这里，惹烦我了。他和戴宗凤勾勾搭搭，鬼鬼祟祟，我看他俩就是一路货色，所以，关他一夜。"

本槐两眼盯住春晖，脸绷得紧紧的，他教训道："阮春晖，我知道你和戴宗凤是兄弟、是朋友，但是，在这里，不能意气用事，更不能胡来乱来，凡是得讲个规矩。规矩，你懂吗？"

"这个，我知道。槐哥，你听，我的马在叫了，你是不是宽容我，放我出去，喂马。"春晖面色红润，央求道。

马在嘶叫，声声不停。

本槐问陶延久："你发现他什么可疑的了吗？说出道道来。"

陶延久想了想，回答道："我只是怀疑，没证据。"

本槐说："延久，马饿了，在叫唤它们的主人，放他喂马去。"

春晖暗示戴宗凤："马棚缺草了，明天我要去买马料，你好好在这儿躺着。"

"走走走。哪儿来的那么多废话。"本槐生气地说。

春晖快步回到马棚。

中午，麻花店。阮本槐、徐古青、倪淑珍、阮瑞林和龚梅芳坐在内屋。一会儿，薛开选把春晖领到店里，春晖走进内屋，倪淑珍感到惊讶，问道："他不是马夫吗？有人向我反映说，他是奸细。他到这来干吗？"

本槐告诉她实情："春晖同志是今年入党的共产党员，对党十分忠诚。"

梅芳问："春晖，昨天晚上有收获吗？"

春晖看了看徐古青和倪淑珍，不想开口。瑞林介绍说："都是自己的同志。春晖，你说吧，什么情况？"

春晖镇定下来，说："昨天夜里，我和戴宗凤睡在一张床上。到了夜深人静之时，我悄悄地扒醒戴宗凤，问他从哪里来，回江口来干什么？他告诉我说。"几个人侧耳倾听。

春晖说："他从马山跑回来。马山有李卫贤的一个营，由许直卿、游勇带领。大埠街对岸的涴市，由李卫贤带领，进驻一个营。蒯西门到玛瑙河，联系国民党二十一军的马德胜，进驻呼风庙。他们准备在春节前夺回江口。"

徐古青说："照他这么说，桂系进驻沙市的第十八军第一旅所辖四、五、六三个团，其中一个团，来江口了，专门对付江口的共产党。"

春晖道："可不是吗？"

瑞林急着问："戴宗凤回来干什么？"

春晖说："戴宗凤口里说是为共产党通风报信，不愿意看着本槐哥受罪。但他心怀鬼胎。"

瑞林说："大家分析看，戴宗凤回来做什么？我们应该怎么办？"

本槐分析道："戴宗凤来者不善，他想摸清江口的底细，里应外合。"

徐古青分析说："这个是肯定的。不过，靠他的力量里应外合，不可能啊。他一定是想借一股什么力量里应外合。江口还有什么力量？"

瑞林道："江口除了屠教士这股势力，其他，我看还没什么强大势力和我们作对。就是屠教士，也没公开和我们作对的意思。他是不是想拉拢他们？"

春晖马上反应过来，说："哦，对了，他是向我打听过屠教士的情况。他问我屠教士有多少兄弟？他们与共产党关系怎么样？"

须臾，瑞林琢磨说："看来，我们要和戴宗凤谈谈，摸清他的底细，看他究竟有什么打算？"

本槐说："解铃还得系铃人。这事，交给春晖吧。"

瑞林说："我们先提审戴宗凤，后把他放出去。后面的事，由春晖去处理。这样，就不会引起别人，包括戴宗凤的怀疑。"

徐古青说："戴宗凤既然是许直卿安排来的，他们必然考虑周密。我们既不能让春晖为难，也不能让戴宗凤逍遥法外，更不能让许直卿阴谋得逞。"

会后，李道生审讯戴宗凤。李道生询问道："戴宗凤，我代表的是赤卫队审问你。你必须老老实实回答我提出的问题。"

戴宗凤说："是。"

李道生问："你不是与阮本独跟着许直卿到沙市去了吗？怎么从马山来？"

"是的，我们是到沙市去了。可阮本独在那儿比我混得好，他不愿回来。"

李道生严肃地说："你老实说，你怎么到江口来的？"

戴宗凤道："我知道对不住本槐，现在我想悔过自新，帮助姑爷。许直卿带队伍到马山了，他们要进攻江口，我想通知你们离开江口。"

梅小丫记着口供，问道："你是怎么从许直卿队伍里跑出来的？"

戴宗凤吞吞吐吐，说："我，我，我三更半夜，逃出来的。"

李道生追问："说细点，你是怎么逃出来的。"

戴宗凤抹了一下嘴巴，说："我在许团总的队伍里当差。那天，我上街买点小东西，没人看见，趁机溜走了。我跑呀跑，一直跑了几里路，才气喘吁吁地停下来，找一户人家讨了口水喝。"

"真的吗？"小丫问。

"真的，不骗你。"戴宗凤咬咬牙说。

"你在鲜家港干什么？"李道生问。

"嘿嘿，嘿嘿，什么也瞒不过李队长的眼睛。我是去看看金、金、金。"戴宗凤含含糊糊。梅小丫说："金寡妇？"

"嘿嘿，嘿嘿。哎，是她。"戴宗凤头低下，嬉皮笑脸，"我是回来投靠本槐哥的，真的，一点不假。"

说着，戴宗秀走进来，宗凤叫道："姐姐，我对你没有二心啊。"

宗秀说："你还有脸回来。我爹还没下葬，你就跑到许直卿那里去了。你对得起祖宗吗？"

戴宗凤抽了两下自己的嘴巴，说："我不是人。我该死。姐姐，我将功补过行吗？"

戴宗秀气愤地离开。阮本槐走过来，戴宗凤一下子跪在他面前，抱住他的腿，说："姑爷，我回来了。"

"戴宗凤，只要你老老实实做人，我们既往不咎。如果你与共产党作对，我们不会放过你。"本槐义正词严。

"是，是。"

本槐吩咐道："去和春晖一起养马。"

戴宗凤千恩万谢，说："姑爷，你撤离江口吧，许直卿打过来了。"

阮本槐轻蔑地看了戴宗凤一眼，离开审讯室。

戴宗凤眯着眼睛，嬉笑道："还是姑爷好。"

晚上，戴宗凤提着行李，来到马棚，笑着说："春晖，姑爷安排我和你睡在一起，咱们挤挤。跟你学喂马。"

春晖说："你不是喂马的料子，在马棚将就待几天吧，我们等着许团总一打过来，坐享其成。"

戴宗凤笑着，看看这周围的环境，说："不错，将就。"

春晖忙了一阵，和戴宗凤坐在床沿上，聊了起来。春晖道："你从马山跑到江口来的？没有遇到什么麻烦？他们没派人追你？"

"他们先是不知道我跑了。等他们知道后，我已跑到贲家垴来了。"戴宗凤洋洋得意。

"你别骗我了，你当我是三岁小孩，就那么好哄，谁信啊。"

戴宗凤见床底下的酒坛子，问："你喝酒？"

"我不喝酒，这酒坛是余大富放在这里的，你想喝酒？"春晖说。

"两天没喝酒了，想喝。"戴宗凤道。

"你等着，我去厨房弄点菜，我们喝。"春晖道。

戴宗凤高兴说："好啊。"

春晖说："时间不早了，厨房可能没什么菜了，干脆到偏屋给你买些卤菜、花生米，痛痛快快喝一顿。"

"行，春晖，够朋友。"戴宗凤满是笑脸。

春晖买来卤菜和花生，搬来一小桌子，拿来两盘子、两个碗和两个酒杯，将卤菜和花生倒进盘子，两人喝起来。一会儿，戴宗凤说："你出去看看，有没有人在偷听我们的讲话。"

春晖走出马棚，看了看四周，回头说："戴大哥，在外面学谨慎了，知道防备隔墙有耳。"

戴宗凤骄傲着，道："开玩笑，你知道我是干什么来的？我是密探，是卧底。用共产党的话说，这叫'地下工作者'。我知道，你也是，许团总说了，要我和你联系。"

春晖神秘地说："你怎么现在才说。你是许团总安排来的？"

"是啊，我有特殊任务。"说着，戴宗凤从衣袋里拿出一张纸条，亮在春晖面前，说："你看看这个。"

春晖惊讶地叫了一声："啊！"

一一三

一早，戴宗凤从床上爬起来，对春晖说："我出去一下。"

春晖道："这么早起来，我就知道，你一定有事。你等等，我把马喂一下，跟你走。"

"等不及了。"戴宗凤是想避开阮春晖，来个先下手为强。他前脚走，春晖便赶到后院，把情况告诉本槐。本槐分析说："明摆着，他口口声声说是通风报信，说许直卿要打回江口，是想恐吓我们，不费一枪一弹，逼我们离开江口；再说，他是在为许直卿当说客，去说服屠教士。不过，他的面子太窄，屠教士不会听他摆布。"

"不一定，他还带着许直卿的纸条。"春晖道。

"啊。"本槐惊讶地说："这不可小觑，得与你哥哥商量商量。"

"我跟他去。"春晖问。

"你不能去，去了，他会怀疑你在跟踪他；再说，你去了，屠教士当着他的面，模棱两可，事情会更糟。"

戴宗凤敲着屠教士的门。

屠教士看见戴宗凤，笑道："怎么是你？我在想，是哪家的狗，这么早撞我家的门。"

戴宗凤自讨没趣，硬着头皮，闯进屠教士之家。

屠教士关上门，走进屋子，问："戴宗凤，你来干什么？我这儿，可是是非之地啊。许老板相信我，共产党对我也不错。"

"我知道，你是驼子摔在街心里——两头俏（翘）。"戴宗凤拍着马屁。

"快说，你想干什么？"屠教士问。

戴宗凤神秘地说："许团总要打回来了，请你带着你的弟兄助他一臂之力。"

"老兄，我给你一个直话。这个，恐怕由不得你了。共产党脚跟站得稳稳当当的，对我，对老百姓都不错，我为什么要与共产党过不去。"屠教士回绝他说。戴宗凤见口说不顶用，便从衣袋里拿出纸条，说："大哥，这是许团总写给你的。"

屠教士接过纸条看着：

屠兄：

看在我兄弟的情分上，帮兄弟一把。具体情况，戴小弟会和你商量。

屠教士犹豫片刻，吩咐家人说："送客。"

戴宗凤死皮赖脸地说："大哥，我们再谈谈。"

屠教士示意家人送客。

戴宗凤还想赖着不走。屠教士站起来，吼道："还不滚？滚。"

但野菊在天井里，看见这些，心想："莫不是许直卿要回来了。我怎么办？我的宝贝怎么办？"她想出去，被屠教士赶了回去。

戴宗凤刚走，夫人把门关上。阮瑞林和胡安海走来，瑞林道："怎么，想把我们拒之门外？"

"哪里哪里？岂敢岂敢？"屠教士迎着走出来，拱手道："来来来，请。"他吩咐家人装烟倒茶，搬椅子。

瑞林道："我们开门见山，你家里是不是来说客了？"

屠教士摆摆头，无可奈何地说："是的，戴宗凤，一个小人，我把他撵走了。"

瑞林试探着："你看这事咋办？"

"哪事？你都知道了？瑞林兄料事如神啊。"屠教士苦笑着。

"屠兄，共产党人从不强人所难。这事，你看着办。"瑞林慷慨地说。

"共产党宽容大度。不过，我屠教士也是性情中人。不会为了一个朋友而伤害另一个朋友。"屠教士话说到这个地步，瑞林没再怎么说，他和胡安海离开。

刚走出屠教士家门，戴宗凤躲在屋子旁边，窥视着他俩，见到他俩出来，闪到一边。

胡安海道："看来，戴宗凤来者不善。"

瑞林微笑道："战略上，我们要藐视敌人；战术上，我们要重视敌人。"

胡安海点头说："戴宗凤到底还想干什么？"

"他还能干什么，是在狗急跳墙，帮助许直卿把我们赶出江口，他好在许直卿面前邀功领赏，卑鄙。"瑞林道。

"报告。"陶延久走来，说："西边有枪声。"

"枪声？"胡安海警惕地望着西方。

陶延久说："赵家河滩坝。本槐队长已带人去了，他安排我来找你们。"

"呼风庙，这里驻军。快走。"瑞林急着回去。

元后宫门前，郝贤梅一副农民打扮，挑着一担马草。戴宗凤在旁边点头哈腰地说着什么。哨兵端着枪，盘问挑担者。戴宗凤走近马棚，喊着："晖子，你不是要马草吗？给你送来了。"春晖走出马棚，来到门口一看。这农民似曾相识：黑黝黝的脸，鼻子下留有"八字胡"，黑色粗布棉袄，圆口布鞋，草帽遮住眼睛，低着头，右手搭在扁担上，左手放在上衣口袋里，摸着什么。

春晖"嗷？哦。"两声，对门哨说："啊，是，是我要他来的。"

挑担者欲走进去，门哨吼道："站住。你是哪里人？在哪儿寻的马草？"

挑担者右手捏紧手枪，支支吾吾。戴宗凤说："他是董家湾的，在武备学堂那边寻的马草。"来者道："是，是，是，老弟说的是。"

门哨盯着挑担者，说："董家湾？我怎么没见过你？"

在门哨和挑担者对话间，瑞林站到他们旁边，他在思考：西边有枪声，东边来了个卖马草的。不对。他冷静地对门哨说："放他进去。"瑞林向春晖递了个眼神。

阮瑞林若无其事地走到东厢房内的走廊里，细细地思考：许直卿是在声东击西，不，是在击北。西边的枪声，是在虚晃一枪，其目的是想转移我们的视线，掩护东边的敌人，东边的敌人，也不一定是主力，主力是在贾家堎，他们是想攻击我们的根据地——鲜家港。他想出一个两全其美的办法，既不让春晖暴露身份，又不能让戴宗凤阴谋得逞，他立马叫来胡明喜，说："你去找春晖，问问他马草好不好？要不，到武备学堂再寻一些来喂马。注意，不要明说，转个弯儿。"

"是。"胡明喜退出办公室。

瑞林对胡安海说："快到赵家河，通知阮本槐，快速转到武备学堂。"

胡安海转身，瑞林道："告诉本槐，我去鲜家港。"

他们分头行动。

胡明喜走进马棚，抓起一把马草，喂到大白马嘴里，大白马痛快地大咭一口，胡明喜对春晖说："这草可以，大白马吃得多欢啊。"他问春晖："这马草哪儿买的，是江洲滩上的吧？"

阮春晖和戴宗凤、郝贤梅正在嘀咕什么，听到胡明喜说话，他想，胡明喜从来没关心过马棚之事，怎么突然对马草感兴趣了？他答着："是的，是这位兄弟从江洲寻来卖给我的。"

胡明喜说："我看，这马草好，你可以多买一些。"

春晖觉得喜子话中有话，他装作不在意，"嗯"了一声，说："养马的事儿，你就别操心了。"

胡明喜走后，春晖对郝贤梅说："你这马草不错，我的马喜欢吃，你带我们去，再割一些。"

戴宗凤说："我就不去了。"

春晖问："你干什么去？"

"我去屠教士那去。"戴宗凤说。

郝贤梅说："让他去，去了就来。"

胡安海走到马棚，说："我到问安去一下，借你的马。"

春晖想了想，说："可以，你弯几步路，带宗凤去一下三角点。"

胡安海想：春晖执意要我带戴宗凤，肯定有情况。他答应说："好，真拿你没办法。"

春晖和郝贤梅走到门口，春晖说："喜子哥，我们寻马草去了，你帮我看看马。"

郝贤梅不高兴，他说："你叫这么大声音干什么？卖街啊。"

胡安海骑上马，戴宗凤坐在他身后，他扬起鞭子，在马后背用力一打，故意向东飞跑。戴宗凤慌忙叫道："快，快停下来，错了错了。"

胡安海走到三角点，"吁——"，胡安海拉住马缰绳，马停下来，戴宗凤跳下马。胡安海快速走向河堤。

一一四

赵家河坝。河岸上，阮本槐和赤卫队员，正朝着江上的机帆船开枪，几个装扮成渔夫模样的士兵，有的扑在船舷上，有的站在船窗前，与赤卫队员顽抗对峙。周济瞄准黑狗子，一枪打过去，黑狗子应声倒在河里。队员们，射出密集的子弹。阮本槐一眼就认出了蒯西门，端着长枪，瞄着舱里的舵手，"砰"的一声，舵手倒在柴油机器旁，一命呜呼。顿时，机帆船失去平衡，摇摇摆摆，上下晃动。胡安海高声喊道："打，狠狠地打。"他喊着来到本槐身边。蒯西门吼着："舵手死了，赤卫队援兵来了，快撤。"被队员击中，拼命逃窜。

戴宗凤从马背上跳下来，径直来到屠教士家。"笃笃笃，"他猛击屠家木门。屠教士问道："谁呀，是爹死了，还是妈死了，这么急？"

"我，戴宗凤。"

"戴宗凤，你又有什么事？"屠教士不耐烦。

"老爷，团总给你送武器来了。"戴宗凤站住门口，冷得直哆嗦。

"武器？在哪儿？"屠教士惊讶地问。心想：武器，这个年代，兵荒马乱，谁嫌武器多。

"就在廖沙坝。快开门啦。"戴宗凤哆嗦着。

"你等等。"屠教士叫来几个弟兄，跑步奔向廖沙坝。

春晖扛着一条钩绳扁担，带着郝贤梅，走到门口，远远地望见哥哥。

阮瑞林两只手放进裤袋里，站在东厢房门口，脸色凝重，眼睛噙着泪水，深情地望着春晖。天色阴暗，街市上，冰冷的北风刷在人们脸上，刺骨地痛。落叶纷飞，三三两两的行人，路过苏维埃政府门前，好奇地凝望门牌，匆匆走过。门哨端着步枪，警惕地注目过往行人。春晖望着泪眼的哥哥，慢慢地退出元后宫。瑞林大步赶出门，望着弟弟远去的身影。

徐古青和龚梅芳来到门口，徐古青看了看天色，说："要下雪了。"

瑞林点头，道："是啊，要下雪了。"

徐古青牵着瑞林的手，说："你要回鲜家港，走，我们到办公室，商量一下。"

　　瑞林拉着徐古青，走进办公室，说："徐同志，我知道当前局势对我们不利，你是想要我们暂时离开江口，离开鲜家港。我已决定，我要回到鲜家港，鲜家港有我的父老乡亲，鲜家港是生我养我的地方，是赤卫队的根据地，我离不开鲜家港，鲜家港离不开我们。哪怕到鲜家港和乡亲们见一面，我也心满意足。你就让我去吧。"

　　徐古青说："据可靠人士透露，李卫贤的先遣队已到了廖沙坝，许直卿和游勇带着一个营的兵力，从马山出发，正赶往鲜家港。呼风庙，驻扎一个连。敌军围困万千重。红军太遥远，救援来不及，敌强我弱，玛瑙河的赤卫队就是赶来，也不是敌人的对手。看来，我们唯一的路，必然是走为上策。"

　　瑞林道："我并非反对撤出江口，我只是说，马上走不可能。老百姓怎么看我们，我们不是印刷了'苏维埃币'吗，我们怎么向老百姓交代？"

　　"事已如此，只有这样。"梅芳说，"下午，我去找肖保苍、郑绶伯，在江口处理相关事情，瑞林，你舍不得鲜家港，你去。"

　　"本槐在哪里？"徐古青问。

　　赵家河坝，机帆船摇摇晃晃地驶向远处，阮本槐望着远去的船，看了看河边，问："河边有没有渔船？"

　　周济说："那边有条渔船。"

　　"同志们，上船，追。"阮本槐命令道。

　　胡安海劝说阮本槐，说："别追了，小渔船怎么能追上机帆船。"他向本槐报告瑞林的指示，本槐突然明白过来，说："我怎么这么傻呀，就没有考虑那么多。"本槐命令："快，到江洲去。"

　　长江中游，从宜昌的猇亭到沙市的宝塔河段，江中有一滩四洲。一滩即董市的凤凰滩；四洲即百里洲、江洲、火箭洲、马洋洲。江洲不大，方圆六平方公里，洲上住着近十户人家。

东头，少有人住，西头，廖姓住户居多，人称"廖沙坝"。每年夏秋季节，江洲与江口隔水相望，春冬季节，江水退去，人可从沙滩上步行到沙坝。

阮春晖和郝贤梅，来到江洲对岸的河堤上。春晖望着江面上，水面有微小的波澜，没人，也没船，好像风平浪静。春晖有些疑惑：没什么动静，是不是哥多疑了。郝贤梅看出春晖在犹豫，说："你不是要寻好马草吗？走啊，到洲上去寻啊。那里有青乎乎的马草。"

不对，这寒冬腊月，哪来的青乎乎的马草。他挑来的马草，不是青乎乎的马草，而是又枯又黄的野草，中计了，春晖琢磨着。他望着沙滩中浅浅的河流，说："天色晚了，怎么过河，我们回去。"

"冬天河水不深，中间就是一条小溪水沟，摸得过去。江洲是一个特殊的岛屿，少有人去，马草多着。"郝贤梅说。

阮春晖犹豫，思忖着，哥哥不会分析有错，这里面一定有猫腻。不管怎么样，我得去看个究竟。春晖主动说："那就过河吧。"

春晖随着郝贤梅，下了河堤，越过一段沙滩，来到溪水河边。河水清冷，缓缓向下流。他卷起裤腿，脱下布鞋，摸水过河。忽然，对岸走来两士兵。春晖情不自禁地往后退了两步，他想跑，可跑，敌人不会放过自己，会向我开枪，人没了，几年的隐藏，也就前功尽弃了。他壮大胆量，往前探步。

突然，郝贤梅一把拽住他，两个士兵摸过来，把他夹在中间，将他的头摁进水里。郝贤梅叫嚷着："你到底是什么人？竟敢跟踪我，是不是共产党？说，老实说，不说实话，摁死你。"

他的头被按在水下，脸前的水面上，"咕咕噜噜"鼓起珍珠大小的泡儿，冰冷的江水，痛刺着他的脸，他的心。他把头使劲地扬起来，说："郝贤梅，我早就认出你来了，你是游司令的副官。如果我是共产党，我向阮本槐通风报信，你还有现在，在元后宫，你早就没命了。"

郝贤梅把他的头按下去，拉起来，说："胡言乱语。"

"我为许团总做了那么多事，许团总知道我的为人，你问许团总去。"

"队长，不就是一个马夫吗？捂死算了，免得夜长梦多。"两士兵在一旁怂恿郝贤梅。

郝贤梅一次次将他的头按下水里。"咕噜咕噜""咕咕噜噜"，水面上鼓起一串串豆大的水泡。

突然，河堤上冲下来一拨人，屠教士冲在前面，吼道："什么人在那儿？"

阮春晖借机着力摇着脑袋，脸部和嘴巴露出水面，口里呼吸两口大气，呼喊着："屠大哥。"

"屠大哥？"郝贤梅看着冲下来的屠教士，说："屠老爷，你们干吗？"

"你们干吗？"屠教士反问道。

戴宗凤走到屠教士前面说："屠教士，他就是我给你说的郝队长。"

"还站着干什么，还不帮屠老爷搬东西。"郝贤梅放开阮春晖，命令士兵，到船上搬东西。郝贤梅对屠教士说："你在这等着，我们把船开过来。"说着，推开阮春晖。

屠教士追问道："船在哪儿？"

"在沙坝那边，避风避眼的地方。"

郝贤梅带着士兵，离开溪水河。他走到廖沙坝，转脸看见，河堤上来了许多人，好像有赤卫队员，他觉得不对劲。屠教士是人是鬼，他琢磨不透。只听到机帆船"突突突"的轰鸣声，这声音越走越远，屠教士说："郝贤梅跑了。我们上当了。"他们登上河堤，登高望远，三只机帆船，驶到长江南岸。

一一五

阮瑞林身背行李，同胡明喜一起，走出元后宫，他回过头来，仔细观望元后宫，眼睛扫视东厢房、西厢房，久久地盯着门口的木牌，眼光停留在"江口苏维埃人民政府"九个大字上。梅芳赶出来，关切地说："天气冷，围上围巾。"梅芳给他围上围巾，两位恋人深情地凝望着，说："保重。"依依不舍分开。

阮瑞林赶到大纯的店铺，问道："什么情况？"

大纯汇报说："许直卿带着部队，昨天夜里，赶到了贡家垴，虎视眈眈地盯着鲜家港。魏启福带着赤卫队员，在几个渡口设卡，准备同敌人决一死战。你和本槐的家被敌人盯住了，你不能回去，要不，你走吧，离开这里。"

"这个时候，我不能走。"瑞林态度坚决。

元后宫，急而不乱。李道生安排几个赤卫队员，前后巡逻，队员守候着弹药库；戴宗秀和梅小丫整理机要文件，把废弃的文件烧掉。梅芳带领两名赤卫队员，提着两个木箱子，来到肖保苍的店铺。

肖保苍急着问："听说许直卿卷土重来，队伍已到江口周边了？"

"是的，我们准备撤出江口。"梅芳道。

肖保苍惋惜地说："革命正处于低潮时期，我们的力量实在太单薄了。打游击，是当前必要的选择。"

梅芳说："你和吴先孔同志继续留在江口。"

"这个，我们自己选择。"肖老板说，"你现在怎么办？"

梅芳轻轻地走到肖老板房屋内，打开箱子，说："我这带来了一些银子，你和郑绥伯商量一下，兑现给那些对共产党有贡献的商户、老百姓，特别是存有大量苏维埃币的商户，不能让他们觉得跟着共产党，吃亏。"

"你想得太周到了。我代表那些商户，感谢你。"肖保苍感激地说。

"还有，江口的地下党组织，就仰仗你了。"梅芳说。

肖保苍激动地说："你们会回来的。我是老党员，决不辜负党的期望。"

"走了，拜托。"梅芳说。

"再见。"

"再见。"

廖家沙坝上，屠教士恼羞成怒，拽着戴宗凤的衣领，怒斥道："戴宗凤，你这个骗子，你骗，也不该骗老子。老子待人向来真心实意，忠心耿耿。你骗我，老子今天要你的命。"

戴宗凤跪下，央求屠教士，说："大哥，我真的没骗你，是郝贤梅在骗你。"

屠教士一把提起戴宗凤的双腿，要把他扔到河里。阮本槐走来，戴宗凤喊着："姑爷，快救我，救我呀。"

阮本槐喊道："屠兄，手下留情。"

屠教士把戴宗凤甩在沙滩上。

"怎么回事？"阮本槐问道。

"你问他。"屠教士指着戴宗凤说。戴宗凤正想辩解，阮春晖插话说："这事，我清楚。"春晖把真相告诉阮本槐。阮春晖一箭三雕，一是给戴宗凤解危；二来把真相告诉了阮队长；三来给屠教士解解气，让屠教士看清了郝贤梅的丑恶嘴脸。屠教士气呼呼地说："郝贤梅呀，郝贤梅，有你的，我和你势不两立。"他命令兄弟们说："走。"

屠教士带着兄弟们收兵回营，阮春晖和戴宗凤回到马棚。

阮本槐和赤卫队员，摸水来到廖沙坝，巡视江洲岛。他细细地观察岛的南岸，这里，刚刚停泊三条机帆船，他弯下腰，看地上的草，有几十人踩踏过的痕迹。望望长江对岸的八亩滩，停泊着十条大大小小的船只，他意识到山雨欲来风满楼。阮瑞林已分析到了，敌人是想三面夹攻，南面，许直卿、游勇带着队伍，驻扎在沮漳河对岸，虎视眈眈；北面，李卫贤带兵驻扎贲家垴，蠢蠢欲动；西面，蒯西门带着"棒老二"及国民党二十一军，步步逼近。

阮本槐心情非常沉重，说："回去。"

队员们回到元后宫，徐古青正站在门口等待阮本槐归来。见到阮本槐，徐古青把手放在他的肩膀上，他俩走进办公室，徐古青急切地说："现在箭在弦上，瑞林去了鲜家港，准备在鲜家港与李卫贤军决战。现在面临敌人对江口的威胁，上级指示我们撤退，和洪湖赤卫队会合，你说怎么办？"

"我想在江口与许直卿拼一死战，即便是败了，也要让江口地区老百姓看出赤卫队的赤胆忠心。我们要殊死抵抗，不到万不得已，我们不会退却。"阮本槐沉重而坚定地说。

"好吧。我赞成你的想法。"徐古青说，"万一情况不利，你想出一条退路。"

阮本槐不高兴，说："你怎么只想到退？退、退、退，退到哪儿？"

"行军打仗，先寻退路。居安思危嘛，我们不得不这样考虑。"徐古青说。

"这样吧，我想如果情况恶劣，我们抄小路从问安退到半月山，那是我们的根据地。"本槐说。

呼风庙，蒯西门右手绑着绷带，来回踱步。他看了看怀表，深夜两点，他命令："出发。"

贲家垴，阮本独走到许直卿身边，悄悄地说："魏启福带着一个小队，埋伏在费家湾，还有附近的民兵，在时时巡逻。您看，怎么办？"许直卿生性刚愎自用，他的目标是江口，等江口被攻下，他再全面出击，他没敢轻举妄动。

八亩滩岸边，李卫贤坐在船舱里和几个铁兄弟打骨牌。"天牌、地牌、长三、长四。"牌上，鏖战正酣，郝贤梅轻轻地来到他身边："报告。"

"什么情况？快讲。"李卫贤望着他。

郝贤梅把廖沙坝发生的情况向他一一做了汇报。他问道：

"屠教士什么反应？"

郝贤梅分析道："屠教士认为上当了，很恼怒。这人不可靠。"

元后宫内，屠教士走进办公室，慷慨地说："阮本槐，共产党仗义，对得起我屠教士。现在听说，你们有难，快说，需要什么帮忙的，我在所不辞。"

徐古青正在部署兵力，他说："大哥，你来得正好。我们的安排是这样的。"他接着说："李道生带领赤卫队守住西门，阮本槐带着赤卫队把住东门，胡安海和龚梅芳，带着女赤卫队员守住本部，你带着你的兄弟，在街上维护街道秩序。"

"好。"屠教士拍着胸脯表态。

李卫贤打完几圈骨牌，看了一下怀表，凌晨三点，估计蒯西门已赶到江口，便命令："出发。"船队在江洲东端泊船，士兵上岸，偷袭江口。江边，黑压压的一片，兵分三路，两路从大堤南北堤脚进军，一路从中间大堤上袭击。

本槐来到龙潭寺，站在寺庙墙边，观察敌人的动静，敌人鬼鬼祟祟地向龙潭寺逼近，赤卫队员兵分两路，伏在堤面的两边，居高临下，怒视敌人。本槐瞄准走在前面的敌人，向敌人开响第一枪，前面的敌人倒下了。敌人发现赤卫队，在堤上的两边架起机关枪，猛烈地向赤卫队射击。战斗打响，敌人的火力猛烈，战士们进行顽强抵抗。李卫贤在堤上指挥，敌人一个个、一排排倒下，又上来一个个、一排排敌人。堤脚下，敌人蜂拥而上，队员们各个击破。战斗持续三个多小时，终于，寡不敌众，本槐命令道："撤。"

胡安海说："你撤，我掩护。"说着，胡安海跑出寺庙，端起枪，狠狠地射击敌人，敌人倒下几个，郝贤梅高声喊叫："追！"胡安海瞄准他，一枪，结果了这个罪恶的性命。敌人像蚂蚁，疯狂反扑。胡安海撤回，骑马赶往西边。

大军压境。蒯西门带领的黑狗子从西边打过来，李道生和赤卫队员拼死抵抗，敌人攻到元后宫门前，阮春晖以马身为掩护，朝着蒯西门开枪，蒯西门"啊"的一声，被击毙。春晖将马的缰绳解开，马四处奔跑，赤卫队员们上马，与敌人对峙。两边敌人蜂拥而上，窜进元后宫，队员们与敌人肉搏，敌人纷纷倒地。

鹅毛般的大雪纷纷扬扬飘落在地上，清冷的北风呼啸，枯黄的树枝发出"吱吱"的响声。这是一个黑暗的黎明，战士们情绪低落，不声不响。阮春晖久久地伫立在马棚外，凝视着自己的队伍，队员们一个个心情沉重，离开元后宫，向问安方向撤离。春晖在冷静地思索：赤卫队处于摇篮之中，力量还很薄弱，需要蓄积力量，壮大队伍，才能战胜强大的敌人。

李卫贤把队伍开进了元后宫。戴宗凤向李卫贤讨好，死口咬定："阮瑞林是共产党的大头目，他还在鲜家港。"

瑞林在大纯店铺住了一夜，早上，魏启福来到店铺，说："江口失守了，赤卫队没了消息。我们该行动了，要么突围，和许直卿决一死战；要么想办法撤离鲜家港。"

瑞林的脸阴沉沉，心里不是滋味，他说："是啊，我这个鲜家港党支部书记，凤台农民协会执行委员，我有责任，不能老是待在店铺。"

"这样吧。茶馆是社会的窗口，各种好消息、坏消息，都可能在这传播。我们躲进茶馆里，阮全章不会说出去，再想法和李道生接头。"大纯说。

阮瑞林和胡明喜，混进茶馆里，佯装观看打麻将，时时观察动静。

阮本独带着三个便衣，来到大纯店铺，他们在店铺里转了一圈，对大纯说："刘老板，最近没来什么外地客户？"

大纯看见阮本独，觉得来者不善，他感到瑞林和胡明喜凶多吉少，便大声道："本独兄弟，你看我这小店，有什么大客户，你能光临我店，就是最大的客户。你说，是不是许团总要买马嚼？"

"我转转。"阮本独退出店铺。刚一出门，戴宗凤走来，他身后跟着一群人。本独叫道："戴宗凤，你来了，有事？"

"我带来了几个花贩子，来看看刘老板家里有没有花包卖。"戴宗凤说。

阮本独听到宗凤话里有话，说："店铺里没你要的东西。"说话间，十来个花贩子包围了篾器店和麻将馆。

"哎？戴宗凤，你来了。"刘大纯故意提高嗓门，说："来了这么多客人？屋里坐。"

上午，麻将馆里外三间屋子，六桌人在打牌，三桌麻将，三桌花牌。花牌是三人打，一人歇，四方轮流转，歇息的人腰牌、数牌。金寡妇和三个男人在里屋打花牌，轮到金寡妇腰牌，金寡妇出去上茅房。瑞林听到刘大纯的提醒声，赶忙把胡明喜拉到金寡妇的座位上，说："你打牌，我走。"瑞林提着枪，想从后门突围出去。

胡明喜明白瑞林的用意，说："不行，要走一起走，要死，一起死。"

瑞林按住胡明喜，说："敌人是冲着我来的，麻将馆人多，别伤害无辜。"他说着，将旁边凳子上的一顶草帽扣在胡明喜头上，转身躲在后门的角落里。

几个装扮成花贩子的黑狗子，闯进麻将馆，小队长命令道："都不准动，我们要搜查。"打牌人被吓得惊慌失措，坐着不动，黑狗子挨个搜查，搜身、瞧脸、查包裹。眼看要搜到胡明喜身边，阮瑞林夺门而出，门"哐啷"一声，从后门溜走。小队长一声令下："追。"

"花贩子"一起涌向麻将馆后院。后院有三面矮墙，矮墙边长满荆棘，荆棘爬上了矮墙。瑞林翻过矮墙，穿入密林。"花贩子"追上去，朝瑞林开枪，瑞林一边跑一边还击。"花贩子"紧紧地跟着，两个"花贩子"倒在树林里。瑞林蹚过一道水沟，跑向小路，路两边是密密麻麻的枯黄的芦苇，芦苇不高，掩不住瑞林的身体，敌人追上去，形成了一个半包围圈，瑞林向敌人开枪。一直跑到阮小闸，瑞林的子弹打光了，左手中了枪弹。他钻进闸洞里。敌人包围了闸口，小队长向闸洞里喊话："我知道你是共产党的头目，只要你缴枪投降，许团总说了，他对你既往不咎。"

"休想。"瑞林毅然地扑向沮漳河。敌人向瑞林射出密集的子弹，顿时，河水被鲜血染红，泛起鲜红的浪花，静静地东流。白雪皑皑，鸟儿在树枝上悲凉地叫着，惊掉簌簌的雪团，几只白色的野兔，跑出树林，望着东流的红水，站在河边发愣。

一一六

蒯西门被春晖打死。晚上，蒯西门和郝贤梅的尸体被抬到马厩门前。春晖恨死了这两个死有余辜的恶魔，他向劣马打了个口哨，劣马跑出来，在这两具尸体上肆意践踏。

清早，刘大纯背着几个马嚼，来到马厩。春晖迎上去，说："刘老板，卖马嚼了？"大纯笑着，走进马棚里。"春晖，不好了。瑞林，他。"春晖知道，哥遭到不幸。他把泪水咽进肚里："别说了。哥哥死的光荣，他不能死而复生，生者将奋力前行。"春晖握紧拳头，说："你去看看梅芳姐。"

梅芳与赤卫队员退到半月山下，坚持游击战。

四月的一个晚上，吉渊托人带来消息，党在石首召开江、石、监、沔、潜五县工农兵及贫民代表会议，成立鄂西苏维埃五县联县政府。红四军与红六军会师公安，合编为红二军。倪淑珍接到上级指示，要求阮本槐将队伍拉到洪湖，以壮大红军队伍，支援红二军。徐古青和本槐商量。本槐说："瑞林尸骨未寒，我不能走。"

李道生说："部队，你可以带走，同志们可以去，我不反对。不过，叛徒还没铲除，我死不瞑目。"

梅芳停止啜泣，说："我，服从党组织安排。"

1930 年，国内爆发中原大战。中原战争结束后，蒋介石立即扭转枪口，对准革命根据地，发动大规模的军事"围剿"。革命形势，陷入残酷斗争之中。

　　七月，国民党独立十四旅大肆"清乡"，许直卿更加肆无忌惮。多次对凤台、草埠及半月上进行"围剿"。龚梅芳、胡安海、梅小丫和二十多位赤卫队员奔赴洪湖游击队。

　　冬季，以凤台、草埠为中心，组建中共当阳第五区委会，书记季正金。其后，组建以马山、万城为中心，包括沮漳河以西的龚家闸、鲜家港、龚家小闸一带的中共当阳第七区委会，阮德斋为书记。

　　春节即将来临，本槐同商量德斋说："凤台赤卫队要开始行动，我是中队长，不能被敌人的嚣张气焰所压倒。"

　　"赤卫队伤害大，是不是休整后再说？"德斋说。

　　宗秀鼓气说："人，不可有傲气，但得有傲骨。让我们打吧，我们不做孬种。"

　　阮德斋心里明白，本槐就像一头犟牛，他一旦决定了的事，九头牯牛也拉不回他。德斋说："你去吧，你可千万要缜密考虑。"

　　腊月二十四，有钱人都在忙小年，本槐带着十多名赤卫队员，夜袭江口。他们刚刚走到鲜家港桥头，就遭到熊必丰带领团丁的阻击。本槐命令队员："打，狠狠地打。"双方打得激烈，谁知道，江陵驻军游勇起来增援。一场鏖战正在进行。

　　李道生来到本槐身边，说："你撤，我掩护。"

　　眼看子弹快要打光，赤卫队伤亡惨重，本槐一把推开李道生，说："快撤。"

　　李道生带着几位队员向陶家湖撤退，敌人像疯了似的，逼向阮本槐。本槐与宗秀刚准备饮弹自尽，被熊必丰抓住手，他俩被捕。

　　敌人抓到阮本槐夫妇，把他俩捆着，向江口走去。

　　刘大纯和周济，听到枪响，提着手枪，站在门口，眼看本槐被五花大绑，向店铺走来，他俩退到五里湖，埋伏在路边，周济瞄准熊必丰，子弹打偏，被游勇挡住，游勇顿时头顶开花，脑袋搬回了老家。敌人纷纷向周济射击，周济和大纯钻进芦苇里。

狱中，许直卿对本槐夫妇软硬兼施，他俩异常坚定，相互鼓励，面对敌人的劝降、诱降，坚贞不屈。

刽子手用尽酷刑。本槐夫妇被折磨得死去活来。四肢被打断，皮开肉绽，但无济于事。刽子手无可奈何，撕开戴宗秀的上衣，用尖刀惨无人道的挖掉了她的双乳，戴宗秀昏死过去。霎时，脸上、臂膀、身上血迹斑斑，她醒来，咬紧牙关，痛骂道："土匪、强盗，你们会遭天打雷劈的。"

就在除夕前夜，团丁用箩筐挑着阮本槐夫妇残缺的身子，丢进了长江。

盛夏的一天上午，骄阳似火，大地冒着热烟。大纯篾器店前，屋檐下的荫地处，坐着一位算命先生，头戴瓜皮帽，眼睛蒙着一副墨镜，两鬓斑白，长胡须，身着长衫，一手拿着一把雨伞，一手抱着抽签罐，面前飘着写有"卦"字的白旗。他喃喃道："算命了。有钱捧个钱场，没钱捧个人场。"叫声招来路人。有者抽签，有者卜卦。算命给钱。须臾间，一男子走到先生面前，粗声粗气地道："给我算算。"

先生听出熟悉声音，是戴宗凤。他要戴宗凤把手伸过去，看看面相，瞧瞧手相，说："施主印堂发黑，手掌发紫，近日恐有血光之灾啊！若想趋吉避凶，听我一言。"

戴宗凤道："去你的。"气呼呼地走开。

大纯忙完生意，走出来，先生说："老板生意兴隆啊。"

大纯道："不错，不错。"说话间，大纯听出是李道生，忙说："快进屋。"

进屋，两人握手后，道生说："上级给我们分配了一些武器，说是下午到，安排我去江口，设法运回这批武器，交给阮德斋。"

大纯说："安排我做什么？"

道生道："你通知德斋，在沮漳河接货。"

"好。"大纯道。

烈日炎炎，李道生杵着木棍，背着口袋，向江口走去。走到江口大堤，春晖正在堤边放马。道生叫着："春晖，春晖。"春晖反应过来，跑到道生身边，说："道生哥，你怎么这副打扮？"

有人擦身走过，他俩假装算命，没人时，道生说："从沙市运来一些武器，说是给第七区区委。我来接头，将武器转运给阮德斋。"

"给德斋？德斋同志牺牲了。"春晖心如刀绞，声音低沉。他说："四月十四日，他与龚正华在沙市从事党的地下工作时，被戴宗凤发现告密，被国民党沙市保卫团抓住，杀害于沙市迎西虎巷口。"

"又是戴宗凤。"李道生愤怒地说，"戴宗凤不得好死。"

春晖问："怎么办？"

李道生观察一下四周，望着沙洲边的两条渔船，说："傍晚时分，你牵着马过来。"

"有情况，快走。"春晖道。

几个团丁走来，他们看着春晖，说："马夫，放马了？"

春晖笑着和团丁打招呼。

一一七

瑞林走了，本槐走了，阮德斋也离开人世，这分配来的武器怎么办？李道生踱步在大堤上。不管怎么说，武器不能落在保安团手里。去，去找肖保苍。他点开木杖，向兴隆杂货店走去。"肖老板，有鱼篓卖吗？"

肖老板看见盲人，说："有。"肖老板把李道生牵进店里，李道生取下墨镜，露出面相。他说："上级给鲜家港分配了一些武器，瑞林和德斋都离开人间，这武器运到哪儿？"

保苍先是想到自己，觉得太张扬，再想到屠教士，也不行，那里来往人多，不可靠。春晖，春晖那里。他把观点说给李道生听，道生说："我也是这么想的。就这样定了，傍晚，你让店小二去帮忙。"

"不行，知道的人越多越危险。我自己去。"

傍晚，肖保苍出来，团丁向他打招呼，他说："河边有老板给我送来一些木炭。我去看看。"

河边，停泊两条渔船，两渔夫一头一尾，理着渔网。李道生慢慢地走近渔船，胸前挂着一支钢笔。渔夫看着来人，问道："电笔有电吗？"

道生说："钢笔是钢，无电有枪。"

渔夫对上暗号，说："后面有尾巴。"

道生看见肖老板和春晖过来，道："自己人。"

渔夫将武器藏匿在一个花包里，花包周围装上木炭，搁在春晖的马背上，肖老板扶着木炭，陪春晖回到元后宫。

李道生站在远处，目送春晖远去，然后，他爬上大堤，准备回转到鲜家港。突然，戴宗凤幽灵般地站在他面前，吼道："李道生，真有你的，伪装得天衣无缝。"时继良命令："把他抓起来。"

李道生被关进审讯室，团丁轮流看管。许直卿先用草纸、芦柴烟熏他的眼睛，他无动于衷；后用坐老虎凳的方式，进行拷问。他只字不讲，直到临刑前的那天：

下午，太阳偏西。街道上清清冷冷。法场设在沙滩上。李道生被囚车拉到刑场，他双目紧闭。四团丁守护在囚车左右。许直卿走来，问道："他怎么样？"团丁摇头。许直卿把李道生从囚笼里抓了出来。说："我最后问你一次，你把武器藏在什么地方？谁是你的同党？"李道生摇头："不知道。"

许直卿穷凶极恶，暴跳如雷，叫道："给我砍下他的头。"李道生大义凛然。刽子手举起马刀，朝李道生的颈项斜砍下去。

乌云遮住了太阳，天阴沉沉的。阮春晖的心里像是压了一块石头，沉甸甸的。他思念梅芳，怀念哥哥，阮德斋、阮本槐、李道生相继被敌人杀害，他心如刀割。他恨死了戴宗凤、阮本独，恨死了许直卿，恨死了国民党反动派，恨不得把这黑暗的世界翻个底朝天。他咬紧牙关，把泪水吞进肚里。他深知越是在这时候，越是要沉着冷静，千万不能出一丁点的纰漏。

"春晖，春晖，给老子下午干什么去了？"许直卿行刑回来，叫着春晖。

春晖下午干什么去了？

他趁许直卿不在家，把武器用棕榈叶层层包裹，用麻绳紧紧缠绕一圈，用麻布包裹起来，在龙潭寺一角挖了一个洞，塞进洞穴最深处，盖上土，洞外进行周密地伪装。他回应说："我在赏马。"马通人性，望着主人心痛如焚，一阵嘶叫，让人撕心裂肺。

许直卿吩咐："你上街，给我买些酒菜，老子乐乐。"他害死了那么多共产党，胆虚了，不是庆贺，是想喝酒壮胆。

春晖"嗯"了声，出去了。他来到屠教士的大院。陶延久和但野菊喜迎出门。他说："菊姐，你该搬回去住了。"

但野菊感到诧异："为什么？"

春晖和延久嘀咕了几句，延久说："快，我送你回去。"

春晖把酒菜送进厨房，回来，对许团长说："酒菜备足了，您受用。"他退回马厩，骑着马，立刻赶往鲜家港。

"大纯，快开门。"春晖叫道。

"春晖！"大纯惊叹。

"周济在吗？"他问。

"在。"

春晖拉着周济，说："快，跟我走。"路上，他把自己的打算告诉了周济。周济喜口答应。

回到马厩，周济躲在里屋，春晖将马缰绳故意松系，去了厨房，许直卿、李卫贤、熊必丰、时继良、戴宗凤和阮本独围坐在餐桌边，酒兴正酣。他们相互敬酒，推杯换盏。熊必丰瞧见春晖，叫道："弼马温，来陪团长喝一杯。"

春晖说："我可不干趁火打劫的事。你们都喝多了，我来个半斤八两，这不是趁人之危吗？"

许直卿道："熊队长叫你喝，你就喝，怎么这么多屁话？"此话正中春晖下怀。他上去，干了一杯，给在座的满上，站起来，说："我马夫，感谢大家瞧得起，我先干为敬。"在座的也随之干下去。满桌人喝得晕晕大醉，各自回家。

"春晖，送我回去。"宗凤说。

"你回去？你家在哪儿？"春晖问。

"鲜家港啊。"

"鲜家港？你还知道鲜家港这个家？"

"知道。金，金寡妇。"

"好，你等着。"春晖原来准备和陶延久，在但野菊家，干掉许直卿。现在看来，干掉许直卿，由陶延久去办，那就看他的造化了。他临时决定，送戴宗凤回老家。

李卫贤、许直卿、熊必丰和时继良四人，喝得酩酊大醉，从厨房出来，踉踉跄跄，东倒西歪。李卫贤说："许团长，回吧。"

许直卿吞吞吐吐，说："我回？回哪儿？"

熊必丰说："五姨太。"

"五姨太？"这话提醒了许直卿。

许直卿离开，李卫贤他们各自关门就寝。周济等了多时，见时机成熟，悄悄走近李卫贤卧室，李卫贤吹灭油灯，周济朝他床上连开两枪，结束了这个十恶不赦的狗命。周济转向熊必丰卧室，时继良高声呼叫："有刺客。"团丁嚷起来，周济快速来到马厩，将松系的缰绳解开，冲出去，奔向问安。

一一八

戴宗凤骑在春晖马后，春晖"驾"的一声，离开保安团。宗凤洋洋自得，不住地喃喃道："美人，美人。"当他清醒过来时，春晖把马停在阮小闸。这是什么地方？戴宗凤战战兢兢。啊！瑞林，瑞林。"春晖，你怎么带我到这儿来了？"

春晖冷笑道："你知道这是什么地方吗？"

"知道，知道，瑞林走的地方。"戴宗凤嗫嚅着："你莫不是？"

"我是中国共产党党员。我代表党，宣判你的死刑。""砰"一枪。戴宗凤倒下，血溅满他的脸。

"砰"第二枪，春晖说："这一枪，为了阮本槐、戴宗秀。"戴宗凤身子嗫嚅着。

"砰砰"两枪，为了阮德斋、李道生。

春晖又是一枪，说："我代表鲜家港人民，处决你这个可耻叛徒。"

戴宗凤的尸体僵硬地伏在河面上。

春晖赶回保安团。保安团一片混乱。春晖询问门哨，门哨说："有刺客，李团长被打死，熊必丰被打伤。蒙面人骑着你的马，跑了。"

春晖惊叹："许团总怎么样？"

门哨说："许团总也受伤了，他实在命大，命保住了。在医院。"

春晖拴紧马，来到医院。"团座，有惊无险啊。"

许直卿见到春晖，叫他坐下，说："陶延久这小崽子，哪是我的对手，他想要我的命，还嫩着咧。"

"陶延久要你的命？不过，意料之中的事，情敌嘛。"春晖心知肚明，逗着许直卿笑。

"小崽子朝我开枪，擦破点皮。不过，我的宝贝被婆娘带走了。"许直卿懊悔道。

"什么宝贝？"春晖问。

"曾姬无恤壶。"许直卿神秘地说。

几个团丁守护着许直卿，他无法下手。

陶延久将但野菊带到陶家湖西岸的家乡，将"曾姬无恤壶"藏匿后，与野菊一起，到了问安龚家坪，袁友成的住处，周济随后赶到龚家坪。

袁友成，1929年由张宜松介绍，加入中国共产党，时任中共当阳县第六区高家湾第二支队负责人，配合草埠湖季正金等人在草埠湖地区开展农民运动，发动农民武装夺取政权。周济、陶延久和但野菊，参加草埠湖农民赤卫队。

冬月二十八，草埠湖赤卫队配合鄂西游击大队围攻草埠湖民团，许直卿命令熊必丰和时继良支援反动民团。战斗中，熊必丰、时继良被袁友成打死。周济一颗正义的子弹，击中阮本独头部，这个罪孽深重、十恶不赦的灵魂跪倒在血泊中。

阮春晖跟随许直卿撤往沙市，继续从事地下革命工作。